南北风味

王稼句 ———— 选编

九州出版社

图书在版编目（CIP）数据

南北风味 / 王稼句选编. -- 北京：九州出版社，
2022.12
　ISBN 978-7-5225-1540-3

　Ⅰ．①南… Ⅱ．①王… Ⅲ．①散文集－中国－现代
Ⅳ．①I266

中国版本图书馆CIP数据核字(2022)第227106号

南北风味

作　　者	王稼句　选编	
责任编辑	李黎明	
封面设计	吕彦秋	
出版发行	九州出版社	
地　　址	北京市西城区阜外大街甲 35 号（100037）	
发行电话	（010）68992190/3/5/6	
网　　址	www.jiuzhoupress.com	
印　　刷	鑫艺佳利（天津）印刷有限公司	
开　　本	880 毫米×1230 毫米　32 开	
印　　张	21	
字　　数	545 千字	
版　　次	2023 年 6 月第 1 版	
印　　次	2023 年 6 月第 1 次印刷	
书　　号	ISBN 978-7-5225-1540-3	
定　　价	138.00 元	

出版说明

　　本书全部文章选自民国时期出版的期刊与报纸。作者各自有其文字风格，各时代也有其语言习惯，因此我们不按现行的用法、写法与表现手法去改动原文，以保留当时语言的原貌。同一名物在不同文章中的表述，也未统一处理。在编辑过程中，只对讹误之处作了订正。请读者明鉴，特此说明。

九州出版社

引　言

王稼句

　　我国幅员辽阔，由于各地的气候、地理、食材、风俗、嗜好等等的不同，饮食活动也就有很大的差异。钱泳《履园丛话·艺能》"治庖"条就说："饮食一道如方言，各处不同，只要对口味。口味不对，又如人之情性不合者，不可以一日居也。"又说："同一菜也，而口味各有不同。如北方人嗜浓厚，南方人嗜清淡；北方人以肴馔丰、点食多为美，南方人以肴馔洁、果品鲜为美。虽清奇浓淡，各有妙处，然浓厚者未免有伤肠胃，清淡者颇能得其精华。"

　　早在春秋战国，已有南北口味的大致区别。《周礼·天官·膳夫》有所谓"珍用八物"，郑玄注："珍，谓淳熬、淳母、炮豚、炮牂、擣珍、渍、熬、肝膋也。"这是北方食单。《史记·吴太伯世家》所记专诸刺王时所进的"炙鱼"，《吕氏春秋·孝行览·本味》所记"洞庭之鲋"、"东海之鲕"、"醴水之鱼"、"云梦之芹"、"具区之菁"、"江浦之橘"、"云梦之柚"等，则当列入南方食单。一个地方独特风味的形成，离不开区域间的经济文化交流，如《楚辞·招魂》有一份南方菜谱，其中"和酸若苦，陈吴羹些"，反映了吴楚饮食的融合。《淮南子·本经训》说："煎熬焚炙，调齐和之适，以穷荆、吴甘酸之变。"高诱注："荆、吴，二国名；善酸咸之和而穷尽之。"同样反映了这种融合。南北朝时，北魏为了让江南人安心入仕，在洛阳城南的伊洛两水之滨开辟鱼鳖市，《洛阳伽蓝记》卷二引杨元慎语曰："吴人之鬼，住居建康，小作冠帽，短制衣裳。自呼阿侬，语则阿傍。菰稗为饭，茗饮作浆，呷啜莼羹，唼嗍蟹黄，手把荳蔻，口嚼槟榔。乍至中土，思忆本乡，急急速去，还尔丹阳。若其寒门之鬼，口头犹脩，网鱼漉鳖，在河之洲。咀嚼菱藕，拈拾鸡头，蛙羹蚌臛，以为膳羞。"这也是南方口味，包括江南和岭南，同时反映了两地口味的相近。

食材是决定口味的重要因素，魏晋时张华《博物志》卷一"五方人民"条就说："东南之人食水产，西北之人食陆畜。食水产者，龟蚌螺蛤以为珍味，不觉其腥也；食陆畜者，狸兔鼠雀以为珍味，不觉其膻也。"近人柴萼《梵天庐丛录》卷三十六"嗜好不同"条也说："国人嗜好不同，述之颇饶趣味。如苏人喜食甜，无论烹调何物，皆加以糖；鄞人喜食臭，列肴满席，非臭豆腐臭咸芥，即臭鱼臭肉也；赣人、楚人喜食辣苦，每食必列辣椒一器，有所谓苦瓜者，其苦如荼，而甘之若芥焉；鲁人好食辛，常取生葱、生蒜、生韭菜等夹于馒饼中食之；晋人喜食醋，有家藏百年以前者，其宝贵不亚于欧人之视数世纪前之葡萄酒也；粤人嗜好最奇，猫鼠蛇豸，皆视为珍品，酒楼菜馆有以蛇鼠作市招者；鄂人喜食蝎子，捉得即去其毒钩，以火炙而食之，云其味之美，逾于太羹。前清时，襄阳某关兼课蝎子税。又鲁人亦食蝎子及蝗蝻，常去其头于油中炸食之，谓有特殊风味。而潮州人尤奇，常取鲜鱼鲜肉任其腐败，自生蛆虫，乃取而调制之，名曰肉芽鱼芽，谓为不世之珍。"一九四八年，范烟桥《食在中国》更作了通俗的解说："中国的肴馔，因地域的不同，与人民嗜好的不同，各有其不同的烹馔方法，而最大的差别，是甜酸苦辣，各趋极端。大概黄河流域以及长江上游，都爱辣的，长江下游都爱甜的，易地而处，便觉得不合胃口，虽出名厨，也不会津津有味的。所以孟子说的'口之于味，有同嗜也'，大约他没有到过江南来，所尝到的，都是黄河流域差不多的滋味，按之实际，是不合理的，口之于味，不尽同嗜的。还有动物、植物的取舍，也是不同的。江南人爱虾蟹，西北连虾蟹都没有见过，或许要怀疑，和江南人见广东人吃蛇猫一般，舌拆不下了。有几个广东青年，不敢吃西湖莼菜，是同一理由。"

至明清时期，各地主要菜系已经初步形成，徐珂《清稗类钞·饮食类》说："肴馔之有特色者，为京师、山东、四川、广东、福建、江宁、苏州、镇江、扬州、淮安。"近几十年来，研究菜系者成为时髦，众说纷纭，意见并不一致，有四大菜系说，八大菜系说，也有十二大菜系说等，争议很大。其中鲁菜、川菜、苏菜、粤菜是公认的四大菜系，其他有影响的菜系，还有京菜、豫菜、沪菜、闽菜、湘菜、鄂菜、浙菜、徽菜、秦菜等。有人归结内陆各地的口味，说是东酸、西辣、南甜、北咸，那是并不尽然的。

全国各大菜系，在食材选择、烹饪方法上各有不同，这里以鲁菜、川菜、苏菜、粤菜为例，简略介绍一下。

鲁菜，发祥于鲁之曲阜、齐之临淄，故形成济南、胶东两大菜系，为北方菜的代表，在华北、东北流传广泛，京菜、豫菜则为其分脉，满汉全席就是鲁菜和满洲菜的结合。鲁菜用料讲究，善于用燕窝、鱼翅、鲍鱼、鱼肚、海参、鹿肉、蘑菇、银耳、蛤士玛油等，做出厚味大菜。由于北方寒冷期较长，蔬菜品种较少，故以高热量、高蛋白的菜肴为上馔。济南系名菜，有脆皮烤鸭、九转肥肠、脱骨烧鸡、八宝布袋鸡、锅烧黄河鲤等；胶东系名菜，有红烧海螺、炸蛎黄、芙蓉蛤仁、清蒸蟹合、蟹黄鱼翅、绣球海参、烤大虾等。甜菜拔丝亦其所独擅，苹果、山药、蜜橘、香蕉、葡萄等都可用于拔丝。善于做清汤，以母鸡、母鸭、猪肘等为主料，汤清见底，味道鲜美。也善于做奶汤，色白而醇，济南的奶汤蒲菜、奶汤鸡脯，就久负盛名。技艺上重视爆、炒、烧、炸、溜、煸、扒，烹制的菜肴具有脆、嫩、鲜、滑的特点，调味以咸为主，酸甜为辅。注重面食，如硬面馒头、高庄馒头、煎饼、酥饼等，都是山东的首创。

川菜，发祥于巴蜀，自古以来，就与诸夏、诸羌和百越各族有饮食文化交流。川菜的特点是重油重味，偏爱麻辣，这与四川盆地的气候、环境有关，雾多、阴天多、湿气重，麻辣使体表容易发散。如"毛肚火锅"、"麻婆豆腐"等麻辣菜式，都具有川菜的传统色彩。川菜善于用普通食材，做出美味菜肴，即以猪肉来说，就有油煎肉、回锅肉、鱼香肉丝、酱爆肉丁、锅巴肉片、甜烧白、咸烧白、粉蒸肉、咕噜肉、白煮麻辣肉等。川菜经典之作有一品熊掌、樟茶鸭子、干烧岩鲤、香酥鸡、红烧雪猪、清蒸江团等，大众化菜肴有清蒸杂烩、宫保鸡丁、豆瓣鲫鱼、干煸鳝鱼、怪味鸡以及"三蒸九扣"等，都久负盛名。川味的特点是味美、味多、味浓、味厚，有"一菜一格，百菜百味"之誉，且多复合味，个性强烈，如白油、咸鲜、糖醋、荔枝、酸辣、麻辣、椒麻、蒜泥、香糟、鱼香、姜汁、酱香、怪味等。在技艺上，擅长小煎、小炒、干煸、干烧。小吃也是一大特色，有小笼蒸牛肉、灯影牛肉、夫妻肺片、棒棒鸡、酱兔肉、担担面、泡菜、汤元、八宝饭、五香豆腐干等。

苏菜，发祥于苏州和稍后的杭州、扬州、淮安等地。由于大运河的开通，华东各大城镇成为这条纽带上缀着的珍珠，故苏菜味兼南北，既有清炒、清溜、清蒸的南方爽口菜，又有火腿炖肘子、狮子头、炒鳝糊、黄焖鸡、八宝鸭等高热量、高蛋白菜肴，食单中较多南北都能接受的中性菜肴。苏菜强调突出本味，使用调料也为增强主料本味，并讲求菜肴的色、香、味、形、声。由于盛产鱼腥虾蟹，河鲜菜特别突出，如有蟹黄狮子头、蟹黄燕窝、虾羹鱼翅、拆烩大鱼头、松鼠桂鱼、西湖醋鱼、清炒虾仁、清蒸鲥鱼、浓汁太湖鲫鱼汤、鲃肺汤、莲子鸭羹、黄焖鳝、响油鳝糊等名馔。在技艺上，以煨、炖、焐、蒸、烩见长，特别讲究文火功夫。点心和小吃也很丰富，如松子水晶肉甜糕、灌汤包子、蟹黄烧卖、宁波汤元、虾肉馄饨、千层油糕、黄桥烧饼等，都驰名全国。苏州、扬州、杭州的汤面，浇头品种丰富，各有时令。

粤菜，发祥于广州、潮州，用料广泛，以海鲜、野味为上馔。海鲜最推崇石斑、鲳鱼、鲜带子、明虾、膏蟹、海龟、鳗鱼、娃娃鱼等，野味最推崇山瑞、甲鱼、穿山甲、果子狸、龟、蛇、鸽子、鹧鸪、鹌鹑、禾花雀等。选料讲究，如鸡以清远鸡和文昌鸡为上乘，石斑鱼以老鼠斑为上乘，鲳鱼以白鲳为上乘，虾以近海明虾和基围虾为上乘，龟以金钱龟为上乘，鹅以黑鬃鹅为上乘。口味偏重清、鲜、爽、滑，追求原汁原味。做法则以蒸、炒、溜、煲居多。粤菜名肴有三蛇龙虎凤大会、五蛇羹、竹丝鸡烩王蛇、脆皮鸡、烤乳猪、盐焗鸡、酥拌三肥、叉烧肉、出水芙蓉等。冬季则多浓香型、油气重菜肴，如开煲狗肉、炖扣肉、炸生蚝、红焖白鳝、红炖猪肘等。配菜丰富，有冬菇、鲜草菇、竹笋、白木耳、石耳、石花菜等，不论寒暑，都有嫩绿甘脆的蔬菜作佐料。还按时令以水果、香花入菜，如菠萝、荔枝、梅子、椰子、香蕉、风栗、剑花、夜香花等。粥品是一大特色，用母鸡、猪骨、干贝、腐竹等熬成，食时加入鱼丸、肉丸、虾丸、猪杂、鸭杂等粥料，配以姜、葱、胡椒粉等。粤式点心特别丰富，各大茶楼饭店都有数百款点心底单，曾每星期推出数十种，谓之"星期美点"，使人百食不厌。

民国时期，由于社会开放，交通方便，饮食交流更加频繁，南北各大城市除本帮菜肴外，都有外省帮式，尤其在北京、天津、南京、上海、重庆、广州等城市中，各地菜肴汇聚，特别是上海，鲁馆、平津馆、豫馆、徽馆、闽馆、粤馆、川馆、杭馆、湘馆、苏馆、镇扬馆等皆有，在影响本地风味的同时，各地风味也得以交流，出现了饮食业的繁荣局面。

这本《南北风味》，选辑民国时期记录各地饮食的文章，可以让读者了解一点当时各地饮食的风情和掌故。一卷在握，看天下之吃，或就是我编选这本书的初衷。

二〇二一年十一月四日

目　录

东北的冷食

王汉倬

昔时张翰在洛阳，因秋风起而想到吴中的菰米、莼菜、鲈鱼，遂飘然引去，千古传为佳话。现在我是因朔风起而想到故乡的大块糖以及冻梨等食品，勾起无限乡情，引起无限回味。但因倭寇未灭，失地未复，不能像张翰那样悠然自得地命驾还乡。时代不同了，事实迥异了，个人还乡的自由，须与整个民族的自由同时解决。然而在这胜利将要到来，失地尚未收复的当儿，一种怀乡的愁思，郁结在心中，无法解除。因而拿起笔来，写出我昔时在朔风寒雪中，所吃过的几种东西，以遣郁闷，名之曰"东北的冷食"。

（一）大块糖

大块糖是东北的一种特产，因为气候寒冷，所以制造出来的这种糖，不但颜色洁白，而且酥脆可口。内地各省所制造的大块糖，都不如东北的好。就拿北平来说，是数百年来的都城，一切零食小品，可谓尽美尽善，然而当地的大块糖，却不如东北的好。所以北平卖糖的人，呼大块糖为关东糖，这是用关东糖的名称作广告，以资号召，而便畅销。其实它的品质不如关东糖，这是由于气候的关系，北平的天气，较东三省暖，不论制糖的技术怎样高明，样式怎样好看，但你吃到口里，便感觉出味道不同，不如关东糖之酥脆可口。所以这种糖，是在气候越冷的地方越好吃。

东北的一般人民，多是把大块糖买来家，放在筐里，挂在窗外的房檐下，不使它接近热气，以防软化。到吃的时候，拿回屋里，立时就吃，真是又脆又甜，咬一口直掉渣。也有把糖放在冷室里的（这冷室就是不烧火的屋子，如仓房、磨房之类），到吃的时候取回，和挂在房檐下的一样，但有这类冷室的，多半是小康的人家。

大块糖普通是有四种，一种叫管子糖，每棍约有一寸宽，一尺长，两头有蜂窝似的细孔，细孔越多的越是酥脆。这类糖，质最纯，制时也很费手续（抽拔的次数多），所以特别好吃，价值较贵。有把甜谷炒熟，粘在糖的外面的，也有把芝麻炒熟，黏在外面的，这种叫做麻糖，仿佛人的面上生了麻子，看着不甚光泽，吃着却很好吃。也有在管子糖中加上豆沙馅的，这种馅多是用小豆做的，这种糖吃着不怎样脆，不过也有偏好的人。还有一种糖瓜，不如管子糖甜脆，价值也比较便宜。又有一种螺旋式的，是把糖条盘绕在一起，像螺旋一样，这种糖尚不如糖瓜好吃。

在每年一进腊月门，卖大块糖的就渐渐加多了。背着箱子的，担着担子的，赶着爬犁的，到处喊叫着：

"大块糖来！绳头碎米子，拿来换糖来！"

这种声音，仿佛从冷风里透出来甜意。孩子们一听到，便立时浮动起来。农家的老头与老婆们，有的抱着破柳罐斗，把积存起来的绳头，一同拿出去换了糖，有的担着一箕碎米子去换糖，也有用谷子或小米去换糖的，当然这比碎米子更好了。至于用钱去买糖的，多半是农村中小康的人家及城镇中的一般市民，一般贫农除了用绳头、碎米换糖而外，轻易不肯用钱去买糖吃。从一般贩卖者的实际情形而论，背着箱子的，担着担子的，是以卖钱为主；赶着爬犁的，是以兑换东西为主，这类贩卖者，是多在乡村。

就一般人的习俗而讲，大块糖的主要的用途，是在祭灶。每年到了腊月二十三日的晚上，一般人用秫秸皮，扎成狗马，用糖瓜当作祭品，点着几张纸，把灶王牌位一同焚烧，连着放三声纸炮，这叫做辞灶。一般人专说："辞灶时，用糖瓜作祭品，是为的黏住灶王爷的嘴，使他到天上去，不能胡说八道。"我以为这是用糖来给灶王爷饯行，希望他到天上去给说几句好话，请看灶王上的对联，有"上天言好事"的句子，这似乎是人情上的应酬。俗语说："吃了人家的嘴软。"灶王爷又何尝不如此。这是大块糖主要的用途。一过了"小年"（腊月二十三日），卖大块糖的生意，便逐渐萧条了。

（二）冰糖葫芦

每年一到冬天，在街头巷尾，随处可以听到叫卖冰糖葫芦的声音。那种颤的声音，随着朔风，送到人们的耳里，使人听了增加无限的凉意；同时可以想像到叫卖的人，头上带着白霜，脚下踏头寒雪，在冷风里呼喊着：

"冰糖葫芦……葫芦……冰糖。"

其实这种糖葫芦，并不是用冰糖做成的，是把白糖煎熬到相当的火候，再蘸成了糖葫芦。等到凉了的时候，便透明、晶亮，好像冰糖做的一样，所以叫做冰糖葫芦。

这种葫芦，大都是用山楂做成的，不过因它的样子像葫芦而已。做的时候，先把山楂洗净，然后在山楂的腹部，横刮一刀，把里面的籽挖出，再用竹签穿上，有五个一串的，有十个一串的。因为每串的个数不同，山楂的大小不同，出售的价格，也因而不同。不过还有一种用暖山楂做的，其色特别鲜艳，其味比较纯真，所以售价也特别高。至市上普通的冰糖葫芦，都是用冻山楂做的，品质较差，价格也比较便宜。

有的在山楂的腹——即开刀取籽处，横着夹上一个橘子瓣的，也有夹上花生仁的，也有纯用花生仁做的，和纯用橘子瓣做的，还有用葡萄粒、山药块和山药豆做的。总而言之，等蘸好了，凉透了之后，外面那层糖衣是透明的，像玻璃球一样，显出各式各样的颜色，好看极了。如山楂是血红色，橘子瓣是金黄色，葡萄粒是翠绿色，山药是浅灰色。各色各样，插在一个草芘上，在朔风中，在夕阳下，与洁白的冰雪相映照，反射出一种光怪陆离的光彩。这光彩和甜蜜冷脆的味道糅合在一起，和颤动悠长的叫卖声配合在一起，这种优美的境界，甜脆的食品，使我留恋追忆，使我的神魂飞越，仿佛这是个梦的境界吧？我希望边尘早净，好回到我这个梦的境界里。

从"九一八"事变以后，我的足迹，已经踏过了十几省的地域，没有尝到这样够味的冰糖葫芦。昔年在北平时，虽然尝到过这种食品，但因北平的冷度不够，又没有积雪的映照，反而时有黄尘飞扬，所以北平的冰糖葫芦，不但不够味，而且没有好的境界，使我的感觉平淡，兴味索然。除了北平之外，在其他地方所见到的这种食品，更是"每况愈下"了。我们要想吃到适口的冰糖葫芦，必须赶快回到东北去。

（三）冻梨

东北一般的人民，依据温度，把通常的食梨，分做两类，一类是暖梨，一类是冻梨。暖梨是藏在暖窖子里，使它不冻不腐，保持着鲜美的味道；这类的梨，在内地各省，都可吃到，不算什么新奇。只有冻梨，是内地各省所没有的，可以说是人间的异味。

这类冻梨，又可分为两种，一种是楸白梨，肌肉略粗，吃到口里，微有渣滓；一种是花盖梨，表皮是黑色，微有白点，皮薄肉细，吃到嘴里，绵软无比，牙齿不好的老年人，最适于吃这种梨。

记得我在北平读书的时候，有一位同乡，他是旧国会议员，年纪五十多岁了，他新从广东回到北平，忽然想起故乡的冻梨。听说我寒假时要回家，他来到我的寓所，恳切地嘱托给带去一些冻梨。后来我照办了，但带到北平时，已经融化了，然馀香犹存，因为北平去东北未远。现在连那种馀香也尝不到了，从来到江南以后，就根本看不见冻梨了！

冻梨，不是用特别方法制成的，在东北的冬天里，可以说一切物品，结冻是常态，不是稀奇的事。天空常是凝聚着寒云，大地被冰封盖，江河结了厚冰，植物大都枯死，整个的宇宙，变成了一个大冰窖。把任何一样东西，放在这个冰窖里，随时可以冻结的。仅就梨来说，除了放在暖室而外，堆积在室内的，或运输在车上，随时随地可以冻结得像石子一样，把它掷出去，能够打死人。

初到深山里去打猎的人，经验不够，往往在路旁的雪地上，拾得一堆一堆的冻梨，乐颠颠地拿回窝棚里去。老山把头和老猎人一看，便讥笑他，说他是初出茅庐。假如你把这种冻梨涣好了，尝一尝，管保不是梨味。原来这种冻梨，是黑熊排泄出来的粪。黑熊是把梨整个地吞下去，不等消化烂了，便排泄出来。所以有经验的人，往往告诉初到山中去的人说："不要捡拾没有柄的冻梨，那是黑熊的粪。"

吃冻梨的方法，是先把它浸在冷水里，不过二十分钟，梨的周围结成坚冰，并且许多梨连结在一起，这时每个梨的内部便融化了。只要你用铁锤，或擀面杖，把梨上的冰壳敲打碎了，就可以吃了。这种用冷水浸的方法，叫做"涣梨"，也就是涣然冰释的意思。如果把冻梨用热水浸上，反而融化得慢，并且梨的内部，寒冰未除，溶解在内，滋味反不好吃。所以吃冻梨，是以冷水涣开为最好。

至于橘子、山楂等，冻了之后，也都有异味，但终不如冻梨好吃，那种细腻的肌肉，冰冷的性格，甜酸的味道，使我只能回忆到，想像到，更不能用笔墨形容。我想没有吃过冻梨的人，对那种甜酸清冷的味道，是根本不能想像的。国人如果想领略到这种异味，必须准备着到东北去尝试。

（四）冻子

东北有一种最好的酒菜，就是冻子。每到旧历年时，几乎没有一家没有的，因为作法很简单而容易。

它的作法就是把猪肉皮，刮洗干净，放在锅里，加上白水，用火煎熬。煎熬到糜烂的时候，肉皮化成了汁浆，把它从锅里掏出来，放在盆里，等凉透了，便成了冻子。在盆的上层的，是透明质，像胶玻璃一样，这叫做"清冻"。在下层的，尚有极小块的未煮化的肉皮在内，其色混浊，因而叫做"混冻"。混冻多是家常吃，清冻可以待客人。

在吃冻子的时候，用筷子很难夹得稳，一不小心，便掉在桌上，或落到怀里，所以吃冻子的人，当他用筷子夹冻子的时候，往往说：

"这种菜，不能款待新姑爷。"

这是说新姑爷是体面客，大年正月，初次到"老丈人"家里来拜新年，不便于吃冻子，万一用筷子夹掉了，他便要羞得脸红。但也有不管三七二十一的新姑爷，冻子掉了，用筷子夹不来，他便动手去抓。这样的，毕竟是少有；有之，大家便传为笑谈了。

会切冻子的人，是把冻子切成正方形的薄片。当吃的时候，把刀刃略微摆动，冻子块的平面上，便凸起了线条。用筷子夹的时候，只要你随意一伸筷，自然就夹到两根线条的中间，稳稳地送到口里。切得不好的，是平滑的三角形，不容易夹到口里。我曾见到一个人，正在用筷子去夹一块三角形的冻子，同时张着口，用力去吞食，恐怕冻子脱落了，不料冻子刚一到口，便钻进喉头去了。这样吃法，也是令人发笑。

当吃的时候，才可以放上酱油，或其他的佐料。如果早放上了酱油，那冻子就要成了红色，如果放上其他的佐料，不但颜色不纯洁，味道也不纯真了。倘因天气转暖，恐怕冻子坏了，那时可以重熬一次，加上一点盐，可以日久不坏，因为盐是白色，影响不了冻子的洁白。

还有一种鱼冻，是用鱼熬成的，其方法和熬猪皮冻差不多，不过这是连骨带肉一齐下锅。有的在好了的时候，把鱼骨和刺捞出来，等到吃时，便不用挑出骨刺了。我以为还是不捞出去的好，因为在吃酒的时候，一壁捞着鱼骨，摘着鱼刺，一壁和朋友谈心里话，这是最有意思。这和自己剥花生吃，是同样的有兴趣。

熬鱼冻时，可以先加上酱油，及其他的佐料，熬好了的鱼冻，多半是绛色，虽不如猪皮冻那样清淡、透明，但味道之浓郁，实超过猪皮冻。尤其是把鱼子弄成碎块放在里面，在吃的时候，偶尔逢一块，细细咀嚼，又硬又香，真是下酒的圣品。

从倭寇占据了我们的东北之后，这些优美的食品，特殊的滋味，随着我们的锦绣河山沦陷了！已经快十三个年头，我没尝到故乡的滋味了。一般流亡到内地的东北青年，因为岁数很小离开了家乡，对于故乡的滋味，已经模糊不清。我每和他们接谈时，不觉使我惊心，有的岁数小的青年，连口音都改变了，故乡的滋味，更不能领略了，只有像我们这样中年以上的人，才能回忆故乡真正的滋味，但也不堪回忆了！

（《时与潮》1944 年第 4 卷第 1 期）

故乡的山梨

李辉英

　　一个人谁没有一个故乡呢。对于故乡的留恋，或是说一些回忆，恐怕也全是人人少不下的。

　　故乡使你留恋的地方太多了，一座山，一丛林，一条小溪，甚而是一些荒坟，都会给你留下清切的影子。故乡使你回忆的事物也太多了，某个乡绅怎样抽大烟，迈方步，或是团总讨小老婆的故事，还有张家长李家短妇人家往还的言谈，以及少妇思奔，大姑娘突起大肚皮，疯狗咬了善人一些碎事，也全是叫人偶一回忆起来，就像些活动影片似的给你轮演一回。说到故乡的特产，那就更叫你关怀了，愈是久离故乡的人，愈是关心不忘故乡的特产，有时管叫你渴想得口水直流，为了思念特产得不到手的原故。

　　但这种特产，却并非都是名贵的东西，即以食品一类来说，肉包子也许就是特产之一，五香豆腐干也可以算是故乡的一种特产。此种食品，全在于地方风味的宝贵，而且更可以进而以某种特产物品或食品传名外方，叫别人一听到某种物品时，不自觉地就会联想起那出产物品的地方来，譬如南翔的包子、南京鸭肾、福建肉松、莱阳梨等全是。

　　说到梨，故乡也出产一种梨，因为不是种在人家园子里而自己生长在山上的，所以叫作山梨。这些山梨虽然并不出名，外人很少知的，在当地却是家喻户晓的了。由于这种山梨的生长，很可以推想到故乡偏僻落后的社会情形来，若在繁华的省份，人烟稠密的地方，那是无论如何不会让这些山梨自由生长的，大概不等结到七成熟时，早被别人打光了，留待成熟后再摘下来吃的事情，怕是不会有的。

说起故乡的山梨，并不像一般梨子那样甜蜜可口，皮嫩如膏，反之，它倒是一身酸味，皮厚得像一层老布。你们也许很以为怪了，这样的山梨，有什么值得不忘的呢。不，我觉得故乡的山梨特别叫我不忘的地方，就是它的酸和粗厚的皮！因为它是和一般梨子迥乎不同的。如果让植物学家来解释的话，山梨的酸味和粗厚的外皮，正可以说是为保护自己的身体安全才长着的，因为山丛之中，杂虫甚多，如果它生得又嫩又甜，怕不待成熟早让虫子们蛆光了。果然，山梨里面很少有生虫子的。

山梨的外皮虽然粗糙异常，但它的内中肉瓤却又嫩又甜，比起本地生梨和天津雅梨要细致多，而且又富有水分，剥了皮，一口就全吃净吮干了。

山梨的酸味是特别值人不忘的，正像你吃了它的酸味后一样，口中久久不散，而留在你的记忆里的酸味尤其是难得的。普通一般人对于甜的感觉得之容易，忘之更快，不比酸的味道，虽不能使人愉快，却足可叫人轻易忘记不掉。在事务方面，我觉得也是这样，得意的事情容易忘记，酸辛的事情倒是时常留在头脑之中不能忘去。

我爱故乡的山梨，特别爱吃它的酸味，因为我每每从它的酸味中，来比拟自身寒酸的境遇；是的，我的生活永远是在酸味中过着的，我没有过一日属于甜味的生活！也许，我此后的日子还是要在酸味中过着的呢。所以，对于故乡的山梨，就因此更给我不能忘记的深深的印象了。

故乡的山梨又是上市的时候了，村妇们定又一群一群的提着筐，肩着担子，还有背着口袋的，到人家里去作交易。她们不要钱，只是换些得用的东西，像棉花、布头、绒线一类的物品。这种交易，倒很和上古时代"日中为市"的"以己之有，易己之无"的情形有些相像，不同的就是没有固定的交易时间罢了。我爱故乡的山梨，但我更忘不掉比山梨还要酸上万倍的故乡人们诉苦无处的非人生活。

（《再生集》，李辉英著，上海新钟书局 1936 年 5 月初版）

榛子与胡桃

李辉英

　　每年一到栗子上市时，就不禁叫我想起故乡的榛子和胡桃来，虽说栗子和榛子、胡桃大不相同，前者的外皮是薄薄脆脆的，后二者全是长着满身硬壳，比喻得未免稍欠适当。但因为它们的外形多少还有些相像处，故使我不自觉地借题发挥，就会联想到这两件食物上。

　　榛子这种食品，对于上海人说，怕是很陌生的，而胡桃一宗却并不缺少。我是特别爱好榛子，因为榛子的外形既很小巧玲珑，里面的肉瓤只有胖胖一颗，吃起来便当非常，瓤味又清香可爱。说到胡桃那就差些了，它的瓤子常常因为外壳击得太碎的原故，混了进去，不免叫人拣选为难，吃到嘴里也欠舒适。为了说明榛子的来历、形象，我想在那里借重一下《辞源》的解释。《辞源》上说："榛——落叶乔木，高二三丈，叶甚阔，略圆，端尖。春日开花如长穗。其实作包，一包一实（即肉瓤），味略似胡桃，通称榛子。"

　　这解说，还得我代尽一番义务的更正：榛子树虽落叶，却不是乔木，反之，它倒是长二三尺（非二三丈）的灌木，其馀解释尚无不可。榛子成熟之后，就是五岁小儿，也可伸手摘取。把灌木误成乔木，这一误关系非浅。榛子树既然是灌木，一攀即折，秋日割倒晒干之后，最宜冬天作引火烧柴之用。

　　榛子形体比栗子略小，普通说来和上海的莲子糖大小相似，再大的固然少有，再小的也就瘪得无肉可吃了。说到榛子，倒很可以由此磨炼一个人的性质，性急火气大的人一定吃不好，只有平心静气慢慢咬着，咬破硬壳，再吃里中的肉瓤。否则越急越咬不破，只落得牙齿白痛一阵。吃榛子的人，如果牙齿不好的，最好预备一个小锤，用不大不小手劲锤得恰到好处，只使硬壳破，不使肉瓤裂，这样才好。同样，用牙齿咬着的人也不容易，全要下一番工夫。榛瓤清香可口，既不嫌味道太淡，又不失之浓重，吃了一个，一准还想第二个第三个的。

胡桃通常也叫核桃，大概因为从前是外国来的东西，和胡琴的命名一样，在头上加了一个"胡"字。吃胡桃也要用锤子敲，敲这东西比敲榛子难多了，因为胡桃的肉瓤是分成好几瓣长着的，除非有巧妙老道的手法，很难保得住瓣瓣肉瓤不被敲破。不过胡桃肉瓤虽香，总嫌过于浓重，比起榛子来不免略逊一筹。至于市上发卖的胡桃仁，那味道是比起原味相差多多的了。在上海，胡桃易得，榛子难求，年年一到入秋之后，糖炒栗子偏又随处皆是，愈因此增加个人对于榛子的系念和关怀。

我打算哪次再回故乡时多带回来一些榛子，用以馈赠友好；这东西虽不是宝贵物品，在上海却不能不说是缺货，同时它也是家乡的一种土产，送起人来比较有意义。

（《再生集》，李辉英著，上海新钟书局 1936 年 5 月初版）

吃在北平

保 之

北平人十个之中，有八个是喜欢吃羊肉的，所以北平有一句俗语，叫"千猪万羊"，就是说，如果北平一天要杀一千头猪，那末至少要杀一万头羊。因为这缘故，北平的羊肉馆子，也就特别多，而在大街小巷背着桶子喊卖羊羔羊肚的，更是多到不可数计。

讲到羊肉馆子，最著名的，要算东来顺，地点在东安市场内吉祥戏园附近，这馆子以涮羊肉、炮羊肉、羊爆肚等最出名。我们走过东来顺的门口，可以看见许多木架，架上用钩挂着许多新鲜肥白的生羊肉，另外还有一排桌子，陈列着几十百个火锅——用以煮汤涮羊肉的，十几位精于切肉的厨师，在门口切着羊肉，切得又薄又匀。顾客们走进馆子，就有一碟一碟的生羊肉片送上来。吃的方法，是用筷子夹着生羊肉片，放在火锅内烫熟了吃，这就叫作吃涮羊肉。食量大的人，可以吃一二十碟。

在北海，有一座五龙亭，距五龙亭不远，有一家馆子，名叫仿膳。据说其中的厨师，都是曾在御厨房侍候过皇帝老儿的，所以他们的烧法，与平常的馆子不同。有一种小窝窝头，他们做得最精致，因为窝窝头原是一种穷人的食品，有钱人是不屑吃的，但是经过这几位御厨师的蒸制之后，便变成精美的食品了。其他如烧饼、豌豆黄，也是做得与众不同。因此到北海游览的人，都喜欢到仿膳去吃点心。

在北京政府时代，一般大人先生们宴客，大都是在东安门大街真光影戏院对过的东兴楼，所以在那时，这一家山东馆子是盛极过一时的。但是盛极必衰，自从政府南迁以后，这家著名的老馆子，也跟着不走运了。

北方人吃面食，犹之乎南方人的米食，到了新年里，北平人接姑奶奶回娘家，也都以饺子款待。另外有一种馅饼，做法和饺子差不多，不过形状是圆的。在北平煤市街有一家专门作馅饼的，姓周，店名就叫"馅饼周"，所做的馅饼，在北平号称第一，初到北平的南方人，倒不妨去试试。

讲到北方的螃蟹，却比南方出现得早，到了废历八月，就很肥大了。前门外肉市正阳楼，是煮螃蟹最出名的，所以生意很不坏。而且北平人还有一个脾气，就是在正阳楼吃过螃蟹之后，同时还要吃那馆子里的烤羊肉。讲到烤羊肉的吃法，说来也很特别，就是在庭中摆一个炉子，上覆铁丝网罩，食客围立四周，大家都是一只脚站在地下，一只脚踏在板凳上，以竹筷夹着极薄的羊肉，放在火上烤，烤熟之后，蘸着酱油和醋吃。不过在烤的时候，须有分寸，否则不是太老，就是不熟，万一不小心，羊肉还要掉在火里。

此外，北平还有两个斋，是非常有名的。一个叫信远斋，地址在琉璃厂，擅制酸梅汤和蜜饯；另外一个，叫正明斋，在前门大街，是专售饽饽的。所谓饽饽，也是一种面做的点心，北方人十个有九个爱吃，遇到送礼的时候，拿着正明斋的饽饽送人，是颇受人欢迎的。

（《机联会刊》1936 年第 146 期）

北京味儿

萧　志

　　自古道北方是膻酪之乡，那种口味是南方人所不惯的。尤其是生葱大蒜的气味，十有九个南方人都不敢请教。然而秋高气爽之际，寒气初凝，肥羊正好，几个人敞着衣襟围着火炉，烤着羊肉，和脂麻烧饼同吃，虽然是胡俗，确是别有风味。北方一切生活情绪总是那样浓重阔大，直截痛快，地理环境有使之不得不然者，因为天气太冷，所以不得不采用烧烤的烹调，又因为火气太重，不得不拿生菜来调剂。我想善于冷食的莫过于北京人了，在寒风凛冽堕指裂肤的长夜中，可以买到脂红玉白的水萝卜，还有那家家必备能解煤毒的腌白菜，一嚼之后，凉生肺腑，酒后食之，尤为妙极。冰糖葫芦是各种鲜果如葡萄荸荠山楂核桃之类浇上冻凝的糖汁，外脆而内柔，也是别处决吃不到的。真正北京饭馆中，当三伏天气，第一样拿上来的是冷盘，用冰块拌着鲜菱藕莲子以及核桃，尤其十刹海一带的饭馆，本地风光，随摘随吃，还可以凭阑消受湖边的荷风柳月，不愧为消暑胜境，较之电器冰箱中拿出来的冷饮，更饶自然之趣，然则北京人不独善于浓肥之味，其能利用丰富的蔬果，也颇值得效法的。

　　讲道地的烹调，北方究竟不免过于单调，北京是个四方游客云集之地，所以不能不有调和南北风气的馆子，于是山东馆兴焉。山东人本来在北京人中最善于经商，北平许多重要商业都在山东人之手，他们的生活方式自然很可以影响一班大众。不要以为山东人是侉子，济南风土之清秀不亚江南，古人已有定评，沿海一带，文化尤为发达。就是鲁东，从前运河驿道所经，也很殷盛，他们恰好处南北之中，所以两方都容易接近。其口味的特点，在乎以清腴救过浓之弊，只是我们觉得汤菜太多，未免单调，也是一种缺憾，但北京菜之中，够得上讲口味的，总要推山东菜的了。

民国初年是银行事业极盛之时，银行中淮扬镇一带的人较多，而清末民初之间，京城有几个显者，也是此中人，所以淮城厨子也走过运。次之便是闽菜，因为福建人团体最坚，乡谊最重，而他们的口味又是那样特别，非此不欢，所以势力殊为不小。至于川湘菜，在南都虽然占重要位置，而北部却始终不曾十分发达过。

回想我们耳目所接，六十年来，始而科举应考，继而捐班引见，又继而学校宏开，又继而议员麇集，又继而军阀政客，此仆彼起，哪个不要进进八大胡同，听听京戏，上上北京馆子，最低限度，总有些三亲两友，往来酬酢。北京的风气，考究吃的都不喜欢在家请客，其原因是从前京官都住在南城，离酒食征逐的地方都相近，无论选色征歌，都很方便，在家反不免有些拘束，而况馆子里可以代你送信请客，其待客之和蔼周到，规矩内行，又是独一无二的，你倦了醉了，可以躺在极干净炕上，饿了可以先吃点心，菜吃不完可以马上送到贵宅。非但此也，前清京官上馆子，照例是不惠现钞——现在可不行了。你是甚么功名，翰林几时可望开坊，部曹几时可望得京察，你的座主同乡世好姻亲有些甚么阔人，平日都打听得清楚，若是军机章京都老爷，更是趋众惟恐或后，他们绝不怕你漂账，等你放了外任，就来收账了。久居古都的人，总还想得起这种故事，北半截胡同广和居，是最有名的老菜馆，相传有何绍基所署账单，上面写着子贞亲笔。这件宝贝，后来广和居歇了业，不知归于谁氏了。北京的规矩，店铺都有铺底，辗转互相授受，这是要出钱买的一件产权，买来之后，尽管另换招牌，这种手续叫做出倒。

张之洞樊增祥的诗中都提到广和居，虽然是北方馆，可也是一班南方士大夫捧起来的，所谓潘鱼是苏州潘炳年，所谓吴鱼是吴均舍，所谓江豆腐是安徽江树畇，光绪末年，又有韩朴存教以锅烧猪肘，叫做韩肘。民国十七年以前，四壁挂秦树声、章华、邵章诸人的诗字，都是宣南寓客。最后曹经沅在故都，还替它鼓吹过一番。然而无论如何，雅人深致总敌不过庸耳俗目，人家都要想热闹地带，请些不伦不类的客，吃些不甜不咸的菜，谈些不痛不痒的话，至于曲巷闲坊，花晨月夕，二三知己，杯酒论心，久矣乎无此风趣，而况广和居的主顾，都是贞元朝士，久已寥若晨星，反不如西四牌楼的白肉馆，倒还有些普罗的引车卖浆之流，作座上客，他们所谓明朝传下来的肉锅，成了北京城稀有的历史古迹了。

北京的烤羊肉虽然美，然而只宜于秋冬，四季咸宜，雅俗共赏的还要推烧鸭，这件事西洋人捧得最起劲，他们说北京的特色是"三D"，第一是鸭子，第二是灰尘，第三是外交团，Duck，Dust，Diplomats，三个字的英文字母，都以D字起，这话原是东交民巷的人说出来的，连他们自己也算在内，真是语妙解颐了。自同光以来，除掉公车士子，引见外官，议员军阀政客之外，外交团确也增加辇毂不少风光。他们观光的志愿尤其虔诚，玩起来比中国人更会玩，甚么怪地方怪事情他们都能找到的。北京士大夫的作风，魔力真不能算小，连万里外的大腹贾和仪态万方的贵妇人都极羡慕而揣摩得惟恐不似。他们最对胃口的是红绢官衔灯笼，挂在大门口，原是非常壮观，只可惜现在的政体不容许红缨帽的存在，然而有一个小国的使馆至民国二十年左右，还用这种装束的看门人。他们认为北京的脂麻烧饼与小米粥是世界最可口最富营养的平民化食物，天天都吃不厌的。北京的土炕与纸窗，中国人刬除之惟恐不尽，我们租房子以土炕与换玻璃窗为第一条件，他们租房子却要房东替他们把土炕纸窗修起来。的确，外国文化人看着北京房屋那样宽敞舒适，庭院那样宜于养花养鸟，而狗与猫又都那样可爱，买书借书收古董又那样便宜，雇用人又那样廉价服从有礼貌，街上的平民生活又那样简朴和平，易于接近，在西山庙宇里租上几间房，可以穷奢极欲畅所欲为地过一个暑假，就是把一座庙整个买下来，也不是一件难事。谁不感觉到北京士大夫的自得其乐呢？大约这三十年总养成了不少的外国北京迷，他们古书房里堆着满架的线装书，甚至堆到地上，还要帮办笔墨应酬，写信给中国人，一定要称仁兄愚弟，接到帖子，一定要请一位先生送对联。平日的起居，早晨是不起来的，经常的消遣——或者也可以说事业——就是逛旧货摊。至于听戏吃馆子，那更是头头是道了。

凡是西洋人记北京的书，几乎无一部不提鸭子，吃鸭子的地方，总是叫作便宜坊，内行的人晓得真便宜坊在米市胡同，其实也不一定真的才格外好，后来文化经济集中内城，也就少有人专诚跑到城外去吃了。鸭子一个个标好了价目，你要吃多少斤的，他先拿给你看明白了，再给你片来，一碟又一碟，和生葱蘸酱，裹以花卷，七八个人也觉吃它不完，临时还拿鸭骨头炖白菜，愈觉清香，一洗腥臊之气。妙在味既美而价又廉，既简单而又不单调。

北平菜馆有一点应该做到的优点而从不曾做到的，就是不能利用第宅园林的结构来增加酒食嬉游的兴趣。人生衣食住三个条件是如连环不可分离的，在优美的环境里，眼对绮罗清艳，再品着美酒佳肴，不是尤为圆满么？为甚么喧嚣局促污秽的局面不肯改革呢？《负曝闲谈》里所描写的致美斋，窗外是煤，煤堆旁是溺窝了，的确始终没有改过。别的都市，寸金之地，找不到宽闲地方，那还罢了，北平甲第连云，洞天福地，所在皆有，何以不能利用呢？像广州的南园，虽然地势不宽而布置何等曲折幽静呀。最可惜的是中央公园，有那么好的环境，而致美轩春明馆一带，还是和市井一般的布置，并没有小院回廊，也没有锦茵绣幕，太与外间的苍松怪石画栋朱楹不相称了。

假使有一家私人的园林，能供应上等的烹调，庶几方可为故都生色，谭家菜就是这样产生的。谭名祖任，广东南海人，家世清华，讲究书画，喜交游，好饮馔，在抗战前后十年间谭菜的声光，真了不得，足可算得故都风光最后一段精彩。在这个期间，士大夫都已南迁，故家乔木可算沦落殆尽，旧梨园供奉的声客，也已成广陵散，海王村畔，所寓目的尽是些不堪入目的赝品古董，一切景象，万分消沉，只有这一点还是硕果。

本来广东菜馆在故都不甚出色，只有粤籍寓公的私家作出来的，才能代表真正的岭南风味。谭家的女眷能亲自入厨，他在米市胡同的南海会馆收拾出两间精雅的书斋，虽不算是甚么园林名胜，然而谈起戊戌政变时逮捕康氏弟兄的一段掌故，座上客却不能不为之感慨低回。始而几个文人轮流在这里置酒延宾，既而声名越做越大，耳食之徒，震于其代价之高贵（在抗战初期，要一百块钱一席）。觉得能以谭家菜请客是一种光宠，弄到后来，简直不但无"虚夕"，并且无"虚昼"，订座的往往要排到一个月以后，还不嫌太迟。他只有一间餐室，而又不肯"外会"，还有一个条件，请客的一定要连主人请在内，所以谭君把鱼翅吃得肥到气喘不安，终于因高血压而送命。然而那种时期，士大夫隐于厨传，究竟不失为一种寄托，是值得称道的。

谭菜的拿手在鱼翅，这一大盘鱼翅真是纯净而腴厚达于极点，吃了之后，也不想再吃别的了。所以继之以一碗清炖草菇汤，不着油盐，纯取其真朴。还有一样著名的白斩鸡，据说是开水烫熟的，所以其嫩非凡，未了杏仁菜和甜点心，一上来，就知道"观止矣，虽有他乐，不敢请矣"，若是你还坐着等饭和稀饭，那就是贻笑大方的大外行了。到了客厅，然后用极精巧的茶具请你喝铁观音茶，这也是非内行不会喝的。

（《四十年来之北京》初集，黄萍荪编，
子曰社 1949 年 12 月再版）

吃过了吗

味 橄

我们无论到一个什么地方，用不着仔细去考察，只消听取人们相见时应酬上的片言只语，便可知道他们生活的重心，和人情风土的大概情形了。伦敦一年四季难得几天好天气，人们见面第一句话，就是说"天气好"。江西人多不惜抛下娇妻爱子，向外省去做生意，以求生财，所以他们见面便道："发财，发财。"上海人在忙忙碌碌的生活中打滚，朋友相见时的寒暄语，开口便是"忙吗"？北平的情形，可就和上海人不相同，住在那里的人们，最能享受闲的滋味。他们似乎每天都是清闲的，太忙了想偷闲，太闲了自然也得想办法来消磨岁月，于是乎高人雅士便吟风弄月，拜佛烧香，玩骨董，种胡麻，即市侩俗人，闲来无聊，也学得几分风雅，擎着鸟笼晒太阳，半日光阴之流逝，不难立待。但不分高人市侩，他们中间却有个共通点，真所谓雅俗共赏的，便是吃！吃是北平人的生活，所以他们一见面，便问："吃过了吗？"我们在上海忙坏了的人，一到北平，也就乐得一身闲，每日除闲游之外，当然只有吃了。

北平的名菜馆有东兴楼、丰泽园和玉华台等，但这都是燕会的地方，如果没有专门家的菜单，也未见得能吃得好。吃番菜有廊房头条的撷英和中山公园的来今雨轩等处，一在闹市，一在名园，仅因其地点而得名，至于番菜当然不能列入北平的吃的项下。我所要吃的是小吃，惟其是小吃，才能尝到真正北平吃的风味。两三个人

去吃，至多花得一两块钱，使你未吃之先不敢入门，既吃之后便想

再去。其中使我最不能忘的，便是那家吃烤牛肉的馆子。房子共三
进，第一进是几块篾褙搭成的，一张台子，几把凳子，就摆在这个
凉篷之下，不消说，这是占领着大街上的地盘。第二进有一个烧
柴的大灶，和旁边一个切牛肉的案板。案板边站着一位大汉，他低
着头手不停地在切着牛肉。他这儿的牛肉是特别选拣过来的，他的
刀法尤其高妙。第三进才是一间正式的屋子，里面放着三四张方桌，
方桌的周围有很长的板凳。我们进去时，先到这里坐下喝茶，等外
面的客人走了，便随即跑出第二进去，立在灶旁，把地盘占定之
后，就向那位大汉要了一斤牛肉，于是随着牛肉给我们每人送来了
一碗酱油水和一盘生葱，几个烧饼。原来牛肉已经切成了极薄的细
片，随我们吃多少可以箍多少。灶上反放着一口平锅，锅底下炉火
熊熊，锅上面焦头烂额。我们先用筷子箍了牛肉和生葱浸在酱油水
内，然后放上锅去，就用筷子拌着，等到牛肉一熟，更由锅上直接
送入口内。这种对锅而吃的办法，倒也别饶风味。听说有的一人能
吃两斤，甚至可以吃上瘾呢。牛肉吃得嫩，确是很滋养的。日本人
吃的牛锅 (Sukiyaki)，也正同此一理，不过日本人是将牛油、酱油
先倾在锅内烧开，然后再将牛肉放下去煮。这儿却是把牛肉放在锅
上焙，但不等到焙干，早已下喉。这口锅上面结着重重的锅巴，正
表示它有悠久的历史。我们初去，这样立在灶旁对锅大嚼，觉得很
不雅观，其实从前已有不少的文人名士都是这样吃过来的呢，《湘
绮楼日记》上似乎就说到过这个地方。当今北平的文人名士，也有
不少爱到这儿去吃烤牛肉的。我一到北平，就有人邀我去吃，有天
正午跑到那里，却仍是店门未启，冷落无人，一问才知道要下午三
点钟才开始做生意，只得怅然而返。直到我将要离开北平的前四日，
友人曾觉之兄请吃饭，他说大家好朋友不必拘泥形式，所以不用请
柬，我也颇以为然，谁知他矫枉过正，连口头之约都只说了一半，
竟没有把地点告诉我，我因为访问同乡的老画师齐白石翁去了，误

了他三次电话的邀请，回来打电话遍查，查不出这位中法大学的教授在什么地方请客。等到夜里快八点了，只得在绝望之中，想到形式主义还是有它的好处。这时盛成中兄忽提议去吃烤牛肉，我自然欣然就道，谁知这临时的机会，反给了我一个最深的印象呢。

牛肉之外，有所谓涮羊肉，也是北平食谱重要的一页。吃涮羊肉的地方，首推正阳楼，次为东来顺和西来顺等处。吃法是用的火锅，先送一锅清汤来，羊肉全是生片去皮卸骨，切成纸一般的薄片。我们平日所不吃的羊的内脏，这儿都成了盛馔。最奇怪的，就是我们只消放在那火锅中涮了几涮，吃来连普通羊肉的腥气都没有了。我平日是不大吃羊肉的，这回也就饱餐了一顿。尤其是吃到最后，羊肉都吃光了，只剩下锅中一点变了色的汤汁，这却真是下饭的妙品。听说这种客人食馀的锅底子，店里还可以拿去卖得两毛钱呢。

牛羊肉的地方都是清教馆子，要想吃猪肉，这些地方是求不到的。好在北平无论什么都有专门，哪怕是普天下人最普遍的食物——猪肉，到了北平，也就有它的专门店家了，那便是砂锅居。那儿除了猪肉以外，没有别的吃的，且吃法也很简单，正同我们南方人在夏天吃的白片肉一样。所以讲究吃的人，还得自己带好酱油去，不然，如我们这些对于猪肉并无特别嗜好的人，也就吃不出特别味道来的。

北平人最爱的是游和吃，所以供人游览的地方，大都可以供人吃食。如中山公园除了吃番菜的来今雨轩而外，还有川菜馆长美轩等。同样，北海公园中便有一家著名的仿膳。这家馆子的后面有九龙壁，旁边有五龙亭，白塔隔水相对，为游人必到之处，再加以老板是逊清的御厨，"四美具，二难并"，较之其他馆子真是别开生面。这儿顶有名的肉馅烧饼、小窝头，据说都是慈禧太后日常最爱吃的。

北平可吃的小馆子还有很多，譬如我到北平去吃的第一个馆子，就是穆家寨广福馆。那儿的特色是老板娘亲自掌锅，至于名菜的黄花鱼，自然也有一种特别风味，不过我当时因初到北平，一切对于我都很新鲜，还吃不出它那与众不同的独特的味道来，尤其是第一次看见烧饼上也有龙的图案，使我感到已置身于旧时的帝都。等到几个人大吃一顿之后，结出账来，其数目之微，尤使我大吃一惊，这种对于代价的深刻的印象，竟把对于菜蔬的浅浮的口味驱走了。我在这种价廉物美的口福之中，只管轻轻自语，谁说"吃在广州"呢？

（《北平夜话》，味橄著，中华书局 1935 年 3 月初版）

故都的饮食

汪耐寒

故都地邻漠北，尘土飞扬，因有"若无帝王在，犬马不肯来，无风三尺土，有雨一缸泥"之传说。第自有元以迄逊清，七八百年来，建为帝都，竭四方之精髓，供独夫之挥霍。其宫阙之宏壮，山水之明秀，与夫器用服御之豪奢，直足以傲视宙合，莫与颉颃。而于饮食一道，尤为集天下之大成，凡川、粤、黔、滇、苏、扬、豫、鲁之名庖，麇集于斯，各有专长。即设备简陋之炸三角铺，亦必有一二名馔，以饷老饕。北平酒菜业，规模最宏者曰"堂"，如同兴堂、燕寿堂等；其次为"楼"，如果东兴楼、斌升楼等；再次则为"斋"为"居"，如致美斋、天瑞居等。鱼虾登市，必尽先由堂选购，次及楼、斋、居等。至于杯勺箸碟等席面之置备，当推东兴楼为翘楚。附设专部，主持其事，多至数千百席。同业中遇有盛大宴会，而感食器不敷支配者，辄向告贷，酌取赁值焉。

食肆遇有稔客莅止，必有馈献，以示敬意。余酷嗜泰丰楼之敬菜"割雏烩乌鱼蛋"。割雏，即鸡鸭血，味调酸辣，而鲜嫩适口，为解酒妙品。其次如天瑞居、天盛居等处，则有蜜饯果脯、酱露拌豆腐、芝麻酱拌萝卜须芽等小食，更迭并进，足以调和口味，增进食欲。

故都之以庖厨起家者，为贾某，江都籍，自民初即为中国银行庖人，历久不替。貌似乡愚，眇一目，而举止豪华，拥有姬妾，出必驷车，公卿为之气短。尝独资开设藕香榭于西城，名噪一时。

名宦巨室之拥有善酿者，辄珍同拱璧，窖藏经年，遇有盛会雅集，始开瓮饷客。有倪先生者，吴人，尝设雪香斋酒肆于韩家潭，其于杯中物之调配烹煮，具有心得。每应东道之召，来主觞壶之政，则铢两悉称，寒温咸宜，一般酒徒，几无倪先生不乐。

（《礼拜六》1947 年第 60 期）

故都秋味

老　饕

　　张翰当年见秋风乍起，顿起莼羹鲈脍之思，北方人士久客江南，值此晚秋天气，最难将息的时节，也未免勾动乡愁。前阅报，载翁咏霓院长讬秦绍文将军从北平代买羊肉携京的消息，不禁忆起故都深秋风味。

　　北平景物，四季咸宜，惟在秋季最足使人怀恋。白云霜叶，绿瓦红墙，天色是碧蓝如洗，满街飘荡着各色水果和炒栗子、烤红薯的香味，淡淡斜阳照过寂静的小胡同里，偶尔送出一两声卖老鸡头、鸭儿梨赛糖的吆喝！午睡初回，到五龙亭畔小坐，泡一杯清茶，荷风满襟，莲香藕脆，遥望涟漪堂碧海无波，天半红霞衬着白塔倒影，海上几只小艇轻绡纨扇，双桨如飞，真不知是人间？天上？

　　北地牛羊，入秋渐肥，前门内户部街月盛斋的五香酱羊肉最脍炙人口。同治《都门纪略》载咏月盛斋烧羊肉诗云："喂羊肥嫩数京中，酱肉清汤色煮红。日午烧来焦且烂，喜无膻味腻喉咙。"前人之言，并非溢美，无怪翁院长要念念不忘了。

　　北平习俗，立秋后相约加餐，谓之"贴秋膘"。各大饭庄门前，竖两木牌，大书"烤"、"涮"二字，以招顾客。《都门琐记》："正阳楼以羊肉名，其烤羊肉，置炉于庭，炽炭盈盆，加铁栅其上，切生羊肉片极薄，渍以诸料，以碟盛之，其炉可围十数人，各持碟踞炉旁，解衣盘礴，且烤且啖，佐以烧酒，过者皆觉其香美。"其实烤肉不用炭，而用松柴，火光熊熊，松烟缭绕，烤熟的肉片略带些松子香。吃肉的人，也有一定姿势，一足着地，一足踏木凳，手持尺馀长箸，旁置小酒壶，且炙且啖，自酌自饮，更无衣冠酬酢之烦，豪放之态，愈觉可爱。

宣武门内安儿胡同，有宛姓兄弟卖烤牛肉，亦名满故都。院中置两大烤炉，食客环立，其兄操刀切肉，手法极娴熟，矮屋低檐下，列坐衣冠楚楚十馀辈，皆静候补院中食客缺者也。"七七"战起，余亦飘零关塞，十馀年不归故乡，人海沧桑，战乱未已，在报上看到东来顺封灶的消息，不知"烤肉宛"于今尚在否？

（《军中文摘》1948年第2期）

北平的饭馆子

齐如山

北平这个城池，因为是做了六七百年的首都，一切的事业，都格外地发达，所以可以系恋的事情及地方都很多，而最令人思念不置者，莫过于饭馆子。有人说，饭馆子无论在什么地方，哪一个城池，只能做得好吃，都可系恋，岂只北平呢？这话自然也有道理，但北平的饭馆子，与别的地方不同，若只按好吃说，那可以说各处有各处的口味，不必一定北平。若按饭馆子的分类及组织法说，则全国以北平为第一，我们分析着大略谈一谈。

第一先谈谈它等级的分别。

最高者为厨行，只有一个人，住宅门口，有一小木牌，上写厨行某人。他自己所预备者，只有刀勺，其馀都是租赁。好在北平常有出租磁器家具者，杯盘碟碗匙箸等等，以及厨房锅盆案板等等，一概俱全。这种厨行平常无事，如有宴会，可以去找他，一桌两桌也可，多至千八百桌，也可以承应。说好之后，他现约人，从前凡婚丧庆寿团拜等聚会，多找他们，因为他们价钱较为便宜。民国以后，官场人多是新进，不知有这一行，没有人去找，于是就衰微了，然旧家庭做年菜者，还是找他们。

次等者，为饭庄子，凡此门口之匾，皆曰某堂，此种又分两种。稍大者为冷庄子，平常不生火，有婚丧寿庆团拜等聚会，现规定一二桌也可以应，千八百桌也可以应，届时现生火。他们都有坐落的地方，小者有两三个院，二三十间房，大者七八个院落，最大者，都有戏楼，以备大规模之宴会演戏。小者为热庄子，平常就有火，也可以零卖，可以随时去吃，然预备的房子也不少。在此请客者，虽只有一桌，亦可独占三间，或一个院落，所以从前凡稍讲究之请客，都在这种庄子之内，不会在饭馆之中，以此处雅静，彼处太喧嚣也。

以上厨行、两种饭庄子，都是宜于人多的宴会，至少也得一桌。若三数人零吃，则不合适，因为他们的菜品，多偏重炖、蒸、煨、焖等等的做法，不怕火候久，一次开几十桌，即由锅中盛出，或由蒸笼中取出，即妥。虽多蒸两回，也不至大伤口味。若现炒讲火候之菜品，一次开三桌以上，便不适口矣。因炒菜，一次只能炒一盘，两盘以上，口味便差。若同时开几十桌，那是不会好吃的。

再次为饭馆子，这种种类很多，然大致可以分大中小，及特别四种。大者如丰泽园、泰丰楼、东兴楼等等，成桌之菜亦很好，但最多不过两桌，再多口味便差。他们也应外会，几十桌几百桌，也都能做，但是他们须外约行中厨役代做。一切的菜品，便近于饭庄子的口味，那就绝对非其所长了。倘有十来个人，需要吃，也非常合宜，因为他们的菜品，都是偏于清淡，且爆炒清蒸的菜较多，全是讲火候的菜，稍一迟延，口味便减。中者如天兴楼、天瑞居、鼎瑞居等等皆是，这种也可以做整桌之菜，但不会好吃，最好是七八人零吃。小者如春华楼、春明楼、恩承居等等，最好是零要零吃，亦未尝不可勉强成桌，但绝对没有好之菜了。特别者，亦有大小之分，例如砂锅居即其大者，正阳楼、全聚德，即其较小者，这种馆子与平常普通馆子不同，它没有普通的菜品，砂锅居只有猪肉，正阳楼只有羊肉螃蟹，全聚德只有鸭子，它们虽也很有几种菜品，但不能出它自己的范围。除砂锅居外，绝对不能成桌，最好是几个人或十馀人，随便吃，另有风味。砂锅居则有全猪之席，可做菜品一百馀种，但出不了猪的范围。

最次的名曰饭铺，这一种种类极多，然大多数都是有几样做现成之菜，虽也有现叫现做之菜，但口味也简单得很。例如润明楼、东来顺、馅饼周等等，乃其大者；都一处、百景楼，以及粮食店之深、冀州之各种小馆，乃其中流者；其馀如各种饺子铺、包子铺、锅贴铺、豆脑铺等等，乃其小者。其实这种饭铺，有的比饭馆还大得多，例如润明楼、东来顺等等，就比秀华楼、恩承居大得多，但是这种都叫做饭铺，因为从前管卖菜品者叫饭馆，而专卖面食者，则叫饭铺。虽无明文规定，但大家心目中都是如此。而这种之基本食品，多是面食，像饺子铺、包子铺，不必说了。而润明楼、东来顺等一等，虽卖的炒菜种类也不少，但他们基本食品还是饺子、面条、馅饼、锅贴、馒头、烙饼、花卷、烧麦、包子、馄饨等等，而且它现炒之菜，也没什么好吃。从前凡到这路铺子来吃饭的人，都是注重面食，再要一两冷菜佐酒而已。要现炒之菜者，则系少数。后来外行人多，到此亦大要现做之菜，未免冤枉。因为若想吃现炒之菜，不及往饭馆较便宜，而且适口也，然三五友人，随便吃饭（非正式请客），则以这些饭铺为宜。因为只要一两样现成之菜喝酒，其馀主要食品，则系面食，又快又便宜，则较饭馆子现做之菜，省时间多矣。所以有许多饺子锅贴铺等等，除面食外，只卖预先做成之冷菜，如酱肉、苏造肉、肝肚、松花鸭蛋等等，不卖热菜。一则自己省火，二则食客可以快吃快走，于客人也极方便也。

此外尚有两种，外面不像馆，而确系饭馆者，一系便宜坊，即盒子铺，外面纯系卖猪肉之铺子。所卖者，除生猪肉外，兼做熏腌等熟的肉品，有时兼卖饭座。所卖之菜品，都是它柜上现成的，有时烙饼都须外买。例如全聚德，及老便宜坊等，都是由这种又发扬光大起来的。大致这种铺子，凡匾上只写盒子铺者，都不挂卖饭座；如写便宜坊者，则带卖饭座，否则便宜坊三字，没有着落了。如带烤鸭烤猪者，则写明老炉铺，此定例也。民国以后，则不一定了。一系大酒缸，这种原来本是零卖酒的店铺，预备的几个座位，没有桌案，只是几个酒缸，上面有盖，摆放食品。有的只预备几样零食，用以下酒，有的带卖饺子馄饨包子等等，则居然小饭铺矣。以上两种，从前生意都相当发达，民国后，新进人物不理会，不知有此组织，去吃者甚少，于是便宜坊都歇业了，然大酒缸存在者还很多，亦因其有门面，大家容易看得见也。

北平的饭馆，种类多得很，上边不过大略谈一谈，各阶级有各阶级的特别菜品，各家又有各家的特别菜品。按阶级说，饭庄子的菜品，碗中的菜，则是清蒸炉鸭、四喜丸子、米粉肉、八宝饭、烩海参、川三片、烩三鲜等等，在笼中蒸多大工夫也没关系，几时用，几时取出，于味亦无大伤损。盘中的菜，则是爬海参、炒三冬、清炒虾仁、炸肫肝、糟溜鱼片等等，每一勺，可以做出几盘来。饭馆的菜品，则多讲火候，可是哪一家，也有哪一家的拿手，例如东兴楼的糟蒸鸭肝、糟煨茭白、烩鸭腰等，泰丰楼之赛螃蟹、酱汁鱼、芙蓉鸡片等，明湖春之龙井虾仁、川双脆，丰泽园之草把鸭子、金银肉，瑞记饭店之青炒豌豆、烩羊肚菌、炒三泥，厚德福之瓦块鱼、封鸡、铁锅蛋、八宝榛子酱等，春华楼之松鼠黄鱼、炸锅炸，恩承居之草菇鸡片汤、蚝油牛肉等等，全聚德之烧鸭、烩鸭腰等等，都不是其他饭馆可以媲美的。不但如此，此外还有许多不出名的饭馆，也有许多特别的拿手菜，例如后门外桥头的包灌肠，鲜鱼口苍仙居的炒肝，煤市街耳朵眼的口蘑馅饺子，煤市桥百景楼的炸馄饨，前门大街都一处的炸三角，肉市豆腐脑铺的白肉，烤肉宛的烤牛肉，砂锅居的鹿尾，米市胡同老便宜坊的烤鸡。从前还有些品种，现在早已没有了，如九和兴（东兴楼的前身）的炸元宵，炸出来雪白，如像一团棉花；东安门外迤北和兴馆的溜里脊，送到口中，跟豆腐一样。这些情形，说也说不清，想起来，都是令人馋涎欲滴的。

前边所说，都是它大小阶级的情形。现在再谈谈它的组织法，它的组织，可比北平以外其他各处的饭馆，完备得多。大致可以说一说，（一）菜品的盘碗较小，（二）不怂恿人多要菜，（三）客人吃剩下的东西不许柜上人吃，（四）侍役人等说话有训练。以上这四种，听着很平常，细一按，确有它极好的道理，兹分着谈一谈。

（一）菜品盘碗较小。凡到饭馆中去吃饭，虽然俭省，也要多吃几样，比方八九个朋友，要十几样菜，方能解馋尽兴，但是谁也不愿剩下许多。无论主人客人，看见剩菜太多，人人心中不愉快，此不止专为那几个钱，总是觉着它是无义的糟蹋。所以从前北平饭馆中，盘碗都小，每人一两样菜，每样每人不过一口，吃得样多而又剩不下。这两件事情，是人人心中舒服而高兴的。别的城池中的饭馆子，不懂这种情形，盘碗都很大，倘有八九个人吃饭，最多要六个菜，已经吃不完，剩得很多，如此则每人合不到一样菜，吃得不会尽兴，而又剩下，看着心中不愉快。若只是两三人去吃饭，几乎是要两样菜，便吃不清，这都是令人不愉快的事情。客人心中不愉快，他便不容易再来，这于生意一定是有损处的。再者，从前饭馆子的主要宗旨，不让人吃够喽，除大菜外，每个菜每人不过两口，如果不够吃，可以再要一个；因为吃不够，则下次还想来吃，倘吃够喽，则下次便不容易再来，何况剩下许多，给人留下一种不好的印象呢。这是从前北京饭馆子的一种心传。

（二）不怂恿人多要菜。从前北平请客宴会，非极庄重的局面，不会预先预备整桌的菜，因为它不见得都合乎客人的口味也。所以大多数都是，预定两个临时不能做的大菜，如鱼翅鸭子等等，其馀都是由各人自点，谁爱吃什么谁就要什么，大致是每人要一样，连上四个凉盘，及两个大菜，也就足够吃了。所以大家入座之后，主人便让大家点菜。在这种地方，北平从前饭馆子的规矩，可就比现在两样多了。现在饭馆的茶房，总是怂恿客人多要菜，每人已经要了一样，他还极力地说，某某菜是本馆的拿手，某某菜是目下正当时的菜蔬，让个不了。大致是无论谁请客，虽然都愿意客人吃饱吃好，但谁也不愿意多花钱，这是一定的。客人点菜的时候，主人是非让不可的，他再帮着让，再碰到不在行的客人，往往闹得不可开交。非遇到一位在行的客人，极力一拦，说菜已不少，很够吃了，不必再要了，才能把此围解开。这都是与主人以不愉快的地方。旧式的茶房则不然，遇到客人点菜之时，他便先要报告，主人的敬菜是什么什么，其馀随诸位随便点等。到大家每人点一菜之后，主人只管让，他就说菜不少了，先来先吃着，不够再找补。只这两句话，便可以算是面面都到，请客的人，焉得不高兴呢。

（三）客人吃剩下的东西不许柜上人吃。这件事情，虽说是小事，但很有关系。其实剩下的菜，大家分着吃喽，岂不省下特另做吗？但是有毛病，因为果如此，有不规则的茶房，他可以作弊，特另要一样菜，他说是客人要的，客人出了钱，他可是不把菜端到桌上去，结果他自己吃喽，各样弊病，种类很多。在从前，饭馆子地方宽，屋子多，这是很难稽查的。这不但于柜上有损，且于客人有伤，所以从前所有饭馆子中的剩菜，都是卖给小贩，回家加上白菜、粉线、豆腐、猪血等等，再把它一熬，挑到街上出卖，价极便宜，且很好吃，而饭馆子中同人所吃，则特另预备。

（四）侍役人说话有训练。北平饭馆中的茶房，最有训练，必须得拜师学徒，教授法也真有心传，与客人对答，是不卑不亢，自然要顺着客人说，有时也要驳回。按顺着客人说的话，是很容易的，驳客人的话，迹近抬杠，是容易招客人不高兴的，但是他们说的话，虽然驳了客人，可是还能使客人不但爱听，而且听了还感觉痛快。这真是北平以外的饭馆子，不但做不到，而且也想不到的。他种种的说话法，孔门中的言语一科，总算真能够得上，《四书》中所谓洒扫应对进退，这六个字，他们可以算是真能做到了。我从前有一本书，专记载他们这种话，每遇听到一套新鲜的，回家总要记录出来，共总记了有三百多条，可惜这本记载，没有带出来，现在只把记得的写出几条来，请诸君一看就知道他们说话，是有传授有研究的了。

一次，点了菜，可是来得太慢，客人问，菜为什么老不来？茶房说："火候不合式，不能给您端上来，能够来晚点挨两句骂，不能端上来不好吃挨骂，您微微地等一等就来。"

一次，有一阔人，嫌菜不好，说："你们这个厨子，可真糟。"茶房说："要比您府上的大师傅（北平厨役的称呼），那自然比不了；在外边饭馆的厨子，我们这个，也可以说是数一数二的了。"

一次，一位说："你们这个厨子，越来越退化了。"茶房说："不是厨子越来越退化，是您越吃越口高，所以从前吃的，现在都吃不上口了。"

一次，一人说："菜太咸，没法子吃。"茶房说："一人一个口味，这位吃着口重，那一位就许吃着口轻，这个咸了，咱们再给您来一个，让它口淡点，您看好不好？"客人问："再来一个，算钱呢。"茶房说："当然不敢算钱，不过您要吃着好吃，就是算钱，您也是高兴的。"

一次，一位说："你们这买卖，越做越回去了。"茶房说："您们诸位老爷要是常来，就不会那个样子，要老不来，可就真要快回去了。"

一次，一人吃一样菜，原料不好，说："你们怎么买这样坏的条货呢？"（条货，原料也，北平都如此说法。）茶房说："今天没有买到好的。"客人问："为什么呢？"茶房说："一则好的少，二则也是被别人抢先给买着走了。"客人问："谁家买去了呢？"茶房说："听说是您府上的大师傅。"

一次，一人说："你们的菜，近来做得可真不好。"茶房说："要真是那个样子，光么请您，您也不来。"

一次，一位说："你们这儿的菜，可做得真好。"茶房说："您这不是夸奖我们，您这是恭维请客的主人。我们这儿若是不好，主人也不会请您们几位老爷到这里来吃。"

算了，也不必多写了，写起来，也没完。请看他们所说的这些话，又幽默，又轻松，驳了客人的话，客人不但不能恼，且听着好玩。旁边客人，也必大乐，并且是对阔人是一种说法，对生客，对熟客，说话亦各有不同。所说的话，写出来，看着也真好玩，简直的是够一部言语的教科书，连办外交的官员们，也应该用它做一种交际参考书。孔门中的言语一科，它算够格，这句话不算胡说吧。

以上这些情形，不但在台湾看不到，听不到，就说在北平，到民国以后，也不容易见到听到了。因为民国后，新到北平的人大多数不知道这些情形。比方说，到东兴楼去要饺子面条，固然没有，有也不会好吃。到东来顺，大要菜而特要菜，其实东来顺，除羊肉及饺子馅饼等面食外，所做之菜则绝对不会高明。于是或有人说东兴楼之饺子，东来顺之菜，都不好吃，这个不怨它两个饭馆子，而怨客人不会吃。因为有这种情形，当然就有许多人，想吃本乡本土之菜，于是各省的饭馆，都到了北平。此在前清是绝对没有的。只有一个厚德福，号称河南菜，其实也不尽然。各省的馆子，到了北平，自然也很好，但是把北平多少年的好习惯规矩，都给破坏了。第一菜盘太大，三个人要两个菜，就吃不清。第二茶房说话不够程度，曾记得民国几年，吾乡有两个人到北平，在前门外一饭馆吃饭，要了两个菜。茶房说，乡下人还会要菜，真不容易。这分明是挖苦他们，他们两个人，当然很有气，其他别的座客，也都以为他不应该如此说法，可是他们两人，也没说什么，赶吃完了饭把桌子一推，所有盘碗都摔碎了。茶房来问，这是为什么？他们说，你刚才不是说我们是乡下人吗？你去告诉你们掌柜的，说乡下人不安分，民变了。俟掌柜的来问，各饭客都说茶房说话有不对，因此也没有赔，白吃了一顿饭，经大家劝说，便算了事。这种实事当然不会多，但类似这样的情形，确也不少。这当然都是茶房没受过教育的原故。回想从前，遇有阴天，同三五友人，到饭馆中要几碟精致炒菜下酒，随便谈，随便饮，有时招呼茶房来，共同谈天，听他说些轻松的话，真是极饶兴趣。这种情形，几十年来，是没有的了。

（《齐如山随笔》，齐如山著，辽宁教育出版社
2007年2月初版）

北京菜

金受申

以前《正报》上的"北京通"，大部分谈吃，谈起吃来，北京真是完备得很，西餐有英法大菜、俄式小吃，中餐有广东馆、福建馆、四川馆、贵州馆、山西馆、河南馆，江苏馆又分上海苏州帮、淮安扬州帮，至于号称北京菜的，却又是山东馆，近年又有介于南北菜之间的，是济南馆，纯粹北京菜，是没有这种馆子的。有人认为白肉馆是北京菜，这也不尽然，试想砂锅居的白肉烧碟，家庭中能否做出？不过白肉馆是北京馆子中独有特制，旁处是没有的。其实白肉原是满洲吃法，北京旗族家庭喜吃煮白肉，遂有人认为是北京馆就是白肉馆，这话是不周延的。还有人认为烧鸭是北京特有食物，这是不错，不过老便宜坊仍写金陵移此，可见烧鸭也不是地道北京产物，因为北京填鸭得法，烧得得法，遂驾一切地方烧鸭之上了。

本文所谈北京菜，是北京家庭中家常菜，饭馆中是没有的，近年来旧家式微，一切老做法失传，又传入许多新菜蔬，遂使一般家庭竞仿新样，例如龙须菜、荠菜、盖蓝菜、苋菜、瓮菜、瓢儿菜，都是从先北京没有的菜，虽然龙须菜是北京特产，也没见有人吃过。至于炒蕉白、烧菜花、炒洋芹菜，北京三四十年前谁吃过？于非厂先生最欣赏北京家常菜，实在是有特殊风味，而且经济的。今天谈几种地道北京老家常菜，诸位能仿制一下，也是不错的，闲来命山妻做一两种，请一请知音的尝尝，也未为不可。

北京菜分小吃、日常菜、年节或犒劳菜三种，先谈日常菜——再及其他。（一）"大萝卜丝汤"，这菜最富养料，最有特别味道，现在正是吃这菜的时候，做法是把红胡萝卜、大萝卜（红扁而辣的萝卜）擦成丝，先把胡萝卜丝入锅煎，煎出红油为止，然后用羊肉丝煸锅，放入这两种萝卜丝（胡萝卜十分之九），故汤不可太多太少，妙在拨入面鱼，洒以葱丝、香菜、椒面、生醋，味美绝伦。（二）"炒胡萝卜酱"，将胡萝卜切丁，加羊肉丁、豆嘴炒之，必须酱大，也是秋末冬初果腹的食品。（三）"大豆芽炒大腌白菜"，白菜虽在南北朝时已有，但近代已成了北京特产，江南地方以北京白菜价在鱼翅以上，白菜一物，可咸可甜，可荤可素，可以任意做菜吃。切白菜成方块，以盐微腌，加大豆芽、猪肉片炒之，最能下饭，久成北京菜中佳品了。（四）"熬白菜"，北京熬白菜分两种，一、羊肉熬加酱，味不太好；二、猪肉熬不加酱，味道深长，如再加炉肉、海米、猪肉丸子，将白菜熬成烂泥，汤肥似加乳汁，冬日得此，真可大快朵颐了。北京以前喜以"把钻子"熬白菜，真有几十年老钻子的，佐以玉色白米，又何斤斤于吃粉条鱼翅，脚鸡眼似的鱼唇呢！（五）"炒王瓜丁"，炒王瓜丁是夏日绝妙的食品，将鲜王瓜、水芥切丁，加豆嘴（或鲜豌豆、鲜毛豆均可），以猪肉炒之，有肉则加酱，素炒不加酱，食绿豆水饭、素炒王瓜丁，顿觉暑退凉生，不必仿膳社去吃窝头了。（六）"炒三香菜"，切胡萝卜、芹菜、白菜为条，用羊肉酱炒，也是深秋美食。如生食，只用盐一腌，再加上一些醋，可以代小菜吃。（七）"炒雪里红"，用腌雪里红或芥菜缨，加大豆芽，以羊肉酱炒，最能下饭。（八）"闷雷震芥头片"，北京老家庭，春必做酱，秋必腌菜，不是为省钱，实在为得味。腌菜是腌芥菜、雪里红，顺便还可以放入白菜，一冬一春的咸菜，可以无忧了。大雪初晴，日黄入户，捧着一碗热粥，醋泡芥缨加辣椒，肚饱身暖，真是南面王不易啊！比那持着请帖赶嘴的，绝保不能风拍食的。雷震芥菜是芥菜带叶下缸，七日取出，阴八成干，揉以五香料，放入坛中，不许透气，明年雷鸣后出坛，切片加猪肉焖食，算家常中高等菜的。水芥可以生切细丝，加花椒油、生醋，名"春菜丝"，另有一种特别滋味。水芥到初春时候，切丝加黄豆芽肉炒，吃时临时加入生葱丝，也是佐饭的佳品。我以为芥类东西，除佛手芥外，自制总比外买的味美，现在家庭，是谈不到这点的。（九）"炒麻豆腐"，炒麻豆腐为北京特别产物，谁也不能否认的，因为炒时用羊油、羊肉，所以羊肉馆多半以此算敬菜，其实讲究一点家庭做的，比羊肉馆还要好一些，用真四眼井做麻豆腐，以浮油、香油、肢油炒（不加肢油不算讲究），加上一点老黑酱油，加入韭菜段、大豆芽，炒熟后，洒上羊肉焦丁，拌上一些辣椒油，自然味美了。不过火候作料，不容易做得恰当，厨师傅有时不如女人会做，所以就不太可口了。以外茄子、冬瓜、倭瓜、饹馇、豆腐，各种菜蔬，做法很多，一样韭菜，有十几种做法，不能一一的说清了。

北京菜的小吃，也是很有滋味，不过北京家庭，平常不注意小菜，到年节才特别做些，预待年节食用，尤其是旧历年，因为天气寒冷，食物不易腐坏，所以家家做菜，名为"年菜"。先谈小吃，生食的有拌藁菜、拌王瓜干、拌海蜇皮等类。熟吃的有，一、"炒咸什锦"，把面筋、水芥、胡萝卜、豆腐干，切成极细丝，用香油、酱油炒熟，洒上香菜，最好是凉吃。二、"炒酱瓜丁"、"炒酱瓜丝"、"炒酱王瓜丁丝"，酱瓜系酱渍老菾瓜，最好的是酱甜瓜，甜瓜非夏日香瓜，为另一种小瓜，较老菾瓜短小，酱渍以后与老菾瓜同称"酱瓜"，但比老菾瓜所制之酱瓜甜嫩，非大"京酱园"没有。切丝切丁加生葱炒之，用猪里几或精致猪肉伴炒，如能用山鸡肉，就更好了。主要条件要用香油，肉须先用滚水焯过，葱须炒熟后再加。更有一点足能增加美味，而为人少知的，即炒时加些白糖或冰糖，自能别具一种风味，可以下粥，可以渗酒。又有"酱猪排骨"、"粉肠"、"卤口条"、"卤肝"等，以及"酥鱼"、"酥鸡"、"鸡冻"、"鱼冻"。讲究的家庭，多半在年关前做成。除夕家宴，元宵聚饮，拥红泥小火炉，燃百烛电灯，儿童点放爆竹，欢呼畅谈，或叙天伦乐事，或约一二契友作竟夜谈，一坛瓮头春，足洗一年心绪，又何必侈谈闷炉挂炉、燕窝鱼翅呢？年菜小吃中最清适的，要算凉甜菜，如"芥末墩"，又名芥末白菜，将白菜去外皮，只取内心，切成寸厚小段，用马蓝叶或钱串拴牢，放锅内煮熟，取出带汤放置盘中，洒上高芥末面和白糖，凉食最好，但食时应加一些高醋才好。又有"糖素白菜"，系将白菜切成斜方块，佐以胡萝卜，入锅煮熟后加白糖，凉食但不必加醋。再有北京特有的"辣菜"，入冬即有担售的，系用芥菜头（千万不可用蔓菁）切片，及大萝卜切丝，煮熟后，连汤倾入坛中，不可透气，食时加香油、生醋，虽辣味钻鼻，人皆嗜食。新年大肉后，这三种实在是一服清凉剂啊！

年节及犒劳菜，以肉菜为主，讲究一点的，也有鸡、鱼、鸭等品，但不是家庭中习做的。第一大菜即"炖猪羊肉"，以小门姜店好黄酒，加花椒大料炖之，以老黑酱油提色。至于炖牛肉，加五香料及酱油红烧，皆入民国后才有（北京老家庭多不食牛肉）。次为"炖蘑菇肉"，以猪肉切成大片，加东蘑黄酱炖成。又有"炖锦子"，炖猪大肠加肝，如饭馆熘肝肠，但不勾汁。至于猪下水，近年城内才有吃的人。最美的要算"炖羊肚心肺丝汤"，即《六月雪》中羊肚汤，以羊肚全份，羊肺、头、心、肝煮熟切丝，或加海带菜丝，炖成后，加葱丝、香菜、麻酱、醋、椒面作料食之，实在是肉类中逸品，不过难得肚板厚丝细罢了。

以上所举，皆北京旧家庭的菜肴，不能尽其十分之一二，北京家庭大半是主妇下厨房，这本是"主中馈"的遗意，近来中馈已转到大司务身上，女人只专任爱人的责任，真是堕落的现象。曾国藩位列三台，还督促家中腌菜，要知道俭德是由家庭养成的，是一点不错啊！

（《立言画刊》1938 年第 6 期）

北京庄馆
——庄肴馆肴各有风格

金受申

　　"一口京腔，两句二黄，三餐佳馔，四季衣裳……"，这是形容北京老哥们的一个流口辙。别的不必谈，只一个"吃"字，北京人士研究得已然很够瞧的了。我以前在《正报》写《北京通》，四十几篇中，写"吃"的倒占了十分之七八，在本刊五十几篇《北京通》中，也写了不少的吃。同时又每日写《馋馀琐记》，完全讲吃，已然一百多篇。王泰来老弟要我写《北京的吃喝玩乐》，虽然因为分不出时间来，继续写稿，但所发表的十几篇，也完全是谈吃。因此有许多朋友以为我必然天天吃馆子，其实不然，我写吃的文章来源，固然多少领略过肴馔的滋味，不过不必天天去吃，何况我也没有天天去吃的能力（也可以说资格）。只是十几年来的习惯，每到饭庄饭馆，遇到有特别的肴馔点心，或和其他庄馆所做滋味颜色不同的时候，必要问个详细，堂倌不能说清楚时，不妨到灶上领教一番，我所记的，并不限定必是"头灶"所做的一等菜，就是冷荤，也有时访问的，有人说我学乖，说我露怯，都没关系的。没想积了十几年的功夫，现在会有机会写到纸上，岂不是一件可高兴的事？我所写的中间，也有听故老传闻的往事，一并记下，供诸公欣赏。这种作品，虽不是"史书"、"方志"、"政典"中所应有的，但《洛阳伽蓝记》中所记北朝饮馔情形，成为千古名作品，可见饮馔虽为小道，也是圣贤所不废的要事，孔子"不撤姜食"，"非其酱不食"，可为一证。笔者既不敢引经据典，高攀圣贤，又没有杨衒之的文笔，只好因事实谈事实了。

一个人只要腰中有钱，到处可以求得一饱，不过有"讲究"与"将就"之分而已！北京以吃名天下，但不似南方世家各有名庖，差不多都讲究吃庄子、吃馆子，家庭小宴，至多从素来熟识的大庄馆叫灶上司务到府伺候（和近日叫整桌席带灶不同，只来一个司务，专任主人喜吃而为其素所擅长的肴馔，工资随意，有时只给赏钱便可，因其平日沾主人光，已不在少处了），因此庄馆便特别发达起来。王公府第，阔人宅门，偶尔有些喜寿小事，也在饭庄子举行，并且各有擅长之处（容下分述），所以都单号召一部分顾客。例如后门（地安门）四大饭庄：东皇城根"隆丰堂"，专作王公府第买卖，各府阿哥（少爷）以至管事官员，小聚玩乐，多在此隆丰堂饭庄，本庄主人却也能迎合顾客心理，辨别顾客喜好，分头应酬，只要大爷高兴，就能赚好钱的。其次如白米斜街"庆和堂"（现移后门大街路西，光绪八年，西元一八八二年开业），专作内务府司官买卖，有清一代，内务府最阔，内廷一切购置需要，都由内务府各司各库各处承办，经手银钱不可数计，虽内务府大臣称"包衣按班"，实在不能小瞧他们，司官下值大部要到庆和堂聚会，商量公私事项，都无不可，不用说庆和堂赚钱，后门评书馆就有六处（由今年起一处也没有了），其他繁庶可知。第三是方砖厂"德丰堂"，专作北城绅商和提署买卖。第四是烟袋斜街"庆云楼"，以怀碗汁水勾纤出名，专作世家人士买卖。各有营业目标，谁也不能妨害谁的。近年来饭庄被新开饭馆夺去不少营业，再以吃馆子的虽不少，讲究的人却不似以前多，饭庄就因之多有停闭了。

北京庄馆肴馔，各自不同，不能混淆，例如"烩乌鱼钱"便是庄肴，"烩割雏儿"便是馆肴，滋味相差不多，但不可庄馆颠倒，其重要可知了。近年来庄馆的界限，已然分不太清了，真有到饭庄子要炸小丸子的，讲究谈不到了。庄子有"冷庄子"、"热庄子"之分，冷庄子是平日不卖散座，灶上不升火，也不见得有固定厨子，只开开大门，应酬办事客人订座而已。遇有婚嫁、庆寿、弥月、拜师、开吊等办事客人，定妥日子，席面高下，桌数多少，临期升火，找厨茶行，有时还要找"口子上"跑大棚的厨子，所以冷庄子的看馔，是不能往有滋味方面求的。冷庄子除赚席面钱以外，喜房钱、地方钱，都是应得的利益。以前北京旧家庭办事，都喜在家中举行，既要高搭喜棚、丧棚，又要前三后二五地招待亲友。办事头天有"落座饭"，至近亲友都例应吃油渣的，美其名曰"助威"。夜内有夜宵，名曰"喝汤"。一般助威的亲友多跟着棚杆子进来，随着炉灰渣出去的，不在少数，就是罗菜，也要吃个干净。在家办事，又必须小心火烛，以免危险。旧家庭只以在此久住，在家办事显着火勃热闹而已。近年因生活程度关系，大部改向庄子办事，规定受吊或行婚礼时间，只一席早餐或晚餐便可，不用说吃油渣，连两顿饭都不好意思吃的。因此近年来冷庄子是非常发达，从前是不如此兴盛的。其次便是热庄子，门前高挂"午用果酌，随意小吃"的牌子，顾客小宴、请客、说事，较饭馆清静一些，抽鸦片烟，叫姑娘，有的地方也方便得很。并且各大饭庄的灶上，各有拿手好菜，顾客久已简在帝心自可随意选择，适口香甜了。再又熟识顾客，还可以吩咐灶上拆改变更做法，不异家有良庖。从前各大府第宅门，全有熟饭庄作为外厨房，熟书馆作为外书房。热饭庄也应办事，大饭庄并有戏台，可以彩唱大戏，串演八角鼓小戏，又以地形取胜的，如会贤堂便以什刹海得名，为盛夏办事好所在。饭庄看馔，较饭馆丰盛，而且成桌价廉，也是发达的一个原因。北京旧饭庄，除清真教饭庄（如元兴堂）以外，全部都是山东帮，近年开冷庄子的，也有北京白肉馆底子的，所以枛口便不能太讲究了。

北京饭馆没有纯粹北京馆，只砂锅居（和顺居）白肉馆，和其他卖小烧煮的饭馆，勉强可说是北京馆以外，大部只以山东馆为北京馆。"山东馆"堂、柜、灶全都是山东东三府的籍贯，自幼来京，一生精力，也能混个衣食不缺。山东馆以善做鸡鸭鱼菜见长，如炸胗儿、糟鸭头、拌鸭掌、抓炒、软炸等，非山东灶不精。山东灶也各有所长，如泰丰楼的汁水，便是一例。北京以烧鸭子出名的全聚德，和已然关闭素称金陵移此的便宜坊，也是由山东人来经营的。在山东馆子以外，另有"济南馆"，所做肴馔，介于南北之间，别有味道，尤善做大件菜，如燕菜、鱼翅、甜菜等珍细品，非普通馆子所能及，丰泽园、新丰楼便是济南馆。以外再有"山西馆"，在北京也有相当历史，所做肴馔以小件见长，价廉吃的样多，尤善做面食，如炸佛手卷儿、割豆儿、猫耳朵、拨鱼儿、刀削面等，皆可换人口味，二三人便餐，最好不过。"河南馆"只有"厚德福"、"蓉园"一两家，烧猴头、锅爆蛋等，久已脍炙人口。厚德福适于大宴会，蓉园适于小吃，又自不同了。至于各南菜馆，从清末民初，才渐渐开设。"江苏馆"又分"淮扬馆"、"沪宁馆"两种，以沪宁馆（如五芳斋）最有南方风味，就是一碗馄饨、大肉面，都和北馆不同。淮扬馆除肴肉、煮干丝、姜丝外，没有什么南方杓口了。"四川馆"在北京开设最早，最初瑞记还是四川灶，近年只有京造豆瓣酱来点缀罢了。"福建馆"，纯粹的很少，能作福建菜，几乎没有，即如羊肚菌、烧四宝，又岂仅福建馆所独有的呢！"贵州馆"在京只有东西黔阳，开设最晚，以风干熏腊甜汁见长，以前尚售贵州酒，近日已不可得了。南馆中能保持原来滋味的，只有"广东馆"，一切蚝油、腊味、叉烧、甜菜、肉粥，以及广东特有肴馔，都能保持原来面目，也有号称广东馆，专卖小吃的，如恩成居便是。再有不以地域分别，而以肴馔类为名的，如"羊肉馆"，近年很发达。羊肉馆也有大中小三等不同，像已然关闭的元兴堂，现在的西来顺，具有馆子的形式，做的却是庄子大菜，精细超群，即如"抓羊肉"一菜，其他羊肉馆便做不来，至如奶汁、红汤，更是独自擅长。中等便是馆子，适于便餐小聚，如两益轩、东来顺，都能在小品肴馔中求精，堂口更能迎合顾客心理，所以能兴隆一时。小的便是羊肉杂面的小饭铺，一个人蹓饿了，可以据案以求一饱，所费不多。再有"素菜馆"，不动荤腥，以饹饸豆腐、面筋、菜蔬为主，专供佛门信士和久厌膏腴的阔人涤洗肠胃之需，如功德林、香积园都是。大庙虽也承办素斋，但不能以饭馆目之。素菜虽没有山珍海味、鸡鸭鱼肉，价格却不便宜，因此问津的很少。"白肉馆"上面已然谈过，所做白肉、糊肉虽未免腻人，烧碟却冷热甜咸并有，吃起来也另有别趣。除上述之外，还有贰荤铺、大货屋、粥摊带卖饭，一份肉便可做一菜，当然不在饭馆之内，但若统计起食客数量来，却在一切饭馆之上的。至于小酒馆、大酒缸，和专做一两种酒菜、饭菜的小铺子，是不能和北京庄馆并列的了。

（《立言画刊》1939 年第 56 期）

北平的鸭子

金受申

"求名于朝，求利于市"，北平是五个朝代、几百年来求名求利的所在地，各方不远数千里而来，聚于这个背山面海、远处天北的北平。因之北平的一切饮馔，也极力的讲求，所以有人说北平的"吃"，是甲于天下的。北平的庄馆，地域上分，有山东馆、济南馆、江苏馆（也可称为苏沪馆）、淮扬馆、广东馆、四川馆、福建馆、山西馆、河南馆、贵州馆、北平馆（白肉馆），许多分别。北平老家庭有北平特有家肴，北平"口子上"能作满洲筵席（前清时光禄寺备宴分满汉两种宴席）。以宗教上说，有清真馆，以小地方说，有饶阳馆。和白肉馆相同的有辽宁馆（如那家馆便和砂锅居不同）。以国际上说，有英法番菜籍，俄式番菜馆，日本料理馆（非指事变后所产生之日本馆）。如细谈起吃来，可以说罄竹难书了。笔者不才，稍算懂吃，事变前在北平《正报》上作《北平通》，写了四十七篇关于吃的文字，事变后专作食谱《馋馐琐记》，写了五百八十四篇，和平后在《民言报》作《馋馐续记》，又写了二三十篇，因此得了一个懂吃的名字。北平吃中最美的是鸭子，而不是燕菜，此次应人特约，写一篇《北平的鸭子》，刊出后还有一位朋友给译成英文，因为盟邦朋友们，很欣赏北平鸭子，本文算是给他们作一篇说明罢了。

（一）烤鸭子

"烤鸭子"三个字不是北平旧名词，北平土著皆称为烧鸭子，烤字不过才有二三十年历史而已。北平卖烧鸭子的店肆，全都大书"金陵移此"，实在南京只板鸭出名，烤鸭之法没有过于北平的，北平烤鸭店也都是山东人，并没有由南京聘来的技师。北平养鸭之家，皆在东直门、朝阳门外河沿，称为"鸭子房"，此地鸭子房由明代已有，至少有三百年历史，春波水暖之时，护城河上鸭群浮漾，全是贵家口中之物。烤鸭的鸭子，皆须稚嫩的小鸭，自出卵壳，到上炉火烤，应为八十日至一百日的雏鸭，固然不能拘于必定日期，但也不能用老鸭，以烤鸭出名的老店肆，则以乳鸭为号召。鸭子房孵出小鸭后，至多一个多月，即送入城中鸭子市，由专门作"填鸭"手艺的人，以高粱豆面，做成圆锭形，捏着鸭脖子，强往里填，吃也得吃，不吃也得吃，鸭眼弩张，鸭脖直伸，其状至惨，但因填食的关系，转眼即能肥大。前年我们有个聚餐会，前半月通知六合坊专填两只（因为会中王兄琴舫是六合坊店主东），等到烤时，硕大为平市所不常见。北平烤鸭以前有"葱烧"、"菜烧"、"汤烧"三种，即鸭腹内放入葱段，或白菜菠菜，或注入清汤，然后上炉，鸭熟葱菜也香透煨熟，可以代肴，现在葱烧、菜烧已然失传，只剩汤烧了。烤鸭店称为挂炉铺，也带烧猪、烤炉肉等品。北平以前最有名的，为米市胡同老便宜坊，东安门大街金华楼，东四牌楼普云楼，北新桥如盛楼，鲜鱼口六合坊，肉市全聚德……近年倒闭了不少。金华楼苏盘平市第一，且常应宫中烧鸭烧猪，民国成立，便即歇业，歇业的原因即前清时旧府第欠账太多，不高兴还账时，只不客气地说一句："大爷有话，本节不开账。"商店便不敢再开口，恶习可笑，溥尧臣吃倒了庆云楼，这是谁都知道的事实。以前只有挂炉铺烤鸭，大饭庄用烤鸭时，也须向挂炉铺去要，没有带炉的。近年各饭馆（以前饭庄饭馆决不相同，庄看馆看，也有分别）也有了大炉，而且从祯源馆售卖零碟烤鸭以后，各饭馆也纷起仿效，至于火候，就不能问了。烤鸭分"大炉烤鸭"、"焖炉烤鸭"两种，大炉就是挂炉，上有横梁，铁钩挂鸭，下有油槽，以承流下来的鸭油。挂炉一烤可以烤十只上下，系用木柴旺火。焖炉只烤一只鸭子，系用高粱根作薪，炉上扣罩铁盖，微火慢烤，一只焖炉烤鸭，至少须一束半高粱根，近年因高粱根昂贵，又因闷炉烤成的鸭子，色泽微紫，不为食客所喜，已然绝迹，"闷炉烤鸭"四字，只成一过去名词而已。烤鸭因手法不同，有的淡黄似黄玉，有的淡绛似紫檀，虽然色泽不同，但火候必须恰到好处。烤鸭的佳点，必要深透，不能只外面焦一层皮，须焦脆部分至一小指厚，黄皮之下，须肉白如脂，但不能发黏，方能佐葱酱而香甜也。烤鸭有三字诀，即为"酥"、"嫩"、"脆"，忌讳也有三字诀，为"皮"、"硬"、"老"。烤鸭入口以能酥化为妙，如果一边吃一边摇头瞪眼，那就不必吃烤鸭了。烤鸭的切法，必须内行，叫烤鸭说明带刀，则可管切片，片烤鸭不能带肉太多，也不能太少，一盘一盘的往上片，最后上鸭头鸭臁，即知成为尾声，筵席以上汤为尾声，吃烧燎白煮以上里几为尾声，戏场以满场袍笏为尾声，皆令人增加凄恋的阶段的。吃烤鸭的作料，有蘸酱油烂蒜的，有蘸甜面酱的，佐以葱段（小葱最佳），或黄瓜条、青蒜头。吃烤鸭有所谓片儿火烧的，实在早年讲究是蒸荷叶饼，其次是片儿火烧，近年老庄馆仍有荷叶饼的，普通则为烙烫面小薄饼，卷葱酱鸭片，足以销魂，远非海绵般燕窝所可比拟。鸭的骨架，称为鸭像妆，以鸭像妆熬汤打卤，或煮熬大白菜，则鲜嫩肥腴，为一切肴馔冠，因大白菜为北平特产，非外地所可及。鸭的五脏，如鸭腰、鸭胰、鸭肝，可烩可炒，鸭掌可以清拌。庄馆有所谓炉鸭者，系以烧得的烤鸭，除去大骨，连细骨切成小许方块，排放海碗中，加原汤高汤清蒸，鸭下垫底用菜，或白菜，或菠菜，或用冬菜，但总以生菜为佳，干菜则索然寡味。已故道教会会长田子久，喜吃炉鸭，永远垫菠菜，菠菜味涩，以减鸭的油腻。与烤鸭性质相近的为"香苏鸭子"，实在应名香酥鸭子，系上海锦江楼发明，锦江楼为四川某军阀死后，其妾设锦江楼饭肆，发明香酥鸭子，以代北平烤鸭，后北平某教门饭馆，误会其意，改为香苏鸭子，以香苏正胃丸药味纳入鸭中，结果味道不知什么异香异气的，颜色黯败，鸭皮凹进，真是《老残游记》中所谓酒色过度的鸭子。还有新兴的"锅烧鸭子"，系仿锅烧鸡方法，下衬生菜（莴苣菜）叶，我以为味较烤鸭子为佳，前年宴于福全馆，薛君作菜提调，指示作锅烧鸭子，作料之味，全入鸭中，颇有悠然之致。吃鸭方法尚多，下节补述。

烧菜的烧字，在北平是有油炸的意思，若在长江以南，则烧字多半代表做菜的做字。虽然此解不能周延，但也差不太多。上期所谈香酥鸭子、锅烧鸭子，做法大部相同，但我仍以锅烧鸭子滋味好些。

（二）清蒸鸭子

烤鸭及清蒸鸭，均为地道北平吃鸭方法，普通庄馆所谓"鸭翅席"、"鸭果席"的鸭子，用烤鸭的很少，必须事先吩咐，才用烤鸭，用蒸炉鸭也须预先有话才成，否则皆用清蒸鸭子。所谓清蒸鸭，在庄馆中大半皆用煮，而不用蒸，并且为汤的肥美（实在是为本铺煮汤，以便做别的肴馔时应用，尤其带汁带纤，和以前所谓怀碗的菜，皆须有好汤，只为熬汤，谁也不下那本钱，所以就卖清蒸鸭了），将鸭鸡肘子同煮，所煮之汤自然是很美的三鲜汤，但鸭的本味全失。清蒸鸭只能佐饭，因十分之十皆为肉烂如糜的。鸭子不煮十分大烂时，可以切条切丁，加香糟做烩鸭条烩鸭丁，鸭丁烩酸菜，或鸭丁酸菜烩米饭，均为极腴美而简单的食品。白煮的鸭头，加香糟谓之糟鸭头，佐酒极妙，鸭头以带鸭脖与否，分为带钩不带钩两种，加糟后以冷吃热吃与否，分为上屉不上屉两种。烤鸭的鸭头，极为皮老，没有可以咀嚼之点，糟鸭头则鲜嫩且经加糟时用刀切过，所以以之佐酒，为不可不尝之品。烤鸭头也有喜吃的，且在稻香村等处预定，笔者却不敢以为然。有的庄馆或大家名庖，煮鸭时不加鸡肘子，煮至八成熟时，以火腿猪肘切块，与鸭同蒸，火腿猪肘以外，春冬时节可以配鲜笋片，夏天可以配青笋，不失原味，并且更要鲜美。北平有一句刻薄人的话，且认为鸭馔中最珍贵的，所谓"人参炖鸭子"，先我以为笑话，实在真有这么吃的。前清时西城某王府，即以辽东人参，与鸭同煮，味道虽没尝过，想像也必不怎么太美，此与黄芪当归炖鸡一样，同是不可佐食的品类。北平吃鸭，皆以雏鸭为主，李笠翁则谓"老雄鸭功比参芪"，人参炖鸭子或许是老鸭吧？此王府夏日每天要一桶冰镇奶酪（一百碗），喝不了也要，死后二人独龙杠，抬到临时园寝去了，清末亲贵大部如此胡闹（所谈此王府，老北平人必然知道是哪一位）。还有一种和清蒸鸭子相近的，是为"江米鸭子"，系将上好江米洗净，再将火腿切成米星小丁，填在鸭腹内清蒸，可以当饭菜，也可当点心。前几年某君在家宴客，特开一小坛陈南酒，意极诚挚，最后上江米鸭子，味尤特殊，原来里面加的不是火腿，而是"雪腿"（狗腿做成），饭后谈起，杨文敬公犯起恶心，吐了满地，大骂主人无良，弄得不欢而散。江米鸭子也可以在江米内加肢油丁、冰糖块、金糕丁、菠萝丁，而做为甜菜的。还有"干贝鸭子"，和清蒸鸭相同，惟不加火腿笋片，只加干贝一物，南馆子有此一品，实则干贝无论加到什么菜里去，也没好味道，还不如大千子味好，笔者有点某未达不愿尝。还有"淡菜鸭子"，也和清蒸鸭子相同，只是加淡菜、火腿、鸡膀、干笋，味较干贝鸭子为佳。

（三）糟鸭醉鸭

鸭子是肥腻的东西，但以能做到清越程度，大为佳妙。糟鸭我承一位杨柳青的朋友，送过一小坛，大约有两只，雨夜蒸食，极有诗意。北平可以做糟鸭，与糟鸭头糟肉片，大同小异，系将煮至八成熟的鸭子，切成方块，与清蒸炉鸭块相等的大，排列盘中，加肢油丁少许，酒以香糟，糟的量数，须能浸到鸭块一半为度，上屉蒸至十成熟，蘸芥末酱油，以之佐酒佐饭均可。糟鸭冬日相宜，夏日则宜醉鸭，亦称酒醉鸭，做法和糟鸭相同，只不加香糟，而加真正远年竹叶青酒，淡绿微黄，色香味俱佳。

（四）加馅鸭

加馅鸭也可以算汤菜，也可以算饭菜，与清蒸炉鸭相仿佛，只鸭不先烤。用肥嫩大鸭，内外洗净，只取鸭胸脯地方，由上至下，一刀劈开，择其清嫩部分，顺切切成火骨牌块，再将瘦火腿切成相等的片，以鸭块火腿相间，排码碗中，鸭皮为面，面向碗底，稍加清汤，上屉蒸透，熟后合于草帽碗中，注以清汤（清过的高汤，三鲜汤煮成，必多渣滓浑浊，用鸡胸脯或精致牛肉，切成细碎小丁，放在汤内力搅，俟其澄定，起去浮油，留去渣滓，则为极纯酽的高汤，此为清高汤之法，有谓过滤的，那是北平俗语所说，不但没吃过猪肉，也没有看过猪跑一流人的理想方法），上撒豆苗、青笋尖、冬笋，决非沪宁馆"咸炖鲜"所可比拟。加馅鸭是以生鸭块做成的汤菜，还有一种"红烧冬菜鸭子"，是以生鸭做成的饭菜，切鸭成块，较烩鸭条稍宽而短，照红烧肘条方法，加冬菜烧成，如用川冬菜，则为红烧川冬菜鸭子。实则加鲜菜尤妙，如荠菜、盖蓝菜均可，笔者曾一食加盖蓝菜者，较加川冬菜淡雅得多。加馅鸭，红烧鸭，二者一鸭可办，汤用精的部分，看用粗的部分。

（五）菠萝鸭

菠萝鸭是广东馆中妙品，江米鸭是北地的甜菜，菠萝鸭是广东的甜鸭菜，《北平通》以北平有的事物为主，所以可以记菠萝鸭。

广东菜的蚝油一类肴馔，油腻太多，菠萝鸭则清凉适口。菠萝鸭以烤过微黄鸭子切块，加菠萝蔗糖，煨汤做成，镇凉食之，亦点心亦汤馔。余以为北平烤鸭与菠萝鸭，为鸭菜二妙，其他做法，均不能相比。广东馆还有一种"腊鸭"，系与广东腊味为一贯的做法，沪宁馆有"酱鸭"，均已失去吃鸭必鲜的定义。南京板鸭，夏天的太咸，秋天的为"桂花鸭子"，运到北平的多为夏天的板鸭，鸭既不鲜，北平人也做不得法，只得作为送礼之用，一只板鸭送来送去，能送个三年五载的，想吃也不行了。北平烤鸭零吃，可以烹炉鸭片，春天可以切丝烹豆芽菜卷春饼，鸭的五脏，已如上述，不外炒、烩、卤、糟四个方式。

（六）野鸭

以上所说，皆为家鸭，野鸭除细骨太多，肉太瘦以外，细嚼下酒，极有野趣。北平大李纱帽胡同同福居"两做野鸭"，兼炸蚂蚱，几如到了丁字沽边。此外还有"葱烧野鸭"、"炸野鸭"、"卤野鸭"、"五香野鸭"，借着家鸭子光，也写在这里。北平右安门关厢，有一种特别野味，名为"卤煮寒鸦"，冷吃热吃均可，事变前有一次到丰台看花，归途经此，曾吃过一次，这鸦头虽不是那鸭头，我借一个光，也写在这里罢！

我的朋友们，我知道的北平吃鸭子的方法，已然全写在这里了，你们还需要知道什么？我的困难是找不着题目，有题目便能写出文章来，好在《一四七画刊》一年有我二十万字的地盘，不要忙，一点点慢慢写吧！

冬天的补叙（节录）

金受申

北京冬天气候严寒，一切夏令瓜菜，都不能生长，但人类专有爱好"缺少"的毛病，所以在冬天偏要吃鲜货，于是便有巧夺天工的工人，用人工焙出王瓜、茄子等鲜菜蔬菜，供能役使鬼神的阔人大嚼，至于那费尽血汗的老圃，除赚些杂合面养赡父母以外，不但连直条王瓜吃不着，就是弯的王瓜也不敢往口里放的。今天谈谈熏焙鲜货的方法，给吃的诸公作参考。实在说来，冬天的鲜货，并没有什么特别滋味，也不见比夏天的瓜菜好吃，前几天在西来顺聚会，外敬锅塌香椿豆腐，很有人欣赏这个菜，其实香椿的味并不如春夏所生的香。我家种有香椿、花椒各一株，香椿由春天发芽起，随掐随生，味道特别深长。即以王瓜（黄瓜）而论，夏有夏王瓜，秋有秋王瓜，冬天洞子也有熏王瓜，比较起来，夏王瓜适宜生食，芝麻酱拌过水面，加花椒油炸高白酱油，一根生王瓜在握，豆棚树阴下一吃，自然通体清凉，但如果用来作汤，就没有秋王瓜香味醇厚了。至于冬天王瓜，嫩脆有馀，香味不足，最好加一些梨丝、金糕丝，拌作假香瓜，借一些瓜味，还好吃一些。其馀各种冬天鲜货，也不过如此。

冬天熏鲜菜用洞子，掘地四五尺，上盖阳头式的坡房，前糊窗纸，内升旺火，借着火力，造成夏天的气候。洞子分"暗火"、"明火"两种，"暗火洞子"系把洞子内砌成土炕，炕上铺土划成方畦，畦内下种，火在炕下火道内，洞子中只有温暖的空气，并没有火气。畦内种王瓜、茄子、扁豆，靠窗一方面种豌豆，靠后墙一方面种香椿。晚上外面挡上极厚的苇帘，一点冷气也进不来的，就是靠窗的豌豆，也没有受冷的危险。暗火的洞子，窗纸上涂上油，光线进来，就较比更强一点。王瓜、茄子、扁豆、豌豆，都是用籽粒来种，手续与夏天菜园子和水浇地（水浇地是旱地而用水浇，比菜园子简单一点，最适宜种芸扁豆）相同。香椿是在前岁春夏之间，预先培植下"熏秧子"的香椿树，高不过二三尺，深秋起移入洞中，因为香椿不需要强热度，所以把它排植在后墙下，既不必修理，又不占重要地盘，至于出卖时仍占大价钱，所以是一种有利的鲜货。及至春来，拆洞子时，香椿秧子的生殖力，已在冬天发泄净尽，移植在外边地上，十不活一二。暗火洞子最费煤，火力一时也不能减少，因此王瓜、茄子等，价钱要高一些，在今年煤价高涨时节，当然更要提高价钱的。没想昨天我遇见一位菜行经纪，据他说今年煤价虽然高涨，鲜货价值却没比去年上涨，原因是顾客齐心"不吃"，抵制得暗火洞子叫苦连天，甚至小饭铺做汤也加王瓜片，据说用王瓜比用豆苗并不费钱。以外"明火洞子"，洞子的形式和暗火洞子相同，只是洞子中不用土炕，另升火炉，温度较低，所以称为"明火"。明火洞子专熏青韭一种，在洞子内地下，分成方畦，畦塍特别高有一尺，和春天风障下的"阳畦"（有人认为应作秧畦，实在却是阳畦）相同，不同的地方是，明火洞子的畦塍是中间空的，由其中可以放水，在离地近处开几个小洞，由小洞中把水流入畦中。韭菜不是用籽粒种的，是由春天下的种，生出苗来以后，一年不要割它（有人以为是籽粒种的，固然不对，有人以为是夏天韭菜割剩的菜根，也是不对的），到中秋以后，把原有韭菜叶割去（这割去的韭菜叶，已然老的不能再吃），只留下面的根，把韭菜根子理出来（理韭菜根子也是乡间妇女临时职业之一，和摘扁豆、捆葱、刨花生一样），密密地排在明火洞子的畦中，根下一点土也没有，只借水的力量，火的力量，把它催出苗来，和在瓶中泡花一样，等韭菜长到相当高度，然后割下有捆成小捆来卖，供来钱人吃薄饼，做馄饨、饺子馅来用，猪肉韭菜，别有佳味，比夏天的"青根嫩"，又嫩得多了，像我们拿笔杆的穷酸，也可以来个青韭十香菜卷饼，吹吹喇叭自雄的。不过洞子割韭菜非常难，因为下面没土，只是浮摆在地上的。明火洞子的青韭，只能割三碴（次），如果升火早，又赶上青韭行市大，勉强能割个第四碴，便已到了仲春之月了。至于六朝周颙所说的"春初早韭"，杜诗的"夜雨剪春韭"，那指的是"野鸡脖"、"花腰子"、"大白根"，而不是明火洞子的青韭。

北京熏焙鲜货的洞子，多半在阜成门、广安门外一带，冬天扁豆也能走外庄，营业是不错的。至于涮水仙，熏梅花、牡丹花的洞子，又多半在右安门外、草桥、凉水河、丰台一带，和冬天鲜货又不同了。

（《立言画刊》1939 年第 19 期）

夏天的吃喝
——《老北京的夏天》节录

金受申

夏天的饮料及瓜果，已然谈过，最近又发现一种甜瓜，名为"白葫芦酥"，皮色与"大水白"相同，只大水白瓜圆，白葫芦酥微长。甜瓜本有平顶、凸顶两种，与瓜的本身无关，有的全为平顶，有的平凸相兼。白葫芦酥多为凸顶，此瓜产于保定，颇为硕大，较大水白稍甜，只因转运费时，十有八九泄穰而臭，且生蛆虫。内行人谓，因瓜地主人为养大则多售价，而未顾及转运外埠。本期谈夏天的饮馔，夏天喝酒，是一件很有趣的事，在纪元前三四世纪的中国人，夏天是喝冰镇酒的，至于是否麦制酒（啤酒）类，是不敢一定的。四十年前老北京人，夏天多喜下黄酒馆，并且是喝绍兴黄酒，至于山东黄酒，则以商界人士为喜饮，等而下之的山西黄酒，就无人问津了（一切酒馆及酒客详见"北京通"前二十篇内）。夏天喝白干，有人以为是能杀水汽，实则不然，烧心程度，也很可观。夏天以喝近代的啤酒为最好，德国云龙牌啤酒，不能多得，日本太阳牌啤酒，中国五星牌啤酒，也是很有味的，不过不在老北京范围以内。老北京人夏天喜饮"四消酒"、"莲花白酒"，四消本是药酒，消暑最佳，北京善制此酒的有德胜门内北益兴酒店（原为四义兴的北义兴，近归崔君经理，改为今名），及鼓楼前四合义酒店，夏天销售最多；莲花白各酒店皆有，但皆白酒加糖而已，以京西海甸为最佳，海甸又以正街北头路东仁和酒店为真品，确以白莲菡萏酿酒，喝莲花白应凉饮、慢饮，能每沾唇际，辄有莲香泛溢，若热饮绝无莲香，快饮则只第一口稍有莲味，为饮莲花白酒须知。老北京人夏天家庭菜肴，处处皆含有清凉意味，已详见本刊"北京通"中《北京的家庭菜》。夏天最有意思的是"荷叶粥"，荷叶粥为家庭中擅长特制，一般庄馆皆另以小壶熬荷叶加姜黄，兑于白米粥，入口苦涩，毫无清香气息。家庭熬荷叶粥之法，实只光熬粳米粥，俟粳米开花，粥汤微腻，即以二苍荷叶（嫩荷叶无荷香清味，老荷叶味苦，故喝荷叶粥必须适中之二苍荷叶）一张，将离蒂近处硬筋，以手折断，盖于锅中粥皮之上，随时将粥锅端下，加锅盖闷妥，如欲加白糖，须在未盖荷叶时放入，方能甜香合一。今之庄馆喝荷叶粥，皆临时加糖（家庭亦多半如此），滋味差得太远了。粥至凉时，绿汁由叶顶溢出，粥汤很少荷香，其味皆在米粒中，为荷叶粥中真品。此为御膳房粥局杨雨亭二兄所谈，诸公不妨尝试，但用粳米，不用白米，也是其中一个要点。

（《立言画刊》1941年第150期）

北京的秋天（节录）

金受申

"一场秋雨一场寒，十场秋雨要穿棉。"立秋以后，几场秋雨，果然早晚显出凉意来，院中几十个蛐蛐、油葫芦，叫得如一队雅乐，在我总是夜内作稿子的人听来，真是秋意十分了。一年吃、喝、玩、乐，只有秋天最好，经过长夏的蒸郁，人们肠胃也寡得少油了，趁此秋凉，大吃大喝，是很有趣味的。至于物价问题，本栏向不谈败兴的话，是绝不扰读者清兴的。

本栏好久没有谈吃，秋天可吃的很多，即以吃为本文开篇。北京秋天向以烤肉、螃蟹为入秋美食，以后火锅，便次第上来，联接了冬天。

烤　肉

烤肉本是塞外一种野餐，至今还保持着脚趾板凳的原始状态。塞外吃烤肉，没有城市讲究，只是肉类特别新鲜而已，捕得虎、鹿、狍子，以至杀得牛羊，割下肉来，架卜松枝，用铁叉叉肉，就火便烤，并没有"支子"，也没有酱油等一切作料，只蘸着细盐吃，鲜嫩异常。烤肉传入北京，在什么时候，没有一定的考证，大约是随着清代入关来的，比较靠得住些。北京烤肉，以往只食羊肉，牛肉很少，相传羊入口以后，进京时必须经过一条河，羊过此河，肉便不膻，这话不见得靠得住，但其他地方羊肉，没有北京好吃，是没疑惑的。以先京沪通车时，上海、南京冬天吃火锅，就是由北京带去宰好的羊肉，近如天津，也以北京羊肉为上。吃烤肉以铁支子为主，下架松柴，也有烧松塔的，不过就很少了。烤肉作料，以酱油为大宗，少加醋、姜末、料酒、卤虾油，外加葱丝、香菜叶，混为一碗。另以空碗贮白水，小碟盛大蒜瓣、白糖蒜等。烤肉筷子，旧日用六道木质，近年因六道木筷子容易藏污秽，并且容易烧糊筷头，有福建漆行张修竹的封翁，发明用"箭竹"做烤肉筷子，箭竹就是所谓江苇，质坚外光，最是合用，最先采用的，便是肉市正阳楼。吃烤肉的程序，有人先将肉在白水中洗过（确能洗出许多肉血来），再蘸作料，然后放在支子上烤熟，就蒜瓣、糖蒜，或整条王瓜来吃。也有先蘸酱油作料，后在水中一涮的。也有先在水中涮过，烤肉再蘸作料的。也有先蘸作料烤熟，再在水中一涮。也有根本不用水碗，只蘸作料便烤的。实在考究起来，以第一第末两法，最为合适。我在"烤肉季"那里，看见一位老翁吃烤肉，什么作料也不要，只蘸卤虾油的，也是奇特的吃法。临河第·楼主人杨二哥，用生羊肚板烤着吃，先蘸白水，上支烤至肚板打卷，然后只蘸酱油便吃，特别有风味，的是下酒的好酒菜啊。家庭吃烤肉没有铁支子的，可以用烙饼砂支炉代替，也是差不多的。北京烤肉除各大羊肉馆以外，一般食客都以正阳楼为最好，其实也不过尔尔，没什么特别好处，用肉和羊肉馆一样用冰冻过石压过而已。此外便是北京烤肉三杰，"烤肉宛"、"烤肉季"、"烤肉王"，妙在三家都是小规模营业，就是口袋内只有几毛钱的客人，也可以进去一尝的。烤肉宛的宛老五，本是一个饼子摊的摊主，在从前盛行小车子卖钲炮肉的时候，宛家就卖支子烤肉，设摊在安儿胡同西口，年陈日久，营业发达，便支上棚子售卖烤肉，由一个铁支子也添到两个铁支子了，每日车马盈门，但门前仍是棚子状态。宛家烤肉妙在专用真正好小牛肉（烤肉宛专卖牛肉），所以鲜嫩可吃。宛老五本事真大，每日手切牛肉百斤上下，售卖全用钱码，无论多少客人，全是自己一边切肉，一边算账，五官并用，即一条王瓜钱，也不许错的。烤肉宛只因地在闹市，很少风趣，烤肉本是登临乐事，所以觉得少差。烤肉季在十刹海前海东北角，后海东端，两海汇流的银锭桥坡下，后临荷塘，前临行道，但又非车马大路的烟袋斜街，所以僻静异常，但关于吃却极方便，左有爆肚摊，右有临河第一楼。后院便是海岸，高柳下放铁支子，虽在盛暑，不觉太热。主人季宗斌，自己切肉，肉用牛羊庄的货，手艺也很好，并自制荷叶粥，外烙牛舌饼，很有特别韵味的。烤肉王在先农坛四面钟地方，地势高爽，临野设摊，颇有重阳登高的意思。大城外风景虽佳，吃烤肉是不方便，以前北京旧家都喜九月九日土城登高，也有自带烤肉支子的，近年很少了。京西香山的香山寺，自从改建香山饭店以后，每年秋日登报声明添卖"真正松木烤肉"，不过太贵族化了，不是穷人所能寻的乐境。京西青龙桥红山口，山势虽然不算太高，但能南望昆明湖、玉泉山，北望画眉山下一带秋野，也很爽朗，家兄住在此地，每年拾存松塔，我在秋天，必要去一两次，红山口山头松塔烤肉，踏月下山，海棠院中小坐，真是不可多得的福气。北京烤肉在南友眼中看来，认为是极不好消化的东西，实却不然，原因是北方水硬，适足消化此物，去年曾论北京水质，以红山口下水井为证，已得孤血证明的（见去年《立言报》）。

螃　蟹

　　螃蟹的种类很多，我们不必来考究它，在北京能见着的，只有"海蟹"、"紫蟹"、"河蟹"、"灯笼子蟹"几种，海蟹、紫蟹与本文无关，也略去不谈。北京秋天所吃的螃蟹，所谓持螯赏菊，以至《红楼梦》中的《螃蟹吟》，都是河螃蟹。螃蟹在水产动物，别具滋味，所以很被食客欢迎。北京市上所售螃蟹，全都以天津"胜芳镇"

所产"胜芳螃蟹"为号召，实在却不尽然，京东一带，以及京南马驹桥一带，也产大量的"高粱红大螃蟹"。螃蟹到京以后，首先由正阳楼和其他大庄馆挑选第一路的帽儿货，其次才分到西河沿、东单牌楼、东西四牌楼的鱼床子，及至下街叫卖，就是极小极瘦的末路货了。正阳楼等大庄馆，选得大螃蟹，每日饲以高粱米，数日内便愈见肥大，于是"胜芳大蟹"的招牌，就挂出去了。普通食螃蟹方法就是蒸，因蟹性奇寒，所以在蒸时要放大块姜的，吃的时候，将蟹腹内草牙子去掉，蘸以姜汁醋，饮高烧酒，没有什么特别奥妙的方法。饭馆一只螃蟹，价至五六角，除肥大以外，便是伺候周到，食蟹的家具，硬木锤砧，以便捶破蟹螯蟹足，银箸银叉银匙，以便试出有无蟹毒，食后小盆兜水，内放茶叶菊花瓣，以便洗去手上腥味，只此一套，已值五角，蟹价又哪能算昂贵呢？蟹以脐的团尖分雌雄，团脐体小，但内多紫油黄脂，所以凡买螃蟹都愿团脐的，我以为尖脐虽然壳内紫油少，但黄脂很多，并且螯足都很充实，蟹美在肉，又何重团脐呢？家庭食蟹，有用花椒盐水煮熟的，宣兄便主张这个方法，不但滋味深入，而且能携以旅行的。乡间有一种食法，将蟹放入铁锅内，只上撙花椒盐水，不必太多，蟹熟汤尽，味尤香越的。饭馆在秋季常做蟹肉馅蒸食，如烧卖、烫面饺等，自然鲜美。庄看有"七星螃蟹"，系以鸡卵、蟹肉做羹，上放七撮蟹黄，各扣灯笼子蟹壳一枚，食时揭去蟹壳。北京除食大河蟹以外，小蟹名"灯笼子儿"，只能用来做"醉蟹"的，将小蟹洗净放入瓮内，内洒烧酒、料酒、花椒盐水、香料，生腌俟已醉透，取以佐酒，足快朵颐，不过"请君入瓮"，酒客与有同感罢了！近年南货庄有"糟醉团脐螃蟹"，所用较灯笼子稍大，已非北京味了。

（《立言画刊》1939年第48期）

秋天的饮馔

金受申

　　秋天的饮馔，自然不仅是烤肉、螃蟹两种，以下续记几点，以当过屠门而大嚼了。四季衣裳，四时饮馔，在讲究吃穿的北京，当然是很极意讲求的了。即以"饮"来说，长夏酷热松阴茗话时，自然要喝一瓯"明前龙井茶"、"杭州贡菊茶"，能清热消暑，一洗尘襟的。在此西风满地，凉生四野，于瓦屋纸帐、明窗净几之间，三五素心人，畅叙天南地北轶闻，或挑灯夜话，说鬼谈狐之时，就以喝一些"白毫红茶"、"极品红寿"，才能得着十分蕴藉。北京人向不讲究品茶，即有偏嗜，如舒师又谦喜饮"珠兰茶"，我向爱喝"素茶"，也不过在茶叶上找一些区别而已。至于水的讲求，什么是"惠山泉水"、"扬子江心水"、"梅花上雪水"，自然没法得着，就是"玉泉山泉水"、"三伏雨水"，以至"上龙井水"，在北京虽然能找到，也很少有人去用，只有向自来水去找沏茶的水，好一点的也不过用洋井水罢了。品茶向例应"泡茶"，北京的"沏茶"，已很落于下乘，像那茶馆澡堂，锅炉煮水，落地听"噗"的，十分劣相，只能说喝水解渴，谈不到品茶，实在连喝茶都不够的。北京也有讲究品茶的，丙子的秋天，在京西青龙桥养病，白天终日蹲在河边钓鱼，晚上坐在桥头茶馆磕牙，后因钮兄的介绍，到玉泉山旁某古刹闲谈，庙主能书能画，每到天空云净，月色晶莹，便在庙中用晚斋，饭后便坐古松下品茶。庙主命侍者汲取玉泉山新泉，用白泥火炉煮水，燃料是"松炭"，并不是松柴，松炭是庙主用粗松枝烧成，比普通木炭稍有木性，专为煮茶之用。据说《茶经》所记用松柴煮水，难免烟火熏燎气味，不如存性的松炭，既不失松木清香，又没烟火气，又利煮水。我以为这种见解，实可补《茶经》的不足，有游山幽居清兴的人，可以仿效一下。煮水程序火候，和《茶经》所记相同，"一煮如蟹眼"，"再煮如松涛"，水初热中心起小泡果似蟹眼，次听有谡谡的风吹松叶声，水已煮成，再沸就过老不能用了（普通以松涛程度尚不及沸水三分之一时间）。品茶的茶具，自以"宜兴紫砂壶"为相宜，庙主所用便是极小砂壶，容量只有一斗，本来为品茶而用的茶具，自以精细小巧为主，所以紫砂壶不能太大。茶杯也是很小，比一两容量的酒杯相仿佛，茶斟在杯内，澄黄淡绿，衬以白磁杯、古青杯、紫砂杯、老僧衣杯，真是古香古色，令人忘俗。至于茶的品类，有二三十种之多，已逾炎夏时节的"真西湖龙井"，形似忍冬花的"斛山石斛"，自然不是凉秋饮品。庙主所存的茶类，能供秋日饮的很多，尤以自出心裁的"真莲心"、"真莲蕊"为最好，普通茶店所说的莲心，只是形似莲心的茶叶而已，此次所饮的莲心、莲蕊，却是门前池塘内的荷花莲蕊，和莲子中莲蕊，虽然不是真正茶叶，但另有一种清香气味，足以醒醉。由此可见秋日品茶，也是很有清趣的事，只在能领略这其中滋味的，才能得着真正妙趣的。

秋日的饮酒，也不完全和夏日相同，虽然同是刺激神经的饮料，但顾名思义来想，也有点的分别，例如夏天所饮的海甸仁和酒店的"莲花白"，到秋天就要以"瓮头春"、"绿茵蔯"、"五加皮"为利湿化水、暖脐温中的饮料了。

秋天的看馔，以大嚼为标准来说，烤肉自然味厚可以果腹，螃蟹自然可以持螯远想，不能不算为郊原野赏乐事。在室内几个友好谈宴，又以"火锅"为最好。火锅在北京旧家冬日，是一种极尽联欢、天伦享乐的食品。火锅旧日极讲锅子料、高汤，高汤以真口蘑、川冬菜、羊尾巴油、葱姜作料所熬为最肥美。锅子料简单的有猪肉丸子（由猪肉南式魁盒子铺制售）、炉肉两种，复杂华贵的，可以再加熏肉、酱肉，以至熏鸡、熏鸭，只是凑热闹，反倒夺去真味。火锅除去什锦火锅、三鲜火锅、白肉火锅以外，自以羊肉火锅为最普遍，为最有味。羊肉片在大羊肉馆和善售火锅的饭馆，都要先将羊肉上脑，三叉好的部分，放在冰箱内冻起来，并用大石压紧，然后切片，才能鲜嫩。切羊肉片要断丝切，入口才能不至于塞牙，入口即化。家庭常切顺丝，只求大片，至于吃到嘴内，就不能可口了。切羊腰子，皆普通由旁面下切，据傅佑宸上公宗长（大阿哥溥儁）说，内廷切羊腰子皆横片，不但片大，且另有一种鲜嫩，试之良然。在各种火锅之外，董痴公（常星阶）喜吃猪肉片火锅，据云羊肉易老（实在断丝切羊肉，绝不能老），不若生猪肉片好。但在生物学家眼光看来，猪肉不太烂，囊虫不死，是有相当危险的。有人喜吃涮羊油片，鲜嫩远过羊肉，并且不像理想中所说羊油如何的腻人。有人喜欢用香菜切断，在火锅中涮吃，确实另有新鲜滋味。火锅中所用菜蔬，有酸菜、冻豆腐、粉条（普通皆用水粉，实在不如油丝粉），至于加大白菜头，为近年食客最欢迎的食品，实在只有二三十年历史，最初由东来顺发明。

菊花锅子只是"酒锅子"的变相，除另加以鲜鱼片、鲜鸡片、鲜腰子片以外，另添入白菊花瓣，便是菊花锅子，为呷汤自是以此为宜。

（《立言画刊》1939 年第 51 期）

风檐尝烤肉

张恨水

有人吃过北平的松柴烤肉吗？现在街头橙黄橘绿，菊花摊子四处摆着，尝过这异味的人，就会对北平悠然神往。

据传说，松柴烤牛肉，那才是真正的北方大陆风味，吃这种东西，不但是尝那个味，还要领略那个意境。你是个士大夫阶级，当然你无法去领略。就是我在北平作客的二十年，也是最后几年，变了方法去尝的，真正吃烤肉的功架，我也是"仆病未能"。那么，是怎么个景呢？说出来你会好笑的。

任何一条马路上，有极宽的人行路，这路总在一丈开外，在不妨碍行人的屋檐下，有些地方，是可摆着浮摊的。这卖烤牛肉的炉灶，就是放置在这种地方。无论炉灶属于大馆子小馆子或者饭摊儿，布置全是一样。一个高可三尺的圆炉灶，上面罩着一个铁棍罩子，北方人叫着甑（读如赠），将二三尺长的松树柴，塞到甑底下去烧。卖肉的人，将牛羊肉切成像牛皮纸那么薄，巴掌大一块（这就是艺术），用碟儿盛着，放在柜台或摊板上，当太阳黄黄儿的，斜临在街头，西北风在人头上瑟瑟吹过，松火柴在炉灶上吐着红焰，带了缭绕的青烟，横过马路。在下风头远远的嗅到一种烤肉香，于是有这嗜好的人，就情不自禁地会走了过去，叫声："掌柜的，来两碟！"这里炉子四周，围了四条矮板凳，可不是坐着的，你要坐着，是上洋车坐车踏板，算来上等车了。你走过去，可以将长袍儿大襟一撩，把右脚踏在凳子上。店伙自会把肉送来，放在炉子木架上。另外是一碟葱白，一碗料酒酱油的参合物。木架上有竹竿作的长棍子，长约一尺五六。你夹起碟子里的肉，向酱油料酒里面一和弄，立刻送到铁箅的火焰上去烤炼。但别忘了放葱白去掺和着，于是肉气味、葱气味、酱油酒气味、松烟气味，融合一处，铁炙罩上吱吱作响，筷子越翻弄越香。

你要是吃烧饼，店伙会给你送一碟火烧来。你要是喝酒，店伙给你送一只杯子，一个三寸高的小锡瓶儿来。那时你左脚站在地上，右脚踏在凳上，右手拿了长筷子在箅上烤肉，左手两指夹了锡瓶嘴儿，向木架上杯子里斟白干，一筷子熟肉送到口，接着举杯抿上一口酒，那神气就大了，"虽南面王无以易也"！

趣味还不止此，一个箅，同时可以围了六七个人吃。大家全是过路人，谁也不认识谁。可是各人在箅上占一块小地盘烤肉，有个默契的君子协定，互不侵犯。各烤各的，各吃各的，偶然交上一句话："味儿不坏！"于是作个会心的微笑。吃饱了，人喝足了，在店堂里去喝碗小米稀饭，就着盐水疙瘩，或者要个天津萝卜啃，浓腻之后再来个清淡，其味无穷。另有个笑话，不巧，烤肉时，站在下风头，炉子里松烟，可向脸上直扑，你得时时闪开，去揉擦眼泪水儿。可是一面揉眼睛，一面夹长筷子烤肉，也有的是，那就是趣味吗！

这样说来，士大夫阶级，当然尝不到这滋味。不，顺直门里烤肉宛家的灰棚里，东安市场东来顺三层楼上，前门外正阳楼院子里，也可以烤肉吃。尤其是烤肉宛家，每到夕阳西下，喝小米稀饭的雅座里，可以搬山二三十件狐皮大衣，自然，那灰棚门口，停着许多漂亮汽车。唉！于今想来，是一场梦。

（重庆《新民报》1944 年 11 月 6 日）

北平吃有三绝

吃学博士

一、"喂羊"及名羊肉馆

北平是个最讲究吃的地方，但是，在北平很难找到什么叫"北平吃"。如若您一定要找"北平吃"，我这老北平，可以告诉您，只有三样儿。

第一是羊肉。羊肉何处无有？但是，哪个地方也赶不上北平。离北平那么近的天津，也没有好羊肉。天津的羊肉馆都说，他的羊肉是由北平运来的。北平人送礼给天津人，羊肉也是礼物的一种。

北平以外的羊肉，都有一种腥膻味儿，惟独北平羊肉没有。北平的羊肉是把西蒙古的羊再特别养一回，唤做"喂羊"。这种羊恐怕是世界第一，因为西蒙古的羊是世界第一。

一进秋天，北平的羊肉便大盛行了，从烤羊肉起，直到涮羊肉。羊肉馆的势力更大，无论是山南海北的人，到北平没有不把羊肉涮它一涮的。

北平最老而最有名的羊肉馆子，是前门外肉市的正阳楼。不过，正阳楼并不是回回经营的。回回经营的属煤市街的馅饼周、东安市场的东来顺和西单牌楼的西来顺。要讲菜做得好，现在属西来顺，西来顺掌灶的褚连祥是回回馆第一把能手，西来顺的鸭泥、腐皮很出名。

回回馆子，大半都很清洁而且便宜，价钱便宜是它发达的最要紧条件之一。

吴稚晖到北平就找协庆和，听说协庆和关门，连连叹起气来没有完。协庆和也是个羊肉馆，锅贴做得很好。

二、"填鸭"及烤鸭的普通化

羊肉以外就要属烤鸭子了。鸭子何处无有？但是北平的鸭子，天下第一。北平的挂炉铺，（注：烧烤鸭铺也。）把河里的鸭子买来，用人工给它一个饲料，然后再烧烤。这有个名儿，叫"填鸭"。填的东西是糠和高粱做成一个个小卷儿，这小卷儿一寸长，五分见圆，仿佛香肠一般，鸭子的小嗓眼儿，无论如何也吃不下去，一定要用人手给它向肚子里填塞。这一填之后，便不会自己吃东西了，再过十天八天大概就入炉。在入炉以前，因为吃了这么许多硬头货，所以发育得特别肥美。

北平最老的烧鸭馆子是便宜坊，现在便宜坊不行了，全聚德代之而兴。同时，各饭馆都讲究起烧烤鸭子来，专门烧烤鸭子的铺子便萧条了。听说，便宜坊做烧烤鸭子的大师傅已经到新陆春，所以新陆春的买卖近来很好。

这一两年，北平许多小馆子卖零盘烧烤鸭子，二角三角钱可以吃一盘，连饼带葱酱，四五角钱可以吃得饱饱的。我赞成这一办法。

以前江朝宗好吃烧鸭子，一个人可以吃一大只，自己挑好以后，在鸭子身上盖一个图章，然后再烧，为的是防备厨子给他更换了。江老先生可以说是"吃的惟实主义者"。东北也讲究吃烧鸭子。"九一八"事变以前，大批鸭子从北平运到沈阳，日本的中国馆子也有烧鸭子。这都是北平吃风征服万方呕！

三、甜酸的豆汁儿

还有一种东西，北平以外，旁的地方绝对没有，那东西叫作豆汁儿。豆汁儿是用豆子磨成的一种浓汁，经过一次发酵作用，所以是酸的。把这豆汁儿用火一煮，在饭尾巴的时候，当稀粥来吃，好极了。如若再有北平宣外铁门的酱菜，外加辣子油，就更好吃了。穷苦人家在豆汁儿稍加一点儿米，叫"豆汁儿饭"，这"豆汁儿饭"是北平土著普罗的第一美食。

有人以为发过酵的东西不好吃，其实，最好吃的东西都是发过酵的，火腿、松花、糟蛋，以及你喝的酒，吃的馒头，都是这样。惟有发过酵的才真好吃呀。

北平以外，只有沈阳北门外有一家"豆汁儿房"，（注：北平管豆汁儿铺叫"豆汁儿房"。）其他各地，找遍天下也没有。

北平街上有一种卖热豆汁儿的，大叫："豆汁儿开锅，一子儿碗！"便有许多小孩子出来，围着喝。（注："开锅"是沸腾的意思；"一子儿碗"者，一个铜元可以买一碗也。）另有一种卖生豆汁儿的，大叫："甜酸豆汁儿来！"便有许多大奶奶出来，一锅一锅向家里买。

这是北平，这是真正的北平。

（《光芒》1934 年第 1 卷第 21 期）

大酒缸与小饭馆

识　因

　　自从北京成了天子辇毂之下后，人们也就文质彬彬起来，言谈举止，雍容大雅，虽是贩夫走卒，见人礼数周到，话儿甜甘，如睹满洲王孙阿哥们，那些慷慨悲歌、旁若无人的燕市酒徒，在这八百年来帝王的古都里是不易看到了，无已其求之于大酒缸乎。饮酒也和诗词一样有不同的种种意境，缓带轻裘，温温柔顺，是一样饮法；红袖青衫，低吟浅斟，是一样饮法；酒酣耳热，歌乎乌乌，又是一样饮法。惟慧心人参得出这种意境，自能体味得之也。

　　买醉燕市已历年所，也参加过多少次高下不等的酒场，觉得冬季风雪载途的日子，或是黄沙扑面，电线被西北风吹得发出哨子声时，在大街上缩着脖子，两手插在衣袋里急急行走，打开大酒缸挂的厚蓝布棉帘走进去，随便在哪一角都可以占一个座位，要它两三碗白干，来上一碟炸饹饸，一碟煮小花生，叫伙计在门口卖羊头肉柜子上切几毛钱的羊脸子，用旧报纸一托，肉片大而薄如纸，上酒细盐，手撚而食，不用匕箸，三碗下肚，风寒已被驱逐净尽。再叫柜上来三十个羊肉白菜饺子，或在山西铺子里更可以尝尝刀削面或猫耳朵。这样酒足饭饱之后，心身泰适，即或千里孤身，一人客居，也就暂时解去乡愁。

　　所谓大酒缸，实是北京专卖酒不卖热菜的酒店。普通是三间两进的门面，柜台以外，屋里没有桌子，放上五六口头号皮缸，上盖朱漆或黑漆的缸盖，就拿它当桌子用，缸的四周摆上几个凳儿就成了。木铺柜上没有什么酒菜，平时是炸排叉、饹饸合、煮小花生、煮花生仁、玫瑰枣、兰花豆。春天黄花鱼上市的时候，添卖炸黄花鱼、炸小虾。夏天添上煮毛豆，再要添买酒菜，就得叫伙计去买。门外常有卖羊头肉的，或卖熏鱼、猪头肉的背柜子在此等候主顾。秋天有卖炮羊肉的车子停在门口，而且卖爆羊肚的、卖馄饨的长期在大酒缸门外摆摊儿。

酒不论斤，以碗为单位，碗是很糙的磁白里黑皮，有饭庄上喝绍酒用的杯子大，可盛二两来的酒。除了白干外，还卖山西黄、山东黄和良乡酒，也卖茵陈、莲花白和玫瑰露，这样酒多是为拿瓶打酒的主顾预备的。你想到大酒缸喝酒去的人，谁肯喝那没有劲头儿的果子酒呢。

饭食就是饺子、面条、拨鱼儿，还有刀削面、猫耳朵，到山西铺里喝酒，可以尝一下特有的醋卤拌面。饺子普通冬天是羊肉白菜馅，春夏是猪肉茴香、猪肉韭菜、羊肉西葫芦。要不吃这些，可以叫伙计买三五个新出炉的芝麻酱烧饼，蘸着炮羊肉的汁水一吃，再闹一碗馄饨，卧上两个白果，亦可以果腹矣。

昔年读书清华园中，北京没有家，星期六进城，时间一晚，不好到朋友家去赶饭，给主人添麻烦，常常一个人到小馆子去吃一顿，再到友人家去借宿。因此试验了许许多多的小饭馆。

大约北京小饭馆分成南方馆子、本地馆子两路，南方小馆也有江苏馆，也有广东馆。东安市场的五芳斋，西单的玉壶春，都很出名。这种馆子没有大件的菜，卖得最多的是包子、汤包、炒面、汤面、馄饨，新年以后添上春卷。去的人都为自己吃饭，不是请客，叫上两样点心也就饱了。有时作一两样菜，如烧头尾、红烧爪尖、松鼠黄鱼等，来一盘花卷、两碗米饭一吃，换换口味，也不费钱。

西单商场刚一开辟时，正对商场马路西有一家酒馆叫雪香斋，专卖绍酒。主人夫妇亲自上灶，只有不多几样菜，炒鳝鱼丝最是拿手。秋天也卖螃蟹，某次我一人独吃肥蟹四只，喝了一斤来的绍酒，也就首开我这酒量小人的纪录了。出得门来觉得悠悠然，已有八九成醉意。今日回思，浑如梦境。

纯本地味的小馆很多，散布在四城里，最出名的如馅饼周、饺子王、穆家寨、灶温、白魁和后门桥头的灌肠铺，前门肉市一家以炸三角出名的馆子。这些家仍然存在，生意都还不错。馅饼周、穆家寨在前门外，饺子王在崇文门外花市，灶温、白魁在隆福寺街，都有拿手的菜，最好是灶温作的面条，从最细的一窝丝，到粗的帘子棍，都是人手撑的把儿条，不用机器，就是一窝丝那么细，煮出来也是不糟不烂，真是一绝。此外他那里的烙春饼也颇有名。

民国十七年北伐成功以后，饭馆里添上女招待，风靡一时，除了几家大庄子和东兴楼、同和居以外，若小的馆子门口无不添上一个"特请女士招待"的牌子，和应时上市的菜名粉牌并列。可是她们的能力，实不如男跑堂的，常把座儿叫的菜送错，算起账来决不能像男跑堂一边数家伙，嘴里念着迅速地就算完了。又因她们演出了好多桃色的悲剧、喜剧，以致不理于众口。现在除了前门外几家馆子仍有女招待外，内城各饭馆仍用男跑堂。

有女招待的铺子，我也观光过几次，一向脑中印上古诗里所谓"胡姬年十五，春日独当垆"的影子，及至亲眼看过，立把绮丽的幻梦打破。大概略为清秀，面目平常不讨厌的就很少，更不用说什么有风韵的了。又加之她们都是浓脂厚粉，若遇见一个大个儿，虎背熊腰，雄赳赳的，好似孟州道上十字坡的孙二娘，灯光一照又像佛经上所说的"鸠槃茶"，试问谁还敢调笑这样的酒家胡呢？

西单十字路口南边路东，在和兰号咖啡店的地方，从前有一个聚仙居小馆，地方过于窄小，所以人们给它一个诨号叫"耳朵眼"。最出名的是灌肠、炸三角、叉子火烧，去的人很多，有时等半天才能找到一个座位。它又和北京出名的天福酱肘铺是南北相对的邻居，把新得的叉子火烧夹上天福的酱肘，真是少有的美味。后来因修电车道，展开马路，这个铺子就关门了，可是"耳朵眼"这个名字还没被一群老饕们所忘。

出阜城门外不很远，马路北边有一个小酒馆，叫虾米居，正名大约是永顺居。这是个野意颇浓的铺子，专卖良乡黄酒，有干榨、苦清之别，以碗为单位，四碗是一斤。酒菜和酒缸相似，不过灶上有人现作热菜。后院有个角门临护城河，院中有两棵大柳树，树下是用砖砌成三四个台儿算是桌子，春夏时坐在那儿喝着酒，吃着他们由后河里现捞上的青虾作的炝活虾，不知不觉酒量就增大了。冬天他们又有特有兔脯和牛肉干，兔脯是照鱼冻作法做的，北京卖兔肉的只此一家。天冷了，客人都在屋里吃，由夕阳影中隔窗看见树上悬挂的野兔，和古拙的砖桌，仿佛古人诗词中所描写的荒村酒店，是一幅富有萧索暗淡气息的图画。至于何以名为虾米居，就因他们的拿手菜炝活虾而起也。

（《古今》1944 年第 53 期）

北平的巷头小吃

徐霞村

北平为三百年来满洲旗人聚居之地，往日一般养尊处优的小贵族，除了犬马声色之外，惟有靠吃零食来消磨他们的时光，因此北平各胡同里售卖零食的小贩之多，为国内任何城市所难望其项背。即到如今，这种风气仍没有随着大清帝国而衰去。假如你和一个没落的爱新觉罗氏的后人做着邻人，同时你又是一个细心的人的话，你便可以看到他们有时即使剩了少数买米的钱，也要把它拿出来，在门口买一串毫不解饿的糖葫芦吃吃。我虽然没有荣幸生在这种贵胄之家，但因为前后在北平住了二十年之久，耳濡、目染、口尝之馀，对于北平的各种巷头小吃也颇知一二，平日坐在家里，只消听见门外的小贩吆喝一声，就可以辨出他是卖什么东西的，即使他的吆喝非常难懂。现在我把北平各胡同里常可以看到的，同时又为别处所不大有的几种零吃记在下面，虽然要把它们全部写出来，是至少要费几百张稿纸的事。

豆汁　豆汁是北平特有的一种食品，别处的人既没有机会喝它，也没有胃口喝它。它的样子有点像豆浆，但颜色较豆浆稍青，而且豆浆是豆腐的前身，而豆汁却是做绿豆粉条或团粉时剩下的一种液体，经过发酵而成的。它那种酸腐的气味，常给第一次喝它的人以很坏的印象，可是，假使你能硬着头皮喝它一两次，你就会渐渐品出它的妙处来。凡是喝过上等的绍酒或俄国的酸牛奶的人，大概可以想像到它那种酸中带鲜的美味。在北平，无论你走到哪一条胡同，哪一个街角，你都可以看到一个被一群小孩围着的豆汁担儿。担子的一头是一个被炭火煨着的大锅，另一头是一个四方的小案，案上摆着一大盆辣咸菜，以及碗筷之类。喝豆汁的人就围在小案的四周，坐在卖豆汁者所特备一种轻便的小凳上，吸一口滚热的豆汁，吃一口辣咸菜，有些人竟能连喝三四大碗之多。据说北平的豆汁以东直门四眼井所产的最纯，但是现在只有东城一带的人有喝到它的口福，因为西南城的豆汁贩都嫌路远，不肯到那里去贩。

灌肠　灌肠担子，在北平也和豆汁担子差不多一样的普遍。担子的一头是一个浅平的锅，锅下面生着火。所谓灌肠，就是用团粉和红釉做成的一种猪肠似的东西，卖时把它切成薄片，在锅上用猪油煎焦，盛在碟内，加上蒜汁盐水，递给主顾。但近几年因为猪油的价钱太高，卖灌肠的人只好用些杂质的油来代替，臭气熏天，令人掩鼻。

切糕　切糕又名盆粉糕，因为它的做法是把黄米面或江米面（糯米粉）合以相当的水分，加上小枣及黄豆，再放在一个大盆内蒸熟而成的。卖者多以独轮小车推着，沿街吆喝，卖时视买主所需多少，用小刀来切。大约江米面者较黄米面者售价稍昂，且食时须加白糖。这是一种比较"实惠"的零食，因为既价廉又解饿。

扒糕及凉粉　这两种都是夏天的凉食，而且都是在一个担子或小车上一块出售的。扒糕是一种荞麦面蒸成的小饼，凉粉是用团粉熬成的粉条，吃时都须加上芝麻酱、醋、蒜水、胡萝葡丝、香油等作料。

炸豆腐　这也是一种"热挑子"，即带着锅炉的担子。锅里所煮的有两种东西，一种是炸豆腐，另一种是"丸子"。炸豆腐，顾名思义，自然是经过油炸的豆腐块。至于"丸子"，那就不是外乡人所能意想得到的了，既不是肉丸子，也不是鱼丸子，却是一种用粉条及"胳肢"（一种用绿豆面制成的一种薄片）炸成的丸子。贩者每日出发前，先把这两种东西用油炸出来，把锅里注满了水，稍加花椒大料，煮沸，把炸豆腐及"丸子"放进去，然后出门。遇到主顾买时，就把它们盛到碗里，加上香菜或辣椒汁，即成。这两种东西的价钱都很便宜，但是却没有什么厚味。

烤白薯 白薯即蕃薯，至于北平人为什么要在"薯"字上加一个"白"的形容词，那就不得而知了。烤白薯在别处也不是没有，但据我个人的经验，何处的都没有北平的那样肥、透、甜。这也许因为北平的白薯生得好，也许因为北平的贩者手艺高，也许两者都有点份儿。至于卖烤白薯的行头，那是也有用车推的，也有用担子挑的，车上或担子上都是一个很大的铁筒，筒内的四周是一层层的铁丝架子，每层架子上都摆着白薯。卖这种东西的最好的季节是冬令，下雪天围着炉子吃烤白薯，是住在北平的人的一桩享福的事，虽然胃酸过多人吃下去有点不大受用。

大米粥 大米粥是种既好吃又易消化的东西，最宜儿童的口胃。作法系用大麦米、红江豆同时放入锅中，以极微的火熬一夜之久，第二天仍以微火在锅下温着，挑到街上去卖。

糖葫芦 糖葫芦是北平的名产，近年他处也有仿制者，但都不如北平的好。所谓糖葫芦，其实与"葫芦"毫无关系，而是一串一串的用竹签穿成而用裹满冰糖的果子，如山里红、海棠果、葡萄、山药、核桃仁之类。制时最难的一步是熬糖，因熬得过老则味苦，过嫩则胶牙也。北平的糖葫芦以东安市场的为最好，但胡同里携篮叫卖者也间有好的。

豌豆黄 豌豆黄系以老豌豆煮烂过漏，用石灰点成的一种方形软泥，香嫩可口，也是北平的名产之一。每年三四月间，各胡同里都可以看到卖这种东西的独轮车。

艾窝窝及凉糕 两者都是用熟糯米加豆沙或芝麻馅制成的凉食，不过艾窝窝是圆形的，如元宵，而凉糕则是方形的而已。贩者多用小车，季节则为旧历正月至五月。

酪 在牛奶里加上白糖，再滴入几滴白干酒，牛奶便凝成一种冻子似的东西，这就叫做酪。据说这种制法是由蒙古人那里传来的，而最嗜吃酪的是旗人。酪铺在北平很多，较大的酪铺除了门市售卖之外，还派许多人挑着两个大木桶，桶里放着冰，冰上放着一碗一碗的酪，沿街去卖。卖酪的人除了成碗的酪外，还带卖奶卷和酪干，奶卷是一种用干牛奶制成的带馅的点心，酪干是一种用酪炒成的不规则的块状物。

酸梅汤　酸梅汤现在已流行到许多城市了，但它的发源地却是北平，而且一直到现在，最好的酸梅汤仍旧要到北平来找。酸梅汤的做法很简单，把乌梅放到大量的水里去煮，煮时加上冰糖和桂花，煮好把滓子滤去，加以冰镇，即成。然而怎样把乌梅、水、糖、桂花这四者的分量配得恰到好处，那就是每个制售者的秘密了。北平的酸梅汤以琉璃厂信远斋所售的最好，但一般人因为它路远价昂，不得不想退一步的办法，向门口的小贩来买。此种卖酸梅汤的小贩，多半兼卖些别的东西，或挑担，或推车，过巷时用两个小铜碟在手里相击，丁当作响，非常好听。

茶汤及油茶　一个担子，一头是一个热气腾腾的大铜壶，另一头是一个木箱，这便是售卖茶汤及油茶的担子。这两种东西在外乡人看来似乎差不多，但实际却大不相同。茶汤是一种秫子面制成的粉子，卖时如冲藕粉一样，先把粉子用凉水调匀，加上糖，然后用极滚的水来冲。油茶则是面粉用香油或牛骨髓油炒过，卖时用滚水一冲，其用牛骨髓制成者，又名牛骨髓茶，据说最富滋养。

硬面饽饽　在北平，每当夜深人静的时候，往往有一种凄凉而深长的吆喝扰人清梦，那便是卖硬面饽饽的小贩的叫卖声。一般人差不多既不爱听这种声音，也不爱吃这种饽饽，因为它实在太淡而无味了。"饽饽"是北平话，意即"点心"。硬面饽饽，就是用面粉制成的一种点心。这种点心因形状之不同，又有"镯子"、"凸盖"、"撒子"、"白糖饽饽"、"红糖饽饽"等名目，但其不好吃则一也。买它的人，多半是吸鸦片的人或五更饥的患者，半夜两三点钟，家中既没吃的，街上又无处可买，不得已而买它聊以充饥。

（《宇宙风》1936 年第 19 期）

北平的豆汁儿之类

纪果庵

一切生活趣味，都得慢慢地汲取，才能体会到那种异样的感觉。故听不惯京戏的人，只觉大锣大鼓震得耳聋，黑脸白脸耀得眼花，但在两厢暗陬，却尽有闭上眼睛，在那儿用两个手指敲板眼的人，听到会意处，忽然一声"好"，真会使人瞿然惊讶，而他却慢慢地啜起茶来了。这种事，在有着六七百年首都历史的北平，尤为普遍，故一些外方人，乍到此地，皆感到一种没落、麻木；但一住过半年以上，就有了种种脱不开的"瘾头儿"捆住你，使你又感到这真是一个各等人全能活得很舒适的大都会了。

喝"豆汁儿"也是这种"瘾"之一。午后，小胡同里就会听到卖"豆汁儿粥"的吆喝。这种人往往在午前卖"油炸烩"和烧饼。若说烧饼和油炸烩是早晨的点心，则豆汁儿恰当晚茶。中国人是不作兴如西洋人一般，有定时的点心和什么"下午茶"的，这等街头的担子，就是大众咖啡馆了。豆汁儿担子，一端是一个下面有着火炉的锅，另一端则当作"饭台"。古色古香的蓝花瓷筒插了二三十双竹筷，中央是一大盘红色辣椒丝拌的咸菜条，也有环状的油炸烩放在另外一只木匣里，五六只白木小凳则悬置饭台四周以备食客之用。豆汁者，磨绿豆成糊状物加水而煮之使熟也，其味入口极酸臭，如隔日米泔汁。——我很想考一下这食物的起源，搜寻几册讲食物的书都没有。盖食谱膳单，都是大人先生们"郇厨"的成绩，此种只有洋车夫才是大主顾的东西，理当没有也。——初到此地的人，真觉不敢问津，我甚至因此常骂北平人为猪，盖我乡只有猪才食米泔汁耳。首先发现它的好处的，是一位邻居的 × 太太，她每天午后必要令他的男孩到外面去"端"三大杯的，并且还得要上三片切得极薄的咸水芥（这是照例要赠送的）。起初我看了她笑，后来她总向我宣传，说这东西"清瘟去毒，散热通风"。从此我就注意起来，果然那矮矮的卖豆汁人一进胡同口，就被好多孩子以及劳苦同胞围得风雨不透，且有许多邻家穿了高跟鞋的小姐们也端了碗来买，这就大大引起我的好奇心。终于有一天妻端进一碗来，并一小碟辣咸菜。我见了那绿油油的汁液，就有点头痛，但辣椒又是我所喜吃，就闭着鼻子呷了几口，辣椒吃得太多，事后只觉口腔火烧烧而已。哪知第二天又买了，仍有辣椒咸菜，于是我又吃了些，这回就感到在臭味和酸味之馀，有些清香，一如吃了王致和的臭豆腐。从此不到半月之久，一到太阳西沉，就要留心听那悠长的一声叫喊"酸，辣，——豆汁儿粥咻！——"了。后来连我那不满三周岁的小孩子也染了这嗜好，他常常拿一个铜板，坐在那饭台下面的白色小凳上，同邻家一个女孩，吃得悠然有味。有时不去喝，必要磨着他娘，大闹一场的。

据《饮膳正要》、《本草》一类的书，绿豆本是除烦热、和五脏、行经脉的甘寒之品。北方通常到夏天要吃"绿豆糕"，说是可以解暑。故豆汁虽不登大雅，却也不见得无裨卫生。北平的卫生局长方颐积先生还在报纸上发表过一篇豆汁与精制豆浆的比较，虽未承认此物有绝对滋补之效，但到底也没说它有害。只是说这东西没经"消毒"，或者有不洁之弊！啊呀！我真怕所谓"消毒"二字。盖在中国所谓消毒者，即卖得要特别贵之谓也。若使豆汁亦经消毒，如清华园模范奶厂的牛奶之类，不是什么 Hood 氏的热蒸气法，便是什么双层纸罩的瓶子等等，怕也得用银色的牛奶车向大红色的门口里送，每月账单上要十几块了。拉车小子，更安能问津哉？

与豆汁同类的街头小吃，又有豆腐浆与杏仁茶，这都在清晨才有。豆腐浆即作豆腐时豆腐凝结后所馀之浆，杏仁茶则用杏仁粉和糯米粉、淀粉之类熬成。惯睡早觉的人常常在梦中就被这种小贩叫醒。担子总是那么简单，一头是"浆"，一头是"茶"，下面都有火炉，故其吃喝声为"杏仁儿茶来，——豆腐浆——开嗳锅啊——"。一端锅盖上放一大盘晶洁的白糖，看了它一定会引起你的食欲的。若在冬日，一闻此声，开门外出，先"哈"的一声呼出一口白色的水蒸气，以示天气之冷；用铜元五大枚买一大碗杏仁茶，加糖，调好，缩颈而吸之，其悠然之味，真有为吃牛尾番茄汤的人们所不及知者。豆腐浆也加糖，且有一种较嫩的豆腐，搅碎在内，故亦别具风味，尤妙在其热得烫嘴，非口中作吸吸溜溜之声不能吞入，遂使冷冻之意全消。我顶喜欢那种在街口摆设固定摊头的杏仁茶，因其品质较好，且一旁必有一专炸"馃子"（油炸烩）的小贩，故可佐刚出油釜的热馃子而吸之，或将馃子夹入烧饼食之尤妙，北平人呼如此食法为"一套儿"。卖馃子的人总问你："您夹几套儿？"即指此。烧饼亦分两种，一种用酵面加芝麻油作的，名曰麻酱烧饼；一种虽也用酵面作，中无油且层少，只有两面皮子，中则空空，此种名曰"马蹄儿"。以我之意，马蹄儿更好，因其中空，易于夹放油炸烩之故。油炸烩，在北平往往指那种炸得焦酥的，其形细长，即南人所称油条也。若馃子则较粗，且不酥而有韧性，这种韧性吃起来格外有劲。我在上大学时，顶喜欢吃西单牌楼白庙胡同口那一个摊头的烧饼和馃子，因为他做得极干净且极热也。前门大街珠宝市北口那个卖杏仁茶的贩子，生意极好，有时驻足于此，一面吃着"茶"，一面看着早晨起来就恓恓惶惶的芸芸众生，心里真说不出是怎么个味儿了。

卖小儿零吃物事者，每天不知要有多少。以一种不四不六的糖担为最可厌，吹干了的面包，冒牌的朱古律糖，东洋劣质的橡胶玩具，另外还有抓彩设备，看起会让人"恶心杀"。大约中国人之糟，喜欢"不四不六"的皮毛，也是原因之一，故有外面是洋楼门面而里面是暗无天日旧房的建筑，有不中不西的广告画，有西服裤而长袍的服装，此皆前述糖担子之流也。挑这种担子的人，也往往有些土头土脑的市侩气，与其营业一致，而照顾他的也就是一些不上不下的孩子。我到底是中国人，觉得"中国本位"有时是必要。有一种打小锣卖豌豆糕的零食贩，我就感到有趣。一天，只有我和小孩子在家，外面小锣敲动，孩子就说："买鱼！买鱼！"我很怪，只好说"没有卖的"。但他仍是固执着闹，后来只好开门出去，我开玩笑似的问那小贩："有鱼吗？"我想我一定要被讥笑了，谁知他却说："有！"我倒怪起来，问他多少钱一条，他说只要一大枚呢。随即一面取下一个小凳，放下他的篮子，掀开手巾，我才看到里面是蒸熟的豌豆粉，他坐下，挖出一块粉，灵巧地捏成一个鱼，如果你喜欢呢，肚子里还可以放芝麻或糖的馅子，捏完，用旧梳子打上一些鱼鳞般的细痕，又用细竹枝在头部按了一个洼洞，将一小块粉嵌进去，就成了很生动的"龙睛鱼"了。我心中实不胜欣喜，觉得一个铜板会买这么多把戏看，就又叫他给捏一个兔子。孩子跳跳蹦蹦拿进门来，可惜是不到一分钟，一尾鱼和一头兔子早都进了他的食道了。

从此我才知道街头有许多巧妙的艺人。

一次，又是孩子向我要求，说要吃"江米糕"。这又使我莫名所以了，还是他母亲告诉我外面就有卖的，也只要一大枚一块。我到外面一看，果然有一副担子，一头有个铜瓶一般的锅炉，那一端则仿佛馄饨担的盛面和馅子的二屉桌。这纯朴的小贩接了我的钱，用小勺盛了一下糯米粉，打开铜瓶上面的塞子，原来是一个有着小洞的蒸笼，不过只有瓶颈一般大小，瓶腹中则盛满沸水，下面也有火炉，他将一种梅花形的木型放在瓶颈上，把米粉倒入，盖了盖子，水蒸气立刻发出丝丝的细声，一分钟左右，他打开盖，那梅花式的粉糕已成熟了，他又洒上些糖，还放了两三条山楂丝，向一块纸上一倒，这滚烫的糕就在我手中了。我诧异他那繁杂的手续，但并不见有几个小孩子买他的糕吃，况即买也不过一两个铜板，然则这种艰难的生意，又如何来维持他那生活呢？

夜生活的象征者是馄饨担，炸豆腐担，和硬面饽饽小贩。年节前后，更有桂花元宵。深夜，远远望到大街上豆样大的灯光，和水锅里蓬勃的白色蒸气，一个人幽手幽脚地走回家去，这真是一首不能写出的诗。据说这种夜食贩都是给赌徒预备的，或亦经验之论。卖硬面饽饽的叫卖声往往在三更左右，时常是我已睡醒一觉的时候。听了那幽厉的声音，不由得浮起一个寒伧老者瑟缩在风寒中的影象。有人说这种小贩专替人家抛弃私生子，只要将孩子缚置在门前，并附以相当报酬，他自会给你掩灭得无踪无迹。若然，则这种人是残忍的抑是慈善的？真不好说。

这古老的城池曾经过几度沧桑了，但这些微渺的人事却依然。而今我们又陷在极度苦痛的低气压下，想到什么胃活、太阳牌橡胶鞋、大学眼药之类布遍了全市，这些可怀念的而又极贫俭的食物，或者也要到了末日吗？……

一九三五岁尾，写于城头号角呜呜之声中

（《宇宙风》1936 年第 19 期，署名果轩）

豆汁摊
——北平社会写真

扶　平

　　花花绿绿的庙会，隐现着一团笑声泪影，男男女女的挤法，有如蚊群蚁团一般的冲动着，有人说"人逛人，鸟逛林"，的确，逛庙的男女永远是具有一种审美的眼光，除了贯彻这种审美的精神之外，其馀逛庙的意义约有二种，便是买物件和吃东西，中国人处处总不能把吃喝忘掉。逛庙永远需要吃喝的点缀，不如此，便好像对不起大腿和老肚似的。

　　庙会上的吃法，最普遍的推豆汁为最美，因为豆汁这种东西不但能治饿，还能调节逛庙人们的奇渴，同时更能够在美丽的豆汁摊上，歇一歇已然溜得成熟的两条大腿，诚然是一举数得，这是豆汁摊永远"生意兴隆"的原因。豆汁摊用木案搭成一个转角的长方桌，外圈围着许多的板凳，案子上面陈列着烧饼、麻花各样的点心，那咸菜盘子里，用咸菜推成细而长的二尺多高的形式，顶儿上还点缀着两根碧绿的香菜叶，远瞧好像一座中国独有的玲珑大塔！豆汁摊的老板（有的还携带着内老板），笑嘻嘻地站在案子圈以内，左手擎着碗，右手拿着勺子，把豆汁儿一勺一勺的盛得那么匀静而有节致。

　　逛庙的妇女们永远把豆汁摊围得风雨不透，左手扶着豆汁碗，右手耍着筷子，夹起一箸咸菜，瞧一瞧，龇牙一笑，把咸菜往四外一弹，咸菜竟像黄色的蜻蜓被擒似的，哆哩哆嗦被屈含冤地葬送在美人的蜜嘴里。吃麻花的，把麻花泡在豆汁的碗里，泡得成熟以后，这才夹起来放在嘴里，油汤遗在唇外，加以灰色的豆汁调和，无往不在嘴唇上组织成一朵花蝴蝶。有的香汗频流，在粉团儿一般的娇脸冲下来那一道一道的油汤。有的因为豆汁太热，或者是咸菜太辣的原故，娇脸儿紫涨起来，扑出来的光芒，真像西山上火烧云，而不让她们身上穿的红棉袄！

庙会上的豆汁摊，永远是维持着这样的平民大餐，而且豆汁每碗仅售大铜元一枚，为价殊极公道。老板催着快走，她们说："烫了嘴谁来赔偿？"一乞丐要钱，她们道："何来此讨厌鬼也！"太阳向着她们抿着嘴儿笑了一回，落在西山上，顿时庙会上映出一道充分的斜阳的光线，把一种平民气象从这豆汁摊的细微的部分表现出来。

十，二十六写在北平

（天津《大公报》1929 年 11 月 3 日）

昔年春节逛曹老公观
——以喝豆汁吃咸菜为惟一目标

郑菊瘦

　　北京城内西直门大街迤东路北，旧有古庙一座，名曰崇元观，普通皆称之曰"曹老公观"（系明时太监曹化淳监修，故有此称）。从前每年自正月初一日起，至正月十五日止，循例开放庙会半个月，其间以售卖各样儿童玩物（如风筝、空竹、口琴、风车、沙雁、木质小刀、小枪、小铜锣、钹、画花腻漆鼓、拨浪小鼓、推车、拉车，诸件俱全）、食物（如羊肚、灌肠、油炸糕、大串糖葫芦、麻花、排岔、元宵、碎蜜供、小炸食、苹果、橘子、青果、核桃、海棠、花生、瓜子、红枣、黑枣、挂烙枣、酥糖、皮糖等）者，无不具备，半月之中，营业甚佳。尤其卖豆汁之生意，较之其他杂项，格外兴盛。

　　然所卖豆汁味道，实能使人饮之适口。厥味酸而又甜，其色清淡，摊子桌凳碗箸，亦属干净，每碗（即早年豆绿色之瓷中碗）只售当十铜钱一枚（彼时市面以五十枚当十钱为一吊，一枚钱俗称之曰"一个大"），而咸菜更属特别讲究，与沿街串巷所售之豆汁咸菜，大不相同（在普通卖豆汁所备咸菜，分作两种，一为大腌萝卜切成小丁，一为大腌萝卜切成细丝，其切丝之咸菜，佐以油炸蓁椒，谓之为辣咸菜），所有特备者乃甜酱萝卜、银条菜、甘螺、倭笋、王瓜等物，凡上好酱制咸菜，无一不有，然咸菜价目甚昂，有卖三枚铜钱一块者，有卖五枚铜钱（俗称五枚铜钱为一百钱）者，一小三寸碟（浅而不满），以致饮一二枚钱之豆汁，必须数百钱之咸菜。尤其小孩辈喝豆汁，更为假此以诓咸菜，所以卖豆汁之小贩卖咸菜，诚比豆汁获利十倍也。所可怪者，在彼时凡逛曹老公观之游人，不论男妇老少，其到庙中者，皆以喝豆汁吃甜酱菜为惟一之目的，倘逛庙不喝豆汁，即认为乃大缺欠。

此庙在清季光绪庚子之前，甚为热闹，然其中之殿宇佛像，业已颓圮不堪，以后由管庙僧人将庙产售与官家，即改建陆军大学校矣。至今该地坊巷，仍以崇元观标名。余撰此文，未敢以掌故论，亦聊作点缀春节之一回顾云尔。

因喝豆汁再谈御膳房

崇　璋

今年春节各庙会，所售各物均以"元"字起码，尤其"豆汁"，最廉者，每碗售价五元，区区不足四两重之酸泔水，索值如此，岂不令人咋舌。

豆汁创兴于高宗朝

豆汁一物，创兴不久，约在乾隆中叶以后，为北京之一种特产物，因为清宫御膳房饭局档册中，在乾隆十八年以后，始有豆汁一名词。十八年十月有谕帖一道交内务府，谓："近日京师新兴豆汁一物，已派伊立布检察是否清洁可饮，如无不洁之处，着蕴布招募制造豆汁匠人二三名，派在膳房当差，所有应用器具，准照野意膳房成例办理，并赏给拜唐二缺以专责成。"曩故宫文献馆招待京市学者，参观南三所大库时，曾见此帖，始知豆汁创兴于高宗朝，然发明者为谁，址在何街巷，则无考。

能喝豆汁者为北京人嘴

因为豆汁发祥于北京，且因水土及气候关系，亦只北京豆汁甜酸可口。故豆汁一物，只老北京人喜喝，外省旅居京市者，非有十数或二十年以上之长期居住者，绝不敢试尝之，故北京人有"豆汁嘴"之雅号。

豆汁嘴与"卤虾嘴"、"老米嘴"，在三四十年前，称为"北京三嘴"，尤以旗籍人为著名。卤虾即各种卤虾小菜，老米即紫色仓米，以紫色仓米熬豆汁，佐以真正关东卤虾小菜或卤虾蓁椒，甜酸而鲜辣，此为真正之十足老北京风味。今则老米已断绝，卤虾皆赝品，只豆汁一物，尚未断庄。

豆汁之原料为绿豆

豆汁之原料为绿豆，发明此物时，相传与粉房为一家，制粉亦磨绿豆为汁。某粉房因天热，数桶豆汁已因酵而变味，因资本所关，弃之可惜，偶一试尝，则芬芳而酸且有甜性，熬而沸之，则甜酸各半，为稀有之珍味，因此豆汁一物乃应运出世。粉房所磨制之制粉原料，虽亦名豆汁，然为鲜豆汁，最忌酵变，而熬豆汁粥之豆汁，则为陈豆汁，乃利用酵变者。故粉房之售豆汁者，其贮豆汁之缸，必置迎门通风处，绝不与制粉之豆汁缸相近，盖在科学未倡兴前，酵菌藉空气传播之理，已先知之矣。

豆汁分"甜"、"酸"、"甜酸"三种

豆汁本分三种，曰甜，曰酸，曰甜酸，故以真正绿豆制豆汁之"豆汁房"，贮豆汁之大缸，必三个并排而列。自光绪庚子后，生活日绌，人心亦不古，绿豆汁中，已杂入他种豆类，初为二八成，继为三七成、四六成，今则对成亦不足，故所制之豆汁，只为一种。在初制成时必味腥而微甜，腥者乃黑黄豆味也，甜则为绿豆味，第一日未售尽，再延至第二日，则味酸甜，第三日则酸而不甜，四日则酸极，五日极酸而微臭，似有汗脚泥味，六日则坏矣，盖今日之豆汁，乃日愈久而味愈酸也。

入民国后，市售之真正绿豆豆汁，虽已绝迹，而清宫御膳房饭局所制之豆汁，因为不掺赝品，故仍保存豆汁原味，且分三种滋味，名"御用三品豆汁"，俗传在乾隆时代，非秩侪三品，不准喝豆汁，此乃齐东野人之语，盖误会"三品豆汁"乃"三种豆汁"之谓也。

绿豆豆汁可解药毒

真正绿豆豆汁，可以生饮，能解药毒，有"吃脏药，生豆汁能解"之旧法，故京俗病人服药（中药）后，例不准喝豆汁，即防解化药性也。豆汁为清热解毒妙品，虽极热时喝之亦有效，惟一般旧式卫生家，一届夏至，即戒饮热豆汁，谓能勾引暑气，其理与饮热绿豆汤相同。故清宫御膳房，自立夏后五日，即停制豆汁，至九月朔，始开缸再制。

慈禧太后喜食"豆汁饭"

熬豆汁之方法，有三种，曰"勾面儿"，曰"下米"，曰"清熬"。勾面儿者，即真正绿豆面粉少许，用清水调成稀薄液状，兑豆汁内而熬之，其味清甜，庙会豆汁摊所售者，即此物。其下米者，即豆汁内加入碗许之米粒而熬之，汁味甜而米味酸，另有一种新颖味道，然而用米熬豆汁，则米将酸味吸尽，米之芬芳则尽失，故不如用剩饭熬豆汁，饭香与豆汁之甜酸混合，则新颖之中，又另有新滋味。

慈禧皇太后未入宫前，在新街口大二条潜邸居住时，因家贫，即日食此，美其名曰"豆汁饭"，乃用豆汁充菜，以佐老米饭也。文宗崩热河，东西两太后率穆宗奉梓宫还京师后，曾向御膳房索此物，致一般庖人均瞠目不知为何珍馔也。

豆汁用米愈劣则味愈佳

用米熬豆汁，用小米不如用白米，然白米又不如用次白碎米，而次白碎米，又不如用紫色老米。盖豆汁为贱物，不宜佐精米，米愈劣，味愈佳，老米富糠味，糠味与酸味混，则酸变成酸中甜而香，此则非亲尝者不能知之。

豆汁最次者为"清熬"，即不加绿豆面，亦不加米饭，只熬其原汁，沸数次即成功。此为往时一般赤贫之熬豆汁法，既省调货又省煤，三小枚铜元，可熬一大锅，充饥而挡寒，数口可赖温饱。今则五块大洋，合钱二千三百枚，只一小糖碗之清熬豆汁，号称贱物之豆汁，已将与金汁并价，北京之豆汁嘴，亦难乎哉。

卖豆汁者亦分两派

御膳房之饭局，乃承做米饭之厨房，如虾仁、木樨、肉丝等炒饭，白米饭、糯米饭、老米饭等均属之，而粥，亦为米制成，故熬粥亦列为饭局工做之一部，故饭局亦有粥局之名称，然粥不尽为米制成，如老米稀饭、白米稀饭、绿豆白米粥、江米粥、粳米粥、红豆白米粥、羊肉白米粥、羊肝白米粥、金银二米粥、小米粥、黄米粥等，均为饭局米类制成之粥，惟豆腐浆粥、玉米面粥、豆汁粥、玉米糁粥、麦糠甜浆粥等，则虽无米，而亦列入粥中。因有上述关系，故北京之沿街巷售熟豆汁小贩，及豆汁摊贩，不论为汉教或清真教，其派别分两派。其派别之分法，在形式上，即豆汁挑子上之圆笼及方木盘，或豆汁摊子上之圆形盘座，及粥锅之圆笼等，凡只有径寸之大帽黄铜钉者，其吆喝之货声，必曰："豆汁粥喂！开锅！"若大帽黄铜钉下，又缀以辉煌闪亮之黄铜大艾叶，及铜锁链，或围以蓝布白字之字号商标，则货声，只曰："豆汁儿，开锅！"前者出身于粥铺，与饭局之"粥案儿"有历史渊源，故称豆汁曰粥；

其后者，与一般无任何铜饰之熟豆汁摊贩或豆汁挑子，以及民国以后所兴之熟豆汁车子等，则为民间以售豆汁为业之小生理，与饭局无任何历史关系者也。

豆汁之掌故，吾所知止于此，其粥铺与饭局粥案儿之渊，当另文述之。

（北京《中华周报》1945年第2卷第13期）

由乳酪谈到杏酪

傅芸子

很久想把闲园鞠农作的《一岁货声》，标点补注一下。今秋偶然将这抄本，带到西京来了，秋窗多暇，随便补注了几例，除夕的部分，算是完了。后来想这一册小书，曾经岂明先生赞赏过说："我读这本小书，深深地感到北京生活的风趣。"颇盼有人"为之订补刊行于世"。又说："不特存录一方风物，可以作志乘之一部分，抑亦有益于艺文，当不在刘同人之《景物略》下也。"①所以我想还是先要去请教岂明先生，商量体例，然后再执笔罢。近来适又忙于他事，这工作便停顿了。这篇谈的乳酪和杏酪是因为这书首节除夕里，有卖酪和卖杏仁茶的两个货声相连着，遂想起谈谈这两种北京的食品。使我也几乎忘其旅居在东瀛了。

用兽类——如马牛羊的乳作饮料，在塞外游牧民族里是早已成为习惯的。自汉以来，尤不绝见之于记载，如李陵《答苏武书》中的"膻肉酪浆，以充饥渴"，便是一例。五胡乱华以后，直到北魏勃兴，这饮酪浆的风俗，便随着时代的变迁也渐渐地传到中国的北方，但是汉人仍然是不能喝的。即如《洛阳伽蓝记》卷三说的"肃（王肃）初入国（元魏），不食羊肉及酪浆等物"，我想这酪浆就是现在蒙古人喝的那"奶茶"，一般国人还是不能作为饮料的。

至于北京现在卖的这乳酪（通称为"酪"），却不是那流质的酪浆，乃是用牛乳和糖凝结成的一种食品。夏季用冰冰着，最为清凉适口。最好的酪，能倾碗而酪不下落，这种酪又叫作"干碗酪"。北京的"酪铺"，以北新桥南一家为最佳，前门外门框胡同一家回教铺子作的也可一尝。至到普通街巷叫着"咿哩嗷，酪——嗷"②的卖的那酪好的实在太少，这因为近年物价腾贵，多混合以粉，味既不佳，质尤恶劣，不必倾碗，那酪便已稀薄快要成水了。

制酪方法，我想当是元人传留下的。今夏在西京喜获富冈文库旧藏的《居家必用事类全集》③庚集饮食类煎酥乳酪中，便有"造酪法"，比较现在制法，烦琐多了（文长不录），在制造时并且还有避忌的迷信，原书云："……若酪断不成，其屋中必有蛇、虾蟆故也，宜烧人发、牛羊角，避之则去。……"

听说现在凝酪的方法是略微放些石膏在将熬成的牛乳中，便徐徐地凝结成酪了，没有那避忌的迷信。现在还有"酪干"一种食品，《一岁货声》没有言及，这也是卖酪的附带售卖，由酪铺制成的，系用牛乳和糖炼制，近年多半是混合面粉太多，所以味已逊昔了。《居家必用事类全集》庚集里，也有"晒干酪"法，那时却是完全用酪晒成的，与今大不相同。清郝懿行《证俗文》卷一页一三，"酪"字条下有云："干者作块用，谓之干酪。"夹注云："元《饮膳正要》：'干酪法：以酪就日曝使结，掠去浮皮，再曝至皮尽，却入釜炒，少时器盛再曝，作块收用。'"

这和《居家必用事类全集》的"晒干酪"法相同，我想北京昔年作酪干方法，大概也是这样的。郝氏所引这条，不见今《四部丛刊续编》本《饮膳正要》④，郝氏所据或者是另外一个抄本罢？但这书总是可以考见元人习尚的，所以不妨将它抄在这里。

《一岁货声》里，卖酪的以后，紧接着便是卖杏仁茶的，吆喝的是"杏仁茶哟——"原注："担二细高白圆笼，一头置锅贮火，通卖一年。大街清早有设摊者。"

这种"杏仁茶"普通清晨街上卖的，大概为"遛早弯"的人们预备的。至于街巷里喊着"杏仁茶哟——"的行商，却多卖给儿童，大人饮用的反少——除了病人以外。从前杏仁原料很多，所以味很香美。近年卖的也大不如昔，还有另外加些半个整杏仁在里面的，好像表示原料丰美的，实则是近年兴的骗人的伎俩，不可信的。前几年美国影星岛格辣斯飞般克到北京游历来，梅浣华招待他，每天早茶里，就有这"杏仁茶"，这当然是特备的，听说很为飞公所赏，说是"中国的美味"。

说起这杏仁茶来，却是中国古代的食品，《玉烛宝典》等书和唐人诗里说的那"杏酪"（如储光羲有"杏酪渐香邻舍粥"句），就是现在的杏仁茶。郝兰皋（懿行）《晒书堂笔录》卷四云："杏酪古人以寒食节作之，其名见于《玉烛宝典》、《荆楚岁时记》诸书及唐人吟咏屡矣，而其作法亦至今尚传。余尝询之鹿笥谷刺史，具示云：'取甜杏仁，水浸去皮，小磑（俗作磨）磑细，加水搅稀入釰（俗作锅）内，用糯米屑同煎，如打高粱糊法。至糖之多少，随意糁入。'……"以外郝氏《证俗文》里"酪"字条下，尚有较详的考释，今不具引。《笔录》又云："……又言：'纪晓岚先生作诗三十二首，俱骂京厨烹调之坏，只一首赞其能作杏酪也。'"

这三十二首诗，"纪大烟袋"作得一定很滑稽的。检之《纪文达公遗集》（其孙树馨编校），《三十六亭诗》里，可惜未收这诗。大概纪公的令孙编这集子的时候，以其太开玩笑给删去了。我想假使那位美国飞公要是能作中国诗的时候，那时一定也要来一首七绝赞美赞美北京的杏仁茶，这和"纪大烟袋"的三十二首妙诗不传，是同一可惜的事了！

一九三八，八，于京都

（北京《朔风》1938 年第 2 期，署名芸子）

---

①见周作人《夜读抄·〈一岁货声〉》。

②闲园鞠农《一岁货声》第一节除夕内，卖酪的吆喝为"咿喽嗷，酪——

喂"，原注："间卖一年，抢二木桶，层层设碗，带奶卷。夏用冰振，暗带骰博。"按尾声"喂"，今多作"噢"。

③《居家必用事类全集》，有嘉靖三十九年田汝成序云："……不著纂辑者姓名，疑元时人为之，以其所引占书《宅经》，多宋元人事，是以知之耳。……"北平图书馆《甲库善本书目》中，有明刊本。余所得者系日本宽文十三年（一六七三）和刻本，近亦罕见。

④《饮膳正要》三卷，元忽思慧撰。《四部丛刊续编》本系影印东京静嘉堂文库藏明景泰重刻本。

山里红

周作人

冬天在北京街上多看见卖糖壶卢的，此物又甜又酸，老小都爱吃，我们乡下叫作糖山球，山者盖系山查之省略，平常称为红果，北方云山里红，但蜜饯中有炒红果之名，可知这个名称也是有的。

乡下的只是山查一样，北京则花样繁多，据《一岁货声》中"糖壶卢车子"一条下所说，共有十馀种之多，其中如扁熟山里红、生山里红，又夹澄沙胡桃仁，白海棠生熟二种，红海棠、葡萄、山药、山药豆、荸荠、橘子、黑枣等，尚多有之，若梨糕奶油饧块，乃是光绪年间物事，早已不见了。

这里种类虽多，其实顶好的还只是生山里红这一种，别的似乎都是勉强搭配，不那么吃也可以，而且就是山里红，熟的也不大好，中嵌豆沙和核桃仁那不免是多馀的，且不说奢侈也罢，因为这里只要红果的酸，加上冰糖的甜，这就够了，好的就在它的简单。我想糖壶卢应当以生山里红为正宗，别的模拟品没有什么意思，自然的就归于淘汰。不过此刻物价涨了，小朋友或者不容易吃得到，但是与假水果糖相比大概不见得更贵吧。

中国向来说山查可以消食，对于小孩吃糖山球以及山里果子不加禁阻，这原来是很好的事，此外有山查糕也是用红果所制，更为精美了，但因此也就更贵，往往搁在稻香村等处的玻璃柜内，与玉带糕等同一待遇，不复是昔时水果摊糖担中之物了。说说这些土货，并无怀旧之意，只觉得也大可吃得，而且比新糖果更有点真味，可以谓是一种可取的地方吧。

（《亦报》1950 年 1 月 26 日，署名十山）

萨齐马

周作人

北京到了冬天，萨齐马和芙蓉糕便上市了。《燕京岁时记》云：

"萨齐马乃满洲饽饽，以冰糖奶油合白面为之，形如糯米，用不灰木烘炉烤熟，切成方块，甜腻可食，芙蓉糕与萨齐马同，但面有红丝，艳如芙蓉耳。"

现在南方也有这点心了，小时候在乡下听说同馥和新制有满洲点心，其时约在光绪二十九年，北京自然早有了吧，但以前的文献上也还找不到什么记录。我想这与北京新年所用的蜜供不无关系，《岁时记》云形如糯米，殊不得要领，其实是细细的面条上面着糖蜜堆积而成，与蜜供的性质大略相近。

蜜供用面切细方条，长一二寸，以蜜煎之，砌作浮图式，中空玲珑，大小高低不等，五具为一堂，岁暮祀神祭祖用充供果。这是南边没有的东西，但仔细看去，也并不全是面生，家乡喜果中有金枣、珑缠豆，后者是白豆包糖，前者如《越谚》所说，粉质芋心，炸胖洒糖，颇有点像放大的碎蜜枣。古书中的寒具，也似乎是这一类的东西，北京现有蜜麻花，即是油馓子外涂蜜，吃时要沾手，恐怕是蜜供与萨齐马这一系中历史最古的老辈吧。

（《亦报》1950 年 12 月 14 日，署名十山）

北平的窝窝头

张中岳

　　窝窝头，是北平很经济很普通的一种蒸食。上自达官贵人，下至贩夫走卒，没有不吃它的。不过有的拿它当点心，有的确当作家常便饭经常地吃它。再说得不客气一点，北平现在还有整千整万的人为了要取得它而起恐慌呢。

　　闲话少说，我们先谈谈做窝窝头的原料吧。若果依照普通的分类，约略有三种：一是棒子面（即玉蜀黍面），简称玉面，俗名杂合面，这是因为里面包含的成分不纯粹，掺有豆面的原故；一是小米面，一是粟子面。上面说的前两种原料，中下层阶级的人们才使用它。但又因为原质很粗糙，吃的方法不合适，很容易噎咽喉。所以除了真正站在饥饿线上，或是想在经济方面节省一下的人们，勉强拿它填肚子以外，也轻易不屑吃它的。可是没有吃惯窝窝头这东西，蓦然的要来享用它，那脾胃就有点降受不住，并且马上就会害肚子胀的毛病。其实什么东西只要习惯了，也并不觉得怎样。还有那些聪明优秀的上等人，偶而因为好奇心的驱使，也来尝一尝新，但是他们的吃法，确和普通一般人大不相同了。他们顾虑到寒伧的掩饰，以及减少原质的粗糙性起见，做的时候，特意掺进去点青红丝、玫瑰、红白糖、枣片、莲子一些东西，但是蒸出来倒很鲜和，像点心铺卖的蜂糕一样，这种吃法虽则很新奇，却失掉了吃窝窝头的真意。

其次我们说到粟子面做的窝窝头，这东西完全是给养尊处优贵族化的人们，在吃了酒肉之后预备的一种消遣品。真正地道的北平馆子，才卖这东西，个总有驴矢弹那么大，每个要卖二分钱，北海北岸一家仿膳的茶点铺专卖。怎么叫仿膳呢？就是它做出来的食品，都是摹仿逊清皇室厨房的做法，粟子面窝窝头也算是其中的一种。说到这里，有一段悠久的历史，现在不惮烦地把它叙述一下。据说有这么一天，慈禧太后忽然想到要吃民间的窝窝头，承办御膳的人，不敢贸然拿真正老牌的窝窝头奉献，乃一时情急智生，用脱骨换胎的手腕，把生粟子磨成面来做，蒸出来和真的一样，并且质细味甜。刚才说的那个仿膳的茶点铺，就是得了这门手法，据一个享受过朋友说，每天卖得还不坏，一年稳赚一笔大钱。真的，有钱的阔老阔少太太小姐们，平素吃腻了山珍海味，变换一下口味，倒是很需要的。

话得说回来，在这经济紧缩、物价高涨的时候，大部分的人都患着生活恐慌的病。但是不论怎样的困难，肚子总是不饶人的，因之窝窝头便应运而起了。现在拿棒子面来说，每斤才卖铜元二十八枚（北平现在一元可换四百六十枚），小米面每斤卖三十枚。在北平看来，算是顶贱的糙粮，普通人吃这样的饭，有二十枚尽够，饭量大点的加上一倍，也不过四十枚而已。再则吃窝窝头除了很经济外，听说还具备着一种宽肠的功用，并且愈吃愈能多吃，常吃洋白面的人家，每天到晌午还特意买一点给小孩们吃，藉以消消他们肚里的积食。

末了，再分析一下窝窝头的做法和别名。因为做法的不同，名称也互异了。通常的做法，是将面与水调匀像蒸馒首一样，揉好了以后，就一个个的摆在笼里蒸，熟的时间总得一个钟头。此外所不同的，只是在团个的时候，用手把它捏成上尖下圆的塔形东西，中间却挖空了，一般人又美其名曰黄金塔，不过塔它是有阶层的，这是浑圆的一个，若是把它竖起来鉴赏，不如说像一座坟墓倒逼真些。

前面说的真正老牌窝窝头就是指的是这东西。第二个做法，比较省事得多，仅只把面放在盆里搅成糊涂，一股脑儿倾倒在笼里蒸，熟了便凝结成一块，用这种变相方法做出来的，不叫窝窝头，称曰撕糕，因为可以用手撕着吃的。此外还有一种做法，就是把面合好了，搓成圆形的饼子，贴在锅炉里边烤，这又叫米面饼子。大概二三两项做法，用的原料都是小米面，棒子面和粟子面确只限于第一项做法。北平人口头上说惯了，所以概而称之曰窝窝头。

年来北平因为国都的南迁，一切生产事业都一蹶不振，尤其一般无产阶级的小商人小工人，以及破落户，他们的生活苦极了，简直连粗糙的窝窝头都混不上。他们总说，咳！这年头多难奔哟；不怕您笑话，还不是为窝窝头？因之，我们在这里得到一个结论，窝窝头在北平已经成了大众攫取的目的物了。

（《宇宙风》1937 年第 54 期）

由吃饺子想起北平的新年

秀澂女士

　　想起来很是平淡无味，人生衣、食、住、行，一早起来便想不掉它，尤其是我生长的故都，差不多天天碗里头总有面条子。自到炎荒的南岛来，要找适口的这些东西，是不常见的。住在亚答屋子里，烦闷无聊，叫工人买些面粉和肉蔬包包饺子吃，遂想起故都的新年来了。偶阅《南岛》旬刊有征"新年风俗纪"之文，因草记如次。我不是文人学者，潦草写来，还希教正！

　　我还记得爆竹喧天、鼓乐悠扬的当中，正是所谓"大除夕"或"小除夕"的那天，北平相沿的习惯，家家户户，都要预备一些干果碟子，当那些贺年的贵客临门，拱手之下，请他喝喝糖水，吃吃干果碟子的东西（枣子瓜子……），嘴里还要说些吉庆的话，像连年生贵子啦！早早发财啦……！这一类的废话。这些十世纪以前适用的时髦空调，假如将收音机把它收起音来，真是幽默哩！

　　我有些不明白的，就是吃饺子，但是我也吃惯了，不免涎馋欲滴！故都从元旦日起到新正五日止，最不能少的，就是它，表面裹以面皮，里面以肉蔬（白菜等），并不是人家喜欢吃它，这是北平新年的风俗，家家都是如此，就是有客来了，留他吃饭，也是拿它来敬客的。

　　有人说："北方人喜欢吃面，一天不见面，像南人一天不见米一样。"的确，这是不错的，但是这也许是习惯得来的。譬如南洋的榴莲……，不嗜它的，总不喜欢它，不过在北平方面，必要吃饺子、馒头、烤饼……，（譬如北方雇工人每天要给他面吃，假如以饭待之，他是不满意的，说是吃不饱的。）这个吃饺子的经过的时间和做事，我不是"考古家"，也不是"老饕"，不懂得它的古典。同时，我想北方气候冬令严寒，霜雪弥漫，白菜算是时鲜，客来飨以时食罢了。

廿三,十二,十三，于柔佛小笨珍

（《南岛》1935 年新年特辑）

旧京掇记：腊八粥

啸　禅

　　光阴是不管人间疾苦，毫不流恋拚命地跑去。今天又是阴历腊月初八日了，俗传为释伽佛成道之日，愧予识浅寡闻，不知何人发明，今天要供粥，不过释伽佛一点未曾入口，人又可藉机一换风味。吾乡北平是最考究吃的地方，因为二代帝都脚下，上行下效，吃什么都要吃出个样来。就以腊八粥言，真是花样翻新，穷极奢华。先以米类说，凡糯米、大麦米、黄米、菱角米，各种豆类，无不咸集一锅。至于粥上的果子，更美不胜收，北京之干果店，自初一起，均将熬粥应用各色果子，罗列满室，供人购买，若生栗子、红枣、核桃仁、大扁、莲子、桂圆肉、葡萄干、白果、蜜糕、青梅、红丝、瓜子仁、瓜条、针仁、桂花、花生仁，均在入选之中，黑糖、白糖、冰糖，更为主要。于初七日，家家均将米豆泡好，诸色果子亦先煮熟，妇女辈更能别出心裁，用半个核桃仁作成狮子头，红枣作狮身，大扁作狮尾，又以红枣上插瓜子仁，作成花篮形，花色甚多，不胜例举。初八晨遍送戚友，意在联络感情，半存竞赛之心。惜乎近来生活日高，米粮均赖配给，多无此闲情矣。

（《都市生活》1943年第1卷第6期）

北平夏蔬小吃

芳 序

我生四川，而喜北平，有人问我道理何在？往往一时竟答不出来，其实岂无道理，正因为太多，不知从何说起耳。

阔别北平，不觉已十多年了。方庆倭寇驱逐，奈何内战（亦称内乱）的烽火随之兴起，物价节节高涨，重游北平的念头，只好暂时收拾起来。当胜利后的第一个春天，一位回到北平的友人来信上说："今日之北平，破败不堪，已不像从前，就连那渴想已久的'东来顺'涮羊锅子，也似乎改变了味儿，只有院子里的丁香花和往昔一般的袅袅。"读到这里，却使我感叹久之，难免一缕幽情，兜上心来，就在回覆友人的信中，凑了一首歪诗，末两句道："十年剩有丁香好，憔悴长街旧酒垆。"

不觉又是一年过去了，而且节近端阳，北平的人家也早已换上竹门帘儿，准备度过这一年的长夏了吧？而我的怀想也就循着时序，连想起那久违了的几样夏季的家常菜来。

谈吃，在北平是数之不尽的，而我偏于家常的饮食，感念极深，寒俭相大有命中注定之概。

夏季的菜蔬里面，茄子占着十分重要的地位，作法很多，亦荤亦素，各有千秋。本来新年以后，菜铺里就有了"洞子货"的茄子上市，只是既小且贵，已非普通人家所能问津。端阳过后，茄子、枇杷上市，价钱便宜，大家都可吃了。

家常的作法，就有红烧茄子、酿茄子、炒假鳝丝、清酱茄、老虎茄、炸茄饼、拌茄泥六七种之多。

红烧茄子是把茄子切成片，用油炸过，再以肥瘦适中的猪肉切成片，放宽汁水，加上团粉，把茄片混入烧好，另加口蘑丁、青毛豆，或嫩蚕豆为配，颜色鲜明，引人食欲。北海仿膳斋出名的菜，就是烧茄子。

酿茄子的作法，先把茄子外皮削去，切成二三分厚的片儿，用刀划上些横竖道儿，再用油炸，然后把肥猪肉剁成碎丁，用酱油和好，一层肉一层茄片夹杂着放在大海碗里，在火上蒸烂，味道浓厚，是下饭的好菜。

炒假鳝丝，先把茄子切成茄丝，用羊肉丝炒好，加老醋、胡椒末，色香味皆有鳝丝之趣。

清酱茄很简单，只把茄子切成斜方块，用砂锅，不加油，只盐水和黄豆煮成。

老虎茄，即是烩茄丝加韭菜便成。

炸茄饼，将茄子横断切片，夹上和味剁碎的猪肉，或羊肉，用面糊一裹，入油中炸透。这个方法，藕也可以照办，就叫做藕夹子。

拌茄泥，要用大海茄在灶口烧熟，剥去外皮，里面已经烂透，加上芝麻酱一拌，外加黄瓜丝或熟毛豆，凉吃，淡素宜人，是夏季的好家常菜。

此外，毛豆也有好几种吃法。最普通的，自然是肉丝炒毛豆。另外有一种"毛豆丸子"，方法简单，味道隽永，只把生毛豆和猪肉或羊肉剁成碎末，混合拌好，加些团粉，作成丸子，入汤川毛豆丸子即成。更有一种叫"小豆腐"的吃法，把生毛豆用小石磨磨成浆，熬熟以后，加花椒油及其他调和，据说这是乡下传到北平的吃法，许多人不爱吃它，其实这"小豆腐"真是一样清淡滋养的好家常菜。四川川东一带有叫"粗菜豆腐"的一种吃法，和这"小豆腐"相仿，这是"粗菜豆腐"用干黄豆浸水泡涨后磨浆熬成，所谓"粗菜"二字，粗是对普通细豆腐而言，菜则在豆浆中加入些南瓜花或空心菜之类罢了。

再便要提到冬瓜了，小的冬瓜，用作蒸冬瓜盅，十分惬意。羊肉川冬瓜汤，加老醋胡椒，也是夏季最鲜美的汤。至于冬瓜最大的用处，则在作馅儿吃。

说来真是平凡之至，但也正因其平凡而有一种经久不厌的佳妙处。总而言之，家常菜不外乎在茄子、毛豆、冬瓜、扁豆、秦椒、黄瓜、蓓蓝几样上想法子吧了。比起"龙虾象盾"的列鼎而食的大老官来，自然不值一哂，然而这家常风味，又岂是列鼎而食的大老官们所可领略得到的。于此我倒想起北平土唱的两句歌儿来了："要吃饭，家常饭；要穿衣，粗布衣。"北平的如此惹人怀想，从这两句歌儿中，是大可参得三昧的。

我生四川，而喜北平，大致这也是若干道理中的一点吧！然则这篇小文的不够谈"吃"的标准，我却是知道的。

（《论语》1947 年第 133 期）

酸梅汤以外

春 苔

到过北平的人，没有一个不忆念北平的。这种忆念当中，有许多是关于食物的。潘岂公先生在本刊中发表，他留恋北平正明斋的翻毛月饼与信远斋的酸梅汤。

酸梅汤之可留恋，更在于叫卖者两只铜碟铿锵击撞的声调。

酸梅汤是夏季的物品，我所留恋的有三种，都是冬季的，而且更加普罗，虽然我的爱它，并不仅仅因为它是普罗之故。

第一是油面饽饽。深夜读书的时候，听到远远的叫声："油面饽……唉……饽！"开门出去，只见提了一盏油灯，照见卖油面饽饽者两只腿的长影子。

第二是烤白薯。无论什么自以为高贵的人物，虽然怕烤白薯的粗俗而不敢公然地买来去吃，但没有一个人不在老妈子小丫头手中拿了来，装出带怒带憎的样子，来体会这所谓粗俗东西的甜美滋味。用这美味做早餐，远远地胜过一碟馒头一碗稀饭和板板六十四的四碟小菜，远远地胜过面包白塔和牛奶咖啡。

第三是萝卜。萝卜也是很使人留恋的爽脆味道与爽脆的叫卖声音，这声音是"萝卜呵……赛过梨呵"！还有卖萝卜者割萝卜皮的技术，也是很使人爱好的。用了这种方法割裂绿色的萝卜为叶，红色的萝卜为花，制成美丽的花朵形状，插在卖萝卜的篮上，比我们自名为艺术家的，要艺术得多了。

（《文艺茶话》1933年第2卷第2期）

吃在天津

老　梅

要说吃，除去北平的老旗人外，就得属天津人考究了。

如果你跟一个天津人研究起"吃"来，那是他最欢迎而且是感觉兴趣的事呢。他会告诉你要吃猪肉馅的包子是"狗不理"的好，羊肉馅的是恩发德的有味道，还有杨三家的野鸭，李一香的药糖，东门脸郑三的糖炒栗子，穆奶奶的熬鱼，中立园的饺子，一条龙的炸糕，顺昌号的酱排骨，南门脸杜称奇的蒸食及糖火烧，东马路源兴斋的八宝饭，永一元的烧羊肉，真素楼的素席，胜兰斋的火烧，孟家酱园的小菜，一品香的月饼，柴记的馄饨……这些都是最负盛名的买卖，因为它们给予当地的人们印象太深刻了原故，所以使人永远不会将它们忘掉。

"烙巴菜"是天津的特产，是一般人吃早点不可缺少的东西，如同北平的"豆汁"，只有当地人能够受用，外乡人是吃不惯的。

春天，在天津可以吃到既便宜且新鲜的海螃蟹、对虾、黄花鱼等，蒋秋吟有诗咏蟹曰："津门三月便持螯，海蟹堆盘尖尽豪。"

夏天，有野鸭、比目鱼，及风行津市的臭鲶鱼，可以尽先吃到。

秋天，可以吃到津白梨、藕、莲蓬、枣、石榴等，这都是天津有名的产物。

冬天，有银鱼、铁雀，唐芝九有诗咏曰："树上弹来多铁雀，冰中钓出是银鱼。佳肴都在封河后，闻说他乡总不如。"

还有一到冬季夜间，就有串胡同的小贩，卖些萝卜、蹦豆（蚕豆）、大仁果（落花生）、铃铛果（半空儿花生）等。

如今因冬防的关系，夜间十二点钟，街上就不能行人了，一些专靠夜间作生意的小贩，多在无可奈何的情况下改行了。

一个问："吃嘛你啦？"答："早晨吃的烙巴菜、果子（北平叫油条），午吃的贴饽饽熬鱼，晚饭家里的（家里的即是自己的老婆）已经给预备好啦，吃三鲜馅的饺子，吃了吗二哥！没吃晚上到我们那儿吃去你啦！"

中国人以吃饭为见面的礼节，或者以问吃饭为谈话的开始，此随闻名于世界，然而我以为以天津来得最为显著！

（《一四七画报》1946 年第 8 卷第 8 期）

天津人的家常饭

仲

　　天津的家常便饭，比较着很是简单的。每天的早餐，按普通说，差不多只是一样菜，稍为富足一点的人家，也不过两样菜，吃四样菜或再多的，在平常简直是很少。尤其是刻苦的人家，早餐的菜，若有剩馀的，还要留到是晚餐吃。天津人喜吃面食的居多，所以面食的吃法，当然有许多的名称，记其梗概如下。

　　一、烙饼　吃烙饼，若不晓得诀窍，不容易烙得好吃。讲究把饼烙出来，里面须有层次，吃到嘴里软酥酥，仿佛嚼棉花团，那才算手艺高明呢。其实把饼放在锅里，临烙的时候，只要火候使用得均匀，面糅和得透，多多滴上几勺香油，就行了。

　　二、脂油饼　吃这种饼，是用葱花、盐末和生猪油做的。生猪油切成钉子块，葱花和盐末，全都放在面里，做成饼式，它的做法同烙饼一样。猪油必须越多越好，因为猪油多，烙出来吃着越脆，不然，那就不好吃了。

　　三、烙肉饼　是用喜吃的肉，切碎做成馅子，包在面里，也做成饼式，放在锅里用油煎。吃这种饼，别怕费油，油少了，还真吃着不香呢。

　　四、卷子　分贴、蒸两种。先把面用水和好，再用擀面棍，擀做成一个整个的饼式，不可过厚，也不可太薄，在面上滴些香油，后再用手卷起来，切成一个个的长方块。贴在锅边的周围上，这就叫贴卷子。蒸卷子，是放在笼屉里蒸。吃贴卷子，火候须大，为是容易熟得透，并且贴卷子锅的当中，还可以做菜，这有个名称，叫做一锅热。

五、饺子扁食盒子　这三种所用的佐料，差不离全都一样，所以要标新立异的，无非因为在锅里贴的，叫做饺子，用水煮的叫做扁食。至于盒子，贴煮都行。

六、包子馒首　天津人吃烙饼和饺子时候居多，为图换换口味，偶尔吃一次包子或馒首。

七、饽饽窝头　饽饽、窝头，虽说全是用棒子面（津人指玉米面叫做棒子面）做的，因为形式不一样和做法的不同，才有这两种名称。饽饽须在锅里贴，窝头放在笼屉里蒸。贴饽饽所吃的菜，津人最喜吃熬鱼，故有"贴饽饽熬鱼"一句话。

八、金裹银饼　这种饼的做法，外面是白面，里面是棒子面，两种面掺和一块而成的饼。还有一个名称，又叫做"穷人美"。因为穷人常吃棒子面，想要吃顿白面大饼，家中人口众多，又为经济所限，当然很是一件困难的事，所以才想出这么个吃法。这种饼虽是穷人发明，那富有的人家，以为新鲜，也有做这种饼吃的。

九、米饭　米食之中，除大米干饭，还有一种所谓的咸饭。咸饭的做法，是用吃剩下的干饭，添些羊肉、海虾米、白菜、香油和盐等的佐料，一起放在锅里煮熟，也有用生米做的。吃这咸饭，最好在冬天，因为气候严寒，热烘烘吃它一碗，似乎觉得暖和得多了。不论任何面食，每餐吃完了，必要喝碗水饭（津人称稀粥叫做水饭），因一年四季不同，所以水饭的吃法，也不一样。大约在春夏之间，吃绿豆水饭；秋冬之间，吃小米或大米水饭。

十、菜　吃面食的菜，计有炒肉、炒鸡子、炒藕、醋溜白菜、煎刀鱼、煎鲢子鱼、炸虾米、熬蚕豆瓣、冷酱肉、煎豆腐干、炒绿豆菜、炸黄豆芽、炸鸡蛋角、炒羊肝、炒猪腰花、煮螃蟹、葱爆肉、炒面筋丝、煎面鱼托、煎藕夹、煎茄子夹等。此外还有一种为异乡人所最不喜吃的炸蚂子（津人称蝗虫叫做蚂子）。吃这种东西，在秋后时候，街上就有担挑卖的。先把翅膀和大腿掐下去，再用冷水洗净了，就用油炸，炸得之后，泡上些高酱油，放些葱花，夹在饼里，就可以大嚼起来。吃米食的菜，计有炖肉、扒肉、蒸鱼、川丸子、蒸丸子、蒸鸡蛋糕、虾仁烩豆腐、虾酱烩豆腐、螃蟹羹、煎丸子、溜鱼片、炒虾仁、扒鸡、扒海参、烩素帽、烧茄子、王瓜拌豆腐、烩杂碎、扒野鸭等。因为吃饭，天津富有的大家庭，还有一桩极该革除的坏习气。就是厨子把饭菜做得之后，常嫌不好吃，多有自在屋中，另起小锅小灶做着吃的。做妈妈的疼出嫁的女儿，恐怕女儿嫌人家的饭不好吃，不断地做得几样精致的菜，打发仆人送去。厨子做出的菜，究竟怎么不好吃，大概也说不出所以然来，不过以为有钱，特意表示着嘴娇罢了。

（天津《大公报》1936 年 2 月 8、9 日）

小饭馆

张江裁

　　津市现有的小饭馆，自"二荤馆"以下，除"素馆"为特殊饭铺外，尚还有山东馆、山西馆、江苏馆、保阳馆、羊肉馆、北平馆、角子馆等，变相的饭馆，如秫米饭铺、猪羊肉包子铺和夜宵点心铺，也都各有不同之点，会吃的只三五十个铜元，便吃得饱饱的，否则饶多用了钱，依旧吃得不舒服。如在秫米饭铺烧饼馃子一阵吃，平常人硬有一角钱已足充饥。二十年前侯家后依旧保持一部分繁华势力的时候，北门外各荤馆，实在兴旺，如天一坊、十锦斋，都为当时"玩闹"者所乐道。到今日则连规模较大的饭馆，如归贾胡同之慧罗春，都未能免俗地卖零座。高低不就二荤馆，实在不及变相的饭铺，如猪羊肉包子铺为受普遍民众的欢迎。天一坊和十锦斋，在南市都有分号，实在因为当年南市正在热闹，二家视为有开设分店的必要，那情形正和今日大饭馆之移向法租界一样。但是曾几何时，南市从鼎盛时代衰落下来，两家馆子，天一坊只在"梨园行人"出红白帖"随份子"宴会时还热闹一些，十锦斋则把"女子招待"的告白，贴得高高。当然这种"小卖俱全"的饭馆，挑费比单卖一两种食品的小饭铺为重，而生意也不若那里能沾实惠，止于在"包办酒席"上，稍博一般人的称道而已。因此这种馆子，又称为"四扒"馆，由"四扒"增至"八扒"，遂有"八大碗"全席之说，其实八大碗不尽是用"扒"法烹制。如今两馆虽然各菜俱全，一如当日，但熟主顾实多变吃其"各馅锅贴",认为味美价廉。("各馅"犹言特别馅,里面有虾仁、蟹肉、海参、鸡子等,普通馅则只有肉而已。价钱,普通的每十个八分钱,"各馅"则一角以上。)其他小饭馆里,虽也一样卖着类似的锅贴,然大多不如他二家为众口同赞。山西馆在晋系执政时,曾很兴盛一回。这里的食品,有许多是不与一般饭馆相同的,山西面食种类之多,如"刀削"、"拨鱼"……差不多尽人皆知,只是为趋时尚,便很有些山西馆数典忘祖的,只管拿他们不能擅长的菜品飨客。保阳馆有两个山泉涌,一在日法交界,一在旭街道上。交界处的老号,曾以卖"炒火烧"和零碟鸭子为顾客所喜,"炒火烧"这种食品,是把烧饼切成细丝,与炒面一样做法。旭街上的支店,原为鸿宾楼,只是鸿宾楼经过三两次迁移,由旭街到桥立街,又从桥立街搬进谦盛祥,最末才挪到聚丰园,生气迄无进展。山泉涌在这里,却以卖鸭油包子,和供给娼窑消夜点心而生意兴隆。除此以外,在无论华界或租界里,还可以看见一种更平凡的小馆,门首悬着红色纸条糊着的"幌子",里面虽号称"小卖俱全",但实以饺子、大饼为主要食品,饺子俗称"老虎爪","各馅锅贴"便是变相东西。现在卖这样东西的饭馆,在英租界广东路和大沽路上还有几个,法日两租界杂在各种小饭馆丛里的,亦颇不少在。单卖猪肉包的,则群推"狗不理",其实它号的字是"德聚"。侯家后全盛时代,狗不理便已名传津市,后来在南市广益大街和法租界天祥后,相继开设分号,声名愈大。普通猪肉包子铺,每个多卖两个大铜元,狗不理则特别便宜,只卖一个大铜元,大小与别处两大枚的一样,或谓这就是它"盛名所自",殊不知狗不理的包子之所以为人称道,是因它的原料精美,旁处包子铺,很少用猪的"正身"做馅,只从肉铺买些拆骨碎肉,而狗不理包子馅,却都是成块的"肉钉",没有难嚼的筋肉在内。和狗不理在北路平分春色的,计还有"一条龙"和"半间楼"两家,都在北门外电车道上。清真教馆在津市另有一部分势力,荣业大街上的宾宴楼,原为迎宾楼，七八年前，津市地球房尚在沉寂时，迎宾楼实为先进，现在宾宴楼上下两号，在津市回教馆里，堪称首选。此外如华楼前的会宾楼，南市的同庆楼，与同庆楼毗邻着包办酒席的燕春坊，都有相当的声誉。生意繁盛的，还要推日租界旭街上的鸿宾楼，鸿宾楼里有零落的散座，一个人也可以吃的，而且冷荤的碟子和黏甜的点心，都能使人满意。至于"小吃"的羊肉馆，则是旭街芦庄子转角京式的华兴楼，为最合一般人的脾胃。这里的做法，据说是仿北平的"馅饼周"，所卖羊肉馅饼，滋味肥美，每个价洋一分，稀粥也异常可口。涮羊肉锅在初冬时候竟风行全市，上自山东馆如登瀛、松竹、全聚德，以下各大小羊肉馆、山西馆等，无不以此供客，"锅底"每位略在一角二分钱上下，羊肉片每碟号称四两，取价自五分至八分。用香油煎炸过的食品，如"素帽"、"面筋"，有许多担挑的贩子穿街走巷吆喝着出卖。素的菜蔬和素馅包子，也为一时所称，北门外的长素园，大胡同真素楼，便是两个素饭馆。有人把素的豆腐、面筋、豆皮等，特制成鸡鱼鸭等荤菜模样，甚具匠心，颇有艺术头脑。秫米饭铺原是一种卖点心的地方，南市繁盛时，在东兴大街上以万顺成生意为最佳。那时候的万顺成，靠近权乐、的英、华乐和庆云先后凡四家落子馆，第一台、昇平等几家大戏园，上平安、上权仙两电影院，卖秫米饭一直到夜深。许多人把秫米饭当做晚饭，戏园影院的顾客，和长夜冶游的嫖客，更认为"吃夜宵"的妙地。里面除秫米饭外，并预备些烧饼、馃子、茶叶蛋、什锦蒸食等，但止卖一季的，便是什锦馅的汤元。什锦蒸食，又分有白面和秫米面两种，白面的有枣泥、山查、白糖、澄沙等之不同，秫米面则有枣磲磲等，正月十五节期里有最大销场。历史悠久，而为社会人士所公知的，除万顺成外，在东马路有元兴斋，日租界旭街有桂顺斋，西北城角有恩德元宵铺……元兴斋的八宝饭和甜点心，极负盛名。桂顺斋的各式"烧饼"，尤清素可喜。恩德号的汤元，在城西北一带亦有特殊势力。三家或无秫米饭，或无蒸食、锅巴菜、煎焖子，或无八宝粥，但都一样各有一部分吸引力，而致生意茂盛。先时曾有人在吃籼米饭时，命代买羊肉包，但这是多么麻烦的事，所以在桂顺斋座位上，实常看见"不许外买食物"的告白。该号的各式烧饼既极出名，因此日租界和南市的夜市里，都有它一席之地，卖货情形甚佳。三鲜烧卖原来也只能算一种点心，但自荣业大街南口的御膳园为众口同赏以后，便也有人单独当饭一样吃用，只多陪吃几个烧饼。御膳园在庆云落子馆兴旺时，生意曾很得意，如今也大非昔比了。在河坝上，可以看见栉比的供给小工苦力吃食的食物摊，有的只有两个担子放在地上，有的则支起篷帐来，在河东大王庄大英纸烟公司门前，每天十二点钟散工时，乱嘈嘈的男女工人，更围住了一排食物购买食品，所卖如烧饼、馃子、鸡子等食品，可作羹汤用的，只有一种"绿豆丸子"。娱乐场所，如南市老三不管、西广开新三不管、河东地道外东北城角鸟市、特一区下的谦德庄，更有许多卖饭的所在，所买的食品，如"合乐面"、"煮羊肠"……卖"肉火烧"与"羊肉饼"、饺子、包子的，也都在适宜的地方，或支一个篷子，或竟露天贩卖，与大王庄和河坝上就食工人和苦力之席地而食，看来都惊得有特别风味。小热酒铺也都散在低级场合里，好喝酒的人，有喜欢酢饮终夜的，于是这种酒铺便也彻夜营业。在西南城角、地道外等地，门外只悬着一个酒壶的模型，那就是热酒铺的招牌，里面只有一些简单的酒菜，如咸花生、辣白菜等而已。早晚两顿饭，所以在吃饭以外，更注意吃点心。早晨吃一顿早点的最多，晚饭前吃点心的虽较少，但一般贪图省作晚饭的人家，便把较丰美的点心当做饭用，这也就是籼米饭铺或包子铺被一般人视为饭铺的主因。所谓丰美的点心，除包子、馃子、煎饼以外，油炸的东西如"炸蚂蚱"、"炸鱼"，和猪肉铺的熟肉、肠、肝等物，以及羊肉铺的"杂碎"，名传海外的杂碎。熏腊食品，原不限定猪肉铺里售卖，保阳馆和稻香村，都兼卖的。最值得我们纪念的，则为几个酱肘铺，如天盛、天宝等家。南市丹桂对过，二年前曾有卖"炉肉"、"酱肉"的小铺，如今这家关闭多时。豆腐房则止在早晨卖"豆腐"和"浆子"，晚上不过卖些调和了咸味的"豆腐丝"而已。（"豆腐干"多和肉在一起煮，是猪肉铺的附卖品。）蒸食铺的早点，包实和各种馅子的"蒸饼"，可代饭吃的则有"玉面窝头"、"大馒头"，以及废弃多年的"千层饼"等。此外油炸蚂蚱和油炸的鱼，与"卷圈"等，都是能作晚菜的点心。或推了小车沿途喝卖牛羊肉杂碎的，更有些只能在贩者门前去买。卖"豆腐脑儿"的，近年已不若从前之多，而十年前挑了担子卖"独面筋"、"白米饭"的，也久矣不见踪迹。早先最值称道的，如"锅巴菜"，已被秫米饭铺采为食品。此外还有面茶、茶汤、绿豆粥，以及切糕等。"炸糕"也是早点中的上品，分黄米面、硬面几种，卖这种食品出名的，北大关一家（刘记），鼓楼南一家，都卖三个大铜元一个，别家有卖两铜元的。西南城角、西头湾子、西门里、东南城角等地，有的也有门面卖座。

（《天津游览志》，张江裁著，北平中华印书局

1936 年 1 月初版）

糖堆儿与丁伯玉

王颂馀

　　在天津，要提起丁伯玉的刚强性情来，几乎没有人不知道；再说到他所做的糖堆儿，虽妇人小子也赞不绝口。

　　堆儿者，即北平所谓之糖葫芦，南方之糖山楂也。把红果（即北山楂）或者山药、枣子、葡萄、荸荠、海棠果以及土豆等等，插在一支柴禾棍或竹枝上，再薄薄地蘸上些熟糖皮，这就是所谓之糖堆儿。但是这些种里以红果做的味最美，而且鲜红光亮得可爱。红果的做法，约分为三种：一种是把些生鲜的果子一个一个穿上的——此即北平所谓之糖葫芦。一种是把果子煮熟了，再把它压扁穿上的。这两种似乎都嫌过酸，只专受一部分爱吃酸的人的欢迎。最好的是一种把果子一切两开，中间夹些豆沙馅和桃仁、瓜子、青梅等等，吃着酸甜而酥脆，而丁伯玉做的尤其使吾们百吃不厌。

　　糖堆儿在北平、天津本来是一种极普遍的食品，在大街小巷中，时尝遇着些卖糖堆儿的小贩。因为它的价钱很便宜，所以是一种大众化的食物。

　　做糖堆儿以熬糖皮和制豆沙馅为最难，味道的优劣，皆系于这两种东西，因为在熬糖皮的糖的时候，全凭着经验，不能稍老或稍嫩，稍老了则味苦，稍嫩了则发粘，在不老不嫩之间，既酥且脆而又不苦粘者为最佳。至于豆沙馅，在夹馅糖堆里占重要的地位，因为它能增加美味，它能调节红果的过酸性，所以豆沙馅配制的优劣，很能影响及一支夹馅糖堆儿的全体。

丁伯玉所做的不独有美皆备，而且他能使红果保持它的酸性而不致过酸，豆沙馅则别具一种松柔而不刺激的味道。至于他所做的糖皮，虽经过很热的天气，很久的时间，也不软化，而且一点不粘，放在纸上，绝不致和纸粘在一块儿。有些人说："丁伯玉的糖堆儿，放在土里打一个滚儿，一点儿土也粘不上。"这虽是过甚其辞的称赞，但他所做的糖皮，确是一点儿不粘。天津人倾倒他的热烈情形，于此就可见一斑了。

因为他有以上的种种优点，虽然他的价钱比别人卖的多一倍有馀（当时普通的价钱是六个铜子一支，他便卖十六个铜子），但购买的仍旧不因为他的昂贵而减少。

他的生意确是不坏，一天做出若干来，在街上只短短地绕那末几趟，便卖得干干净净，这一趟的盈馀，足够解决一家人一天的生活，他绝不再上第二次街了。所以有些住得离他遥远的，都在一两天前来找他订做，他每天真是应接不暇。从前还有些朋友曾经带到南方去。

废历年的除夕，天津有一个吃糖堆儿的风俗，在这天，几乎家家吃糖堆儿，送礼的礼物，也以糖堆儿为主要。除夕将届，丁伯玉便利市三倍大忙起来，在一月以前便有些人家来订购，后至者至不能应。

他尝说："吾做糖堆儿，并没有什么不传之秘，不过仗着点儿经验来凑合罢了。红果和别的果子都择的是新鲜没有虫蚀的，当天做当天卖，决没有剩货。豆沙馅的制做和别人都是一样，只是在佐料分量多寡的配合。熬糖则全仗着火候。这些地方全是由经验得来，又经过多次的研究、改良，才能够这样，绝不是三言两语能形容出来的。"

天津有一种习惯，譬如一个人，他的事业有了声名了，时常被人把他的事业加在他的姓氏上，久而久之，十百相传，便成了一家的代表名称，如振德黄、长源杨、义德王等等，不胜枚举。丁伯玉家从前是天津关的差使，所以便被人称为大关丁伯玉。

所谓大关者，是天津对从前的天津关的通称。在当时，天津关的差使是一个很优越的差使，所收的税款，每年报交国家有一定的额数，额外的无论再有多少，统归他们分得，国家向不过问。于是得了天津关的差使，便可以大阔起来，而且还是父传其子的子孙万世之业，何况丁家又是很优的地位呢？不过，丁家的这份优差，不只是丁家一家——在当时有的花很多的钱买这份差事的，他们几家轮流着值年，据说是每十二年（？）得一值年，他们值年以后的十一年的生活，便在这一年中解决，其收入就可想而知了。但他们都渐渐地养成了一种习惯，在轮到值年的前一年，他们照例放开手地花钱、借债，好在明年有一定的进款，放债的也因为他们有稳固的保障，也都争先地放给他们。事出意外，后来天津关被西洋人包办，另订了新办法，把他们一并铲除，每年报交我国的额数，高出了以前的天津关，于是这些依天津关差使而生活的，便起了很大的变化！

因为这种差使是父传其子的世袭事业，到了时候，不费吹灰之力，有一定的大宗进款，所以他们的子弟便都娇生惯养，不另求别样的事业。在那时，也专有一种捧他们的人包围着他们，设尽方法地给他们出花样花钱，成天价只知道玩阔，至于其他观念，根本就没有，后来事业陡然生了变化，以致一蹶不振。子孙们都做惯了少爷，肩不能担担，手不能提篮，甚至风大了都不敢出来，再叫他自食其力地去谋生，哪岂能做得到呢？

丁伯玉在做少爷的时候，他的那个标劲儿，比别个尤甚。在他玩得没有什么可玩的时候，请了一个擅于做点心的工人，学做点心做糖堆儿，岂知后来他的生活便解决在点心合糖堆儿上呢。

他所做的甜点心，都是些极精细小巧的糕饼，别具一种酥甜松软的味道，迥异乎茶食店。中秋小月饼，吃起来更有特别的风味。核桃仁和酸梅糖，脆而不粘。

他很像一个书生，颀长的身材，白皙的面庞，屈屈的背，尖尖的手，轻轻的几绺胡须，那种清秀的丰采，飘洒的风度，要不提着——在卖得多时也担着——些糖堆儿，万想不到他是个做小买卖的。

他的性情非常的坚强，赚一个吃一个，向不倚靠人，虽然穷得一文没有，也不向旁人告借。天津知名的几家财主，大半都是他的亲戚，他在提着糖堆儿上街的时候，走过这些亲戚家的门外，他便停了吆喝，急急地走过去，有的时候被他们看见，招呼住了，他也凭物所值买多少给多少钱，若因为是亲戚可怜他，多给他几个，他便扔在地下，骂着"你们看不起我吗？吾是凭物所值，拿东西换钱，谁希罕你们多给，咱们亲是亲财是财，财清义不疏"！扬长而去。

他没有子嗣，只有一妻一女，招了一个婿，是山西人。一家虽然四口，进款虽然不少，但因为他们都有嗜好，以致总是穷困不堪。

几年前他死了，现在他女婿继续他的买卖，但技艺和生意，远不如他了。

（《人间世》1935 年第 34 期）

点心零食

娱园老人

人生四大要素，谁都知道是衣、食、住、行，衣、行、住不在本题之中，暂且不表外，请言食，吾今所写之食，乃闾头巷尾所卖的点心零食，非米面、菜蔬、鸡鸭、鱼肉等等也。

流动着串胡同儿，吆喝着卖的进口货，种类多得不可胜纪。不过按照天津土风传流准则来分析，可以把若干种不同样的东西，用时间来规定一下，则庶乎眉目稍清一些，约可分为晨、午、晚、夜四段落。

由天刚亮起到十点后，这算晨段落，所卖的东西，计有包子、烧饼、馃子、面茶、锅巴菜、杏仁茶、秫米饭、切糕、煮山芋、汤圆、炸糕、素包儿、糕干。

由十一点至四点左右，这算午段落，所卖的东西，计有白糖鸭子、喇嘛糕、煎黏糕、棉花糖、面包洋点心、粉汤、糖三角儿、烤白薯、糖墩儿、豌豆糕、栗子糕。

由四点后至天黑，这算晚段落，所卖的东西，计有麻豆腐、油炸卷圈儿、臭豆腐、辣豆腐、炸蚂蚱、炸虾头、煎焖子、煎豆腐干儿、豆腐丝、辣疙瘩菜、熟秋梨、水泡肚儿、煮乌豆、熟白果、咸鸭蛋、豆腐脑儿、素面筋、熬豆瓣儿、辣子酱、江米藕、粽子、麻团儿、凉果、茶汤、冲秫米面儿、冲牛骨髓、和络、烧卖、甜锅巴泡儿、甜咸老虎豆儿、茶菜、吹糖人儿。

　　由晚饭后至夜深，这算夜段落，所卖的东西，计有四十八样甜崩豆、酥崩豆、煎素角子、五香茶鸡蛋、煎包儿、夜吃果儿、煮芋头、煎饼馃子、鸡蛋卷饼、蜂糕、豌豆黄儿、玫瑰饼子、硬面饽饽、泡子果儿。

　　最近不分时间所卖的东西，计有黑圆枣、熟荸荠、虾卷儿、蜜饯小鱼、烤银杏。

（《三六九画报》1943 年第 21 卷第 16 期）

天津之羊肉包子

老　大

　　羊肉包子为天津特产之一种食物，在北方极负盛名，久居京津者，无不知之。现在天津专售羊肉包子之店极多，几无不利市三倍，其最著名而其名又最奇者，为三不管之"狗不理"（二板按：狗不理不是单纯的羊肉包子铺，老大不要弄错了），其次则如日租界之"恩玉德"，亦脍炙人口，今年"恩玉德"对门又新开一"恩源德"，则显然与"恩玉德"竞争者也。至最近而日租界之日本点心店，名"林风月堂"者，亦于玻璃窗外，大贴"羊肉包子，楼上有座"字样，岂亦欲与津埠之羊肉包子店，计一日之短长耶，则日本商家之无孔不入，洵可惊叹矣。（又按："林风月堂"与"羊肉包子"并列，林风月堂字面何等清雅，羊肉包子则完全酒肉气矣。）

（《北洋画报》1926 年第 31 期）

天津的羊肉包子

佚　名

谁都知道中国人对于吃的艺术，是研究得最透彻的一个。据说特别是天津，更据最高峰的地位，旁的食不谈，就以一种最普通而且便宜的东西羊肉包来说，不但是普通的地方相差得太远，就是北京也很难相提并论。

或者就是因为天津的包子特别有名的缘故罢，所以大大小小的包子铺竟随处皆是。特别是南市一隅，除单纯的所谓包子楼外，其馀中等以下的饭馆，附庸着售卖包子的，也还不知有若干处，而且营业还都是非常隆盛，每当华灯初上，晚饭之际，如果我们去吃包子而等待半个钟头以上，方得临到嘴头，是一件极其平常的事。

包子的好坏，当然要以馅的好坏做标准，平心而论，天津的包子，味道确已很吃得过，不过一般包子铺之大多以羊肉做标榜，则未免是欺骗顾客，因为他们差不多都用的是牛肉。话似乎有点武断，其事实确是这样，但牛肉与羊肉，滋味究竟不同，哪能随便就蒙混住顾客，所以为了乱真起见，他们当做馅时，都是要把相当量数的羊尾掺入，代价既比较便宜得多，同时也可以带出一种羊膻味而就好瞒住顾客了。

在天津的许许多多包子楼中，营业情形最蓬勃的，当推南市的增兴德，初成立时仅是门面一小间，几年来逐渐扩充，现在已俨然是天津仅有的一家大规模的纯包子铺了，每天从午前十时后，一直到晚十时前，食客总是拥挤不断。所以能得如此的原因，自然是为了东西的较好和代价的便宜，同时包子的本身，无论大小上或好坏上，也都较别家强得许多，营业的发达，自不是偶然微倖的事。

还有旧日界的恩玉德，包子的价格和货色，虽都不能令人满意，但因为地利的关系，过去一时期，营业也颇隆盛。当时专供附近的一班妓馆和新旅社的大部分烟客，每日夜全铺伙计分两班工作，早晚从不封火，这对于食客，自然是一种莫大的便利，营业之得以不错，这自不能不算是一个原因。不过现在说来，妓馆的情形既平常，新旅社亦早非旧观，于是这里的营业也就随着而一落千丈了。

以上两家，不过是只就规模较大、营业较盛的而言，至于小包子铺，则可怜得甚至于不及两丈面积的都有。真的，从天津的包子铺之多一点看来，包子在天津，好像真是普通的一种食物了。

（《三六九画报》1943 年第 22 卷第 9 期）

贴饽饽熬鱼·天津包子

宋　贼

　　各都市谈及天津饮食，每曰"贴饽饽熬鱼"，遐迩相传，由来已久。此种食品本非富庶上等人家所用，若指为津门名贵食料，未免意含讥笑，但其流传于下等社会甚为普遍，盖连饭带菜一锅熟，价廉工省，轻而易举，故人恒喜之。始作俑者，相传亦有一掌故，某氏妇，不得于其姑，一日，妇具中膳，时将晌午，深恐过午未成，为姑訾骂，乃急用玉黍粉制菱形饼黏于锅内四周，以鱼置锅心而烹之，及成，姑见而怒，大加杖楚，妇愤极，取之售诸邻右，众食而美，群仿效焉。至今天津北大关前尚有设市售"贴饽饽熬鱼"者，妇之裔也。

　　至于"天津包子"，流行于北方、上海及长江流域各大埠，花样繁多，味亦适口，久为人所称道，津门实无此作法。我邑有设市售包子者，首称"狗不理"，取名甚幽默，真意何居，则莫明究竟，所售远逊于外省之制，而各市竟以"天津包子"相号招，殊可怪也，且"天津包子"天津没处卖，尤趣。

（《立言画刊》1941年第137期）

锅巴菜

非津人

锅巴菜是天津极普遍的食物，下至贩夫走卒，上自大人先生，没有不吃锅巴菜者。锅巴菜是绿豆作的极薄的煎饼，切成小块，放在用团粉作的卤里，上面撒上一把香菜，或者再浇上一些麻酱，就可以拿来就着烧饼、大饼、馒首，或是窝头之类的东西，吃早点或是吃饭。

摊锅巴单有作坊的，我曾在南开看到一家摊锅巴的，先用小磨将绿豆和水研成细浆，然后在一个大锅里张摊，锅卜的火候非常有关系，武火绝对不成，必须用木屑，撒一把木屑，正好摊一张锅巴，一张锅巴的直径约有二尺，摊熟了大约得用二三分钟。

天津人吃锅巴菜，卖锅巴菜的十九是沧县一带的人。据说沧县一带并不吃锅巴菜的，这真是一件不可解的事。锅巴菜的锅巴，摊得特别薄，用来做北京人吃的炸溜锅巴是不成的，也不像卖煎饼果子的所摊的煎饼，因为煎饼不特较小而且较厚的。

锅巴菜可以代替果子，可以代替咸菜，把馒首、大饼等扯成块放在里面，连菜带汤一齐入腹，确比其他东西为经济的。锅巴菜，确是天津中下阶级的恩物！

西京饮食
——《西京游览指南》节录

王荫樵

本市居民食料，以面为主体，间亦食米，其他杂粮如玉米、高粱、荞麦等，虽亦食之，然为数特少。制作面食，名目之繁，不下于山西。佐餐最嗜辣酸，大有每餐不可离此君之况，故醋房及辣面铺生意，甚为兴隆。醋之食法与各处同，至辣子食法，最普通者，将辣子晒干，磨成细末，以熟青油或干醋拌之，勿论食蒸馍或面条，均多量挽入，大小饭馆中亦为必备之物，以代他地之咸菜。俗有南甜、北咸、东辣、西酸之说，惟本地则酸辣兼而有之。

饭馆 本市大小饭馆，不下数百家。规模较大者，为中山大街之山东馆义仙亭，天津馆玉顺楼、十锦斋、北平饭馆（兼营西餐），豫菜馆第一楼（兼营西餐），苏馆安乐饭馆，西大街之苏馆南京大酒楼，桥梓口清真馆天锡楼，调馔精美，价码较昂。稍逊者，为南大街本地馆醉仙亭，钟楼东南角曲江春，西大街木兰居、明德楼、西安饭店，中山大街长乐楼、福盛楼，竹笆市之得明楼，西大街协合楼、回教馆月华楼，东关泰和楼，马坊门之苏馆四如春、未央宫，价码比较便宜，调制膳食，亦颇可口。至若河南及本地小馆，到处均有，本地者以面食称胜，河南馆则多售灌汤包子及馄饨等，取价均低廉，深合乎平民化。至本地回教馆之牛肉泡馍、羊肉小炒，因别饶风味，亦可吸引一班外籍顾客。

菜市　本市尚无固定菜市，蔬菜鲜鱼小贩，清晨多麕集炭市贩卖，只以地点偏东，未见十分兴盛，所售仅系普通菜蔬鱼肉而已，索价尚称公允。乡间担筐小贩，仅清晨一时沿街叫卖，价格既廉，菜亦新鲜，过午购买则必须至菜摊，但菜摊恒有时勒价居奇，宁坏亦不贱卖，故讲经济者，非不得已，决不光顾摊贩。此外海鱼虾蟹，可于中山大街鲜货店求之，但其货品，多来之外埠，日久途远，难免腐臭，须详加审查，免为甘言所诱。肉铺到处皆有，对于行规标价，均能遵守。名贵海味，以南货店货色较优。河鲜活鱼，只竹笆市本地鱼铺独有，鸡鸭贩子多在竹笆市内西涝巷等处。

柿面饼　为本市著名产物，制法以鲜柿去皮，揉成液体和以面，实以白糖、山楂、玫瑰、十锦、猪油之馅，以武火煎之，如普通之烧饼状，味颇甘美。每岁秋季上市，销路极佳，外省人多携之远处，馈赠亲友。以西大街长安县府前数家，最为驰名。回民所制者，系用羊油，以广济街口、城隍庙后门等处较佳。

腊羊肉　与柿饼同负盛誉，制法以半只之羊，用盐腌之数日，然后下锅徐煮，到口酥松可口，为佐餐良品。秋冬两季为畅销之时，入春即停止售卖。以西大街辇止坡回民童家所制者，最为驰名，日可销售数十只，外省人回籍，亦每多携之馈赠亲友。

牛肉泡馍　本市牛肉泡馍，可称最美食品，制法将牛肉不加盐酱文火煮烂，然后加调和材料，味精、套油、料酒、蒜苗等佐料，与用手撕碎如钮扣大小之面饼烩之，食用时随意佐以糖蒜、蒜、辣椒、香菜等物，别有风味。牛肉起码一角，面饼则视个人之食量而定。外省人到此，初则鄙视，恒不屑顾，然一经尝试，则顿誉为极美珍馐，久必同化。最驰名者为中山大街端履门之马家馆、孙家馆，营业时间，限于上午，收入极丰。惟本省因灾祲之馀，耕牛稀少，政府早经禁止屠牛，此味不尝，已数年矣。现多以羊肉代替，然究不及牛肉美味，再则大教馆亦有炒肉、红肉、白肉、杂烩、吊子等泡馍，但殊难与牛肉比美也。

一般食物　夏季的甜浆，冬季有猪羊油混合之油面茶，陕西独有之穰皮、荞粉、饸饹、鸡蛋炒饭、粉蒸大肉羊肉、煎饱子荤素包、油塔，回民之豌豆糕、蜜汁粽子、江米糕、炸油糕等之，以及应节之汤圆、元宵，均系按季节售卖。

凤翔酒　产自凤翔，因以名之，简称凤酒，以县境柳林及陈村产者，最为驰名，畅销陕、甘、宁、青各省。味醇质冽，色香兼美，据有刘伶癖者言，推为国产酒类之冠。曩者交通不便，只有西北人民独享其美，今陕西土产销费合作社，为扩大宣传名产起见，特加装潢，运销各省，市售瓶装贵妃酒，即最纯净上品也。

（《西京游览指南》，王荫樵著，天津大公报西安分馆

1936 年初版。篇名为编者另拟）

"吃"在长安

高　上

长安，这个古老的名字，在昔日为帝王都城，只要是中国人，谁不知道"西京长安"四个字，长安这是多么可爱动听的一个名词呀。而今呢，有人称作一座荒凉的漠地，又是多么凄凉的情况呢！

八年的抗战，后方都市都繁荣起来了。这也许是真实的，但在西安，我们除了感觉到人口增多，多到几至不能容纳的程度外，哪有一些繁荣景象？实属令人失望，同时也觉得愧对这古代帝王之都。我们不愿去谈那些需要数目字表示的经济、文化，或是政治、财政。我们只就"吃"字上说起。除去很少是本地风光，有特殊色彩的物事外，也不无贫乏之感。这是没法补救的遗憾吗？我们希望今后能少渐改善，改善到和沿海城市有相同的水准。或者有人认为我这种提议，迹近提倡浪费，无甚可取。但是，人生的愉快，能增加工作效能的，在某种状况之下，不也需要一些享受，来消除疲劳吗？为了这个理由，我还是愿意谈谈"吃"，以助长人生的兴趣。

"吃"是人生不可一日中断的动作。长安市上，可吃的东西，要在街上搜寻，不能比平津沪各地，只要坐在一个较大饭馆中，就可要到很多可口的东西。长安是数千年文化的故都，自然也有不少可吃的品味，所缺乏的是没有个集中的处所，可供大嚼而已。提到吃，首先想到的是早点，糤糕当然是普通品，人无分富贵贫贱，都能食用。天方黎明，各街市重要路口，都有一辆小车停在路旁，上边有一口钟似的铁锅，热气腾腾，里面有白的米、红的枣，红白相间，格外生色，香甜的气味，最足使人馋涎外滴。在这冬天，站立五六人，捧碗缩头而食，确是别有风味，天还不到八九点钟，就能售尽收市。假设你对这爨糕不感兴趣，可到羊肉铺去饱餐一顿泡馍或是单走，可任意选择。天方明，已是高朋满座，堂官跑得冒热汗，你还得耐心等候，吃的虽只是牛羊肉很简单的一样，非有一两小时的光阴消耗，就没想吃得到口。有的人不愿坐在饭馆中受罪，可在街上吃头脑、杂割，有时一碗羊面也能解馋。这些吃的，天过午时就很少能买到。豆浆油条虽亦是早点之一，吃的人就稀少得可怜了。还有一种唤作"麦仁"的，实是用大豆和玉米熬成的粥，一碟酱红萝卜佐餐，别有一种味道，外乡人大半都不敢去尝试。早点过后，午饭和晚餐就没有什么出色。西餐馆虽也有三五家，菜饭久已全部中国化，酒也用花雕来代替白兰地，鲜水果是很难以见到的。大饭庄、小饭馆，虽也有山东、北平之分，味道却差不许多。河南馆也不过多加一些胡椒。韭菜，本地馆则以□调和面□佐味，这要算是最主要鉴别了。如果你想吃真正的本地风味，大街上很难寻到，要到小街僻巷去吃，地方虽不堂皇，味道还真有点特别，面食，是拿手杰作，箸头，干节，面片，浇上哨子，或是大肉，都很可口，年代最悠久的现在要算玻琉庙街的胡家了。假若你喜欢吃山西刀削面、拨鱼、擦面，最好到五味什字，只有那里才是地道的山西风味。在民国二十五年以前，本地还有一家长乐楼，葫芦鸡、菊花鱼最称拿手，烤小猪也吃的，可惜被火烧了，现在仅存的曲江春，已没有这些菜。最奇怪的是，长安附近多水，有"八水绕长安"之谚语，鱼却不易吃到。饭馆中所用的鱼，最好的是来自潼关，次则取自鄠县，所以价目相当高，一斤重的鱼，常是几万元一条，钱少的人是不敢张口的。说到夜宵，有些可怜，除去挂面、鸡蛋、馄饨和羊肉饼外，就很难找到其他吃的。在冬天还有一样可口的食品，是油炸柿饼，用火烘柿子和面做成，也可说是长安特有的食品罢。

（《雍华图文杂志》1947年第2期）

辇止坡吃羊肉
——《西安一日游》节选

王济远

久旱的关中，天气晴畅，我同止欺乘人力车由招待所出发，经东大街，本想入开元寺观唐代遗物，因寺的四周，为娼妓所居，止欺畏污浊，未果入。折钟楼而前，经许多羊肉馆，车夫屡欲停步，皆为止欺所阻。我在车中暗想，止欺每晨是吃羊肉，其价虽廉，其途实遥，止欺能不嫌其途之遥，必有特殊之风趣。满街尽有羊肉馆，而必赶至辇止坡老童家，是老童家之羊肉，又必高人一筹，始足使南方旅客如止欺，能每晨不避途之遥，复带领旅客如我，同到老童家来。

老童家为明代传下的老店，主人世袭其业，至今未衰，最盛之日，饷羊百馀头，惟入春不市，必辍业二三月，相沿风俗如是，不加改革。其名以腊羊肉及泡馍著。我同止欺登楼，楼上仆俭，台凳饶有古趣，壁间高悬花鸟屏幅，贴有"名士满座"、"童叟无欺"这一类标语。堂倌的招呼颇周到，先泡一壶清茶，后来四小碟，盐、油、辣、酱四色，中间加腊羊肉一碟，摆出梅花的象形。最后来两大碗羊肉和碎饼，止欺说，这就是羊肉泡馍。

止欺又叫了一碟干的蒜头，热辣辣底果然觉得羊肉味美，于是大嚼，止欺更得意我能与他表同情，我也觉得别有风味，所以腊羊肉接连吃了三碟。

这样的早餐，平生还是第一次，我问止欺，何以知老童家最好？止欺说，省立图书馆的张馆长领他来的。

我们在吃羊肉的时候，带着游览指南，问明路由，预备整天游西安。那车夫候在老童家门口。沿门一大锅煮得沸点的羊肉，正由年逾七十的老童家主人，在忙着应付一般食客的照顾。

（《东方杂志》1937 年第 9 号）

太原的特殊小吃

玉　文

　　一谈到吃，就会令人想到，中国这个民族，实在可以说是一个吃的民族。不但逢年按节要吃，就是平常日子，也不肯忽略吃，而且不论"南甜北咸，东辣西酸"，在任何地域任何嗜好下讲究吃，有钱没钱，穷人富人，也都一样的注意吃，所以有人说，"吃中国菜，娶日本太太，住西洋高楼，这是人生的三大舒服事"，的确有相当道理在，至少吃在中国，我是这样的感到了。

　　不过，现在"我们要建设华北，完成□□□□□"，"我们要□□□□，肃正思想"，"我们要确保农产，减低物价"，所以"我们要革新生活，安定民生"。处于现时代下，既必须"革新生活"，当然对于吃上，就不能再过事"讲究"，而应该适量的"将就"。因此我们现在来谈"小吃"且为"经济小吃"，实在与提倡代用食品，有同样的意义。

　　在太原，很有些种特殊的经济小吃，这与天津的锅巴菜、北京的豆汁，都是自有其"特殊性"的，本地风光，我们不能不知道，我们不能不清楚，所以我们现在，愿就调查所得，约略地谈一谈。

　　（一）头脑　顾名思义，好像这种食品，是由头和脑作成的，其实并不是，不过就这么一个名词而已。所以叫"头脑"者，是因为头和脑，吃起来最足饱人养人，这就有如人的名字一样，专检好听的叫。据他们卖者说，做头脑时，是要头天晚上，把肉汤熬好了，等到第二天清早，再和用以山药做成的粉面糊（白面不成）及有曲发酵的酒糟，然后再加上肉丁、藕片等，这就成为太原的特殊经济小吃"头脑"。不过，用猪肉汤，却不能熬，牛肉汤也熬不好，习惯下来的，就是专用羊肉汤熬，所以又叫做"羊头脑"，所以只有羊肉馆才贩卖。其实，既称为羊肉馆，专卖牛羊肉，熬羊肉汤，当然并不算一回事，因此这也可以说是羊肉馆的一种联带的有利营业。每日清晨，当点心卖，等于额外的收入。但是这种营业，却是含有季节性的营业，越是北风凛冽，气候严寒，喝起羊头脑来，才越有味，如果在夏季，一夜的功夫，羊肉汤发霉了，还怎么卖呢？所以羊头脑在太原，只能从秋末卖到春初。还有一说，羊头脑因为是肉汤熬成，所以油腻，羊头脑里，有粉面糊，所以又稠又黏，同时因为有酒糟，所以酒味特大，不但在夏季万不能吃，就是许多不惯的人，也不敢动用一口，这犹如北京的豆汁一样，不是土著，很少有这种福分享用的。据说，现在喝头脑，切忌进门就喝，先要喝一碗茶，把凉气压下去再说，因为要叫头脑压住凉气在肚里，吃完了后，要反胃的，因为反胃，又腥又油腻，恶心得慌，所以以后也就再不敢吃了。原来喝头脑，还有许多讲究呢！现在头脑的价钱，也随着物价高贵了，一大碗要五毛，小碗不卖，可是这一大碗吃下去，不饱也有八成了，再吃上几个烧卖，又香又好吃，总共有七八毛钱，就可以撑起肚皮来。现在烧卖（比烫面饺还好吃，薄皮大馅，天津、北京也有卖的），每个要六分钱，价格也颇惊人呢。

（二）杂割 这与羊头脑一样，也可以叫做羊杂割。猪杂割，也许行，不过没有那么吃的，这就如同你偏要把猪肉涮着吃，别人又有什么法子呢。所谓"杂割"者，意思很明白，就是把羊身上所有的东西，杂割下来，一块儿煮着吃罢了。在羊肉馆里，有烩全羊这个菜，与杂割是同样的意义，不过一个是煮，一个是烩，味道不同而已。其实，这在天津、北京地方也有，名叫"煮杂碎"，只是杂割在太原，成了一种冬季的清晨的时髦点心，为人所嗜食，做法与作料，稍也有不同，味香而富于滋养，所以杂割在无形中，就成为太原特殊的经济小吃了。现在一碗的价钱，是四毛八分，看着好像贵一点，实际却真着吃。小饭量的人，敢吃不下一碗，而且可以白喝汤，不要钱。就是饭量大的人，花一碗的价钱，也足以吃饱，这是与羊头脑不同的地方。不过你要吃小碗，他还是不卖。其实羊肉馆卖杂割，比卖羊头脑更便利而容易赚钱，因为既称杂割，是什么都可以有，等于废物利用，卖杂割更是一种有利的营业。但是我们可要切记着，在吃杂割的时候，务必要到馆子里去吃，街头小贩所卖，有羊血，有其他肉类，不卫生之至，然而每碗只卖一毛钱，这又不是馆子里的杂割，所可比拟的了。至于有人喜欢在吃杂割时，外加辣子，那是嗜好的不同，倒不可强求。不过馆子里，向例卖杂割，是不预备辣子的。还有在吃杂割时，就"帽盒"吃最佳，又解馋又解饱。什么叫"帽盒"呢？这里也可以附带提一提，这也是太原的特殊经济食品，有如天津、北京所卖的"锅饼"一样，硬发面的，形如圆球，却由两片做成，中间是空的，吃起来比馒头解饱，现在一毛一个，比从前贵得多了。这"帽盒"就"杂割"，与"头脑"就"烧卖"是同样联带的食品，在吃的时候，单独吃一种，是没有意思的呀。

（三）**捞糟**　这不只在太原，在山西省各地差不多都有卖的，可是在其他地方，还没见过。这也是每日清晨的一种早点，而且与头脑和杂割不同，并无季节性，夏日清晨街头巷尾，都有卖的。不过卖捞糟的，并无馆子，何时何地，也是挑担卖，你要吃时，可以坐在他的担子旁的一个凳子上，你说来一碗，他立刻就把捞糟倒在铁勺里，拉起风箱，热起活来，但等开了，就可以端起喝，有点甜味，有点酒味，与人的身体颇有益健，但是喝不惯的人，也不愿意喝。有的人更在捞糟里，打上一两个鸡子，保养是保养，不过在甜味酒味里，再加上腥味，有许多人就更不敢问津了。其实这种东西喝长了，哪天不喝，还不大舒服呢！这种捞糟，是由江米做成的，但是江米，必须在头天用曲和咸使之发酵，生江米是不能用的。卖的捞糟，就是把用曲水与咸水所发成的江米，加上少量的水，热起来喝，因为有曲，所以有酒味，因为有咸，所以有甜味，在热时所兑的水，是咸水，不是糖精，更不是白糖水，所以甜者就是因为有咸的原故。现在江米一斗，恐怕要在十元以上，所以捞糟也贵了，起码要一毛一碗，加上个鸡子，就要两毛五分了，因为一个鸡子，就要一毛五分呀。还有的人，在捞糟里加元宵（元宵在太原，什么时候都有卖的），这就是各嗜其所好了。在太原的大饭馆里，有鲜米捞糟这一道点心，是比普通街头所卖的更加精致，所以喝起来，更特别有味的。

（四）莜面窝　窝，这在太原土语叫"靠捞"（恕我不会写这两个字），乃是太原的一种特殊经济食品。这种莜麦面产于北同蒲线各地，较之籽面为黑，但有油性，这种莜面窝窝，是把莜面擀成薄片，卷成类似烧卖模样，一个个的搁在笼屉里蒸着吃，蒸熟了，用筷子夹着，就咸、盐、醋和辣子吃，贵族一点的，还可以就卤吃。现在恐怕要一元六毛一斤，三毛一碗，虽是经济食品，也显得贵多了，吃起来，倒也颇为适口呢！在太原的市场里，各小馆都卖，不过大饭馆却是没有的，无形中，这好像是一般平民的食品了。

（五）炒油面　炒油面这种食品的名字，叫做炒油面，其实是炒油面条，油面是面，又怎么可以炒呢？这种油面条，是预先把油面弄成条，然后搁在笼屉里蒸，蒸熟了，放凉了，谁要买时，就可以坐在摊子旁，等着他给炒。先在锅里放上些油、盐、酱油、醋、绿豆菜等，再放上油面条，合在一块一炒，这就是炒油面，别看简单，吃起来却不错。乡下人们，每到太原来，都喜坐在市场的摊子旁边，吃上两碗，一碗两毛钱，有个三碗两碗，花上五六毛钱，就可以吃饱。这较之莜面窝窝，似乎还要便宜些。当此提倡代用食品的时候，我们愿以油面代替白面的，油面吃到嘴里，另有一种滑溜而油腻的滋味。

（六）割糕 这种割糕，是由黄米面做成的，在黄米面里加上枣，放在锅里蒸熟了，这就是"割糕"。然则为什么单叫"割糕"呢？是因为这种蒸得的糕，恰有所蒸的笼屉一般大，摊在案板上，卖时以刀割，所以叫做"割糕"。其实这种糕，就是北京地方所卖的"黏糕"，不过太原是割着卖罢了。现在物价高贵，恐怕一斤也会要四毛五钱。有些小贩，更推着一个车子，沿街叫卖，单叫卖的声音，却是"糕——"，音韵悠长而简单，只要听到了这种声音，住户的小孩子，和沿街的洋车夫苦力们，就会跑来卖上一毛两毛的，有人喜欢把割糕加在饼子里吃，又咸又黏，倒也别有滋味。

（七）糕米 听到这个名词，就会知道这种糕是米做成的，不过米虽是米，却非黄米不可，因为黄米虽黏性，可以粘拢到一块，可以加上枣。这也与割糕一样是一种蒸食，不过却不能割着卖了，必要论碗卖，大概也要两毛钱一碗吧，倒是怪好吃的，顶爱吃的人，有上两三碗，也足饱了，实在经济得很！

（八）灌尝 这是一种荞面蒸食，白色者是原色，红色者是上了猪血。做来很简单，把荞面调成浆糊似的，搁在碟子里，放入笼屉一蒸就得。不过吃的时候，却要浇卤的，所谓卤，则是由粉面糊糊、海带丝、豆腐油皮、菜、辣子等调成的。在夏季可以凉着吃，卤浇灌尝，倒也不错，可是到冬季，就要炒着吃了，切成小斜块，加上油、盐、酱油、醋、辣子、绿豆菜等，放在锅里一炒，两毛一碗，还不经济吗？凉着吃时，是五分一块，白浇卤的，这在市场里，有小摊在卖，街头巷尾，也有一手提着盛灌尝的簸箩，另一手提着盛卤的罐子，吆喝着卖的。此外，还有"爬糕"，北京也有的东西，就不浇卤，而浇麻酱吃了。

（九）饼子 所谓饼子，就是烧饼，等于北京的"油炸鬼"、天津的"油条"，在太原叫"麻叶"一样。这种食品，原不算特殊，但在太原卖饼子的，却似乎有些特殊了，因为在别的地方，都是铺子卖烧饼，而太原卖饼子的，则多是老头小孩挎着小簸箩，沿街叫卖，"卖饼子，谁买饼子"，只要你走路留意的，总可以听见这种声音，然后看见一个小孩或老头走过来。这一方面是老头小孩，也要设法生财，不能坐食；一方面也便利了洋车夫苦力们，因为他们赚钱是零碎的，挣上两毛钱，不能吃别的，买上两个饼子，吃着解饱，最好不过。从前卖五分一个，现在一毛，贵了。还有就是这种饼子，其做法，其滋味，较之北京的烧饼，却又不同，因为这是硬面的，中空的，没牙的老头，是不敢领教的！

（十）蒸红薯　说起红薯，当然不新鲜，不过太原卖蒸红薯的，却是几乎四季都有（除三伏天外），而且卖的人，并不是什么特殊的小贩，一个住家户，在自己的门口，放上一个炉子，这炉子也很简单，是由缸做成的，就上面有火口，下面有掏灰的地方就行，然后把铁锅放在上面，将红薯洗净摆好，盖也不必用，拉起风箱，更用不了一个钟头，红薯熟了，不用来叫卖，自有人来买。现在是三毛二分一斤，许多洋车夫苦力们都以之为主要食品的，大饭量的人有一斤，也差不多够吃了。据说这种生意，很是赚钱，因为生红薯，还不到两毛一斤，而他们每天都可以卖上几十斤的。此外，还有卖烤红薯的，也几乎四季都有，只不过又略贵些罢了。

（十一）蒸馍　蒸馍就是馒头，这也是名词上的不同。不过太原卖蒸馍的，是推着车子，游街串巷，而且除白面、籽面蒸馍外，更有白面当中加小米面的蒸馍，实属别开生面，另具滋味。再者更有小米面蒸的窝窝加枣，吃起来却更经济，从前一毛两个且大，现在都卖一毛一个，个儿且小了，然而小米面窝窝，一个人有五个，也吃不了呢。

（十二）炸豆腐丸子　以上所说，有的是清晨早点，有的是日常饭食，而这里所说卖炸豆腐丸子的，则是夜晚惟一小吃了。在北京的晚上，有卖硬面饽饽的，是沿街叫卖。在太原卖炸豆腐丸子的，则是摆地摊，任人买食，一毛一碗，倒也经济，就饼子吃，有四五毛钱，就可以饱了。这种炸豆腐丸子是菜，除三角形的豆腐，圆形的丸子外，还有海带丝、白菜叶等，加上油醋等作料，滋味也很好，就饼子、麻花（脆的）吃，固然可以，你让他把饼子和麻花，放在锅里煮一煮，然后带在碗里吃，似乎更好吃，如果再放一个鸡子，尤其美好，只是这样吃法，未免就要多吃。现在许多人，已然不当夜晚的点心，而成为晚饭的食品，的确，这也是经济小吃呀！

以上，可以说是太原的特殊小吃，至若豆浆、杏仁茶等，那又是各地普通的食品了。我们既要"革新生活"，自肃自戒，实行节约，提倡代用食品，那么对此特殊的经济小吃，就请试用吧。

（《新唐风》1943年第1、2期合刊）

南北大菜

佚　名

一

那年到了开封，共总两次，先谈第一次的吃。

下午六点多钟下的车，找了半天旅馆，那么顶大的河南饭店，已是"客满"，最后找到了大梁旅社，在"书店街"、"鼓楼"的旁边，繁华的中心，热闹的所在。楼下三间屋子，一通连儿挂着名人字画，幽静而有趣。

吃饭的时候，在饭馆子（旅社对过），叫四元钱的合菜，马上是四个酒菜，丰满；又是八个炒菜，丰满；又是两大碗，丰满；最后还有一个砂锅呢，当然也免不了丰满。吓了我们一大跳，三个人简直吃不了。怕是弄错了，找来一问，不错，我们这儿四元钱就卖这些。没法子，努力地吃，还剩下许多，便宜了旅社的茶房。

再谈回来的时候的吃，回来的时候，大梁旅社的三间房，还空着，又住在那儿。晚上有教育厅的朋友请吃饭，在"又一村"，是相当大的馆子，好像北平的"致美斋"、天津的"登楼"。当然又是少不了的酒菜，不少的碟子，不少的大碗，砂锅当然还是不算外，另有一盆上好的汤。席间喝的是"威士忌"酒，纯粹的，好喝。并且还叫来六七位姑娘，也都是一例浓妆艳抹，居然划拳行令，她们还摆庄代饮，蓦然间幻出一幕《九尾龟》小说里的场面与故事。

听说这一席全算上，主人才花了四十馀元，不到五十元。

二

上次说到在开封两次的吃喝，是恁般的便宜，是恁般的花哨，当时在开封又听见朋友说，河南馆子，是有一样的特别手续，就是每一道菜必随之一碗清汤，菜是越往后越好，汤呢，也是越往后越高，最后的一碗汤，那是再好没有的了。这样的办法，是别的地方没有的。本来讲究吃的人们，大概都是讲究汤的，汤的做法，在讲究的主儿，是有若干种的。河南馆子的讲究汤，那是十分注意吃的讲究的了。

还有，有一位朋友，因为不知道开封的规矩，一个人吃饭的时候，要了四个菜，一碗汤。经过堂倌告诉他，汤可以外送，并且问他是一个人吃，还是请客？问了好几遍，他很诧异。结果端上来这四个菜，吓了他一跳，原来是四大海盘，一小盆汤，汤的精美是不用说了，那四个菜也是十分好吃。他一看，慢说一个人吃，四个人吃，也吃不完，这才明白堂倌问他是否请客的意思。加劲努力地吃，也没有吃完，倒惹得堂倌，一定在暗地里笑了半天。

那一天，我们是预备下午三点多钟走的，那么午饭只好在开封吃了，打算草草地吃一点，于是相偕走入一个"小"饭店，本来预备是吃一些包子汤面之类的，可是刚一进去，堂倌就笑着说，好像很熟似的。他说："今天这儿油焖笋鸡太好了，还有八宝桂鱼，都很好。不管你爱吃不爱吃，先端上来尝一尝。"我们相视而笑，在未许可之间，就杯盘罗列摆上来，别的不说，只就是这个鱼，跟一个鸡，已经是稀烂而且十分香美。于是我们就似乎忘记了一会就要上车，马上慢慢地咀嚼起来了。等到吃完了一算，八元九角钱，不禁说了一声："便宜！"

（北平《南北》1946年第1卷第9、10期）

尝尝黄河鲤吧
——西游小记

张恨水

在郑州，有一件游玩以外的事，必定要尝尝，就是黄河鲤。鲤鱼这东西，在别处是个儿大，肤子粗。惟有黄河鲤，只是尺来长，肤肉很嫩。可是有一层，吃黄河鲤，必得到几家大的河南馆子去吃，那才是真的，而且好吃。平常一条黄河鲤，大概总要卖到两块多钱，或者三块多钱，这是早晚市价不同的。伙计们用绳子提了鱼的鳍，可以送给主顾来看。那鱼比筷子长，而且乱跳，那你就点点头说："好！"伙计说："怎样吃？清蒸，红烧，醋溜，干炸……"你觉得有两样吃法都是所喜的，你就说："清蒸、红烧两做吧。"那末，你仿佛是内行了。吃河南馆子，还有一件事是有趣的，假如我们有五六个人去，汤和甜菜，你不必点，因为馆子里会敬你这两样的。你坐下，伙计端上来，第一碗就是敬菜，叫开味汤。汤大概是鸡肉汁，洒上点胡椒香菜。吃到中间，他还要敬你酸辣汤、炒八宝饭之类（八宝饭可炒，也只河南馆子有）。你见了这些东西，你千万别问伙计，我没点这个，你怎么送来？那表现你没吃过河南馆子，可是笑话了。

（《旅行杂志》1934 年第 8 卷第 9 期）

历下烟云录（节录）

范烟桥

与北人相接，最可憎者，厥维葱蒜气，受之令人作三日恶。盖其日常所治馔食，无一种不加葱蒜也，习惯成自然，在个中人亦不以为怪矣。

普通人家一日三餐，晨馍馍或锅饼，不具菜；午晚俱馍馍，或佐以小米稀饭。夏令复有煮绿豆为汤者，谓可以祛暑毒也。

近来因南人北去者众，渐起同化作用，北人亦喜吃米饭，闻北地亦有种稻者。

实心而形如圆柱者，曰馍馍；空中有馅者，曰馒头；状如道髻者，曰花卷；扁如水饺者，殆曰扁食；其大如锣者，曰锅饼，此为日常所食之品。尚有实心烧饼，殆即《水浒》武大郎所制之炊饼也。面未见佳，且多以过桥为本位。

泰康公司、上海物品公司之宁波茶食，极占重要地位，其馀天津、北京式者，形式内容，似有相形见绌之势。此等买卖，计重量不计个数，面子上似甚公平，然未见以半枚或四分之一相增减，则其重量之合算，未必准合也可知。惟欧美化点心，则论件。

胶菜驰名南北，然在济只称白菜，其菜肥白阔大，煮之自然甘美腴润，与南方所尝胶菜大异。

小食之铺，随处有之，大都为馍馍、馒头与面，较上等者，兼治肴馔，则称饭庄，然而非以饭为单位也。北方人吃点心极少，大概入饭庄者，即饱餐一顿而去。

山东馆在中国饮食业极负盛名，北京之大饭庄，皆为山东人所经营，然在济南，则反称天津馆，所谓远来和尚好看经也。门前悬红漆金字之小牌，四下系红绸，迎风飘荡，盖犹是酒帘之遗意也。

店名有极奇异者，如一条龙、真不同、大不同等。真不同，其门才可容人，且猩恶之气，触人欲呕，然内座尚整洁，能制春卷及南方炒面。因北方炒面，仅在滚油中一撮即起，面与油未起如何作用也。

天津馆例，客至先以四小碟饷，一菜一豆豉一豆腐一酱瓜，不取资；治整席者，末后有饭菜四色，可以为客多菜少之救济。

鱼为大烹，而尤以黄河鲤鱼为最，在中等筵席，所以代燕翅也。其煮法有一做两做之别，一做者，或红烧，或清串；两做者，以一鱼中剖为二，一红烧，一清串，如尚有馀剩，则令去骨制为汤，可谓精之又精者矣。鲤鱼在南方不甚名贵，以自身之滋味及制法均不善所致。黄河鲤鱼肉肥而嫩，其制法与西湖宋四嫂所制相似，不令多受火功，故汤清如水，肉腴如屑，红烧串汤，各有至味。

山东馆尚有一名制，即汤包肚是也。其肉干脆，嚼之无渣；其汤清澈，饮之味远。本来制汤，为山东人之特长，大约易牙之遗泽，犹有存者。猪肉之类，则不甚擅长矣。烧鸭亦较南方为佳，因肥大多脂肪，非若南方之鸭，瘦瘠如老鸡也。

百花村初拟仿镇宁间之茶酒两宜者，以济人无茶癖，故仍专以饭庄号召。惟百花村茶楼之招牌，尚在账房之壁上，亦一纪念品矣。

论商埠诸菜馆，济元楼如半老徐娘，犹存丰韵，倘为熟客，倍见温存；新丰楼如新女子活泼泼地，自有天真，间效西风，更新耳目；三义楼如少妇靓妆，顿增光彩，已除稚气，颇有慧思；百花村如北地胭脂，未经南化，偶尔尝试，别有风光；宾宴春如新嫁娘，靦觍已减，妩媚独胜，三朝羹汤，小心翼翼。此外番菜，亦有可以比拟者。青年会如东瀛女子，不施脂粉，良妻贤母；仁记如西班牙女子，其媚在眼，其秀在发；式燕如久居中国之侨妇，渐受同化，又如华妇侨外，亦沾夷风。

大多数番菜系德国派，每色材料丰富，牛排大如人掌，非健胃者不能胜也。

城内饭庄，不及商埠生涯之盛，而有一点相同，即其建筑，与南京中正街之旧式客栈仿佛，皆为敞厅，绝少高楼。

侍应与京津同一派头，客来客去，另有侍役屏立迎送，虽夏令亦穿长服，酒罢则进漱口水，较南方为周到。

（《紫罗兰》1927 年第 2 卷第 14、19 号）

济南秋色似江南（节录）

芮　麟

　　到北极阁，已六时许，天已渐渐暗下来了。以平一定要为以凡、石永二人饯行，所以便在北极阁晚宴。北极阁的晚宴，那是再也不会使我忘掉的，它给了我们一个很深刻的印象！

　　我们那天吃的是水晶藕、奶汤蒲菜、汤南北、炸雏鸡和活鱼。活鱼说明半尾醋烧，半尾汤烧。忽然厨子手里捉了一尾尺多长的活江鲤，走到我们面前，问我们这尾喜欢不喜欢，我们说好的。不料他就在我们面前，提起来把活鱼向地下用力一掼，"着"的一声，把我们吓了一大跳。我们恐怕他再掼，急急挥手叫他到外面去，大家都笑得嘴都合不拢来。以平到的地方很多，各处的人情风俗，他知道得也很详细。他说，这种举动，到北路里是很容易碰到的，在厨子是一番诚意，表示他把活鱼当面掼死了，决不再在背后做什么手脚，这是他们要取信于顾客的一种方法，也是他们的一种规矩。他又说，这种风俗，出门是必须知道的，否则必到处吃亏。有一次，几个广东人到西北去，在旅馆里住了一夜，除房金外，另外给了些小账。茶房很恭敬地退还了，他们不知道西北的旅馆，住一天二天是不要小账的，便问茶房是不是嫌少，不意那个茶房双眼一瞪，双手在胸前用力一拍，高声地说了一句"王八蛋嫌少"！他们以为茶房在骂人，扭着要送到公安局去，后来经人解释，方知那个茶房完全是一片血心，拍胸脯表明的确不要小账，并不是嫌少，若嫌少，他便是王八蛋！这个故事，又使我们笑了好久。

六个菜中，水晶藕是最鲜洁最香嫩的一样，好像一放到嘴，便变成水的，和我在西湖吃的藕，实有霄壤之别。汤南北、炸雏鸡也做得不差。吃饭时，以平叫厨子把吃剩的醋烧活鱼和汤烧活鱼，加些豆腐，重制一锅，那种滋味反比原来的可口得多，这样可口的鱼，我在别处从未吃到过。这是此行最舒畅的一次晚膳。

（《山左十日记》，芮麟著，无锡太湖书局 1934 年 5 月初版）

徐州食谱
——糖食类

马　襄

查糕　凡是说起徐州茶食的，总说查糕是怎样的好，因此查糕便成了徐州的特产。查糕分干与湿两种，干的便和南中的差不多，不见有什么特殊的滋味；湿的是带有露的，那颜色的鲜明，香气的馥郁，滋味的适口，俱称上上，茶馀酒后，用白磁小盘盛少许，用小银叉慢慢儿地扦着往嘴里送，真可以提神生趣，或者加水煮之使溶，再加一些儿杏酪，也别有风味。

皮糖　其实便是南中的牛皮糖，每年秋凉上市，到明年春暖，便没有卖的了。也分两种，一种是带有芝麻的，叫芝麻皮糖；一种是不上芝麻而敷有霜一般的麦粉的，叫水牛皮糖。喜欢吃的人说，徐州皮糖，柔而不韧，甜而不腻，这又须看各人的所好了。

麻片　也是一种糖食，薄得和纸一般的糖片上，两面敷以芝麻，松脆香甜，亦殊可口。

熏糖　蒋义生茶食号之熏糖，仿佛泗泾酥糖，惟甜味稍重，吃过之后，回味时带有苦味。但是喜欢吃酥糖的，得此也聊胜于无罢了。

沙其马　这是一种糖煮的面食，形式和南方的炒米糕一样，滋味却又似芙蓉糕。制法用面搓粒和糖，在油里沸过，不过取其松香罢了。据说这是一种满洲食品，在满清当朝的时候，凡是满人送礼，非此不可，算是尊重的。它的命名，大概也是满洲译音，不知是什么意思。

（《红玫瑰》1926 年第 2 卷第 37 号）

介绍几样湖北菜

沙　白

在我们中国，各地饮食的不同，差不多同言语一样。最显著的，例如南方人食米，而北方人则大多数以麦为主要食物。其他如菜蔬的烹调，以及点心的制作方法，亦大都因口胃的不同，各地有各地的差异。

在我们家乡——湖北，烹调菜蔬差不多总离不掉辣椒，似乎一碗小菜里不放点辣椒进去，任他质料如何的好法，吃起来总觉得没有放辣椒的肴馔来得有味。辣椒这样东西，是刺激性很强的一种食品，常吃害处非常之大，所以我们有些贵同乡离了辣椒就吃不下饭，多半是因为胃部受刺激过度而麻木了的原故。

湖北人烹调菜蔬的方法，同四川人没有什么分别。像卤肉、粉蒸肉，以及泡菜等几种菜肴，都是很得着外省人的赞赏的。不过究竟如何的制法，恐怕尝过这些菜的人，都不大会明瞭吧？现在让我在下面约略地介绍一下。

卤肉，是一样冷食的菜肴。凡是吃过这样菜的人，我想一定不会忘掉那种特有的香味和鲜糯的质品的。小过头一次做这样菜，似乎显得要贵一点，因为起一个卤锅，就非化二三元钱不可。卤锅做成功之后，化费的也就有限了。

卤锅的做法非常便当，只要先去买一只鸡来，用白水清炖，留其汁去其渣，然后加上好酱油（要咸一点）、冰糖、五香，再略加烧浓，卤锅就成功了。这时候譬如你要吃卤肉，那么可以去买一块五花肉，洗洗干净，整块的放到卤锅里，文火烧烂，拿起来候冷后，就可以随意地切着吃了。而且这种菜比旁的菜肴，能够放得长久一点。此外像豆腐干、鸡、鸭、蛋，都可以放到卤锅里去卤。不过最要注意的，就是卤锅从火上拿起后，不可随意摇荡，而且隔一两天必须放到火上去热一下子。味道觉得淡了，就要酌量加酱油及作料，不然卤水是要变味的。

粉蒸肉，这样菜肴，现在上海很多菜馆里都有卖，不过味道总不大好吃。照我们家乡的做法，是先用切得很整齐的肉片，黏上一层厚厚的有五香和盐的米粉，依次序一片一片排列在菜碗里，如其嫌肉太少，那么可以在下面垫些别的菜蔬，然后再连碗放到盛水的锅里加以蒸透，直到肉皮掐得动为止。这时候不但肉糯而不腻，非常好吃，就是肉底下垫的菜蔬，也觉得滑软异常，因为肉里面的油都流到菜蔬里去了。有些人在荷花盛开的时节，在米粉肉的外面再裹上一层新荷叶，吃起来更是别有一种清香的风味。

泡菜，这是湖北与四川两个省份所特有的一种小菜。假使在酒席之馀，或对油腻的菜肴生厌的时候，那么用泡菜来佐粥，是再相宜也没有的了。

制法：用一只有边缘的瓦罐（没有这种瓦罐，就是玻璃罐或无边缘的瓦罐都可以），洗干净后，盛大半罐冷开水在里面，加上精盐（要咸一点），把风得半干的菜蔬（如萝卜、白菜梗、乌苣等）放进去，盖上盖子，瓦罐的边缘里也注上水，以免漏气。像现在天气热的时候，头天放进去，第二天就可以吃了，味道酸酸的，非常爽口。（吃光了再放，不必另换水。）惟须特别注意，有油的筷子切不可伸进去，最好另外专备一双，以免弄错。有时候味道觉得酸了，就要重新加盐；看见浮面生了白花，不妨略为放点烧酒进去；要是放点辣椒（整个的）或生姜在里面，那就更好了。

（《机联会刊》1936 年第 146 期）

谈湖北菜

倚　人

　　粤菜、川菜近来在各地可说是风行一时，即是湘菜、闽菜、淮扬菜、苏常本帮菜亦天下皆有，而走遍中国，独不见有以湖北菜为号召的饮食店家，其实湖北菜在中国也非常有名，滋味也佳，却不见有所经售，颇是一件希奇的事情。

　　湖北菜的特别之处，在有许多菜看为他处所不及的，譬如鱼元、野鸭，虽然到处可以吃到，可是论滋味，湖北当推第一。不吃过的人，不知妙在何处；吃过的人，则决不想吃别处出产的这两种菜看了。

　　旧汉阳府属各县，最佳食品是蒸菜，不论鸡鸭鱼肉，园蔬瓜果，山珍海错，都可以蒸了吃，而其制法，也不止用米粉拌和，如粉蒸肉一类的东西。蒸菜可作为"全蒸席"，一席数十品菜看，尽系蒸菜，没有一样是煎炒溜煮的，也算难能可贵的了。

　　京山县还有一种美味叫做鳝酥的，即以普通的鳝鱼，先隔水蒸熟，加上作料，然后用沸滚的猪油浇淋，是筵席上最名贵的东西，在别处，简直是从来不曾所闻过的。

（《远东周报》1947 年第 1 期）

宜昌面面（节录）

易君左

　　宜昌的餐馆业甚兴隆，计有大酒楼十八家，西餐厅二家，小吃馆多至五百二十一家。据我所闻所见及亲自的经历，泊宜几天中，吃了大馆子，也吃了小馆子。春宴楼的菜规矩，有大菜馆风度。惠风楼吃了两次，人多了就有点手忙脚乱，也不错。五芳斋是下江口味，认真做生意。西餐只吃了一家，叫做味馥。我对西餐不感兴趣，重庆就没有好西餐，何况宜昌。在这里吃了一些银耳鸡绒汤，也很平常，有一点比重庆好，即牛油充足。这些餐馆有一个共同之点，也比重庆好得多，即招待殷勤。在重庆，我觉得只有一家新开张的百乐门饭店，那些茶房有训练（举一例，你刚使拿出香烟，他就替你刮火柴）外，其馀难说；宜昌各餐馆的茶房则甚殷勤，而且和气。五芳斋的茶房简直使我疑心到了北京，不但和气，而且恭顺，给他小账，鞠躬到九十度，连声道谢，送出大门，还一鞠躬。这样，在精神上他已获得胜利。又有一家扬州馆子，听说小吃很好。学院街有一家专卖冰莲的，美味犹胜长沙半雅亭，老板娘子亲手精调，香而且烂。只有公共食堂一家，一次可开四桌。附带还要一说的就是茶馆，宜昌饮茶之风甚盛，茶社林立，都是竹编的睡椅，茶壶茶缸不见盖碗，多吃香片，不主沱茶，每壶茶资八十元，则比重庆贵。

　　（《战后江山》，易君左著，江南印书馆 1948 年 8 月初版）

沙市一瞥（节录）

易君左

沿着江边一条笔直大马路，像一支箭直穿心脏，这马路长得吓死人，约莫走了二里，我们以为走完了，问本地人才知道这还不过是一马路，还有二马路、三马路，长得很。因为在雨天，路面泥泞，跑得凄凉。马路两边有许多大小商店及棉花行。我们上岸第一个目的固然在观光，而尤在买此地有名的"独蒜"。可是遍询各酱园及糖果店，皆说缺货，理由是自日本人占领以后，就不做这门生意了，使我们大大失望。从市面打听，这里除掉棉花还有什么特产？都说潘新记的鸡蛋糕最好。我一过棉花行就打听尹老七尹祖庆——一个四川青年军朋友在这里做棉花生意的——但是没有打听到，不然要扰他一顿晚饭。偶然过一卤菜摊，买点卤菜奉母饮酒。这卤菜香得很，正在买时，一群人拥来争购，说这是沙市最有名的卤菜，而我们无意碰到。

仇藩和我极想去江陵一游，吊古战场并吊今战场。打听的结果，江陵离沙市十五里，来回三十里，可坐人力车，约三千元，须四小时，这样一算时间，已来不及。对于这一个富有历史性的要地，竟无机会一游，殊深遗憾！

不游荆州（即江陵），时间就充裕了。原来这条大马路两旁分布大街小巷若干条，像一条蜈蚣的脚。马路上并不热闹，反有凄清情景。一入小街，就很热闹。全是青石铺成，绝似战前长沙。仇藩请吃饭，其意甚诚，一定不让我做东道。上了湖北酒家，泡一壶香茗，一问鱼虾已无，"重庆客"要吃的是鱼，便告辞下楼。转入小街到太白酒楼（湖北酒家转告的），刚剩一条小鳜鱼，跑了半天就为着这条鱼，另由茶房介绍一样时新菜，油炸麦雀，此地名"麦啄"。加一盘狮子头，一碗肉丸汤，一盘烘蛋，这一吃，就是八千数百元。二两本地黄酒，昏沉沉地难饮。鱼不大新鲜，菜不好吃，独麦雀颇有研究价值，其嘴长如尖针，有三四寸长，可代牙签。茶房特别介绍，手持长嘴吃半边雀头，风味无穷，试之果然，然而一盘麦雀就是二千四百元。茶房也很和气，告诉我们沙市的物价，白米三万二千元一石即一百五十斤，麻油六百元，猪肉四百元，猪油六百元。生活程度与汉口不相上下。

吃完晚饭已近日暮，在同街不远，问起潘新记，两边张望，看不见招牌；倒退几步，发现一家小门面，可不就是潘新记。我们买蛋糕，正在蒸，潘老板请我们等几分钟。这家制的饼干，确与别处大不相同，像鸡蛋糕又像核桃酥，甘而且脆，别是一番滋味。蛋糕蒸好，分而尝试，其质匀、细、香、软、糯，五字尽之，大概因为此地鸡蛋价廉，一枚三十元，多放了几个鸡蛋，自然好吃。然后知本地人郑重介绍、众口推荐的潘新记，名不虚传。这个老板是跟随洋人的大司务，现在自做生意，发了一笔大财，他的小儿子也在招呼生意，说到过重庆的山地，神气十足。

在一家大南货店里，选购了一筒宁波如生油焖笋罐头，这是战前在江南常吃而且最爱吃的东西，渴别八九年了，破费了一千五百元才买到。"独蒜"虽未购得，得潘新记之蛋糕饼干，亦复足以相偿。此外，尚有卖辣椒脆萝卜干的，大家都买了一点，下稀饭甚好。

（《战后江山》，易君左著，江南印书馆1948年8月初版）

谈武汉的 "吃"

夏艺圃

离开武汉三年多了，不时忆起了往日居住武汉时的种种生活，令人生不少 "过去的生活总是甜蜜的" 之感。是的——时代是进化的，武汉也许跟着时代的进化而进化了，将过去的一些旧的，毫不留恋地遗弃了。这里所忆起的一些往日居住武汉时同友朋们嗜之如命的所谓 "名吃"、"小吃"，现在不知道是否因了时间的嬗递而变更了，或者目前仍是前进着，现在让我来回忆吧。

你要是住在汉口的太平巷那里，而又是每天起来得绝早，那最好你到菜场里去喝豆浆冲鸡蛋。这时，电灯还露着昨夜工作了一整夜的疲乏的眼，并不光明地闪烁着，你杂在一些太太、小姐、童仆、奴婢、码头工人、玩了一夜钱的小流氓的人群中，各种声音嘈杂里，你面前摆出一碗热气冲冲的豆浆，在那白色浓液中，漂浮着的尽是金丝蛋黄。你要高兴，再泡进一盅放下了白糖的热秃秃的蒸糯米，这种味儿真是软酥酥的香甜。这时，菜场外也许有刷刷刷的是洗马桶的娘姊们在工作着，你别要笑话，那一种木榍的味道一阵阵来在豆浆里面冲到你的鼻孔，除人意外的，并不令人厌恶，而反加增了早食的兴趣。你要不信，请起个绝早，试尝这种味道儿。

你要是住在武昌，家里离横街头并不难走，当你早晨起来，感觉肚子要填入一点食物的，我劝你到品海酒楼去吃几个烧卖。也许有人笑话吧，在武昌，哪个不晓得吃烧卖? 刻薄浪女人就有 "灰丐包糯米"——（骚媚——烧卖）这句话儿，而这话儿差不来武昌能言的孩童都说得上来，谁希罕？不过，你要知道品海的烧卖是武昌名点之一。那里面不是完全只包有一撮普通的糯米，全是用的猪肉加上全料，再和以活猪油，热气腾腾地由蒸笼里拿出来，吃到口里，油滑而香软的，真如武昌人说的一句俗话："恨不得连舌头都吞下去！"吃了一个又一个，至少也得吃上一大盘（十个）或是三小盘（十五个）。不过你要注意，至迟也得在十点以前去，过时，那每天定额的数目就"过时不候"了。这种烧卖味道儿，比较冠生园饮食部所制的什么叉烧烧卖一种广东味，更合本乡人的味口。

有时，你要是蹓跶到了青龙巷（武昌上海银行对面一个巷儿），也可以到一家小清真馆里去，吃一顿美味的谦记牛肉。这是一个五旬开外的一个回回老头儿独自经营的专卖牛肉的小馆，因为招牌上用的是"谦记"两个字，所以知道的人都这样的称呼"谦记牛肉"。门儿可也不少，什么牛肉豆皮哪，红烧牛肉、炒牛肉丝、牛腓哪……一时也难得说全。要是不吃牛肉的人，没有谁向他说明，他定不会知道到自己口里的就是牛肉。制法真是特别，清洁不说，没有牛肉味也不算功夫，就说红烧牛肉吧，烂烧到口就不用牙齿，即是没有牙齿的高年老人也可以上口，然而绝不是像棉絮一样，到口就溶，吃不到一点味儿，烹饪之法，称得一声独步。可是老头儿有种种怪脾气，你得知道，不然的话，你再有势力些，钱再多些，他绝不会眼红的，往往还不卖呢！

说起了老头儿脾气，也好似吃他的牛肉一样够味儿。他每天的营业以五十斤牛肉为限，早完早收，迟完迟收，不完不收，决不延至第二天。他的馆子老是那三间，方桌放在炉子旁边，数十年来不改良不扩充，秋冬春夏一样，灶上永远是他一人独任烹饪大责，再忙些也不要人帮一下，跑堂得顾客自己来。谁先进门，谁要的食品先下锅，后至后做。天天满堂时，"高朋满座"的有二十余人之多，他在客人进门时一眼看在心里，按秩序送上大家要的各种不同的花样，绝没有半点错。谁要等得不高兴催上一声，他老是一句老话答复：“吃我的牛肉要等，等不得请走！早来早吃，不等不吃！”他的脾气是这样的直干，你有啥法！可是他在灶上时，并没有一次因为人挤得慌而草草烹制过，老是那一副正经脸孔，忠于职务的“火候到家”。说也奇怪，到那里去吃牛肉的朋友们，都有一股耐劲儿，不声不气地等，按秩序的到了自己应当要动口的当儿，听到锅铲击锅一响，自己去捧自己的牛肉。好像那一天谁也不要做什么事，专为吃牛肉而到那里的一样。一等老头儿五十斤牛肉卖完，关门大吉，你就看不着他的影儿，要吃等二天。他也从来没有在五十斤牛肉卖完后再多卖半碗，也从来不“出堂”——就是他的牛肉不出堂，自己人也不出堂在外面代人烹制牛肉——即使你是省政府主席的公馆请客。现在，不知这怪老头儿还健在否。

又说到汉口来。

夜间你要是由戏院归来，而你又是不折不扣的“湖北佬”，或者是“汉口哟！你家”，当然啰，你非到长乐茶园看牡丹花，同大和尚合演的“活捉”不可。戏罢归来，鬼夤娘的，肚子有点饿哟——那最好我请你吃小小桂花汤圆。说起了“桂花呀——汤圆啰”，大家都知道这是我们“湖北佬”黄陂老乡的拿手——尤其是那种“幽默的叫卖声”，要是我的本家夏丏尊先生（高举一下）听到了，一定又要写出一篇名作来。这是题外的话了，野马不能驶得太远，还是说吃“汤圆”正经，是不是？你家这里有名的“小小”汤圆，是同普通大汤圆一样的，不过形式小了，小得只有逊清遗老身上穿的马蹄袖套子上面的铜扣子一般，你不要看它小，它可小得来“玲珑可爱”，其内容又是“麻雀本小，肝胆俱全”的，什么桂花、洋白糖、芝麻、红绿丝、蜜瓜片……应有尽有，吃起来比大汤圆有味多了。你试想想，大汤圆心子只有那一点，其馀尽是白的，这小汤圆一口可以吃进十来颗，而又是颗颗都是香甜的心子，没有一点白的，真过瘾。这种汤圆只有一家做得好，心子的料质又丰富。

凡在长乐戏院归来而肚子只有一点小饿时，无不跑到这一家——长江饭店隔壁，可惜招牌已忘了，一时想不上来。——来上一碗。你要内行，一走进去必得说："酒煮小的。"所谓酒者，伏汁米酒也。的确不错，小汤圆在伏汁酒里滚上几滚，又加上了另一种美味。

也许由戏院归来你已经大饿了，小汤圆不够过瘾，而你又懒得多走路，好吧，你可以进戏院隔壁不远的沔阳饭店去吃一顿夜饭。这种夜餐的菜蔬，我可以介绍你要一碗珍珠圆子。这种圆子是沔阳人的传"县"之宝！俗名是"蓑衣"圆子，汉口抱马肏的又叫它"王八圆子"，未免太"那个"了，哪有"珍珠"这名字来得叫人听了高兴。这种圆子的做法，用全瘦肉配好酌料做心子，外面包一件白糯米外衣就成，做法倒很简单，不过你自家做出来的，总没有饭店做的爽口，最不容易的是火候，多蒸吧，成了烂糊涂，动起筷子来老拿不上筷，少蒸了呢，不是心子的肉熟一半不熟一半，就是外衣的糯米吃在口里"迟格迟格"的，成了夹生饭的糯米有点打舌头。饭店的真好！早晚你去要这碗菜，从来没有上面说的这几样"猫病"。上筷子是一个个的圆溜溜，这个的糯米也决没有一颗沾上那一个的糯米，吃到口里，天哪！品海的烧卖，人们只怕连舌头都吞下去了，这可真是汉口人说的："你家吃要么紧吵！把姓写（斗），莫要把姓忘记哪！"外面的糯米是软软的，夹着一种肉的香味，可是里面的瘦肉，也绝不像普通瘦肉吃在口里呆板板的，松软而又夹着糯米的香味。朋友！这不够你有一顿最美好的晚餐么？可是钱也不多，至多不到三角，你怎么不吃吵？不过你得注意！非要到沔阳饭店尝此奇味不可，你要是像"鬼蒙了脑壳"的"穿魂穿到"了别家饭店，吃了"王八圆子"而要是不高兴地大骂"混账王八蛋"的，那我可不负责任。

时季要是到了"菊黄蟹肥"的九十月之交，你必得去领教"蟹黄大王"的各种"蟹子"，所谓"蟹黄大王"是吟雪酒楼的厨师的大名，而也是武汉名厨师之一。要是老汉口，一提及"蟹黄大王"，谁不晓得是鼎鼎大名的王开榜老师。顾名思义，你总会知道他的蟹子做得顶呱呱，而尤以"蟹黄汤包"最出风头，其味之美，就是专卖"汤包"的"下江人"，也是无有不佩服的。至于其他"蟹子"的怎么样好法，因为这种食品近于贵族化，不易为大众所领略到，只有"语焉不详"了。

同"蟹黄大王"在汉口齐名的，还有"回鱼大王"，这位大王，比较前面的大王来，知道的人更多，尤其是各码头工人、纱厂工人、船划子上的工人们，都知道武鸣园的回鱼做来更独步。凡是外省来的人，非要到该园去赏此异味不可。而所有到那里去的，差不来桌桌回鱼，个个回鱼，你也回鱼，我也回鱼，实实在在可以说是专卖回鱼的酒楼。

此外，还有葛店月饼、青山米、红山菜薹……一是有时间性的，二是常日到嘴的，三又近于出产了，这里不再多说。

你今天夜晚预备吃东西呢？请你家通知我一声，我好来奉陪哟。

二五年十一月初草于沙市

（《西北风》1936 年第 12 期）

谦记牛肉馆的知足翁

陶菊隐

凡是老饕们到过武汉的，都晓得武昌青龙巷有一家谦记牛肉馆。这家牛肉馆只能吃牛肉，没有旁的菜可吃，而且牛肉也只有一种极简单的做法，不像北平正阳门外正阳楼羊肉馆的羊肉有许多不同的花样。

青龙巷是一条窄小不堪的陋巷，谦记牛肉馆又是一家窄小不堪的小馆子，只有三个桌面，连柜台和摆锅灶的地方一共占不到四五方地。每天到谦记牛肉馆的有学生，有公务员，有从汉口坐船过江来专吃牛肉的绅富阶级。世界经济尽管一天天衰落，武汉商场尽管一天天凋敝，谦记牛肉馆座客常满，不论风霜晴雨都是一样。

因为生意太好了的缘故，屋子里容纳不下，许多客人站在门外等候着空位，以便捷足先得。青龙巷既是这样的窄小，常被老饕们站满了，有时站在雨水淋漓下，有时站在风雪交加下，有钱上馆子的老爷们，还要受罪才吃得价廉味美的牛肉。

价钱再便宜没有，每碗牛肉只花三四百文。武汉用双铜元，每元可换六千多，这三四百文的代价折合洋价只有五六分。不过谦记主人自己定下一种特别规矩，每天只买进四十斤牛肉，等到用完以后，无论什么人走上门来，一律以闭门羹相饷。大概谦记每天停止营业的时候多半是下午二时，假使这一天四十斤牛肉并未用完，它的营业时间就会延长到夜晚，但从来没有到夜晚的事情。在暑季，武汉热浪袭人，谦记主人居然停止营业，跑到牯岭避暑去了，不管老饕们怎样着急，不到暑气全消的时候决不回来。

一般人所惊奇的，第一，谦记主人为什么每天仅以四十斤牛肉为限？第二，为什么不扩充门面？第三，为什么不加价？有些人把这三个问题质问谦记主人，他含糊不答。于是外面传出神话："谦记主人福命太薄，每天只能赚这一点点钱养活一家大小；假使他想多要点，菩萨是会不答应他的。有一次，他多做了几斤牛肉，这一天他就害了病，第二天不能照常工作，反受到一种损失。还有一次，他预备扩充门面，正在鸠工庀材的时候，忽然着了火，幸亏水龙来得快，不曾发生惊人的火灾。此后他不敢再萌贪念，所以安分守己地做下去。"这都是齐东野人之谈。

谦记主人我忘记了他的姓名，他是五十多岁的中年男子。跑堂的是他儿子，掌柜的是他老婆，担任烹调的就是他自己，这爿牛肉馆简直是个家庭合作店，没有参杂一个外人在内。他一面烹调，一面仰着脖子喝酒，他的酒量真大得不可思议，差不多每天要喝好几斤花雕才过瘾。他老婆坐在柜台上，一个中年肥胖妇人，不像个小本生意的老板娘，有些像雍容华贵的太太。他的儿子也不像店小二，像初中学生。

他们都说湖北话，但原籍是湖南人。当辛亥革命前，他在武昌新军里当队官，曾经提着一柄东洋刀指挥弟兄们参加建设共和的伟大工作；可是大功告成后，他的队伍被遣散了，他也失业了，许多志士沦为街头的流浪者，他不愿回到家乡去，就在武昌城内开了这爿牛肉馆，和古代屠狗英雄一样。

他说："假使一个人挣来的钱足够维持一家人的生活，还要千方百计积蓄一笔馀财，我觉得这是一种笨人。"他每天以四十斤牛肉为度，就是实践他自己处世的格言。他有一副幽默面孔，当他拿着锅铲在手的时候，常常回转头来和客人们谈天。他说："先生，假使小店里多问你要了一个钱，打官司请不要找错了户头，那是我老婆的责任。但是，我老婆少算了先生们一个钱，我不能饶她，我和她要打一场枕头官司。至于我的责任，只管牛肉的味道好不好，或许太淡了，罚我吃点盐，太咸了，换淡而可口的给你吃，留着咸的给我自己吃。"

有人问他的身世，他不愿把往事勾上心来，用手把挂在壁上的四幅横条指一指，这上面写的是他的传记，字写得很好，落款用一种化名，把这位牛肉馆的老板恭维得像一个隐于市廛的君子，这大概是一位好事的名流的大作吧。

一九三四，六，十。

（《新语林》，陶菊隐著，中华书局 1948 年 4 月再版）

辣椒和家庭气压

徽 徽

　　三十五年看着就要完了，以我的爱吃辣椒的历史算来，大概至少也有整整三十二三年了，而怎么从遗传得来的辣椒成份以及从乳汁里得来的辣椒成份，还没有算在其内。当然，这不能说是不深的了，而其所以有这样深的来由，就是因为自己是一个湖南人的缘故。说到辣椒，谁也知道它是最有刺激性的调味品，甚或因此而社会上以为湖南人之所以大半性情暴躁、欢喜"扯皮"者，正由于他们欢喜吃辣椒，并且还有人拿西洋的事情引来做一个汉学家的旁证："西班牙是欧洲一个酷爱辣椒的国家哟，他们最近把自己的国家打得落花流水、民不聊生，大半就是辣椒的一种效力。这效力在湖南人的身上发生作用，就造成了最近国内'无湘不成军，无湘不成革命党'的口号来，虽然我们五强之一的大国和西班牙并不是'鲁卫之政'哟！"

　　这段旁证是否有成立的基本条件，我真不能也不必遽下武断之言，尽管我是一个脱离了 K.K.K. 的女子，不过就家庭的温馨和愉快上着想，我真不主张湖南人和湖南人结婚。想想吧！两口子都受着辣椒效力的支配，个性都强，脾气都大，随时可以在暴躁的气压之下"扯皮"，那么家庭里的风景线是不难令人揣想的！设若以爱吃辣椒的湖南人来和不爱吃辣椒的江南人或者浙西人组织家庭，于是在一刚一柔的相对之下，各守其天性之本然而无所牴牾，因而各得"自娱"，可不是恰得调和吗？

然而辣椒的食欲刺激力，确乎是值得一提的，越吃越有味，越辣越想吃，一顿没有它就教人发生精神散漫之感，并且，显然它是能够给我们身上增加"加罗里"的，所以在严寒的季候里它可以教人发热，在伤风的病状里它可以教人出汗，简直是神农尝过的国产天然阿司匹林。像这样一种东西，而湖南人竟以毕生的岁月用肠胃去接受它，那末它所造的影响，当然是不问可知的了！然而以整个的湖南而论，辣椒力量所入的深浅又各有不同，大概在滨湖滨江的地区，它的力量不及在居山岭的地区里大。所以旧日的衡、永、郴、桂、辰、沅、永、靖八属三四十县居民吃辣椒的本事，远较旧日长、岳、常、澧各属的为强，他们不但在家常便饭之中离不了它，甚至在海参、鱼翅之中也少不了这种红得耀眼、辣得锁喉的调味剂！说到调味，似乎还是皮相之词，因为它对于嗅官的作用，有时候竟在对于味官之上。

抗战之中的某一年，我们在湘黔道上的湘西一个小县的车站里等候车子，当时似乎是初冬时节的晴天，微风从停午的太阳光对我们拂过来，教我们很感到小阳春的快意。忽然，候车的那些旅客有好几个打嚏了，接着车站里的嚏声大作，连我也"阿起"了好两声，敢是急性的伤风传染吧！忽然一个旅客用岳阳的口音说道："上河里的辣椒真厉害！……"于是我明白这厉害的气味，是由车站后面的厨房里的灶头上传到我们的嗅官里的！好香！好香！远在诸葛亮的人马平安散之上，人马平安散是吃不得的！

这气味的来源在人身上造成怎么样的效果呢？无怪乎有许多人公认为是性情暴躁、欢喜"扯皮"的原动力了。

辣椒有很多种类，有大辣椒、朝天辣椒、七星辣椒等等。大辣椒如灯笼的样子名灯笼辣椒，稍长如牛角的样子叫牛角辣椒，都是果肉很厚，其味辣中带甜，刺激性不强，这在湖南的常德地方出产最多。朝天辣椒和七星辣椒都是朝着天长的，样子小而最辣，没有吃辣椒的经常训练的人，是吃不消的。湘乡永丰市辣椒最有名，就是朝天椒，长沙人也有很欢喜吃它的。辣椒原是生长在夏秋之间，过了那个时候，到冬季就没有了。辣椒果皮发红，要在秋深留种的时候才可常常看见，味辣而香。据研究食物化学的人说，红辣椒含有多量的维他命，可以补血；它的红色素约和人参的红色素相似，有些强心的效能，这真可算是最平民的补品了。

辣椒的吃法，可以新鲜炒吃、蒸吃，可以把新鲜的辣椒晒干做干辣椒吃，可以用醋泡了做泡辣椒吃，可以用酱油浸了做酱辣椒吃，也可以切碎，把盐拌了，加上豆豉，腌在坛子里做腌辣椒吃，也可以洗净，吹干，磨粉，用盐水或酱油淌淌做辣椒酱吃，还可以把干辣椒研成辣子面收藏，烧菜的时候放在菜内调味吃，并有人把油烧滚，放在辣子面内，做辣椒油吃。这些做法，可以久放不坏，所以一年四季在湖南都有辣椒可吃了。

这样它在家庭之间的效率就可知了，我还不必张大其词再把它牵连到社会上去。

最近我在四川住了好几年，因此知道四川人也欢喜吃辣椒，然而也因此知道四川人的性格远比湖南人富于乐天趣味，可见得所说"有许多人的公认"，在这里是不"公"的了！然而不然，因为末了我更知道四川人的"辣椒量"远赶不上湖南人的。第一层，四川人叫辣椒做"海椒"。海者，大物也，敬而畏之暗示也。因为如此，所以四川人之对辣椒似乎偏重它的颜色，红红儿的辣油，紫紫儿的豆瓣酱，真是好看，也真只是好看，在辣味上哪儿赶上朝天椒。因此我更知道这就是四川人脾气近乎乐天的缘故。并且，四川以外，滇、黔两省也是离不了辣椒之区，可是他们在辣椒量的地位，似乎还在四川之次，当然更不必以之和湖南的相比。

湖南人既然有了最好吃辣椒的——最好找刺激的——事实，那末社会许多人的那种"公认"之说，怎好说它全是捕风捉影之谈呢？然而我真不免要替湖南人配偶湖南人的家庭里的气压扼腕哟！虽然我的爱吃辣椒的历史已有三十二三年之久。

予之有此拙荆，犹冯敬通之有忌妻、刘孝标之有悍室也。幸而区区也葆有辣椒性格，床头人虽辣，其奈我何哉！子展阅后附记，三十五年十二月十八日。

（《论语》1947 年第 121 期）

长沙之吃

亦　骈

吃，在长沙人的心眼里，似乎是一种消遣，其实，不只是长沙人，上海人，苏州人，北平人，南京人，也全如此的。

假定四五个人坐在一块，闲得不耐烦，吃，便在这时候"应运而生"，我们吃馆子去。

讲到吃，吃在长沙，我们可以分作几个阶段来写。

先统计长沙所有的酒楼，大一点儿的，你瞧：育婴街，便是望峰对峙的有潇湘和怡园；青石桥，青石街，有徐长兴，有玉楼东，有奇珍阁；走马楼有曲园；又一村的国术俱乐部内有，民众食堂的川菜馆；国货陈列馆内，再附设有三和酒家；吃下江菜，有金谷春；吃广东菜，有南国酒家，次一点儿的，有健乐园，有远东；西餐，有万利春；喝咖啡，有新亚、青春、易宏发。此外，吃面，老牌有清溪阁，后起之秀有甘长胜；吃粉，有爱雅亭；爱雅亭的对道，再有个新开的馄饨店。就整个的长沙说，吃在长沙，总算是有相当的发展。

潇湘的老板，是宋善高，据说是四大金刚之一，潇湘是从商馀俱乐部内蜕化而来的。奇珍阁，据说是新闻界一捧成名。徐长兴至于今日，可落伍了，不能够迎头赶上，也不能够与潇湘等并驾齐驱，可是，讲到吃鸭子，却仍是不能忘记它。

在徐长兴的那一边，另外有一个叫福兴园的，据说，也是以卖烤鸭相号召，它是从徐长兴分着出来，而想夺取徐长兴的主顾的一个组合，不用说，价钱比徐长兴来得便宜，于是有人说，它终于赶不上徐长兴。

吃鸭子，据说有"一鸭五吃"，的说法，包薄饼是天经地义，此外，便是以"鸭油"去蒸蛋，鸭肠子炒酱椒，鸭肉烧白菜，鸭架子煮豆腐汤，像这一种吃法，可以说剥削无馀。

川菜馆，是附属于民众俱乐部内，四个大字，表明了它是民众食堂，但是，在半年之前，有人说，那里是民众食堂，简直是食民众堂。

南国，是吃广东菜的所在，有人说，真正的广东菜，南国还没有，正如同票友的京戏——湖南京戏，而可以名之曰湖南广东菜。

讲到曲园，这倒是一个挺老牌的酒馆子，朋友，别小看了它，它有它的长处，许多人结婚做寿，一定要借重它的地方，而在它那里举行，正就是任凭一个大到什么程度的场合，它都可以应付有馀。

金谷春，是吃下江菜的所在，从前，长沙还没有女招待的时候，金谷春有几位女小开，便替他们做了开路先锋，有女（女人也）万事足，不用说，自然宾至如归，现在我们还可以不时看见一个烙头发、点口红的女人，那便是最后工作的"五姐"、"骆老五"。

如果是有船从上海来，从汉口来的那一天，你到金谷春，朋友准定可以吃上一些"生菜"、"生墨鱼"呀！"生蛏干"呀！"黄鱼"呀！这，是金谷春的一家货，值得他自豪，也值得在此介绍。

写到这里，似乎感到以上所写的几家，仅合于"大吃"的条件，现在得掉转笔头，写一点关于"小吃"方面的。

讲到小吃，我们便不能舍开远东，舍开醒园，远东与醒园原来是一家人的，不知怎样，分着成为两家，远东，醒园，其所以有今日的地位的原因，最大的原因，是为着它有虾蟆，有乌龟肉。

从前，长沙卖田鸡的地方，只有一个青年会的会食堂，那时候，是一家货，后来，火后街有一家醒园，异军突起，便将"只此一家"的原则打破了！从前的醒园，是狭隘龌龊，来往的客，是下层社会的居多，抽完了大烟，走来吃一客饭，一碗汤，一个菜，四毛钱，少而至于两毛钱，也就得了！此外，泥行，木行的工人，为着一笔大生意的成交，上梁，都在这里"享乐"。

后来，大率是田鸡的号召力强，生意便蒸蒸日上，便将门面修饰，扩大，便有了今日的地位。

远东的老板，是醒园老板的兄弟，那一个又高又胖的人，我们上得楼来，便可以看见他。

到远东，最大的目的，是吃田鸡，田鸡有两种吃法，一种是麻辣，另一种是黄焖，普通的价是四毛八，尽是腿的话，那么，便得七毛六。有时候，你如其是一个人，那么，可以关照他，来上一个半份，便只有二毛八了。在其他的地方，健乐园，潇湘，便非七毛二不可，所以，到一个地方，应该吃什么，我们实在不可不知。

乌龟肉，也是远东的"看家本领"，龟羊汤，一份是一元六。据说，这东西，可以滋阴可以补肾，只是，另一部分的人说，吃多了到又冷精，这些，这些，好吃的朋友，却不能不知道。

另外，再告诉你，十七八九的这几天，虾蟆是缺货的，你要是去吃，一定会没有，其原因是有月亮，有月亮，怎样的捉虾蟆呢？捉不到，无疑地是缺货了！

健乐园，也是有龟羊汤的，价目，也是一元六。

讲到健乐园，便使人记取我们的谭故院长，健乐园的老板，姓曹，便是四大金刚中的曹厨子。健乐园有祖安鱼翅，有祖安鸡，有祖安豆腐，以祖安作幌子，要是谭三先生泉下有知，也许会微微地在笑了！谭故院长留给人们的，难道就是这些么？

吃完了田鸡，便得吃牛肉，吃牛肉，是舍李合盛莫属，李合盛在三兴街，走到了三兴街，便可以看到许多牛肉馆子，李合顺，哈兴恒，只是牌子老，还是福源巷的老王天顺。

吃牛肉，也有吃牛肉的时候，朋友，你如其问我，什么是吃牛肉的时候呢？那么，我答复你，现在正就是吃牛肉的时候了。

在鱼塘街、箭道巷的交叉的地方，有一家叫半仙乐的，现在，可落伍了！朋友，倒别轻瞧了它，它也有它过去的历史的。

在若干年之前，长沙时髦着捧女戏子，戏院在箭道巷，叫条子与吃馆子，有连带关系，近水楼台，自然是非半仙乐莫属，因此，半仙乐的生意，便盛极一时，至于今日，戏子既不值钱，半仙乐，也就跟着它一道每况愈下了！

从鱼塘街下去，大率是新街口吧，新开张的，有一家长沙酒家，长沙酒家是同春园改的，同春园吃鱼，在以前，大家都有这样的概念，同春园改为长沙酒家，长沙酒家有什么好，小可便不知道了。

关于小吃方面的，信手写来，便写上这么多，下一期，我将写一点关于早上喝茶，晚上消夜的一切，以完成这一篇《长沙之吃》。

（长沙《力报》1937 年 7 月 8 日）

吃在长沙

阿　某

　　一般人只赞美着"吃在广州"，而我乃写"吃在长沙"。其实广州固吃无可吃，长沙是否亦吃无可吃，也还待公评。而我之写"吃在长沙"，盖缘于颇于"莼鲈"为恋耳。虽然长沙也只能算是我的"第二故乡"。

　　记得抗战期中，匆匆逃出长沙，八年不来，对长沙风味，乃更有恋念之感。我在八首"忆长沙"的打油诗中这样写："令人永忆长沙味，手背水鱼四两鸡。"长沙人吃水鱼吃鸡，以小为贵，取其嫩而鲜也。水鱼虽然不一定小至手背一般，子鸡虽然也不必只是四两，然其偏向于小，则可知矣。配合着湖南人吃辣子的口味，于是"麻辣子鸡"便成了长沙的名菜。"麻辣子鸡"以玉楼东为最有名，这有叶郋园德辉之诗为证："麻辣子鸡汤泡肚，令人长忆玉楼东。"这诗，到如今还是嵌在玉楼东的壁上的。

　　长沙之吃，各有"专家"，玉楼东，"麻辣子鸡汤泡肚"之专家也。牛肉专家首推李合盛，吴主席奇伟也是为之题"别有风味"四字，摆在堂中，以广招徕。到长沙来的人，无论达官司贵人，文人学士，大概都要光顾李合盛一尝异味的。

　　"鸭子专家"则推徐长兴。徐长兴的鸭子，有一鸭四吃之法，则烧鸭则以肥、嫩、脆、色、香、味六德俱备具称。他们自己夸张着说，徐长兴的鸭子系承继陈海鹏而来，谈吃者云，陈海鹏清末长沙一武职大员也，家住新河，备鸭最肥，烹调有异味，于是"新河鸭"之名遂脍炙人口。当时有一副名联是："欲吃新河鸭，须交陈海鹏。"

小吃则推火宫殿。这里原来是摊担之场，小贩苦力，在饥肠辘辘之中，到这里一碗馄饨，一客饺饵，阔一点的，二两白干，一小碗猪血，一碟蹄花，便能够受用了。长沙一把大火之后，市面日趋寥落，相反的，火宫殿里那些小摊担，却已搭成棚户，俨然成了闹市，小公务员，小资产阶级，吃租的大少爷，长沙里手之类，为了物价高涨，生活一环一环地紧缩，上不得天然台、奇珍阁那些高贵一点的酒馆，于是大家走向火宫殿。火宫殿为了欢迎这些高贵一点的顾客，尽量做出它的拿手好菜，于是"价廉物美"几个字便挂在"火宫殿"小吃之下了。一直到今日，火宫殿小吃，还保持它的荣誉，第一还是"价廉"，第二才是"物美"，于此，可以看出抗战以来人们经济生活的没落，物质享受愈趋愈下，长沙的吃，也就一代不如一代了。

吃的工具在长沙，沈从文认为这是一个特色，外省人经过长沙，对长沙留下的印象，在饮食方面必然是大盘、大碗、大调羹和大筷子。——这一长沙的特色，也有长沙的味道。

品，或者为吃而吃题，这是文人墨客风雅之士的事。长沙"吃的名人"近百年来，恐怕还得推为玉楼东推汤泡肚的叶郎园，郎园之于吃，是有诗为证的："好吃无如叶大麻，未曾上桌口先嚓。常将二箸夹三块，惯耸双肩压两家。咬破血尖流赤血，拨开碗底现红花。最是酒阑人既散，斜椅栏杆凿版牙。"叶大麻子，郎园先生绰号也。据说诗为湘绮先生作，确否待证。长沙尚有"叶大麻"之流者乎，对于"吃在长沙"写来必头头是道，说来必更津津有味。尚希为长沙之吃表而彰之，亦盛事也。

（湖南《国民日报》1947 年 9 月 8 日）

狗不理的包子
——潇湘随笔

顾　城

去行沿坡子街逦迤东行，折入黄兴路，右转之东，不数武坐南朝北，有一店铺在焉，是何处？即"狗不理包子铺"也。市招之新奇，在海上如"陆稿荐"、"天晓得"、"小天使"、"半斤八两"等等，已属光怪陆离，够人寻味，然用字方面，尚未见怪如"狗不理"三字者。

据该铺登报解释，"狗不理"命名之由来，缘"狗不理"杨姓，乳名"狗不理"，襁褓时体弱多病，父贫无力医治，自揣该儿活命无望，乃忍心席卷弃诸郊野，满意任其饲犬了事，不意村狗成群奔来，竟嗅之不加害，适为邻人所见，携还其家，以是取名焉。及长为学徒于某包子铺，苦心钻研，不数年深得个中三昧，满师后，即于天津侯家后，以己名为店名，开设"狗不理"包子铺，生意日隆，名驰遐迩，故平津一带吃包子者，莫不以"狗不理"为最上乘。

本号初创于贵阳，以供不应求，次设贵阳南门，今为普遍吃主，再分于长沙，开业以来，辱承各界嗜之者，口碑赞许，生意尚称不恶，而不明真相者，俱以"狗不理"之名称听闻不雅，特诠诸报端，聊供爱好人士一粲云云。

笔者震其名，购而尝之，尚称可口，惟甜者不若上海新雅之赤沙包，咸者不若镇扬之汤包，美则美矣，未足侪于上乘也，特以市招炫奇耳。恐不久将来，长沙市上，"真正狗不理"、"老牌狗不理"
或"狗不理 × 记"等招牌，将如雨后春笋，不一而足矣。

（《新语》1947 年第 12 卷第 20 期）

番椒颂

龙沐勋

东坡说："人生涉世本为口。"口之于味，是人有同嗜的。然而因了水土气候的不同，五方之于五味，究竟各有他们的偏好。我们江西老表，是最爱吃辣的。我个人虽然生来口大吃四方，所有到过的省份，不管怎样的口味，都是吃得惯的。番菜我是最爱吃德国馆子，可是俄国馆子的红菜汤，事变前卖五毛钱一客的，我也觉得津津有味。我们中国人开的馆子，除了油腻太重的徽州菜，我有些不太喜欢外——这因了我有老胃病的缘故，并不是说徽州菜不好吃。——馀如广州菜的清淡而爱加上一些带补品的药味，潮州菜的相当浓厚，苏州菜的多带糖味，陕西三原菜的富于羊脂——这是于右任先生的家庖。我还记得那天是在于先生的鼓楼官舍，同席的有林云陔、刘纪文两位先生。刘先生每吃一样，必然大加赞美。不过我总觉得那羊脂太重的汤，和广东的凤爪汤之类，一浓一淡，相差得太远些。——乃至腥味颇重的宁波平湖菜，湖北襄河里的船菜，我总觉得别有风味，值得一尝的。前不久到过燕京，周作人先生特地叫山西厨子做给我吃的菜，和在南京李圣五先生的山东家庖，比较起来，确有异曲同工之妙。在旧京吃多了油腻，回到津浦线火车上，吃了一顿日本饭，又在济南买了两盒便当，虽然油丝儿一点也看不到，又是冷冰冰的，我也觉得别有滋味。那餐车上的味噌汁，倒有些像我们家乡的豆豉水，加上几根大蒜，喝下去仿佛这异国情调，有些可以和我们的乡味调和起来。我自己也好笑，我的肚肠不争气，闹了将近二十年的胃病，发得厉害的时候，连咽一两片薄面包，和一杯白开水，都会反呕出来，而这三寸不烂之舌，倒是不拘什么地方的口味，酸甜苦辣，都不但可以应付得来，而且特别感觉兴味，难道是天生成的老饕么？又为什么会消化不良，有口福而没肚肠福呢？

我离开我的家乡，在外面混了二十多年，所吃的各式各样的口味，总算不少了。有时候"散步逍遥自扪腹"——东坡是在黄州食饱无事时，摸摸自己的大肚皮。我呢？倒是因了胃病，偶然到朋友家里饱餐一顿，胸口就有些闷闷的，非把一只手按摩按摩不可。——就会感到我这小小的肚皮，也算不枉生在我的身上。然而把这一顿所吃的菜，在舌根上很仔细地回味一番，除了是四川或云南馆子之外，总像少了一种什么似的，有些不够味儿，归根究底起来，老表总是老表，这辣味终久是不能忘情的。

半个月之前，汪先生写给我一首描写江西风味的诗——这诗是今年夏天追怀往事而作的，现已登载拙编《同声月刊》第三卷第八号。——提起那从柘林村坐小船到涂家埠的时候，有这么两句："十钱买得径尺鳜，和以豉汁参姜芽。"后面还附了几句信，说："山谷赠东坡句云：'为公唤起黄州梦。'此诗未知能为先生唤起万载故乡之梦否？"我读了这诗，不期然而然的，把十五年来不曾温过的故乡梦，陡的重上心来。尤其是那豉汁姜芽烧的鳜鱼，又嫩又鲜，又香又辣，教我猛然想起那坐万载船和浏阳船的滋味，这滋味恐怕是走遍中国，不会另外找得着的。我们万载，和湖南省的浏阳，都是以产夏布著名的。我的老家，和浏阳县境的铁山界，相距不过二十多里，所以风俗习惯，大致相同，尤其是佐餐品里的辣椒，都是"每饭不忘君"的。我四五岁的时候，因为先父在湖北的当阳、监利做知县，我便在先母提携之下，由家乡坐了两天的山轿，到了浏阳，换上专装夏布的民船，过洞庭，出大江，到沙市上岸。我还依稀仿佛的记得那船上盖着竹片织的篷，油得光亮非常，两边船舷，是不断用拖把洗涤的。船驾长做的小菜，又清洁，又够味，尤其是那用辣椒大蒜烧的鱼，最合江西人的胃口，所以大家都乐于坐这种船，吃起饭来，都是觉得非常满意的。我们中国人，研究得最精而又花样繁多的，没有比吃的这项更好的了！这在官和商，尤其考究。万载、浏阳两县，贩夏布的客人特别的多，所以装载这批夏布客的船，为了博取主顾的欢心，对于吃也就特别加敬。我坐万载夏布船，共总有过三次，一次是辛亥革命，先父在随州辞了官，叫我的五叔父护送家眷，从汉口转到九江、南昌，换上民船到万载，那时我才十岁。其后两次，是我的五叔父带我去九江，就婚于德化陈氏。一来一往，都是坐的万载船。自南昌开船，过了生米渡，上溯锦江，这一路的绿水青山，烟村竹屿，真的叫人有"如行山阴道上，应接不暇"之感。每到皎日当头，或夕阳西下的时候，船夫们或就渔舟唤买鲜鱼，或上村庄选购肥鸡，活刺刺的在后艄烧熟了，加上一些上好的醋和大蒜辣椒，佐以米酒，直吃得辣呵呵，醉醺醺的，忘了旅程的迟滞。现在回想起来，任凭上海滩上怎样名贵的大菜，或者什么杏花楼、小有天、新雅、锦江之类的著名菜馆，哪里及得上这种真滋味呢？

我在江西人里面，恐怕要算一个程度最低的嗜辣者，比起那些辣椒鬼来——我们家乡称嗜辣过度者为辣椒鬼。——差不多要给零分。可是嘴里虽然怕辣，不敢多去吃它，然而一闻着那香烈的味儿，总有些恋恋不舍，好像猴儿拾着姜似的。我还记得在小学读书的时候，一天晚上，我已经睡着了，突然被一位同学拖了起来，我揉揉惺忪的睡眼，陡然间触着一阵扑鼻的异香，你道这是什么山珍海味？睁开眼仔细一看，原来是一大碗热烘烘的大蒜辣椒烧狗肉！我那时年纪虽小，却染着些道学先生的气味，听到这狗是那些顽皮的同学偷来宰了的，瞒着先生——那先生就是我的父亲，他老人家对学生非常的严厉，所以学生们非得趁他睡着之后，不敢公开地吃狗肉。——干这勾当，似乎有些不合理。可是仔细一想，像这般反眼忘情的野狗，把它宰了来炒辣椒，倒也是没有什么不应该的。我也乐得尝尝异味，吃它一个饱。后来到了广东，听说广东人也爱吃狗肉，并且在城外有开着专门屠狗的馆子，可惜没有机会去尝试，是不是也用辣椒大蒜做作料，那更不得而知了。还有一件不能忘记的故乡风味，就是重九登高的时节，家家户户，总得买些牛肉，切成很细的肉丝，配上许多辣得叫人要流眼泪的红番椒，和气味酷烈的大蒜头，吃了之后，满头都是珠子般的大汗，鼓起勇气去爬山，爬上了山顶，尽管怎样凛烈的西北风，都抵挡得住。我想古人登高避灾难，要佩茱萸囊，也是这个意思。可是茱萸虽然也属于热性药物，总不比这番椒来得爽快，直截了当地不顾口舌一时的难受，吃了下去，这正和秋天肃杀之气，有着同样的效能啊！想起我青年时代的生活史，要算这两项为最有意义。

在我的交游谈话中，知道爱吃辣椒的人，除了江西、湖南之外，南有广东、广西，西有四川、云南、贵州，北至陕西，和靠近潼关的河南西部，中有安徽北部，以及湖北蕲州一带，这是属于中国境内的。我在厦门吃过南洋馆子，他们用很辣的番椒末，和在猪肉或鸡肉里面，拌着热饭一盆，比加厘鸡饭有味得多。至于著名的川菜，什么辣子炒鸡丁呀，青椒炒肉丝呀，回锅肉呀，虽然这几样渐渐有了普遍性，究竟不免成了"逾淮之橘"，在嗜辣的人们吃起来，总有些不过瘾，而生长江南一带的人，就连这个也有些害怕。我想江南人的比较文弱，和他们嗜甜而畏辣的性分，多少不免有些关系吧！

谈到番椒的种类和故实，是于古无征的。我手边的类书，如《佩文韵府》、《骈字类编》之类，都找不出它的根源来，就是屈大均的《广东新语》，也只有古已有之的椒，而没有这十多省的中国人家家户户不可一日或少的番椒或辣椒，难道这怪物是从番鬼——广东人把西洋人叫做番鬼——传进来的，就讳言其所从来么？我自己惭愧我的孤陋寡闻，横竖我是没有历史癖和考据癖的，也就懒得去查考它。据我见闻所及，有灯笼辣椒，是辣味最少的。有爆竹辣椒，比较来得猛烈。那最厉害的，要算仰天椒，小得和筋头一般，长在茎上，都是向上攒而不肯低头下视的。据说四川、贵州、湖南一带的人，是非此不乐的。那吃法也有些异样，简直就只要蘸些酱油，拿来下酒，这除非有张献忠杀人的胆量，我们是不敢轻于尝试的。

辣椒是富于刺激性的东西，和姜桂有同等的效力。我们乡里人，遇着有人骤然昏厥，不省人事的话，马上取姜汤把他来灌，便有起死回生之效。普通人受了寒邪外感，总是煎一大碗葱豉汤，加上生姜辣椒，热辣辣地一口灌下肚，盖上一重厚被，把汗发出来了，寒邪在身体内站不住脚，都逃命不迭地奔向三万八千毛孔溜出去，那病也就霍然而愈。近代大儒沈子培——日本某学者为嘉兴沈乙庵（曾植）著过这样一本书——在做南昌知府的时候，曾经研究过江西人嗜食辣椒的原因，他说凡饮山泉的人，为了水性过于清冽，必得多吃辛辣热烈的物品，才能够保持身体的健康。这话在医学上有没有充分的理由，恕我是门外汉，不敢妄下断语。可是我的别有会心，乃是嗜辣的人，必得肚肠里装满了清洁的山泉，才不妨多吃辣椒，免滋流弊。至于用辣椒做刑人的利器，据说在湘黔一带的山乡土寇，拿到了有钱的人，就是外省人所称比较新鲜的名词叫做"肉票"的，便得把他倒挂起来，鼻子朝天，再用仰天椒汁，向他的两只鼻孔灌下去，那人抵挡不住，只得把所有的财产，一五一十地和盘托出，献给那寨大王和压寨夫人，才算了事。你看这寨大王的威风十足，也要借助于这个小小的辣椒！这惨酷的手段，我们自然是绝端不敢赞成的。可是话得说回来，这辣的妙用，是要有顺逆之分的。比方上面所举的姜汁，和葱豉辣椒汤，从口里自动地顺灌下去，可以疗病，若是用那仰天椒汁从鼻孔里被动地倒灌下去，便可以杀人。这生杀之机，间不容发，只在有心眼的妙人儿，善于使用它而已。

我个人在家乡的时候，从小就被人家号称怕辣的。的确看见那些对辣椒有特殊嗜好者，每顿必备，吃得满脸是汗，"舌敝唇焦"，那种"舍命吃河豚"似的怪模样，须得"退避三舍"。可是在外面混久了，吃了多了各色各样的口味，不是觉得过于油腻，就是感着平淡太无奇，于是对于这素来怕吃的辣椒，有些追恋。不管医生怎样说，患胃病的人，对于富有刺激性的辣椒，是要绝对禁止的，我依然不听那善意的劝告，总得隔不两天，吃它一点，开开胃儿。说也奇怪，在胃病发作的时候，什么都不想吃，差不多要活活地饿死。吃了辣椒之后，虽然有时候也得呕出来，可是胸口间舒服得多了，精神愉快起来，胃病也就渐渐地好了。我于是大彻大悟，感觉到历史上的人物，有时候须得用猛烈手段，并不能说他是残酷的。李时珍说："元旦、立春，以葱、蒜、韭、蓼蒿、芥辛辣之菜杂和食之，取迎新之意，谓之五辛盘。"（《本草纲目》）可见古人要除旧布新，也得取义于辣，辣之时义大矣哉！乃作颂云：

"懿欤辣椒，国人所宝。锡名以番，来历待考。昔我神农，遍尝百草。姜桂虽辛，不及它好。播种原田，茎叶矮小。离离朱实，仰天如笑。外美内烈，德岂在表。同嗜者多，家喻户晓。毛（江西人呼无为毛，读若冒）得辣椒，吃不饭饱。麻辣呵呵，真有味道（这就叫做方言文学，一笑）。五味调和，非此不妙。若烹狗肉，越辣越巧。佐以蒜头，恰到火候。其味无穷，口福受消。免它摇尾，厌闻狂叫。非得辣椒，难期功效。善哉善哉，救苦惟辣。其气则秋，其德则杀（杀的是害肚肠的微生虫）。涤邪荡秽，除贪去狷。清白乃心，确乎不拔。油腻既去，胃口斯开。辣它一辣，否极泰来。万家生佛，满面春回。合十顶礼，妙哉妙哉。"

癸未孟冬，写于落叶萧萧中之金陵寓宅。

（《古今》1944 年第 38 期）

吃在赣州

佚　名

　　赣州有三十多家大小不同的菜馆食堂，历史久、地方宽大的要推本地人所办的"群仙"、"民志"、"白宫"三家，而以"民志"为最宽敞，里面排五六十桌酒席，你打从它门前经过，一眼看进去，仍然是那末冷清清的。这几家菜馆弄出的菜，当然都合本地人的口味，菜的名目，据说有一百零八样，中国人之于"吃"，不能说不伟大。"白宫"地点适中，生意不坏。"群仙"开办最久，已经成了赣州具有历史性的菜馆，弄出来的菜以"实惠"著称，商界中人士多光顾这里。"民志"为机关宴会集中地，"小开"们亦多往这儿跑，因为地点大，后面有房间，带"女朋友"或请女伶在这儿饮酒取乐的也不少，前些时候某小开和某"老妖精"上演"活潘金莲"，不是也在这儿吗？

　　其次规模较小的本地菜馆有"大陆"、"民享"、"大众食堂"几家，尤以"大陆"为后起之翘楚，据说来自乡间的乡镇长、乡民代表、参议员等，吃饭或请客均在此家。

　　过去红极一时，时常为蒋前专员所光顾的"张万盛"，它的"白蘸雄鱼头"是鼎鼎有名的，据内行说，这完全是张寿椿在赣州时捧起来的，实际上哪一家不是这样的制法。如今，"张万盛"已迁到陶陶招待所的里面营业，它渐渐为赣州人所忘怀了。

　　江浙口味的"权威"，只有"金陵酒家"一家了，它那里最使人垂涎的还是开席前打头阵的四个拼盘：油虾、香肠、板鸭、熏鱼、白斩鸡、水晶蹄肘等等，尤其是欢喜喝两杯的朋友，就凭这四个拼盘，很可以逗得他开怀一醉了。

广味有"广东酒家"、"国民茶室"，它们不仅可以包办筵席，还要兼制各色腊味、各种点心，小碗小盘，别具风味，"腊味饭"，多少人为它"香"得不亦乐乎。

"时鲜楼"、"不夜天"、"四海楼"……这些菜馆，经济而丰富，都为一般公务人员所角逐。据说，"不夜天"的"小炒鱼"，在赣州首屈一指；"时鲜楼"的"三杯鸡"更使人倾倒，同时它那儿的菜带着浓厚的北平味，所以北方老乡都愿意往那儿跑。

至于小吃，论生意，当然首推"胡生记"，你看，老板娘越加发福了，"麾下"已添了一名"刀斧手"，老板娘只不过动动眼，动动口，俨然站在指挥和监督的地位了。此外，"桂香居"、"谈心年糕店"也各有苗头。

食色性也。不过，这年头，一桌普通的酒席，起码五六十万元，讲究点的百把多万，够公务员干一个多月。然而巨商大贾，隔不三两天，一摆便是十几台，似乎很轻松。就说小吃吧，少不得也要三五万元，小公务员左算右算，也难得开一两次光。然而有权操在手中的又当别论（不管大小），尽管本薪收入不够办一台酒，都照样隔一两天有请客帖子送上门，美酒佳肴，吃不胜吃，有时还嫌腻。前者与后者同是"公仆"，而幸与不幸，却又判若天壤，真是从哪里说起！

（《人生报》1948年第1卷第5号）

萍乡人食物之习性

胡朴安

食物之习性，各地有殊，南喜肥鲜，北嗜生嚼，各得其适，亦不可强同也。兹述萍乡食品，以资参考焉。

（一）辣椒　辣椒之种类不一，有黄椒、青椒、朝天椒、灯笼椒诸类，春二三月时下种，五六月间即可成熟，性极辣，食品中常用以调味。而在萍地则以之为日常必需之食品，常年四季，无日缺之，无论何种菜蔬，咸需和以辣椒。例如鱼一头重量一斤，而烹时至少和半斤辣椒，否则不能下箸。故萍地购辣，至少几斤，其嗜椒如此。

（二）豆豉　豆豉有甜苦两种，制造之法，先用黑豆七石半，置小池中浸透，将水放出，用大木桶蒸之，每桶置三四百斤，蒸熟后，布于篾席上，俟其半冷，贮篾盘中，闷于屋内，经七八日，即发长霉，于是将豆爬出，于河中洗净，积成一堆，盖以禾杆，俟其发热，然后用水酒百斤、砂盐五十斤、甘草茴香各三斤，磨末和入豆内搅匀，贮大桶中，再盖以禾杆，经一星期，取出晒干，即成其所谓五香豆豉矣。其苦豆豉制法，与上相仿，惟加青矾，去甘草、八角、甜酒三种。苦豆豉浸汁极浓，甜豆豉味较佳美。萍地专制豆豉者，有十馀家之多，因萍人喜食辣椒，椒与豆豉有连带关系，不可缺一也。且无论何种菜肴，咸须和以豆豉，若煮豆腐，更非豆豉不为功矣。故豆豉销路畅旺，大可惊人，即汉口、北京等处，亦至萍乡采办，盖其地销场既大，制法更精益求精也。

（三）**豆腐** 其方块者名曰硬豆腐，其水腐者名曰水豆腐，亦名豆腐花，又名豆腐浆。其盐水浸硬豆腐而成者，名盐豆腐。萍人食豆腐，更甚于食椒，限定早餐食水豆腐，午餐食硬豆腐，俨然赖豆腐以为生活矣。新年中三日，市间无处购豆腐，则先备足油炸豆腐，以为新年中三日之需。闻萍地人云，萍乡咸用煤炭，又嗜辣椒，借食豆腐，亦可祛解热毒，以资调剂，言之尚为近理也。

（四）**茶叶** 我国各地之人，皆喜饮茶，不独萍地为然，似不必赘叙。然萍人饮茶，与他地不同，其敬客皆进以新泡之茶，饮毕，复并茶叶嚼食；苦力人食茶更甚，用大碗泡茶，每次用茶叶半两，饮时并叶吞食下咽。此种饮茶习惯，恐他地未之有也。

（《中华全国风俗志》下篇卷五，胡朴安编，

上海广益书局 1923 年 6 月初版）

东南食味

雷　红

　　有人说，中国人是一个吃的民族，因为讲到食味，似乎只有中国独擅胜场。这句话自有其部分的真理，中国菜肴像中国麻将一样，复杂而有变化，非一副五十二张的扑克所能几及。例如上海的京馆子盛创一鸡五吃，便是西菜所望尘莫及。上海人喜欢组织聚餐会，集合几位饕餮同志，定每一星期或每半月聚餐一次——儿时看海上杂志，听到有一个聚餐组织，定名为狼虎会，以狼吞虎咽来命名，确实表示了中国人的好吃，乃是由于烹饪上的自有独到之处也。

　　其实"吃的民族"四个字有点语病，说这是个要"吃"的民族，外国民族何尝不要吃？说是中华民族专门讲究吃吧，则他们又不是一天到晚吃个不停——否则人人要变成胃病患者了。只有一种说法是成立的：中国的烹饪艺术高人一等，如其即以此理由而指中国为"吃的民族"，未免是瞎子摸象式的批评了。既然中国的烹饪艺术高人一等，所以历来就有不少食谱之类，流传后世，好像李笠翁也有一本家庭食谱刊行过，细细研究，倒是一部专门学问。流风馀韵，降及今日，自有知名女士在报纸副刊上，开出菜单，指示不同风味的菜肴应当怎样烧法。因此我写了"东南食味"四个字以后，有点不寒而栗，以我阅历之浅，经历的地方又如是之少，而今世的易牙如是之多，要谈东南食味，未免有点班门弄斧。但我在极少几次的游程中，却非常珍视这难得的机缘，一尝各地著名的菜肴。然则不妨以"门外"的姿态，写出一点新鲜的印象。

夫子庙里的锅贴

到南京去玩的一天，中饭在新市场的曲园吃的，是一家湖南馆子，每只菜里有辣味，还是经主持人关照特别"轻辣"，然而对于一个江南人已感"蘸着些儿麻上来"，有点吃不消了。饭后游燕子矶与玄武湖回来，汽车长驱到贡院街。午间的饱餐，因登山涉水而告空虚，肚子慌得可以，游夫子庙时，里面的锅贴正好起镬，一个山东大汉用铁铲敲击锅子，发出金属的当当之声，加以油煎的香味扑鼻，不觉撩人饥肠。于是坐下来据案大嚼，其香、脆、腴、鲜的滋味，的确特有胜场。其实食味的欣赏，说穿了不值一哂，主要的是在于饿，饿极了遂觉得什么都有滋味，初不限于物品的精致与否。南京玩了一天，中餐与晚餐都是丰盛的筵席，我觉得并不怎样好，南京菜包括著名的盐水鸭在内，觉得没有什么特别之处，倒是夫子庙里在薄暮时分，坐在长板凳上吃一碟油煎锅贴，感到非常亲切而永远念念于怀的。

迎宾楼的脆鳝

今年早春，到无锡去玩了二天。夜车一到无锡站，就有一辆Stalion Wagon送到无锡著名的菜馆——迎宾楼。凭着楼窗，在昏黄的荷叶白壳罩的电灯下，看到菜馆里的宾客如云，真有一点小城市繁华的感觉。在最先送上来的四只冷盆之中，便有一碟久违十年的脆鳝。脆鳝的外形，太像一条小蛇，因此有的人因其外形之奇特而不敢一尝异味。其实便是蛇，又有什么可怕，岭表人士以吃"龙虎斗"为丰盛筵席，而此中的龙，正是一条无毒的青小蛇。同游的宁波董君，生平没有吃过这样东西，我怂恿他凭了他的理智，可以一尝此特殊风味，结果大加赞赏。原来脆鳝是用鳝背在大油锅里爆炸，再和以蜜汁煎炙，使之香脆，其风味确可代表是无锡的。肉骨头也是无锡特产之一，但在上海的五香野味店里，也可搜求得到，不能算作希罕。惟有脆鳝才是真正的无锡产物也。

迎宾楼还有一样特殊的东西，是枣糕。酒至半酣，送上一盆热腾腾的点心，是栗色的枣糕，又甜又糯，一阵枣子的香味微微在咀嚼中体味到，正所谓齿颊留芬。我在回上海的时候，原想带一篮枣糕，适巧迎宾楼的枣糕已经卖完，于是只能空手而返了。

三大元的嫩豆腐

在无锡的最后一次午餐，是在城外竹行街附近的三大元吃的。这是一家陈旧的饭店，像上海十六铺的德兴馆。据无锡人说，真正要吃无锡菜，就要到这种馆子里来，因为迎宾楼多的是上海游客，有时的菜肴，不免带有海派。三大元的掌柜，对于我们之来临，欣喜以外还杂有抱歉的姿态，似乎表示蓬荜之地，有辱高轩的样子，这是内地馆子中不是十分茂盛者所特有的谦抑态度。这里的菜肴以浓腴取胜，而其中的烧嫩豆腐是颇为著名的。他们的豆腐是整整一大方，不知怎样烧法，好像它从锅里到盆子里没有碰破，而当你的筷子一点上去的时候，如同象牙一般光润的豆腐便四分五裂了。豆腐用鸡汁烹煮，鲜味好像渗入到了豆腐，在桌上许多浓腴的菜肴里，它就独标高格，以清淡见长。豆腐入菜，在其他筵席上难得遇见，惟有无锡的菜肴中，是以此为名菜的。

石家饭店的鲃肺汤

苏州木渎镇开设了一家菜馆，厥名石家饭店，是完全靠了灵岩山的游客而生存的。原来开设在那里，平平常常，只是供游客鼓腹的一个所在。自从战前有一年，国府元老于骚心先生来游木渎，吃到了他们的一味菜鲃肺汤之后，于髯击节称赏，即席题诗，写赠石家饭店主人，诗曰："老桂花开天下香，看花走遍太湖旁。归舟木渎犹堪记，多谢石家鲃肺汤。"石家饭店的名气因之大震，四乡异地的游客，凡游灵岩者必到石家用膳，若是中秋时节，鲃肺汤便在必吃之列，好像非此不足以为归去时的谈助。石家饭店主人因此对于于髯的题诗珍若拱璧，配以红木镜框，悬诸内厅，俨如看家之宝了。

我们在夏末时分来到木渎，侥幸鲃肺汤已经上市，当然要一尝此阔别已久的佳味。鱼腥之类，本是制汤上品，再加这是秋令中极少的珍品，用以串汤，的确清鲜可口。据肆中人云，鲃鱼都是活杀，取其肝脏（俗称鲃肺）入汤，加以火腿、鱼片、虾仁，自然集各种新鲜的东西于一碗，格外觉得其味之美了。乡间鱼虾得之极易，又不会陈宿，这是容易讨好之处，盖以地理环境取胜者也。

石家饭店另外有一味"酱方"，也是好菜。酱方是煮烂的红烧肉，作长方形的一整块，并不十分油腻，春秋佳日，以酱方下饭，能增食欲。和石家饭店匹敌的，另外有一家徐家饭店，烹调方法与前者一般无二，只因石家饭店的名声大一点，所以游客争趋。在游览区域，古今名人驻足之所，往往可以扬名远方，亦足见宣传之功效了。

观前的小吃

苏州的观前街，饭馆以松鹤楼著名，仅在春秋假日，宾客踵接，生意兴隆，烧出来的菜肴，未必能每只满意是事实，因此我想略而不谈。这里想介绍一点苏州小吃。

糖果与蜜饯一类东西，在苏州人称为"茶食"，盖作为茶馀之细嚼者也。有人说，你在吴苑吃茶，可以一天到晚尽嚼小吃，而无须正式的午餐。这正足以证明苏州的小吃是怎样的丰富。

糖果之中，松子糖自是一绝，重糖松子尤其美丽，集色、香、味三者之大成，白色细小的颗粒上黏着红色的玫瑰花屑，精致得可爱，如与海上的巧格力糖并列，判然是东方美人与西方美人的分别一样，前者的韵致，绝非西式糖果所能企及。与松子糖同样精致的则有半梅，以蜜渍梅子，各剖其半，拌了糖霜，同样点以玫瑰花屑，便是欣赏它的外形，也够你欢喜了。我的朋友广州陶君，虽以"食在广州"的土著，也对此半梅叹为"吃"止。

阊门内有一家茶食店，名桂香村，在春暖时分，出售方糕，为苏城之最。他们的方糕，甜馅特别考究，豆沙里杂有桂浆，芳香特甚，来买方糕的必须预定，否则便有向隅之憾。譬如上海的沈大成，同样有方糕卖，但其味觉上的差别，真如你用了一枝派克五十一，再写中国仿制的文士五十一金笔的差别一样，处处感到有天壤之别。

五芳斋的糯米粽

早车到了嘉兴，就驱车到五芳斋去吃粽子。我们早已在上海吃过了广东粽子，这一种广东粽子又大结实，什么甜肉、咸肉、豆沙等等，非我们江南人所能全部接受。但嘉兴的糯米粽却不是这末一回事，它的外形与广式粽子类似，内部却大异其趣，鸡肉是完全一大堆鸡肉，鲜肉是完全一大堆鲜肉，而且其馅之大，竟占据了整个粽子体积十分之七，外层所包裹的糯米，成为一种藩篱，倒像是鸡肉馅的附庸。它不像广式粽子这样坚实，吃时需要用"掘矿精神"，而是甚为松软的。吃这种粽子有两点好处，第一因为糯米是附庸，虽然看来外形庞大，吃了并不讨饱；第二鸡肉丰富，用大镬原汤煮熟，滋味全为糯米所吸收，其香、糯、鲜像八宝鸭肚中所掏出来的一般。

嘉兴还有一样著名的食品是南湖菱。南湖的四分之一区域全是菱塘，夏末秋初，坐了小乌篷船，点篙的船娘会悄悄地撑到菱塘区，让你自己伸手去采几只菱吃。当然这一些菱不能餍足你的欲望，若是想多吃一点的话，非要出钱去买不可了。新鲜的南湖菱绿得可爱，没有生刺的角，像一个老于世故的人，把他所有的锋棱都磨尽了。菱肉极嫩，宜于生剥，不像苏锡一带的沙角菱，老得异乎寻常，宜于熟吃的。秋日往来于沪杭线上的旅客，每当火车靠嘉兴站时，就有小贩跑前来喊卖南湖菱，一小篮的代价可不便宜，但在车窗寂寞的时候，买一篮尝尝新，确也别有风味。车站离南湖不远，离市区也不远，所以这里叫卖的菱，还算新鲜。

奎元馆的虾蟹面

杭州清和坊有一家面馆，名奎元馆，差不多每一个到杭州去玩的人，都到那里去吃过他们的面。这家面馆有一点是特殊的，说面馆便是专门卖面，菜肴没有，其他的点心也没有。苏州的松鹤楼，春间是以卤鸭面著称于旅客之间，可是他们在午晚餐时间便供应酒菜，来吃晚餐的人多于吃卤鸭面的人，其实他们治菜，远不及苏州的几家正宗菜馆，如义昌福和天兴园。

因此我们赞成奎元馆的专门以面为营生的馆子。春秋时季，旅客蜂拥来杭，假若他们开辟酒菜部，凭了他们的声名，不怕没有顾客。但他们不这样做，仍以面为独门生意，这是不可及人之处。

春天去的旅客们，吃到他们的虾爆鳝面，以为好得不能再好了。他们眼看在一个小院子里，三四个厨司簇集在小方桌上"出虾仁"，随"出"随烧，非常新鲜适口。他们煮面的方法，又是盛称所谓小锅面，即每一碗面都是个别煨煮，并非先把汤烧好，再把一大锅滚熟的面分配到碗中去的。

但你要尝到奎元馆的美味，非待秋日去不可，因为那时去有他们最擅胜场的虾蟹面，就是因为煮法特殊，别家面馆无法和他们竞争。

杭游的最后一天，我们到近湖滨的正兴馆去，八时到那边，他们的虾仁还没有"出"好，改吃鸡火面，了无是处，也许因为奎元馆的印象太好之故。

精华集于上海

然则上海又如何呢？有人说东南食味的精华，集于上海，这话一点也没错。最大的虾仁在上海，最大的蟹也是在上海，最好的西瓜在上海，最好的酒类在上海。上海以第一流的烹饪，来补救其菜肴新鲜程度之不及的——所以国际饭店的丰泽楼便以清皇御厨为号召了。

过去有一个时期，本地馆子极为蓬勃，××老正兴馆触处皆是。本地馆子确有其特殊之处，像一味油爆虾，一味蟹黄油，一味生爁草头，虽然搬出来的菜肴不及粤菜馆的艳雅入时，但乱头粗服自有其接近乡土的韵致。此南市十六铺的德兴馆，以如此肮脏的地区，陈旧的布置，而能招致外国顾客来赏光。一个美国友人对我说："到了这里，我才真正尝到了代表中国风味的可口的菜肴。"我不禁为之哑然失笑，这无非是为这个异国友人转换一下都市的环境而已，中国风味可口的菜肴，岂可仅以德兴馆之流为代表哉？

（《旅行杂志》1948 年第 22 卷第 1 期）

南京的吃

芸

"食色，性也。"这句话是圣贤的古训。南京的城里，从民国十七年起，已经整整地禁了七年的娼，新闻记者要体谅当局者的苦心，所以"色"这个字，现在是不作兴谈的。闲来无事，谈谈南京城里逐一时期"吃"。

我今天谈南京吃的动机，是无意中经过延龄巷，看到那里新出现了一个"济南饭庄"，我很有点感慨，现在南京城里的吃，总可以说各有齐备了吧。在这一转念间，我倒想替吃食编历史，而上溯到当年的南京的吃。

南京人不必生气，因为他们本地人的请客，只有"夫子庙吃茶"，是个极大的人情。吃茶点心连带可以叫菜、饮酒，而一直牵连到吃饭，所以南京人心目中的馆子，只有那半茶馆半饭馆式顽意。举个例子出来，就是万全、嘉宾楼、全家福式的馆子，可以说是道地的本地的吃。

更进一步，也不过从前东牌楼一带的东坡园、老小乐意（夫子庙的小乐意，还是后兴的），贡院前的明远居一类的前期菜馆。假使是教门，那么马祥兴、金钰兴一类的，也是南京人心目中的馆子。

可是时代毕竟要进化的，南京在军阀时代，因为宴客的需要，不得不有金陵春式的京苏大菜馆出现。但是在当初，这是预备给官场用的，于南京本地人，仍非需要。

　　自从民国十六年奠都南京起，南京城里的吃食馆，如雨后春笋，大大地增多了。最初盛行的粤菜，由粤南公司而安乐酒店的前期粤菜，而世界饭店的开幕时期，而广州酒家、广东酒家……之类的。但是不转眼之间，一些湖南小馆子，跟着纷纷出现。

　　于是烟熏的腊肉、腊鱼，嚼不动的腊牛肉，烟熏的茶叶，也盛极一时。不过同一有辣子味的菜，湖南的又不如四川的来得精。于是四川菜馆，如蜀峡、浣花、益州、碧峡等等，就代而兴了。

　　同时浙江菜馆，因为行销绍兴花雕酒的缘故，也不甘示弱。于是四五六、老万全、宁波酒家、维新楼、大集成等等，也大张旗鼓，来争一日之短长。这其间，还有徽州菜馆子，乘广东菜的疲弱之后，以徽州菜鸭馄饨标榜，而在夫子庙出过一两年的风头。

　　这些风头过了以后，就是地方式的饭店抬头时期，明湖春开于先，河南饭店继于后，而苏州菜馆，也不甘示弱，吴宫、苏州店之类，以苏式的船菜为召号，也有一个时期，是生涯鼎盛的。中间，还有觉林、沁沁居的素食，来点缀一番，可以作为大锣大鼓后的红牙小唱。

　　这些时期，统统过去了，从今以后，一定是北平式的馆子流行时期，所以中央商场一开门，就出现一个北京的中州馆厚德富。最近，延龄巷里，又来一家济南饭庄。在契约的历史上，这种馆子，是更古典型而更封建了，这是一定无疑的，三煮的"黄河鲤"，一块钱的"自磨刀"，在上述的两家馆子里，也许要聒人耳朵吧。

　　　　　　　　　　　　（《市政评论》1936年第1卷第2期）

南北饮食说两京
——首都饮食概况

佳 梅

"南京的建设，经过近几年来的锐意迈进，同前几年大不相同了！"这是观光的人们，逛过一转后，异口同声的一句赞美话。可是久住这里的人，倒也并不觉得什么样。南京现在也点缀着红的灯，绿的灯，广厦大店，镜面一样的柏油路，光耀夺目的新汽车，摩登小姐也像上海大马路上摩肩接踵地不绝于途，无线电播音机四处播着美妙的歌曲。

别的不讲，只就首都人民之饮食，拉杂而谈。

饮食店也随着市面地繁荣而星棋罗列。南京最热闹的地方，一个是下关，一个是城南。下关是交通中心，运输中心，来往的人，大都是行色匆匆的旅客和搬运工人。城南是商业中心，各机关和娱乐场所都密集在这里，所以大饭店小吃馆，也都密集在这里，"安乐"、"世界"、"中央"都是大宴会的场所。

机关人员时常有调派，所以来京求事的人，不绝于途，在京的亲友必为之多添一番酬应，除导游之外，酒肴亦所必备，小吃十馀元，大吃廿馀元，仿佛不达到这个数目，不足以表示主人的欢忱，而流露着局促的态度。其次无谓之聚餐，或由于弄璋弄瓦之喜，或由乔迁晋升之喜，或由于小寿及兄弟姊妹之婚礼，好事无聊的人们，必互相馈赠，以尽其礼而图大嚼，于是为主人者势必备盛筵，动辄数十金，使宾客得以尽欢。复次，则活动者有求于人，交欢无从，盘飧旨酒，亦惟一道。凡此种种，俱造成饮食店之绝好机会，一方面"节衣缩食，共赴国难"的呼声震荡耳际，一方面"礼常往来"、"礼多人不怪"的习俗，依然为狂热的波涛，逼着前进。

大饭店大酒家既密集城南，就其性质而言，川、广、平、津、苏、扬等，各有其一部分之号召力，而川馆尤有风起云涌之势，"约而精"、"浣花"、"蜀峡"等均设备日趋完全，营业堪称不恶，星期六及星期日的晚上，各家都是济济满堂，假使你要宴客，不预定座位，准找不到地方，甚至连一个偏狭的小房间都没有，大家均尽量地喝着笑着，享受这假日于莫愁湖畔。

西餐店除各大饭店都有附设西餐部之外，城南另外有什么"ABC"、"卡尔登"及其他，它们当然也有一部分顾客，可是有人觉得请起客来，洋酒的价格倒亦不小，吃起来没有中餐那样畅快。

山东人总喜欢开些小食铺，花卷、大饼、炒面、大面是其中特色，价廉物多，这是普通民众多食堂。因为装置精美，充满着山珍海味的酒店，只是为富裕者的设备，普通人安敢过问，就是普通的细点，除了正账之外，加一小账，还有小小账，给了少，侍者或许有不乐意的表示，寻饱乐反而心上弄得不高兴，那又何苦呢！

小吃店中，清真馆占大部分势力，牛肉面、牛肉锅贴、水饺等别有风味，电影院里出来，小吃一下，倒也不错。

由小吃店再讲到烧饼油条铺，这种铺子四处都密布着，尤其是各机关的左右，它们除供给一般市民之外，机关里的职员，便是它们固定的主顾。因为职员们没有带家眷的，或者寓所离着服务地点很远，来不及早餐而驱车直去的，最适当最便宜允饥品，就莫善于此了。它们第二个多量多的主顾，就是苦力，劳动者不但把它当做早餐，并且午晚也离不了这个。

由小铺而讲到摊贩，小馄饨担也占一部分势力，一到下午五时左右及十时左右，就四处满布着叮铃当啷的声音，它们定了这个时候，仿佛第一次是供工馀和公馀之劳苦者的慰劳品，第二次是供挑灯夜战勇士们的犒赏品。

食品店也星棋一样罗列着，苏州人开的很多，"采芝斋"、"稻香村"，及其他的上面总冠以"姑苏"两字。苏州技师做的东西，是巧妙些，糖食、肉饺及熏烤品，质味佳胜，故趋之者甚多。操着苏州口音的售物员，对于顾客，总是带着几分笑容，手段也很敏捷。

南京土产最有名的，算是盐板鸭子了，肉色红而肥美。听说城北的□□□鸭铺，和暨南学校还有一段历史关系，暨南在南京的时候，同学诸子在课馀之暇，喜欢嚼鸭肫肝及鸭腿子，这鸭铺子的铺主，以前还是小本经营，摆一个摊，专供此需，学生们出来，拿了就走，一面徐步，一面细嚼，记起账来，按时结算，丝毫不爽，积久而名利大振。现在这铺主已经积有重资，铺里的技师，还是旧的，看见暨南的主顾，还是谦和地打个招呼。

其次就是本地百合和龙潭芋，本地百合比别处小二倍，但龙潭芋却比别处大二倍。还有花生米，也是特制品之一，花生米当然不一定南京才有，但是经过本地之妙制，盐甜得宜，吃起来，别有一番滋味的啊。

我对于饮食的批评，本来是个门外汉，既承约撰数语，只就所闻所睹，拉杂起来，以充末页。

（《食品界》1933 年第 2 期）

南京盐水鸭

舒　人

北平讲究吃，烤鸭须吃填鸭，河南菜馆亦以"填鸭"号召一般吃客。其实鸭子因填而肥的，其肉未必比不填而肥的来得美，仅仅在肥，却又未必能合于美的条件。

据我所知，大率鸭子在水里面所吃到活的食物，如螺蛳、小鱼和虾子之类，其营养决比硬生生填实去喂它的，要自然地而得到天然的滋养。换句话说，一个活而嫩，一个呆而老。以出产鸭子著名的南京，那里所用的鸭子，其实大半多从安徽方面运来，其次是江北一带的产品，都是吃活食长大的，是其好于他处一个大原因。

还有鸭肫一物，也差不多成为小食的一种要品，也是南京方面有人向和州（皖属）去大宗搜罗而来。广东店家却做不过他们，很有人因贩鸭肫而发财的呢。

南京鸭子店，向推"刘天兴"，近来"韩复兴"已驾而上之。可是这种店铺，有总归教门在行。在南京吃鸭子，以春季最没有吃头，夏令有"盐水鸭"，又名"水浸鸭"，秋令有"桂花鸭"，冬初又有所谓"梅花鸭"。这是一个朋友题的名字词，未必可靠，因桂花已过时令，而寒天著名的"板鸭"，又未上市，此时过渡鸭，只好以梅花名之，大概同春天鸭的味道相仿吧。

盐水鸭，比桂花鸭、梅花鸭、板鸭都美，但要买来即吃，过四五小时，便不鲜美。其煮法，大有秘诀。有人从著名店铺中伙计处探得煮制盐水鸭的方法。据说，先用冷水烧开后，放入生姜、葱及醋少许，即将盐鸭放入，用火浸烂，等水开时，把水上浮沫捞净，候锅中水温冷之后，再将鸭取出，去净鸭肚内所灌进之水，再放水内，用火缓缓浸煮，所谓水浸鸭，便是如此。因为要全以小火热水浸逼使熟，方始嫩而可口。若用大火，不但肉老无味，并且走油了，云云。以上所述，不致不准确。好之者，何妨在夏季，到鸭店去买那未经最后手续的盐鸭回来，如法炮制一下。

（《首都周刊》1937 年第 2 期）

南京鸭

张慧剑

谈南京食物者，必首举"鸭"，而此物实非京产，盖来自和县一带；特京人养鸭杀鸭之术甚工，一经腌制，味之肥俊，与他处异，积日既久，"南京鸭"乃成为一专词矣。

"京鸭"味最美之时，为七八月间。此时之鸭，丰容腻理，有绰号曰桂花鸭。后此，又有复名曰菊花鸭。入隆冬后，则坚瘦如健妪，予乃名之曰梅花鸭。今春，友人于报端撰《鸭典》，复名春中新酱之鸭为桃花鸭。名皆甚艳，可入小词也。

尝于一回回肆中见宰鸭，敏捷而简洁，去毛后，即以椒盐腌之，至一定时期，乃复出而风诸檐，更熟以出售。客欲得其某部者，可随意脔割，除脯子外，复有"鸭四件"、"四肘"、"胰子白"诸名词，盖其通体皆可食，一切无弃材，贤于今之吞为人类者也。（金陵马回回酒家，即所谓明朝饭店者，有名馔曰美人肝，即以鸭胰为之。）

南京鸭之所以著名，尚有一故，即京人都嗜此物，需要既多，自有待于相当之供给。明代人之文字中（如《儒林外史》写明代事，亦可归纳于此类），已有"千猪百牛万鸡鸭"之说。今之作白下游者，见处处皆鸭肆，十步一楼，五步一阁，叹为大观。或将诧"市徽"何以不用鸭，而称南京市为"鸭城"，亦不嫌唐突也。

（《机联会刊》1936年第146期）

碗底有沧桑

张恨水

"上夫子庙吃茶"（读作错平声），这是南京人趣味之一。谈起真正的吃茶趣味，要早，真要夫子庙畔，还要指定是奇芳阁、六朝居这四五家茶楼。你若是个要睡早觉的人，被朋友们拉上夫子庙去吃回茶，你真会感到得不偿失。可是有人去惯了，每早不去吃二三十分钟茶，这一天也不会舒服，这就是我上篇《风檐尝烤肉》的话，这就是趣味吗！

这里单说奇芳阁吧，那是我常去的地方，我也只有这里最熟。这一家茶楼，面对了秦淮河（不管秦淮碧或黑，反正字面是美的），隔壁是夫子庙前广场，是个热闹中心点。无论你去得多么早，这茶楼上下，已是人声哄哄，高朋满座。我大概到的时候，是八点钟前，七点钟后，那一二班吃茶的人，已经过瘾走了。这里面有公务员与商人，并未因此而误他的工作，这是南京人吃茶的可取点。我去时当然不止一个人踏着那涂满了"脚底下泥"的大板梯，上那片敞楼。在桌子缝里转个弯，奔上西角楼的突出处，面对楼下的夫子庙坐下，始而因朋友关系，无所谓来这里，去过三次，就硬是非这里不坐。四方一张桌子，漆是剥落了，甚至中间还有一条缝呢。桌子有的是茶碗碟子、瓜子壳、花生皮、烟卷头、茶叶渣，那没关系，过来一位茶博士，风卷残云，把这些东西搬了走，肩上抽下一条抹布，立刻将桌面扫荡干净。他左手抱了一叠茶碗，还连盖带茶托，右手提了把大锡壶来。碗分散在各人前，开水冲下碗去，一阵热气，送进一阵茶香，立刻将碗盖上，这是趣味的开始。桌子周围有的是长板凳、方几子，随便拖了来坐，就是很少靠背椅，躺椅是绝对没有。这是老板整你，让你不能太舒服而忘返的。你若是个老主顾，茶博士把你每天所喝的那把壶送过来，另找一个杯子，这壶完全是你所有。不论是素的，彩花的，瓜式的，马蹄式的，甚至缺了口用铜包着的，绝对不卖给第二人。随着是瓜子盐花生，糖果纸烟篮，水果篮，有人纷纷地提着来揽生意，卖酱牛肉的，背着玻璃格子，还带了精致的小菜刀与小砧板，"来六个铜板的"，座上有人说。他把小砧板放在桌上，和你切了若干片，用纸片托着，撒上些花椒盐。此外，有我们永远不照顾的报贩子，自会送来几份报。有我们永远不照顾的眼镜贩或带子贩、钢笔贩，他们冷眼地擦身过去，于是桌上放满了花生、瓜子、纸烟等类了，这是趣味的继续。这里有点心牛肉锅贴、菜包子、各种汤面，茶博士一批批送来，然而说起价钱，你会不相信，每大碗面，七分而已，还有小干丝，只五分钱。熟的茶房，肯跑一趟路，替你买两角钱的烧鸭，用小锅再煮一煮。这是什么天堂生活！

我不能再写了，多写只是添我伤感。我们每次可以在这里会到所要会的朋友，并可以在这里商决许多事业问题，所耗费的时间是半小时上下，金钱一元上下，这比万元请客一次，其情况怎样呢？在后方遇到南京朋友，也会拉上小茶馆吃那毫无陪衬的沱茶，可是一谈起夫子庙，看着茶碗，大家就黯然了。

听说奇芳阁烧掉之后，又重建了。老朋友说："回到南京的第一天早上，我们就在那里会面吧！""好的！"可是分散口了太久，有些老朋友已经永远不能见面了。

（重庆《新民报》1945 年 11 月 14 日）

白门食谱

张通之

昔袁子才先生，侨居金陵，筑随园于小仓山，著有《随园食单》。予广其义，取金陵城市乡村，及人家商铺与僧寮酒肆，凡食品出产之佳，烹饪之善，皆采而录之，曰《白门食谱》。其曰白门者，存古名耳，一如渔洋之在金陵咏秋柳，而名曰白门者也。予又思孔子之言曰："士志于道，而耻恶衣恶食者，未足与议焉。"似士人之所当研究甚多，亦不应斤斤于饮食。然《论语·乡党篇》记孔子之饮食曰"不时不食"，"失饪不食"；又曰"沽酒市脯不食"，"肉虽多，不使胜食气"，"不得其酱不食"；又曰"食不厌精，脍不厌细"。其种种适合今日卫生之道。当日子才之为《食单》，或即此故。兹予之为此，亦窃取斯意云尔。

南乡米 金陵南乡，水土宜稻，所产之米，色白如玉，颗粒极匀。净淘而熟食之，味香可口，无一沙秕，于人身之营养至为合宜。故与浙江湖州所产之米，同为前代贡品。旧日市米铺插标出售，皆曰南乡熟米也。

南乡猪肉 南乡人家畜猪，皆喂以杂谷，或采野菜，熟以食之，从不饲以不清洁之物，亦不许卧于污水中。故其毛润泽，皮碻薄而肉肥香，入釜一煮即烂，最滋养于人身。金陵各处肉铺出售者，皆标曰南乡猪肉，与售米者相同也。

后湖鲫鱼 后湖之鲫鱼，大者一尺馀，不易得。钓者须于天未明时，持竿垂纶以待。此鱼只天明时一游水面，过此时即深藏，故不易得。其味绝佳，与六合县龙池鲫鱼相似。六合龙池鲫鱼，头小而鳞带金色，土人以为龙种。后湖在古代亦有黑龙飞跃升天，故湖曾云玄武，此鱼岂亦龙种乎？

后湖茭白 后湖之茭白，肥而嫩，易烂而味鲜，他处所产，多不能及。用以作面饺，或炒猪肉丝，皆可口。至老时，其根部长大，名曰茭瓜，以形似瓜，和豆煮，晾干食之，名曰茭瓜豆，其味亦佳，金陵人士尝爱食之也。

东城外百合 东城外百合，多种自畦间，独头开白色花，与外来客货头多开红花，俗名曰"九头鸟"者不同。夏天和绿豆煮食，极解暑。平时煨食，大补肺。与紫金所产之野百合，皆为金陵特产焉。

板桥萝卜 板桥所产萝卜，皮色鲜红，肉实而味甜，与他处皮白而心不实者，绝不价似。无论煮食或煨汤，皆易烂，而味甜如栗肉。生食切丝，以盐拌片刻，去汁，以麻油、糖、醋拌食；或加海蜇丝，其味亦佳，且能化痰而清肠胃也。

莫愁藕与莲子 盛夏时，采取食之，藕香脆，而莲子甜嫩，既甚悦口，亦极清心，以别处所产者比之，迥不可及。其作菜，切成薄片，以糖和醋烹成，最耐人咀味。莲子作羹，更觉甜嫩。生熟食之，皆可谓别有风味。予昔在湖上，与庵中补云和尚论画，和尚亲以此二者食予，至今思之，犹若香生齿颊也。

巴斗山刀鱼 居人尝绝早上舟，取最大之刀鱼，以为筵席宴客用。以刀鱼圆及刀鱼片为极嫩，内无 刺，可信口而哦。比之清淮一带，有以鳝鱼一种作种种菜，似尤难为。昔日有友人约予往食，因事未去，负友人厚意，亦予之口福之不佳焉。

江心洲芦笋与嫩蒿 江心洲芦笋与蒿，一白而嫩，一肥而香。土人于方出尖于土时，采取赠人，以为土礼。予曾得若干，以笋煮汤，拌肉食之，味大佳；惟汤稍苦，然能清内热。以嫩蒿炒丝，食之味亦佳，且咀嚼时，齿牙有清香，与笋皆无渣滓，亦能清心火、化痰。《本草纲目》载："昔有一人病痴呆者，一日失踪，越多日自归，病痊愈。问食何物。答曰：'居洲上日日食此嫩蒿耳。'"

三牌楼竹园春笋　城北筑马路时，三牌楼一带皆竹园。某年正月，予在该处学生家春宴，以春笋白拌肉一菜为最佳，亦食无渣滓也。此时笋尚未上市，问如何得来。主人曰："以铲刀循视竹园内，见地上略露笋尖，即以铲刀取出，故肥短而嫩，食无渣滓焉。"今该地稀少，得此笋不易矣。

门东西蔬圃白菜　昔人有言曰："春韭冬菘。"所谓冬菘者，即此。是菜霜降后，味极佳。入釜一煮，即全烂，与他处所产者不易烂，谚曰"老口菜"者不同。早年一四川名医告予曰："此地冬日白菜，与猪肉用文火煮熟食之，最滋养人之身体，其功不减于参蓍也。"

王府园苋菜　王府园苋菜，只一种绿色，夏日取与虾米炒熟食，风味绝佳，任何菜不能及。乡前辈有客居他省者，每届夏日，辄思食此而动归思。一如吾家先人季鹰，尝于秋日思吴中之莼菜、鲈鱼而辞官归里也。今王府园，尽筑民屋，菜圃已废，又以门西万竹园苋为佳，东花园与张府园、郭府园均次之焉。

附城园地瓢儿菜　菜形扁圆，而叶不平，状若瓢，故有是名。雪后取食之，味尤美。前人有"雪压瓢儿菜，风吹桶子鸡"之说，盖雪压后得其润泽，而不枯燥，一如油鸡之为风吹，而皮内油汁成冻而后可口。南城外有蔡老，善刻竹，予尝闻其食此菜法，须多购若干，将外老叶去净，然后以瘦肉丝，同放瓦釜内，用文火炖半日，取出食之，人愈食愈不厌，他菜不欲下箸。故予冬日请客，只作此一菜也。

清凉山后韭黄　清凉山后，西北多山，冬日风少，地亦较暖。一般种菜人家，皆于韭畦上堆积芦灰甚厚，亦极齐整。予由农校回城南，喜走清凉故道，见而问之曰："此积灰何故？"圃中人答曰："此内即韭黄也。"韭在灰中生长，故色黄而嫩。春日以炒鸡丝或猪肉丝，皆甚佳。以此包春卷，煎而食之，尤别有风味。外来之薤黄，冒称南京韭黄，无此香焉。

北城生姜 当初挖取时，其姜芽各酱园购得，乍腌而即售之，名曰芦姜。旧日以坊口聚合为最佳，色白而味甜，微有辣意，食之开胃化痰。生切成片，与鸡脯炒食，亦佳品也。

西城外白芹 芹茎白而嫩，食时觉有芹香，而不似青芹之香太烈。以烧鸭或猪肉丝炒食，其味皆佳。素食亦美，早年予在江北竹镇李侍郎家食素白芹，香嫩可口，不知何物，问之，予中表曰："此即南京之白芹。"切其肥嫩者炒食，故一律，且不枒牙，真耐人索味，与常州白芹嫩而长者，亦无异耳。

西南乡圩蟹 金陵西南乡，滨江带河，为鱼虾之集处，而圩中多常稔之田，稻粱所遗之穗与粒，蟹来饱食，肥大异常，团脐黄多顶壳，尖脐油亦满腹。煮而食之，最为适口，不一定九月团脐而十月尖也。其他莫愁之蟹，亦大而且美，但出产不多，不甚易得焉。

四山雷菌 每春季第一次大雷之后，山间多有乡人俯而拾之，入市出售素菜馆，以嫩蚕豆合煮而食，非常鲜美。昔以彩霞街一素菜馆所治为最佳，记予与仇述盦、郑雨三诸友，曾在此午餐，连食三盘，盘中不遗一粒也。

石城老北瓜 金陵石城，系以山为城也，其地势高，城下园圃所种之北瓜，与他处所产特异，江北人称为南瓜，或以此焉。是瓜，上中人多不食，似不足登大雅之堂。然某岁一学生，赠予一瓜，谓煮食其味如栗，最为可啖，幸勿以为寻常而轻视之。予如其言，煮而食之，适来二显客，举箸同尝食，以为佳味，一巨碗立尽。予笑曰："昔见人画青菜与萝卜，而题曰'士大夫不可不尝此味'，吾今亦云然也。"客曰："不然，吾昔居乡间，亦曾食此，不如此之佳也。"石城之瓜，宜著名焉。

锺山云雾茶 锺山即紫金山，山中产茶曰云雾，今不易得。闻昔人以此茶，取山中一勺泉之水，拾山上之松毬，煮而食之，舌本生津，任何茶不能及也。

后湖樱桃 后湖洲多樱桃树，果熟时，以小篮盛之出售，其味鲜美，游湖人争各购一篮归，举家同食，老少皆爱之，往往以一篮为不足也。迩来有人以蜜制者售之，甜则有馀，鲜不能及。故每果熟之时，不多时，已售罄，人即取其鲜焉。

桃园甜桃 近复成桥之桃园，有甜桃，实不过大，而味甜肉脆，与他处所产特异。每当熟时，人尝放舟于秦淮，过东关，向西游，至其处，入园购之。舟之来往如织，红郎绿女，啖食于船头上，而无不以为佳味也。今复成桥一带多建屋，而此桃园亦如仙源不可复寻矣。

皇城花红 皇城内隙地，人多种花红，培植合宜，果亦特异，香甜而肉脆，微有涩味，与外来之客货过于涩口者，大不相同。每购得一二枚食之，觉谏果回甘，亦不过如此而已。

南湖菱角 此湖在莫愁湖之南，故曰南湖，其内产菱，色鲜红，他处所产者，无此色也。西城内有名菱角市者，相传即此菱昔日销售处。其味极鲜美，老时亦实大而肉坚，人多以为菱粉，和而食之，对于人之身体，亦大有补益焉。

北山何首乌 金陵北城外，山间多产此，大者肥似山药。生食，其味先苦而后甜，与谏果同。熟食，其汁清补。中正街昔时有人取以为粉出售，服食者，确有功效。夫子庙常有售此者，以一人形者出售，购者服之，并无大功效。闻此盖由售者预取肥大首乌，放在人形模子内，埋入土中，日加培植，以致长成此人形，故亦无大功效。然既由肥大之首乌作成，食之当亦有益焉。

清凉山刺栗 清凉山栗树甚多，每到仲秋，大江南北人来此山进香者，昼夜不息，山中人以此刺栗，用竹签插入二三枚或四五枚不等，其栗刺包，以刀劈开，留而不去。人欲食之，置地上，以足踏之，其栗即出，去其壳而食，即嫩且甜，甚觉有味。持归以糖煮熟食之，比莲子尤嫩，亦美味也。

太平门外西瓜　金陵太平门外，地高而透风，又为沙土，种瓜适宜。该处瓜种亦佳，皮薄而肉厚，有红黄二色，瓤皆可口。又有曰三白者，白皮，白瓤，白子，其味亦佳。昔东陵侯种瓜长安东城外，各色均备，味亦皆佳，人曰东陵瓜，亦其地土之适宜耳。

三坊巷郑府烧大鲫鱼　古者，妇主中馈。金陵一般大家妇女，多善于烹调。昔郑府烧鲫鱼之美，予父尝称道之。予大姊往问其法，曰："购得大活鲫鱼，将腹内肠腑等去净，腹内有黑色似皮者与鳃亦去净，用清水一再洗之，勿使存一点不洁，鳞亦去净，然后将子置腹内。以猪油先煎，再入好酒，与上等酱油煮之，火候一到，盛食。"其味之美，任何菜不及也。

颜料坊蒋府假蟹粉　蟹味虽佳，而性太凉，有寒湿人，不敢多食。蒋府主妇取大鳜鱼之肉，和鸡子黄，加以姜醋，作成假蟹粉，其味与真蟹粉无异，亦极养人。又以腐皮包碎猪肉卷好，如豇豆以素油煎熟，切段食之，名曰肉豇豆，亦下酒佳品也。予在上海，其女公子为予门人陈紫垣之夫人，因予病目，忌蟹，曾为此二者食予，至今不忘焉。

黑廊侯府玉板汤　黑廊侯府主妇以肥冬笋，切二方片，片中夹金腿一二片，外以海带丝扎好，约有一二十扎，放下清水一大碗，文火炖至相当时，约汁一碗，食之，笋与金腿味大佳，汤尤佳。杏荪先生曾以此食客，笋与金腿，只各食一二扎，汤只得饮一二小勺，客咸以为未足，其味之美，亦可知矣。

安将军巷李府糯米冬笋肉圆　仿徽州作法，另以冬笋尖细切，加入肉圆内，其外糯米，亦选择其颗粒，无一沙秕。作成，放蒸笼内，下垫豆腐皮，食时外洁白而内味极鲜美，胜过徽州之制多矣。

石坝街石府鱼翅螃蟹面　石府诸媳，皆善烹饪。一日早晨，予过其庐，云轩老友告予曰："昨日忽思食蟹面，予媳即命仆出城，觅得蟹数只，以鱼翅合制。予方才食银丝面一大碗，即以此作成，味大佳，汝何妨亦食一碗。"语未毕，面已来，真平生未曾食过者也。第二日，遇仇述盫同年，告此事，述盫曰："予亦曾在石府尝过，不独蟹味大佳，其银丝面之细如线，亦异于市上之所售者。"

车儿巷苏府粉黏肉　苏府为安徽大族，代有闻人，篪丞老友之子名健国，为予弟子。一日，篪丞谓予曰："予家善作粉黏肉，当请先生一食。"约期予往其家，食未久，粉香肉已好，荷叶之清香，腾满座上。予举箸去叶食之，粉香肉透，多食而不厌，与饭馆中之所作，迥不相同。盖选肉与粉，及外叶之清洁，火候之恰好，无一不有讲究焉。

予家之蒸肉圆　予母善作肉圆，先将肉内之筋去净，细切好，放生鸡子一枚，和黏作成肉圆，中稍空，入好酱油数滴，生姜少许，包圆，放菜上蒸熟。和菜盛而食之，其嫩无比，而肉圆之空处，皆满肉汁与姜香，真胜过一切肉圆，而耐人寻味，且亦极营养人身，又多食而不厌，真美品也。内子学得其法，作肉圆亦甚佳焉。

灵谷素筵席　金陵各寺院，显者常游，僧人因讲求作素菜以待客。记往年友人叶仪之，邀朋辈游灵谷寺，嘱寺僧代办一筵席宴客，各菜皆佳，城内著名之素馆不能及。闻其所用之酱油，内皆煮笋与豆汁入之，以致其味鲜美，市上不可得也。

扫叶楼素面　予每次游此，和尚必食予以素面，食时，予辄食尽，诚美不胜言。尝窃问道人曰："此面之制法若何？"道人曰："出家茹素，无非笋尖豆汁作汤而已。"因忆该处星悟和尚，闻曾在上海为人约开一素面馆，予与仇述盫、郑雨三诸友到上海，应教育会议，每早必至该馆食素面。其时素面绝佳之名，亦盛于黄浦江上，而座客满焉。

徐府庵素鸡与老卤面筋　徐府庵在老虎桥北首，其修此庵之班上人，系予亲戚，曾送予母素鸡与面筋三篮，家人食之，无不以为美味。问其作法，云以笋汁及黄豆芽卤为之，先以腐皮铺齐多张，紧卷，外以细麻绳缚好，置于已作好之卤内，用上等酱油文火煮之，透味后，稍冷取出，去绳打扁，以刀切成片即成。老卤面筋，亦如此煮法也。忆昔日许苏民先生，赠予常州著名之素火腿，其味与此素鸡相同，此可知其佳已。

贵人坊清和园干丝　南门贵人坊之清和园，系一僧庵，和尚因其地靠城多树，常有人夏日到此避暑，乃打扫树下地，布置桌凳卖茶，并售干丝。未久，清和园干丝之名，传播一城，皆以为佳制也。予问得其制法，系以上等虾米与笋干，入好酱油，同煮为卤。定购好白豆腐干，切成细丝，用开水冲去豆之馀味，然后加已作成虾笋之卤煮之，食时另加真麻油半小碗。其味之鲜，令食完一钵后，若犹不足。座客常满，来迟者，须立以待之焉。

彩霞街周益兴冰糖小肚与火腿　周益兴之开在彩霞街，八十馀年矣，分号在承恩寺南首。其小肚之著名，闻于江南北，远处人亦知之。予闻其制法，选肉去筋，肥瘦适宜，加上等香料拌合，以清洁之肚装成，腌至透味时期，始行出售。不到其时，虽远处来购，不卖也。其经种种之精究，乃得有佳味。外间传为冰糖小肚，其实并不在此。至所制之火腿，其香亦如此，皆佳品也。

桃叶渡全鹤美醉蟹　其制法，闻醉之先，亦慎加选择，而去其不适用者，方依法醉之，待醉至适当之时，始行出售。故肉透而嫩鲜，恰到好处，他处所售者，恒无此佳品焉。

仓巷韩复兴咸板鸭　韩复兴之板鸭，肥而且香，亦久闻名于外。盖其鸭之肥，喂以食料，待其养成。至其肉之香而嫩，亦咸之适宜，有一定之盐，与一定时。又闻食时，其煮之火候，亦有一定。予家曾在该铺购一肥咸鸭，煮熟时，味之不香与肉之不嫩，比之该铺之所售者，大不相同。问店主，彼曰："此即煮之时太过也。"

新桥九儿巷口肉店松子猪肚　新桥之松子熟肚，其味绝佳，肚极烂，而香极厚，食后犹芬流口齿，久久存在。人家仿而为之，迥不能及，盖火候之未到耳。每当夕阳西下时，铺前购者，已预付钱，立以守之，因稍迟即购不得矣。

贡院前问柳园炒鱼片　问柳园之炒鱼片，其嫩异常，闻系执锅者手艺之高，并不须用锅铲炒也。先看炉火正好后，将已切之鱼片，放入锅内，以手执锅，就火上数播即成，无一片不熟，无一片不嫩，真妙手焉。其炒他物亦如此，惟播之次数多少不同耳。又煮豆腐，味厚可口，亦为美品，人欲食此，须早二时告知，不然火候不及，煮不成也。此园久废，追忆及之，犹令人念念，其美可知矣。

东牌楼老宝兴烤鸭与鸭腰　老宝兴之在东牌楼时，对门即一大鸭铺，其有肥鸭与大鸭腰，皆为宝兴所定用，故烤鸭之肥而大，他馆所无。其烤法亦好，脆而不枯，正到好处。至鸭腰之大而嫩，亦烹适宜，同为绝无仅有之佳品，而名盛一时。今在桃叶渡，其烤鸭仍著名焉。奇望街西口奇斋，斋内所作各菜皆美，而以拆烧肉为尤佳，肉香味厚，佐酒与茶，极可口，外间所售茶腿，不可与比。今主人另为他业，此味不复可尝已。

贡院西街韩益兴炮牛肚颈与炮羊肉　益兴之炮牛肚颈与羊肉，火候之到，气味之佳，耐人咀嚼，他处所作，迥不能如，来此食者，恒称之不已，以为一绝。

南门外马祥兴美人肝与凤尾虾　其所谓美人肝者，即取鸭腹内之胰白作成，因选择极净，烹治合宜，其质嫩而味美，无可比拟，乃名之为美人肝也。至凤尾虾之作法，系虾之上半去壳，下半仍留，炒熟时，上白而下红，宛如凤尾，其烹治亦好，味甚鲜美，而人乃称之为凤尾虾焉。记去岁有外来之客，冒雨邀予出城，至该处一尝其味，虽途间泥泞难行，亦不顾焉。

文德桥得月台羊肉　得月台紧靠文德桥，远望锺山，近临淮水，食景极佳，平时品茶之处，以此为最。而冬日之羊肉面，尤称一绝，肉烂而味香，面亦匀细。每早晨来此，食此面一碗，不觉满身温暖，忘却楼外风寒，推窗一览锺山，积雪如白头老人，隔城相对也。今楼毁，来此颇有今昔之感。

利涉桥迎水台油酥饼　迎水台紧依利涉桥，去丁家帘前咫尺，一湾碧水，时载歌声而来，登此台品茗，亦大佳也。而主人又善治油酥饼，饼厚而酥，以猪油煎成，味香而面酥，油滋而不腻，耐人索味。与道署街之教门馆以麻油煎饼薄而脆者，同为美品，皆能教人食不厌也。

殷高巷三泉楼酥烧饼　金陵卖糕桥烧饼素著名，然长大而不酥，不足称佳品。三泉楼之烧饼，酥而可口，无一卖饼家可及，远近驰名。该楼仅二三间，左右皆人家，无风景可赏，而人之从远处来此，即为食饼，其味之美，不言可喻已。

马巷口正春园汤包　正春园汤包，昔日一枚只售钱三文，其内满贮肉汁，皮薄而肉嫩，包不过大，一口可食，味美汁浓，对于人身之营养，不让生鸡子，真良品也。今馆久废，刘长兴茶室内之房屋，即其地，面之汤与味，亦甚佳也。

马巷中段之熟藕　铺门朝东，专售熟藕。未煮时，先取肥而嫩者，洗净其泥滓，然后以糯米填入孔内，放稀糖粥锅中煮熟。食时又略加桂花糖汁，香气腾腾，藕烂而粥黏，亦养人之佳品。下午各处击小木铎，而高呼卖糖藕者，迥不及焉。

大中桥下素茶馆菜包　面松菜细，内有芝麻香。予与友闻其名，曾于午后至其处购食，馆中人曰：“午后不蒸，惟以早晨所蒸熟者，另以素油煎而食之。”予与友皆曰善，乃嘱煎若干枚以食，其味之佳，据人云比蒸食尤美。今久不到此处，不知仍有是油煎菜包乎？

东牌楼南口元宵店之软糕与黑芝麻心汤圆　是处之软香糕，粉细而加入松仁极多，真软香而可口。至汤圆，以黑芝麻和糖为心，外包面粉亦细，食时内黑香而外洁白，其味大佳。所作五仁元宵亦好，胜过他处之所作焉。

东牌楼北口稻香村蝙蝠鱼与麻酥糖　是处所售之鱼，新鲜酥透，其味最佳，每片形如蝙蝠，故有此名，佐酒侑饭，皆为美品。

其麻酥之香脆，尤胜于他铺之所售者。此外午节之火腿粽子，与年节之猪油年糕，亦名盛一时也。

南门内桥上饭馆之素汤罐肉　素汤之作法，闻系清道人梅庵师所亲口传授者。当日梅庵师过宁，学生有告以此桥上之罐肉汤，梅庵师要来一尝。予闻其汤之作成，以五六片猪肉，加腌菜数片，同入小瓦罐中，放炉火炖熟。每一炉火上，常放小瓦罐至一二十之多，堆积如小宝塔。清晨即炖上，至午时客来，食一罐或二罐听便。汤清而味香，久称佳品也。梅师食后，亦称为佳，而学生颇以为简略，坚请点一真佳者，使学生亦得一尝。梅师曰："今日恐作不及，先告其作法，明日来食可也。"于是唤店主来告曰："汝明早取瘦猪肉丝若干，加入干贝若干，清水若干，用文火炖至午刻，将内渣滓滤净存汤，俟予等来，再配菜食之。"主人敬诺。明午梅师来，汤已好，梅师见馆中有小菠菜，即命以此小菠菜入汤内，煮熟食之，其味之美，真为吾人所不曾食过。梅师又曰："此汤只合用素菜，故曰素汤。"今桥上房屋一空，店久移他处，此汤亦久不尝矣。

大辉复巷伍厨鸡酥与鱼肚　鸡酥味透而嫩，肉酥而香，食不枒齿，佐酒极佳。鱼肚火候正好，愈食愈觉其美。予家住在此巷时，有宴会，皆用此厨所作之筵席，座客常称赞不置，而上所举二菜，人尤以为佳焉。

七家湾西小巷内王厨盐水鸭　金陵八月时期，盐水鸭最著名，人人以为肉内有桂花香也。王厨此鸭，四时皆佳，其肥而嫩，尤为外间八月所售之盐水鸭不能及。故金陵人士，无不知王厨盐水鸭之名也。

三坊巷何厨蜜制火腿　何厨为吾友仇述盦家之老主顾，记早年予在仇府，食其蜜制火腿，甜香适口，以肥者为尤佳，而瘦者之酥且有味，亦耐人咀嚼，真为美品，他厨子不能为也。

信府河陈鱿鱼　火候极有讲究，不易烂之鱼，竟能使之异常烂也，且烹治亦甚有味，食者皆以为一绝。其所作他菜，亦皆异乎寻常，而成为该厨之独制，故其名亦颇著于城市中焉。

朝阳门外制酒公司高粱　朝阳门外麦酒，向著名，然味淡，人多不饮。今制酒公司所制高粱味厚，较之沛酒，不多让也。曾有亲戚赠予二瓶，饮客，客皆以为佳。

三铺两桥陶府酥鱼　三铺两桥陶子仪先生，自浙江辞官归里，对于饮食颇善研究。自言曾食酥鱼，得其作法，系用五寸长鲫鱼，将鳃与内部腑肠去净，放瓦钵内，用上等酱油与绍兴酒及麻油、葱与姜少许同放钵中，以文火炖至半日后，汤将干，鱼香出钵外，然后取食，骨刺皆酥而可食，其味绝佳。子仪先生之孙女为予儿媳，去岁犹为予作此酥鱼，亦甚可口也。

其他大同而小异者颇多，不复记载。因人之哺啜，本有不同耳，予之为此，亦徒哺啜也，知不免子舆氏之讥矣。然《中庸》有言："人莫不饮食也，鲜能知味也。"故易牙之知味，子舆氏亦尝称之。且昔齐桓公夜半不嗛，易牙煎熬燔炙，以开其胃而健其身，卒成立不世之业。《孟子》有曰："养其小体者，为小人；养其大体者，为大人。"人若徒哺啜也，当然不足道。人若养其小体，而不遗大体，则有健全之身，成健全之业，谅子舆氏亦甚赞同。今予拉杂书之于后，对于前书《论语·乡党篇》之所记，其意亦无有不合，阅者幸鉴察焉。

（《南京文献》1947年第2号）

镇江的吃
——《镇江指南》节录

朱瑾如　童西蘋

茶酒馆

镇埠茶酒馆，分为荤素两种，荤馆中又有回汉之别。除晚间卖菜外，早间均卖茶，惟欲至各该馆吃早茶，须愈早愈妙，迟则客多，座位食物，均不能如意。汉教馆中，价目大都相同。面有三分、四分、六分之别，惟所谓三分者，并非真是三分，三分实价六分，四分实价八分，六分实价一角，不知是何种行情，亦不知以何为标准。汤包每个大洋一分，看蹄每块大洋二分，茶每壶大洋四分。茶客若欲图茶房之呼唤灵便，食物之选择精美，必须于正账之外，另使小费，否则，无形中必将感受许多不快。回教馆中，情形亦大略相同。早间除点心、汤面外，且可兼炒熟菜，其价亦有一定。而于各素茶馆，大半早间六时许开门营业，所售点心，以菜包、汤面为重，其价极廉，至午后五时许，即打牌收门，卖晚茶者绝少。其中朝阳楼一家，与普通者略异，营业虽与中华园等相类，而偏重在下午，因其地点适中，陈设清洁，故午后顾客较多，几于茶酒馆中另树一帜。此外尚有酒席房一种，可以包办酒席，如需十桌百桌筵席，只须先一日预定，即可照办。其价格视菜之贵贱而定，高者每席约十二三元，低者每席约四五元，若和菜则每席二、三、四、五元不等，价随菜而增，无所谓一定也。附录茶酒馆地名于后。

中华园（天主街），华阳楼（江边），万华楼（日新街），岳阳楼（镇屏街），天乐园（镇屏巷），朝阳楼（南马路）。右为汉教荤茶馆。

天兴楼（小鱼巷），听潮楼（柴炭巷），奎羊馆（宝安新街），元兴馆（小街）。右为回教荤茶馆。

龙江（龙江巷），老惠风（银山门），极升楼（老戏园），天庆楼（天主街），如意（西门大街），老如意（南门大街），红翠（小门外），天升楼（柴炭巷），天源楼（小鱼巷），天胜楼（打索街），顺江楼（洋浮桥北），临桥园（石浮桥）。右为回教素茶馆。

西餐馆

镇埠西餐馆，只美丽一家系完全西餐，馀皆中西合参，故营业亦以美丽为最优，中西人士，多喜聚食于该馆。该馆不得招妓侑酒，价以客计，有七角者，有一元者，菜以菜单为准，遇有不喜食者，亦可调换。至民国春等，则多以中菜为重，菜价与酒馆略同，惟小账极多。每日营业，亦尚发达，歌唱之声，因以络绎不绝，喧嚣乃未免太甚，清雅之士，均不愿涉足云。附录各馆地名于后。

民国春（后街），岭南春（后街），美丽（江边）。

火面铺

镇埠火面，颇有微名，故侨居镇地者，多喜食之。火面铺城内外共有数百家，其业虽小，获利则颇厚。食者若自备相当之作料，加以青蒜，味极可口。下面多寡，随人之便，惟起码须二三十文。若由面铺代办作料，虽亦可食，然总不及自备为佳。普通者每面 碗，只须铜元四五枚，若加以肉味，和以荤油，则非百数十文不办矣。

（《镇江指南》，朱瑾如、童西蘋编，镇江指南社
1922 年 11 月初版。篇名为编者另拟）

镇江干丝

敏　仲

朋友！你如果足迹多到些地方走走，在开眼界、增阅历之外，还可以尝到不少各地方的隽妙食品。虽说现在上海等处已有许多土产公司开设，把各地著名土产食品，介绍给都市里的人，但终不及你自己到那地方去，吃到的来得真、善、美。

这期本刊上，我且来谈谈我路过镇江时，吃着的镇江干丝，事情是已在六年以前了，到如今六年以后，我还不曾忘却呢。

镇江干丝，为脍炙人口的镇江名产，仅仅这价值不贵的简单东西，能驰誉全国，可见自有它的真价值在了，这好比川菜的豆腐一味，妙绝人寰，一样的异曲同工，无独有偶。

那年我于役扬子，渡大江而北，每次必经过镇江。有一次，和老表何君，从扬子回里，过江后并无耽搁，径乘人力车赴镇江车站，待车回常州。到站，时候尚早，距车到时刻，还有一两小时之久，我们便在车站附近的一家馆子里泡了壶茶，买了些小吃局和纸烟，消磨时光。表兄突然想到吃干丝，他说："镇江人常常吃茶佐以干丝，风味别具，我们不妨一试。"我自然赞同，当下叫堂倌弄一碗干丝来，不多一刻，热腾腾地拿上来了，用开阳、好酱麻油同拌，干丝切得细而且长，细得真和一根丝一般，当然入味透极了，在上海的镇江馆子里，哪里吃得到这般细的。

我们一会儿便吃完了，再来一碗，越吃越够味，接连吃了四碗，方才罢休。这种吃法，有人或者以为要说是饕餮之徒，其实那碗并不大，何况我们是路过镇江，难得吃着的东西，如何可以不吃一个畅？此番吃后，何时再到镇江一快朵颐，不能预定啊！

果然六年多了，还没有机会再到镇江去。今年我想到南京去一趟，回来的时节，假使能到镇江，勾留若干辰光，那末干丝妙味，决计不肯轻轻放过呢。

在上海到过镇扬帮馆子里，去吃过这东西的朋友，你们要是有便到省里去时，千万再一试他们本地的，比较比较看，到底我是不是夸张的宣传？

（《食品界》1934 年第 9 期）

天下第一菜

佚　名

陈果夫先生于前主政江苏时，在镇江省府尝研究菜谱，某日得一颇具营养价值之菜单，名之曰"天下第一菜"。菜的做法极为简便，先用鸡汁煮沸，加虾仁、番茄成汤，另备一定厚度的油炸锅巴，趁两者热度高时相搀合，立时发生巨响，顿时香味透入肺腑，而胃口大开。此菜不惟声、色、香、味可取，且另有其深长意义。

盖其菜取料，鸡为有朝气之禽类，具傲然独立的气概；虾之为物，能屈能伸，不愧为大丈夫本色。此外更有其五项妙巧之配合与对称，四件原料鸡、虾、番茄、锅巴，动植物各半，其为对称一也；动物中一水一陆，二也；植物中内外，三也；动物中一傲一屈，四也；锅巴性燥，汤性湿，五也。

先生复为《天下第一菜颂》一篇："是名天下第一菜，色声香味皆齐全。宴客原非专惠口，自应兼娱眼耳鼻。此菜滋补价不贵，可代燕耳或鱼翅。番茄锅巴鸡与虾，不独味甘更健胃。燥与湿兮动与植，中外水陆品种萃。勇能赴敌屈能伸，因物犹可激我志。吾今郑重作宣传，每饭不忘愿同嗜。"

（《新生》1948 年第 2、3 期合刊）

新馔经

林俪琴

玉爪蟹　嗜蟹者，莫不盛称洋澄湖之蟹，为无上佳品，然导墅桥之玉爪蟹，其风味之美，初亦不逊于洋澄湖之蟹也。玉爪蟹之大者，最重亦有八两左右，壳作椭圆形，色如较深之卞蛋青，双螯巨且黑，足粗而坚利，生茸茸之白毛，能于极光滑之金漆桌行走自如，故名玉爪。若于鼎镬炙黄之时，持剖食之，则金膏玉质，满腹锦纶，尤饶鲜味，而肉之细嫩结实，亦为他蟹所不及。所惜每值枫江月冷、竹篱风寒之际，罟者虽百计张罗，得之甚尠，仅足饷本地之老饕，绝少外传，故名亦不彰，仅仅著声于我乡丹阳一隅而已。

狮子头　狮子头，原为京口之名肴，然我则以其味道涩薄，反不若我乡所烹者之为味醇厚也。家母善烹此肴，故尝见其烹法。系以极肥之猪肉，劙之成泥，和以葱、姜、酒、盐、酱油、豆粉等物，搓之成饼，逐一放入已熬沸之猪油中煎之，使炙成嫩黄色，即自油锅中取出，再以菜心、鲜菱，或竹笋、毛笋等物（随时令而任择以上之一种），洗净加酱油、盐等单独先煮使热，然后再取已经油煎之肉圆，　　平铺丁菜心、鲜菱等物之上，复加猪油、糖色等物蒸之，于是狮子头成矣。按糖色，系以料糖熬成，色状如日久曝干之酱泥，至其和入之作用，是助增肉色之红润，加倍汤水之浓厚而已。狮子头俗名劙肉，又名板烧，狮子头之名，惟京口人呼之，我乡则皆以劙肉与板烧为名也。

白汤鱼 白汤鲫鱼，味极鲜美，亦京口之著名嘉肴也。我乡之擅烹此者甚夥，山荆玉琴尝告我烹白汤鲫鱼之法。先以干贝和水煎之，俟其鲜味煎出，再加多量之水和开，连已煎出之干贝汤，与干贝之渣滓，一并倾入锅中，复以烈火熬之，务使水沸达于极点，然后取劐净之鲫鱼，趁水沸之际放入，并加葱、姜、油、盐、酒、糖等物，以去其腥而调其味。既竟，复将釜盖阖好，再以烈火煮之使沸，俟水气上蒸，将冲釜盖之时，再将釜盖揭去，滴入豆油数点，温火炖之。于是釜中汤水，遂成浓液之乳白汁矣，勺而饮之，味似牛乳。若切姜末和香醋溅食鱼脯，则又不殊尝尖团风味也。白汤鲫鱼，我乡俗呼鲫鱼炊汤。读者倘欲尝此鲜美之白汤鲫鱼，不妨照我上述之烹法，试一为之，但味之鲜美与否，须视烹调者之能否得心应手耳。

水晶蹄 水晶蹄子，一名镇江肴肉，盖镇江晨餐馆中之特产食品也。我乡之晨餐馆，亦具此供客为餐，特不及其佳耳。尝闻馆中人言，制此水晶肴肉之法，是以猪蹄涤净，撮盐磨擦其上，裹以茴香、花椒等香料，复缚以巨绳，务使窄紧，置之缸中，上覆以板，再压以石，如是历一周时，取出和水煮熟，去绳切而食之，颇鲜美可口也。余嗜此深，尝以我乡晨餐馆所具之肴肉，不足快我朵颐，往往邀集有同好者，趁早车至镇，一饱饕餮，比返犹及午餐。盖我乡距京口不百里，加之汽笛一声，瞬息千里，往返极便，处此近水楼台，时闻香味，食指能勿跃然为动乎？但食镇江晨餐馆，亦有一不可不知之秘诀。因镇江晨餐馆之侍者，无不狡黠而贪利，苟不先贿以金，则彼必以劣品进，故入其门而欲食其佳者，必先置小银元若干于台角，侍者见之，即来袖之去，须臾即拣花门、脚皮、老鼠等佳品进。至贿金之多寡，须视餐客之众多为递减，大约以每一客计，须小银元二枚，斯亦镇江晨餐馆中之恶习，然我乡晨餐馆中则无此例。按花门，即臀尖之肉；老鼠即小腿间精瘦之肉；脚皮，即脚爪以上之包腿厚皮也，俱水晶蹄中最菁华之佳品。

析骨鳖 析骨圆菜，乃京口著名之嘉馔，我乡菜馆中人亦能为之。其法甚简，始以已枭首而未去壳之甲鱼，和冷水置之釜中，温火煎之水沸，俟水自冷，再煮如前，待沸水微温，即将甲鱼取出，时鱼身已酥，可不待刀剖，用指分析足矣。至其烹法有二种，一即白汤，一即红烧。白汤之烹法，与白汤鲫鱼之烹法大同小异；红烧之烹法，与普通红烧猪肉之烹法类似，兹不赘述。惟圆菜一经析骨而烹，则其裙边之肥美乃益可口，故圆菜之食法，当推析骨者为尤。

虎脚爪　老虎脚爪，亦名京江𪤗，镇江丹阳间之茶食店皆制出售。以酵面制成，一经火烘，故甚甘脆，有甜咸二种，其大如拳，出五角，状似虎爪，因名焉。倘购新出炉之虎爪，蘸玫瑰酱、牛油食之，则又不啻尝番菜之风味。

泥涂鸡　泥涂鸡为常熟特出之嘉肴，闻其烹法是一丐者发明，盖丐者善偷鸡，既得苦无釜镬烹之，因发明泥涂鸡焉。至其烹调之法，则以未经去毛之鸡，挖空其腹，中贮油、酒、葱、姜等物，外涂以泥，置火中烤之，及闻鸡香外溢，取出敲去其泥，剖而食之，香冽无比，亦食鸡中别开生面之烹调法也。

金花菜　金花菜，惟苏沪人名之，我乡则名羊草，生于野径蔓草间，人不之食，仅以饲羊，故名羊草。但太仓之金花菜，则辟地种植，浇以肥水，专供食品，故其肥美，尤较他处所产之金花菜为佳。若拌以太仓老意诚之药制糟油，食之别饶风味。金花菜，太仓俗呼草头。

酱板蹄　昆山之板蹄，隽品也，惟无腿无爪，仅具臀部之肉一方，且甚小，而取价则殊昂，每蹄约价一元内外。余喜食之，尝命家人切块蒸于饭锅，比饭熟，则肉亦可食矣，其味之美，不亚杭州之将腿也。如以板蹄和水煮食，则失本来之美味，故食此当以蒸食为佳，谓予不信，请尝试之。

鸡肉松　鸡、鱼、虾、肉松，苏沪间皆有制售者，然终不及太仓倪鸿顺所制者之美耳。就中以虾松之味最为可口，盖虾本鲜味，用以制松，宜其味美而无比也。惟索价甚巨，每两取值需洋四角。

他若鸡、鱼、肉松，取价虽略低，然其味亦足快老饕之朵颐，以鸡肉松佐食稀饭尤佳。

（《红玫瑰》1927 年第 3 卷第 44、45 期 ）

镇江鲥鱼

范烟桥

凡是长江一带，清明过了，都可以捉到鲥鱼的，可是镇江最郑重其事，以前第一条捉到的，必须献给两江总督的，民国以后，还得献给江苏省长，然后定价钱，开始上市买卖。循例，整个的都用柳条贯串，其实柳条比草绳为重，可以在分量上占一点小便宜。鲥鱼鳞下的脂肪特多，新鲜与否，就在这地方有了分别。有人照着一般鱼类的烹调方法，鱼鳞刮去，便无异买椟还珠了。苏东坡恨鲥鱼多骨，似乎也没有体味到鱼鳞下脂肪的腴美。在战前，江苏省政府曾经举行过鲥鱼会，当时已经国难将作，有山雨欲来之朕兆，与会者比诸新亭名士之集。倘然在今年再来一个，倒可以痛饮黄龙了。鲥鱼以清炖为宜，必需加火腿、猪油、虾米，用镇江醋蘸食，更妙。

（上海《海风》1946 年第 25 期，署名含凉）

镇江扬州的肴蹄

固 初

镇江、扬州两地出产，自昔至今不稍衰替之肴蹄，最为驰名于遐迩，首创之者为镇江，仿制之者扬州。其制作之法，并无神秘方法，亦无须高贵资本，大抵注重于选择猪蹄及烹调两种。制肴之蹄，镇江无多出产，大半取置于扬州，一部分取置于如皋、泰兴县，以其猪只喂养，多用恶水（扬镇间之俗语，即厨灶倾弃残馀饭粒菜羹等秽水）及麦面米饭，故其蹄茁壮鲜美，与众不同，犹如南京板鸭之鸭只，喂养等等有特殊也。烹调之法，系先用白水文火焖煮，提取其油，拆去其骨，加盐与硝少许，俟半烂后，提置浅边瓦盆中，用重物压覆其上，压之时间愈久，肴之肉质愈板饬，肉味愈酥嫩。视其部分之肥嫩，分别其名称，最上乘者，有眼镜子（肥瘦适均中，呈螺旋形者）；揿灯棒儿（即靠近胸肋部分，有细长之骨头者）诸名。是非土著而老于吃刮者，不能得此美味。年来镇江所制，渐渐不如扬州。以镇江地方，自租界取消，舟车交通过于便利，旅客经过不存留，市面日形萧条。扬州虽受盐业变更而衰落，然其生活低靡，省中公务人员及一般新职员，住家于扬州者，现复不少，故各种茶馆酒肆仍盛，肴蹄一物，亦多为人所赏识也。

（《星华》1936 年第 1 卷第 22 期）

富春茶社
——扬州续梦

洪为法

　　在扬州要吃点心，总该不会忘却富春茶社的。这富春在扬州人看来，不但点心好，茶好，桌子也清洁。茶是用龙井、珠兰、魁针三种茶叶搀合来泡的，龙井取其色，珠兰取其香，魁针取其味。如是一杯茶能色香味俱全，这不够人赞美吗？至于桌子，一般茶社里的都是油腻不堪，可是这在富春，却可使茶客们放心。洁白的衣袖即使久久压在桌上，也不会就被玷污了。因为那里对于每张桌子，每天都要刮垢磨光的。

　　这富春里面一些房屋，在过去都有一定的名称，虽没用什么匾额之类标记明白，却为一般人所公认，如乡贤祠、大成殿、不了了斋等等。乡贤祠是一些年老的乡贤们聚会的地方。房屋比较的矮，光线也就比较的差，别人多不愿进去，他们也不希望别人进去，因为那会扰乱了敲诗下棋风雅的氛围。大成殿是因为有一位姓江的固定在那里品茶。在过去，他的父亲品学兼优，人们都称做圣人。圣人的儿子，无疑是小圣人。小圣人常坐的地方，就被称做大成殿。为什么不称做圣公府，似乎更为风趣而确切，这就不知其所以了。至于不了了斋，那又因为过去曾有几位投闲置散的人们专在那里品茶。他们既无什么社会上的地位，生活方面也不怎样宽裕，对于一切事，都抱着"以不了了之"的态度，于是这地方就变成不了了斋。

此外有所谓教育局，那是教育界人士集中的地点。土地庙，那是面积太小，直和一座土地庙相仿佛。凡此等等，似乎都没有上述三处的定名饶有意趣。

可是这三处地方，近年以来都显然的异样了。乡贤祠里的乡贤们，逐渐地新陈代谢，并且也逐渐地稀少下去。那里的茶客，似乎换了一批厌嚣避烦的人们，只想借这比较黑暗一些的地方，遗忘了眼前熙来攘往的现实，早没有往昔的风雅了。至于大成殿和不了了斋，时移世变以后，都是诸色人等俱全。小圣人既糊口四方，不能常到大成殿，而投闲置散的一些茶客，堕溷飘茵，也早经升沉迥异，不能复行聚首于不了了斋。兼以茶社主人陈步云最近又不再负责，已将茶社的营业交给原来的茶役们合办，因此，便更少了一位满脸春风、殷勤招待的人物。这使得资格比较老些的茶客看去，总不免有沧桑之感。

不过，富春茶社，原来也只是一所花局，变成茶社，仅是民国初年的事。在未变成茶社以前，不过一些老前辈们借在那里坐坐。所有茶具等等，都是他们自己备办的。他们每天在花丛中品茗、敲诗、着棋、绘画。需要什么点心，总从别处购买来。据说有时还在那里飞觞醉月。那时他们曾定名为借团，后来该是因为人数渐渐地多了，应付不便，这才由花局的小主人，也就是前面提起的陈步云正式地开起茶社来。而那些老前辈，一时便都退居到乡贤祠的里面去了。他们因为和这地方关系太深，有些方面就会受到优待。譬如说，清早去泡了一壶茶，可以留下一半茶叶，到午后再来泡，只算一壶茶钱，这就不是别人所能享受的权利。到了现在，老成凋谢，这种情形再也没有了。所以我们如再从过去的借团，说到现在的富春茶社，所谓沧桑之感，将会格外地增加其浓度哩。

（《申报》1946 年 11 月 13 日）

聚　聚
——扬州续梦

洪为法

笔者于《茶客》一文中，曾道及过去扬州茶社中一些老茶客的情态。除了这一些茶客以外，当然还有很多虽非不计寒暑，亦不计晴雨的日必赴茶社，可是如有空闲，总乐于去消磨几小时的人们。以扬州习俗说，发请帖，延嘉宾，假座酒楼，觥筹交错，藉以联欢话旧等等的并不怎么喜爱，却特别喜爱邀人茶聚，遇到多时未见之亲友，互道寒暄而后，固是互邀茶聚。虽有例外，即便时时晤对，也会时时互邀茶聚。这在扬人说是"聚聚"，所谓"聚聚"，即是茶聚之意，"聚聚"的声音，在过去扬州，各色交际的场合中乃至街前巷口，是极易听到的。

聚聚，在扬人可说是极喜爱的一种酬酢方式，也是极普遍的一种酬酢方式。多属口约，罕写便条，更不谈具备正式请帖了。以手续论，既很简便；以费用论，也很俭省。并且这种聚聚，谁都没存着礼尚往来的心，也没将彼此作东道的次数多少时时盘算着，大概因为所费尤多罢！

并且这聚聚，在过去也真太使人乐意了。茶点请人吃了，可以暂不付钞，记在自家的账上。如是要喝酒并须另买酒肴之类，茶社代办，也可暂不付钞，一并记在账上。又如来时还乘了人力车，车资若干，茶社亦可遵命代付，同样的记在账上。所以约人聚聚，可以身边不带一文。这是因为谁喜爱到某茶社，谁便是某茶社的主顾。主顾有了账，便更可招徕生意。过去物价波动很小，茶社主人自也不在于现金交易。何况现金交易，多是过路人，或是不常到茶社的。古老的扬州，早失却过去繁华，茶社生意，不靠这班主顾又如何能兴隆呢？一切记账，正是给予主顾的一种便利，记账的茶客，也正是茶社主人衷心所欢迎的人。于是甲在某茶社账册上开了户头，和乙聚聚，到了算账时，茶房们可以仰体主人之意，绝对听从甲的吩咐，将第几册账册取来，由甲亲自记上那一天的欠款，乙即便取出钞票，抢夺着要会东，乃至于詈骂着茶房要会东，终是无效的。即以笔者说，虽出生在扬州，可是在外的时候多，过去每遇休假回里，便因会东不易，也多临时在一两处茶社里开户头。这么，彼此都可记账，谁的眼尖手快，拿到账册，谁便可作东道主人了。

此外，某茶社为某一类人所常聚之所。时常去去，会见到许多臭味相投的友朋，这是必然的结果。因而久未回里的人回里后，总必依类到茶社里走动走动，就在那里可以会到自家心想遇到的人，便再不须逐一登门拜访。所以笔者过去上午回里时，下午必到茶社；下午回里时，翌晨必到茶社。在去时，茶房会告诉笔者，某也在此，某也已去，也会代为告诉别人，说笔者已归，笔者曾来。茶房肚里有本账，谁和谁是一群，谁的行踪须得告诉谁。这一去，比之登报启事要切用得多了。并且友朋们既是聚在那里，和张谈谈，又和李谈谈，人多话多，左右逢源，这较逐一拜访不将更"嘤求"之乐！

不过上午聚聚和下午聚聚意味却有些不同之处。上午的茶社，因为往来人多，总不免嘈杂，下午即比较清闲。因而上午侧重在吃点心，下午却侧重在喁喁闲话了。

（《申报》1947年4月1日）

扬州面点
——扬州续梦

洪为法

通都大邑的茶社酒楼常悬有"维扬细点"的招牌，足见扬州点心是可口的。其实除了点心而外，切面也似别饶风味，因略谈扬州面点。

扬州切面，苏北人士有以为不如东台之细，东台之面，堪称银丝细面，可是扬州之煨面，却亦非东台及他处所可及。煨面之种类很多，大率随时令而异，有刀鱼煨面、螃蟹煨面、野鸭煨面等等，此外更有一般的如虾仁煨面、鸡丝煨面等等。这煨面之妙，在于面汤鲜美，面条软熟，而又不至汤与面混糊不清。在昔伊秉绶曾任扬州知府，伊府面即其所创，而煨面据传亦惜馀春主人高驼翁所创。伊、高均是福建人，这煨面之创制，看来是颇受伊府面之影响。

至于点心方面，尤多精美者。《画舫录》上论及扬州各茶社，以为"其点心各据一方之盛。双虹楼烧饼，开风气之先，有糖馅、肉馅、干菜馅、苋菜馅之分。宜兴丁四官开蕙芳、集芳，以糖窖馒头得名，_梅轩以灌汤包子得名，雨莲以春饼得名，文杏园以稍麦得名，谓之鬼蓬头，品陆轩以淮饺得名，小方壶以菜饺得名，各极其盛"。时移势变，这许多"各据一方之盛"的茶社，现时都已不见。记得幼年尚在南门大街见有"品陆"，一爿小小的茶社，既非旧址，亦不以淮饺得名，今则并此亦无。近年的扬州点心，则除了陈家烧饼外，笔者以为翡翠稍麦、千层油糕、蜂糖糕以及汤包均值得一提。

关于翡翠稍麦及千层油糕，笔者曾于《惜馀春续记》中道及。而蜂糖糕则以一斤一小块购自茶食店者为最佳，茶社中所售，亦是由茶食店中转买而来，多非自制。此糕以松软、香甜、爽口胜。所谓"蜂糖"，当是代表"蜜"字。彭乘的《墨客挥犀》上说："杨行密之据扬州，民呼蜜为蜂糖。"由此可推证蜂糖糕便是蜜糕，不过与江南各地之蜜糕却颇有不同，因而也别是一般滋味。他处仿制者，能松软香甜已是不易，欲求爽口，便更难遇见。

再谈汤包，即《画舫录》中所称灌汤包子，与镇江或淮安所制都有不同之处。镇江与淮安均以汤包著名，但镇江所制，一年中仅有生肉及蟹黄两种，而扬州则更有野鸭及豆苗等类。淮安所制，比之扬州，如以味论，似尚不及，只是大愈两倍，大得别致而已。

扬州面点，其可口既如上所述，是以扬人便乐于到茶社去进早点，人谓扬人"早上皮包水"，这"皮包水"的习惯之养成，面点之可口，实具有极大的诱惑力。即以笔者论，客居异地时，每当早餐，便常念及故乡面点，大类张翰之思莼羹鲈脍。不过扬州面点虽好，而扬州茶社则已今非昔比。在昔茶客之进面点，数量都很少，茶却饮得极多。他们以为吃茶不应与风雅分离过远，如是进面点至于杯盘狼藉，总不免显露伧俗之气，他们似乎共守一则信条，即是"君子淡尝滋味"。而近时则来往茶社者，多不嫌面点之多，如仅稍进面点，堂倌固不垂青，自家亦觉寒酸。于是阮囊羞涩之辈，或崇尚风雅之人，便不再常至茶社。即便回到故乡，也还会和作客的张翰一样，对于故乡面点，依旧列在怀念之中了！

（《申报》1947 年 10 月 18 日）

扬州小菜

余

凡一地方，总有一两项著名的食物，如南京的鸭子，苏州的瓜子、镇江的肴肉等。然而此类食物，是仅仅乎一两样，要合乎食不兼味的小户人家日食所必需，在"价廉物美"的条件下，是说不出何处何物，能合上说的条件。因此我想如居住扬州，比较地方要好一点，哪怕就是"青菜烧豆腐"，只要得法之，都觉餍人口腹。下面谈几件关于扬州的食品。

扬州的萝卜，是圆形的，有红白两色，可以生食，其味异常甜美。一般居户，每食去内里，将皮子留下，盐腌之，越数日，再以麻酱拌之，作为小菜用，既脆又酥，妙不可言。若昆山、嘉定一带之长而且粗的萝卜，虽熟吃都乏味，名同实异，相去远。尤妙者，更把这种萝卜，当是一种药品，谓它有化痰、助消化、止头痛、防喉患之功，当天干气燥时，患喉症者必夥，如常食此项萝卜，每防患未然，此症绝无发生也。

在外埠人嘴里，把扬州酱菜，推算是扬州最著名的食品，现在各处差不多都可买得到，但这种酱菜，不过是小菜之中的小菜而已，为什么值得如此推崇，且把它妙处说出。住在扬州的人家，的确对于吃酱菜，没有一天可以离，每日早晚餐，都拿它下饭，即在中餐时，桌上虽摆满鱼肉鸡鸭，酱菜亦必置一两样于左右，待至狼吞大鱼大肉时，骤食一口，顿觉别有风味，沁人心脾。更奇者，虽累日食之，都没有厌的时候，扬州人骂人时，则谓"你还没有吃过三年萝卜干子饭"（习三年学徒方为伙计，此三年中没一日不尝此味）。试想，假使这酱菜没有特殊的味道，还能三年不厌吗？小菜中最普通的，即为萝卜头、宝塔菜、酱瓜之类。至酱菜铺子最著名者，昔日推何公盛，后为东官、四美与三和。

谈到扬州菜，从前因为盐商关系，穷奢极欲，可说山珍海味，无不备具，而扬州狮子头，尤其脍炙人口。狮子头便是红烧大肉圆，妙在入口融酥，而并不过分腻人。别处的狮子头，不是瘦肉太多，紧而坚硬，便是肥肉太多，油腻不堪，扬州狮子头却能恰到好处。

再说别处茶馆，无非几张台子凳子而已，茶客们大都一壶茶，馀则仅有些花生瓜子。在扬州则不然，望衡对宇有数十家之多，布置颇堂皇，当你早晨走进茶馆时，一进门只见人如蝼蚁，几十张八仙桌子团团围满，甚至连空隙都没有。其所以如此者，盖扬州有言曰"早上皮包水（饮茶），晚上水包皮（沐浴）"之习惯使然也。更有官绅作通声气场所，商工认为弋利之门，哪怕日常见面之至亲好友，有事时，必待至茶馆时方说。尤可晒者，每凡人对人有争执不下时，劝辄即往茶馆叙礼，两三人谈话，竟会有十几人参与评判，谁礼屈，即由谁付茶账，如礼屈者不服时，竟会碗盏纷飞，打得落花流水。至食品有百页干丝、各样浇头的面、看肉、包子、烧卖等，听人自点，风味醇美，无论何地，无有出其右者。

扬州的豆腐盐乳好，从不曾闻豆腐店里有腐败气味冒出来。豆腐化身的有豆腐干子、豆腐皮、百页，最有味的便是豆腐乳。香的倒还罢了，惟那臭的，愈臭得厉害，愈觉有大快朵颐之概。另有臭豆腐干子，亦复如是，至此干子吃法，则加点虾米作料等，置于饭锅头蒸之。

（《戏世界》1948 年第 398 期）

淮安的名点：汤包

朝　人

　　汤包可以说是淮安面点中的特产，凡曾到过淮安的，准能记得昔日"文楼"的盛况，要是不健忘的话。

　　文楼是一个汤包馆，位在离城北郭外里许的"河下"，河下是淮安的巨镇，在过去盐务很发达。文楼在镇上的"花巷"，汤包是它首先创始，在淮城汤包馆牌子最老，故一般老饕不啖汤包则已，要啖汤包非指文楼不可。文楼于装潢方面很不考究，小楼四楹，虽觉湫隘，十足地表现出一旧式的点心肆的风味。现在淮安的汤包馆并不止文楼一家，若河下的"晏乐"，城里的"万来园"、"金德园"，他们仿制的技术，亦并不弱于文楼，但淮安人心目中，终以文楼为佳。顾客系有闲阶级，晨夕无事，饱饱口福，而既啖汤包，照例须再佐以"汤面饭"或"烧卖"，惟吃剩的可以退还，并不若汤包是固定的。文楼于汤包、汤面饭、烧卖外，更备有看馔及一种"咯喳"，看馔仅"卤肉"和"涨蛋"几样，且价目亦昂得可以，喳咯盒也是淮安食品之一，用绿豆粉裂成，用油炸透，再上锅用糖醋烹过，以此下酒，倒很不错的，读者们如旅行到淮安，不可不一尝。

　　讲到汤包，它的制造很为奇特，最大的直径也不过二寸多，皮极薄，充满汤汁，与苏沪等埠有名无实的"小汤包"不同。满包尽是汤汁，油腻非常浓厚，我至多能啖四枚，已足自豪，但淮人啖此，量最大的，听说每次能啖十二枚，这真是别处人所不能及的。淮安汤包的良处，约有三点：（一）现做现吃，一切均待客叫方始动手，如做皮子也，切肉也，调味也，上蒸也，费时虽久而味颇美；（二）皮（即壳子）极薄；（三）全系精肉，且甚松脆。但每岁只售一季，蟹登场上市，蟹尽即止。

我这番旧地重游，再来淮安，正值汤包上市，当然要到文楼去一尝旧日风味。不登此楼者，已忽忽三年，汤包价亦仍旧，普通制每枚百文或一百二十文，加蟹特制的，则一百四十文起码，最高为二百文。据店主陈氏告诉我，最近社会不景气，这区区汤包，亦竟同受影响，往年汤包上市，每晨食客，总是满坑满谷，座无隙地，今年生涯最佳时，也不过得往岁之半。言下很露出一种焦慨的神气。

（《星华》1936 年第 1 卷第 28 期）

谈谈常州的麻糕风味

王定一

常州没有值得赞扬的东西，惟有吃食一项，可说是很有研究，如蟹粉馒头（人家说南翔馒头很适口味美，哪里及得上常州的馒头）、麻糕、馅酥、丝面等，无一不美味，单美味适口还不算奇，奇在有特殊风味，现在姑且来把常州的麻糕来谈谈。

麻糕，就是上海人所称的长大饼，形腰圆，上面有很多的芝麻，但不能拿上海的长大饼来比，它的成分比长大饼要多得不少，而价值也比长大饼来得高，即使是最低价的三十文一块的麻糕，也着实比上海人所吃的杏仁酥还要来的味美。它最大的价值有法币二角之值，其品质就可想而知了。

我们的故乡是在离常州县城六十里的一个小河镇上，镇虽然小，可是所出的麻糕，价目也分着等别的，最大的也有法币一角之值。从这点看起，可见麻糕在常州县内的普遍性了。

常州城里的上等麻糕店，都是设在大规模的茶馆里，上至政客绅士，下至贩夫走卒，无一不有麻糕之癖。每天早晨，带了一支早烟杆或烟筒，否则便是一只鸟笼，去上茶馆（直到现在还是如此风气）。他们的点心，除馒头之外只有麻糕，麻糕的价钱，与吃麻糕的阶级便成了正比例，换句话说，就是有钱的"大先生"吃"高货"，"穷老大"只好吃"低货"。

麻糕低种类很多，除普通甜与盐之外，有椒盐，有脂油白糖，有荠菜，有萝卜丝，有韭菜，依我的个性所喜，还是脂油白糖最好吃。

你如果要吃得格外酥一些，不妨叫做麻糕的司务加酥，这样一加酥之后，再吃起来，好像麻酥糖一样地到了嘴边就没有，同时价钱也要加大，因为这种"酥"全用油和粉制成，分荤素两种。

当你把这块麻糕吃完之后，除非你肚皮饱，否则你一块二块三块多少块也吃不厌，因为它具有女人乳部的风味，有香有甜有酥有鲜有润。香的是芝麻，甜的是白糖，酥的是油酥，软的是麻糕里面一层未经直接受火力烘过的麦粉，鲜的是肤面一层烘过半熟状态的麻糕皮，润的是芝麻里的油，和另外蘸上的油。

如果诸位偶然一到常州，为应土产之名与食欲之美起见，在无论如何情形之下，麻糕却不能不去一尝。

（上海《现象》1936 年第 2 卷第 1 期）

蟹粉馒头别有风味
——再谈武进食品

王定一

在上海时常看见那"南翔小笼馒头"的一块市招，白漆红字，飘扬在上海人的眼中，似乎确实有些骄气横生。尤其是穷措大们连正眼都不敢一看，记者虽不能大嚼，却也尝过一些味儿。

提起南翔馒头，初望，似乎在馒头上面冠以南翔，那末南翔的馒头，谅来是"其味无穷"。等到我一尝之后，始拆穿了它的纸老虎，原来是骗人的一套把戏！但话得说回来，真正的南翔馒头，我却不曾尝过，谅来是不会差。

提起南翔馒头，我就忘不了我们常州的蟹粉馒头（常州本地名称是蟹肉馒头），但在上海，却不像"南翔馒头"的幌子大，难得见到常州蟹粉馒头的骄傲市招，而其滋味却胜过南翔馒头了。

馒头本来是可以当饱，但真正吃馒头的，却不是把它当饱吃，是专门吃其中的包心与皮子。讲到包心与皮子，大有好坏，现在我姑且把南翔与常州的二种馒头的包心与皮子来谈谈——

常州的蟹粉馒头，包心除纯蟹肉之外，还有鸡丝加入，皮子薄得像纸一样，如果用筷子来撮，稍一用力就易破裂，里面是一股鲜汤。会吃蟹粉馒头的朋友，总是先吸其汤，再嚼其心，皮子是留着最后吃的。

单心子的食法，也大有讲究，把汤水吸完，然后再分开馒头，把心子里的蟹肉、蟹黄、蟹油分而食之，再以生姜蘸醋过口，那一般儿风味，真是"别有风味"。

有人说，这样吃法，我不会爽兴吃蟹？这是不对，蟹肉单吃，是没有多大滋味，如果包在皮子里，便从蟹油里面逼出蟹汤。诸位，请问你大闸蟹吃过了，你有没有吃过蟹汤？要吃蟹汤，就得从蟹肉馒头里去找。

南翔馒头，花样倒也不少，可惜风味没有常州的蟹粉馒头来得特殊，其最大的缺点，是皮子厚，没有汤，包心太多，它虽在小蒸笼里端上台子，却没有其他特别可口的地方。因此我还不如吃几个山东大包子，包以鸭片，蘸以辣椒酱油，来得够味。

现在正是大闸蟹上市的时候了，我们如果有兴，不妨趁在庭前赏菊的时候，饱飨蟹粉馒头，再以常州有名的老陈酒来助兴，那倒是足可消磨半日的烦恼。

（上海《现象》1936年第2卷第2期）

南风来
——无锡之小吃

范　放

静山云："涛自福建归，日盘旋于崇安寺之顶，目如鹰隼，乘势下击，曰：'为无锡人而不讲吃，枉为无锡人矣。'"何言之妙也。江南风味，细腻熨贴，诚足著称国内，无锡虽非上选，然居其次，亦足解嘲。昔德人李卡威廉，作《中国之国魂》，在第十八章叙本部之风俗，丝丝入扣，吴寿彭译之，名之为《人生之经纬》，见《文化论坛》一卷三期，尤婉约有致。今邑之崇安寺，既为大众流连之场，岂可以无记叙之文，因仿其体，作《南风来》，献涛君。

在中国，生活是呆板的，甲鱼以菜花时为著名，过此时期，虽清腴不减当时，然已为上宾所不喜。故南风才起，大地为阳春温煦所裸抱，渔人设网罩于浅滩，捕而售之市，厨人出其长技，调以五味，釜声鸣，油香荡漾如"大气之流绞"，于是呼家人父子而共啖，更酌老酒，窃自喜，江南多佳味。

岂但油香而肉腻，在此时，当清早，里巷小径，有清扬而婉转之声，叫热方糕，摇曳于坌中。使闻者更增春意之点缀，迎声而索，则有蒸气自木框出，去其盖，如井畦之穆然其序，同其大小，而各异其外饰，有"福"字，有"禄"字，老者不食坚硬之豆，以此最宜，如得"寿"字，颇有长寿绵绵之意。

担方过，接踵者有粽子摊，早晨喜熟食，而点心尤为中国人所喜。当晨餐未就，付铜元三枚，剖而置之盆，视滋膏油油自缝中出，色微黄，有如象牙，若以一撮白糖砌其上，皑皑然如"云山雪霁"。

早餐罢，携筐赴市集，精明者携有秤，以秤锤之上下，为争论之焦点。此时买者宜知面秤为十二两一斤，而漕秤有十六两，虾以两计，而鸭蛋以一个为单位。

买者此时尽可声口粗犷，过者不怪，有口辩者宜注意于争多。习俗，无定体的物品，买者初给可三分之二，嫌少再添，更嫌少再添，至三回，已适如其分，买者须止口，否则为"不识相"。中国商业有格言，叫"换糖老老三挠头"，是古已有之。

厕身于人群之中，瞥视左右，可见出园的时鲜，但在此时，韭芽已觉老而嵌齿，非复初春风味，回念打薄饼时，宜勿取。而注意于山上的竹笋，笋刚自高燥的区域运来，据说一夜可暴长数寸，故中国古医象征为发物，但其味之鲜，为春蔬的盟主，若在秋冬日，想望其味，只可喝其汤，而此时兼可啮其肉，肉为竹未老时，莹洁有微香。浙江奉化，山产以竹笋著名，自西洋罐头工业输入，已四季皆备，惟终不及未老时。

江南之肉，并不如日本之难得，因中国是农本国，在善于持家之主妇，彼曾预储去岁冬天所腌藏之腊肉，曝之于檐头，已成灰褐之硬块，刷去浮尘之荫蔽，现出薯色如玛瑙，白色如琉璃。和以竹笋，煮时不必加味，香美为春日看馔第一。

水族在这时期，并不旺盛，原因是春日是保育的时期，古王者在位，春日须禁止狩猎，妄伤生命。今虽并不注意，然在民间而遗留职业之习惯，此习惯颇暗合于生产消费节制的办法。

乾隆皇帝游江南，曾问苏州人，每天吃几顿，苏州人说五顿，皇帝颇奇怪他们食量之大，实不知其两顿为点心。点心为中国最有趣味的食物，无怪江南人的癖好，一种匠心结构，不能如普通食品的草草，因此物纯粹为品味者，与普通藉咸味以下饭者不同。此种物品，虽不关时令，然有序次，荠菜茁壮于原野，拖炉饼出现，炉中上下炽炭，于是热油如沸沫，就食者趁热与玉兰饼同。

在下午，崇安寺已不是生的食品交易场，而为一切熟食摊占领。初游者最易感到者为一阵油香，脂油较豆油为浓烈，人声虽喧阗，然不敌釜铲相击声之清脆。

只要袋里有钱，可自一个铜板的五香豆吃起，吃到三百钱的八宝饭。五香豆较自烧者为好，而八宝饭则不及菜馆里的，但是只卖三百文呀。年长的人们，自谓有身份的人们，已不甚避忌对走过的路人公然吃着，在油脂里巡礼，觉得一切纯粹是中国土风。西洋的经济势力，没有侵到中下层的消闲吃品内，这颇可喜，但不敢谓确，因馄饨内已杂味之素之故。味之素有浓烈刺激之香味，虽不如香蕈笋箓之淡韵，然成本便宜，遂能代它的地位。

家居是不易尝得市味，必须自家出来。馄饨是极普通的食品，没有面的粗重，没有豆腐花的纤细，颇合于"中庸之道"。白烫馄饨，不过行得五六年光景，历史没有凤光桥式的悠久，但色彩明净，则胜过凤光桥式。

猪肉本不是小吃的，但是已有油煎排骨，黑而浓重的沸油，使得这猪排黑而且丑，这是不能入西餐间的解嘲品，一重重的香味，使得你掀起食欲，注意它白刃在披拂薯红的俎上。

烟气笼罩，在华灯将上时，此时人情最舒闲。悠游于归途，里巷门口，可常见妇人以磁碗购海蛳，海蛳已熟，并剪其尾，此物最清隽，吃时别具风致，河海鲜味，或胜山林，海蛳即其一种。人类已忘世间一切臭秽，且不见腥血腻脂之污龊，故一切皆能安其素常。

（《人报旬刊》1933 年第 1 卷第 4 期）

江浙船菜

徐　珂

　　江浙之好游宴而言肴馔者，辄曰船菜，灯船中人之所烹饪者也。江宁、苏州、无锡、嘉兴皆有之，不独广州、梧州也。及夕，船内外皆张灯，夏尤盛，舟子眷属恒杂佣保中，荡桨把舵，二八女郎且优为之，皆素足，船主有蓄妓以侑客者。春秋佳日，肆筵设席，且饮且行，丝竹清音，山水真趣，皆得之矣。

　　苏州高等之妓，曰长三，有岸帮、船帮之别。船帮者，在宣统时仓桥浜之陈介福、陈媛媛、小陈家，均自置画舫，自备酒筵，推为船菜之巨擘，客设席于船，船或行或泊，悉任便，夏日结彩于上，八九月去之，曰出厂，亦有呼之为热水船者，游者无虚日。今仅有阊门外同春坊第一家之筱双珠自备大号灯船，聘各帮庖人，治船菜殊佳，酒席费银币十二圆，客欲置酒，必预定。至期午前九十时登舟，作留园、虎丘，或寒山寺之游（三长可至天平山）。主妓（即与客相识之妓，近时妓家虽不蓄船，既登舟，即以主妓自居）偕女佣入舱侍客，客有自挈外局（非本船之妓，曰外局）者，可同往，客登舟后，飞笺召之亦可。舟广可容二三十人，惟置酒之客例必博，曰牌局。主妓所得囊钱，麻雀每局十二圆，每局八圈，圈之多寡，视客之多寡，以多为豪；扑克每局二三十圆。客在船，得两饱。午为便席，称之曰点心，亦曰中顿。肴为八碟、六小碗，中有鱼翅，点心以米麦之粉、甜咸之馅为之，肴毕登，点心至，五光十色，精腴可口，计其数，则客各甜一咸一外，别有公共之九品，炒面一大盘，或走油肉、荷叶饼，四米粉、四麦粉所制之甜咸各半者也。入夜设正席，曰夜顿，则饮于泊舟原处之方基（地名），或在主妓妆阁。其食品为十八碟、三汤、三炒、点心、五大菜（中有鱼翅、全鸭。两餐菜单均由主人于预定时自择，亦有仅择大菜一二者）。入席后，客各出银币二圆置于席，曰台面，为主妓所得。（俗谓之曰探眼镜。例如有十客，主妓即得酒钱二十圆；有十局，主妓即得坐场钱十圆。否则仅恃酒席费十二圆，绝无利益可沾。宴客之主人，亦有恐客不齐而预包酒钱，由主人自出者。客之出酒钱也，在夜顿散席时，曩例，客将银币掷地，妓之男佣高叫曰："谢谢某大少爷！"今则总谢而已。）主妓须付客之轿饭钱，每轿六百文，客或步行，主人亦必以轿饭票致客，以犒其仆或旅馆之侍役。牌局则每场发轿饭票四分，每分银币二角。

己未（中华民国八年）十月，予偕春音词社同人至苏，游天平山观红叶，乘夏关林（一作夏桂林——编者注）舟以往，虽灯船非妓家所有，妓家时亦赁之。登舟，见有盛于玻璃盘之香蕉、柚、橘、梨四果，可随意啖之。酒筵分午、夜两次。午筵物品有梨、柑、橘、荸荠、杏仁、糖莲子、糖落花生、金橘八碟，瓜子一大碟，陈于中央；四冷荤为排南（火腿之切厚片者）、白鸡、酱鸭、羊膏；四热荤为炒肉丁、炒肫肝、炒蟹粉、蚶羹；大碗为清汤鱼翅、五香鸽、烩虾圆、鸭舌汤、炒腰花、江瑶柱、汤火方（整块火腿清炖，曰汤火方）、清蒸鲫鱼、八宝鸭、八宝饭。夜筵物品，九碟为排南、剥壳虾、鸭舌、肫肝、皮蛋、海蜇皮、橄榄、石榴、瓜子；大碗为红烧鱼翅、虾仁、汤泡肚、五香野鸭、蜜炙火腿、炒鱼片，亦尚有适口者，较之无锡，自有惭色。甜咸点心则远胜之，味之甜者，芡实、莲子外，曰大蒜头，曰小辫子，曰双福寿桃，曰秋叶，曰瓜棱，皆馒头，以形似故名，又有曰夜来香者；味之咸者，炒面、烧卖外，曰瘪嘴汤圆（以火腿、江瑶柱、虾米、菜屑为馅），曰木鱼饺，以形似也，又有曰火腿拉糕者，以面粉之成条者，杂火腿屑于中，至佳。午筵于中途进之甜咸之点心，即在是时。餐毕登山，归途进夜筵，则腹笥便便，不能下箸矣。

又苏城河中，有常日碇泊之小快船，曰双开门（中舱至船头左右可行者曰双开门，反是曰单开门），曰单开门，舟有玻璃窗、琉璃灯，舟子有女眷摇橹，治肴之事亦相间为之。庚申（中华民国九年）夏四月，予曾赁一双开门曰吴艭者，与鸥社同人游虎丘。晨九时许登舟，见有茶二壶，糖梅干、甘蔗、枇杷、西瓜子四碟陈于几。十时解缆，十一时半至虎丘，游毕返舟，则点心席（若是之舟不能设盛筵，仅得食点心席，谓之曰船菜亦可）已具，俗所称八盆、六炒、四粉（米粉）、四面（麦粉）、二台心（台桌之俗称，以置于桌之中央，故曰台心）、二水点（有汤之点心，也人各一器）者是也。下酒者八盆，为甘蔗、枇杷（二果一盘）、西瓜子、火腿、拌猪腰、渍虾（去壳带尾）、野鸟、海蜇皮、拌黄瓜，盆之径七寸弱。俄而六炒至，则鱼唇、五香鸽、炒虾仁、海粉、烩蘑菇、炒肉丝，皆以碗盛之，碗之径亦七寸弱。主客凡八人，予食量固隘，客亦以味劣逡巡下箸。酒阑点心至，四粉为扁豆糕、火腿拉糕、氽油饺（猪油馅）、蒸粉饺（亦猪油馅），四面为蟹粉烧卖、玫瑰秋叶饺、虾饺、糖饼。两台心继之，则红焖猪肉佐之以荷叶卷也，虾仁炒面也。未几而二水点至，一为芙蓉蛋，一为查玫汤（山楂、玫瑰相合而成）。至是而点心席告终，辍箸起，评泊之，则众口一辞，谓肴馔固远逊无锡，较夏关林舟所制犹逊之，点心亦然。犹忆己未赁关林舟之费用，都凡银币二十二圆，得尝午、夜二席。此则银币十一圆，犒赏二圆，仅得半饱之点心席，且舟可打头，八人危坐，殊以为苦，实皆为苏舟点心之虚名所赚也。归而告姜佐禹，谓廉甚，大讶，诘之，姜曰："船娘承应巾茗（绞手巾、烹茗也），不名一钱，虽终日枵腹，亦尚有秀色之可餐也。"

苏州灯船之得名，明已然，通州顾养谦《苏州歌》云："阖庐城外木兰舟，朝泛横塘暮虎丘。三万六千容易过，人生只合住苏州。"苏州灯船之盛，于此可见。虽宣统辛亥以还，一败涂地，然享有盛名逾五百年，亦云久矣，且当光宣之交，苏州船菜犹不恶也，义宁陈伯严吏部三立《和酬小鲁见寄》诗曾及之，诗云："词流四五辈，赏宴颇解颐。瓜艇七里塘，隅坐老画师。暖日耸毛发，枯风扇涟漪。小妇谙吴烹，粢饵献盘匙。菰粉荷叶縻，笋蒲炙薄耆。快啖顾巧笑，风味埒鸥夷。"

无锡有画舫，俗称游山船，妓家蓄之，虽不皆有水阁，概曰船帮。有水阁者，客于午前九十时登舟，妓蹑踪而往，亦可先至水阁小憩，偕之登舟。累世业此，以烹饪著，俗称世家者，有王、谢、蒋、杨四姓，王巧仙舟曰仙槎，王寓（即小脚老二家）舟曰藕舫，谢家舟曰莲舫，蒋家舟曰响波，杨秀英舟曰桂楫、兰桡。无水阁者，以船为家，小周之舟曰筱舫，冯家之舟曰冯舫，而陈宝香、严顺龙两家之舟无名称。客之设宴必于舟，例以一筵分午、夜享之，其物品大率四水果、二干果、四冷荤、二热荤，或七之正菜及四陪饭菜（以佐饭）。不知者以为必二筵，实析一为二，俗谓之曰一拆两。鱼翅、鸭每餐进其一，午或夜任便，进正菜时必有与肴同进之点心一味，或清炖之糖莲子。鱼翅最著名，杂以蟹黄者尤佳，大率贮于圆径可一尺、直径可四寸之瓷缸，多而且旨。鸭有二，一为切块，摆成全形之烧鸭；一为清蒸有汤之全鸭。鸭或仅一，则伴以烂蒸极香之花猪肉。荤素各品，色香味三者具备。若血蕈烧黄雀、冰糖煮大栗（桂花时之新栗），及姜葱糖盐酒之醉蟹，皆极佳。即陪饭菜之荠菜豆腐、拌萝卜丝、烩面巾，亦足开胃佐餐。是以无锡船菜之精，脍炙人口，非特为广州、梧州、杭州、嘉兴、江宁诸画舫所不及，即以苏州拟之，亦小巫见大巫也。午宴后夜宴前之点心，客可自择，共器而食，分器而食，悉任便。总计费用，船资、菜价及点心、酒饭、果饵各项，一拆两者银币三十圆，特廉之时二十四圆，船役、女佣（娘姨大姐是也）之犒赏，十圆或八圆。若仅食一餐，不欲一拆两者（大率为外来之客，晨集晚散者），并点心（筵前筵后食之，均任便），计之船资、肴馔、点心、酒饭、果饵之资，二十二圆，犒赏六圆。旧历四五月为茧市，最盛时曰茧汛；九十月为米市，最盛时曰米汛。游客纷集，供不应求，非预订画舫不可，各赏亦较平时为昂。一拆两者四十圆，犒赏十圆。若因客多而午、夜同时设二筵，亦皆一拆两者六十圆，犒赏十圆。仅一夜筵二十八圆，犒赏六圆。今虽米汛大衰，而茧汛加盛，沪之豪商恒传电预订。船菜以出自船帮者为佳，王巧仙及蒋家尤为人所称道，电订者往往于此二家。游山船皆在北门外城脚游山船浜、长安桥下一带，其家亦相近，入门即厅事，皆平屋，光绪末建水阁，高者三层，倚河而建，船系后门侧，内外皆悬玻璃灯，出游而在薄暮，舟中煤油灯皆燃，及归泊，则舟中电灯接线于水阁，照耀如白昼矣。客之乘画舫者，率游惠山，既解维，必促坐而博，是时进点心。游山毕，在舟午餐，回棹之，便可游黄婆墩。（亦可于去时先游，以午餐后可泊舟于梅园附近之桥下，步行至梅园。）博讫，则添酒回灯又开宴，拇戏欢呼乃达夜午。其在夏日，则泊于小尖（与缸尖上相对），夜深酒阑可携一二妓同乘小艇（俗名水马车，雇资小银币数角），容与中流以纳凉。客若宴于船妓之家，而欲一尝船菜者，宜依船例给资，盖由船庖就船烹饪，而陈之于水阁耳。若所进为酒楼之馔，自有酒楼例值，费较廉。又如二三知己偕往小坐，亦可在其妆阁一饫便餐，亦沽之于酒楼，依例值给之，惟犒男女佣以银币一二圆。客之招妓侑酒也，无论其为本船者，为他船（游惠山者不止一船，必有妓，故可招之使来）者，人各银币一圆，午、夜两筵均侍坐弹唱。有水阁无船之女闾，皆在北城脚，庚申（中华民国九年）冬有五家，谢月明也，小妹姐也，邵阿和也，琴舫也，小红也，其庖不能治具，客留饭，沽之于酒楼。午、夜各一餐，然非兼碰和不可，碰和者，博也，妓家抽头。（二十或十五抽一，谓之抽头，《东坡志林》所谓"赌钱不输方"也。《唐国史补》："囊家什而取一，谓之乞头。"见《牧猪闲话》。）至少银币十二圆，总计之一切支给，凡三十圆，而犒赏亦在其中。又有所谓三里桥下小船者，船有妓，以泊于三里桥故名。妓不歌，船不开宴，然可令船役入市购酒肴而饮于船，全日船价大率银币四圆，若茧米两市之盛时，亦有贵至十馀圆者。游山船外，有小灯船焉，亦可乘之以出游，无妓，俗呼小驳船，凡十馀艘，均泊于大洋桥、吉祥桥、北塘寺等处，无庖，饷客以点心而已，客可挈肴往，船资及犒赏凡银币五圆。惟冯阿春、杨阿妹两舟，点心之外，可备酒筵，于午时食之，其筵为十二碟、四小碗、五大碗、陪饭菜五碗，惟无鱼翅，并船资计之，凡十圆，犒赏二圆，惜舟隘，仅容五六客。客亦可招妓侑酒，从游一日，局资一圆。

己未八月二十六日，应周梦坡之招游无锡，饮于北城脚十五号王寓之画舫。午前十时登舟，午后一时许设席。肴馔如下：水果四，橘、梨、榴、香蕉；干果一，瓜子、青豆合一器；冷荤四，火腿、肫肝、细切之白鸡、姜屑葱糖盐拌之去头醉虾；热荤二，炒腰片、炒鸡片；肴七，汤鸽蛋、炒虾仁、清蒸鸭、豆苗、汤泡肚、血蕈烧黄雀、双鲫鱼；点心为腐乳肉及实心馒头；陪饭菜四，荠菜豆腐、白菜烩虾仁、烩面巾、拌蒿菜。餐时泊惠山浜，既果腹，登山览诸名胜，妓悉从，在二泉亭茗坐，妓剥熟菱以饷。五时回船，进点心，则油灼春卷一盘、烧卖二盘，又各荠菜小圆子一碗。时方解维言旋，七时抵王寓后门，俄而舟中电灯悉燃，七时开夜宴。肴馔如下：水果四，干果一，冷荤四，热荤二，均与中餐同；肴四，红烧鱼翅、清炖火方、清炖鸡（中有豚蹄）、莲羹；陪饭菜四，炒金花菜、拌萝卜丝、荠菜豆腐、面筋。午、夜两餐实一筵，即一拆两也。水果、干果、热荤、冷荤各具肴馔，则午、夜各得其半，翅、鸭为大菜，在午在夜，从客之便，点心亦筵中所应有，提出另食耳。是日船价、菜价银币四十圆，犒赏十圆，更有零费。

二十七日，梦坡欲作鼋头渚、万顷堂、梅园之游，于是武进赵浣孙、杭县吴恕之、丹阳张厚栽为主人，赁北门外游山船浜蒋桂仙家画舫，以汽油船曳之行。午前十时登舟，方解维，即进点心，人各虾仁索面一器。一时许至万顷堂前泊焉，进午餐。肴馔如下：水果四，梨、榴、香蕉、橘；干果四，青豆、瓜子、糖油炒核桃、剥衣落花生；冷荤四，为肫肝、火腿、醉虾、白鸡；热荤二，忘其品矣；肴七，为软炸鸡、荠菜虾仁、清炖蘑菇、油泡肚、虾腰、蟹黄、鱼翅（器甚大）；点心为红焖肉、实心馒头、红烧鲫鱼；陪饭菜二，亦忘其品。食毕，跻万顷堂茗话，旋乘小舟，以汽油船曳至鼋头渚，渚在太湖滨，游毕仍乘小舟，至近梅园泊船之处上陆，步行至梅园，园就山而筑。薄暮还游山船浜，登桂仙之水阁小坐。回船食点心，为大馄饨。旋开晚宴，肴馔如下：水果四，豆、瓜子、落花生、糖；冷荤四，热荤二，与午餐同；肴七，灼鸽蛋、清炖蘑菇、锅烧鸭、生雪里红蒸鸭、血蕈烩虾腰、清炖火方、莲羹；陪饭菜四，拌萝卜丝、煨面筋、荠菜豆腐、炒金花菜；酱小菜二以下粥。此亦以一席分为两餐，惟点心有两次耳。是日主人所出之资，与昨同，惟加汽油船费十八圆，亦尚有零费。予所招侑酒之妓，二十六日本船一，王玉香；他船二，徐菊仙（己未花界之大总统）、蒋桂仙。二十七日本船一，蒋桂仙；他船三，徐菊仙、王玉香、林黛玉。局费人各银币一圆，午、夜两宴均侍坐唱一曲。二十七日同人所招十馀妓，均午前十时随客登舟，夜十时回北门外之游山船浜始散归，在船十二小时，仅局资银币一圆，可谓至廉，亦以是日游惠山者，仅蒋桂仙一舟耳。闻当茧汛及夏日，游舫麇集惠山浜，不能久坐，辄自甲船至乙船，乙船至丙船，丙船至丁船，来往无定，惟必数来，且午、夜两餐亦必侍坐唱曲也。锡肴味甜，今偏于咸，而船菜则五味调和，鱼翅尤佳（每碗银币四圆）。船菜以蒋舫为巨擘，尤著者鱼翅及清炖蘑菇。王、谢、王（巧仙）次之。二十八日，张雪庄招饮于王巧仙家，予以事赴苏，辞之。船菜之价，昂于五年以前，（五年以前，船菜两项十六圆，继而二十四圆、三十圆、四十圆。）茧汛及夏日以一船之和酒两项计之，恒在百圆之上，吾辈为清游（在船不博之谓），舟中人所得仅此五、十圆及局资。

　　己未闰七夕，周梦坡招作嘉兴烟雨楼之游，为南湖秋禊。晨十时自沪至禾，即登杨三观之舟。三观，无锡人，与其妻治具，其佣棹舟进。十一时至杉青闸、酒仙祠，就落帆亭品茗，俄解维游南湖，日亭午就烟雨楼下泊焉，坐定开宴。其肴馔，八小碗为虾仁、蟹粉、蹄筋、蘑菇、五香鸽、虾圆、白木耳、莲子；六大碗为蟹黄鱼翅、八宝鸭、鱼肚、冷拌鳖裙、火腿幢、粉蒸肉。盖禾中画舫特殊之馔也，味尚佳，以视梁溪画舫，则相去远甚。冷荤盘中有蟹，以去壳之腿肉植于四周，中实以黄，夙所未见。餐毕，登楼啜茗，且食鲜菱，唤卖者皆女郎，剥以饷客，嫩于鸡头也。嘉兴之灯船，亦无锡快（船名），舟子皆无锡产，岁以春至，以秋归，亦有常年在禾者。船有双夹弄、单夹弄之别，最大者犹小于梁溪，与金闾相埒，都凡二十馀艘，泊北门外荷花堤。六月二十四日、七月七日两期，价昂于平时，大者银币十六圆或十四圆，次者十二圆或十圆，常日各减二圆，均合船资筵费计之，惟犒金在外。正菜无鱼翅者，减三圆。筵有二种，一种为六大碗、六小碗，一为四大碗、四小碗，客可任意选肴，或悉为蔬食均可，惟无定价。若仅用小点心之面或莲子汤亦可。

　　广州灯船，俗曰花艇，以艇有妓居之，故云。客至其艇为肆筵，设席之大举者，曰开厅。（艇至大，有楼，楼上鳞次栉比之屋，为妓卧阃，楼下有厅事，可容数十人。）当开厅之时，客既集，即有弦索（乐师也）二人，坐船头奏乐（妓侑酒时之歌，则自奏乐）。非若江宁、苏州、无锡、嘉兴，无觥录事之弹唱，不闻乐声也。明末之秦淮灯船，所奏皆宫中乐，乐半吹笛喝彩，其声如雷，宫中元夕奏乐亦然。盛时灯船多至五七十只，见周在浚《金陵古迹诗》注。在浚，字云客，清初祥符人。

（《可言》卷十三，徐珂撰，民国杭县徐氏排印

《天苏阁丛刊》本。篇名为编者另拟）

饕餮家言

枫　隐

《左氏传》载太史克之言，以饕餮列于四凶，余窃不平之。夫"食不厌精，脍不厌细"，《乡党》记之；"式饮庶几"，"式食庶几"，《风诗》咏之。是知饮食乃生人之大欲，餔啜亦贤者之微疵。苟非闻韶之时，何必不知肉味；本异居丧之日，奚须食旨不甘。非然者，设或嘉肴在御，竟食而不知其味，不几令人有心不在焉之讥乎。爰草是篇，以供同嗜。知我罪我，一任读者。

一、《抢食经》

友人方雅南，尝言幼时在塾，与同学著有《抢食经》，甚有风趣。当时雅南背之甚悉，今余仅记其四句，曰"逢老先吃肥"，谓老人无齿，皆喜吃肥肉，吾先抢吃之，则所馀瘦者，彼不能吃，皆为我所享用矣；曰"逢女先吃瘦"，谓女人多喜瘦肉，我先吃之，则肥者亦必不能逃出我之腹中矣；曰"菜多休啮骨"，谓肴馔既多，苟我先啮其骨，则必多费时间，而其馀之菜，必将为人所抢完矣；曰"事急先浇汤"，谓饭未毕而菜将罄，此时事势已急，必抢先浇汤，则不致感有食无菜之困也。其馀大抵类此，惜余善忘，不能一一介绍之耳。

二、刮骨疗毒之鸭

老友章幼农尝言，菜中有四味，最取人厌。一曰"五代同堂之鸡"，言其老也；一曰"酒色过度之鸭"，言其瘦也；一曰"怒发冲冠之鱼翅"，言其硬也；一曰"七擒七纵之海参"，言其一拨一跳也。余尝本之，作《食物四杰赞》，载于《消闲》月刊中。乃今岁与稼秋、瞻庐至人家宴饮，所上之鸭，其皮甚硬，瞻庐以箸揭之，则见其中有骨无肉，余因笑谓之曰："此鸭非仅酒色过度，直欲效关公之刮骨疗毒耳。"同席皆为之辗然。

（《红杂志》1923年第2卷第2期）

三、谐对

余尝戏作谐对数则，皆可实吾《饕餮家言》。如"酒囊"可对"饭桶"，"负腹将军"可对"空心老官"，"酒肉和尚"可对"糕团司务"，"豆腐羹饭鬼"可对"芝麻绿豆官"。又唐时因求雨禁屠，有某御史请并禁斩杀鸡鹅，人因称之为"鸡鹅御史"。余谓"鸡鹅御史"可对"龙虎将军"（满洲未入关时，明封之为龙虎将军）。又吾苏潘姓，有兄弟三人，食量皆甚豪，惟其一则必嘉肴美膳，方肯下箸，人称之曰"天吃星"；一则稍可通融，人称之曰"地吃星"；一则不择美恶，但图醉饱，人称之曰"狗吃星"。余谓"狗吃星"三字甚新，可对独鹤等所创设之"狼餐会"。

四、一至十之市牌

有人集食物店之市牌，自一至十者，其心思亦甚巧。曰：一品天香，两洋海味，三鲜大面，四时鲜果，五香熏鱼，六陈粮食，七巧名糖，八仙对桃，九制半夏，十景茶食。

五、苏州面馆中之花色

苏州面馆中，多专卖面，其偶卖馒首、馄饨者，已属例外，不似上海等处之点心店，面粉各点，无一不卖也。然即仅一面，其花色已甚多，如肉面曰"带面"，鱼面曰"本色"，鸡面曰"壮（肥）鸡"。肉面之中，又分瘦者曰"五花"，肥者曰"硬膘"，亦曰"大精头"，纯瘦者曰"去皮"，曰"蹄胖"，曰"爪尖"，又有曰"小肉"者，惟夏天卖之。鱼面中又分曰"肚裆"，曰"头尾"，曰"头爿"，曰"溚（音豁）水"（即鱼鳍也），曰"卷菜"。总名鱼肉等佐面之物曰"浇头"，双浇者曰"二鲜"，三浇者曰"三鲜"，鱼肉双浇曰"红二鲜"，鸡肉双浇曰"白二鲜"。鳝丝面、白汤面（即青盐肉面），亦惟暑天有之。鳝丝面中，又有名"鳝背"者。面之总名曰"大面"，曰"中面"，中面比大面，价稍廉，而面与浇俱轻。又有名"轻面"者，则轻其面而加其浇，惟价则不减。大面之中，又分曰"硬面"，曰"烂面"。其无浇者，曰"光面"，光面又曰"免浇"。如冬月之中，恐其浇不热，可令其置于面底，名曰"底浇"。暑月中，嫌汤过热，可吃拌面。拌面又分曰"冷拌"，曰"热拌"，曰"鳝卤拌"，曰"肉卤拌"。又有名"素拌"者，则以酱麻糟三油拌之，更觉清香可口。喜辣者更可加以辣油，名曰"加辣"。其素面亦惟暑月有之，大抵以卤汁面筋为浇，亦有用蘑菇者，则价较昂。卤鸭面亦惟暑月有之，价亦甚昂。面上有喜重用葱者，曰"重青"。如不喜用葱，则曰"免青"。二鲜面又名曰"鸳鸯"，大面曰"大鸳鸯"，中面曰"小鸳鸯"。凡此种种名色，如外路人来此，耳听跑堂者口中之所唤，其不如丈二和尚，摸不着头者几稀。

六、陆蹄赵鸭方羊肉

苏州从前，有"陆蹄赵鸭方羊肉"之称。"陆蹄"谓陆稿荐之酱蹄，现在其店已分为四，一在阊门大街之都亭桥，一在临顿路之兵马司桥，一在观前街之醋坊桥，一在道前街之养育巷口。"赵鸭"谓赵元章之野鸭，店在葑门严衙前之东小桥。又有名赵允章者，在南仓桥，则冒牌也。"方羊肉"谓方姓之羊肉，在葑门之望信桥，惟洪杨役后，其店已闭。现在羊肉，以阊门皋桥堍之老德和馆为最，观前丹凤楼之小羊面，亦不弱。

七、野荸荠稻香村

苏州野荸荠、稻香村之茶食，遐迩驰名，分肆遍于各埠，然其大本营，则稻香村在苏州观前街之洙泗巷口，野荸荠在临顿路之钮家巷口，今迁萧家巷口。其出品，稻香村从前专批发于各乡镇，故营业虽佳，而制法甚粗，野荸荠则较精。惟近今有宁波人所开之叶受和，出而与之竞争，故稻香村亦大加改良，而野荸荠顿形退化，然其所制之肉饺、查糕、云片糕、猪油糕、熏鱼等，则尚推首屈一指也。

八、采芝斋文魁斋

我国糖色，苏不如杭，然若苏州之采芝斋、文魁斋二家，则较西子湖边之出产，亦未遑多让也。其初，采芝斋仅售粽子糖，设摊于观前街吴世兴茶叶店门首。文魁斋专售梨膏糖，设摊于元妙观场。今则皆已改摊为肆，采芝斋在观东之山门巷口，文魁斋在观西之太监弄口。惟改肆以后，文魁斋之营业大不如前，采芝斋则依然发达，其所制之各种糖食，亦并皆佳妙。此外有一枝香者，在元妙观东山门口，出品亦良，其所制之梅浆糖、麦精糖，尤为独出冠时。至于马玉山分公司，亦在观西，惟其价过昂，虽出品专仿西制，甜味颇逊，苏人士不甚欢迎之，远不若固有之国粹，价廉物美也。

（《红杂志》1923 年第 2 卷第 5 期）

九、鲥鱼久藏法

余于水族中，惟嗜鲥鱼，以其鲜而能腴，实为食物中上品，其馀虽虾蟹鳖裙等属，他人视为美品者，余皆等之自郐以下矣。然此物惟春尽夏初有之，馀季则无，殊为憾事。乃近阅清无名氏所撰《三风十愆记》，载常熟邵氏宴宾，虽在秋冬皆具，客问何来？邵曰："得之不易，春将暮，命仆之善腊鱼者，携银钱及洋糖、椒末、飞盐、上好藏糟等料，舟载至海头，坐居停主人家。俟渔人得一鱼，即去肠留鳞，用洋糖实其腹中，搽之鳞上，随用藏糟存铺瓮底，加椒末、飞盐若干，放入鱼，又用糟厚盖其上，又加椒末、飞盐若干，积满瓮口，手拳筑实，细沉封固。至家必掘地窖贮之，恐炎天溃败也。"书中所言如此，但不知食时风味，果能不若市中所售之鲞鱼否。

（《红杂志》1923 年第 2 卷第 8 期）

十、小儿歌可包二十二史

有小儿歌于室曰："阿大阿二挑野菜，阿三阿四裹馄饨，阿五阿六吃馄饨，阿七阿八舔缸盆，阿九阿十甩碎破缸盆。"余闻之，谓客曰："此歌可括中国二十二史。"客问其故，余曰："阿大阿二挑野菜者，谓开国之君，南征北讨，备极辛勤，为子孙开创基业，如汉高祖、唐太宗等类是也。阿三阿四裹馄饨者，谓守文之君，虽无栉风沐雨之勤，然犹必宵衣旰食，励精图治，为天下定太平，如汉文帝、宋仁宗等类是也。阿五阿六吃馄饨者，谓中叶之君，承前朝之积累，国家丰亨豫大，府库充裕，于是狗马声色土木，惟其意所欲为，备享玉食万方之奉，如汉之武帝、清之乾隆等是也。阿七阿八舔缸盆者，谓叔世之君，其时国库已渐形竭蹶，不能如前之挥霍，然尚能罗雀掘鼠，勉力支持，以偷安旦夕，如汉之哀平、清之嘉道等是也。阿九阿十甩碎破缸盆者，谓末代之君，中央解纽，四方水旱刀兵纷起，政府即欲不破产而不得，如汉之桓灵，明之崇祯等是也。由是言之，则此歌非即一部二十二史之缩影乎？"

（《红杂志》1923 年第 2 卷第 9 期）

十一、《绰然堂会食赋》

蒲留仙集中，有《绰然堂会食赋》一首，备极滑稽，爰亟录之，以供捧腹。其词曰："僮跄跄兮登台，碗铮铮兮饭来。南闿闿兮扉启，东振振兮帘开。出两行而似雁，足乱动而成雷。小者飞忙而跃舞，大者矜持而徘徊。迨夫塞户登堂，并肩连袂，夺坐争食，椅声错地，似群牛之骤奔，拟万鹤之争哕。甫能安坐，眼如望羊，相何品兮堪用，齐噪动兮仓皇。袖拂簋兮沾热沸，身探远兮如堵墙。箸森森兮刺目，臂密密兮遮眶，脱一瞬兮他顾，旋回首兮净光。或有求而弗得，颜暴变而声怆。或眼明而手疾，叠大卷以如梁。赤手搏肉，饼破流汤；唇膏欲滴，喙晕生光。骨横斜其满地，汁淋漓以沾裳。若夫厨役无良，庖丁不敬，去肉留皮，脂团膜胜。既少酱而乏椒，又毛卷而革硬。共秉匕而踌躅。殊萧索而寡兴，乃择瘦而翻肥，案狼藉而交横。时而嘉旨偶多，一卷犹剩，虑已迟晚，恐人先竟，连口直吞，双睛斜瞪。脸如拳而下咽，噎类鹅而伸颈；嘴澎澎而难合，已促饼而急竞。合盘托来，一掬而尽，举座失色，良久方定。夫然后息争心，消贪念，箸高阁，饼干咽，无可奈何，呼葱觅蒜。既饱糇粮，乃登粥饭，众口流馊，声闻邻院。惟夏韭与冬萝，共戚戚而厌见；即盐虀之稍嘉，亦眼忙而指乱。至拄颡而撑肠，始哄然而一散。乱曰:'一日兮两回,望集兮开斋。斋之开兮众所盼,争不得兮失所愿。呜呼! 日日常为鸡鹜争,可怜可怜馋众生。'"余按此赋可谓形容尽致。吾吴有谚语曰"吃一夹二看三抢四"者,庶几近之。

十二、莲藕诗

吾苏莲藕鸡豆,皆以葑门外南塘产者为最佳。余尝有句曰:"葑溪本是水云乡,节物新秋次第尝。鸡豆匀圆鲜藕碧,满街唤卖总南塘。"又有句云:"玲珑碧藕出南塘,洁白浑如截玉肪。别有清香能醒胃,新鲜莲子作羹汤。"此二诗倘传之将来,亦可谓苏州食谱中之佳话也。

苏州的茶食店

莲 影

故例以茶款客，必佐以细碟数事，内设糕饼之属，故谓之茶食。苏州茶食，为各省所不及。故异地之士绅，来苏游玩者，必购买之，以馈赠亲朋；受之者，视为琼瑶不啻也。其老店，如观前街之稻香村，临顿路之野荸荠，十全街之王仁和，其最著者也。至于叶受和，当时尚未开张，特后起之秀耳。王仁和，一名王饽饽，规模甚小，资本不丰，特善于联络各衙门之差役，故官场送礼，多用该店之货，而其实物品不甚佳美，因之不克支持，而关闭焉。若野荸荠，数年前因亏本收歇，不久，复开张于阊外马路矣。

稻香村店东沈姓，洪杨之役，避难居乡，曾设茶食摊于洋澄湖畔之某村，生意尚称不恶。乱后归城，积资已富，因拟扩张营业，设肆于观前街。奈招牌乏人题名，乃就商于其挚友，友系太湖滨莳萝卜之某农，略识之无，喜观小说，见《红楼梦》大观园有"稻香村"等匾额，即选此三字，为沈店题名。此三字，与茶食店有何关系，实令人不解，而沈翁受之，视同拱璧，与之约曰："吾店若果发财，当提红利十分之二，以酬君题名之劳！"既而，店业果蒸蒸日上，沈翁克践前约，每逢岁底，除照分红利外，更媵以鸡、鱼、火腿等丰美之盘，至今不替云。

叶受和店主，本非商人，系浙籍富绅。一日，游玩至苏，在观前街玉楼春茶室品茗，因往间壁稻香村，购糕饼数十文充饥。时苏店恶习，凡数主顾同时莅门，仅招待其购货之多者，其零星小主顾，往往置之不理焉。叶某等候已久，物品尚未到手，未免怒于色而忿于言。店伙谓叶曰："君如要紧，除非自己开店，方可称心！"叶乃悻悻而出。时稻香村歇伙某，适在旁闻言，尾随叶某，谓之曰："君如有意开店，亦属非难，余愿助君一臂之力。"叶某大喜，遽委该伙经理一切，而店业乃成。初年亏本颇巨，幸叶某家产甚丰，且系斗气性质，故屡经添本，不少迟疑。十馀年来，渐有起色，今已与稻香村齐名矣。其馀如城内都亭桥之桂香村，阊外石路口之凌嘉和，虽略有微名，仅等之自郐以下耳。

各茶食店之历史，既详为报告矣，今复将各茶食店货品之优劣，更为读者介绍之。

稻香村茶食，以月饼为最佳，而肉饺次之。月饼上市于八月，为中秋节送礼之珍品，以其形圆似月，故以月饼名之。其佳处，在糖重油多，入口松酥易化，有玫瑰、豆沙、甘菜、椒盐等名目。其价每饼铜圆十枚。每盒四饼，谓之大荤月饼。若小荤月饼，其价减半，名色与大荤等。惟其中有一种，号清水玫瑰者，以洁白之糖，嫣红之花，和以荤油而成，较诸大荤，尤为可口。尚有圆大而扁之月饼，名之为月宫饼，简称之曰宫饼，内容，枣泥和以荤油，每个铜圆廿枚，每盒两个，此为甜月饼中之最佳者。至于咸月饼，曩年仅有南腿、葱油两种，迩年又新添鲜肉月饼。此三种，皆宜于出炉时即食之，则皮酥而味腴，洵别饶风味者也。若夫肉饺，其制法极考究，先将鲜肉剔尽筋膜，精肥支配均匀，然后剁烂，和以上好酱油，使之咸淡得中，外包酥制薄衣。入炉烘之，乘热即食，有汁而鲜，如冷后再烘而食，则汁已走入皮中，不甚鲜美矣。复有三四月间上市之玫瑰猪油大方糕者，内容系白糖与荤油，加入鲜艳玫瑰花，香而且甜，亦醰醰有味，但蒸熟出釜时，在上午六钟左右，晨兴较早之人得食之，稍迟则被小贩等攫夺已尽，徒使人涎垂三尺焉。

叶受和月饼、肉饺，不及稻香村之佳，而零星食品，则优美过之，如久已著名之枣子糕、绿豆糕，及新近发明之豆仁酥、芙蓉酥等，皆制法甚精，饶有美味也。

野荸荠，素以肉饺及酒酿饼著名。肉饺制法，与稻香村略同。其酒酿饼，以酒酿露发酵，其气芬芳，质松而软，虽隔数天，依然其软如绵，所以为佳。

其外，尚有广东茶食店两家，一名广南居，一名马玉山，地点俱在元妙观以西。茶食花色虽多，其制法粗而不精，其美不及苏州茶食远甚。惟中秋月饼，硕大无朋，其形小者如碗，大者如盘。小者，其价银自五分至数角不等。大者，自一银圆起，至数十银圆为止。有名七星赶月者，亦价银一圆，名目虽奇，其内容不过糖果等，和以盐蛋黄七枚而已，其味平常，并无佳处，即此一物，可例其馀。惟暑月素点，名冰花糕者，广东店独有之，其制法传自英京伦敦，故简称伦敦糕。凡广店规则，如物品于某日上市，必先期标名于水牌，藉以招徕主顾，"敦"字草书，与"教"字草体相似，店友不谙文义，故以误传讹，认敦为教，遂名此为伦教糕矣。"伦教"二字，何所取义？市侩不文，可笑已极，至今沿讹已久，即有文人为之指正，彼反将笑而不信也。

凡茶食店，必兼售糖果，亦有专售糖果者，谓之糖果店。糖果店，以采芝斋为最佳，其著名之品，如玫瑰酱、松子酥、清水查糕、冰糖松子等是，更有橙糕一味，色黄气馥，其味甘酸，为他店所无者，殊堪珍贵也。

糖果类中，又有所谓果酥者，系用炒熟落花生，和以白糖，入臼研之，气香而味厚，且花生内含蛋白质，及油分甚多，故可以补身，可以润肠，凡大便艰涩者食之，其效力之大，胜丁食香蕉也。其品初著名于宫巷颜家巷口之惠凌村，而碧凤坊巷西口之杏花村，实驾而上之。盖惠凌村之果酥，质粗糙而甜分少，杏花村之果酥，质细腻而甜分多，甲乙之判，即在于是矣。

（《红玫瑰》1931 年第 7 卷第 14 期）

食在苏州

莲 影

一、三万昌之茶 儿时即闻有"喝茶三万昌，撒鸟（即小便）牛角浜"之童谣，一般搢绅士夫，以及无业游民，其俱乐部皆集中元妙观，好事之徒，乃设茶寮以牟利。初只三万昌一家，数十年后，接踵而兴者，乃有熙春台与雅聚两家，熙春台早经歇业，而雅聚亦改为品芳矣。回溯三万昌开张之始，尚在洪杨以前。每当春秋佳日，午饭既罢，麇聚其间。有系马门前，凭栏纵目者；有笼禽檐下，据案谈心者。镇日喧阗，大有座常满而杯不空之概。间有野草闲花，为勾引浪蝶狂蜂计，亦于该处露其色相焉。百馀年来，星移物换，一切风尚，与昔大不相同，惟此金字老招牌之三万昌，依然存在，而生涯之鼎盛，犹不减当年，尽他乡商旅，道经苏州，辄问三万昌茶室在何处者。噫，盛矣！

二、老万全之酒 老万全，开张于光绪初年，今观东同福和酒肆，即老万全之原址也。该店以绍酒著名，且以地点适在城中，故阖城之具刘伶癖者，莫不以此为消遣之场。每当红日衔山，华灯初上，凡贵绅富贾，诗客文人，靡不络绎而来。时零售菜肴之店，尚未盛行，且各酒肆豫备供客下酒者，仅腐干、芽豆耳，然老饕难偿食欲，辄唤奈何，因以为利者，乃设小食摊于该店门前，如虾仁炒猪腰、醋煮鲥鱼之类，物美价廉，座客称便焉。数十年来，生意非常发达，嗣后与之争利者多，营业遂一落千丈，今已休业矣。

三、凤林馆之饭　出老阊门，折北，迤逦而前，有桥，名探桥，因年久失修，坍去一角，民间遂误探为坍，由是坍桥之名反著。桥上有饭铺，名凤林馆，始业于洪杨以前，店主本系长洲县官厨，东人解组，遂失其业，因略有积蓄，即营业于斯。初不过小试其技，藉为糊口之需，嗣以艺媲易牙，居然远悦近来，"坍桥面之饭"，啧啧人口，并有简称为"坍饭"矣。顾客如云，但多中下阶级之流，至于驷马高车，绝不一觏。每值良辰佳节，辄见斜戴其冠、半披其衣之辈，于道路中，友好问其何往？莫不曰："吃坍饭去！"当时生意之隆盛，概可想见。余家老仆吴升，有侄曾学艺于该店，尝将彼店烹调之如何研究，肴品之如何精美，为余津津道之。时余尚在童年，闻之不觉馋涎欲滴，久思一尝其味，但彼店地处遐陬，不得其便。荏苒十馀年，吴仆已殁，闻该店仍开原处，因决计鼓勇前往。比至该店，见房屋两进，业已破旧不堪，且泥地而不铺以砖，座客亦寥寥无几，心窃异之。姑入座点菜，一为虾仁炒猪腰，一为清煮糟鱼汤，讵炒虾腰一味，彼竟回绝无有，余大奇之。因问糟鱼汤之价目，答云："二钱四。"盖彼时铜圆尚未流行，市上通用者，皆制钱，故当时菜肴以钱计，而不以银计，凡制钱七文为一分，七十文为一钱，彼云二钱四者，盖制钱一百六十八文也，较诸他店之糟鱼汤，竟两倍其值。想必物品较为考究，故其价独昂，亦未可知。讵该汤至前，鱼腥之气扑鼻，似下锅时未用姜酒者，乃勉强尽饭一盂，扫兴而出。询诸该地父老，云凤林馆坍饭，当年确有盛名，今已传三代，店运日渐衰微，肴馔亦无人注意焉。嗟乎坍饭！已如告朔之饩羊，名存而实亡矣。

四、张锦记之面　皮市街金狮子街张锦记面馆，亦有百馀年之历史者也。初店主人仅挑一馄饨担，以调和五味，咸淡适宜，驰名遐迩，营业日形发达，遂舍却挑担生涯，而开张面馆焉。面馆既开，质料益加研究，其佳处在乎肉大而面多，汤清而味隽，一般老主顾，既丛集其门，新主顾亦闻风而至，生意乃日增月盛。该店主尤善迎合顾客心理，于中下阶级，知其体健量宏，则增加其面，而肉则照常；于上流社会，知其量浅而食精，则缩其面而丰其肉。此尤大为顾客所欢迎之端，迄今已传四五代，而店业弗衰。

五、王仁和之糖月饼 王仁和茶食店出世最先，而收场亦最早。其店初开张于十全街织署旁，即俗名织造府场。是该店出品并不见佳，而竟以月饼著名者何？盖以该店主自知手段太劣，货品欠佳，营业万难发达，乃异想天开，凡见织署中书吏、差役等经过其门，必邀渠至店休息，奉以香茗、水烟，日以为常，久之都稔。待月饼上市时，必赠以若干，乘间进言云："小店生意清淡，可否拜烦在贵上人前，吹嘘一二，俾得购用小号货物，藉苏涸辙之鲋，则感戴无涯矣。"吏役等果在居停前，竭力揄扬该店茶食之佳。不久，织署中人，渐来购货。久之，凡官场中投桃报李之需，惟王仁和一家所包办，皆系织署所介绍者也。盖织造一职，必系清廷所亲信之满人，故自抚藩臬以下，皆谄媚逢迎之不暇。今织署中人，以王仁和货物为佳，则苏之官场自无敢异议矣。此外更有一宗生意，为王仁和独家所专利，非他店所能觊觎者，厥惟秋试年之月饼券。盖苏州向有紫阳、正谊两书院，为生童肄业之所，每月有官师两课，谓之月课，除师课由山长按月命题考试外，官课则由抚藩臬三大宪轮流当值。无论官师课，凡考列优等者，俱发给奖励金。惟逢秋试之年，于入闱之前，由抚宪增加一课，名为决课，谓如考优等者，决其今科必中式也。此课无论优劣，俱给奖金，必加给月饼券一纸，计糖月饼一匣。紫、正两书院肄业生，有七八百人，每逢秋试之年，必多报名额若干，至决课时，竟有一人作两三卷者，故决课与试者，有千数百卷之多，此千数百之月饼券，利自不菲矣。科举既废，而王仁和之命运，亦随士子之科名，同样寿终正寝矣。然王仁和既闭，王仁和之糖月饼犹盘旋于老学究之脑筋而不去。

六、周万兴之米风糕 玄妙观迤南，宫巷中之周万兴，年代亦悠久，专售米风糕者也。其糕质松而软，入口香甘，初出蒸笼时，糕形圆大如盘，有欲零售者，切糕之法，不以刀剖，而以线解，因其质太松故也。他种食品，如面风糕、鸡蛋糕等，皆以热食为可口，惟此糕则反是，故独为夏日之珍品。至于制糕之法，据云，以糯粳米各半，淘净晒干，磨为细末，更加酒酿发酵，入笼蒸熟即成。窃谓制法未必如此简单，或恐别有秘法，否则该店自开张伊始，何以从未有步其后尘而与之争利者。近十馀年，虽略有数家与之竞争，然质料不如周店远甚。盖周店之糕，虽隔数天，质略坚而味不变；他店之糕，清晨所购，至晚则味变酸臭，不知是何原因。周店生涯独盛，必非幸致，但糕之大如盘者，改为小如碗耳。

（《珊瑚》1933 年第 3 卷第 12 号）

苏州的小食志

莲　影

　　幼年失学，到老无成，惟饮食一事，颇多经验，故凡点心、茶食、熟肉、杂食，何店最佳，何物最美，能历历不爽，谓余不信，请尝试之。

　　点心　"点心"二字，不知何所取义，或者饥火中烧，以小食点缀之，得自安，点心之义，得毋是欤？点心之种类不一，兹言其普通者。大面以皮市街张锦记为最，观西松鹤楼次之，正山门口观正兴又次之，妙处不外乎肉酥、面细、汤鲜，此外面馆虽多，皆等诸自郐以下矣。至于小笼馒头，向无此等名目，流行不过十年，由于松酵大馒头之粗劣无味，于是缩小之，馅以猪肉为主，有加以蟹粉者，有佐以虾仁者，甜者有玫瑰、豆沙、薄荷等，俱和以荤油，无论甜咸，皆以皮薄汤多为要诀。其蒸时不以大笼统蒸，而以小笼分蒸，每十枚为一笼，小笼之名，职是故耳。元妙观内五芳斋，宫巷太监巷内鸿兴馆，俱不恶。汤团有精制、粗制两种。粗制之汤团，形大如桃，甜用豆沙，咸用萝卜，间有加猪油。精制者大仅如核桃，系拣选上好猪肉，肥瘦均匀，刀斩如泥，和以上好酱油，有略加麻油者，于是肥美可口。此品各件头店（凡专售馒头、馄饨各品而不售大面者，谓之件头店）皆有之，但味佳者绝少，有过咸，有过淡，有剁肉不细，有皮粗而厚，顾客皆望望然去之。向者以护龙街乐万兴为最，嗣以生意太佳，不肯如前考究，精美者变为粗劣，今惟观前街黄天源后来居上矣。水饺，各面馆暨各件头店皆有之，皮坚而汁多，盖惟皮坚，则其汁不走入皮中，乃佳。资本较充之店，此品常备，馀者须临时定制。向系狭长形，今改为椭圆式，有时如烂纸一团，殊不雅观，不知何人创此新模样也。件头店之物品，每不若馄饨担上所制之佳，以其专精也。紧酵馒头，亦有名细点。吴俗凡探亲归来，必送盘四色或两色，紧酵馒头必居其一，俗名待慢盘，谓简慢来宾，以盘谢之也。因馒头一名兴隆，而待慢盘必用兴隆者，取其吉祥也。惟因此品为日常所需，故亦格外研究，最佳者肉细如泥，皮薄如纸，间有蒸熟之后更入油锅以煎之者，风味更胜。面馆之肉，用于大面者，最为整齐，其馀零碎之肉，略佳者用于汤包、烧卖，次者用于汤面饺、松酵馒头，其用于馄饨者，为最不堪之肉。然亦未可一笔抹杀，盖有担上之馄饨，因挑担者只售馄饨一味，欲与面馆、件头店争冲，非特加改良不可，故其质料非常考究。件头店之汤包、烧卖，或有较佳于面馆者，至于汤面饺、松酵馒头，即件头店亦无佳品矣。

茶食 古人奉茶敬客，必佐以食品，此茶食之名所由昉也。苏州茶食店，稻香村最为著名，其次为叶受和，若东禄、悦采芳，又其次也，馀店虽多，皆卑卑不足道矣。茶食何止数百种，讵能一一偻指计，兹不论其精者，而粗者不与焉。茶食甜者居多，咸者绝少，只有肉饺及火腿月饼、葱猪油月饼而已，但月饼须七八月上市，肉饺则常年有之，以稻香村为最佳，其制法，选择上品猪肉，去净筋膜，刀剁如泥，加入顶好酱油，更用干面和以荤油作外衣，入炉烘之，如能趁热即食，则酥松鲜美，到口即融，别饶风味也。设冷后复烘，则其汁走入皮中，便无味矣。至于火腿、葱猪油两种月饼，其制法，与肉饺大略相同。但火腿月饼，有名无实，盖猪油居十之八，火腿居十之二，实与葱油月饼大同小异。且此两种月饼，因猪油太多之故，热食则腻隔，冷食则滑肠，有碍卫生，非佳品也。春末夏初，大方糕上市，数十年前即有此品，每笼十六方，四周十二方系豆沙猪油，居中四方系玫瑰白糖猪油，每日只出一笼，售完为止，其名贵可知。彼时铜圆尚未流行，每方仅制钱四文，斯真价廉物美矣。但顾客之后至者，辄不得食，且顾客嗜好不同，每因争购而口角打架，店主恐因此肇祸，遂停售多年。迩来重复售卖，大加改良，七点钟前，若晨起较迟，则售卖已完，无从染指矣。方糕之外，以鸡蛋糕最佳，向日只有黄色蛋糕，且入烘炉时，糕上遍涂菜油，苟手携不慎，必至污衣，嗣后发明白色蛋糕，俗名洋鸡蛋糕，色白净而无油，携带乃称便焉。更有名芙蓉酥者，先以糯米淘净，浸透烧空，复以洁净白糖和熬熟荤油，融化锅中，稍冷，于其欲凝未凝时，将炒米拌入起锅，印以模型，冷而倾出即成，入口松脆非常，亦隽品也。

熟肉　熟肉店以陆稿荐、三珍斋两家最为驰名，其出品，以酱鸭、莲蹄为上，蹄筋、酱肉次之，至于汁肉，则品斯下矣。欲知货物之佳否，不在招牌之老否，而在手段之精否。熟肉之最佳者，莫如观东之老陆稿荐，馀则皆甚平庸。熟肉店外，更有野味店，就观前街言，稻元章最为著名，此外各店，余尚未一一试验，不敢妄评。迩年忽有常熟老店来苏，马咏斋倡于先，龙凤斋继于后。据云，马店主人，本系老饕，于肉食研究有素，后家渐中落，试设小摊，售卖自己所发明之熟肉一种，因号"马肉"，岂知生意大佳，逾于所望，遂开一熟肉铺，即以己号咏斋名其店云。马肉之佳处，肥而且烂，宜于年老无齿之人，而不宜于肠胃不坚之辈。马肉外，更有酱鸡一味，为苏地熟肉店所无者。馀如野味而附售于非野味店者，如茶食之店兼售熟鸭是，凡稻香村、叶受和、东禄、悦采芳皆有佳制，胜于专售野味之店，而其价亦较贵焉。

杂食　一曰肉粽，凡糕团店所售者，只有素粽而无肉粽，惟大户人家，于大除夕前必制肉粽，以馈赠亲朋。其制法，以白糯米淘净滤干，和之以盐，使咸淡适中，再加少量之水，浸于瓦缸中一夜，待米涨透，另以盐肉洗净，去其外层粗皮，刀切长方成块，务令肥瘦适均，以米和肉，包以青箬，用武火煮于釜中，熟后勿即出，须闷闭多时，方可取食，其味殊腴美也。近日用盐肉者少，用鲜肉浸以酱油居多，但其味不如盐肉之美耳。迩来一般小贩，仿人家酱油浸肉之法，美其名曰火腿粽，有兼售豆沙猪油粽者，背负木桶，沿途唤卖，并有入茶社兜销者，其中最著名之小贩，厥惟蔡钰如，所售之粽，米烂而肉鲜。一曰春卷，一名春饼，以水和干面入釜，烘成薄衣，再以煮熟之肉丝，或以煮烂之鲜肉，包之成卷，入油锅煎熟。人家于腊尾年头，用为馈赠之品，点心店中，近年始有之。观前街黄天源亦出售此点，用虾仁肉丝，以荤油七成、素油三成煎之，入口酥松可喜。一曰果酥，用花生，俗名长生果，炒熟后，去壳与衣，兼除硬粒，入石臼，和糖舂之，其烂如泥，故名。宫巷南首之惠凌村颇擅名，然碧凤坊巷西口之杏花村，亦味甘如蜜，入口而化也。一曰橙糕，向日各糖店有楂糕而无橙糕，惟观前采芝斋独有之，每当九十月之间，新橙成熟，色烂如金，不久而橙糕上市矣，色黄而香，味甘而酸，食之，口颊生芳，大可醒酒。一曰栗酥，味隽于麻酥糖十倍，麻酥糖质料虽细，然必和以米粉，栗酥虽甜分不多，然无他质搀和，入口酥而香，为麻酥糖所不及。此品产于吴江，而苏地只有养育巷生春阳糖果店有之，馀店虽有之而不佳。一曰五香排骨，初盛行于元妙观内各小食摊，但质粗而劣，且煮仅半熟，香味俱甚平庸，既而野味店效之，虽较小食摊略佳，而终嫌生硬难于咀嚼，与小食摊无异也，乃有小贩，自出心裁，改良精制，兜售于茶酒肆，其味特佳，如异味轩者是。一曰糟鹅蛋，现南货店、野味店所售之糟蛋，俱系鸭蛋，且味咸而不适口，惟糟鹅蛋，咸少甜多，味颇隽美。其初盛行于浙省半湖，而上海珠家阁继之。制法，以盐和酒酿入坛，纳蛋其中，久之乃成。今观前亦盛兴野味店亦有出售，盖从出产地运苏者也，但因其价甚昂，顾客稀少，久之味变，由坛移入玻瓶，但甜味已变酸矣。一曰虾子鲞，制法，以勒鱼煮熟，外敷炒熟干虾子。茶食、南货、野味等店皆有之，但不去骨，味亦不佳。凡考究肴馔之人家，以盐勒鱼煮熟，去净细芒之骨，碎为细末，更以鲜虾子同上好酱油煎干，和入鲞末中，印以模型，成小饼样，于烈日中晒干，藏诸密器，用时取一饼，以沸汤冲化之，下酒佐餐，极饶风味，惜各店无有仿之者。一曰鱼卤瓜，凡盐鱼店贮鱼之器，积久必馀下卤汁，以稀麻布滤成清汁，另盛他器，将尚未长成半途枯萎之小王瓜，长寸许，粗如簪者，浸入此清汁中，久之浸透，其味咸而鲜美。今菜馆所用粥菜采用之，彼中人美其名为虾卤瓜云。一曰素火腿，以腐衣制之，一名素鹅。其制法，以腐衣数十百张，撕去其边，另用黄糖调入上好酱油中，即以撕下之边，蘸以酱油，于每张腐衣上抹遍之，抹好一张，加上一张，约叠二十张，将腐边放入腐衣中，卷成长条，馀则仍照前法，再抹再卷，卷毕，入锅蒸熟之，即成。虽为素品，其味鲜美绝伦。腐衣须用糯性者，浙杭之货最佳，常州次之，至于苏州之腐衣，其性坚而不柔，不可制也。观前协和野味店，与常州小贩有往还，故常有之，至于他店，只有百叶所制之素鸡，其味太咸，而毫不鲜美也。

（《珊瑚》1934年第4卷第9号）

苏州的点心

姚民哀

　　苏州的点心，享名最久，足当"价廉物美"四字者。首推汤包，因其用松毛衬底之小蒸蒸熟，一蒸至多三十枚，食时皮薄卤多，且有松毛上之清香，风味别饶，为他处所不及。然而近来苏地汤包，以价值增高，原料加大，且多不用松毛衬底，与沪上之汤包，色味无异，未见所长。只护龙街邮政支局对面，有一家一半糕团铺，一半件头店（不卖面，只出售汤团、馄饨等者，谓之件头店），牌名钱万兴，尚用小蒸，形式较他家略小，所以他家每客十件，售钱二百文，外加小账二十文，钱万兴只售一百五十文，且不收小账，故亦不有毛巾擦脸，不过衬底亦非松毛，虽较他家滋味略胜，而终乏清香。其次松鹤楼之鱼面、肉面，亦为苏人所赞美，然就愚兄弟两口辨别，不若观山门口之观振兴可口。但观振兴面味虽佳，其中堂倌之面目，实在难受，对于顾客任意简慢，又不如老聚兴（在阊内中市皋桥头）堂倌之招呼周到，面味亦可与观振兴颉颃，并且值堂与灶上呼应之声口，按腔合拍，颇可解颐。更次皋桥头陆万兴之汤团，亦属著名点心，其优点不外皮薄酿多，惜乎味嫌略淡，喜咸者不甚赞成。此外各色点心，有名者尚夥，而小子未曾尝试，不敢信口胡评，自欺欺人也。

　　　　　　　　　（《红玫瑰》1930 年第 6 卷第 11 期，署名民哀）

吴中食谱

范烟桥

　　美尽东南，包罗甚广，而吴中食品尤足以脍炙人口，一经品第，必芳留齿颊而弗忘，则抉隐搜奇，当为老饕所喜，朵颐占福，斯为左券已。

上

　　吴中菜馆虽多，要以苏式为最占势力，蘋花桥之天和祥，宫巷之义昌福，为一时瑜亮。此外偶然卖力，亦见长处，未足以执大纛周旋坚敌也。天和祥之蜜渍火方，白如玉，红如珊瑚琥珀，入口而化，不烦咀嚼，真隽品也。义昌福之鱼翅，亦称擅场，近在城中饭店别张一军，时出心裁，每多新作，如番茄鱼片，如加厘鸡丁，略参欧化，颇餍所好，一时仿而行者，几于满城皆是，然终弗逮也。

　　苏州有"吃煞临顿路"之语，盖自临顿桥以迄过驾桥，中间菜馆无虑二十馀家，荒饭店不计，茶食糖色店称是，而小菜摊若断若续，更成巨观，非过论也。

　　物必以时，罕而见贵，一年中如着甲、团鱼、黄鳝、螃蟹、鲥鱼，在当行出色之时，其价之昂，骇人听闻。某年立夏，鲥鱼每两卖八百文，一时引为谈资。近着甲一斤卖一元，亦为近年所未有。闻诸渔人云，自冬至春，着甲之来苏者，未及四十尾，大者可二百斤，鱼行得十一之佣，其利甚薄。惟招徕渔人，亦颇费本钱，盖每年秋风起，例以"作裙"赠渔人之为长者，多至三四十袭，少亦一二十袭云。"作裙"者，渔人围身之裳，得之分赔伙伴，不啻受鱼行之定钱，终岁不得别就交易矣。

阊门外某教门馆，专制回回菜，不用猪羊，而烤鸭独肥美鲜洁。据云，于喂鸭时，先以竹竿驱鸭，使惊慌乱走，然后给食，故皮下脂肪称特别发达。虽此馔以京馆为最擅胜场，然亦不如其肥脆也。

在清明前后，有糖菌者，为吴下产物，小而圆，嫩而脆，多产于附郭诸山，过时即如老妪之鹤发鸡皮矣。此外，若新鲜香椿头，若青蚕豆，若莼菜，虽为田园风味，偶而登盘，亦足以当大雅一下箸也。

更有两异味，为常人所不易尝到者，一为叭肺汤，一为红烧鳗鲡。叭肺汤，他处人并不识其为何物，鳗鲡为田家所食，然两味别有妙处，难为俗人道。叭肺汤在冬春间随处可得，鳗鲡则非深夏不办，而城中以松鹤楼为最腴美。

苏城点心，惠而不费，而以面为最普遍。观前观振兴，面细而软，肉酥至不用齿啮，傍晚蹄膀面更佳，专供苏州人白相观前点饥之用，故大碗宽汤，轻面重浇，另有一种工架也。

面之有贵族色采者，为老丹凤之徽州面，鱼、虾、鸡、鳝无不有之，其价数倍于寻常之面，而面更细腻，汤更鲜洁，求之他处，不可得也。

每至夏令，松鹤楼有卤鸭面。其时江村乳鸭未丰满，而鹅则正到好处，寻常菜馆多以鹅代鸭，松鹤楼则曾有宣言，谓苟能证明其一腿之肉，为鹅而非鸭者，任客责如何，立应如何！然面殊不及观振兴与老丹凤，故善吃者，往往市其卤鸭，而加诸他家面上也。

穗香斋为观前糕团业中后起之秀，所制汤团，皮薄而汤多，美品也，薄荷、玫瑰馒头已逊一筹。言夫馒头，自以天和祥之大一品为最，惜乎无零售耳。

中

汤包与京酵，以悬桥塊之兴兴馆为上，虽观振兴亦有所弗及。苏城点心随时令不同，汤包与京酵为冬令食品，春日为汤面饺，夏日为烧卖。岁时景物，自然更迭，亦不知其所以然也。

观振兴于秋日有蟹粉馒头，不解事者往往嫌其空洞无物，其实皆蟹油也，虽不及镇江馆所制之隽永，然在求镇江馆而不得之苏州，亦只能以此慰情胜无耳。

宫巷周万兴，制米风糕甚有名，寻常米风糕不能免酵味，而彼所制独否，故营业颇盛。有某甲羡之，赁其邻屋以居，每夜穴隙相窥，得其制法甚详，乃仿之，亦设一肆以问售，顾买者浅尝，辄叹不如远甚，卒弗振。于是更窃考其究竟，则见其杂搀一物于粉中，不审何名，因弃去不与之竞，自是其肆生涯益盛。每至岁首，制酒酿饼，皮薄而不韧，亦佳作也。

初夏，稻香村制方糕及松子黄千糕，每日有定数，故非早起不能得。方糕宜趁热时即食，若令婢仆购致即减色，每见有衣冠楚楚者，立柜前大嚼，不以为失雅也。熏鱼、野鸭亦以稻香村为最，叶受和足望项背而已。东禄则以新张，不得老汁汤，自追踵莫及矣。此三家非得鲭鱼不熏，所谓宁缺毋滥，其他野味店不能及其硬黄，而价亦倍于常物也。

凡于佳节自他处来吴门者，必购采芝斋之糖食，其中尤以瓜子与脆松糖为大宗。瓜子之妙处，粒粒皆经选择，无凹凸不平者，无枯焦不穗者，到口一嗑，壳即两分，他家无此爽快。脆松糖无胶牙之苦，有芳颊之美。此外如楂糕、榧子糖，虽并称佳妙，不足以独步也。

定胜糕与酒酿，为春间流行之食物，然定胜糕亦以稻香村为软硬得宜，惜不易得热，必归而付诸甑蒸耳。酒酿以玄妙观中黄氏所制无酒气，荷担者往往贪利，购自他处，不如远甚。

东禄铺张扬厉，所出物品亦不过尔尔，惟近制鸡肉饺，则殊可口。每傍晚，环立如堵者，多为此而来也。

玄妙观为平民娱乐饮食之公共场所，而炒面、豆腐浆，则虽翩翩衣履之青年男女，亦有纡尊降贵以枉顾者。

吴苑为零食所荟集，且多精品，如排骨为异味斋所发明，虽仿制者不一而足，俱有一种可憎之油味。异味斋之排骨，其色泽已不同凡响，近长子发明一种肉脯，不及其雅俗共赏，闻此法已为再传，当时其开山老祖所制，更觉津津有味云。

卖糖山楂，为苏州小贩一种应时之职业，盖天热即不能制。有一烟容满面之小贩，所制特出冠时，非至电炬已明不肯上市，甫入茶肆，购者争集，往往不越一二小时，已空其洋铁之盘矣。

吴苑之火腿及夹沙粽子，亦为有名之点心，米少而馅多，且煮之甚烂，几如八宝饭，老年人尤喜之。

苏州船菜，驰名遐迩，妙在各有真味，而尤以点心为最佳，粉食皆制成桃子、佛手状，以玫瑰、夹沙、薄荷、水晶为最多，肉馅则佳者绝少。饮食业之擅场者，往往以"船式"两字自诩，盖船式在轻灵精致，与堂皇富丽之官菜有别。

下

馄饨、水饺皆以荷担者为佳，旧时小仓别墅以虾子酱油作汤，肉斩极细称独步，自谢客后，颇有难乎其选之慨。

每至秋日，糕团肆有大头芋艿，春深有窝熟藕，冬初有糖烧山薯，各有妙处，然不知者每以平凡忽之。因此等食品，家厨手制颇多，不以为奇，殊不知黄天源、乐万兴诸家有出色风味也。

陆稿荐、三珍斋酱鸭、酱肉，几乎尽人皆知，惟城内城外无虑数十家，非经尝试，何从鉴别。就所心得，以观前醋坊桥下之陆稿荐，及道前街之三珍斋为上。酱鸭在秋令最肥嫩，一至冬深，便咸硬如嚼蜡矣。喜食瘦肉者，可购蹄筋，惟须与酱肉同买，过早过晚，均不易得，其名贵如此。立夏以后，乃有酱汁肉，与寻常酱肉异其味，至夏伏即停煮。

城南西新桥野鸭有异香，虽稻香村、叶受和亦逊一筹，惟只在冬令可购，易岁即无之。

每至黄梅时节，虾乃生子，于是虾子酱油之制比户皆是。此品居家不可不备，如食白鸡、白肉、冬笋、芦笋皆需之，虽市上亦有出售，大都杂以鱼子，故不如自制之可口。

寺院素食，多用菌油、麻油、笋油，偶尔和味，别有胜处。城中佛事，近都茹荤，故素斋亦绝少能手。旧时以宝积寺为最，然不及玄墓圣恩寺，有山蔬可尝也。

大家庖丁，每有独擅胜场之作，而亲手调羹，尤足耐人回味。余友黄若玄、转陶兄弟，时折柬相邀，手谈竟夕，太夫人往往手制佳肴以饷客。余最爱其四喜肉，腴美得未曾有。尝以烹法相询，云纯以酒煮，不加滴水，故真味不去，即一勺之羹，亦留舌本之隽永也。

吕君鹤章曾告余以神仙肉煮法，以肉洗尽，置钵中，注酒及酱油，不注水，上糊以布，阻泄味及回汽，放镬中，亦不置水，盖密，以七、五、三间断煮之，味倍厚于常，试之信然。苏州买肉极便利，有纯瘦可买，价略昂，若煮肉丝，殊少糟粕之弃。

有所谓叫化鸡者，以鸡满涂烂泥，酒及酱油自喉中下注，然后燃炭炙之，既熟略甩，泥即脱然，香拂箸指。相传此为丐者吃法，盖攘窃而来，急于膏吻，不暇讲烹调事也。常熟馆中有此馔，美其名曰"神仙"。前年阊门有琴川蒿犀楼，枉顾尝新者颇众，后以折阅而辍业，此味遂不得复尝矣。

苏州旧有瑞记汽水，味甜而少噫气之效。去年"五卅"案起，久挂人齿之正广和汽水，遂无人说起，于是华英药房之汽水，遂起而代之，形式相似，而味则远逊，故喜冷食者改饮冰。天赐庄之教师、学生、大司务乃合力而成一味可公司，售各式冰淇淋，以玫瑰之颜色为最艳，以香蕉之滋味为最甘，老牌之广南居与马玉山颇受其影响。

（《红玫瑰》1926 年第 2 卷第 20 - 22 号，署名含冷生）

苏味道

范烟桥

唐伯虎的《姑苏杂咏》，有句云"小巷十家三酒店"，见得苏州人喜吃酒的多，但是他写的明末的苏州，或许诗人习尚惯于夸张。现在却并不如此，只有几条大街，酒店确是不少。

酒店和菜馆不同，酒店只卖酒，不卖菜，至多备些小碟子，大概是素的如发芽豆之类，其他是应时节的，春天有马兰头、拌笋，夏天有黄瓜，秋天有毛豆、雪里红，冬天有辣白菜。至于荤的，由小贩挽着篮来供给的。到酒店吃酒的，都是内家，要辨别酒的好坏，不是醉翁之意不在酒。最经济的，吃"戤柜台"酒，没有座位，立在柜台的外面，讲讲山海经，说说笑话，看看野景，也可以下酒，和俄罗斯的"吧"有相似的作风。所不同的苏州是静的，他们是动的，所以吃柜台酒的决不会打起来的。

相传有一个吃"板酒"的，从来没有买过小菜，他见有小贩过来，伸手去拣食品，这样不好，那样不好，始终没有成交，可是手指上已染了许多油脂，他就用嘴吮着，吃完了他的"例酒"。虽然是讥讽，可是他们俭约的习惯，确乎可惊。酒不可不吃，却不肯多费钱，总是用最经济的方法，去尽他们一夕之兴的。

在小巷里，固然也有酒店，每天的座上客，都是经常的主顾，而且坐的地方，也不会更换的，时间更有一定，今天某人不到，大家要牵记了，不是家里有事，便是本人有病，或者出门去了。倘然来了一个陌生人，全体向他注目，所以各走各店，决不变动。那些酒店里的酒，不是十分高贵的，因为酒人以普通阶级的多。有的家里饭米都没有，他还是要来吃酒的，不过吃起来有限度的，至多一斤，少则八两，还有所谓"免四"，是出十二两的酒钱，吃一斤的酒。当然未尽其量，不过杖头钱不多，适可而止，只杀一杀酒瘾，就心安理得了。

（《国光》1946 年第 1 期，署名含凉）

苏州食品之一般

一 梦

苏州著名的食品是很多，如酒菜、糖果、茶食、热点，以及水果糕饼等等，俗语有句话说"苏州人的吃最考究"，由此思之亦可见一斑了。现在游苏州者甚多，所以我别的话也不赘述，就把苏城一切著名的食品以及出品的店号写出来，供给游苏诸君，也可使当一二。

王颐吉的麦烧和高粱，是很著名的，开设在观前大街口，故每至傍晚，终是谈笑嘈杂，酒朋满座。

潘万顺的酱油，味美而质佳，开设胥门外枣栈。

筵席如养育巷之大雅园、护龙街之天来福、道前街之三雅园，菜亦很新鲜，烧手亦佳，不亚于海上之复兴园、鸿运楼等，所以苏州人每逢婚丧喜事，多是这两家的看馔。尚有铁路饭店、苏州饭店、大庆楼等，虽菜也很好，然多是作花家和客商的生意，人家定席是很少。

此外尚有零碎名菜多种，如赵元章之酱蹄子，陆稿荐之酱鸭，方阿宝之红烧羊肉，三珍斋之酱肉、酱汁肉，松鹤楼之卤鸭，大东阳、生春阳之火腿，稻香村之熏鱼等，也都是顶刮刮的可口名菜。

糖果如马玉山之宝塔糖、麦精糖，一枝香之桂元糖，以及野荸荠之各种罐头食物等，亦甚精美，价较海上为廉，均开设在观前大街。

茶食如稻香村之糖橄榄、南瓜子，一枝香之西瓜子、糖佛手，天禄之橘红糕，野荸荠之肉饺、青豆等。

热点如松鹤楼之蹄子面、鸡面，观正兴之鳝面、鱼面、烧卖、馒头、汤包等。

糕饼如稻香村之玫瑰猪油糕，陆万兴之猪油大方糕，野荸荠之玫瑰定胜糕，一枝香之鸡蛋糕、鸡蛋饼，天禄之圆圆饼等，亦皆苏城之名食品。

（《申报》1926 年 4 月 4 日）

甜苏州

张心期

记得我在高中读书的时候，有一位苏州籍的教师，和我最要好。一次暑假，他要我跟随他到苏州去玩玩，他说："别的不敢夸口，我们姑苏的甜食，是很有名的。你们杭州人吃惯了咸的，去调换一下口味也好！"可惜我这一次没有去，但是，"甜苏州"的印象，第一次深镌我的记忆里了。

数年后，我经友人的介绍，认识了一位苏州女友。她第一次到我家中，我们很客气地备了许多菜，她勉强吃了一些，却悄悄对我说："你们的鱼啊，肉啊，都咸得要命，我实在不敢领教！"这使我记忆起苏州人是吃"甜"的，但不禁还是很怀疑地问："难道你们的红烧肉和醋溜鱼都放糖吗？"她认真地说："这当然，任何菜肴要是少放了糖，那还有什么滋味呢？"从此，"甜苏州"的印象，我又深入了一步。后来，我和她结了婚，她的烹调手段的确高明，只是一点，在她的厨房中，糖和盐是同样不可缺少的东西，不论是鱼啊，肉啊，甚至炒青菜、炖咸菜，没有一味菜不甜，甜得我暗暗叫苦！如是者一年，我被妻同化了，吃惯了甜，反以为一味好菜如果不放糖，那太是可惜了！

的确，苏州人的"吃甜"，是值得别地方的人见了咋舌的。姑苏的糖食，便是驰名全国，采芝斋、悦采芳、稻香村的出品，几乎遍及全国通商大埠，他们所出售的甘草瓜子、玫瑰瓜子，也都是放过糖的。还有，在苏州的面馆中有一种"糖面"，据说是很著名的，并且苏州人个个爱吃。可是，我曾经试尝过滋味，面中放了糖，吃进去只有"倒胃口"，它的"好处"，也只好让苏州人去体会了。

八宝饭，那是糖莲心、蜜枣、糖拌猪油、糖青梅、豆沙等做成的糯米饭，爱吃甜食的人，无不称誉它的美味。但是，欢喜吃咸吃辣的人，只好对它皱眉，因为它的甜的程度，那实在是够得上说声"可以"。

百合汤、莲心汤、鸡豆肉汤、白糖莲心粥……这些这些，都是苏州人常吃的"起码补品"，既可滋补身体，又可在午后或夜半当点心，并且十分可口。高贵一些的家庭，常进白木耳汤；差一些的，用赤豆汤、红枣粥来代替。自然，这些东西别地方的人也有吃的，但他们决不会吃得像苏州人那么的"甜"。

每逢废历十二月初八日那一天，苏州更有一个奇异风俗，家家户户，都要用八件甜的东西，烧成了粥，唤作腊八粥。我在岳母家中，曾吃到过一次腊八粥，那和腊八饭是同样的东西，它们的分别，只是在饭和粥上面，不过腊八粥，是不放猪油、豆沙等东西的。

糖藕是苏州名产之一，苏州人选其粗壮的，在藕孔中放了糯米，煮熟后用糖收胶，便成为一种极其佳妙的点心。还有芋艿、山芋，用糖煮熟，其味不减糖藕。苏州的小贩喊卖糖藕、糖芋艿、糖山芋的很多，但他们每天都能做到很好的生意，没有一个不是空着担子回家。

最后，我要说一段笑话结束。某中学招考新生，试题中有一题，是问到"开门七件事是什么"？所有的应试者，都是填着"油、盐、酱、醋、柴、米、茶"，其中有一个苏州来的学生，却写着"油、糖、酱、醋、柴、米、茶"，他后面还加批一行说："我不是忘记了'盐'，但这里规定七件事，'盐'既不及'糖'的有用，并且'酱'的成分内已包含了'盐'，所以我把'盐'字略去了！"

（《紫罗兰》1943年第2期）

新剥鸡头肉
——苏州口福的佳话

程瞻庐

看到了这个标题，要是误会了唐明皇这么一回事，便是"离题千里"，"冬瓜缠到了茄门里去"。须知本篇所说的鸡头肉，确是真崭实货，苏州出产刮刮叫的南塘鸡头肉，并不是想象的、比拟的、似唐明皇所咏的"软温新剥鸡头肉"。话既说明，书归正传。

鸡头便是芡实，这是脍炙人口的东西，别名是很多的，如雁头、雁实、雁喙、鸡壅、卵菱、鸿头、暖菱、乌头、水硫黄等，看看花色繁多，其实只是一物数名。宛如大量出产的著作家，一个人化了许多笔名，笔名虽多，其实只是一支笔下产生的东西。

住在苏州有什么好？有的说，好在吃阳澄湖蟹。有的说，好在吃南塘鸡头。章太炎夫人汤国梨女士诗云："不是阳澄蟹味好，此生何必住苏州。"这是爱吃阳澄湖蟹的话。我的朋友江君，套着这两句诗腔，他说："不是南塘新芡好，此生何必住苏州。"这是爱吃南塘鸡头的话。

江君是皖省人，在苏州担任中学教员，他向我说，我们安徽人，大可在本省担任教员，为什么赶到苏州来执教鞭呢？实在南塘鸡头的魔力，使我尝过了这滋味以后，便心心挂念在苏州。我初次尝这滋味，是在那年秋季领着学生到苏州旅行，学生住旅馆，我却住在朋友家里。朋友捧着一碗新剥鸡头肉，确是南塘佳品，教我异乡人尝尝滋味。这是市上买不到的东西，只有家庭买了新茨，破工夫一粒粒的剥开，用着冰糖同煮，作为点心，异常可口。吃了以后，真个赞不容口，又芬芳，又滑润，又耐咀嚼，住在本省，哪里吃得到这样好东西？从此得了一个很深的印象，要尝新剥鸡头肉，非得久住苏州不可。后来得有机缘，真个做了苏州中学的教员，我最后盼望在秋季始业的时候，正是唐人诗中所谓"秋风开茨嘴"的时候，新茨登场，恰当时令。我每天早点，总是享用新剥鸡头肉，粒粒似珍珠一般，我便诌了一句打油诗，叫做"粒粒珍珠当点心"。吃了这一碗鸡头肉以后，大约有三小时的齿颊生香。自秋季始业起，直到中秋左右，问我用什么早点，没有一天不是"粒粒珍珠当点心"，这便是我一年中的黄金时代。苏州出产的鸡头肉，划分南塘、北塘，南塘出产的性糯，北塘出产的性粳。我在苏州一住二十多年之久，对于吃鸡头肉，已成了老门槛，鉴别之力很不错，当然吃的是真正南塘鸡头肉。吃鸡头肉容易，剥鸡头肉困难，两斤重量的鸡头，不过剥出浅浅一碗的鸡头肉。我们娘子既不耐干这枯燥无味的工作，剥时，非但苦了指甲，而且偶一不慎，把浸鸡头的水，溅上衣服，无论如何都洗不掉，所以我们的娘子把剥鸡头当作苛政。家中雇用一个江北妈子唤作李妈的，烧茶煮饭忙不了，又要她剥鸡头，她当然不愿意。娘子许她在剥鸡头的时期，按月加她工钱两元，好在一年中剥鸡头的日子，不过两个月，我们所费无多，而李妈已见钱眼开，很愿意干这工作了。李妈初剥鸡头，不能恰到好处，往往搯碎，不能圆润如珠。后来有了经验，搯这鸡头的脐，那么两爿分开，一颗颗的珍珠，从这壳里迸出，再也不会有残缺不全之虞了。鸡头肉煮熟以后，最好加着相当的冰糖屑，或用上白糖亦可，那么味甘而液清，休说吃在肚里很受用，便是放在面前也很漂亮。要是用了次白糖，甜味虽不错，但汤液发黑，见了不能生好感了。这都是吃鸡头肉的门槛，愿为知者道，难与俗人言。

　　每斤鸡头，只剥出少许的肉，多许的便是遗弃的鸡头壳。李妈的男人是拖黄包车的，一天到晚干这脚打屁股的生涯，远不及我们做教员的舒服。娘子发着慈悲心，非但加给李妈工钱，而且把那两个月剥下的鸡头壳，约有百斤左右，送给她携回做燃料，她得了这意外赏赐，千恩万谢，不消说得。苏州鸡头的价值，大约一块钱可买十馀斤，煮熟加糖，大约化着两毛钱，便可以"粒粒珍珠当点心"了。我曾统计，两个月吃鸡头的消耗连同加工在内，不过十六元，可谓价廉而物美者矣。最使我念念不忘的，就是齐卢战争的那一年，在那风声鹤唳之下，苏州的资产阶级，都已黄鹤高飞，到上海去作寓公。南塘新茨上市，少了许多吃鸡头肉的主顾。那时南塘鸡头，一块钱可买五十斤。记得那一年我吃了两个月的鸡头肉，连同加给李妈的工钱，所费只有六大元，真是千载一时的盛事。

　　江君对于鸡头肉的礼赞，既如上文所述。但是近六七年来，世事沧桑，生活程度已大非昔比。江君在事变发生时，虽曾回到原籍去避氛，最近秩序回复，一切安堵，他仍到苏州来干那教鞭生涯。笔者因和他久别，今年中秋节后，曾去访问过一次。没有和江君会面，只见了他娘子江师母，很殷勤地款待来宾，说江君因学校中有会议，还没归来。遂向我细述近年的生活状况，物价怎样的继长增加。这是近来一般人的通套语，不烦细述。我在战前，常在江君家里走动的，现在比较之下，那种生计萧条的表现，是无可讳言的。以前的客座挂钟，不见了，书房中的皮面金字书籍，一部也不见，只剩些断简残编了。家事操劳，都归江师母一人主持，也没有李妈分任其劳了。我正默想着江君自夸的"粒粒珍珠当点心"，居于现在情况之下，大嚼烧饼油条，仅博得胡乱充饥，不见得天天可以享受南塘鸡头肉吧。正在默想间，眼光一瞥，忽见书房天井内晒着许多鸡头的壳，不由得问着江师母道："现在南塘鸡头，比着以前价昂数十倍了，江君在家，依然天天吃鸡头肉么？"江师母眉头一皱道："伯伯，说也可笑，从前他在苏州教书，月俸不过百元左右，可以雇佣妇，可以吃时鲜的南塘鸡头肉。现在月俸连津贴，差不多有三四百元，每天早点，只是大饼油条充饥，再休提新剥鸡头肉了。"我指着天井说道："嫂嫂休太谦，这不是新剥鸡头肉的壳吗？"江师母带着腼腆的态度说道："说也惭愧，在伯伯面前也只好依实而讲，真叫作'穷遮不得，丑遮不得'。"

但是江师母说到这里，又沉吟着，似乎不好意思一般。我说："毕竟甚么一回事呢？"江师母道："说来真教人气死，又教人羞死。从前在这里做佣妇的李妈，伯伯不是时常见过的么？他要吃鸡头，总是李妈剥的，有了几年的经验，剥得粒粒圆润，一粒都不会掐碎。前天我到小菜场，买些青菜、黄豆芽做饭菜，忽然遇见李妈也在那里买东西，她的篮内，却盛着大块的肉、整条的鱼。我说，你依旧帮着人家做么？她道，我不帮人家了，我只是帮李二烧茶煮饭。我道，李二想已得意了，现在换了什么行业？她说，他依旧是个黄包车夫，换什么行业呢？不过从前拉车，除去车租，一天所赚只有一二块钱，吃饭都不够，怎能养妻子，所以我只好帮人家。现在拉车，除去车租，一天可以赚二三十块钱，我想我们的李二太辛苦了，须得吃些好东西，把身体将补将补。所以过了几天，我总要买些粗鱼大肉回去做饭菜。李妈说到这里，又向我篮里望了一下，她说，奶奶，怎么只买些蔬菜，难道是吃素？我说，我不吃素，只为我们先生做教员，是很清苦的，怎么可以吃荤腥？李妈道，南塘鸡头肉常吃么？我连连摇头道，只吃大饼油条，哪有南塘鸡头肉吃，吃一碗南塘鸡头肉，现在要化钱五六块，穷教员哪里吃得起？李妈道，不瞒奶奶说，我们李二，现在却要吃细货呢。我为着他要清早起身，便在隔夜剥好一碗南塘鸡头肉，到了明朝加着冰糖煮给他吃。今年的鸡头已买过一百多斤了，剥下的壳很多，奶奶是好人，从前常把鸡头壳送我，现在可以送还奶奶了。把来晒干后，到了冬天，煨煨脚炉，也是很有火力的。自从此次我和李妈见面后，过了一天，她把麻袋装满了鸡头壳，特地送给我做燃料，这便是天井里晒着的东西。伯伯，你想自己吃不起鸡头肉，却要接受佣妇家里的鸡头壳，做那冬天的燃料，岂不是又要羞死，又要气死？"说到这里，江师母的眼泪，似断练珍珠般地挂下，直挂到嘴边，几乎要咽入肚子里去。

我却想着江君的一句诗，"粒粒珍珠当点心"，昔日的粒粒珍珠，是江君吃的鸡头肉，今日的粒粒珍珠，是江师母咽的眼泪，想到这里，我也不觉呆了半晌。

（《大众》1943 年第 4 期）

松鹤楼小饮

易君左

到了苏州南京路的观前街，静山拍取了几张市景，我们各买了一点东西，如小剪刀、松子糖、瓜子之类。昨天晚上截止被上海市政府严厉取消了的美货摊，依然在苏州出现，价钱并不贵，但购者远不如上海市民之踊跃，堂堂观前街竟不如小小朱葆三路。已到午饭时间，登松鹤楼。这家菜馆与无锡的聚丰园齐名，代表纯粹江南风味。战前我数游苏州，记得一次奉陪李印泉、张仲仁二老饮酒吟诗，即在此松鹤楼，有"两三巨老飞奇彩，十万狂花抱冷香"之句，正值探梅季节。战后第一次重来，十载沧桑，印老犹存而仲老已逝，不胜感喟。

松鹤楼的房子一点未改动，建筑老式，下层炉灶，煤烟熏上楼来，广置桌椅，为何尚不改良？但此处的美味佳肴，真正值得推荐。我们《和平日报》拟出"饮食周刊"，松鹤楼欲广招生意，为何不登广告？现在我且义务介绍一次，下不为例了。我们点的几样菜，一样熏鸭，一样腰片，一样油虾，吃酒的好菜。熏鸭是松鹤楼名品，腰片既嫩且鲜，油虾个个像醉汉。一样炒蟹，一样鲫鱼清汤，一样开洋小白菜，下饭的好菜。炒蟹全是蟹肉，惜蟹黄少，还未到时候；鲫鱼汤鲜美，用火腿片夹蒸；青菜一大盘，艳如翠玉。外加冰啤酒一瓶，冰汽水一瓶，连小账在内，三万二千元整。像这几样菜，上海不是没有，而决难赶上苏州之精致，其妙尤在新鲜。但有一点憾事，即米太坏，一股霉气。饭不能配合菜，是松鹤楼的大缺点。

在饮谈时，一个马车夫上来兜揽生意，包一个下午，游览各处名胜，送上火车，需价四万五千元，后来讲到三万四千元（回来时，一个同车的苏州人说我们包得太贵了，包一整天马车也不过三万元）。游苏州一定要坐马车，孔子周游列国也是坐马车，"虽执鞭之士，吾亦为之"，孔子还当过马夫。

（《战后江山》，易君左著，江南印书馆 1948 年 8 月初版）

苏州饮食事业的今昔

杨剑花

一、本文前奏

"食在广州",其次就要数到苏州了,这是谁都不会否认的。

苏州人的特性,从恭维的方面说,便是"因为永久在安居乐业的状况下,地方富庶,人民豫暇的时间特多,所以会特别考究孔老夫子的食不厌精主义";从不客气的方面讲,却老实就是"习于苟安逸乐,没有刻苦磨砺的精神,贪吃懒做,相沿成为风俗"。但,无论从哪一方面观察,苏州人考究吃的特性,总是铁一般的事实。

谈饮食事业而找到了苏州这一个题目,真是"得其所哉"。这篇东西,虽然漫无限止地谈谈,却稍为出之于有系统一些的叙述,约略分"过去"和"现在"两个界段来说。

二、旧势力的过去情形

(甲)食品商店——这里笔者来把"甜"、"咸"两字,区别糖食肆和酱腊铺两种食品商店,实在这两种商店,足以包括和代表苏州一切的食品商肆了。大家都知道,苏州的糖食是举国闻名,而酱味腊味之美,也可称江南独霸。先说糖食,"松子糖"、"麦约糖"、"猪油桂圆糖"、"玫瑰薄荷粽子糖"、"冰糖胡桃"、"椒盐胡桃"、"脆松糕"、"南枣糕"、"玫瑰甘草水炒瓜子"、"蜜饯梅子",以及一切的蜜饯，"猪油年糕"、"百果蜜糕"，这些，这些，都是苏州糖食的特产。吾们如果走过观前街，跑进采芝斋、稻香村、叶受和等糖食店，稳会叫你馋涎欲滴，再走到宫巷第一天门口的一片小小的惠凌村，它那儿的"冰糖果酥"，全苏独一，也够吃甜食的朋友一解馋吻。再说酱味腊味吧，"酱鸡"、"酱鸭"、"马肉"（常熟移苏的马咏斋出品之酱肉）、"冰糖汁肉"，以及一切糟、醉、熏、腊，你假使知道那鼎鼎大名的老店陆稿荐、三珍斋，你自然而然地会去惠顾，买了回去，一快朵颐。"甜"和"咸"的食品，在苏州简直可以说是"集大成"，单就这一项原因，便难怪人家要把苏州视作天堂了。

（乙）茶馆——在中国差不多没有一个地方没有茶馆的，却总没有广州和苏州这两处地方的茶馆，来得特殊发达，这可以说是饮食特区的相同的特征。苏州的茶馆，太监弄里的吴苑深处，自然要算最著名，汤家巷里茂苑次之（事变后改名梅苑），玄妙观内有两片老茶肆，叫"三万昌"、"品芳"，此外城外马路各处，都有老招牌的茶肆，从朝晨一直到夜晚，不会有座客寥落的恐慌，尤其是早上八九点钟，和下午四五点钟，这几个时辰，管教你家家座上客常满，壶中茶不空。苏州茶寮的特色，首推光裕社、普裕社的说书——弹词和评谈，但有许多茶客和许多茶社，却并不注意在这点上，他们的营业发达主因，还在乎苏人的喜欢三朋四友，相聚清谈，这种遗传性的积习，江山好改，本性难移，苏州人将永远几千万年地保持下去了。苏州茶馆里——尤其是吴苑，售卖精粗小吃食品的负贩独多，"黄连头"、"甘草梅子"、"五香豆"、"陈皮梅"、"鸭肫肝"、"扁豆糕"、"斗糕"、"排骨"，一切小吃，以及叫唤点心的便利，你想，这种怡然足乐的去处，又何怪乎贫富老少，趋之若鹜呢！你一走进苏州的茶寮，你便会惊诧着苏州有闲阶级的数量，可以打破全国的纪录。

（丙）酒楼菜馆——本地的苏帮菜馆，肴馔鲜腴精美，他帮相形见绌，除掉徽帮以外，别帮的餐馆，以前简直在苏州站不住脚。徽馆中的老丹凤和易和园两家，俱开设观前街上，资望深远，营业旺盛。与老丹凤望衡对宇的松鹤楼，以卤鸭面驰名遐迩，历数十年勿衰。苏州地方，餐肆的菜肴中，鱼虾的鲜活，确是京沪人士所吃不到的，可是苏州城里，阔人家中，遇有大宴会，还要专诚到木渎镇上的石家饭店去定菜，他们犹嫌城内菜社酒楼的鱼虾不鲜腴，一定要石家饭店当时出水就烹的活鱼虾呢，他们对于口腹，是何等的考较啊！

（丁）点心店——说起点心，吾们最不满意上海的大面了，除掉粤菜社中的伊府面，风味别具，制法特佳，是在例外，此外各种店铺里的面，可以说是坏极，面的本身不佳，那末无论"面浇头"是怎样的好，也终究不会讨好咧！苏州的面，条子细洁，质地柔滑，绝无面粉的恶味，你就是跑到观前正山门的观振兴面馆去，吃一碗焖肉面，或是爆鱼面，也觉极有滋味，松鹤楼的卤鸭面，不久便要上市，提起了它，笔者真要垂涎三尺。此外，凡这面食类的点心，像汤包、烧卖、小笼馒首、水饺、油氽馒首之类，都比上海的好。至于糕团呢，又是苏州人所特嗜的，种类太多了，单说观东黄天源的汤团、肉团子、嘉兴糕、蒸松、猪油切糕，粉质的细腻柔糯，肉馅的调制鲜美，苏地无人能赶得上他们的，说句夸大的话，吃了苏州黄天源的团子，会叫你觉得天下的团子，都无味了。其馀像咸糕、馄饨、角黍、米枫糕、酒酿饼，以及点心店的应有尽有的粗细点心，大都比较别处价廉物美。

三、新兴和改革后的现状

（甲）食品商店——观前街上的食品商店，这几年来，自从事变后改组为江苏省会以还，着实经过了一番沧桑改革，关掉了两家老店，开张了无数新店。糖食肆和东陆，因遭遇兵燹，就此闭歇。

采芝斋因老板金氏兄弟阋墙，现在各开设了一爿，可是原有老铺为着涉讼败诉，反致没有招牌悬挂，仅仅在青龙牌上写着"起首老店"字样，堪称绝无仅有的怪事咧！他们这种旧式商店，现在也打破了闭关政策，把门户开放，销售新式糖果等食品。"香港"、"广州"两家食品公司，和"沙利文"都是天之骄子，奶油面包、陈皮梅、果子露、西式糖点，在苏州的糖食铺里，占据了整个的市场，而具有相当历史的"广南居"，却被挖去房屋，拿到了一笔巨额的挖费，终于在三年前宣告停闭了。至于那些新兴的纯粹新式的食品店、广式商肆，所有的糖果，更是大部分推销着"广州"和"沙利文"的出品。再有常熟的马咏斋酱腊铺，近年来也骎骎乎夺去了陆稿荐、三珍斋酱鸭、酱肉之席，店设元妙观东，地段也居优势。

（乙）酒楼餐馆——自从上海的摩登风气传染到苏州，苏州的一般公子哥儿，姑娘小姐，立刻摩登起来。百货公司所在地的北局，既然成为娱乐区，又称"小上海"，因为电影院、京剧场、旅社、菜馆、窑子、向导社，以及戒烟所都在这一个区域内，在那儿找不到旧式的店铺，中西菜馆和电影院旗鼓相当似的林立着。前年"味雅"餐社最发达的时候，曾分设两处，去冬正在修葺房屋，忽然遭受"回禄"，总店被焚，损失不赀，现在重振旗鼓，又在太监弄原址营业了。今年最出风头的西菜馆，大概要推"新亚"了，一切布置，纯粹洋化，现代设备，靡不应有尽有，价钱可不便宜。中菜馆也都讲究座位舒适，装潢美化，模仿广式酒家。规模最大而又富丽堂皇的酒家，当以百货公司楼上大丸洋行经营的中西饮食部为首屈一指。所备的酒呢，花雕、五茄皮渐趋落伍，啤酒、白兰地、威士忌、葡萄酒，销路极畅，价格昂贵到几乎令人不能置信。可是几家旧式酒馆，像元大昌、城中酒家、老全盛、同福和等，一样地有它们的老主顾，分道扬镳，各极其盛。

（丙）茶社——去年在元妙观大门口楼上开设的"大东茶室"，吸引了苏州的年青哥儿姐儿，这里是比吴苑有味了，虽然历时甚暂，而多少韵事艳史，发源在这地方。那里又吸引了一批文艺界人物和新闻从业员，成了"苏州报道"的制造中心点。观前的汪瑞裕楼上品茗部，以茶叶店而兼办茶社，真是出色当行，生面别开。这几天正在缩进门面，大兴土木，据闻新屋落成以后，品茗部将加扩充，与大东从事争竞，以洞庭的"碧萝春"和武夷的"铁观音"号召顾客呢。这些都是苏州茶寮的新现象，为事变前所没有的。至于旧的呢，依然热闹地存在着。苏垣的茶馆事业，多多益善，永远不会失败的！

（丁）点心店——广式点心近年渐渐在苏州时髦起来，苏州原来的点心，受了外来的影响，在形式上居然也有革新的。在夏令，黄天源新出一种炒肉团子，制成馒首形，口子上放着一只大虾米，里面肉馅，也从单纯而改革成复杂丰富，含有虾仁、扁尖、肉子之类，简直像广州的大饱了。这是苏州点心中最近值得纪录的一件事。

（戊）咖啡馆，饮冰室——咖啡馆是苏州惟一的新兴事业，开幕仅有半月，地点在观前西脚门皇宫跳舞场旧址，营业称盛，听说里面还有"轮盘"设备，专供主顾消遣。此种娱乐是否含有赌博性质，笔者因为尚未观光过，却不得而知哩！暑天的饮冰室，在苏州已有了好几年的历史，不过直到最近两年才大盛，无疑地，是做了美女牌冰淇淋、绿宝牌鲜橘水的推销员，可是，最大的势力，还得让冠生园的果子露，因为它是不掺糖精的，在这上面受苏州人的信仰，牌子又老，这项做刨冰的惟一原料，销路着实可惊。苏州的饮冰室，越是发达，越成了冠生园产销品的大商场。

（上海《中华周报》1943 年第 50 期）

谈吴县的小吃
——卫生粥店蛮干净格

绿　竹

　　到过吴县的人，我想大概都知道，除了正式的酒菜馆以外，还有"卫生粥店"来抢着生意——尤其是阊门一带街上，粥店林立。上卫生粥店消夜，却是最时髦的，所以每当"华灯初上"，粥店里真是"满座嘉宾"，老板们忙得不可开交。账台的银角子，是源源不绝地送上来，"茶博士"们的确忙得可以，一蹦一跳，跑来跑去，"呵唷！死（音似西）脱快哩，忙煞哉！"堂倌们到不得已的时候，都是这样抱怨地说着。

　　阊门外大马路东吴旅社斜对面的一所"卫生粥店"，我曾光顾好几回。这所粥店，倒真蛮干净格，门前的装潢别致，很可"引人入胜"呢！两旁立了两个大玻璃橱，里面放着许多腊肠呀、香肚呀、莲鸡呀、酱肉呀、虾球呀……真是琳琅满目。

　　一跨进门，侍者高呼着"来客一位啊……"顺手就请向里面坐。室内布置整洁，幽雅异常。桌上放上了一块厚的玻璃桌面，再摆上了一个胡椒瓶、牙签瓶，等到你衔着香烟"吞云吐雾"时，他就上来问一句："先（音似仙）生阿要吃（音缺）啥个东西啦？现在顶合时的，清炖猪脑呀、虾子、炒虾仁呀……""吴侬软语"搬出一大套。倘使你要迟疑莫决时，他又来上一套："先生！我朵店里，东西多得来，价钿公道，便宜格，倷那末说说看家！……"或者他店里的某一件东西卖完了，那么他会回答你"我朵该个东西卖完哉"，一点也不"苏空头"。所以有时只化了两角小洋，吃得是蛮开胃的。

粥店里最负盛名而大量生产的要算糖粥、莲子鸡粥、五香排骨面、新鲜栗子煨鸡、冬笋虾仁炒腰花、火腿丝炒鸡杂、红烧蹄膀、莼菜清炖豆腐汤，……只要你说得出，他是烧得出，而且烧得别有滋味，鲜嫩无比。

我现在"背井离乡"，未尝姑苏的鲜味有好几年了。我住在这寂寞孤单的安庆城，真是"欲尝不得"。我写到此地，不禁馋涎欲滴的了。

（安庆《白话》1936 年第 1 卷第 10 期）

闲话月饼

茶食姑爷

我谈的月饼，是苏帮月饼。我的丈人，是开茶食店的，我的家婆，从小是吃月饼吃大的，所以我对于月饼，很是内行。

我丈人的茶食店，开在苏属某城，是一家很有名的茶食店。

月饼生意，是茶食店的生命线，所以只消阴历八月的上半个月生意兴隆，茶食店一年的开销，都有了着落，其他十一个半月的生意，都是赚头。年底新年的生意，虽然也很好，但还不及八月里。

所以我的丈人，只消在八月初一到十五日的十五天中，天爷爷不下雨，他就一天到晚笑嘻嘻，待人接物，也很和气；只消在这十五天内，落了雨，他老人家的面孔，顿时难看起来，人家也不敢跟他多讲话，实在他那时候，一碰就要生气的。

因为月饼的生意，对手不独在城里，乡下人的生意，反而要占大都分，下了雨，乡下人不进城，就不来买月饼了，所以这关系是极严重的。

月饼的准备，在六月里就要预备起来了，因为猪油这件东西，每天所出有限，而月饼中的需要极大，所以从六月里就每天收猪油，直收到八月半，才够半个月月饼之用。换一句说，就是全城自夏至中秋的猪油，只好供一家大茶食店半个月月饼之用。

月饼之需要猪油，既如此之大，所以鉴别月饼的优劣，第一，就只消看油的足不足，好的月饼，用纸包上去，一忽儿纸上全是油了。小店家的月饼，往往用纸包着，买了拿回家去，还不见纸上有油出来，这是油少的缘故，大半用水做的，一定硬得非常。

阴历的天气，是有迟早的，所以八月中秋，有时在阳历十月，有时在阳历八月，有时穿夹衣，有时还穿着夏衣。因此，在烧月饼的时候，如果天气炎热，那就很苦，烧火的人，一天到晚烧着，几乎烧得要头晕，一边将西瓜放在旁边吃，一面还在烧火。其时往往烧得烟囱发红，红了之后，橡子上便烧焦了，但是，仍旧不能停火，一面用水枪去浇橡子上的火，一面还是烧着。

在这半个月当中，店中人员，个个都忙得不可开交。其他事情，什么都不做，一齐动员，去对付月饼，作场中不必说，连卖货员也是如此。然而还嫌人手不够，我内人在小时节，也到店里帮过忙，去包月饼匣子，所以她爸爸更喜欢她。

月饼之中，夹沙猪油最好吃，我也最喜欢吃。但自从我这位茶食小开的太太，进了我的门，她就不许我吃夹沙猪油月饼。

她的理由是说，茶食店中的东西，惟有豆沙和枣泥，这两样东西最脏，凡是作台上剩下来的粉屑面屑糖屑以及芝麻等等，用小扫帚扫下来，无处可用，一齐去丢在豆沙和枣泥之中，好在豆沙枣泥，都是黑的，什么东西都容得下，放了下来，也就一齐变成黑色，也看不出什么本来面目了。所以豆沙枣泥，老实讲，简直是垃圾箱。因此，她要禁止我吃垃圾似的夹沙月饼了。

现在我那位太太，已经去世，我曾偷吃过几次夹沙猪油月饼，平心而论，夹沙猪油月饼，确是有它的特长。

（《现世报》1938 年第 23 期）

吃在苏州

第三种苏州人

苏州女人、苏州刺绣、苏州吃食是赫赫有名的，到过苏州的人们，都想尝尝苏州菜的风味，至少买些糖果或是吃些点心。

苏州菜馆虽然有不少是苏州人开的，却是京菜、徽菜的作风，不能算是苏州菜的标准作品。其实苏州菜是一种家园菜而已，靠着洋澄湖里新鲜的鱼、虾、蟹、鳗，和南园上的菜豆、茭白，在苏州娘姨的手里，烹调起来，的确鲜美可口。因此要吃苏州菜，只有到苏州亲戚家去叨扰，方有真滋味。但是普通苏州人家，平时也不讲究烹调之术，亲友来了，都到菜馆里叫菜来应客，结果，苏菜没有尝着，仍旧吃的是"馆菜"。

要吃苏州菜，只有一个热天，大户人家，叫了大舱船，喊了几个佣人到黄天荡里去赏荷花，盛极一时。一席菜，样样都是精心结粹的苏州代表作品，为任何菜馆里所没有的。最近苏州的吃，也渐渐向孤岛进占。采芝斋到了上海之后，西瓜子和脆松糖，将满足上海人的食欲，同时以专门烹调苏州船菜的"绿舫"，也在上海开张了。上海人的口福，比苏州人更佳，说不定有许多苏州人，在本乡没尝着"船菜"的滋味，反而在上海吃着了。

近来我觉得一切是故乡的好，不但是吃食而已，因为我每天在系念着铁蹄下的故乡。

（《现世报》1938 年第 20 期）

吴会食谱

轶 骝

论水乡之味，茗蒋之奇，要当首推吴越矣！吴越地邻，所产往往同其品类，顾同一品目，相去不逾数百里，而登盘之顷，又各滋异味，丰薄鲜涩、浓淡清浊之际，有无可强同而莫知其所致者，天之设施，诚不可解之尤矣！约举一二，以当先引，准是而概其馀可也：

蟹 吴产之极品，曰"阳澄红"。阳澄者，湖名，在苏昆之交，以京沪车上下者，可于车窗望见湖影，烟水接天，居然巨浸。湖产大蟹，形如满月，魁硕之背，径可三四寸，足有红毛，遍生于八跪之肢，土名"红毛大石蟹"。尖者十一月黄熟而溢，充匡无一隙；圆者十月膏腴如脂，状同酥蒸之牛筋。入釜微温，浓黄登盘，调以姜醋，启匡脂黄怒迸，若剖甘瓜，馨腴而多膏，凡江蟹有其巨，绝无其鲜隽也。越产之极品在湘湖，湘湖者，萧山之巨浸也，自杭渡钱唐，乘萧绍公路车，可望见湖影。湖产大蟹，厥状如阳澄红，孰汛亦称是，膏腴亦称是，惟细别其味，丰腴之泽，微亚阳澄，在有若无之间，其差仅一发。故越蟹味清，吴蟹味腴，要非老饕，不能得其微妙之所在也。

莼 越莼以西湖为最美，春秋登馔，叶细膜明，爽脆馨鲜，冠绝一郡，其风味远较脍鲤为隽。湘湖之莼，不亚西湖而未有以逾之也。越人恒以此自豪，诩为东南之绝品。所见奇陋，若一较吴莼，便当失色矣！吴莼之极品，首推具区，苍茫五百里间，水泽奇厚，茁长湖莼，叶大而脆，膜晶而厚，一匙一茎，滑不留齿，绝爽如哀家梨，馨逸比小山桂，不特越莼之一匙数茎，纤涩不耐咀嚼者，不能方驾，即吴产之九峰三泖间品，亦远不足拟也。张翰当年，不免腹俭。

茗 吴产之极品，曰"碧螺"，滋乳于莫釐、缥缈之间，为太湖奇品，厥状纤如春韭之芽，蜷曲成钩，似眉痕一搨，厥态绝美，瀹以惠泉，三沸而作，清芬扑鼻，浅碧浮瓯，引杯徐呷，躁妄悉蠲，然厥弊在薄不耐瀹，一沸便无馀味矣。越茶首推龙井，龙井者，西湖翁家山之井也，茶产是处者最美，名之以地也。龙井茶分雨前、明前、先春数种。先春厥品斯贵，叶绝纤，色稚黄，最不易得，得亦不多，盖彼时茶芽，犹未及大萌也，凡此皆以时别贵贱者也。其最佳者，产自翁家山极巅，曰"狮峰"，名之以其地也。是为神品，正如武夷之大红袍，愈不易得，年产不过一二斤乃至数两，值奇昂，往昔物贱，两值十数金，惟杭垣翁隆盛一家，于茶汛初旺时有之，过是皆赝品矣。龙井之佳焙，轻黄柔尖，绝无杂叶渣滓，煮虎跑泉三沸去火，俟沸止入茗，盖而泡之，少顷揭盖，微馨一缕上腾，色浅碧微黄，入口味醇而清，较碧螺远甚，且撮叶可连瀹二三次不淡，视吴茶之一沸无馀味者，尤判霄壤。

笋 笋之产有毛竹、园竹之异。园竹最早，先春而萌，腊尾荐盘者是也；毛竹稍后，毛笋味劣，不入品目，故弗论。兹所述者，从园竹。吴产弗集，散于四乡，数鲜而品下，或纤削青瘦，或黑箨味苦，其黄肥而蟠腹曰"孵鸡笋"者殊罕觏。惟越产在馀杭一带，量丰味美，几全属孵鸡种，为春厨隽品，截其尖，沃以牛酪，酒以雪蕻，直欲弃肥鲜，吴笋实不能望其项背，或带箨火炙之，甘馨无匹，东坡所谓烧笋也。

酒 吴酒味薄，越酒味酽，久成通评。吴酒之美者，不在黄酿而在烧春，徐州之洋河，盛产白刀，驰美全国，可与牛庄高粱、山西汾干齐誉，而黄酿殊乏佳制。越酿绍黄，佳者曰"花雕"，盖以坛头绘花而著名者，年愈久，则品愈醇，市酿不及家窖，有藏至数十百年者，接之微苦而淡，若有不足者，既醉不易醒。尤绝者曰"女儿酒"，生女便酿封，既嫁为奁资，年久而胜也。越酿之最佳产地曰皋埠、阮村，萧绍路所经，瓮积如山，累累盈野，洋洋巨观，然就索饮，绝无佳品，必就越友家谋发其藏，始能获隽。所谓"太雕"、"花雕"、"竹叶青"等，转当索之他省，出处诚不如聚处，故市饮亦必以异地也。越烧则并不能超于吴产，黄白分流，各有其质，吴越之间，诚亦无可强同也！

（《子曰丛刊》1948年第 4 期）

夏季的食品

吴门杀羽

在这亢旱而奇热的现在，饮食尤须格外注意，一不小心，就容容易易中着疫疠。俗语说得好，"病从口入"，夏季的饮食，自不可不加以严重的注意。现在把关于夏季的食品，略略加以检讨。

饮　料

在这挥汗如雨的环境中，饮料是人人最急需的食物。摩登的冷饮品，当然要推纸色冰淇濂了。可是这种冰淇濂，水汁太少，价格太昂，腻腻地委实不解渴。解渴的饮料，当然还是鲜橘水、沙水、汽水和冰淇濂为上。不过这种饮料，每杯或每瓶的价目，总要在小洋二角上下，在米珠薪桂的现在，总嫌不合平民化。酸梅汤和凉粉，虽然价廉凉快，然而又大半是生水制造，不合卫生。饮料中最合卫生的，当推药铺中出售的花露了，水既清洁，味亦芬芳，并且荷花露可以祛暑，蔷薇露可以开胃，金银花露可以解毒，等等，尤非一般饮料可及，不过价格贵些。普通的饮料，仍以冷饮的青蒿或菊花茶为主。

瓜　果

夏季原是瓜果丰盛的季候。瓜有西瓜、香瓜、马铃瓜、东瓜、丝瓜等等。西瓜是夏令祛暑妙品，甜汁既多，在井中或冰箱中冷透以后，甜冷甘美，比任何冷饮品都要够味。丝瓜、东瓜都是素肴佳味，东瓜煮南肉，在夏季是一味当令的佳肴，鲜而不腻，极合口味。水果在瓜之外，还有荷与桃等等，荷分花、叶、莲子、藕四种，花瓣要炸食，鲜叶可作馔（荷叶粉蒸鸡诸类），莲子和藕，既可生食，莲子还可作羹，藕除可制各种素馔外，切为细丝，以糖醋拌和，亦系下酒佳味。

菜　肴

"雷斋"虽系迷信，然而在奇热的夏季，那肥油的大块之肉，确有些不合胃口。夏季的菜肴，以清洁鲜爽为目标。素馔中的蘑菇，荤肴中的童子鸡，最为出色当令。蘑菇可煮汤，鸡既可清炖，亦可红烧，鸡丁炒青辣茄，鸡丝拌冷粉皮，更是清爽可口。鸡之外，鸭也是当令佳馔，苏州松鹤楼菜馆的卤鸭，只卖六月，其味鲜嫩甜美，为苏州特有的佳肴。此外菜肴，以鱼虾为主，不过在这亢旱的现在，鱼虾产量特少，价值自然也跟着飞涨，比平日贵至一倍以上了。

闲　食

这并不是瓜子等闲嗑牙的闲食，也是夏季当令的食品。像绿豆汤、百合汤、扁豆糕、凉粉等类。那种闲食，市上虽都有出售，但难免换入生水，有碍卫生，所以还是自制为佳。绿豆汤和百合汤制法，只须将绿豆洗净，百合撕开，扯去尖衣，在炭炉或煤油炉子煮熟，即成。扁豆糕，将扁豆煮烂，取去豆衣，漉干制糕。凉粉以洋菜煮烊，在冷水里冻凝，即成。这种闲食，食时加糖，以冷吃为宜，既可点饥，又可作为祛暑冷食。

吃的格言

"口之于味，有同嗜也"。在这赤日似火，田土龟坼，农夫们冒暑庎水，心如油煎的时候，杀羽轻摇蒲扇，还在食谱上打算，平心而论，委实也将成为不知柴米价的公子王孙了。苦力们粒食维艰，我却谈鸡说鸭，未免自觉太无心肝。不过杀羽既不能天天枵腹，而夏季的饮食，尤于人生有密切关系，假使人们还爱惜生命的话，夏季的饮食，不能不特别戒严。现在把我关于饮食的格言，写几条在下面，做我这篇小食谱的结束。一、沽酒市脯不食，二、勿食腐烂水果，三、贱价冷饮一概勿食，四、饮食宜煮沸，五、食物须加纱罩，六、馊腐食物勿食。

（《申报》1934 年 7 月 28 日）

常熟的告化鸡和鲜栗羹

俞友清

要知道告化鸡的吃法，不得不先叙述它的来由。

告化子，上海人所谓小瘪三，文雅点叫做乞丐。他们除了乞讨外，也兼做偷鸡的工作。事前把白米放在烧酒中浸一下，拿出来晒干，使酒味侵入其中。到了有鸡的地方，把米抛在地上，鸡见了白米，当然来争食，不久酒性发作，鸡有了醉意，于是就可顺手牵羊地带去。不过这是本领较小的办法，据说本领大的，不必需要酒浸米，空手可以捕捉，而且在他的裤带上，可以挂三四只或五六只活鸡。本领小的，当然捉一只也会被人家看破。这全在乎艺术的高下。

有时候偷到了鸡，一时卖不掉，他们只好自己吃。但怎样吃法呢？于是就有聪明的人，想出特别的吃法来。他们的方法是先把鸡弄死，不除去毛羽，只把鸡腹割开，拿出肚肠肝杂等，洗清了腹中的血水，然后把酱油酒等，放在鸡腹中，用线把它缝起来，再用河泥或者田泥，满涂在鸡的全身，再去弄些砻糠，放在墙角边，把泥鸡放在其中，任砻糠慢慢儿去烧。到一大堆砻糠烧完了，鸡上的泥也干了，取出鸡来，向地上一掷，毛和泥完全脱落，然后再用些盐和着吃，真是清香可口，别有风味（听说有的腹中不放酱油等类）。这吃法，慢慢传扬出来，变成常熟菜馆中的佳肴了。不过告化鸡三字不好听，所以改名为煨鸡或黄泥鸡。常熟的山景园、近芳园等菜馆，都会做这菜，不过要预先知照。鸡以童子鸡为佳，过老味不鲜美。四时都可以吃到，实在是一样有趣味又好吃的食品。现在苏州的义昌福，也会这法儿了。

其次谈到鲜栗羹，也是常熟的特别食品。在八九月的天气，到常熟虞山去白相，不要忘记了吃鲜栗羹。八九月是栗子上市的辰光，也是桂花盛开的当儿，我们到兴福寺头山门左近的王四酒家去吃，比较来得新鲜。这不是我替他们招徕主顾，前次《闲话扬州》的作者易君左曾经写过一首诗，有两句我还记得："王四酒家风味好，黄鸡白酒嫩菠青。"

吃鲜栗羹，最好教他们临时到树上去采下来，然后除去毛刺刺的外壳，再除去里面白色的嫩壳（因为没有老透，所以是乳白色的），然后放在锅中，和白果、冰糖用文火烧，等到栗子和白果酥了，然后拿出来，用匙细嚼，既香且甜，真可以说是秋令佳品。因为那儿的栗树，大都种在桂花树旁，日久了，自然含有一些桂花香味。小而且嫩的，名曰麝香囊，这是多么雅趣的名字呀！在城内几家菜馆中，也有栗羹的，但不及城外来得新鲜。

其馀像血糯米、松树蕈、金爪蟹、马铃瓜等，都是常熟的著名物产，在拙辑《虞山小志》中，已详述过了，不再噜苏，免得多占篇幅。

（《机联会刊》1936 年第 146 期）

黄鸡白酒嫩菠青

温肇桐

今年春初，在上海时常叙谈的几个同乡女友，约定在春假期间，一同回到常熟，一同上王四那儿去吃"油鸡"，而且约定要我作东的。

在春天，游虞山的人越来越多了，自然王四的顾客也越坐越多了。我们为免向隅起见，在早上不到九点钟的时候，我和纫先走出北门，到王四楼上找了一个座位，不久，瑞、淳也先后地赶到了。

距城三四里的破山寺，又名兴福寺，在虞山北岭，创于齐梁，唐人诗人常建曾为它写过一首诗：

"清晨入古寺，初日照高林。曲径通幽处，禅房花木深。山光悦鸟性，潭影空人心。万籁此俱寂，惟闻钟磬音。"

王四酒家就在寺旁一里路远的地方，小楼三楹，酒旗招展，坐在那里，不但可以听到隐隐的钟鼓梵呗，还可以听到山野烟林的樵唱，真会使人忘记都市的喧嚣烦杂，消失那从都市中带来的疲劳呢。

我们面对着苍翠欲滴的虞山，这一幅天然的山水图，是无法从欧洲的许多艺术巨匠如柯罗（Corot）、罗骚（T.Rousseau）、泰纳（Turner）的名作中领略得到；似乎像虞山派首领王石谷的融洽南北二宗的清秀妙笔，这一位乡先贤，是静悟三十年，才得了青绿山水画法的妙谛。如今，我们是真的感受了这样的艺术境界。——确实的，往古的许多大艺人：黄大痴、吴渔山、杨西亭、蒋南沙，这些生长在虞山的画杰，以及慕名而来的沈石田、王廉州、恽南田……他们不知化了多少心思，多少时间，描绘过虞山，陶醉在虞山之下，留下了千古绝笔，艺术的瑰宝。

酒在那里，该喝的是村上自酿的白酒，带着葡萄酒一样的甜酸味，极易上口，多喝了些也不就会使人酩酊大醉的。不会喝酒的我，总是不及她们会消受这种幸福。

王四酒家的菜，自然各色俱全，可是最著名的是"油鸡"，用着祖传秘法烹制的，又名"熄鸡"，浸在芳香的暖黄色的菜油之中，鸡肉鲜嫩无比，闻到了这种异样的香味，真会相信他祖传秘法的神妙呢。如果，把吃剩的鸡油，向侍者要一些生豆腐拌着吃，会觉得别有一种美味。这是一些老食客的惯技，不会有伤大雅的。

其他的名菜，还有古铜色的松树蕈、象牙色的黄笋烧豆腐、翡翠色的香椿头拌白玉色的豆腐。还有著名的点心，甜的是山药糕、血糯八宝饭，咸的是松树蕈面。假使秋天去，又可以尝到蜜汁桂花栗子呢。这许多山肴野蔌，已经是名闻海内。十多年以前，易君左来游虞山，曾书一首赞美它的七绝，现在那帧小轴还挂在楼中，诗云：

"名山最爱是才人，心未能空尚有亭。王四酒家风味好，黄鸡白酒嫩菠青。"

那天，我们点了它的许多名菜，一碟血糯八宝饭，又加点一二味普通菜吃饭，淳则独点了一盏松树蕈面吃。大约是下午一点钟光景，我们离开王四酒家，走向三峰寺去玩。当斜阳照在田野间，我们又在平坦的公路上走回城去。

笋与鱼之絮语

王梅癯

上

"自笑平生为口忙，老来事业更荒唐。长江绕郭知鱼美，好竹连山觉笋香。"

此坡仙谪居黄州之句也，不佞十二三岁时读此诗，即爱慕之，讽诵不置。少长，益景行坡仙之文章气节，尤不能忘此诗。盖以诗言，别有寄托，而句中一"知"字，一"觉"字，味在鱼与笋之外，即以鱼笋言，得此二句，不待登盘，已令人涎垂一尺，况此二味虽美同脍炙，而不佞则视同羊枣菖蒲菹也。六十之年，忽焉过三。春光大好，笋不必咒，幸未成竹；鱼不待求，笑彼缘木。乃乘此摇落未尽之齿，日与笋作最后之磋商，更佐以鱼，窃比坡仙知味，用以自豪。然历溯生平，于笋与鱼之嗜，颇有许多经过，可资谈助者。二味之美虽同，临时所得之意趣，则有不同。姑絮絮言之，附于诸大文豪新标点新著作之后。俾如八宝楼台中，间以竹篱茅舍；又如山海珍错间，侑以野蔬薄粥。因其不伦，以博一笑，何如？

孱躯自襁褓中即多病，九岁不能行，十岁不知肉味，瓜果冷物，直至十五六岁，始偶一尝之。然食笋独早，七岁时，保姆以小竹椅坐我于堂檐下，春日融和，方煮笋加盐，风晒之。我乃大乐，就座右随手取食，迨保姆复来，已罄其半。姆惧受主人督过，急以筐中笋摊匀，不露痕迹。而不知越日即病，不能进谷食，终日作恶。医刘某诊脉，谓食笋太多，将成痞，姆急自首失于看护。医令以肥鸡煨浓汤，略加秋石代盐，日食三五次，历十馀日始愈。据云笋能耗血，故致作恶不谷食之患。此生食笋之初步，所得之趣苦矣。盖鸡汤之外，日须饮药一盏也。秋石产自桐城，以童便炼成，治虚弱症极效。附志之。

五十以前，不甚食肉；三十以前，仇肉如敌。犹忆十三岁七月七日，父兄将挈游沧浪亭，而是日庖人进食，有肉而无鱼，鲜笋更不可得，心猿意马，已驰骛于外，食又不可口，决意废食。母曰："乌乎可！"命以笋干佐膳，然笋干只宜于下粥或煮汤，以干笋而咽干饭，殊枯燥。余乃学子路之三嗅，同廉颇之雄餐，以笋干置鼻观，得其馀香，饭乃得下，且嗅且食，家人皆笑而自得饱，此生平食笋之逸趣也。

太仓郁佩如，与不佞共笔砚同事先师张少峰夫子者五年，课馀纵论，偶及食笋，佩如嗜笋脯，我则嗜鲜，颇相辩难。光绪己丑，先君宰宝山，过太仓谒本州，余因造佩如之室。时方盛夏，佩如享以拌面，味至美，尽两器，然麻酱油以外无长物，异而问之，乃笑曰："多年悬案，今日可得一解决矣。此以笋脯入秋油，三蒸三煮，取其精华，弃其糟粕，乃有此味。若以鲜笋制之，味美而不厚。因言今日足下还服老饕否？"余无以应，诵昔人题罗两峰山人之妻所画杜鹃句以嘲之，其诗云："山人画鬼鬼灵精，不及山人之妇画鬼无鬼形。"佩如大笑，仍以笋脯一大篓赠我。今故人物化几二十年矣，每食笋脯，辄低回念往事不置。

癸卯夏四月，捧檄监梁溪税，时方在十二圩（故仪真县境）杨仲和内兄监掣署中，轻舟南下，已抵丹阳，忽南风大竞，阻三日不得行。至第四日，舟人尽力牵挽，自晨至于日中昃，仅行三十里。其明日上午泊二桥，二桥在常州北十里，大雨如注，风益助力，扁舟野渡距市集且三里，不可寸步行。舟中食尽，惟馀内家所馈鲜笋一束，约十馀枝，腹柝甚，舟人进粗粝，苦不得下，出鸡鸣炉，剥笋煨之，索秋油不得，糁以盐，且煮且食，以煮笋汁润喉，其味隽永，胜于平日十倍。但愈食而腹愈饥，猛忆幼年食笋成痞事，不敢尽量，然已过半矣。又明日至常州，谒武进令吴秀之世丈。丈张高宴，行炰进炙，午夜不休，醉馀举隔日舟中事语座客。客有江姓者，为余言十年前驱车走燕赵间，以素不食牛羊肉，忍饥数日，日食白煮鸡子三五枚而已，既卸装，至世好章吏部家，以汾酒白馒首，啖红焖肉一大簋，谢曰："美哉，肉！"夜膳再食，则蹙额曰："此羊肉也，腥膻触鼻。"主人大哗，谓："羊何术？乃美于昼而劣于夜耶？"乃爽然，知饥之易为食也。余闻客言，益信昨日笋味之美，盖有由然。

<h1 style="text-align:center">中</h1>

苏城仓米巷，有隆庆禅寺，方丈僧炯庵，尝以笋饷我。笋浸于油，用油少许，即可点汤瀹面，味甚美，而有时香积厨中，所制素斋，尤可口。一日，余问之曰："人言大师厨下，每以清鸡汁为素肴之原料，信乎？"僧有辩才，应曰："和尚亦光头百姓耳，安能无食欲？但以鸡汁供斋馔，勿虑贫僧破戒律，窃恐今日无此挥金如土之大施主也。"余又言笋油之美，僧曰："何美之有？"因命取冬笋，就炉旁连衣壳烘之至熟，随熟随剥，随剥随食，味醇厚，精华不外溢，其油酱亦不同市中物。余为大嚼，连引满。僧笑学懒残作诀曰："炉中炭，火中笋，超超元著君应省。"师于懒残为何如，姑不具论，不才如我，何从梦见邺仙？此我于食笋时，每怀方外旧交而悢然者也。

西湖灵隐寺多竹，烈日当空时行山径中，不知天之阴晴，惟闻细声潺潺，夹流于丛篁深翠之外，真异境也。笋亦有特殊风味，尝下榻于岳家，闻建翎质君晏如诸内阮言："山笋长三四尺，其根鲜嫩，殆同于尖。"余大喜，且不甚信，曰："名下果无虚乎？"诸阮曰："可实验也。"时岳家住运司河下，即鼓勇出涌金门，不惜一桨之力，步至灵隐。各怀利刃，择笋之最长者，一人登坡，既握笋之尖，二人分守笋之中下段，待上头持尖一摇，则霜刃齐下。自辰至午，得笋十馀斤，分揣而归。煎熬燔炙，味美于回，根与尖果无甚差别。湖山灵秀所锺，笋尤其小焉也。庚申以后，自居于杭数年，游湖非舟车不可，登山不能尽百级，笋亦不得滥取。山农有常税，游客挟笋至二三斤，即不能入城。风景不殊，举目有河山之异，吾于食笋亦云。

光复前三五年内，苏城乘肩舆、策蹇驴者相望于道，而城中街道逼仄，以养育巷、察院场、阊门中市为最，熙来攘往者亦最盛。会清明节，红男绿女，争看赛会。余亦适由察院场之西，向东行，行过乔司空巷口，一肩舆横穿闹市，一少年骑驴向西，驴头触舆之前，大肆咆哮，少年随鞭而坠于地。余肩忽痛，一少妇约二十馀岁，为驴所蹴，莲步彳亍，一敧侧直扑余右肩，余急持之，得不倾跌，仓猝间不及避瓜李嫌，适成今日舞场上之交际舞式。妇赧然理鬓整襟，欲伸谢而未出口，随行一妪，似为妇之母，好语如珠，深相致谢，而驴夫舆人哄声未已。余俯视地上有笋一筐，狼藉可惜，卖笋人又一乡愚，乃出铜圆数百尽买之。妪笑曰："君嗜笋耶？"余颔之，遂携笋归。后数年，再来吴市，于姑打鼓巷忽遇之，徐娘已老，风韵犹存，迎谓曰："君非就地买碎笋乎？"余曰："然。尔日尚有唐突娘行事。"妇笑曰："扶颠之惠，永矢勿谖。敝庐密迩，盍暂停芳躅。"乃随之行，约数百步，门临溪水，室有娇儿，一男子年四十许，一望而知为芙蓉城主。妇介绍曰："此拙夫也。"又琐琐向其夫叙昔年事，并问我姓名居处甚殷。我问："妪安在？"曰："亡四年矣，此为吾叔母。"余小坐，以一番饼予其儿，固让而后受。越三日，妇挈儿来，提笋一筐，腠以鲜菌，余则报以南腿一方，茶叶二瓶。即以其笋与菌同炒，味固至美。凡此皆寒蹇一蹶之赐也。

幼时食品，笋之外惟鱼是好，然以体弱多病，医生取缔极严，鱼类虽多，仅许食鲫鱼一种。一日，与先兄闰秋侍食于业师阮兰台夫子，庖人献鱼羹，先兄以箸夹取鱼舌。师曰："一鱼只有一舌，若皆夹鱼舌，人何以堪？"时鱼舌已入兄手，食之不敢，弃之可惜，乃置于席上。表兄姚潜夫在座，以鱼舌掷地下饲猫。师曰："是不可，狗彘食人食，梁惠王所以见讥于孟子。"表兄曰："人食之，师以为贪；猫食之，又以为暴殄。然则是鱼之过，何必误生此一舌？"相与粲然。然自是佐膳之鱼，舌皆不存，盖余以小惠赂庖人，先去舌储别器。尔时余家鼎盛，每餐内外需四桌，每桌双鱼，得鱼舌十六枚，与兄约，轮食之，及入座侍先生馔，鱼舌已归余弟兄腹笥矣，师固不知。后十馀年，师弃冷官，复来设帐，食有鱼，师尚记前事，训之曰："人当稚弱时，必谨小节，则成人后，事事不致逾闲矣。"故至今食鲫，宁取鱼头而全食之，不仅夹一舌。

生活程度，一日千里，今日一鱼之费，十年前可得双鱼，若更递推而追忆髫年，直不可以道里计。生平食鱼最饶逸兴者，凡二次，一在丁亥，一在壬寅，时则皆为四月，地点则皆京口。京口当扬子江南口，官舫商舶，云腾雾沛，商业亦因之而盛。丁亥随先君子过江，待风于江口，见罾网林立，乃就一网前，掷青蚨六百，即由渔人举一网，我父子兄弟三人共费一千八百文，先君得鲥鱼二尾、鳜鱼一尾，余得鲥鱼一尾、鲫鱼大小五尾，惟先兄网空，咸以为不祥。先君怜渔人或折阅，命以鳜鱼、鲫鱼皆还之，渔人额手谢。乃就船后行厨，捣姜点酒，蒸一鲥鱼佐觞，其二尾则遣急足送世好陈、于两家。其后壬寅，与内兄杨仲和更以网鱼遣兴，网需钱一千文，相隔十五年，网价增十之七。闻壬寅以后未数年，此举遂废，盖渔人不堪折阅，又不能悬三千五千之价，骇听闻，强为之，亦无人问津也。然近年鲥鱼上市，七箸之间，犹仿佛江船举网后情景，感触之深，意固不在鱼矣。

下

癸巳，入燕都应恩科秋试，试毕纡道至杨柳青谒惠师侨师。师方守甘肃宁夏，世叔师展延入款洽，坚留过宿，谓斯文骨肉，远道而来，仓猝主人无以尽欢，容明日谋一醉。及明日，折柬邀客，布席中庭，日昃矣，所邀客三人尚少其一，恐客腹枵，姑先入座。所进看核，亦只口蘑、羊肉、溜黄芽菜，无甚特殊品味。酒半酣，主人曰："客不来矣。"命左右进食，食至，执壶亲为客把盏，若南方之所谓上大菜者，余亦以为鱼翅耳，乃所献为鱼一簋，骤视之似鲤，食之，肉细而腻，腹腴厚几寸许。余谢曰："美哉！鱼非南省所有也。"主客皆曰："此黄河鲤，不能常得，今幸得鱼助饮兴，愿急浮白。"余连引满，谓请赋衡门之次章，尽醉而止。师展叔又言："尚有鲂鱼，更名贵，味亦不能过河鲤也。"其一客后至，颇懊丧，自言家有恶客，久不去，使我不得尝异味。亦可见黄河鲤之价值矣。

无锡之东三十里，有桥曰茅塘，桥下两边，村人于正月初，张小布网，兜银鱼。余曾取以炒鸡蛋，甚美。村中陈友竹茂才，谓炒蛋不足尽银鳞之味。择日招饮，以银鱼入沸汤，略加笋片、南腿片，一沸即出釜，味清而腴，果胜炒鸡蛋十倍。惟清明后，鱼骨即硬，味亦逊。孙展云世叔乃以鸡汤瀹之，味至美，仍在鸡，鱼不与焉。询之茅塘人，皆曰其故有三，银鱼出水即死，须乘其活泼泼地时烹之，而城市无活鱼，一也；银鱼以清腴胜，乃以鸡味之浓厚加之，鱼失其味，二也；锡之东西乡皆产银鱼，西产不如东产之肥美，东乡距城较远，城市所售皆西产，即使活泼，味亦逊于东，况又不活，三也。余思之，颇有至理。可见一物之微，亦有不可强制之性在。

江阴人比户皆食河豚，余于役是邦者一年，终不敢染指，然有鱼三种皆美。初至之日，午餐食蒸鱼，头似鲢，尾似鲫，体与鲤同而味腴可口。询之庖人，曰此名念佛婆，江潮来时，迎潮拔剌，捕得之，鱼口唼呷有诵佛号声，故得此名。春夏秋皆有，冬则潜而伏，不复出而弄潮。又有刀鱼，鳞闪烁作蔚蓝色，春初上市，立春十日后，味即略逊，隔年立春，则正月间已不入上选。一日散步平原，见家家空场上，皆有小鱼晾风中，其鱼多子，腹尽便便，村农偶馈一盂，未之奇也。庖人乃为剖腹取子，进使佐酒，姑尝之，鲜而腻，别有风味。土人谓烤鱼子，即罐头食物中之凤尾鱼，制法亦至简单，剔肠留子，淡盐略煮，风干后即成此味。但鱼味不及子，只可风干，不可曝烈日中耳，城中宴客亦间用之为冷荤盆。惟念佛婆，则城市未见。

孟子以鱼与熊掌不可得兼，则舍鱼而取熊掌，余不谓然。己未秋，于杭州九曲巷赴如弟苏梯云宴，食有熊蹯，略如鸡汤鱼肚，且不甚肥，而继之以桐庐编，腹背皆有腴，肥厚可与黄河鲤相颉颃，而肉亦细嫩。据我一偏之见，可夺熊掌专美之席。座中主客闻余言，亦无词为熊左袒。梯云曰："桐庐编，诚名下士，远胜过江之鲫，但熊掌久享盛名，名盛则责望过严，或古人制法不同，未可遽加白眼。"余猛省曰："有是哉！闻之先人，熊掌宜仿烤猪鸭法，勿褪外皮，食时以银签刺碎孔，灌酱油，用汤匙就孔取之，浓厚乃如乳酪。"总之，布帛粟菽，不矜奇，不矫柔，自可驾罗绮珍错而上之。吾于笋与鱼之天然美，亦作如是观，阅者得毋厌其絮聒否？

（《红玫瑰》1928 年第 4 卷第 5－7 期）

我之笋与鱼之絮语

戟 髯

上

余幼生长皖江，先祖与轩公开藩安庆，皖省藩署极大，后园修竹数亩。时余甫七龄，初入塾，家兄等于每日清晨，即入园中掘笋一枝，和火腿划成细屑，炖火炰蛋，梳洗毕，蛋亦熟，乃吃早粥入塾。凡有笋之日，率习以为常。至今回忆，犹觉芬馀齿颊。

弱冠时，读书于湖州东门之外文昌阁，其地四面临水，无舟不通，阁外修竹数百梃，风景至佳。因与三兄五弟约，元月十日即入阁。先是表兄赵丽侯与家兄骈斋，曾读书于此，以系旧游之地，于元宵节相约来访。先慈闵太夫人，以是日佳节，命老仆送酒十斤，醉蟹蜞一小罐，其他糕团蔬果多品。以烟水阒寂之乡，忽来骨肉至戚，又得佳酿，已觉喜出望外。傍晚天忽大雪，遂留兄及表兄下榻阁中，命管文昌阁老金，在雪中掘取冬笋数支，薹菜数梃，加火腿、开阳，炒而食之，其风味之美，虽山珍海错无以过也。

甲午乡试后，在杭州西湖凤林寺，为先严礼水陆道场七日。杭州鞭笋，嫩而且美，为各处所不及。寺临湖滨，因雇瓜皮小艇，泛于平湖秋月，就水滨撷取秋莼，命寺僧以鞭笋、蘑菇汤煮之，虽素莼羹，其风味实远胜鸡汤也。

昆山有燕笋，出于燕子来时，故名，视冬笋犹小，莹白如玉。

取腌雪里蕻拌食，名曰雪燕，不特风味至佳，其命名亦殊隽绝也。

尝闻先大父与轩公言，少时读书东门外毗山，山故多竹，春笋怒发时，同学好事者择巨笋，以利刃剖之，而不去其箨，剜其中，实以和调五味之肉馅，仍以铁丝扎之，包以多量之稻草而焚之，箨焦而笋亦熟，齐根截而食之，味美无匹。但此法殊酷，凡与此笋同一条鞭之竹，皆当枯死，盖以火力吊他竹之鲜味，归于一处也。若被笋山主人发觉，必重受苛罚。因忆昔有人劝袁子才持斋，子才覆书有云："子但知杀出之红色者，为禽兽之血，岂知杀出之白浆，即蔬菜之血耶？"充类至义之尽，可见动植物各有生机，此远公严持戒律，所以仅于午前服蜜汤二盏也。

先大父又言，于春笋争发时，择其佳者，取五十斤酒瓮扣住，外以土封之，笋被遏不长，空气不通，亦不坏。秋深时去土破瓮，尚可吃春笋云。此法至妙，山居人盍姑试之。

邱也迟先生，喜吃冬笋烧肉，馆于吾外家高氏，外舅高紫函公善烹调，自烧笋肉以饷之。先生善诙谐，酒酣耳热，因述笑林一则云，某公延西席，供膳甚菲，苜蓿阑干，习以为常。书室中悬板联，乃刊东坡"无肉令人瘦，无竹令人俗"二句，先生因戏注其下云："若要不瘦又不俗，除非日日笋烧肉。"举座闻之，无不轩渠。

中

余读书文昌阁时，食笋之外，尚有食鱼故事。文昌阁菜花泾中，有江北渔船，以竹罩置水中，鸣榔驱之，鱼入罩中，所得皆不盈半寸之细鱼，然以油灼之，下酒绝妙。余与三兄先至，已知其味，既而五弟来，见买小鱼，诃曰："此猫鱼也，岂可吃耶？"兄与余笑而不言。晚间饮酒，弟亦食而甘之，兄悄谓予曰："五弟已尝着滋味矣，宜有以难之。"连日渔舟到门竟不买，适五弟领出院课卷，得膏火奖金独优，意欲饮酒，乃诫仆人曰："老玉渔船上人来，为我多买猫鱼，以便作下酒物。"兄与余不觉失笑，弟始知数日不买，乃有意捉弄，因曰："尔等太恶作剧，吾今情愿做猫矣。"

湖州有逆鱼，梅雨时始有之。或曰，此鱼喜抢逆水，故名。或曰，此鱼以德清馀不溪者为最佳。清溪之水，霅然有声，馀溪则不，故名馀不溪。逆鱼，盖霅鱼之音近而讹也。此鱼前清列入贡品，故德清人制法独佳，然别处无此鱼，为湖人所独飨。六弟亦梅，尝以一盒赠盟弟朱丙君，丙君开盒诧曰："亦梅真奇怪，送我一盒子猫鱼。"乃翁朱西亭见之曰："此美品也，尔逆鱼亦不识得，枉为湖州人矣。"

吾家有清墩漾在轧村，每年冬季，包与渔人捕鱼而取其租。某年冬，先兄兴三偕余往乡收租米，忽发奇想，自雇渔船捕鱼。一时到渔舟数十只，有撒网者，有扳罾者，钓者，叉者，鸣榔者，极五花八门之致。内有丝网船，其网如帷，而目极疏阔，一头缚岸东，一头缚岸西，停舟柳阴下以待，态极闲适，见浪花动，取之辄得一鱼。亭午，浪纹大动，渔者划舟徐行，得一大淮鱼，长数尺，大块研之，盛以砂锅，燃桑柴而烹之，取大板门架于桑阴下，乡人出家酿一瓮，瓜茄蔬果之属，悉采自田间，荤菜只淮鱼一味，饮用大碗，筷使毛竹，乡之人能饮者咸集，或立，或坐，或箕踞，十馀人狂饮大啖，不能尽一鱼。一种疏野之趣，至今犹深印脑海，不能忘也。

"西塞山前白鹭飞，桃花流水鳜鱼肥。"张志和泛宅湖州时所作《渔翁词》也。忆弱冠时，值桃花涨发，至南门驿水桥观大水，向渔舟购一大鳜鱼，长于尺半之鲤，蒸而食之，盛以大鱼盘，首尾均架两筷撑之。以山洪正发，鱼虽极大，肉乃肥而且嫩，平生食鳜，无逾此矣。

下

苏州有扎甲、巴鱼二种，扎甲即鲟鳇鱼，巴鱼即鲟鱼，乃江豚之小者，苏人称巴肺者，即《魏武食品》所称鳙鲻也。此二种鱼，亦惟苏人独飨之。又有四腮鲈，产于松江，肉细而肝尤嫩，昔人有讥四腮鲈徒有虚名者，不知鱼羹真味者也。

昔人云："宁饮建业水，不食武昌鱼。"然武昌鳊鱼，味殊可口，且额际有两骨，形如骨牌而较厚，不能伪充也。又有鲇鱼，亦颇肥美，大至门有鲇鱼套，专产此鱼，此即昌黎所谓"钩登大鲇，怒颊豕狗，脔盘炙酒，群奴馂啄"者也。

岂其食鱼，必河之鲤？余先后三至河南，愈信诗人咏物之工。河南每燕客，厨司必持活鲤鱼，问客如何烹法。友人王厚斋，凡值首座，其鲤鱼之做法，必强余代为分付，余笑曰："公恐罪过耶，老饕故不信佛法耳。"山西荣河县之鲤，额上有一红圈，相传乃龙门点额而退者。同学程芳圃任荣河知事，尝赠我一尾，风味尤胜于河南。河南琪水之鲫，味亦绝佳，不得以过江名士少之。

鲥鱼以鲜为贵，尤以江阴、镇江为佳，然事实上有不尽然者。余在山西时，友人有从天津带到冰护鲥鱼者，时正立夏前一日，蒋颍青为巡按署秘书，因剖鱼之半以饷之，然天热，鱼已失鲜味。次日，颍青书至，谓佳节应时美品，自入山西以来，得未曾有。适值诗钟课主社，至以鲥鱼及红了樱桃等命题，盖久不尝江乡风味，物以罕而见珍也。今颍青久归道山，追忆前尘，不禁黄垆腹痛之感。

天津以紫蟹、银鱼著称，紫蟹形如大当十钱，而满匡蟹黄；银鱼长如筷，红目者尤矜贵，冬日价值一元之火锅，银鱼只两条。三儿珍郎留学京师时，有客至，为节省经费计，请吃元半和菜。上菜毕，酒保问："加一汤吃饭如何？"曰："可。"问："天津新到银鱼好否？"曰："好。"问："用几条？"曰："十条可也。"顷之，汤至，盛以巨碗，鱼亦迥异寻常，知价必昂，及算账，则菜价元半，而所添一汤，值且逾倍矣。

相传"鲜"字从鱼从羊，羊肉烧鱼，厥味至鲜，初疑望文生义，近于王荆舒之《字说》，或言京师广和居之潘鱼，即用此烹法。

小儿琮郎试以羊肉煮成白汤，用以蒸鱼，味乃绝鲜。侄女双福素不食羊肉，是日呷鱼羹甚美，初不知系由羊肉煮成也，及食毕说破，则反因疑心而作恶矣。

江阴人烹河豚，不去皮，入口觉刺舌。吴泽南尝赠我一大碗，家人均不敢尝，乃供余三数日大嚼。天津教门馆烧河豚鱼白，味嫩且美，真不愧西施乳之目，余与陈剑秋屡饱啖之，醉后辄举似《枫窗小牍》所载东坡语云："吃河豚值得一死。"径欲持此傲梅翁矣。

（《红玫瑰》1928 年第 4 卷第 13－15 期）

上海饮食
——《上海游览指南》节录

孙宗复

甲、菜馆

菜馆分中菜与西菜为二大类。

一、中菜

中菜中又因各帮之不同，有平、津、镇、扬、川、闽、潮、粤、京、锡、徽、宁等等，分述如下。

（一）**北平菜** 北平菜馆在上海最为普遍，从前称京菜馆。著名者有大雅楼（福州路即四马路二三一号）、同兴楼（福州路）、悦宾楼（湖北路即大新街，汉口路即三马路口）、致美楼（福州路湖北路口）、会宾楼（汉口路浙江路口）、明湖春（福州路浙江路口）等。擅长之菜，为糟溜鱼片、辣子鸡丁、爆双炒虾仁、神仙鸡、挂炉鸭、溜黄菜、烩四宝、红烧鱼唇、鸡粥鱼翅、腰丁腐皮、口蘑锅巴汤等，又有蜜饯山楂及小米稀饭，为他帮菜馆所无，而于招待方面，尤为殷勤，价亦较廉，故就食者众。

（二）**天津菜** 天津菜馆除酒菜外，大半注重点心。著名者有六合居（广西路福祥里隔壁）、青萍园（大世界后面）等。擅长之菜点，为四季菜、果儿汤、片儿汤、大炉面、炸酱面、馄饨、锅贴等。五茄皮酒为天津特产（北四川路永利威），天津各色酒亦著名，其味比市售者为佳。

（三）镇江菜 镇江与扬州，味亦大同而小异。上海之镇江菜馆，只下列二家：老半斋（汉口路浙江路口）、新半斋（老半斋对门）。其擅长之菜，为肴肉、煮干丝、红烧狮子头、清蒸狮子头、粉蒸肉、醋溜鲫鱼等，而咸菜蹄子面、出骨刀鱼面、虾仁烧卖及玫瑰猪油馒头，味尤佳妙。

（四）扬州菜 扬州菜馆与镇江菜馆有不同之点，因镇江馆所重者酒菜，而扬州馆则注重点心也。著名者有可以居（福建路即石路）、可可居（九江路即二马路）、新新居（福州路）等。擅长者，为肴肉面、咸菜鸡丝面、小笼包子、八宝饭、干丝等。此种馆子，地位极狭小简陋，又每家门口，每设一葱油饼摊，味亦可口。

（五）四川菜 上海之四川菜馆，只五六家，烹调精美，为各帮之冠，但自粤菜盛行后，生涯亦稍替矣。著名者有陶乐春（爱多亚路，东新桥相近）、南京饭店（山西路）、消闲别墅（川菜兼闽菜，广西路三马路四马路之间）等。擅长之菜，为辣白菜、醋酥鱼、奶油菜心、神仙鸡、纸包鸡、白炙鳜鱼、清炖鲥鱼、炒羊肉片、炒山鸡片、大地鱼烧黄瓜、白汁冬瓜、火腿冬笋、蟹粉蹄筋等，而酸辣面、鸡丝卷等，亦美味之点心也。

（六）闽菜 闽菜即福建菜，在上海各菜馆中，向亦颇负盛誉，惟嫌略少变化，然犹足与北平菜、镇江菜并驾齐驱也。著名者有小有天（汉口路大舞台东首）、中有天（北四川路八一六号）、消闲别墅（兼川菜，见前）等。擅长之菜，为红烧鱼翅、红烧鳖裙、红烧茄子、清炖黄鱼、蟹黄鱼唇、蟹黄白菜、五柳居、神仙鸡、烩羊肚丝、荷花豆腐、冬菜梅鱼、香糟响螺、酥鲫鱼、拌龙虾等，其他点心如伊府面、山药糕、荷花包饭、扁豆泥等，亦别有风味也。

（七）潮州菜 潮州菜为粤菜中之一派，与广州菜绝不相同。此项菜馆，惟北四川路有之，徐则同乐楼（法租界公馆马路）及徐得兴菜馆（广东路即五马路满庭坊）。擅长之菜，以海鲜为多，如炒龙虾、炒响螺、炒青蟹等，而以冬季之暖锅为最佳，内容有鱼肉饺子、虾蛋包子及潮州芋芳等，风味比众不同，而京冬菜一味，亦极佳妙，门市可另售，每罐约三四角。

（八）**粤菜**　上海通称之粤菜，即广州菜。著名者有粤南楼（北四川路西武昌路口）、粤商酒楼（北四川路蓬莱路相近）、秀色酒家（北四川路老靶子路口）、会元楼（北四川路武昌路口）、陶陶（武昌路）、大中（南京路）、味雅（北四川路崇明路口）、冠珍（北四川路崇明路）、新雅（南京路云南路口）、味雅支店（福州路石路东首）、南园（福州路浙江路西首）、梅园（南园对门）、桃园（福州路小菜场西首）、清一色（浙江路汉口路口）、大三元（南京路五六一号）、金陵酒家（爱多亚路西新桥街口）、杏花楼（福州路昼锦里口，粤菜中之最老者，四层楼客座尤佳）、东亚酒楼（兼西菜，南京路先施公司）、大东酒楼（兼西菜，南京路永安公司）、新新酒楼（兼西菜，南京路新新公司）等。擅长之菜，为炒鱿鱼、炖鸡爪、炒响螺、蚝油牛肉、杏仁鸡丁、炸子鸡、鲜蒸海清、白汁鲳鱼、挂炉烧鸭、脆皮烧鸡、盐鸡、炸鸡肫、翠凤翼、信丰鸡、草菇蒸鸡、红烧鱼翅、鸡蓉鱼肚、走油田鸡、金钱虾饼、滑虾仁、炒鸭掌、炒肚尖、汤泡肚、汤泡肾等，其名贵者，秋冬有龙凤会、山瑞、穿山甲、海狗鱼、蛇肉、猴脑、果子狸等，然不常有。

（九）**南京菜**　南京菜即教门菜，业是者为回教中人，禁食猪肉，其市招上标明"清真"二字，不待各菜中不以猪肉为原料，即所用之油，亦系素油或鸡鸭油，而就食者亦不得携猪肉入其门也。著名者有春华楼（湖北路福建路口）、金陵春（福建路北海路口）、顺源楼（广东路即宝善街，满庭坊相近）、九云轩（浙江路偷鸡桥）等。擅长之菜，为板鸭、油鸡、香肚、红烧牛肉、洋葱牛肉丝、清蒸鸭子、红烧鱼肚、鸭掌汤、炒四件等，而牛肉锅贴亦颇有名。

（十）**无锡菜**　无锡菜馆在上海不多，只福州路广西路附近之仁和馆一家而已。擅长之菜，有草头烧刀鱼、红烧鲜带鱼、红烧小黄鱼、萝卜炖肉、炒金花菜等。

（十一）徽菜　徽菜馆在上海最占多数，而生意亦颇发达，以其价值低廉也。著名者有大中楼（爱多亚路大世界）、大新楼（汉口路）、民乐园（福州路昼锦里口）、聚乐园（福州路福建路口）、老聚元楼（福州路浙江路口）、聚宝园（湖北路福州路北）、聚丰园（老闸桥北塅）、太和春（小东门大街陆家石桥塅）、沪江春（北四川路虬江路口）、大庆馆（广东路）、得和馆（广东路）、天乐园（东棋盘街）、新华园（北河南路五九九号）、鼎丰园（盆汤弄宁波路角）、新民园（小东门外大街）、复兴园（小北门内）、同春园（北四川路崇明路口）、宴宾楼（新闸路梅白格路东）、海华楼（海宁路浙江路口）、春华楼（抛球场天津路南）、中华楼（公馆马路大自鸣钟西）、七星楼（新北门内大街）、醉仙楼（八仙桥西恺自尔路）、同义楼（恒丰路汉中路南）、万和楼（天主堂街）、其萃楼（公馆马路南吉祥街）、宝华楼（宝山路界路口）、庆福楼（浙江路南京路口）、三阳楼（抛球场北京路北）等。擅长之菜，为炒头尾、炒虾腰、炒鸡片、炒鳝背、红烧鸡、醋溜黄鱼、煨海参、三丝汤等，而馄饨鸭、虾仁锅面亦佳，大中楼之砂锅馄饨，大新楼之徽州裹，尤别有风味。

（十二）宁波菜　宁波菜馆在上海亦不多，著名者有状元楼（九江路浙江路口）、重元楼（湖北路）等。擅长之菜，前者为炒樱桃、芋艿鸡拗、鸡骨酱等，后者为炝蚶子、烧蛎璜、咸菜黄鱼、咸菜汤等。

（十三）杭州菜　杭州菜馆在上海较少，有杭州饭店（大世界对门）、知味观（福建路南京路口）等。擅长之菜，为西湖醋鱼、家乡件儿、豆豉鱼、鱼头豆腐、咸肉等。

（十四）绍兴菜　上海之绍兴菜馆，大都酒店而兼售熟菜者，名"绍酒菜馆"，有言茂源（湖北路）、豫丰泰（福州路）等。擅长之菜，为东坡肉、干菜肉、酱鸭等。

（十五）本地菜 此项饭菜馆，规模狭小，所备者不过家常便饭而已。著名者有老正兴馆（河南路北京路口）、正兴馆（同上，又大世界对过）、同兴馆（佛陀街）、人和馆（小东门内）、得和馆（南市王家码头）、得兴馆（大东门内肇浜路太平街）、三兴园（福州路）、鸿运楼（广东路福建路口）、四时新（兼点心，四马路昼锦里西）等。擅长之菜，为白鸡、炝虾、炒圈子、海瓜子、炖蹄膀、红烧羊肉、烂污肉丝、四喜肉、炒卷菜、炒秃肺、青鱼头尾、炒活水、红烧菜心等。

（十六）宵夜馆 宵夜馆亦为粤菜馆之别派，惟规模较小，而重在夜市。著名者有燕华楼（福州路）、杏华楼（湖北路）、醉华楼（福州路）、长春楼（南京路）、宴华春（汉口路）、广雅楼（九江路）等。宵夜每客，一冷盆、一热炒、一汤，冷盆有烧鸭、叉烧、香肠等，热炒有牛肉丝、虾仁蛋、糖醋排骨等，又有咖喱鸡饭、清炖鸭饭、牛肉丝饭、鱼生粥等，冬令有菊花锅，亦称边炉，又有莲子羹、杏仁茶、咖啡及公司中西菜。

（十七）素菜 素菜一业，在上海亦颇发达。著名者有功德林（派克路）、觉林（霞飞路嵩山路）、禅悦斋（汉口路浙江路口）、素馨斋（汉口路大舞台对过）、供养斋（汉口路浙江路口）、六露轩（小东门内庙前路）、松鹤楼（城隍庙豫园路）等。擅长之菜，为素油鸡、素烧鹅、炒素、鳝丝、炒冬菇、炒三冬、炒什锦、口蘑豆腐、奶油白汁菜心、炒橄榄菜、蘑菇汤、菇巴汤等，甜菜有白木耳、橘络汤，点心有青豆泥、银丝卷及蘑菇面、冬菇面、什锦面、素包子等。

上述各菜馆，大多数皆备有和菜及整席，估价值之大小，而别肴馔之美恶。人数多，则宜食和菜或整席，少则宜点菜，点菜价贵，而味较佳。

又有一种菜馆，专以整席著名者，若公馆马路之鸿运楼、九江路昼锦里口之太和园、北京路之大加利、大东门彩衣街之大富贵，皆可预定。

二、西菜

西菜馆亦分外国式、中国式、广式三种。

其中如华懋饭店（南京路沙逊房子）、派利饭店（静安寺路）、沧洲饭店（静安寺路）、汇中饭店（南京路三号）、沙利文饭店（南京路一〇七号）、礼查饭店（黄浦路七号）、雪园（静安寺路华安公司）、卡利饭店（江西路二五号甲）等，系纯粹外国式，所煮之菜，类多生硬，与华人口味不甚相适，除非习惯。

中国式西菜则不然，如岭南楼（福州路望平街东首）、大观楼（福州路一七八号）、倚虹楼（广西路五七九号）、玉波楼（北四川路虹江路北）、宴琼楼（北四川路虹江路北）、一家春（福州路六二号）、一江春（汉口路广西路角）、一枝香（福州路三三号）、一品香（西藏路跑马厅对过）、全家福（福州路三〇五号）、大中华（西藏路福州路角）、大西洋（福州路三二三号）、太平洋（爱多亚路五二四号）、中央（福州路三三〇号）、皇宫（汉口路广西路角）、新利查（广西路福致里口）、亨生（爱多亚路六九二号）、邓脱摩（北京路六四号）、雪园（静安寺路）、爱多美味（江西路四一号甲）、晋隆（西藏路南京路口）、冠珍（崇明路一八号）、青年会（四川路）等，烹调皆极精美，与华人口味较合。

而广式之领袖，下列者为最：新亚酒楼（北四川路）、大东酒楼（南京路永安公司）、东亚酒楼（南京路先施公司）、新新酒楼（南京路新新公司）。

西菜之普通者，其汤有鸡丝鲍鱼汤、鸡绒鸽蛋汤、来路牛尾汤、乡下绒汤、鸡绒芦笋汤、鸡丝火腿汤等，鱼有白汁桂鱼、烟黄鱼、烟鲳鱼、炸板鱼等，鸡有咖喱鸡，炸子鸡、纸包鸡、铁排鸡、炸鸡肫等，野味有鹌鹑、水鸭、山鸡、荷叶雀、五香鸽子等，肉则猪排、牛排，其他如纸包虾仁、云腿蛋等，饭则有咖喱鸡饭、什锦饭、鸡煲饭、香肠鸭片饭、菜心鸭片饭、虾仁蛋炒饭、牛肉丝饭等，布丁有西米布丁、香蕉布丁、可可布丁等。

其专门擅长者，若大西洋之大西洋汤、皇宫之皇宫清汤、新利查之利查饭，皆有特别之风味焉。

西菜有点菜，有公司菜。公司菜价目，各菜馆不一，大率外国式菜馆，午餐自一元至二元，晚餐自一元半至二元半，早餐在一元左右；中国式及广式菜馆，午餐自八角至一元，晚餐自一元至一元半，亦有晚午餐价值一律定价仅六角或一元者。又有俄国菜馆，多在霞飞路；德国饭店，多在静安寺路，价亦较廉。

乙、酒馆

酒店有土酒与绍酒之分，土酒味薄性燥，而绍酒则醇厚。最著者有下列诸家：高长兴（福州路昼锦里西首）、章东明潜记（河南路北京路口；正号，公馆马路）、同宝泰（福州路麦家圈东，北浙江路七浦路口）、言茂源（爱多亚路，三马路大新街）、豫丰泰（福州路）、茅长顺（山西路天津路南）、老源元（福建路广东路北）、同宝和（新闸路新闸桥路口）、方壶（南香粉弄）、章裕泰（浙江路）、王三和（小东门外庙前路）、马上侯（山东路即麦家圈，汉口路福建路西）、王裕和（南京路福建路西）、章同茂（公馆马路）。

丙、点心

点心除前述津、扬二帮外，尚有广式点心、本帮点心及食品公司。

广式点心又分二派，曰广州，曰潮汕。前者武昌路之陶陶，四川路之秀色、粤南楼、上海茶室，南京路之新雅、福禄寿、冠生园、广州大三元等为最著名，各家多有"星期点"，每星期更换一次，若酥饺、蒸糕、春卷、大包等，均价廉而味美，锅面尤佳；后者多设于虹口一带，与广州派截然不同，所售者为杏仁汤、枣泥汤、绿豆羹、莲子羹、鸡蛋糕等，取价低廉，就食者亦多。

本帮点心，到处皆有，最著名者，为福州路之近水台、四如春，南京路之五芳斋、北万馨、沈大成等，所售为馄饨、汤包、烧卖、馒头、春卷、水饺、面、炒年糕等，甜食则有糖芋艿、糖山芋、方糕、赤豆糕、小汤团等。

其他面馆亦多，高下不一。面之种类分酥肉、爆鱼、爆鳝、冻鸡四种，亦兼售汤包、烧卖。

粥店均规模狭小，就食者多中下等人。惟九江路、湖北路，武昌路一带，有几家较为起色，专售烧鸭、叉烧、羊肉等，亦有兼售馄饨者。

丁、茶馆

茶馆在上海，不甚发达。较著者，邑庙有春风得意楼、乐意楼，南京路有五龙日升楼、一乐天、仝羽春，福州路有青莲阁、四海升平楼，最为热闹，座客常满。其馀如广东路之怡园，北四川路之会元楼、粤商楼、小壶天、利男居、群芳居，生意亦佳。

戊、冷饮

咖啡馆都趋于"欧化"，清洁而精美，除外滩之汇中、南京路之沙利文，早上有咖啡市面，其馀多在北四川路一带，为中国人所开设，以女子为招待，自天潼路北，虹江路南，不下十馀家。所售不限咖啡一项，亦有西菜、西点等，惟各家出品，颇有不同，在善饮者之自择。

饮冰室亦颇发达，夏令最盛，所售有刨冰、汽水、冰淇淋、果子露、冷饮品等，著名者有南京路之冠生园、快活林、福禄寿等，而沪西曹家渡一带，又有几家露天饮冰室，富绅豪客，往往趋之。

己、包饭作

上海多数商号机关，大都不设厨房，职员亦不供膳宿，而单身旅客，无暇自理，多向包饭作包定。包饭价格，普通每客中晚两餐，每月亦需八元至十元左右。

（《上海游览指南》，孙宗复编，中华书局 1935 年 9 月再版。

篇名为编者另拟）

沪上酒食肆之比较

——社会调查录之一

严独鹤

　　余为狼虎会员之一，当然有老饕资格，既取得老饕资格，而又久居沪滨，则于本埠各酒食肆，当然时时光顾。兹者《红杂志》增设"社会调查录"一栏，方在搜求材料，余因于大嚼之馀，根据舌部总司令报告，拉杂书之，以实斯栏。值此春酒宴宾之际，或可供作东道主之参考。然而口之于味，未必同嗜，余所论列，亦殊不能视为月旦之评也。

　　沪上酒馆，昔时只有苏馆（苏馆大率为宁波人所开设，亦可称宁波馆。然与状元楼等专门宁波馆，又自不同）、京馆、广东馆、镇江馆四种。自光复以后，伟人、政客、遗老，杂居斯士，饕餮之风，因而大盛。旧有之酒馆，殊不足餍若辈之食欲，于是闽馆、川馆，乃应运而兴。今者闽菜、川菜，势力日益膨胀，且夺京苏各菜之席矣。若就吾个人之食性，为概括的论调，则似以川菜为最佳，而闽菜次之，京菜又次之。苏菜、镇江菜，失之平凡，不能出色。广东菜只能小吃，宵夜一客，鸭粥一碗，于深夜苦饥时偶一尝之，亦觉别有风味，至于整桌之筵席，殊不敢恭维，特在广东人食之，又未尝不大呼顶刮刮也。故菜之优劣，必以派别论，或欠平允，宜就一派之中，比较其高下，庶几有当。试再分别论之。

（甲）川菜馆

沪上川馆之开路先锋为醉沤，菜甚美而价奇昂，在民国元、二年间，宴客者非在醉沤不足称阔人，然醉沤卒以菜价过昂之故，不能吸收普通吃客，因而营业不振，遂以闭歇。继其后者，有都益处、陶乐春、美丽川菜馆、消闲别墅、大雅楼诸家。都益处发祥之地，在三马路（似在三马路广西路转角处，已不能确忆矣），其初只楼面一间，专售小吃，烹调之美，冠绝一时，因是而生涯大盛，后又由一间楼面扩充至三间，越年馀，迁入小花园，而场面始大，有院落一方，夏间售露天座，座客常满，亦各酒馆所未有也，然论其菜，则已不如在三马路时矣。陶乐春在川馆中资格亦老，颇宜于小吃。美丽之菜，有时精美绝伦，有时亦未见佳处，大约有熟人请客，可占便宜，如遇生客，则平平而已。消闲别墅，实今日川馆中之最佳者，所做菜皆别出心裁，味亦甚美，奶油冬瓜一味，尤脍炙人口。大雅楼先为镇江馆，嗣以折阅改租，乃易为川菜馆，菜尚佳。

（乙）闽菜馆

闽菜馆比较上视川菜馆为多，且颇有不出名之小馆子，为吾侪所不及知者。就其最著者言之，则为小有天、别有天、中有天、受有天、福禄馆诸家，大概"有天"二字，可谓闽菜馆中之特别商标。闽菜馆中，若论资格，自以小有天为最老，声誉亦最广，清道人在日，有"天天小有天"之诗句，宴集之场，于斯为盛，若论菜味，固自不恶，然亦未必能遽执闽菜馆之牛耳也。别有天在小花园，地位颇佳，近虽已改租，由维扬人主其事，然其肴馔，仍是闽派，闻经理者为小有天之旧分子，藉此别树一帜，则别有天之牌号，可谓名副其实矣，至于菜味，殊不亚于小有天，而价似较廉，八元一席之菜，即颇丰美。中有天设于北四川路宝兴路口，而去年新开者，在闽菜馆中，可谓后进，地位亦颇逼仄，然营业甚佳，小有天颇受其影响，其原因由于侨沪日人，多嗜闽菜，小有天之座上客，几无日不有木屐儿郎，自中有天开设以后，此辈以地点关系，不必舍近就远（北四川路一带日侨最多），于是前辈先生之小有天，遂有一部分东洋主顾，为中有天无形中夺去。余寓处距中有天最近，时常领教，觉菜殊不差，价亦颇廉。梅兰芳来沪，曾光顾中有天一次，见诸各小报，于是中有天之名，始渐为一般人所注意，足见梅王魔力之大也。受有天在爱而近路，门面一间，地方湫隘，只宜小酌，然菜亦尚佳。福禄馆在西门外，门面简陋，规模仄小，几如徽州面馆，但所用厨子，实善于做菜，自两元一桌之和菜，以至十馀元一桌之筵席，皆甚精美，附近居人，趋之若鹜，此区区小馆，将来之发达，可预卜焉。余既谈闽菜馆，尤有一事，不能不为研究饮食者告。则以入闽菜馆，宜吃整桌，十馀元者，八九元者，经酒馆中一定之配置，无论如何，大致不差，即小而至于两三元下席之便菜，亦均可吃，若零点则往往价昂而不得好菜。尝应友人之招，饮于小有天，主人略点五六味，皆非贵品，味亦不佳，而席中算账，竟在八元以上，不啻吃一整桌，论菜则不如整桌远甚。故余劝人入闽馆勿吃零点菜，实为经验之谈。凡属老吃客，当不以余言为谬也。

（丙）京馆

沪上京馆，其著名者为雅叙园、同兴楼、悦宾楼、会宾楼诸家。雅叙园开设最早，今尚得以老资格吸引一部分之老主顾。第论其营业，则其馀各家，均以后来居上矣。小吃以悦宾楼为最佳，整桌酒菜则推同兴楼为价廉物美，而生涯之盛，亦以此两家为最，华灯初上，裙屐偕来，后至者往往有向隅之憾。会宾楼为伶界之势力范围，伶人宴客，十九必在会宾楼，酒菜亦甚佳，特宴集者若非伶人而为生客，即不免减色耳。

（丁）苏馆

苏馆之最著名者为二马路之太和园、五马路之复兴园、法大马路之鸿运楼、平望街之福兴园。苏馆之优点，在筵席之定价较廉，而地位宽敞，故人家有喜庆事，或大举宴客至数十席者，多乐就之。若真以吃字为前提，则苏馆中之菜，可谓千篇一律，平淡无奇，殊不为吃客所喜。必欲加以比较，则复兴园似最胜，太和园平平，鸿运楼有时尚佳，有时甚劣。去年馆中同人叙餐，曾集于鸿运楼，定十元一桌，而酒菜多不满人意，甚至荤盆中之火腿，俱含臭味，大类徽馆中货色，尤为荒谬。福兴园于苏馆中为后起，菜亦未见佳处。顾余虽不甚喜食苏馆中酒菜，而亦有不能不加以赞美者，则以鱼翅一味，实以苏馆中之烹调为最合法，最入味，决无怒发冲冠之象，此则为其馀各派酒馆所不及也。（济群曰：独鹤所论，似偏于北市。以余所知，则南市尚有大码头之大醹楼，十六铺之大吉楼，所制诸菜，味尚不恶。）

（戊）镇江馆

镇江馆之根据地，多在三马路，老半斋，新半斋，望衡对宇，可称工力悉敌。其馀凡称为某某居者，亦多为镇江酒馆，特规模终不如半斋之大耳。镇江馆菜宜于小吃，肴蹄干丝，别饶风味，面点尤佳。迄今各镇江馆，无不兼售早点，可谓善用其长。惟堂倌之习气，实以镇江馆为最深，十有八九都是一副尴尬面孔，令人不耐。然座中客如能操这块拉块之方言，与之应答，则何应小较生客为稍优云。（济群曰：余亦颇嗜镇江馆肴肉与包子之风味，顾以堂老爷面目之可憎，辄望而却步。今阅独鹤此篇，足征镇江馆堂倌之冷遇顾客，乃其能事，且肴肉等价亦甚昂。然则吾辈，化钱购食，原在果腹，何必定赴镇江馆，受若辈仆厮之傲慢耶！）

（己）广东馆

广东馆有大小之分，小者几于无处不有，而以北四川路及虹口一带为最多，大抵皆是宵夜及五角一客之公司大菜者，实无纪载之价值。大者为杏花楼、粤商大酒楼、东亚、大东、会元楼诸家，比较的尚以杏花楼资格为最老，菜亦最佳。其馀各家，则皆鲁卫之政，无从辨其优劣。盖广东菜有一大病，即可看而不可吃，论看则色彩颇佳，论吃则无论何菜，只有一种味道，令人食之不生快感。即粤人盛称美品之信丰鸡，亦只觉其嫩而已，未见有何特别鲜味，此盖烹调之未得其法也。除以上所述诸家外，尚有广东路之竹生居，大新街之大新楼，南京路之宴庆楼等，则皆广东馆而介乎大小之间者，可列为中等。馀则自郐以下，无足论矣。但北四川路崇明路转角处，有一广东馆，名味雅，规模不大，而屡闻友朋称道，谓其酒菜至佳，实在各广东馆之上。余未尝光顾，不敢以耳食之谈，据为定论，暇当前往一试也。

除上列各派之酒馆外，又有一品香之中国菜，则实脱胎于番菜，而又博采众派之长者，故不能指定为何派，大可称为番菜式的中国菜。此种番菜式的中国菜，强半出自任矜蘋君之特定。菜味有特佳者，亦有平常者，不敢谓式式俱佳，惟论其色彩，则至为漂亮，菜之名称，亦甚新颖。有松坡牛肉者，为猪肚中实牛肉，几于每餐必具，云为蔡松坡之吃法，故有是名，可与东坡肉及李鸿章杂碎并为美谈矣。闻尚有咖啡汤烧鸡蛋一种，不知定何名称，可谓特别之至。任君支配一切，煞费苦心，此大胆书生之小说点将录，所以拟之为铁扇子宋清也。（宁波同乡会之菜，颇似一品香，不知亦为任君所支配否，任亦同乡会之职员也。）一品香、大东、东亚三家，固为旅馆而并营酒菜业者，顾其馀各大旅馆，亦皆有大厨房，兼办筵席。旅馆中之菜，以振华为最佳，八元以上之整席，其丰美实在各苏菜馆之上，即两元之和菜，亦甚可口，为其他各旅馆所不及。麦家圈之惠中，能做苏州船菜，然味殊平常，未见特色。酒馆、旅馆以外，尚有包办筵席之厨子，亦不乏能手，以余所知，城中陶银楼，实为最佳，其次则为马荣记。陶所做菜，皆能别出心裁，异常精致，且浓淡酸咸，各有真味，至足令人叹美，惟烧鱼翅着腻过多，亦一缺点。马荣记之烹调方法，颇近于一品香，而味似转胜。舍陶、马之外，则厨子虽多，皆碌碌无足称述。沪宁铁路同人会中，有一刘厨子，自号为闽派，余于路局员司中颇多戚友，刘厨子之菜，平日亦常领教，觉偶制数簋，味尚不恶。乃有一次某君宴客，由刘厨子承办，定酒菜为十二元一席，而所上各菜，直令人不能下箸，盖论味固咸淡失宜，论色尤令人望而生畏，不论何菜，俱作深黑色，汤尤污浊，每一菜至，座客皆不吃而笑，主人翁乃窘不可言，于此足见用厨子之不易也。

吾前所举自甲至己六种，实犹未足以尽沪上酒馆之派别。盖舍此六者外，尚有回教馆（以五马路之顺源馆及大新街之春华楼为最著名，菜亦尚佳）、徽馆（沪上徽馆最多，皆以面点为主，而兼售酒菜，就目前各家比较之，以四马路之民乐园及昼锦里之同庆园为稍胜，同庆园之鸡丝片儿汤，味颇佳）、南京馆（南京馆与教门馆颇似同属一系者，前春申楼即为南京馆中之最著名者，春申楼之烧鸭，肥美绝伦，为各家所未有）、天津馆（天津馆前有至美斋，生涯颇盛，今则凡属天津馆，皆一间门面之小馆子，无复有场面阔大者矣）等。顾其势力，实较薄弱，只可目为附庸之国，不足与诸大邦争霸也。

吾以上所记，虽派别不同，可统名之口荤菜系。顾沪上之酒食肆，除荤菜系外，尚有两大系，曰番菜系，曰素菜系，试更论列之如次。

（一）番菜系

番菜系中，又可折而为二，一真正番菜，二中菜式的番菜。大抵各西洋旅馆中之番菜，皆为真正番菜，而市上所设之番菜馆，则皆中菜式的番菜也。论华人口味，对于真正番菜，皆不甚欢迎，宁取中外杂糅之菜，故此种中菜式的番菜，其势力乃独盛。真正番菜中，以沧州旅馆之菜为最佳，礼查次之，馀则均嫌其淡薄，且冬日苦寒，犹往往具冷食，更为华人所不惯。至华人所设之番菜馆，则以四马路之倚虹楼、大观楼为较胜，馀如一枝香、岭南楼等，则皆卖老牌子而已。倚虹楼前在北四川路，以价廉物美著称于时，一元之公司大菜，可具菜六道，且必佐以布丁及罐头水果，布丁之制法极新奇，名目繁多，都非常见之品。自迁四马路后，价稍昂而菜亦稍稍逊矣，然较诸其他各番菜馆，似尚高出一筹，侍者之酬应宾客，亦以倚虹楼为最周到。东亚、大东、一品香，虽皆以番菜著，然不过卖一场面，论菜殊不见佳，一品香尤逊。忆某次宴集，菜仅五味，而猪排居其二，客连啖猪肉，皆称奇不置。故余常谓一品香之番菜，乃远不如其中菜也。

（二）素菜系

沪上素菜馆，向只有三马路之禅悦斋、菜馨楼，皆不见佳，自功德林出，乃为素菜馆中辟一新纪元。盖功德林主人欧阳君，礼佛茹素，而又精于烹调，因自出心裁，制为种种精美之素菜，闻今日功德林之厨子，皆亲受欧阳君之训练者。故功德林之菜，如草菇茶及蒸素鹅等数味，实为其他各素菜馆所远不能及者也。然论功德林之性质，实可称为贵族式的素菜馆，每席菜非至十数元殆不可吃，若六元八元之菜，则真食之无味矣，即十数元一席之菜，或亦须研究人的问题。余尝赴欧阳君之宴，席间诸菜，无不鲜美绝伦，顾后此复偕友人宴于功德林，菜价为十四元一席，不可谓菲，而菜殊平平，远逊于主人请客时矣。至论各庙宇中之素菜，则以福田庵为最佳，净土庵（在宝山路）曩时甚好，今已渐不如前，若西门关帝庙之菜，直令人大喝酱油汤而已。

余论沪上酒馆，可于此告一终结。酒馆以外，尚有饭店、酒店、点心店三种。大马路与二马路间之饭店弄堂，为饭店之大本营，两正兴馆，彼此对峙，互争为老，其实亦如袜店之宏茂锠、酱肉店之陆稿荐，究不知孰为老牌也。饭店之门面座位，皆至隘陋，至污浊，顾论菜亦有独擅胜场处，大抵偏于浓厚。秃肺炒圈子，实为此中道地货，闻清道人在日，每至正兴馆，可独啖秃肺九盆；天台山农之量，亦可五盆。余亦嗜秃肺，但于圈子（即猪肠）则不敢染指。顾施济群君，能大啖圈子，至于无数，殊令人惊服。（济群对于正兴馆，锡以嘉名曰六国饭店，亦颇有趣。）酒店之优劣，余实无品评之资格，盖醉乡佳趣，非余所能领略也。（但比较的似南市王恒豫之酒，视北市诸家为佳，因其酒味最醇。）点心店以五芳斋为最佳，先得楼之羊肉面，亦自具美味，特余不嗜羊肉，未见其妙耳。

济群曰：独鹤记上海各酒食肆，历历如数家珍，真不愧为狼虎会员哉！

（《红杂志》1923年第33－35期，署名独鹤）

沪上广东馆之比较

少　洲

　　前数期本杂志，登着一篇独鹤先生所著的《沪上酒食肆之比较》，旁搜博采，洋洋大观。我读了，顿时觉得馋涎欲滴，食指大动，恨不得立刻跑去各家菜馆里，鼎尝一脔，冀快朵颐。我虽不是狼虎会的会员，然而我却是一个有名的老饕，纵不敢说对于饮食一道研究有素，但我吃过的广东馆子，倒也不少，就把来给诸位介绍一下罢，续貂之诮，自知难免。

　　广东人多住在虹口一带，所以广东的酒食肆，亦以虹口为盛。综计大酒店二家，会元楼和粤商大酒楼；宵夜馆十二家，味雅、冠珍楼、小旗亭、美心、品芳楼、江南春、荃香、宜乐、中意、广吉祥、怡珍，及最近新开之广东大酒楼。其馀独鹤先生已经述过的，吾也不说了。

　　会元楼的酒菜，调味较粤商为胜，但只宜于吃三四元的陶碗菜，若十馀元的整桌，也就无长足录了。曾记得有一次，和友人划鬼脚（即拈阄，谁拈着的，就是谁作东道，粤语谓之划鬼脚），吃了四元的陶碗菜，菜虽只有六味，却是非常可口，尤以一碗清炖鲍鱼为最佳，至今还觉香留齿颊间呢。

　　粤商规模颇宏，不似会元楼这么湫隘，加以地方宽敞，所以逢有红白的事，人们多乐就之为应酬。

　　宵夜馆以广吉祥和怡珍两家开设最早，资格最老，然而地方亦极逼仄，吃客强半系劳动界中人，因为售价既廉，肴馔又多，他们乐得大吃大嚼，还问甚么好不好呢，到如今已成为他们的盘据地了。

味雅开办的时候，仅有一幢房屋，现在已扩充到四间门面了，据闻每年获利甚丰，除去开支外，尚盈馀三四千元，实为宵夜馆从来所未有。若论它的食品，诚属首屈一指，而炒牛肉一味，更属脍炙人口，同是一样牛肉，乃有十数种烹制，如结汁呀，蚝油呀，奶油呀，虾酱呀，茄汁呀，一时也说不尽，且莫不鲜嫩味美，细细咀嚼，香生舌本，迥非他家所能望其肩背，可谓百食不厌。有一回我和一位友人，单是牛肉一味，足足吃了九盆，越吃越爱，始终不嫌其乏味。还有一样红烧乌鱼，亦佳，入口如吃乳腐，目下广东馆子效颦的不少，但是终及不到味雅的好。

冠珍楼在味雅对面，门可罗雀，因为营业尽被味雅占去了，故而支持不住，旋开旋歇。自从刘□接办后，大加刷新，扩充店面，兼售大菜，营业稍振，食品尚不恶，舍味雅外，亦可算得数一数二的了。

宜乐初开办时，极为认真，招呼亦周到，红烧鱼头一菜，绝佳，可与味雅之牛肉媲美。可惜后来越弄越糟，互相倾轧，遂致闭歇。今年重新改组，但是大不如前了。

小旗亭和沪江春对峙，三层洋房，装潢甚美，日间市茗，入夜始卖酒食。它的广告上说，是用女子作厨司的，怪不得无论什么菜，都是另有一种说弗出的味儿，诸位有不信的，何妨走去尝试一下子呢。

美心在会元楼隔壁，吃客多葡萄牙人，犹小有天之多木屐奴也。

江南春专售中菜式的番菜，又可以唤作广东式的大菜。大餐每客只须八角，公司餐每客只须六角，烹调还可以过得去，所以生意也不弱。其馀的几家，自郐以下，不足论了。

除上述各酒食肆外，尚有许多小食店，便道及之。

正气斋的馄饨，香浓味厚，汤尤鲜美，每碗仅售小洋一角，便宜极了。海香的水饺子，馅是用十锦制的，汤是用鸡杂煮的，合起来，滋味的好，是不消说了。谭满记的蛋炒饭，软滑甘美，很可果腹。以上数处，都在西武昌路左近，不过地方也很卑陋的。

（《红杂志》1922 年第 41 期）

吃在上海

老　饕

上海人烟稠密，五方杂处，除外国人外，中国各省各市的人都有。这些人在上海，衣、食、住、行四个字都不可少的；惟最是第二个食字更不可少。因之各种食品，上海也就无一样没有的了。

上海的食品，虽说各种都有，但有好有丑，有贵有贱，一般吃客，也是讨不尽便宜吃不尽亏的。比方我思想要吃某种菜，究竟某种菜以何家菜馆为最好，以何家菜馆为最便宜，以及如何方可讨得便宜，如何方不吃亏，这种经验，上海人叫做门槛，这门槛是不可不知道的。记者虽不敢称老上海，对于上海的小吃，却还略知门径。但我们是中国人，不讲西餐，除西餐外，当将我所知道的，贡献于同我所好的一般吃客。

上海的食品，种类繁多，要将它一样一样地举出来，这支秃笔，实在不够写，只得将各种吃食，分为三大类，概述于后。

（一）**菜馆**　现在上海比较著名的菜馆（贵族化的以及新开未久的除外），广东帮有杏花楼、冠生园、大三元等，平津帮有会宾楼、悦宾楼、致美楼、三和楼等，扬镇有老半斋、新半斋、福禄寿等，四川帮有陶乐春、小花园等，福建帮有小有天等，河南帮有梁园等，宁波帮有鸿运楼、正兴馆等，杭州帮有知味观等，徽帮有大中楼等，教门馆有金陵春、春华楼等，素菜馆有功德林、觉林等，这都是首屈一指，最著名的菜馆。但是从中也许有很著名，而为记者所不知，或忘记列入的，当还不在少处。

以上各菜馆，虽是著名的，但是合乎现代化的，只有福禄寿、冠生园等寥寥数家，其馀都是旧式的。至于各帮馆子的菜，倒不分新旧，各有各的好处。广东菜滋味丰腴，略带西式；平津菜浓淡相宜，口味普通；扬镇菜五味调和，火候独到；河南菜不失原味；四川菜爽辣精致；福建菜花样翻新；杭州菜别有风味；宁波菜亦有特色；徽帮菜尚能适口；教门菜及素菜，清而不腻，宜于热天。这是各菜馆烹调各别的好处。若是将一样一样的菜分开来讲，如烧鱼翅、清炖甲鱼、炒响螺片，是广帮杏花楼等好。糟溜鱼片、红炒虾仁，是平津帮会宾楼等好。肴蹄、脆鱼、醋溜黄鱼，是镇江帮半斋等好。豆腐干丝、生川鲫鱼汤、干菜烧肉，是扬镇帮福禄寿等好。填鸭、黄河鲤、核桃腰，是河南帮梁园等好。粉蒸鸡、虫草鸭，是四川帮陶乐春等好。西湖鱼、件儿，是杭州帮知味观等好。炒划水，是徽帮大中楼等好。炒圈子，是宁波帮正兴馆等好。这是各帮普通菜各别的好处。至于独家所有的，如新三和楼的神仙鸡（即叫化鸡），小有天的杏仁豆腐，陶乐春的熏笋，大中楼的砂锅馄饨，老正兴馆的炒秃肺（即鱼肝），新半斋的甜菜藕粉饺子，大世界南首大利春的柠檬炸鸡等，都是独家所有特别的菜，价格尚不十分过贵的。若要同是一样菜，比较便宜的，须看馆子大小，小馆子总比较便宜些，但料作究属两样。即如鱼翅这样菜，法大马路老鸿运楼，烧得也很不错，味美丰盛，未必不及杏花楼；价格比较，则便宜多了。但是认真考究起来，杏花楼的鱼翅，条条分清，最好的一种荷包翅，抖散开来，一条一条，足有半尺多长，有线香这样粗，毫无假借；老鸿运楼的，固然不能同杏花楼荷包翅比，即比较杏花楼普通的货，亦比不上，第一不能条条分清，不但连带肉脊，且多假借他样配件，所以门槛精的吃客，不在这上面买便宜。然则如何方可买到便宜呢？

凡吃馆子，在楼下吃，比楼上便宜；在外间吃，比房间便宜；吃和菜经济菜，比点菜便宜。和菜内有不合意者，可调换一二样，情愿另外加价，总比点菜合算。要吃成席的菜，可向各帮厨房去叫，不要在馆子里叫，比较便宜。若是二三知己朋友小吃，吃一样，点一样，无论馆子大小，总不免小吃大会钞。现在北四川路一带，开设了好多家广东小菜馆，经济菜馆只两角一样，而且很有几样菜可吃的。记者曾经尝试，如烂鸡鱼翅、铁扒鱼片、甲鱼鸡脚汤，都很不错的。就是四马路南园的神仙鸡汁，价在二三角之间；梅园的广州饭一元二角的，可供三四人一餐，也算便宜极了。这是吃馆子的门槛。

（二）点心店　上海的点心店，旧式的居多。从前不卖早市，自扬镇帮菜馆、广东帮茶馆早晨带卖点心后，现在各点心店，渐渐地都卖早市了。在十数年前本帮的点心店，只有四马路四如春牌子最响，后来大马路开了一家五芳斋，点心比四如春好，居然将四如春打倒。自北万馨、沈大成等号开设后，四如春三字，已无形消灭了。但此几家点心店，仍然是旧式的。所卖的点心，固然是老八板，没有一样花式新鲜的，而座位招待更不要讲了，第一锅灶砌在门口，一走进门，就觉到油气触鼻，然而生意都还好。这个原因，一则因为价值不大昂贵，一则因有一二样点心，如汤团、烧卖等，味尚可口，所以还可号召中下两等的人。假使在此时，有一家设备完善，座位舒适，招待周到，而点心花式价格，则同他们一样的，开设出来，我恐怕他们就立脚不住了。所幸现在改良的点心店，声价都在他们之上，不是与他们同等的，如广帮的冠生园、大三元等，扬帮的福禄寿、精美等，都是做的中人以上的生意，夺不了他们的主顾，所以他们永远不想改良。至于现在改良的点心店，所卖的点心，与各旧式菜馆带卖的点心，亦各有各的好处，各有各的长处。广帮伊府面，各色大包，小巧甜咸包饺、烧卖等，料作丰富，其味亦佳。平津帮拉面、薄饼、锅贴等，工料道地，颇堪　饱。镇江帮蟹黄汤包、白汤看面等，滋味纯厚，无以复加。扬州帮各色包饺、烧卖、春卷、千层糕、发糕等，做手高超，味美各别。这是各帮点心的特色。但是仔细研究起来，各帮的点心，要推扬州帮为第一，扬州帮的点心，要推福禄寿为第一，他们不但点心的面粉馅心，考究道地，而且设备十分周全，座位非常舒适，招待亦很周到。点心店能办到这样，实在可以做得吃食商店的模范了。不过价格太昂，这也因为开支过大的关系，但他们没有加一小账。如要比较便宜些，点心与福禄寿差不多的，可到英华街的精美去吃，但精美的小账是加一，而且设备万不如福禄寿了。这是吃点心的门槛。

（三）杂食店　杂食店，如糖果、水果、干果（即桂圆、枣子等）、南货、熏腊等。上海从前没有糖果店，糖果都是西菜馆里带卖，完全舶来品。近来中国已可自制，所以到处糖果店开设很多，生意最大的，要推冠生园、泰康等。出品也实在不错，减价时亦很便宜。糖食是中国原有的，从前惟四马路稻香村糖食店，牌子最响，自市面兴到南京路后，则老大房、申成昌、天禄等糖食店，连续不断地开了出来，生意都还不差，东西现在要推偷鸡桥天禄的好。水果店，虽到处皆是，但价廉物美的，要推法大马路宝兴里口的某某号，及南京路河南路头的某某号两家。干果店，大多数开设在石路上，货真价实的，只有靠近爱多亚路口几家。南货店，上海更加多了，除先施等几家公司带卖南货外，老牌子的南货店，要数南京路邵万生、三阳等几家，但东西虽好，价钱太贵。熏腊店，招牌都是老陆稿荐，也是随处皆有，东西好不好，须看地点，靠近大马路的，总比较好些。此外如豆腐店、面粉店等，据闻做豆腐干丝的豆腐干，从前上海只有一家豆腐店有得卖，开设在南京路从前小菜场后面。上海的面，现在除平津馆子里拉面，广东馆子蛋面外，其馀都是机器面，很不好吃，且有一种气味。要买人工刀切的面，虽久煮而不护汤的，可向北浙江路老垃圾桥北染坊隔壁一家面粉店里去买，有细条，有阔条，但须说明要刀切的，听说馄饨面担向他家去买面的很多，店虽小，生意做得很大的。这是吃杂食的门槛。

记者写到此处，心中不免有点感想。我们中国的商店，大都守旧的多，不受打击断不肯自动改良的。即如以上所说的菜馆、点心店，其中大多数是旧式的，设备不完全，座位不舒适，招待不周到，还在其次；最大的缺点，是锅炉设在门口，进门就触着油烟气，而且枑凳不揩，不能入座，杯筷不擦，不能着手。若是将菜或点心叫回家去吃，而送菜送点心来的人，身上穿的衣服，如同理发店里的荡刀布，远远地就闻到一种说不出的气味，外表如此，食品虽好，能不减色吗？

近数年来，虽然有不少改良的，然亦不过对于表面上清洁二字，略加注意，并未根本改革。最可怪的，新开的店，对于这种恶习，也不肯革除。记者昨走南京路遇见抛球场新开了一家五福斋小点心店，店内的枑椅，倒像是新式的，而锅灶仍旧有一部分设在门口，不知是何缘故。记者虽是门外汉，但是做生意，总要能够迎合顾客的心理，不可令顾客讨厌，这是做生意的常识，就是外行也应该知道。试问锅炉设在门口，顾客讨厌不讨厌呢？这是旧式食品店的弊处。

至于新式足称摩登的几家食品公司，也有不少的弊端：（一）定价太昂，只可做上等人的生意，中等人都不敢时常光顾；（二）招待有分别，如同官场，要论阶级的；（三）供应迟缓，要菜要点心，必须长时间的等候。这是新式食品公司的弊端。

在记者思想，开设食品店，第一设备要完全，并无庸十二分的华丽，不过要合现代化；整洁二字，万不可少；座位要舒适，距离须稍远，不可像"推背图"；招待要周到，不可分阶级，大小生意，富贵平民，都要平等看待；供应要迅速，无论要菜要点心，立时可以送到，不可令人催。这是最紧要的。其次，食品料作要认真，花色要日新月异，广告要诚实不欺。这是次要的。至于利息，万不可打得太厚，须知顾客都是中等人多，上等的人，不常在外面吃，假使定价过昂，中等人就裹足不前了。牌子既经做出，更须时时检点自己，有无管理疏忽之处。果能照此办法，生意没有不好的。不知经营此项生意者以为然否？

吃在上海

钱一燕

上海五方杂处，华洋咸集，所以人生四大要素中第二项的
"吃"，在这里也集其大成，可称洋洋乎大观，我来把它分析而逻辑
起来，就写成这篇包罗万象的"吃在上海"。

"吃"的分类，把商店来做本位，似乎有头绪些，否则，一部
廿四史，从何说起？

这里姑且分作"菜馆"、"酒家"、"点心店"、"茶楼"、"糖食
肆"、"咖啡馆"、"水果铺"、"南北货商"、"药材店"、"小吃摊担"
十类，尽我所知道的，分别详简叙述。记者旅沪十年，老上海当然
不敢称，可是对于吃的一道，自信倒还不算门外汉，这篇就算是经
验之谈吧。

还有一点附带声明，这篇之作，全凭经验的记忆，绝对不曾参
考什么书籍记载，倘使有不知道的地方，宁缺以待高明补充，不肯
强不知以为知，信口开河。这点既经声明，那末篇中的或详或简，
当然可以获得相当的原谅了。

菜　馆

上海的菜馆，大概有"广帮"、"平津帮"、"徽帮"、"闽帮"、
"镇扬帮"、"杭州帮"、"苏帮"、"四川帮"、"本帮"等几种，从前
在上海昙花一现的"河南帮"飞霞菜馆，因为营业不得其法关了门，

後遂无继起者，此刻最出风头的，要推"广帮"了。

广东馆子，在上海的历史，原也不算浅近了，可是出人头地，大为时尚，还在近五六年里才走了红运。在五六年前，徽馆正风靡一时，以馄饨鸭号召了两三年，但在当时我们就明白这情形是不足持久的，馄饨鸭虽然美味，然而要靠它来做生命线，究竟太单调而力量太薄弱了，因为上海人喜欢一窝蜂，所以能够盛行一时，果然不久，其盛况便给广东馆子取而代之了。

广东菜馆的优点，就是菜味丰腴，花式新颖，如太牢食品之类，尤觉气派宏盛之至，菜馆布置设备，多考究华美，富丽乔皇。为了菜肴的气魄雄伟大方，布置的设备精丽雅洁，在上海菜馆中，自然可以独擅胜场咧。能执广帮菜馆牛耳的，当推冠生园、杏花楼、大三元等几家。

平津帮就是俗称京馆的，菜味以精腴兼长，丰盛也是它的特色，侍役的规矩整肃，可以见到旧京官僚气息遗留。悦宾楼、致美斋（现称致美楼）等，是此帮的佼佼者。

徽馆上海极多，大中楼发明馄饨鸭仿佛是这一帮里的革命军，各家仿之，至今还有一部分势力。徽馆中的锅面，比别帮为出色，而且实惠。

福建馆子小有天，人人皆知。福建菜浓淡都极腴美，而花式之别致，只有广东菜可以和它争衡，有几种，简直我们吃了还不晓得它是什么做的，不瞧菜单真唤不出名儿。

镇扬帮的菜馆，自当推老半斋、新半斋首屈一指了，肴肉、干丝的风味，真够得上一个"隽"字。

杭州馆子，最近才在沪上露脸，杭州饭庄、知味馆两家，都能推陈出新，醋溜鱼，家乡肉，提起便垂涎三尺。

四川馆里的菜，以爽辣见长，不吃辣的朋友，当非所喜，豆腐一味，乃其名制，都益处可称上海川馆中的巨子。

苏帮各菜，以甜美细腻称，在上海的潜势力着实可惊。

上海本帮菜馆，不用说，本地人自然欢迎它，菜味浓厚，实惠，价格也便宜。鸿运楼是本帮中的第一块牌子，商界开张以及逢年过节，都惠顾它的多，生涯极好。

已经关门的河南帮飞霞菜馆，时运不佳，关了门，真可惜。他们的菜肴，不浓不淡，别有风味，侍役多中州人，气派和京馆一般无二，我们在上海菜馆史上，这是值得回念的一件事。

酒　家

所谓酒家，并不是那时下掮着酒家招牌新式菜馆，这里说的是真正卖酒的酒家，如高长兴、言茂源、豫丰泰、王宾和等便是。

我们知道酒的销路，当然推绍酒最好而最普遍了。绍酒的味儿醇厚和平，是酒中王道之师，不比烧酒的猛烈霸道，所以它会成为社会上最受人欢迎的一种酒。为了这层理由，上海的酒家，浙江绍兴帮便成了此中祭酒。

酒家大都冷热酒兼备，著名的老牌子酒家，把酒做主体，只考究酒的好坏。酒菜是副业，虽然规模人些的，冷热菜都备，但老酒客并不重视这种菜，倒是摆设在酒店门前的熏腊摊，酱鸭、熏猪脑、红烧猪舌、龙虾、飞飞跳、大转弯、酱牛肉、辣白菜，这一类下酒物，生涯鼎盛。越是大酒店，这门前的摊子越是花色繁多，为真正老酒客所欢迎。

中国人上酒店，等于外国人的上咖啡馆、酒排间，所以上海的小酒店特别发达，差不多平均每一条马路上，至少有一家酒店，多至十馀家不等。四马路是上等酒家的荟萃之区，我们在花灯照耀之时，常常可以瞧得许多面孔红通通的面熟朋友。

点心店

一日三餐以外，点心似乎也占据十分重要的地位。在餐时未到的当儿，肚子有些饿了，这时候，便需要吃一些点心来点点饥，于是乎点心店也就适应需要而产生。

上海的点心店里所有的点心，大概是汤面、汤团、馄饨、汤糕、炒面、炒糕、水饺、小笼馒头、锅贴、八宝饭、冰糖山芋、猪油糕烧麦、各色过桥面之类，沈大成、五芳斋、北万馨、徐大房等几家，乃此中巨擘。不过这类旧式点心店，座位多不知讲究，营业越好，招待的方式愈觉令人难受，不敢领教。我们跑进去，除掉抱定一个"吃"的宗旨外，其馀的事，一件也没有好感的印象，真的，这种旧式点心店，太墨守旧法，不知改良了。（最近沈大成的赠奖券，大约也算是他们中的改良事件了，我想。）

近几年，新式点心店应运而生，——应运，应时代的命运也。福禄寿、精美这几家，以座位精洁，为人称道，不过有些点心，价格较昂，但东西确实不差。福禄寿的汤团、千层糕，精美的面，我都每吃不忘。

粤馆中也没有晨点，朝晨到冠生园饮食部或大三元、新雅、桥香等去吃早茶，一小碟一小碟的广式点心，别致而实惠，化费无多，可以吃不少种点心。他们每碟不过一两件点心，代价至多一角左右，是胜过其他点心店的一种长处。

茶　楼

喜欢喝茶，也是我国人的特性。茶楼，在各处城市乡镇，都很平均的发达，上海是有名的大都市，自然茶楼要特别的多了，大约比酒店还要多出三分之一以上来。

邑庙豫园里的湖心亭、得意楼，南京路上的一乐天、仝羽春，天天座上客满。已关掉的五龙日升楼，居然成了有名的地名，永远占据了上海历史上的重要一页。这类旧式茶楼，中下阶级顾客为多，我们跑进去，会感到乌烟瘴气。新式茶楼，一切设备，都比较完善得多，人坐在里面啜茗读报，环境既好，精神自较舒适，而且有点心可以任意叫来吃，何等便利，所以上流的顾客，自然而然地趋之若鹜了。

糖食肆

说起糖食，好像不过是消闲小品罢了，不吃似乎没有什么要紧；可是人的脾气，最是闲不得，"饱暖思淫欲"，糖食，好像便是给人们泄"闲欲"的东西，吃惯了的人，一天没有吃，简直会"嘴里淡出鸟来"，此糖食肆之所由兴也！

外国人嘴里，时常嚼着留兰香糖、巧格力、太妃糖，中国人则蜜饯、山楂糕、寸金糖、玫瑰水炒瓜子、冰松糖、粽子糖、椒盐胡桃、蜜糕、肉脯等物，为消闲妙品。苏州地方对此最考较，上海人凡是消费的玩意儿，从来不敢后人，何况这原是"国粹消费"，当然不肯让苏州人专美，于是糖食肆乃满布各马路。

南京路日升楼一带，从浙江路上，弯到石路过去抛球场为止，这一段是糖食肆的总汇集地，也是最考究的糖食肆的所在地，老大房、天禄、申正昌、老大昌，以及新从苏州分来的悦采坊，各店有的还有支号，真是十步一店，随处有吃。大马路跑跑，买些回去嚼嚼，写意哉，上海人也！

摩登朋友，自然要学外国人的吃糖食，上海的西式糖果肆，也着实不少，中国人开设的，要算冠生园最最规模宏大了，支店遍华租界，西式糖果糕点，无美勿备，从低廉的到高贵绝伦的糖食，一应俱全，主人洗冠生君，要可称此业巨擘。参观本刊各期的洗君著作，可以知其详情。

咖啡馆

这一项所在，的的确确是道地来路风尚了。除掉都市社会里，内地是没有见到的，由此可知是一种摩登的吃的享乐去处。

在上海，不客气地说，醉生梦死的人们特别多，他们需要不规则的耳目口舌之娱，咖啡馆，就是可以供给他们这种需要的。

咖啡馆里，真的跑进去规规矩矩地吃一杯咖啡，这简直要给一般人笑你是乡原曲辫子了。你要明白，跑到咖啡馆去的目的，并不是去喝什么咖啡的，干脆些讲，乃是去吃女人嘴唇上的胭脂！这话你明白了吗？

这里有妖冶的女人，红的嘴唇，白的粉靥，轻佻的娇笑，肉感的引诱，这里是目眙不禁，握手无罚，甚至搂抱、接吻、揿"电铃"（"电铃"亦称"沙利文面包"）……一切胡闹的动作，都可以在座位的绒幕里尽闹。可是，有一点应当注意，你要自问是不是熟客，够得上这个资格？或者口袋里大拉斯充足，也可以"一朝生，立刻熟"；否则你冒昧地轻举妄动，轻则博得女人们的白眼，重则或者要吃眼前亏。

话也要说回来了，这其中，原也有比较上规则整齐、有礼貌些的几家，不过生涯还是可以胡调的几家好。

上海咖啡馆的繁盛区域，一在英租界北四川路一带，一在法租界霞飞路一带。北四川路的大都是国人经营，霞飞路的却多属外人开设，顾客的中西区别，也可以拿这做标准。此外别处零零落落的也有几家，总也不及这两处的精致设备罢了。

当那红绿线条霓虹灯光笼罩着的门口，里面有的还透出些音乐声音。在傍晚，夜半，你瞧见有醉醺醺的人直冲到人行道上来，或者面上满呈着疲乏的笑意，这些人，他们是从咖啡馆里放任地意兴阑珊出来了。

水果铺

水果富营养质，且含酸性，能助胃消化，西人在餐后多喜欢吃一些，适口润肠，确是卫生之道。

唇吻干燥，出行口渴，这时候就益发想念到水果了，何况吃水果和吃糖食一样还具有消闲的作用，自然为人们所欢迎。

上海地方，并不出产水果，都是从各产地运输来的，如天台蜜橘、新会橙、金山苹果、福建橘子、花旗橘子、汕头柚子、暹罗文旦、广东甘蔗、芝麻香蕉、檀香橄榄、奉化玉露水蜜桃、天津雅梨、北平白梨、山东莱阳梨，以及柠檬、菠萝、荸荠等等，都大宗的销到上海来，适应都市里一般人的需要。

水果行的总汇，在南市十六铺、苏州河外白渡桥等处。从大的行里，散销到各马路开设的水果铺来，供给人家零购。南京路上几家水果铺，营业兴盛，没有宿货，价格比小店铺反而便宜；送礼，可以装纸盒，尤其便利。

你如果一打听上海水果的销路，可以使你舌挢不下。再，上海的水果铺，栗子季里，都带卖糖炒熟的良乡栗子，这是水果铺的专利。

南北货商

因为上海是国内最大的贸易口岸，事实上百货都荟萃到这里来，集其大成，南北货在上海的销场，不用说，是"大宗"了。

上海的南北货商店，规模大的，简直在内地是找不到的。他们凡是一应装进嘴里肚子里去的各种南货北果，无不应有尽有，从最便宜的碱砂糖、白糖、花生等物起，以至最名贵的燕窝、白木耳、哈仕蟆、南腿等等，都有都有。规模小些的，当然这些价值昂贵的物事不会备。此外如近几十年中发明的调味粉、酱油精、果子露、肉脯之类，古老时代南北货店所没有的东西，此刻都有了，甚至白兰地、葡萄酒，以及糖食肆中所有的细点，上海的大南北货店里，全都会包罗万象的有卖。

规模最宏大的几家南北货商店牛耳，当推南京路上的天福、邵万生、三阳等几家。三阳和邵万生，历史悠久，资望在同业可算得老前辈了。

广帮的南北货店，称为京果店，他们有些杂食货店性质，而以广东干食物为主要货品，南京路上的易安居，北四川路上新开的其发等，都要算此中巨擘手了。范围小的广东京果店，在虹口一带，触目皆是，这是因为上海的广东人太多的缘故，而虹口又是粤人的聚居区域。

先施、永安、新新三家大公司的南货部，实在兼有江南的南北货店和广东京果店的性质，各物搜罗宏富，色色俱全，尤以先施的为最大，他们的南货部，迤逦日升楼浙江路上一长条的一面，在别处南北货店中买不到的吃局，他们也许不会教你跑空趟。

上海的南北货，价较内地为廉，而物较内地为美，这是贸易口岸各物先经过这里的缘故。

药材店

笑话，吃药都是上海好，要推全国第一了。一，药物齐全；二，药材原料可靠；三，撮药便利，且有代煎的创举。

这里先说国药店。上海的国药店，现在要算徐重道为规模第一，他们的支店有十一处之多，而每个支店，不是因陋就简的设备，都是和总店一般规模宏大的。

蔡同德、胡庆馀、冯存仁，都是上海药材店中巨擘，首屈一指者，资望亦深远。

买人参洋参之类，以蔡同德间壁的同懋为最可靠，价格也十分公道。

四川商店的白木耳，考究而靠得住，燕窝亦好。

民国路新北门的雷允上，是苏州分设上海的一只大药材店，他们以"秘制六神丸"驰名全世界，日人欲以十万黄金易其方而不售，至今他们合药还只是每传一代只有一个人晓得，要闭户合制，不许旁人瞧看。外面劣品仿冒甚多，最近在上海已破获一起。雷允上的发达致富，全是靠此一味"六神丸"的专利，难怪他们不肯将秘法出售，要做子子孙孙终身的衣食之源了。

代客煎药，是徐重道首创，徐重道富革新思想，此即其一端。每帖药煎费一角，用热水瓶盛装送到病家，这在孤身客最多的上海，真是十分方便的一件事。现在大些的药材店，都已仿行了。

像徐重道等的大药材店，都有干的熟药出售，如丸散之类，装潢可与西药媲美。又撮药每帖均附有滤药器一个。这都是国药业科学管理的进步的表现。

虹口一带，广东药店很多，他们的熟药，如营业重要之一种。有许多药，在广东药店中是撮不到的。

再说西药业罢，不必说，这又是上海为全国冠了，并且，上海的西药大药房，几乎每个人家都有自己专利发明的出品的。

九福制药厂的"百龄机"、"补力多"，中西大药房的"胃钥"，五洲大药房的"人造自来血"，这些这些，都是全国奉行的国制西药。至于舶来西药，当然是西药房的主要药材。至于舶来西药，当然是西药房的主要药材，不用说凡是西药房，那有不卖舶来西药之理。不过据近几年来的西药业状况调查，据说舶来西药的有国制西药可代替者，日见其多，舶来西药的销路，比前几年只有跌下去，这倒是提倡国货声中的好消息。

上海的西药房实在太多了，而专恃花柳病药生涯立足的小药房，尤指胜屈，随处可见，足见上海淫风之盛，遂有此畸形的状况。但，不要忘记，上海是都市，是大都市，这种现状，是世界各大都市所共有的吧。

小吃摊担

有几种根本原因，使得上海的小吃摊担，所以这样发达。

因为上海的居民，冠越全国，总数达三百馀万，这三百馀万的居民，大部分布住满了全上海的弄堂住宅，这弄堂中是小吃摊担营业最适宜最合需要的所在，不论大人、孩子们，谁都在三餐之外，需要些吃嚼，或是消闲，或者点心。此其一。

上海来谋生的人，既然有满溢之患，那些贫民贩夫，岂有不谋一个容易谋生而有持久性的职业干，挑着担，摆个摊，卖些小吃或是点心之类，这是最好的一条出路，而靠得住有生意。有一个卖油炸虾饼的人，他每天担子出来，不到二小时，即空了担回去。据他讲，每天可平均净赚一元左右。你去想吧，况且本钱多少，小大由之，轻而易举，于是小吃摊担，在上海日见其多。此其二。

上海有几种特殊的所在，为内地所无，如交易所附近，洋行附近，海关附近，那些报关行中人员，洋行跑街，以及交易所客人，天天在外面跑的流动职业，有时三餐都不定时，于是附近设定的点心小吃摊担，莫不利市三倍。这不是一时的情形，终年如此，所以专靠交易所、洋行、报关行等为生的小吃摊贩，在上海是不知有几千百人，恐尚不止，这是上海的特殊情状。此其三。

摊担上的小吃，除不卫生的不要去说它外，至于像晨早和午夜的馄饨面担、汤团担、广东包子、牛肉面、广东干点心等等，的确价廉而实惠，别有风味。"虽小道，必有可观者焉"，小吃摊担在上海吃的部分上，倒也占据重要的地位，不可忽视。

（《食品界》1934 年第 8 — 10 期）

食在上海

许钦文

在上海，无论衣食住行，都可以说是便当的。穿得漂亮，吃得丰富，住得高大，电车汽车，往来得迅速。不过，同时在另一方面，也穿得褴褛，吃得简陋，住得肮脏，拥拥挤挤，行路为难的。从十八岁起开始漂泊的我，虽然上海，不曾有过接连半年以上的居住，可是屡次经过，多方面的走到，各阶层的生活情形都有些印象。抗战以来，十年之间，只于去夏回来时经过，停留一个晚上。许多印象经久以后淡漠模糊了，关于食的却还有几点仍然很清楚。由于交通的便利，生意发达，货物不难从各处运来；多中取利，可以减轻买主的负担，普通的食物，上海没有很贵的。到处有茶馆，可以冲到茶水；到处有面店粥店，随时可以进去吃一碗。这于流浪者很便当，也是使得我避难内地，每到一处，临时不能解决饮食时所深切想着的。

提到上海的饮食，我总要联想到亡友元庆。当初他在时报馆里工作，寓在一间放楼梯的暗室里。我在浦镇教书，暑假和他同寓。我们知道炒虾仁在上海很普通，可口，并不很贵，香粳米饭也不错，可是我们的收入不足以语此。每到傍晚，我踱到望平街去等他，看他从高大的洋房里出来，一道回到矮小的暗室里。我们没有包饭，每餐临时解决。照例经过许多菜馆都不回顾，连面店也不敢进去，总是在粥店里共进晚餐。吃粥的地方大概在低低的楼上，一进去就觉得热烘烘。等到吞下两碗稀饭赶快出来，衣服贴住皮肉，总是做了搭毛小鸡。后来他在立达学园教书，我已出了好几本书，都是由他画封面的。我的书由他的画增色，他的画由我的书宣传，我们已为有些人所熟识。我从北平南回，一同被请吃饭，炒虾仁可以大嚼了。记得有一次，在北四川路的闽菜馆里，二十四元的一桌菜，全鸡全鸭，还有整只的烤乳猪，吃得亦醉亦饱。我和元庆都有着负担，下一餐，仍然只买几个烧饼一边吃一边走，一道走到江湾去。住在上海的人大概匆忙，招待客人总只一餐，我们常常在这样的情境中。

　　无论是往来海门、台州，或者天津、北平，在将上轮船或下轮船的时候，我们总要上菜馆去吃一餐，因为在船上，一有风浪我就吃不下饭。所叫的菜，大概是炒虾仁和咸菜肉丝汤之类，对于这种菜并没有亲切的味感，觉得原是这样的，信口嚼着，知道我们还在上海，或者确已到了上海。不大咸，也不淡，上海菜就是这样的上海菜，无论什么闽菜馆、川菜馆，式样尽管不同，味道总是差不多，同真在福建、四川菜馆里所煮炒的，味道差得很多了。就是天津包子，其味也是淡薄。正如人，从各地方来，住在上海不久，总就染上点洋场气。在上海，以地名菜的虽然很多，却很少保持着本色的。

　　在上海的阔佬，虽然也有很讲究吃食的，可是一般在上海的人，对于吃食，大概并不多花时间；不像内地的许多人家，一天到晚无非忙于三餐。反正来得便当，在上海的人，等到肚子已饿，或者到午到晚了，再打算怎样吃也不迟。以前在川南游玩，每到场上找着炒菜馆吃酱刨肉，所谓味大，是又咸又辣；菜馆里总是先泡得茶来请你喝，再向对面或者隔壁的猪肉店大声呼喊："割半斤肉来！"然后慢慢地切好下锅。虽然可口，但如不是趁着轿夫息脚之便，将要等得不耐烦。我在杭州，爱以点心当饭吃，汤面、馄饨和汤团，照例一餐吃三样，同时叫好，慢慢地来一样吃一样，虽在冬季，不会冷却。在上海连吃两三碗排骨面当一餐饭，却是吃了一碗再叫一碗的，因为来得快，无须等候。鲁迅先生住在北四川路一带的时候，有一次我去时正是吃饭的时候，就一道吃便饭。据说菜是包月的，每天送去，鱼和猪肉都配上一点，已弄干净，自己煎炒就是，每天不同，也是便当的一点。总之人多，可有人专门理值，因之一般人可以少花时间于吃食，这可以说是上海现代化的地方了。一个人在上海吃饭的时候，我常常搭着电车特地赶到一家俄国的西菜馆里去，那是专给工人吃的粗菜，只是一盆汤，就非大量的吃不完，还有大块的牛肉。我知道，如果长期住在上海，我也是吃不下的，因为少有劳动的机会。除非是专用体力的，在上海的一般人都吃不多。去夏在旅馆里，妻见到两个茶房在品吃一个腌鸭蛋配一餐饭，觉得奇怪。虽然这也是战后生活困难的一种现象，可是比较起还算是好的。像四川的轿夫，所谓饭菜，只是在辣酱碟子里润一润筷头罢了。因为吃得不多，一个腌鸭蛋也是勉强够用的。经过两餐内时间，我们一家五口都没有吃饭，只是买得面包、馒头等物来吃。因为可吃的东西多，把点心当作饭吃，本是在上海的普通办法。

（《自由谈》1947 年第 1 卷第 4、5 期合刊）

上海的吃

使　者

　　"吃着嫖赌"是人生四大嗜好。吃，实惠；着，体面，我们应该提倡。嫖赌二道，是人生的害虫——倾家荡产，伤身害命——都在这二点上送终，我们虽不是伪君子，可也不敢大唱高调。老实地来谈谈"吃"罢。

　　"吃"是人人懂得，个个能的。刚刚落地的婴孩，他也知道吃乳，可是此中耶苏大有道理。要是你不得其门而入，做冤大头还在其次，一个不小心，说不定就要伏维尚飨，那可太犯不着了，真应着"王美玉"打话："贪嘴勿留格条穷性命"。

　　上海五方杂处，中西合璧，稀奇古怪的食品都有，真是"有美皆备，无丽不臻"，可称为全世界吃的大本营。据使者所知——要是欢喜吃的话——可叫你在三个月中，天天调一种口味，还不见得都尝到，一派有一派的专擅，一肆有一肆的特长。如其你不懂内容，管叫你盲无所措，莫知拣择，到处受亏，到处出大笑话。

　　废话少说，我们从这一期起，逐渐地把上海各种的吃，一项一类地发表出来，使得读者诸位有所明瞭，不至于盲人骑瞎马地乱跑。

　　上期里已经说过，上海可算是全世界吃的大本营，所以要谈上海的吃，先要把各项各类排成一个饮食阵，然后按门谈论，方才有个数目，不致顾此失彼。现在先把种类分析如后：

　　甲、本国菜类：本地菜，天津菜，北平菜，四川菜，广州菜，杭州菜，回教菜，河南菜，宁波菜，潮州菜，镇江菜，福建菜，徽州菜，净素菜，湖南菜，无锡菜。

其他还有：小酒店，经济菜，牛肉摊，菜粥店，面结摊，烂沙芋，南翔馒头，广式点心，本帮点心，茶馆。

乙、西式菜类：欧美大菜，法式大菜，俄式大菜，中式大菜，日本菜，咖啡馆，饮冰室，酒吧间。

现在先就本国菜类来顺序谈谈。

本地菜 本帮馆子大概都是蜕化于宁波馆子，规模都是很小，所谓"家常便饭"者。南京路抛球场西首，俗称饭店弄堂，如老正兴馆、正兴馆、同兴馆，彼此鳞次栉比，真不愧为饭店弄。据说这几家正兴馆，大家各以老牌自居，和三马路所谓大舞台对过天晓得之文魁斋差不多，直到现在已经分不出真假了。现在将它们的拿手菜推荐给诸位读者：炖蹄膀、烂污肉丝、炒圈子（即猪肠）、红烧羊肉、四喜肉炒卷心菜等，而且一律小洋，非常便宜，普通的菜每客只三四角，洋价又特别提高，譬如市价作十三角八分，他们总要加上五分或八分。这几家馆子的装潢呢，却是十分的破旧，但也有汽车阶级上那里去的很多，普通行号的职员，更乐于光顾，因为到那里去是实惠而且便宜。

天津菜 如果久居上海的朋友，要吃天津菜的，请你到大世界后面的青萍园和小花园对面的六合居，这二家都是有名的天津馆子。他们除了酒菜以外，大都注重点心。菜肴之中，有一种叫做果儿汤，是用肉丝、蛋花煮成的，味道倒也不差，这是天津馆子中最出色的，取价便宜，不满大洋两角。点心之中，著名的也很多，片儿汤（与馄饨差不多）、大炉面、炸酱面等，都很适口。此外还有锅贴，比上海人吃的油煎馄饨大些，每件约一二分大洋，以前六合居煮的，最为出色。还有一种特产，便是天津五茄皮酒，别处做的，总是地道不正，大半搀杂火酒的，所以要喝五茄皮酒的，非到天津馆子去不可。天津馆子在上海的，已经是很多了，石路吉升栈弄也有一家，北站也有几家。他们招待顾客，是最恭敬也没有了，你如其多给一点小账的话，会特别的使你高兴。

北平菜　要上京菜馆，在上海要推三马路之悦宾楼、会宾楼，四马路有致美楼、大雅楼。吃平菜最令人满意的，便是他们对于招待方面，很殷勤而和蔼，主顾进出，都有三四个穿青袍黑褂的人，含笑迎送，这一点，虽然这几家菜肴精美，大半还是靠招待周到。但是到平馆去吃，最好同伴多一些，因为他们的菜肴是很丰富的，代价就因此而增加，如果一二个人去吃，那就不大合算。京菜馆中最著名的菜，要算糟溜鱼片、辣子鸡、爆双脆、炒虾仁、挂炉鸭（带面饼）、辣白菜、菇巴汤、红烧鱼等，另外还有一种小米稀饭，在北方固然算不来稀奇，在上海却别有风味。还有一点，到京菜馆去吃，在未开席之前，桌上总放着二个碟子，南瓜子和蜜饯山楂，南瓜子当然是南方人常吃，蜜饯山楂却非常可口，读者不妨去尝试一下。

四川菜　上海的四川菜馆，只不过四五家。几年前汉口路有一家美丽川菜馆，倒是有些名气的，可惜早已关门大吉。现在最有名的，要算爱多亚路的都益处了。川菜里面，有几样冷盆，颇为适口。一件是辣白菜，是用辣茄和交菜配成的，味嫩而清口，爱吃的人很多，别家虽然也有仿制，可是总不及川菜馆的鲜美。还有一件是醋鱼，用极久的火候，煮鱼骨酥透，所以吃起来酥软异常，无骨鲠之虞，而味道也因着火候到家的缘故，很是入味。这两件冷盆，诸位上川菜馆吃的时候，大可一试。其他热菜当中，如红烧狮子头、奶油菜心、神仙鸡、纸包鸡等几种，也是拿手杰作。但是有一样缺点，就是价钱要比京菜馆来得昂贵，人少了去吃，不大合算，所以这个也是美中不足。

广州菜　这个广州菜是粤菜中的一个总名称，内中还分开三派，一派就叫广州菜，一派是潮州菜，一派是宵夜，无疑的，此中三派，当推广州菜为翘楚了。至于三派的口味，却绝对不同，所以得把它分开来写。现在先说——广州菜——从前广帮菜馆多设在北四川路一带，如粤商酒楼、会元楼、味雅、安乐园等，簇居一隅，普通的人，并不十分注意，在中区的仅四马路杏花楼等数家。后来四马路神州旅馆对门的南园酒家开幕，生涯之盛，为沪上酒菜馆所仅有。因之继起者接踵，如南园对面的梅园酒家，四马路的味雅分店，美丽川菜馆旧址的清一色酒家，和大世界对门的金陵酒家等，不下七八家。又后起之南京路新雅，堪称粤菜馆之冠，内部之装潢布置，侍者招待，悉仿欧化，洗碗用机器者，当推独家，虽大马路惟我独尊之大三元亦见损色，然而彼等生涯却仍鼎盛异常，推原其故，就为了他们装潢布置，十分富丽，而售价却一律小洋，较京川馆便宜不少。其中的著名菜看很多，冷盆有烧鸭、油鸡、香肠、叉烧、鲞鱼、腊鸭腿等，均极鲜美可口。热炒有炒鱿鱼、蚝油牛肉炒响螺、炸子鸡、炸鸡朐等，还有翠凤翼（鸡翼中夹火腿）、冬菇蒸鸡等，也很出名，其中尤推大鱼头最美，平常二三人亦难吃完。其馀有几件山珍海错，更为各帮所无，像龙虎会、山瑞、穿山甲、海狗鱼、蛇肉等，价钱虽贵，平常日子还吃不到，有几家还每逢礼拜六或礼拜日才有出售。还有一种鱼翅，取价更昂，最上等的有值一百元的，通常亦须二三十元，还不算十分丰满，为了这件菜的关系，所以和菜的价格，比各帮高出很大，五十元一席，还算普通的，最起码总得二十元左右。最希奇的要算吃猴子脑，把一只活的猴子，打破了脑门，摆上席去，任客生吃，北四川路几家馆子，都有出售，价格约百元左右。还有许多点菜，确实便宜，像一盆蚝油牛肉，只消两三毛钱，草菇蒸鸡也只四五毫小洋，试问在别家上等馆子里，哪里吃得到。所以作者的管见，平常三朋四友去小酌，还是到广帮菜馆，点上几样便宜的菜，较为合算。资财丰富的人，有了贵客光临，确不妨多出些钱，去定他们的和菜，尝些异味，至于普通请客，或是宾客都是知己的，确太耗费了。

潮州菜 现在再说潮州菜，然潮州菜亦广州菜之一种，但一样是广东菜，广州和潮州的风味，却绝对不同。全上海的潮州菜馆却很少，除了北四川路有几家外，其馀公共租界上却不多见。据我所知，五马路满庭坊里，有一家徐得兴菜馆，却是正式潮帮，里面陈设虽极破旧，但却很有声望。还有法大马路的同乐楼，也是潮帮菜馆。这几家最著名的菜，内中要算一只暖锅了，平常各帮菜馆所配的暖锅，不外放些肉圆、海参、抽糟、肉片、鸡丝、火腿、蛋饺、虾仁等老花样，决不改变，惟他们却别具风味，里面放着鱼肉做的饺子，虾和蛋做的包子，再加底里衬的是潮州芋艿，却是又香又脆，令人有百吃不厌，然其售价也不贵昂，只须一元左右，读者不妨尝试一下，包管满意。至于热炒，以海鲜居多，如龙虾、响螺、青蟹、青鱼等，亦为潮帮特色。还有一种装瓶的京东菜，味极可口，门市每瓶约售三四角，亦请读者尝试。下期再谈宵夜馆之种种，祈请读者注意。

宵夜馆　宵夜馆亦广州菜之一种，在五期中早已说明。宵夜馆分中菜、西菜两种，中菜和广州菜相同，只是规模较小一些罢了。这类馆子，都注重夜市，白天的生意很少。三马路春宴楼、大新楼、杏华楼，四马路燕华楼，二马路广雅楼，南京路长春楼，四马路醉华楼，是其中最著名的，售价也很便宜，用小洋的居多数。洋葱牛肉丝、虾仁蛋、叉烧蛋、糖醋排骨等几样，为其拿手好戏。到冬天还有一种鱼生（又名菊花锅），有鸡片、肫片、鱼片、虾、蛋、菠菜等种种，都是生的，由顾客自己煮熟，价格在一二元之间，偶然尝试，倒觉别有风味，而且人多了是最合算。还有一种宵夜，从前只售三角，现在大都增加至五角，每客有一冷盆，有一热炒，一清汤，并连饭，冷盆有烧鸭、叉烧、香肠等，热炒有牛肉丝、虾仁蛋、肉丝等，汤内放着鱼片、肫肝、白菜等，在规定各菜之中，由顾客任点一样，这种最适合一二人，多了就无意识。此外有牛肉丝饭、咖喱鸡饭、清炖鸡饭、鱼生粥等。通常一人去吃他一样，已觉很饱，而所费的代价，只二三毫小洋，鱼生粥一味，还只一角多钱，再合算也没有了。上面说的是广州菜的宵夜馆，与正式宵夜馆尚有不同之点。假使你到正式宵夜馆去吃，有几种还要比广州菜来得合算。倘若你一个人去独酌，更是合宜，因为正式宵夜馆中有许多零星点心，一个人独吃一客，已能果腹，而代值却至多三角。假使要吃饭的，可点上一客蛋炒饭、咖喱鸡饭、鸭饭、什锦饭，或是荷叶包饭，每客自二角至三角。假使你欢喜吃粥，就可点上一客鸭粥、鸡粥、鱼生粥、叉烧粥，或是什锦粥，每客也在二角左右，其中尤以鱼生粥最上算，里面有鱼片，有叉烧，有肉片，又有一个铺鸡蛋，有几家只售一角二分小洋。但再经济一点，假使你欲尝试宵夜的西菜，单独叫一客，也是常事，不好算是坍台，其中除了各式炒饭，最能果腹以外，还有一样炸猪排，也极便宜，只非一角半小洋，竟有两块大猪排，所以单去吃炸猪排的人，十占其三四，读者不妨也去试一下呀！一个人上饭馆，点上一只炒，一只汤，起码七八角钱，而且这种吃法，要算最节省的了。所以以作者的管见，一个人上馆，最好上广东宵夜馆去，吃一客西式炒饭，或是粥，切不可到饭馆上去，纵然那馆子售价低廉，总不及宵夜馆来得实惠。倘若你不嫌下贱，不爱漂亮，处处以节省为目的，那倒也有一种吃法，便到正丰街鸿福楼菜馆，或是苏帮、本帮馆子里面，点上一客上咸肉豆腐汤，咸肉的数目，可听尊便，通常每客两块已够。倘若你还要经济一点，还可减少一块，一块咸肉只六十文，连豆腐汤计一百六十文，外加一碗饭一百文，统共只有二百六十文，二百六十文而能吃一顿饭，真是再便宜也没有了。但这样刮皮的吃法，只限于楼下统间里面，因为各帮各馆的定例，楼下以铜元计算，楼上却以小洋计算，到楼上吃起来，既不像样，又不经济，几个刮皮的朋友，都学着孟子"从吾下"的遗训，从不上楼梯一步的。

杭州菜　杭州馆子在上海是绝无仅有的。到过杭州人，大概都知道城内清和坊有家规模简陋的正兴馆，可是他们的菜，是极闻名的。后来上海大世界对面霞飞豫菜馆原址，新开了一家杭州饭店，几位股东，都是上海的名流，他们见于杭州菜的可口入味，为海上所不能尝到的，所以不惜重资，在杭州聘了几位名庖，以饱沪人口福。上海人素来好奇，震于杭菜的盛名，又以为难得尝到，都争先恐后地去光顾。他们最拿手的菜，有西湖醋鱼、加香件儿、豆豉鱼、东坡肉、鱼头豆腐、咸肉等十几种，其中尤推鱼头豆腐一菜，最是鲜美，读者不可不去尝试一下，藉增口福。现在不妨介绍几种有名的杭菜给读者。鱼头豆腐，杭州饭庄的鱼头豆腐最是珍贵，除了他们以外，虽踏遍上海，是吃不到的。其优点是在鱼头之中，都是肥壮的鱼肉，豆腐更烧得入味，绝无豆腥气和苦味，其名贵之点，也就在此。西湖鱼，松江的鲈鱼果然天下闻名，但是杭州的西湖鱼，却也是遐迩驰名的了。西湖的山水风景甲于天下，所谓锺灵毓秀，人杰地灵，那么西湖中的鱼，其鲜美也不言可知了。到过杭州的人，大概都欢喜尝那西湖的名鱼，但优游名胜，流连山水，为时无几，一旦离了杭城，就尝不到这美物了。但现在却有了，爱多亚路的杭州饭庄里面，请了不少浙西名厨，烹煮各种杭地名菜，其中西湖醋鱼一味，更所特擅，读者切勿失诸交臂。杭州饭庄的鱼头豆腐、西湖鱼两种，既已介绍，此外还有一种咸肉，亦极可口，读者盍行一试。

回教菜　教门馆就是南京馆，所谓教门者，是指回回教而言，南京人信回回教的很多，上海五方杂处，万流云集，回教徒亦复不少。因彼辈不能在任何馆子内果腹，故有回教馆的创设，所以回教馆的生意，很是不恶。四马路大新街春华楼、六马路石路口金陵春和老北门老万兴，都是教门中最著盛誉的，他们为避免猪肉起见，连烧菜时油也用素油和鸡油替代，除了猪身上东西以外，别的菜和其他馆子相同，只是不用猪油的关系，那味道别具风味。像南京的板鸭、咸水鸭和香肚，本极闻名的，所以上海教门馆中，也以这两样最著名，还有一种红烧牛肉，也是教门中最为出色，油鸡一种也极可口，其馀炖鸭、炖鸡等菜，也是他们的特长，又有一种鱼肚，尤为特色，因教门免治猪肉，决无肉皮渗入也。

河南菜 河南馆子从前有两家，一家是跑马厅南洋茶社，一家是爱多亚路飞霞菜社，可惜都关门了（南洋现虽开幕，但已换了东家）。现在只馀一两家开着，其中要推梁园最出名了，著名的菜，有一种醋海蜇（和南方不同）、炒猪骨髓、烤童子全鸡和烤全鸭，其中要算乳猪是伟大了，把一只出胎未久的乳猪去了毛，在火上烤得皮坚硬了，献上席来，复由侍者用刀披成薄片，和着甜酱同食，其味鲜嫩异常，凡遇三十元以上的酒席，总有这一样菜的。

（《人生旬刊》1935年第1卷第2、4、5、6、7、8期）

吃在新年里

天　籁

　　阳历新年过去，接上便是阴历新年到来，这可说是白相的日子，也是吃的日子。说到白相，上海尽有不少去处，也不用在下多来噜苏；讲到吃，就有不少门槛，我现在一件一件分别写在下面。

　　跑到馆子上去摆春酒，最好你要先把菜单来看一看明白，不要一味听任他们去配，有许多馆子菜牌上是写明白的，冷盆几味，热炒几道，大菜几个，点心几样，而且分别开明菜的名目，有许多只写菜几道，不肯将菜名目开出来，那末你最要紧是要问他热炒，炒点什么？大菜是几个什么？这里我告诉你就是馆子上的鱼，黄鱼、桂鱼、鳊鱼，还有鸭子、鸡，多多是靠不住的东西，完全冷气库内搬出来的，早已失去它本来的原味，最一无吃头。他们的黄鱼、桂鱼、鳊鱼，早在几个月之前大批买进，杀好之后，藏到冷气库内。来价邪气便宜，老大的黄鱼、桂鱼，只不过二三角钱一条，来得多还不到这数目，并且进货时候，已经不甚新鲜，再经过长时期的冷藏，可想而知，决不会可口。所以馆子上关于鱼一道菜上来，只须一看，便一目瞭然，鱼的眼珠早已四边离空，中间凹得很深，这便是显出鱼的本身已经不新鲜，其肉大都是酥腐，烂渣渣，上口已失鱼的鲜头。肠胃欠佳的人，不留意吃下去，包定当夜泄泻，或引起旁的胃肠病。其次还有一味鸭，也是不新鲜的。跑到馆子上吃鸭，以为是一只大菜，很敬重客人，最是瘟生，要晓得他们的鸭进货之时，距离现在摆席面烧给你吃的时候，已经有七八个月之隔。他们的鸭，都是打从乡下专营鸭生意的人那边定来，这一票鸭出世才不过二三个月，吃不到好的食料，一天到夜散在田野里，河塘边，所谓新鸭顶无肉，只一层皮包骨。平常我们上小菜场买鸭，买到这种新鸭，便宜时候从前只不过七八角钱一只，现在百物昂贵，也跟着涨上去，只也不过一块三四角钱一只，可见同老鸭一比较，相差一半也不止。馆子上就向这批经营养鸭的人收买来，进货时候都在春天，都是论一万只二万只的买进，大约每一只合下来只不过三角钱左右，可想而知它是非常便宜的。馆子上买进，统统杀死，鸭肫干有人收买去，鸭舌头又有人收买去，鸭掌又有人收买去，甚至鸭毛鸭肚什，都有人收买去，他们合下来每一只鸭只有二角钱光景。如果我们上馆子特为点一只全鸭，起码要开你一块半钱到二块半钱，而给你吃的，就是这一批七八个月前的隔宿冰冻鸭，你想它的原味早已失去，硬把别的鲜汤烧得你辨不出滋味，假使我们知道有这一桩把戏，决不会要吃这一味断命全鸭的。可是原席头煞末大菜里，馆子上都给你配下这一道菜，我们知道了这个原因，宁可不要吃鸭，叫他们改换别的名目，当然也可办到。还有南京馆子上的填鸭，这种鸭又是一种名目，肥果然很肥，只头也大，然而非四五块钱吃它不到。还有馆子上的鸡，它用原只头极少，都是斩盆子的多，原来这一票鸡，临到要杀时候，先给它硫磺一吃，鸡的身体自然而然会胖大起来，犹打气的猪肉一样，便也失去鸡的原味，我们最好也不要去吃它。

新年里面的吃，当然惟有自己上小菜场去，买心中欢喜的回来，命自己妻子烧来吃最上算，也最实味，几个朋友一定拖住上馆子，我认为最无谓的，况且新年里面样样要双开销，搭来搭去都要化钱。有一次我在一碗炒冬菇里面翻出一只大油虫，样子仿佛一片冬菇，假使一位近视，误食下去，嚼了一口才会知道。如果我们跑到他们厨房里去看看，那脏的情形，你看见也许从此不会上馆子了。

这里我不得不又介绍馆子上几味可口的小菜，以便给不得不上馆子宴客的人参考。

川菜 馆子以四川菜最清洁味美，他们的菜价都比一般普通馆子为大。最拿手名菜，有奶油玉兰片、辣子鸡丁、炒骨肉片、加厘虾仁、椒盐虾糕、炒橄榄菜、凤尾笋、炒野鸡片、炒野鸭片、米粉牛肉、米粉鸡、奶油广肚、火腿炖春笋、白汁冬瓜方、鸡蒙红豆、红烧安仁蟹粉、蹄筋四川腊肉、酸辣面、鸡丝卷等等。这都是四川馆子最拿手著名的菜，而且只只厚味，要吃辣加辣，不吃辣不用加辣，如凤尾笋进口而会化，米粉鸡的解嫩入味，二三知己进去细酌，还宜点只把辣子鸡丁、炒骨肉片、红烧安仁蟹粉、粉蒸牛肉、奶油玉兰片等等，可说价廉而味美，很是实惠。

苏菜 是苏帮馆子的菜，颇有吴门风味，价也便宜。他们有只告化鸡，烧法特别，肉酥而出骨，吃进嘴又鲜又嫩。据说烧的时候，将鸡杀好，除去肚杂，加油盐酱葱屑，而后四周涂以烂泥，成一圆球，投在火内煨上十二小时，而后敲去泥，便成一美味的告化鸡。现在鸡价飞涨，这一味菜，至少要四五块钱。其馀如鲃肺汤、圆菜面，圆菜面就是甲鱼斩做块头做面交头，也只有苏帮有这味菜。

平菜 平菜就是北平馆子的菜，上海有下不少北平馆子，著名的菜，有糟溜鱼片、辣白菜、冻鸡、红烧鱼唇、走油肉、松花拌鸭掌、烩熏鸡丝、溜炮肚口、麻菇巴汤、鸡粥鱼翅、芙蓉蛋等等。他们的定价并不贵，一席十一二块钱的菜，也足够十来个人吃，所以宴客还是北平馆子为宜。三五人小酌，只须点上四五道菜，也足够敷衍。他们的和菜配搭也很考究，不懂点菜的人还是吃和菜上算。

徽菜 徽菜就是徽州馆子，近年来非常落伍，他们不事改进，墨守旧法，一味重油，上海人不像徽州人那样喜欢吃油，每个菜面上，临时端上桌，还浇上一批油水，浮在上面，叫人先要倒胃。然而菜馆并不是不曾出过风头，因为那时候馆子少，不像现在的多，吃客一比较，便认徽馆的菜不值得一吃，所以近年来一家少一家。

他们也有拿手的菜，到现在还有人去吃的，就是炒划水、清炒鳝背、狮子头菜芯底，其他可口的也还有几样。如果宴乡下亲眷，倒还是徽馆为宜，乡下人不是爱油重的吗？

闽菜　闽菜便是福建菜，他们以海味居多，做的菜也特里特别，有的腥气难闻。他们也有拿手著名的菜，如匀波螺肉、香糟田螺、拌龙虾、炸溜田鸡、清蚌肉、红烧鳖裙、烧蛏羹、蟹黄鱼唇。他们的菜，一律近于水产海味，鲜果然是鲜，然而非福建同乡，还是不要尝试的好，而且价钿并不便宜，近年来有些衰落之象。

教门馆　教门馆没有猪肉，这是大家知道的，可是教门馆近年来非常发达，新开出几家，吃客很拥挤。他们是依靠牛肉为主，鸡鸭虾辅之，如板鸭、烧鸭、油鸡等等，牛肉一类，名目更多，如洋葱牛肉丝、五香酱牛肉、牛肉圆子、牛尾汤、炒牛百叶、炒牛肚丝等等，但是只宜小酌，不宜宴客。

宁菜　就是宁波馆子的菜，他们也是地临海滨，菜以海鲜居多，并且多汤，不是宁波人，还是不要跑上宁波馆子。他们的菜仿佛福建菜滋味，又腥气，又生赤，吃了之后，不留意还要呕出来还敬他。这里我不愿意介绍他们的拿手菜了。就此结束了吧。

（《上海生活》1940 年第 1 期）

食在广州？ 食在上海？

秋　容

　　食在广州，已经成为中国公认的一句话，因为广东菜不但烹调得法，而且色、香、味三者俱全，其他的四川菜、山东菜（即京馆）、福建菜、河南菜、徽州菜、本地菜（即上海菜）、扬州菜、宁波菜、杭州菜，香和味是有的，却缺少了色！广东菜哪里来的色呢？是采取西餐中的配合方法，用种种植物，花瓣，果蔬，红的红，绿的绿，不但好吃，而且好看。所可惜的，广东菜虽然占着中国各种菜的第一位，并且可以说是占着全世界烹调的第一位，只有一点美中不足的，就是缺少变化，除了排翅、山瑞（上海现在没有山瑞运到，只有水鱼）、鲍脯、信丰鸡（现在上海也没有运到，只有浦东鸡），老是这一套。至于葡国鸡、烟昌鱼、布丁，只可说是改良西餐，不能说是广东菜。

　　在上海倒可以说"集吃菜之大成"，要吃什么菜，就有什么菜，不比广州是广东菜独占的天下。四川菜也有贵妃鸡、油淋鸡、香酥鸭、锅炸、羊肚菌、炒泡菜诸种拿手美味；山东菜也有酱爆鸡丁、芙蓉鸡片、糟溜鱼片、瑶柱肚块、穿双脆、乌鱼蛋、拔丝山药诸种拿手美味；福建菜也有红糟鸡丁、西施舌、烧蟳蟹、神仙鸡、葛粉兜诸种拿手美味；河南菜也有扒油鱼、铁锅鸡子、核桃腰、蒸莲子诸种拿手美味；徽州菜也有烧头尾、烩鳝片诸种美味，可惜油腻太重，使人望而却步，只算聊备一格，价钱却是便宜；本地菜也有肉卤草头、烧秃肺、粉皮鱼诸种拿手美味；扬州菜也有煮干丝、肴肉、脆鳝丝、油汆锅巴、小笼馒头诸种拿手美味；宁波菜也有海瓜子、拌蚶子、咸菜黄鱼、腐乳乌贼诸种拿手美味；杭州菜也有火方炖鸭、件儿肉、五柳醋鱼、东坡肉诸种拿手美味。

广东菜之外，上海地方，已有各地菜馆十种之多，湖南、潮州等处馆子还不算在内，使老饕闻之，可以食指大动，不但广州无此丰富，就是平津等地，以吃著名的地方，也没有这种"吃福"。因为平津是山东馆子独霸之地，虽然也有川馆苏馆，广东菜竟然丝毫不占势力，推而至于关外，以及西北，也是如此。所以我说，与其说食在广州，毋宁说食在上海，不过也要看你上了馆子，点菜得法不得法。

（上海《大众》1942 年第 1 期）

饱尝鸭馄饨

鬓　花

徽菜中之鸭馄饨，本无足贵，自上海几家馆子，一度宣传以后，居然为上海人所乐嗜。首创者为大世界对面之大中楼，主人邵亦群、吴莲洲两君，均为上海之名医生，发起文虎之集，每届朔望，同人必相集饮啖一次，谑浪笑傲，必尽欢始已。

集于大中楼者，有画家、小说家、新闻记者等等，画家若丁悚、吴天翁、张光宇辈，小说家若江红蕉、范烟桥、黄转陶辈，新闻记者如严独鹤、余空我辈，座无生客，阖席皆欢，而席间各逞妙词，尤足解颐。

张光宇以吃肉著，惟所啖非蹄膀不过瘾，而田寄痕亦不弱，每逢红烧肉端来，四目已作眈眈之视，顷刻间厚而且浓之皮，已不翼而飞。

张秋虫外貌虽弱，实亦嗜肉，偶来海上，亦与斯席，看中四喜肉，张遽夹一块啖之，一巨盆中，顿失四分之一。光宇与寄痕皆失色惊呼，而秋虫则从容啖肉如故。

吴天翁每次虎至，其夫人钱慕莲女士必随之，其目的殆在监视也，而秋虫与吴遇，见吴之夫人在侧，必高声呼叫堂唱，吴面赧不语。邵亦群君尝自承为怕老婆，然朋辈并未见有怕之事实。吴天翁虽立誓不怕老婆，而欲盖弥彰也。

大中楼之鸭馄饨，其妙在无油，而鸭汤亦至鲜美。四马路之老聚元楼，亦增鸭馄饨，且宴请新闻界，席散后，主人某君且出纸笔索题，严慎予君大书"价廉物美"四字，由各记者签名其上，严独鹤签名，"鹤"作"崔"，而慎予代加一"鸟"，谓此字岂可无鸟，与周世勋同至之舞星吴桂宝女士，亦签名其上，由周庖代。

文艺界屡次食鸭馄饨后，遂通行一名词，见人作耳语者，辄曰"吃鸭馄饨"。

（《红玫瑰》1928年第4卷第13期）

大嚼徽菜记

新　眉

　　近来徽菜馆之势力，渐渐扩张，而利用宣传之事，亦颇了解，每逢新闻，必宴报界，余先后得尝徽味，次数至多。第一次为天后宫桥之三阳楼，由余空我君代邀，余君在《新闻报》，为徽人中之佼佼者。有一菜曰"蛇吞象"，惜是日未曾尝到，不知为何物也。

　　徽馆中自大中楼创始鸭馄饨后，一时群起效尤，三阳楼则取名暖水馄饨，厥名颇雅，取"春江水暖鸭先知"之意，空我所题也。

　　申江春为老店刷新，托转陶代邀，亦有馄饨，厥名为凤凰馄饨鸭，而其烹法亦异于他肆，且中有鸡蛋。先一晚，特宴品报馆同人，肴至丰富，凤凰馄饨鸭为一大砂锅，在席者食且饱矣，继之者又为一砂锅，在席者见之大骇，颇异何以再来一个？主人曰："是凤凰馄饨鸡也。"然在席者都以腹俭，未能再尝一勺矣。

　　未几，金雄白、吴灵园又代表第一春宴新闻界，而同时吴企泰亦代表民乐园宴客，而民乐园与第一春两馆，均在四马路之昼锦里，望衡对宇，可以隔弄谈话。是晚到客，第一春达六桌之多，民乐园则仅两桌未满也，民乐园之主人，见第一春中人头挤挤，不解缘故。两处相较，冷静，热闹，相悬殊矣。

　　平心而论，徽馆之菜，吾人不配胃口，询之苕狂，当表同情。馄饨鸭则尚有一吞之价值，然多食生厌，久食且无味矣。第一春即革除此馄饨，但啖者以不得馄饨，亦有呼负负者。

徽馆之屋，大半简陋，而好冶游者，必征花，时旧馆人，不肯出徽馆之堂差，问之，则曰凄惨而已。《金钢钻报》之沈秋雁，每次必征花曰秀兰，秀兰前为一女学生，读书喜小说，与沈莫逆，或有藏诸金屋之望焉。

徽菜之风味，一尝再尝，久食亦几无味矣。

对于吃徽馆的意见

开末而

徽馆在上海的吃食馆子里面，可以算最早的一种。照理，资格越老，生意越好，怎么会一度最坏的呢？我吃了三十年徽馆，吃出以下的耶稣道理来。

（一）**阶级** 大凡吃食馆子，终是楼上楼下的，惟有徽馆，只卖楼上。吃到楼上的人，也明知价钱比楼下贵，无非落一个写意而已。岂知吃徽馆，楼上却万万没有写意的馀地，因为正席、和菜、小酌都是挤在一个坐场里吃的。这并不成问题，最使得吃正席、和菜、小酌的人们难堪的，是那班吃三鲜面、火鸡面、爆鱼面的人们，试思这三种面的吃客，会上流社会得了么？要写意而结果与一班短打赤脚人济济一堂，当时大家脑子还没有新透，一起了羞与哙伍的观念，于是裹足。徽馆独少正席、和菜、小酌户头，独多三种面户头，于是生意一度坏。

（二）**价钱** 徽馆老早就卖大洋，若是真的大洋，倒也罢了，无奈又是以七分为一钱的。于是有时叫三钱二，有时叫两角二分四，点菜的价钱，还有整数，面与过桥的价钱，简直没有一样有整数，都是几角几分一大连串的。第一，使得吃客惹厌与怀疑。惹厌的理由，无非嫌比结疤啰嗦而已；怀疑的理由，是疑心价钱不划一。第二，使得吃客损失。就是几分几的零头，柜台先生终昧着良心，算进不算出。讲到价钱不划一，徽馆的确犯嫌疑。因为一样热炒，大概分三个价钱，过桥多少，小盆多少，大盆多少。过桥没有问题，大小盆却坏了，因为吃客方面，既然没有标准，徽馆方面却大有拿小盆当大盆卖的机会，即使并不道德，倘然吃客向别人问了价钱来吃，问的恰是小盆价钱，堂倌见他皮子胖胖叫，落得叫一盆大盆的，多赚他些。等到付起账来，恰巧他是算定了钱来吃的，临时付不出，这怎么办？他说这家徽馆卖野人头，徽馆说是大盆，各执一词，价钱不划一的嫌疑就犯定了，一犯定这个嫌疑，生意就得影响。

（三）菜肴 徽馆的菜牌，很是显焕，不过却没有什么吃头，这大约是因为没有人吃，才因陋就简的。不信，你走上去，不看菜头，只向堂倌问有什么好吃的，他必定回头你红烧甩水、炒虾仁、炒四件、虾子蹄筋、粉蒸肉、血汤、细汤这些种。因为这七样是一年到头常备的，其馀名贵些的，不备的时候多。长吃这几样，不是要吃厌的么？于是生意欲好不能。现在的徽馆，极力自整，这一点当然是注意的，所以比较有吃头些。

本命星君，说了半天，徽馆生意不佳的本命星君，到底是什么？到底是吃了大价钱没有面子？我现在借着替徽馆画策：第一，广东馆不是也卖大洋的么？然而嘴里虽然硬碰硬，事实上可软下来了，从味雅那种大馆子起，到宵夜馆止，都改售小洋了。硬碰硬的广东馆尚且临盆，徽馆就不好临临盆么？第二，饭店不是最起码的馆子么？其品级与小客栈一样低，所谓"朝吃籼米饭，夜困硬松板"。然而饭店弄堂的正兴馆、小花园的正和馆，也是饭店，怎么洋行买办也会坐了汽车去吃的呢？这叫做死店活人开，只要有几样拿手小菜做出了名，吃客自然而然会屈尊的。徽馆该各归各想出几样拿手小菜来才是，即使做不到正兴馆的炒圈子，正和馆的油豆腐塞肉，也该做到顺兴馆的椒盐排骨。这点对于"阶级"一段有连带关系。

（《大常识》1928 年第 1、2 期）

谈谈点心

陈不平

我们在饥肠雷鸣的时候，少不得要找一爿点心店，来做五藏殿的临时安慰者。不过上海的点心店，有大有小，有价贵价廉，有帮别的不同，有风味之别具，要精明熟悉，倒也很不容易。鄙人一向是点心店的好主顾，差不多天天吃时时吃，所以对于点心一道，略略知道一些，胆敢不揣简陋，和《上海常识》的读者，讨论讨论。

城隍庙　城隍庙里的点心摊，花样最多，因为游人如织，所以生意也很好。除了向来闻名的南翔馒头、酒酿、油面筋、白糖粥、百页结、八宝饭以外，近来又添开了几爿蜜饯摊，各式全备。所以城隍庙点心店星罗棋布，不啻是一个点心大商场。

大马路一带之点心店　福禄寿、大罗天、快活林、四五六等等，都是大马路最著名的点心店，不过价目奇昂，光顾者多系资产阶级，和上等社会的人物。倘抱经济思想的，还是不去为是，免得被侍者看不起。至于五芳斋、北万馨、沈大成，这几爿却完全是苏式点心店，价钱虽贵，但货物却真不错，像鸡肉馄饨、虾仁馄饨、春卷、汤团之属，的确鲜美绝伦，津津有味。吴人食品之考究，于此可见一斑了。

北四川路一带之点心店　北四川路武昌路附近，点心店也很多，不过都是广东点心。讲到广东点心，鄙人极喜欢吃。其中有专卖小吃的曾满记、桥香两爿，最为有名，像芝麻糊、杏仁茶、稀米粥、莲子羹、鸡蛋茶等等，别具广东风味。还有广式酒楼中的星期美点，名目非常特别，耐人寻味，《申报》上分类广告栏内，时有广告可见。至于濑粉、云吞、伊府面等，尤为广式点心中最味美者。

湖北点心　湖北人所开设之点心店，专卖阳春面、汤团、馄饨等，价目最为便宜，十几个铜元，可以据案而大嚼了。不过地位很不清洁，食客多系下等社会居多。

天津点心　在大世界东面有几爿天津店，专卖锅贴、水饺等一类，一般白相大世界的游客，兴尽而返的时候，总不免去交易一番，所以生意兴隆，座客常满，忙的时候去吃，起码要等上半个钟头，才可吃到。

大新街之点心店　湖北路三马路口一段，有三爿点心店，听说是本地人所开设的，地位倒还清洁，专售鸭粥、羊肉粥，及绿豆汤等类，蛋炒饭、汤面、汤糕等也有。其中以鸭粥一项为最，别处不容易吃到，并且价目也还便宜。当戏馆、游戏场散场当时候，往往坐无隙地。

新闸路之点心摊　新闸路酱园弄，有一个小小点心市场，搭布为篷，专卖馄饨、面类、牛肉汤、油豆腐等小吃品，价目便宜，问津者多系下等社会。

八仙桥之点心摊　敏体尼荫路八仙桥小菜场，因为下午和晚上有各种游艺的号召，所以该处点心摊极多，花式全备，像酒酿、粽子、馄饨、面食、牛肉汤、汤面饺、油煎黄鱼、烘鱿鱼等等，其他水果、冷食等摊，还不在点心范围之内。

最后一句话　照上列的数家，不过是最有名最普通的几爿点心店，要知道上海一埠，点心店之多，何止恒河沙数，倘要一一明瞭，就是调查一年，也难尽量知道。在下僻居一隅，见识有限，还请高明读者，多多地指教吧。

（《上海常识》1928 年第 8 – 11 期）

中西大菜诸色小点
——《城隍庙巡礼》节录

逸　子

讲到了吃，在地球上，大概要算中国人最精了。别看欧美各国或日本人样样都比中国人强，吃，可差得多了。只说中国人能用"筷心吸力"，把菜指挥得称心如意，便可明白那些"刀叉齐下"的野蛮举动，的确有点儿丢"万物之灵"的脸儿。——中国无论什么都不如外国人，只有吃尚可以骄傲于人类，则中国不至于"无救"，已不言而喻。因在跳舞救国和恋爱救国声中，吃亦可以救国也。

所以，城隍庙里便有了各种的吃，中西大菜，诸色小菜，荤素都有，甜咸俱全，生熟随意，而且还有数种闻名申江，慕名而来"一快朵颐"的，可谓"过江之鲫"。

大门口有一个水果摊，除了专卖一年四季的各种水果以外，兼售"立夏日"之酒酿（即北方人吃的"醪糟"）和秋天之"天津良乡糖炒栗子"。买卖大概不错，要不然，绝不会一年四季的老搁在那儿卖。

讲了大门，一边儿一个专卖"酒酿圆子"的铺子。酒酿圆子，这个玩意儿，就是元宵。这种元宵不怎么大，一个饭碗儿里面，如果要装满了，至少可以装上十五六个。元宵里面有馅，是甜的。吃的时候，汤里面有一点儿酒酿，再加上一点儿桂花和糖，吃下了肚，真像是吃的"sweet heart"，带爱人去吃，我敢担保准能使一对儿爱人更要"sweet"。从前每碗最贵十六个子儿，并且没有手巾擦嘴，也就用不着小账；现在至少得十八个子儿一碗了，吃完了，还得给小账，至于手巾擦不擦，"悉听尊便"。酒酿也是他们的一种"生财"，不过平时吃的人很多，到"立夏日"才能大批地售出。东边儿的铺子没有西边儿的铺子买卖好，吃的人总是往西边儿的那个铺子跑。据说，西边儿的酒酿圆子比东边儿的好，往往西边儿座上客已满，东边儿还"寥若晨星"。我爱跟人闹别扭，先尝过了西边儿的，再尝东边儿的，觉得没有什么上下，反正离不了那股儿甜劲儿就是了，便老是照顾东边儿的铺子。（里面乐意楼斜对过，还有一家，买卖不用说更不行了。东边儿的招牌是"老桐椿"，西边儿的招牌是"老松盛"。）

进了二门，是一个糖粥摊。糖粥，这个玩意儿，望文生义，便能知道是用糖熬成的稀饭，这又是甜的。有赤白两种，白的就是用白糖熬成的，赤的另加上赤豆，吃的人很多，不问大人小孩都有。据说，这个粥摊上的糖粥很有名，往往有住得挺远的人们打发老妈子上城隍庙去买回来吃。

院子里，西边儿全是些儿吃食摊，有鱿鱼、鸡鸭血汤、牛肉面、糟田螺，还有"外国大菜"。——鱿鱼，这个玩意儿，便是晒干了的乌贼鱼。他们买了来，再搁在水里浸，浸透了，用油煎，价钱很贵，身上没有一毛钱，就别打算杀杀馋虫。鸡鸭血汤，这玩意儿，别说不要钱白送给我吃，就是用眼睛瞧一瞧，就得作恶。一锅飘着油花儿的汤仿佛是……（不说了，怕吃过的读者骂我缺德），鸭肠儿在那个人手里翻来覆去的，上面准沾了不少的germs。牛肉面，这个玩意儿，是牛肉汤面，一锅汤也飘着油花儿，瞧上去真发腻，别说吃啦。糟田螺，这个玩意儿，用不着我噜苏，谁也能知道，有点儿"大高而不妙"。你想，一个人有兴坐在"万目睽睽"之下吃这个东西，他或她的无聊程度，就可想而知了。"外国"大菜，这个玩意儿，如果，生而未知大菜之味如何，就不妨去试试，所以我特别在大菜两字加"外国"，更用括弧括了起来。这儿有吐司、牛排等等"初步"大菜，但是地道的"外国"烧法和吃法（用的是刀叉）。以上数种，以吃鱿鱼者较多，其次便是鸡鸭血汤、牛肉面和"外国"大菜了。可是，朋友，这儿名虽为摊，主顾倒不只限于"短打"的劳动者，"长衫同志"穿着长袍短褂也坐在那儿津津有味地大嚼着；最可认为奇迹的，便是身穿旗袍皮大衣、足登高跟鞋，而烫其头发的所谓摩登女子，也杂坐其间！

乐意楼和素香斋的素菜素面以及松运楼、桂花厅、协鑫馆等等的馒头、面和其他各种小吃，为了它们价钱贵而太"小众化"，便不再噜苏了。在这里，只提一提南翔馒头和油面筋、百页结，因为这三种东西也是游城隍庙的人们所爱吃而远近驰名的。南翔馒头，皮薄而肉也不多，咬破了，里面的汤不少，和老半斋的镇江"蟹黄包子"一样，但没有镇江蟹黄包子那么油，并不是我主观的说它如此如此的好，凡吃过的人，总说"的确是不错"，所以胃口好的，能尽三四客之多；每天上下客满，买卖的兴隆可谓通四海了。油面筋和百页结，我真不知道有什么味儿，那么淡，吃到了嘴大有……大有什么，我可说不上来了，反正没味儿是真的，价钱可不便宜，吃的人也挺多。

大殿前，东走廊那儿，有一个老头儿，专卖杭州橄榄，价钱之贵，等于吃人参。每一种橄榄，有一种专名词；专名词之雅，若非有"十年窗下"苦工的书生，准得变做"山东人吃麦冬"。但，橄榄到了嘴，也吃不出什么特别味儿。这个老头儿，有一年多不见了，大概"老调"了。

在书场里，也可以吃到许多怪好吃的东西。其中，有许多怪好吃的东西，似乎也只有在书场里才可以吃到，价钱很贵，吃的人却不少。

当台上的三弦和琵琶"丁丁东东"或"哇呀呀"乱嚷的时候，听书的先生和女士们，文雅点儿的嗑着瓜子或吃什么花生糖、椒盐胡桃之类。花生糖是甜的，但在书场里可带点儿咸，那个味儿挺不错。如果这些东西全不对你的胃口，什么茨菇片、咸花生、薄脆饼、蘑菇豆腐干、五香豆、熏蛋、熏脑子、甘草梅子、黄连头、糖山楂……只要你中意，全欢迎你拣着吃。这里面，除了蘑菇豆腐干是蒸熟了吃和外边儿的不同以外，其馀的表面上虽说和外边儿的差不离儿，可是据一般老吃的朋友说，也比较外边儿的好。因为每一样食品的售者，总是某一个人专利（也许是世袭），所以为防止"市场争夺战"，便不肯"粗工滥制"而失去了市场。如果你听完了头档再联二档，时间不早，肚子里当然要饿，于是他们预备了定胜糕、火腿粽子、莲心汤、茶叶蛋、蟹壳黄、生煎馒头等等可以使你"点点心"的东西。此外，止渴的有水果，去暑的有绿豆汤……总而言之，做到你有"宾至如归"的好感就是了。

专门卖"蜜饯"的食品的有三个摊子，橄榄、花生糖、山楂糕、青梅等等，没有咸的，全是甜得要命的东西。价钱之贵，也可以用"要命"两个字来做形容词。

这里，该说说茶馆儿了。茶馆，用不着解释，忙人决没有沏一壶茶，一碗又一碗的坐在那儿消耗光阴之理，有闲阶级才有这种福气呢！茶馆里的买卖，上午比下午好。租一份报，边喝着茶，边抽着烟卷儿，慢慢儿的一个字一个字地读着。如果遇着报纸上有了一件新鲜事儿，茶客们虽然彼此不认识，也会互相大谈而特谈，或分析或评论，全像些儿学者，但他们对于国家大事是不会注意的——除非再来一个"九一八"或"一二八"事变。——他们全是社会学家，对于社会全是研究有素的，就如阮玲玉的自杀，他们全能"大放厥辞"，断定阮玲玉究竟是自杀或被杀。里园、得意楼、湖心亭等，均城隍庙里茶馆之名也。

卖梨膏糖、肺露和药梨的，这，一个人生了嗽病才用得着吃，不必多说了。

当然，一个人跑到城隍庙去玩儿，总得让肚子也乐一下。不过，如果你心里想吃，而舍不得花钱，那末，你到环龙桥那儿买两个葱油饼，站在相面先生面前，一面听，一面吃，倒也别有风味。再不然，买两包五香豆，一面走着东张张西望望，一面嚼着，不但价廉物美，并且也算没有白跑一趟。

据说，城隍庙里的食物，上午卖钱码，下午卖洋码，贪便宜的，还是上午去为宜。

（《新人周刊》1935 年第 1 卷第 26、27 期）

白相城隍庙（节录）

易君左

今年开春，和鸥儿、镜允、祖光、秋慧等下最大的决心和准备，再度去游城隍庙。所谓最大的决心和准备，是指一种专门性的企图：大吃而特吃！

这天春光明媚，出行大吉，且喜并非星期日，虽属新年，尚不十分拥挤。雇了一辆汽车，直放民国路。下车后，直趋城隍庙，绝无旁顾。一到城隍庙内，穿过黑暗的佛殿数重，来到小食摊前面，一屁股坐下来，吃鱿鱼、鸡鸭血汤。大概到这里来的人，都要光顾小食摊一下，否则便等于白来。当我和祖光第一次游时，回来有人问我们："吃了鱿鱼汤没有？"我们答道："没有吃。"那人大笑道："乡下老！乡下老！岂有逛城隍庙而不吃鱿鱼者乎？"自经此番教训后，才知逛城隍庙的目的乃在吃鱿鱼。难怪上次看见一般摩登女士排班结队地鹄立小食摊前苦等。今日重游，如愿斯偿。

一盘盘的鲜鱿鱼分三等，每只三千五百元、三千元、二千五百元，任客选定。一个厨子把鱿鱼的筋撕去，切成几块，放下锅煮；同时，另一个厨子用小剪刀急速地剪切鸭肠、鸭肝等，煮在白开水油汤内，动作是极端敏捷而连续的。蘸有甜酱和辣糊佐餐，平心而论，鱿鱼之味确实好。但如何好法，我也难说。硬要我下断语，则不离"鲜嫩"两字的美评。鸡鸭血汤则不敢恭维，一股腥气。此外尚有无螺蛳等食物，恕未一一尝遍。

吃鱿鱼后，闲逛一些时，又到一家去吃面和炒年糕，每况而愈下。鸥儿提议吃小汤团，又到一家各吃一碗，好像故意对胃肠寻开心。而白相城隍庙不是用腿而是用胃，好在吃吃走走、玩玩逛逛、谈谈笑笑，胃先生容易消化。在离开城隍庙回到祖光的寓所休息一顿后，又跑到广西路一家新开张的四川小馆子，大吃其生片火锅、红油饺、担担面，还喝了一小杯大曲酒。满口川音，"啥子啥子"，不绝于耳。本来祖光请客，都被他的一位朋友抢着会钞，我们中国人真讲友谊！

城隍庙的小篇游记如此杂乱，怪不得我，因为城隍庙的本身即如此杂乱。但我们都爱这个地方，不但因为它的鱿鱼烧得好，汤团小得好，而且那座城隍菩萨也委实可爱，他老是坐在那宝座上悠悠地看尽了世事的沧桑，而一直没有改变他的笑容，接受了人间的香火，也没有"贪污"的嫌疑。

（《战后江山》，易君左著，江南印书馆 1948 年 8 月初版）

宵　夜
——街头碎弦

范烟桥

"夜如何其未央，听街头叫卖，打动了辘辘饥肠。争奈阮囊羞涩，和他一样彷徨。"

弄堂里到了深夜，万籁俱寂，只有一样叫卖的声音，冲破了岑寂："五香茶叶蛋！脂油夹沙棕子！火腿粽子！白糖莲心粥！"叫卖者总是一个苍老的有枪阶级中人，他饱受了夜凉，耐着饥饿，因此发出的声音是非常沉着、浑浊，而意味是非常凄厉的。

倘然弄堂里鸽子笼里住着惯过夜生活的，袋子里还存着几个辅币，准会推开了小窗子喊住他，作成他一点小交易的。

倘然那些飘泊者正愁着明天的三餐，无所取给，虽然听见了叫卖，只好在枕上细味那五香茶叶蛋等等的幻空的甘美，或者竟憎恶他凄厉的声音，来搅乱了甜蜜之梦，希望他快一点离开。

从内地来的旅人，白天忙了十几小时，到了晚上，总得求一个酣睡。可是那些旅馆的门口，常有这种叫卖者来叫卖的，并且他们似乎对于旅人的热望，更大于弄堂里的"鸽子人"，所以时常继续不断的，喊着十几分钟而不去的，怎么不使旅人憎恶呢。

其实，这东西正合着广东人所称的"宵夜"，它才是平民化的宵夜。可是广东店的宵夜，大不相同了：在冬天，用火锅，虽非大烹，却已所费不赀，就是最低限度一碗鸭粥，或是叉烧粥，也比白糖莲心粥，贵上几倍呢。

现在的广东吃食店，大都用女侍了，是专为茶点时期而设的，所以有人称她们为"茶花女"。我想将来准会推行到各饮食肆的，在夜深沉里，惺忪倦眼，睨着茶花女，兴会也得高起来，这"宵夜"就吃得格外有味了。

都市愈繁荣，夜生活愈开展，是成正比例的。上海地方，过夜生活的，恐怕不少于日生活罢，也有夜以继日的，这些人在夜间当然要肚子饿的，吃些什么呢？有几家饮食肆是日夜营业的，他们大概把饮食品分成两种，夜间的饮食品比较的总是轻松一点。所以我们走到一个都市里，只消看饮食肆的营业，夜间到何时为止，便可以估定这都市里夜生活的程度如何了。

在内地的饮食肆，大概不做夜市的，到了九十点钟总要收拾了，于是便有一种"粥店"应运而生。粥店的原始是极微小的，不过在人行道上或是桥头巷口，摆一张板台，放几条长凳，煮些稀薄的粥，和几盆咸菜、黄豆、萝卜干作菜蔬，价钱是很便宜的，化不到十个铜子，就可以鼓腹而嬉了。后来生意好，需求程度加高，便升格为粥店。这些粥店并不专卖夜粥，实在兼做各种点心的。

某年，我在无锡，常于夜深和已故的宋痴萍先生到崇安寺前阿福的粥店里去吃东西的。他胖得真和无锡泥模——大阿福——相似，可称名副其实。他的烹调手段和生意经络都不差，所以隔了三年，重临旧地，模样儿更见发展了。当时这种粥店还不多，所以容易顺利。

找以为"宵"、"夜"两字意义相同，何不把"宵"字改为"消"字，不是更通些么？

（《机联会刊》1936 年第 148 期）

卖 冰
——街头碎弦

范烟桥

　　"热得里格来，知了喳喳叫，树头顶不动半分毫，长子摇勒摇，矮子双脚跳，痨病鬼要望井里跑，娘姨大姐弗敢街上骚……"

——节《山歌》

　　冷食是夏令所必需的，因此冰便和炭煤一般的为人所乐用，为了便利和价廉，冰比炭煤的销路更大。上海是什么都考究的，所以另外有一种机器冰——一称人造冰——当然是合于卫生原则的。然而天然冰还是在流行着，尽管市政府和租界工部局警告人民勿吃天然冰，那贪便宜的朋友，还是置若罔闻的。这和冬天烧煤球关密了门窗一样的可怜的常识缺乏。

　　卖冰的，大都是十一二岁的小孩子。他们把天然冰放在蒲包里，湿淋淋地拖在背上，尽拣着太阳直射到地面的百度左右的热流里，飞也似的向街上叫卖，因为跑得慢，冰是会溶化的。叫卖的字眼很简单：只"凉阴噢——卖冰噢"！很清越地送到热得几乎喘不过气的人们的耳里，怎么不跃跃欲试呢。好在两三个铜元，就可以买一碗，他们是直截痛快地放在嘴里大嚼的，他们但求片时的凉快，哪里还顾到它的不洁。

但是吃了以后，难保不发生假性霍乱，患者竟至牺牲了性命，也说不定。

那些小孩子，也煞是可怜，他们为了想赚几个钱买大饼吃，所以不怕热地狂奔在热流里，有时还带了一个伙伴，是助着他做生意的。因为生意好的当儿，竟应接不暇，一壁收钱，一壁敲冰，一个子实在忙不过来，于是他的伙伴，拿了一个小榔头，估量了钱的多少，向整块的冰敲一部分下来，那喜欢争多论少的，时常讨饶头，小榔头更少不得了。

汗尽着淌，不肯在荫道上纳一下凉；口尽着渴，不肯把自己蒲包里的冰敲一块来嚼嚼。为了冰是容易溶化的，溶化了冰，就是消失了钱，这里没有王祥，只好急奔前程，所以瞧他们是匆迫得无以复加的，比夜报上市更见得紧张。

倘然天气热一点，他们一天所得到的，或者不止可以吃大饼。他们的父母，也许也得到一点甘旨之奉。所以从公众卫生说，这是必须取缔的；从平民生活说，却有点不忍罢。

"公子调冰，佳人雪藕"，是何等艳丽的事？不知道古人的调冰，是否像现在的吃刨冰般，在旋转不息的电扇下，用银光的小匙儿，一壁搅动着玻璃杯里的冰花，一壁用蜡纸管儿诗意地吸着？我想物质的享受，古人一定不及今人的。

走进了这些一九三六年型的饮冰室，没有吃到冰，已像坐对雪山图，心灵上早得了凉意。坐了下来，谁也不想立起来了。无可奈何，惠了钞，走出门来，顿时觉得热烘烘地，换了一个世界，恨不得镇天挨在那里。

雪衣娘满堆着笑脸，向你低声问"要什么"时，你的热气恐怕早已消逝了。这光景，比坐在井般大的庭心里嚼着天然冰，有怎样的差别？但是有钱买冰嚼，还比卖冰给人嚼的高一筹呢。

（《机联会刊》1936 年第 149 期）

卖白果
——街头碎弦

范烟桥

"生炒热白果，香是香来糯是糯，一个铜板买三颗，要买就来数，弗买就挑过。"

秋风还没有吹起，卖白果的已经在蠕动了。这玩意儿算得简单了，居然炉灶俱全，火熊熊地，烟缕缕地，铲和锅的碰击声铿铿锵锵地，不仅是孩子们要馋，就是喜欢闲食的成人们，也得动心。

做这种买卖的，老枪居多。因为本钱小，家伙轻而易举，磨得起夜。但是这种买卖虽小，一样也要不公开的小费，孝敬给流氓们，最近不是有一个卖白果的儿子，帮着老子向流氓理论，给流氓打伤致死么。这一幕悲惨的短剧，我们看报的人除掉铁打心肠的以外，我想没有一个不起一点愤慨的。上海的社会，竟如此的黑暗，谁说上海是满地铺着银子，连一碗苦饭也不容易吃呢。

在秋天的闲食，以栗子最为当行出色，白果哪里及得到千分之几的势力，所以只有在弄堂口一个小锅子里，炒着几十颗，买的人也只三五个铜元的交易。并且这东西，冷了就减味，有的还喊着"烫手热白果，好当小手炉"咧。到了大冷天，他们在西北风里打着寒噤，越喊得起劲。当真有许多人买了来焐焐手，得一点暖气的。栗子冷了，还可以吃，白果冷了，简直毫无趣味了。凡是吃的东西，有许多要利用它的热气的，尤其是白果，全在炙手可热上卖钱。因此他们炒的时候，不能多，一来多了炒不熟，二来炒熟了，没有人买，放在棉絮袋里，等不到多少时候，就要冷的。他们用那个碗样大的小锅子，和菜馆里煎熬所用的，同一意义，同一作用的。并且若断若续地在炒着，更见得热闹，铿铿锵锵的声音，当作叫货的法器，真是一举而数善备焉。

其实白果的吃法，还有比炒更妙的呢。像蜜汁排南下面衬着白果，八宝京冬鸭里面塞着白果，都是很够味的。最好是和新鲜栗子在一起煮，加了冰糖桂花露，那真合着"香是香来糯是糯"的话，还有甜津津的味道，更使你起一种熨帖舒服之感。

会享福的哥儿姐儿们，到了秋天，游杭州的西湖，逛常熟的虞山，上无锡的鼋头渚，都得找桂花栗子吃。便有会赚钱的人，凑着趣把栗子汤里搅着些桂花露来充数，把白果来凑些热闹，掉文袋的说"桃奴菊婢"，那么白果差不多也列于奴婢之流了。

似乎娘儿们对于白果有点忌讳，因为它时常被人象征着白眼的。苏州人称眼黑歪斜不中度的为"白果眼"，讥笑遭人白眼的为"吃了白果"。

我们的老家，在三十年前，门口的一间，借给人家开裱画店的。那店里有一个伙计，大家都称他为白果眼的，他是非常诚实的青年，常受人家欺侮的。况且他是伙计，更无力抵抗，所以只能接受这个称谓了，到后来差不多已成他的法定的名字了（其实只好算是非法的私谥）。

白眼的对面是青眼，白眼用白果来象征，青眼不是可以用橄榄来象征么，因为橄榄俗称青果啊。

但是在秋夜甜蜜的比肩时，只有水汪汪的眼波在睃着，哪里有白眼呢，白果尽吃罢。

（《机联会刊》1936 年第 151 期）

洋澄湖大蟹
——街头碎弦

范烟桥

"吃蟹须知九月雌，丰腴正似妙龄儿。秋灯误入湖边篰，莫问横行到几时。"

——竹枝词

照考古家说，洋澄湖应作阳城湖，因为古代有一个阳城县，给洪水淹没而成湖的。前年还有一种谣传，说在某处发现阳城故址呢。但是无论苏州、上海，市上卖蟹的，没有不大书特书"洋澄湖大蟹"的。

洋澄湖在什么地方呢？诸君坐京沪车，过正仪、唯亭两站时，向北一望，有白茫茫一片，水天相接，无边无际的，就是此湖。因此附近各地的蟹，不管它出身如何，总说它是洋澄湖的，这好似人们说"祖籍那里"了。

为什么一定要借重洋澄湖呢？为了清水里的蟹，肉嫩而鲜，洋澄湖的水，清得无可再清了，又是深且广，自然是蟹的最好的生活区了。所以最庞大的，一只有近一斤重，俗语"尺二开锋"，并非虚语。

捉蟹都是在夜里的，这是农人的经验，他们知道蟹是喜欢走向灯光这边来的，所以到了夜里，提着一盏纸灯，到篰边来，不多时，那些横行东西，都会爬上籪来送死的，这时只须一举手之劳，便可捉到篓子里来，倘然运气好，一夜捉着十多斤是很容易的事。在这几天，它们的"交行价钱"，每斤总在千文左右，可是到了上海四马路一带的酒店里，或酒店附近的摊子上，要加上一倍不止呢。

为了这是天然之利，大家免不得耽耽欲逐，于是水面上的主权，也成了问题。我们坐了船，到江浙一带的湖荡里去，往往看见在进出口，拦着一排竹竿儿拴着的所谓"籪"，好似毫无拘束，随便哪一个人可以来捉蟹的，实际大不其然，有"领湖权"的，并且要纳租税的。

从前有一副老对是"过籪船搔背，樵柴山薙头"，形容比拟得十分切合。这籪给别地方的人瞧见了，一定要误以为是"栅"的一类，不知道是农人的利薮呢。

在苏州挑着担子向街头巷尾喊着卖的，还要加"大闸"两字在"蟹"字上面，意思是说，这蟹是够"闸"着吃了，是对于小蟹只能用于"油酱"而言的。"闸"的方法，是把蟹在沸水里烧透熟。我没有研究过小学，不知道这个"闸"字对不对，可是已成了通俗字，是无疑的。

吃蟹最有讲究，因为吃法各有巧妙不同。从前有一种铜制的器具，名为"蟹八件"，可以省掉许多齿力，其实只消备一个"小浪头"，其馀的工作两手足以了之。

这几天雌蟹最好，俗语说"九雌十雄"，又说"九月团脐十月尖"。但是人们给手段厉害的人一个绰号"老蟹"，并无雌雄之分，可知吃蟹只求其老，不必问它的性别的。

（《机联会刊》1936 年第 153 期）

涮羊肉
——街头碎弦

范烟桥

　　"北国的风味，南国的尝试，不惹一身骚，旨美挂颊齿。绥边纠纠者，血战风雪里，举箸要踌躇，何以慰将士。"

　　"涮羊肉"这名词，北方是听惯看惯以至于吃惯的，南方却在这几年才流行。这和酸梅汤已成为一冷一热的隽品，而同样地被人称为价廉物美的饮食。

　　走到了涮羊肉的铺子里，就充满了北方的情调，伙计们一声吆喝，诸般伺应，都是他们特具的风格。而刺鼻的一股难以分析的香辣浓腻的气息，不是有点耐性的人，准会向后转的。

　　先来了一盘的调味品，乳腐酱、麻油、酱油、辣油、醋、豆豉等等，随心所欲，舀一点在空碗里，接着一个大于普通暖锅的暖锅，上面罩着一个像一见生财的无常帽子的洋铁烟囱，汤在腾腾地沸着，热气便四散在席上，接着一盆一盆的羊肉片，切得很薄地排比着，放在锅里，不消十秒钟，就可以熟了，在调味的碗里蘸着吃，"涮"的工作就完成了。

　　初听有点惊异，说穿了，并无何等神秘，和广东馆里的"吃生"毫无二致。"吃生"材料多些，而涮羊肉是单调的，所以只是为了尝试而来的，不会接连光顾的。可是北方朋友，却乐此而不疲。

俗语说："羊肉未吃着，惹得一身骚。"羊肉的骚气是怪难受的，也是生理的关系，无论如何是除不掉的。以前盆汤弄有一家先得楼，以红烧羊肉和羊羔出名的，比较的骚气少些，但是还不能完全消灭。可是涮羊肉却全无骚气，不知道他们用什么方法去消灭它的。

照字书的解释，"涮"是洗的意思，大约他们把羊肉洗得十分道地，所以骚气都洗去了。

涮羊肉虽然已流行到上海，可是它的模样儿还保持着本来面目，没有受"海化"。铺子的门口，常时排列着五七个大暖锅，吃的地方很狭窄，座头很简朴，据说天津负着盛名的涮羊肉的铺子，就为了像弄堂，而称为"一条龙"的，在上海已经算是扩而充之了。

我以为饮食和民族性是有联系的，北方的民族富有英雄性，说话响亮，体格高大，举止豪放，所以饮食也不是斯斯文文的，尽管单调，大嚼了一顿就算了，并且经济，也是他们所需要的。涮羊肉就应运而生了。譬如我们南方的暖锅，就复杂得多，吃年夜饭时，更多得不可胜数，除掉鱼肉鸡鸭以外，还要放几只蛤蜊和大虾，取象征元宝的好口彩，并且都是预先煮熟的，吃的时候，还是斯斯文文的。其实各人口味的嗜好不同，像涮羊肉的吃法，比较的尊重个性，谁喜欢怎样的滋味，就把调味品来分别轻重多少，连肉的生熟老嫩，也任从客便。这种吃法，还有点原始性，大概南方民族于烹调，已到了极端进步的阶段，所以这种原始性的吃法，早就舍去不用了。不过，我以为原始性的吃法，也有其特具风趣，像北方的华贵的隽品烧鸭，蘸着甜面酱，夹在蝴蝶饼或花卷里吃，和欧美的面包夹火腿，涂牛油，或甜酱，是遥遥相对的原始风趣呢。

（《机联会刊》1937年第159期）

早点心
——街头碎弦

范烟桥

"清早出门，要吃点心。街头罗列，热气腾腾。甜咸干湿，其味津津。价廉物美，招呼殷勤。塞饱肚皮，各奔前程。"

——仿小热昏调

在乡村里，早上起来，总是把隔夜剩下来的饭，在镬子里泡成了粥当点心的，真是轻而易举，惠而不费。在都市里，有的家里不用老妈子，没有人去泡粥；有的吃包饭，没有粥送来的；有的为了时间来不及上写字间或是办事地方，不能在住处从容地吃粥。这些人，都是向街头去买早点心的。因此上海比较热闹些的弄堂口，总有几个小摊卖早点心的，几个大工厂门口，也有的，至于小菜场，更是各色俱备，应有尽有，成了临时的平民食堂。

早点心自然以大饼、油条最为普通，其次是粢饭团、豆腐浆，这四种食品，价钱最便宜，化不到十个铜元，可以既饱且暖。而大饼、油条，又和粢饭团、豆腐浆有联系。譬如粢饭团里夹油条，脂肪质和淀粉质，两相调剂，不至过于干燥。譬如用油条蘸着豆腐浆，软硬适中，更是别有风味。本来大饼卷着油条，美其名曰"龙吞虎"，我想粢饭团塞油条，不妨称为"金茎玉粒"；油条蘸豆腐浆，可称"龙取水"。至于大饼是中国面包，更可变化成各种吃法，像土司一般，里面夹着鸡鸭火腿，就是涂上白塔油或是梅酱，也成佳味，不过这种吃法已失掉了平民化的本色了。

其实点心摊也有取价不减于馆子的，如包子和面是也。秋天的蟹黄包子，更当作时鲜食品，每客要三百文。面随着浇头的价值而异，贵的也得一毛钱以上。那么不如上馆子啦，这其间也有讲究，馆子不是到处都有的，并且上馆子，要化小账，至于点心摊，比较普遍些，他们的制作手段，也并不拙劣，所以宾至如归了。

在四川路一带，接近银行、洋行、交易所的地方，点心也受了欧化，摊上居然有面包、咖啡，价钱自然比咖啡店便宜得多，比火车站、酒排间，要减去一半还不止。

说起早点心，便想着袁世凯了，有人见过他吃早点心，要十个大包子和一大碗面，真是兼人之量。在某个时期里，有人提倡过废止朝食，的确是可能的。因为对于朝食，本来有两种说法，一说是朝顿要吃得少，一说是朝顿要吃得饱。就是在生理上讲起来，两说也各有理由。主张前说的，以为我们的胃，经过一夜的休息以后，不能骤然把多量的食物去使它作剧烈的工作，所以多数是吃容易消化的流汁，粥便是最好的标准早点心了。主张后说的，以为我们的胃，一夜没有工作，全体的营养十分需要，非多吃一点，不能得到健康，所以农人们朝上也要吃饭的，不吃饭就没有气力。依我的推想，两说都可通的，大概由于习惯者居多，只消调查各地人民对于朝食的物品，质量的不同，就可以证明是有传统性了。

但是像上海地方，倘然大家废止朝食，这数千万的点心摊将发生恐慌了。

至于有产阶级的早点心，牛奶已经算是平淡无奇了，胃好一点，吃燕窝粥，胃弱一点，吃白木耳。广东店里的粥，和苏州一带的腊八粥一般，搀杂了许多荤腥东西，又是平常人所吃不惯的了。

（《机联会刊》1937 年第 167 期）

蛋炒饭

苏　青

　　提起蛋炒饭，把我头也痛死了。记得从三月前开始住公寓以来，自己烧饭不便当，而外面菜价又贵，只得餐餐吃蛋炒饭。难得有几餐是人家请客的，大鱼大肉，吃个畅快，不过吃完了后，却又觉得油腻可畏。最希望的是能够在熟识朋友家里便餐，菜羹竹笋，乳腐咸蛋，吃得落位，谈得舒服。

　　记得初进公寓的时候，我本打算自己烧饭的。因此，煤球炉子，铁镬钢锅，菜刀碗筷，统统买起来，应有尽有，只等穿起套衣下厨房了。可惜的是自己事情太忙，来去匆匆，回家早已精疲力尽，哪有心思去弄菜饭？结果铁镬锈了，煤球炉子冷清清的，害得菜刀也英雄无用武之地。人类诚然是自私的，但在吃食方面却喜欢互相合作，不是我烧给你尝，便是你煮给我吃，自烧自果腹，不等菜熟，早已无心下咽了。

　　我吃蛋炒饭，真是件无可奈何的事。两个鸭蛋，把来乱搅一阵，便同冷饭结合而成大盆的黄澄澄黏粒了，我很疑心这个可能是不卫生的，因为刚煮熟的饭，用来炒蛋饭，很容易成块，看不清颗粒，用的必须是冷透了的冷饭，也许是隔夜的，也许隔了两夜或两夜以上了。而蛋呢？鸡子当然舍不得，鸭蛋总比较便宜，而鸭蛋还有更便宜的一种，便是俗语所谓"散黄蛋"，亦名"搭壳蛋"，是快要臭掉的了。还有呢？蛋炒饭要加葱，厨子觉得葱以绿为贵，于是湿淋淋的生葱细末撒下去，一拌便盛起来了，水分没熟透，微生物还是微生物哪——不过这些卫生条件，我还是不大讲究的，我所惧者乃厨子的技术问题，厨子本领太差了，油是生的，味更加厚，饥得紧时还罢了，刚达饱和点，便令人胃腻欲呕。这里只有惟一的补救，便是需要喝碗热汤，润肠滋胃，倘若汤是温吞的，或太咸，这就完了。

我很想吃家常便饭，那是温和的，合适的，却又时常带些挑拨性的餐食。我知道清明前后可以吃蚕豆了，还有笋子。这些都是不用借油的光，而味自然能够鲜美的。菜馆子里虽然也有这类应时的东西，不过一来它们甫入侯门，便自身价百倍；二来横配竖搭，加上几件肉丝鸡肝之类，反会走失了它们原有鲜味，而使得我依旧失望而归。我不敢对这些富丽堂皇的酒楼心存奢望，即在幽静清雅的小吃店里，也还是小心翼翼地计算着筵席捐，吃了一百元一盆的菜，便须付一百三十元代价呀，还是吃我一日两餐的蛋炒饭吧！

算到目前为止，我已吃了一百几十客蛋炒饭了，是连接而来的，每当肚子空空如也的时候，虽然心怀害怕，还是一口口扒进喉咙去急急吞下，舌头不敢辨味，眼睛也直瞪瞪地看盆边花纹，视线不敢稍移动，生怕一不小心会触着那堆黄澄澄的、拌着沾水生葱而蹲在盆里的黏粒——蛋炒饭。

（《涛》，苏青著，天地出版社1945年2月初版）

稻香村

吴秋山

汪曰桢《湖雅》卷八有"茶食"一则云：

"按或粉或面和糖制成糕饼，形色名目不一，用以佐茶，故统名茶食，亦曰茶点。他处贩鬻，称嘉湖细点。"

这是一段很有趣味的记载。但是茶食的种类虽多，而够得上称为美点的却很少。就我所尝到的来说，所谓嘉湖细点，却大抵是质料粗粝、形色笨拙的东西，吃起来并没有什么佳妙的味道，倒还不如日本的点心来得好些罢。日本的点心，大都是用豆米和糖制成的，形色很是淡雅，味道也还清新，堪称佐茶的妙品。但毕竟是外货，除了有时朋友馈赠一些外，我们当然不去买来吃。因此，我在上海客居的十年间，每值工作馀暇，便常到稻香村去光顾，希望能够吃到国产的好点心，可以藉此使枯燥的生活稍微快适些。

上海的稻香村，随处都有，正像陆稿荐一样，每家店前都悬有"始创老店"的招牌，简直使人分不清何者是"分出"。不过我们无须去根究这些，只要随便撞进一家去选购就得了。好在它们所售的茶食，都差仿不多。但使我奇异的，是在这富有风流馀韵的江南的茶食店里，也竟买不到含有历史意味的精巧的点心，什么山楂糕、芝麻糖、绿豆糕、蛋黄饼……这些都不见得高明。稍好一点，就算雪片糕和杏仁酥罢，但也不是佐茶的妙品，只是"聊胜于无"罢了。

后来我也曾到野荸荠和老大房去买点来吃，但是和稻香村的大同小异，都没有什么可以当作"茶食"的东西，这也是一件小小的憾事哩。

（《茶墅小品》，吴秋山著，北新书局 1937 年 6 月初版）

萝春阁闻名上海滩

铁 儿

在上海的东南西北的四角落里，生煎馒头和蟹壳黄，是一般人晨餐的食粮。它因有使每一个人回味的价廉物美的早点，携带饮食都随时随地很便利，它的长处是鲜味甘香，所以上海滩的经营这一业的统计，不下二三千家，但是享有几十年盛名的，只有萝春阁一家。

萝春阁的生煎馒头生意，遐迩闻名，远至数里之外的主顾，会饬人骑着自由车或驾了汽车来照顾它的买卖，这此一点，可见得名不虚传了。该店号称馒头大王的唐妙泉独资开设的，他的馒头能称王于上海，就是肉馅大，皮子薄，兼有汁卤，头上也加上芝麻和葱，都是很可口，吃了还想吃，会使你久吃不厌。

他店里一个早市，在现在的物价，平均每天可以做一二百万元，以区区一点心店，做到偌大市面，大王之名，当之无愧了。至于蟹壳黄，还是附带品，出品也较任何店摊油酥多，作料重，入口酥脆，食而不厌。所以他店里，每天早晨八时半起已门庭如市，购买主顾纷至沓来，几乎要按先后而发货，虽有铁平锅三，只赶做赶制，仍应付不了挤轧的客户。

生煎馒头，上海人眼里比较为高贵的一类点心，其身价因有肉馅的关系，较之大饼油条，当然为美点了。到了近几年，虽有芥厘牛肉面和小肉面都想取而代之，可是上海人的信仰它，始终站在不败地位。就是目前美货牛奶和吐司，也难争取它的立场，它已成为点心中的一个天之骄子了。

至于生煎馒头能成大王的唐妙泉，坐镇萝春阁三四十年来，已传遍了整个海上，也就是他的出品，上海人所谓货真道地。不像其他摊铺上的偷工减料，吃上嘴，皮子厚得像实心馒头，肉馅小得像一颗黄豆，干燥乏味，吃下就倒胃口，比较萝春阁有天壤之别呢。虽然若干老板们鉴于货物不道地，营业衰落，一度都仿萝春阁的生煎馒头起而效之，但因牌子已坏在当初，结果仍就让盘或倒闭。这项生意，有可为不可为了。

（《上海特写》1946 年第 22、23 期）

酒食小谈

调　调

　　上海的各种营业，总要算酒店和吃食店最为发达。每天在夕阳西匿、明灯齐上的时候，试到各家酒店中和吃食店中去走走，哪一家不是高朋满座，胜侣如云。并且听人家说起，四五六只开了三个多月，已净赚了一千多块钱，然而近在咫尺的五芳斋，并不受到一点影响，那上海吃客之日渐加多，也就可想而知了。

　　讲到酒店，从前总要推高长兴的酒最是不错，王宝和、善元泰二家也还不差，至于豫丰泰和言茂源，又是另外一个调调儿，自有一种人喜欢，不能和他们相提并论的。最近在香粉弄中，开设了一家方壶酒庐，可算是异军苍头突起，他家的三十年陈酒，的确很是不错，没有人能盖罩，不过一瓶酒只有一斤多，要卖一块大洋，未免太贵一些，不是寻常一般酒徒所能担负得起的。幸而一般过江名士，像范烟桥、宋痴萍、陆百觥这些人，很肯替他们宣传，更有个拚命三郎沈一冲，好像是他们的"撑头"，不但是每天必到，还四处拉拢酒客，所以生涯十分发达。现在快要正式开市了，已有人送了许多对联屏条去，预备他们张挂。我也撰了"海上神山有酒国，座中仙侣皆诗豪"一联，但是还没有送去咧。

　　要舒舒服服地吃鸭，总得到昆山去，这凡是吃过昆山鸭面的人，大概总赞成我这句话的。现在上海也发明一种馄饨鸭了，最先只有大中楼一家，后来老聚元楼也接踵而起，四块钱可以吃全鸭，三块钱吃半鸭，即一块钱的起码货，也有一冷盆、一热炒，外加一锅的鸭肉。至于馄饨的多寡，则依菜价的等第为比例，馅子多而且鲜，确可称得一声价廉物美。而且他们的广告方法很是新鲜，大中楼以文虎为号召，老聚元楼则宴请各报记者，请他们即席题字，无非要使这"馄饨鸭"三字，深深印入人们的脑筋中。照此现状瞧去，或不难与昆山的鸭面齐名，而永永立足于上海。

（《红玫瑰》1928 年第 4 卷第 11 期）

卡尔登吃饭记

周瘦鹃

　　卡尔登西餐馆，自丙寅岁首起，忽辟一中菜部，专售中菜。餐室作正方形，设桌二十馀。四壁绘有壁画，皆中国古装士女，笔致虽不高逸，尚堪寓目，似出扶桑画师手，以无署名，不敢必也。其无壁画处，则画作长方之块，有浅黄、浅红、浅蓝诸色，陆离光怪，颇类一和尚之袈裟。灯以纱制，皆印花垂流苏，有紫、黄、绿、红、蓝诸色，亦殊雅丽可喜。中央设低坛，备中国杂耍，以娱宾客。

　　星期六之夕，吾友李中庸医博士招饮，得一快朵颐，且娱耳目，心为之豁。其菜单中列菜名不多，皆标价目，红烧鱼翅与炸鸡片、红烧蹄膀皆一元，其冷盆如西腿、油鸡皆五角，烧鸭、香肠、炝虾等则四角。据侍者言，系福兴园承办，价固较昂，而味尚不恶。面凡十数种，一律九角，则嗜面者对之，食指不敢常动矣。是夕舍予等五人一桌外，共有大小六桌，一桌为日本人，长幼咸集，似系阖第光临者；三桌为吾国人；二桌为西方人，其一桌系少年男女二人，饮啖外杂以情话，厥状甚乐，别一桌则白发之二老，执箸甚艰，则乞灵于刀叉，而面包、白塔油亦杂陈其间，可谓中西合璧焉。杂耍有周剑虹、周小虹之女双簧，钱凤第之女子苏滩，别有武术、幻戏、女校书清唱等，一时莺啼燕语，聒耳欲聋，杂以管弦锣鼓声，隐隐与楼上舞场中之悲婀娜繁华令声相应和，诚卡尔登向所未有之盛举也。及十一时，杂耍告终，四座皆空，予等遂起去。

夫卡尔登吃饭不奇，而在卡而登吃大中华民国国货之饭，并观赏大中华民国国货之杂耍，是大有可记之价值也，爰濡笔而为之记。

（《上海画报》1926 年第 92 期，署名鹃）

记迎年之宴

周瘦鹃

　　过去的八个元旦，在日寇铁蹄之下苦苦挨过，只有悲哀，没有欢欣。今年的元旦，已在胜利之后，自不同于往事，可是蒿目时艰，欢情难畅，就打算让它随随便便地度过算了。

　　不料这天早上，姻兄梅花馆主来了个电话，约我午刻上聚丰园去参与他的迎年之宴。到得那里，见四个盘子里装着橘子、瓜子和糖果，好一派新年气象，随又知道今天兼为他那当过从军记者走过万里路的一位外甥相亲，真是出门见喜，大吉大利，使我喜心翻倒。酒醉饭饱之后，又承馆主约定当晚同去参加丁济万医师的迎年之宴，不用说，五脏神愿随鞭镫了。在香雪圃吃过了茶，挨到六点半钟，就赶往丁氏医寓去，彼此道了声恭贺新禧，嘉宾陆续到来，除了馆主和顾子言学兄外，有朱小南鹤皋昆仲，陈盘根大年昆仲。还有一位施志刚君，亢爽风趣，擅易牙之术，蛇与熊掌，都会烹煮，这夜的菜，也就是他的提调，而由丁氏家厨自办，中如雪里蕻烧鸭丝、烂鸡鱼肚、鲭鱼头尾、川糟等等，色香味俱上上，尤其是湖葱红烧野鸭，纯粹苏味道，合座称美不绝，要我宠之以诗，我就胡诌了一首打油诗："家乡风味记从头，此是郇厨第一流。妙绝湖葱烹野鸭，樽前把箸梦苏州。"席间丁医师畅谈他最近往苏州去作四日之游，把苏州说得真像天堂一样，撩起了我的一片乡愁，即使不吃湖葱烧野鸭，也要悠然梦苏州了。丁医师藏有五十年陈绍酒，让大家开怀畅饮，我虽不会喝酒，也不肯错过这醇厚的好酒，竟喝了个半醉。

席散之后，鹤皋、志刚二君开讲风趣的故事，我听了二节，笑不可抑，因为蜗居路远，就谢了主人，先自兴辞而出。一路上兴高采烈，觉得八年以来，破题儿第一遭度过了一个愉快而温暖的元旦。

（《立报》1946 年 1 月 6 日，署名瘦鹃）

经济实惠的吃法

惠　平

　　在中国烟（卷烟）酒为交际场中少不掉的东西，尤其是喝酒，算为文人雅士的举止。因此在上海事业中，酒店确自成一家的很多。资格最老的，要算南京路上的"王宝和"、石路西首的"王裕和"（也在南京路）、先施公司后面"全兴康"。都是出名卖绍酒的。他们的酒的确醇厚，只注重酒不在菜，除掉专卖冷菜（海蜇、海瓜子、黄瓜、皮蛋、咸壳花生等），大菜、热炒等不备的（全兴康例外）。如在星期日约几个爱杯中物的知己朋友进去吃，先在广东店里买好熟菜，免得到外面去唤菜，加上一成的小账，既不实惠又不经济。吃酒的门槛，不向跑堂唤"斤"，必须同他说"碗"，因为论"斤"常常较"碗"来得少。走进三四个同好，唤个两两"碗"（即两"碗"一壶，二壶就是四"碗"），喝掉再添，跑堂的看你老吃客，决不敢以次货充塞。不过这种唤法专在酒店里通行，如在菜馆里"此路不通"了，他们就要讲"斤"，因为他们的酒，也向酒店里打来，不过过一过手，赚一点小账罢了。那末你可吃瓶头酒，一瓶约二斤，质量方面比零售的来得好而合算，虽然因为瓶的关系，来得贵些，实在漂亮的吃客，到了会钞时，额外小账也要给的，落得给跑堂找些外快。跑堂因为有空瓶的好处，他们在招待方面，当然周到而巴结。

　　在专喝酒的酒店喝了酒，这一顿晚饭怎样呢？当然可以叫跑堂外面去唤些进来吃。不，这里有一个地方酒饭都有的"全兴康"

（在先施公司后面），那里有小吃部，叫跑堂拿上菜单，随你点菜，二角菜、三角菜……，冷盆、热炒……都有。酒罢吃咸菜饭，"交关实惠"，这种饭是菜和饭同煎，配上猪油，加上肉露，还有浇头，像"脚爪"、"四喜"、"排骨"等。如果一二个自己人进去，用不着点菜，先叫客"脚瓜"浇头，一对猪脚爪，开得相当大，红烧滋味略像"蹄膀"风味，不肥不瘦，是最好下酒物。"四喜"却非有"好胃口"不可，肉肥油水重，吃上一块，第二块就"吃不消"了。"排骨"纯是瘦肉，咸淡配得正好，味道着实不差。卤蛋一只，算是赠品。单零唤的浇头和连饭唤的略有分别，单零唤，他们晓得你喝酒，稍许轻苗些，连饭唤又要"结棍"。菜饭来时，带上一碗清咸菜汤，最下饭不过的，尤其是宁波人和它的缘最深。倘若肥瘦兼爱，可用鸳鸯吃法，叫上一个"排四"，就是排骨与四喜各一，饭少些可说"轻饭重浇"。照普通人的肚量，一碗菜饭加上浇头，足够果腹，假使不够饱的话，可以添一个小碗的"小阳春"，保得不会不满足的了。也有因为胃弱量小，而吃"单排"的，好像很经济，其实只少化了五分钱，却要减少排骨一块、卤蛋一只，一面还露出了"寒伧相"，招到了"精灵鬼"的坏名气，有时也许要看到"堂老爷"的嘴脸，大大划算不来。所以宁可牺牲一点，唤一碗"排骨饭"来得干脆。虽说小吃，招待还周到，吃罢后送上一盆红茶，非常打油水，喝这么一杯十分滋润。

按上海菜饭店的发源地，在英租界的东新桥，那面的烟巢赌窟林立，专供这些瘾君子、伸手将军吃的，居然生意鼎盛，便有人依样学样起来，渐开渐多，英租界的大新街、五马路口一带都有了。现却轮到了浙江路了，除"全兴康"之外，有"小醉天"、"小乐意"南北二爿，中有"维雅"、"胜鸿泰"、"美丽"等菜饭店，专卖菜饭，望衡对宇，已有鳞次栉比之概，生财有道，异军突起，成为吃的事业之一了。

（《上海生活》1937 年第 6 期）

鲈鱼杂谈

同　生

　　值天寒地冻之际，正"松江鲈"上市之时，尝向渔人购鱼数尾，蓄以清水，以备不时之需。晚来天有雪意，乃出新醅酒就红泥小火炉温之，并煮鱼以佐酒，得此时馐，酒兴豪倍，大快朵颐，乐乃无艺。

　　东坡《赤壁赋》有云："举网得鱼，状如松江之鲈。"而《正字通》上对"松江鲈"亦略有记载，是知"松江鲈"之得名，由来已久，惟此鱼略似虎头鲨，与鲈鱼绝不相类，名之为鲈，真不可解。

　　"松江鲈"产于松城四境之潮水河中，并不限于秀野桥一带，或谓产于秀野桥边者，其味特美，亦属欺人之谈。此鱼之产量，年有不同，价值亦因之而有差异，旧岁产量极少，每两涨至二角左右，今岁初上市时，价格每两仅七分以至一角之间，产量已显著地较往年丰富矣。

　　鱼之长约十五六糎，重不足二市两，且藏于糠中，可经久不死，故携带极便，选较大者购之以馈外埠酒友，实为最受欢迎之礼物也。惟渔夫夜间捕取，清晨售卖，稍缓须臾，即脱售一空，故欲购较大之鱼，则非于黎明时往候不可。

　　此鱼味极鲜美，而佐以鸡汁则尤美，就鱼体之部分言，则最美者在肝，肝作肉红色，甚大，阔四糎，长约二点五糎，其味鲜嫩绝伦，为佐酒之妙品，松人常以肺呼肝，其实鱼类以鳃呼吸，何得有肺？此鱼之鳃盖作裥状，色红黄，俗认此为鳃，故有"四鳃鲈"之称。此与认肝为肺，同一谬误。

"松江鲈"之味，以冬季为最隽美，良以冬季适当其生殖期，正活泼游泳，多摄食饵。此鱼之食饵，以动物质为主，故肥满较易。过此则精力疲敝，体渐瘦弱，食之无味矣。

细品"松江鲈"，似微带泥土气，此为美中不足。考此鱼之头部扁阔，色彩若河土，鳃面覆软裥，鳃部可充满水分，就此数点观察，则可推测此鱼必有时潜伏土中。味带土气者，盖一以此，捕得后蓄清水中数日，则此味可免。

解剖"松江鲈"，时见有虾数枚存其胃中，有时吞食未久，虾尚跃动，于此亦可见此鱼之残暴。虽然，就天演公例言，则为弱肉强食，人复煮鱼以佐酒，则强者又为愈强者所食矣。

（《稻作季刊》1937年第3期）

浦东的瓜果

巴　玲

本期《机联会刊》，为"饮食专号"。对于饮食方面，作者是一个十足道地的门外汉，一点儿也没有经验的。要提起笔来写些关于饮食方面的文字，这不是一件难事吗？无已，姑且来介绍"浦东的瓜果"。

说到浦东的瓜果，每年行销于上海一埠的，为数着实不少。成千成万的浦东农民，靠了这瓜果一项，解决了他们夏季的生活问题，这不能不说是受了瓜果的赐予。然而近年以来，为了农村经济的破产，农产物的价值低廉，浦东的瓜果，竟也卖不起价钱了。农民们的生活，顿时发生了恐慌，这实在是很使人感慨的事。

以上都是废话，现在要言归正传地谈到浦东的瓜果的问题了。浦东的瓜果，在上海一带，最负盛名的，要算三林塘的西瓜和题桥的小白瓜了。三林塘的西瓜，皮薄味甘，真是消夏的惟一妙品，比较精美的冰淇淋，恐怕有过之无不及呢。题桥的小白瓜，皮白而薄，味亦甘美，而价尤低廉，真是一种最大众化的夏令食品。至于果类，如梅子、枇杷等等，在上海的市场上，也占着相当的地位。当梅子和枇杷上市之时，大街小巷之中的叫贩者，倘若探其身世，十之五六都是浦东的农民。然而，近年以来，浦东的果类，也正和西瓜、小白瓜一样地遭到了不幸的际遇，虽然具备着使人喜吃的风味，仍然不能有裨于浦东农民的生活呢。

　　总而言之，浦东的瓜果，用不着在这里多费笔墨，作无谓的宣传。好在现今夏天已经来到，正是大家需要消暑的时候。我们不妨破费几个钱买来试试看，便可以知道作者的话，是虚是实了。而况，我们如果购买瓜果之类的土产，来做消夏的饮料，于人于己，都是有利而无害的。尤其在农村经济亟待救济的时候，我们采购了浦东的瓜果，正也是救济农村的一种工作，一举两得，何乐不为？

　　　　　　　　　　　　　（《机联会刊》1936 年第 146 期）

枫泾的红蹄

蒋良才

在沪杭路的一个小小的镇上，有一家因专卖红烧蹄子而起家的铺子，那便是我今天所欲谈的枫泾的丁义兴了。

丁义兴创自清代中叶，当初不过是卖卖熟货聊以糊口，后来因为他们烧的东西着实不差，尤其是红蹄，其味道与别家不同，很得主顾的赞美，营业也跟着一天一天的发达起来。到现在已有一百多年的历史，在枫泾镇上可算是数一数二的老店了。

据说，丁义兴从初烧红蹄——其实不止红蹄——到现在，他们锅子里的原汤还没断过；有时汤少了，就加些水和调味品。就在加调味品时，是有个秘密的方法，这种秘密方法至今还没有人能探得。

丁义兴的出品很多，主要的是红蹄和蹄筋。现在也有装成罐头食品出售，销行于江浙和南洋等地的。

当我们搭沪杭车由杭赴沪，或由沪赴杭，火车经过枫泾站时，总有不少小贩手里托着一盘丁义兴的红蹄或蹄筋，在月台上火车边来来去去地用很悦耳的声音叫卖："阿要买丁义兴的红烧蹄子？""阿要买枫泾特产丁蹄？"

（《机联会刊》1936 年第 146 期）

高桥的松饼

虎　痴

提起"高桥松饼"四个字，在浦东一带是最有名的；即是在上海，也已播满了它的名声。所以凡属到高桥来参观的人们，没有一个不是希罕地要买几盒回去送给朋友亲戚，算是一件贵重的礼品。

它的营业范围很辽阔，除了最大的好场合——上海以外，整个的浦东都有它极大的势力。自从前年高桥开辟了"海滨浴场"以后，销路愈加畅旺，整整一个夏天，几家食品商店差不多常像山阴道上一样，于是"高桥松饼"四个字，给予人们的印象，也愈加深刻了。

据说它的成本轻微，利息优厚，所以近年来"食品公司"、"土产商店"之类竟如雨后春笋；而"松饼"的名色，也添出了不少种类，像"洗沙"、"枣仁"、"鲜肉"、"百果"、"菜甘"、"枣泥"、"净素"以及"松仁洗沙"、"猪油洗沙"、"瓜仁洗沙"、"桃肉洗沙"、"椒盐黑麻"等等。制法和普通的制饼差不多，只是用馅比较考究，发酵比较精明，炉火比较细到。这几项是其长处。譬如每烘一炉饼，它至少要费半小时以上，非但烤得很干脆，就是饼面也极嫩黄，不使它生出半点焦枯的痕迹。吃到嘴里便觉异样地松香有味，与众不同了。它的价格，洗沙之类，一块钱可买四十五只左右，百果之类便只有三十多只而已。

考究"松饼"的历史，本是当初高桥人家遇有宾客时做来飨客的，以其质松味香，便叫它是"松饼"。后由周伯千创业"周正记家庭制饼社"后，才开始流行在市上了，不过生意虽好，范围却并不大。后有张锦章组织了一个"高桥食品公司"，大规模地把松饼制造起来，一方面对于原料、装潢、制造等等力求改善，一方面却用广告的力量，把"高桥松饼"一个生疏的名字，散播到十里洋场和邻县各地，二年之间，居然成功了一件名产，获得食品界一角地位了。目下土产商店，高桥何止八九家，每年营业总额，竟达万元左右，真是浦东食品界一件惊人的贸易。

最近，他们除了"松饼"以外，又新出了"松糕"和"薄脆"二种。"松糕"是用糯米、桂花、枣仁、肉桂等做原料，实际和市上的"定胜"差不多，只是形式比较不同，装潢比较富丽而已。"薄脆"是用蜂蜜、椒盐、蛋白、麦粉等等做原料，所以上嘴是很适口的。目下这二种销路，无论门售或是批发，生意也都很好；经过若干时期以后，一定又会跻入"名产"之林了。

（《机联会刊》1936年第146期）

夏令的冷饮

夜　郎

　　炎夏到了，我们居住在上海的市民，在街头巷尾，随时可以听见十来岁的孩子，边跑边叫"冰噢！冰噢！买冰噢"的呼声。一到天热，一切冰冷饮食品，乘时大起活跃。陈设精雅、布置清洁的饮冰室，随处都应时而起。"刨冰"、"汽水"、"冰淇淋"、"果子露"、"酸梅汤"、"冰冻牛奶"、"冰冻啤酒"，为夏季冷饮妙品，进了饮冰室，随你欢喜，唤来受用，电风扇与冷开水，听客使用。人间天堂，却暑胜地，公子哥儿们享受的地方，没有穷苦人的份儿呵！

　　这里我们谈谈中下级的冷饮。

　　酸梅汤要算"郑福斋"最好，它是在爱多亚路大世界东首的一爿专卖酸梅汤的老店，每到夏季，生意特别兴隆。的确，这爿店里的酸梅汤，有独到之处，不是其他酸梅汤店所能企及，解渴可口，价钱又便宜，大杯铜元十二枚，小杯铜元六枚，不分阶级，没有堂而皇之的座位，喝掉如果有意，再来一小杯，否则就走，非常爽快。带热水瓶去买的，也以杯数计算，童叟无欺。天气越热，主顾越多，尊它一声"大王"，受之无愧的了。

　　棒冰，这东西风行得还没有几年（大概三年光景），最初也是在大世界的对面敏休尼荫路上，名叫上海棒冰公司的，发售一种似油纸扇式的块冰，那时一般海上人士，为好奇心所驱，大家纷纷购买含吃。听说发明这东西的是郑姓的弟子，他用果子露、粉质糖融和以后，再放到电气冰箱里面去，经过相当的时候，被箱中的冷气压迫了，慢慢地凝合拢来，成为棒冰。现在这种棒冰公司，越开越多，而地点自然也愈广，上海的四隅，到处有棒冰的踪迹了。

棒冰所以获大众的欢迎，无非是便利和耐久，以及售价的便宜，普通每根大概是大洋四分，合之铜元是十二枚一块，一般中下级的社会人士，当然乐于光顾。

至于马路上的冰淇淋、刨冰等，三个铜板买一杯，固然非常便宜，不过难免有碍卫生，苦力与下层阶级的人，备极欢迎。像这种小贩，在夏季里居然靠着这种营业，做一笔好生意哩！

（《上海生活》1937 年第 6 期）

调冰小语

清　秋

　　火伞临空，炎威肆虐，蒸人天气，弥增困积。若欲遣此溽暑，自以觅一避暑胜地，与大自然周旋为首计，等而下之，或闲约知己，柳荫垂钓，或北窗高卧，与古为友，亦消暑之一法。然吾人鹿鹿终日，为生计所驱策，即此至简闲情，亦无暇理会，而舍本逐末，得以清凉之剂，遂片刻舒畅，已稍感满足矣。

　　沪上祛暑食品至夥，冰制品中有冰琪琳、汽水、棒冰、紫雪糕、北极太妃、三色冰砖等等，此外如流播江南之故都名制酸梅汤，一般家庭能自制之紫苏甜凉菜、八珍绿豆汤，莫不可供消炎退热之需。然更有浙西平湖特产之西瓜，以其味极甘冽，在沪滨更占特殊声誉，几驾奉化蜜桃、桐乡樜李而上之。因西瓜中所含水分极多，约有百分之九十四左右，其解暑解渴之力较诸冰制品能持久，且别具医药上之功能，即多啖之，亦不伤肠胃，不似冰制品易致疾病也。按平湖西瓜，昔以三白著称，嗣为适应外销，渐改植马铃瓜，今欲于乡间觅购三白，已十不获一已。至论马铃瓜真正名种，以产于乍浦区虹霓堰一带与南门外者为首选。沪上一般水果铺上，每大书"平湖西瓜"，然常有杂以他地产品者。若欲正确鉴别，甚属不易，普通选择方法，每以两指就瓜面弹击，如能得其清越之声，更观察瓜纹明显者，当属较佳之品。近询平湖来沪贩瓜者言，今岁之西瓜产量，不若去岁之丰，复以雨水过多，首批产品，甜味减淡，惟有俟于二藤瓜中，甄选珍果焉。日前《申报》上有一特稿，述西瓜业之经营，中略云："十六铺与老闸桥南北水果市场，专营西瓜之地货行，共约一百多家，预计今年每家平均营业数字，约五亿元，假使以十四万元一担计算，则本市之西瓜销量，为三十五万担，每担平均十二只，总共四百二十万只，本市人口四百二十馀万，那末每个人在一个夏季中，平均可以吃到一只西瓜。"此亦属别有趣味之统计也。当嚼瓜之馀，偶忆昔时红闺中人，每喜择浑圆之瓜，去其瓤，而镂之为西瓜灯者，皮面以小刀雕刻人物、花鸟、虫鱼、诗词短句，极绮思纤巧之能事。入晚纳凉时，悬诸庭除，烛光自纹隙中出，透照于纳凉人面，俱作碧色，似别成一世界，几疑广寒宫即在人间也。今则圆形之三白瓜已稀，而沪居稠密，至鲜空广庭园，此项小玩艺亦似广陵散矣。

前周休沐日，友人Ａ君速柬邀约，作消暑清谭之集，柬中有隽语云："荷风扇暑，霡雨流膏，入夏炎威，固宜闭关。然寻凉小簟，避暑闲窗，清风自足，握麈相对，不啻羲皇上人矣。兹特新荐雪藕冰桃，以供快嚼。足下虽非趋炎，敢乞同来披襟。"笔者接柬，即冒烈日炎威，驱车以往，至则友人之居，已邻沪之西郊，旁有澄池，池侧丛篁繁翠，幽绿沁人，身临此境，早觉炎热顿除矣。更以此约集者，金属不拘世俗繁节，赏心畅谈，均感能倾吾怀抱。余倡以茶令，各述昔时清凉世情之掌故，更附以今事作譬，类举至广，虽不及陈眉公消夏之录，然逸兴遄飞，不弱于举杯邀明月也。

夏日能擅泳游之术，亦属消暑良法。在清澈之碧流中，载沉载浮，已增快感，若能表现跳水或泳技，当为同游者所艳羡。沪上今夏游泳池已开放者，仅闻虹口一处。闻友人云，每当清晨及傍晚前，池中满拥男女泳者，尤以时代女郎穿美式游泳衣，色彩斑显，健美悉呈，使人怦然入遐思。惟余意，身体不十分强健者，不宜入水，因池水浸身，受寒最为深刻，秋凉易发疾病。此外如浦东高桥之海滨浴场，战时漫成荒废，去岁夏时，见报载已着手整修，未识今夏能否开放，以供畅游也。

避暑胜地，首推莫干与庐山，看雾景烟云，餐清冽山泉，自属人生至乐。然或格时间，或限经济，登临者，究属至尠。日昨与数同人偶谭，炎夏淞滨，能以何处为佳境，则议论飙兴。或云入冷气开放之影院，亦可消除二小时之烦热。或云入饮冰之室，选啖可口凉品则凉透心脾。或云携隽永小品之书籍，席地于园林中树荫繁密之处，听蝉声噪暑，亦可消半日永昼。或称于夏夜乘市轮渡在舟中作来回行，站身平板，披襟乘风，不啻横槊赋诗时也。有云衣薄绸衫偕密友缓步于桐阴繁接之林森、思南等路上，当能漫忘时当酷暑。或集文友品茗于各茶室之屋顶花园，若能特备灯谜，以供商略，尤增兴趣。凡此种种，咸皆可采。余则云，能约酒友数人，携野餐饮具，赴中正公园之荷池侧，席地于柳荫下，作赏荷之举，目接菡萏含苞透水，亭亭玉立，清香遥播，则未饮已先沉醉矣。偶检旧《东方画报》，印有彩色以"荷"字题名之摄影一帧，但见晚霞布空，照映于田田莲叶，水珠反射，有如闪烁珠光，一苗条女郎手攀柳枝，伫立湖滨，若有所思，而树枝似为微风飘忽，一小舟从远处轻轻溜过。对此影页，几似荷香已透纸背，情味无已。

（《新语》1947 年第 12 卷第 15 期）

菜卤

漪漪

菜卤一物，寓居沪上之江浙人家，率多备之，用以佐膳，别饶风味。法于腌菜之后，保存其卤，待至夏季，其卤较浓，便可应用。惟贮藏多时，闻之觉有臭味，故浸后诸物，亦多以臭名之。不过卤含盐质，且带鲜味，嗜之者固大有人在也。菜卤中以雪里红（菜名）腌者为最美，芥菜腌者次之，若于春笋上市时，切去其头，投入卤内，则因笋之鲜味，渐行同化，味亦更美。菜卤藏至夏季，每患生蛆，故宜密盖之，以免蝇类传子于其内，又为除去毒菌起见，常以烧红之火钳掷其中，或浸后之物，上锅炖时，用银针试之。

用菜卤浸透之物，多为夏季之食品，最普通者，有臭毛豆、臭瓜皮、臭百叶等，大概先盛于布袋之内，浸后约及二日夜，取出略洗，然后加酱炖之，味佳而代价则殊贱。臭豆腐干之浸法亦同，若入于滚油锅内片时，即外色深黄，和辣酱同食，颇可口，即市上所售之臭豆腐干是。此种食品，外人或则目为不合卫生，但沪人则并不以其臭而弃之，亦可谓嗜好在盐酸之外者矣。

菜卤藏于瓮内，密封其口，深埋土内，经数年后，其味变淡，其汁变清，患肺痈者饮之，颇能见效。惟此物无可购，须探听人家有陈年菜卤者求之。是菜卤为用，不只佐味，抑且有疗疾之功矣。

（《上海常识》1928年第59期）

吃在杭州

冷清秋

　　有人说吃在广州，但我以为杭州的吃，委实有过之无不及，因为号称"天堂"里的人们，哪里会不懂得讲究地解决这个人生必需的 Hunger Motive 呢！不过没有烹蛇煮猫（所谓龙虎斗），那些穷凶极恶的吃法罢了。姑不必说西菜、平菜、川菜等等那种外来的菜肴，这里自己有道地的杭菜。因年久失传了的缘故吧，杭菜中的细目，往往家家各殊，很难有一个规定。但我以为从前蒋主席夫妇到杭州的时候，在某菜馆里进餐的一张全席杭菜菜单，或者比较标准，里面包括油爆虾、排骨、醋溜鱼、锅炖童鸡、神仙鸭、红烧秃菜、南肉菜心、椒盐步鱼、炒大虾仁、白片南肉、川四宝，十一个大菜，真可说是洋洋大观，几位老饕们见了上面几个菜名，恐怕也将食指大动吧！

　　杭州是水乡，鱼的产量极多，因此它也成了杭州人主要的吃的对象，著名的如楼外楼的醋鱼，德升馆的木浪鱼，王润兴的鱼头豆腐，采芝斋的熏鱼……还是少写几个，否则便有替他们做广告的嫌疑了。不过我得告诉一声初到杭州来"耍了"的人们，天堂里的东西，大都是贵族化的，你如果要稍稍问津一下，现在非上万元不办。笔者上次与三位友人到楼外楼午饭，吃了仅五个普通的菜，计八万五千元，已有不胜负担之感；哪里知道次日到灵隐的天外天去吃，同样几个菜要十万多元，简直令人咋舌！

像我们穷措大，到面馆里去吃面，却挺适合不过，既合乎经济条件，又因为杭州的面的烧法与别的地方不同，颇堪一吃。在从前据说有四大面馆最有名，即奎元、聚水、知味和正兴，现在只有奎元馆盛况如昔，聚水和正兴衰败不堪，知味观则已经变质，专售点心了。再经济些，可以去吃门板饭，这种饭名副其实是在店门口搭了门板吃的，你可以要一碗"件儿肉"或者其他，滋味既非常好，又没有小账，不过给熟人看到，有些怩忸不安罢了！

零食在杭州，好的太多了，如香榧、九制橄榄、小胡桃、藕粉，那是比较最有名的，其他像名闻各地的孟大茂的香糕、颐香的月饼等等，书不胜书。

总之，吃在杭州，豪华的吃，经济的吃，大的吃，小的吃，都使人吃得满意非常，可以说已尽了吃的能事了。

（《礼拜六》1946 年第 55 期）

吃在杭州

健　凡

　　最近在杭州玩了四天，寄居友人家，吃和住不生问题。在清明节前后的香汛中，酒菜馆不论荤素，都预备做一笔好买卖，敲上海人竹杠，刨黄瓜儿岂肯放松。因此住家买小菜，很感困难，新鲜的鱼虾，每天清晨，早被酒菜馆罗致一空。幸而蔬菜和笋，价值都较上海为贱，像我最喜吃笋的旅客，吃到每斤一百二三十元的春笋，尽可大翻花样，真是其味无穷，得其所哉！

　　不过今春各地行政、金融、商业等机构，并不给放春假，更因旅途艰难，经济不裕，虽值抗战胜利已有半年以后，游春和朝山进香的仕女，并不如理想中踊跃。湖滨、岳坟以及灵隐一带的酒菜馆生涯，并不怎样茂美，天竺道上的素菜馆和点心铺，更是门可罗雀，刨黄瓜，也无从刨起。孤山附近的蝶来饭店，早已复业，设有咖啡茶室，连带小型舞场，每日举行茶舞，茶价每杯六百元，布置得倒也精雅，只是太狭窄一些。可是漫游湖山的仕女们很少辜负春光，躲在茶室里消磨永昼。登山坐船，已很乏力，谁也懒得起舞，欲求门庭若市，却也不易。

　　刮大风的一天，先游虎跑，那边有人架搭竹棚权充临时食肆，荤素小菜，虽不新鲜，滋味也极平常，可是定价昂贵，每一只普通菜肴，竟需二千元左右。食客并不见多，所以黄瓜儿也被刨得越发厉害了。我们去游玉皇山，有人指点，不妨就在山巅福星观进餐，五六人化费六七千元，很是实惠。我们一行五人，依计而行，及登山顶进观，已是下午二时左右，就在茅山道士的客堂里坐下，要求开饭。香伙殷勤招待，先送龙井清茶，半小时后，端出四菜一汤饭菜来，虽是净素，可是一样有味，吃得非常满意，连茶在内，共付八千元，香伙连连道谢。大概叨光茅山道士请客，这算香伙和厨房的外赏吧。

至于杭州的吃，在湖滨上的楼外楼要算最闻名，醋溜全鱼，确实可口，但索价太高，又在城内的王饭儿，或是奎元馆几家本帮饭店亦是一样，非穷措大所敢问津。此外糖果食物，仍和战前一般，无非是小葡萄榧子、糖葡萄、椒盐橄榄之类，购买的人，倒很踊跃。清明前后的价格，糖葡萄和榧子都是每斤一千六百元。各处茶价，在我游杭的几天，好像有规定的市价，除咖啡茶室外，都是每玻璃杯二百元，倒也公道。其他有关吃的问题，一时也写不尽许多，只好草草不恭就此搁笔。

（上海《海燕》1946年第5期）

西湖食单

天虚我生

《机联会刊》出饮食专号，向予索稿，予在杭州西湖小住两旬，正不知何事繁忙，未尝有片刻之暇。惟于昨夜酒边，小翠以近日所作诗词及与拜花、次蝶之联句就正于予，因以案头食品戏拈为题。其一为虾生，吾杭每以生虾去壳，不加烹调，但以油盐及姜米拌食之，谓之虾生。西湖之虾，尤为鲜美，迥非城市所能媲美者也。次蝶起句云："凤尾轻移，蝉衣初褪，小盘玉粒珠光。"予接句云："防伊老去，不许浴兰汤。"小翠云："为恨鱼儿多骨。"予云："推翻了宋嫂专长。加上点麻油小磨，还要糁生姜。"拜花读之失笑，识为《满庭芳》半阕，因续之云："清香……"但只二字，久而不续，予为续云："无俗味，似含花蕊。"而小翠已接一句云："嫩不禁烊。"予云："料满腹珠玑，冰雪充肠。莫又三杯两盏，平白地变了红妆。"拜花笑云："是在胃脏中做成醉虾矣。"顾又沉吟不续，予续之云："若问起儿家何处，应去问张郎。"拜花大奇，问何所指？予笑曰："生张熟魏，足下岂不知其所指为何？"次蝶笑曰："以咏虾生之生，当是张生耳。"其二为醋鱼带冰，拜花谓"冰"当作"饼"，小翠谓是"柄"非"饼"，纷纷聚讼，莫衷一是。予解之曰："醋鱼论碗，鱼生论盘；杭人对于当垆人，每喜作射覆之谜，以博粲笑。盖以冰盘小饮之盘字，用一冰字覆之耳。"因以《摸鱼儿》起句云："似这般秀才风味，怕伊含有讽刺。"拜花亟赞云："上句切醋字，下句切鱼生，只此两句，已尽全题，如何能续？"小翠云："冰肌玉骨清如此，酸煞宋家娘子。"予笑曰："毕竟女儿聪明。"即由鱼生转到醋鱼，因续之云："浑不是，笑弹铗冯驩，还把银瓶指。醇交如水，任洛友相思，夏虫难语，心在玉壶里。"拜花首肯曰："是则确定其为冰矣。"予曰："凭谁妙手料理，道温泉初沸，一爨而起。倘若俄延，变了中郎琴尾。"拜花大笑，谓是西湖醋鱼之秘诀，得之楼外楼者，然而纵令迟延，亦何致于变为灼溜鱼哉？次蝶谓楼外楼以醋鱼得名，大可书此为赠。予曰："若作广告，则当为店主设想。"因续之云："口碑远在青山外，南渡到今无二。为尔计，便泛宅浮家，也有要汤技，钓丝闲理。且放下屠刀，抽来宝剑，一吐不平气。"小翠大笑，谓不杀鱼而欲杀人矣。予曰："人皆欲杀是奇才，但不可如盆成括之自杀其身耳。"其三为荷叶包粉蒸肉，仍用《满庭芳》起句云："翠褓轻拢，绿衣小裹，爱他透骨清香。"拜花云："全武行之刺王僚后，青衫出场矣。"小翠云："酒边风味，纤手劝亲尝。"予云："两句都落空际，赶速牵入本题。"因续之云："宁可乡居无竹，遮莫要瘦损何郎。"拜花大悦，谓粉与肉，胥得之矣。顾仍不能参赞一辞，仍由予进一辞曰："先生馔，肥甘如此，日日自加餐。"拜花云："然则不必劝矣，食肉者鄙，先生变为冬烘头脑矣。"予因之曰："荒唐。"此二字，适合后半阕起句，小翠即续之云："堆满盏，擎来翡翠，坐到鸳鸯，问割爱何人，移赠东方。"予云："莫道冰肌无汗。"翠云："芰荷香薰透衣裳。"拜花云："做到蒸字，可谓细极。"言次，适进鲥鱼，予因舍此就彼，大吃其鱼，不复赓续。拜花谓如此大鱼大肉，如何吃得了？次蝶云："无妨，下面有冰箱呢。"予因笑曰："你们大家都不用劲来吃，我就依着阿宝的意思，收拾了罢。"然而鱼，我所欲也，因续句云："还只恐和鱼同馁，贮入小冰箱。"拜花笑云："小冰箱就在你的腹中吗？"予应之曰："然！此即所谓冰雪心肠也。"

西湖醋鱼

奕　因

　　谚云："着在杭州，吃在广州。"是杭州向以丝绸著，不以食物名。顾湖山胜地，亦不乏一二隽品，为游杭者所欲得而尝鼎一脔者，如西湖醋鱼是。

　　此品旧名宋五嫂鱼羹，以烹调之法传自南宋之宋五嫂而得名，当时曾经皇家赞赏，遂享盛誉。宋吴自牧之《梦粱录》、周密之《武林旧事》均载其事，明田汝成之《西湖游览志馀》又详载之，谓：

　　"乾道、淳熙间，寿皇以天下养，每奉德寿三殿游幸湖山……小舟时有宣唤赐予。宋五嫂者，汴酒家妇，善作鱼羹，至是侨寓苏堤。光尧召见之，询旧凄然，令进鱼羹。人竞市之，遂成富媪。"

　　实则其时不特宋五嫂因之致富，渔翁亦利市三倍。观朱静佳六言诗：

　　"柳下白头钓叟，不知生长何年。前度君王游幸，卖鱼收得金钱。"

　　可以谂其大概。元张雨有《竹枝词》咏此事曰：

　　"光尧内禅罢言兵，　番御舟湖上行。东京邻舍宋人嫂，就船犹得进鱼羹"。

　　词气之间，颇致慨于宋高之偏安佚豫。惟西湖醋鱼实因"尝经御赏"而名始著。其后文人学士亦多加以题咏点染，遂益传为佳话。

　　所谓西湖醋鱼，系取湖中之鲩鱼和醋烹调而成。鲩鱼一作鲩，俗名草鱼，形长身圆，颇似青鱼。《本草》："鲩似鲤，生江湖间。"其肉松脆，味鲜美。惟以湖中产量不多，今日各菜馆之举以飨客者，率皆取之外河，而以巨木笼蓄于湖中。惟各菜馆向外河采办此鱼，选择至严。大概每尾均须长尺许，过小过巨者皆弃去，恐其过老或太稚，不中吃也。鱼经湖水浸润，数日后，腴软活泼，异于在外河时。客至则自笼中取出，去其鳞，以刀背向鱼头一击，剖腹，弃肚杂，不用洗涤，但以干布揩净，便盛盆中入蒸笼蒸之，须臾即熟；另以菜锅调制醋酒油盐，待沸，投鱼入汤，下藕粉少许，调成薄糊，即盛起供客。为时甚暂，而鲜美不可言，名下无虚，固非仅为"尝经御赏"也。

惟此品之烹调，料理如何，火候如何，颇须费一番研究工夫。虽鱼经湖水浸润，若出之粗手，亦恶劣不堪食，而名厨难得，故常有下箸而摇头者，谓其名不副实也。清袁子才风流倜傥，讲究食谱，其《随园食单》中"醋搂鱼"条云：

"用活青鱼，切大块，油灼之，加酱、醋、酒喷之。汤多为妙。俟熟，即速起锅。此物杭州西湖上五柳居最有名，而今则酱臭而鱼败矣。甚矣，宋嫂鱼羹，徒存虚名，《梦粱录》不足信也。鱼不可大，大则味不入；不可小，小则刺多。"

此老有"宋嫂鱼羹，徒存虚名"之叹，盖亦恶乎庖者也。

晚近杭市之精烹此品者，当推楼外楼庖者陈国政君。陈君小字阿渭，自十七岁即至楼外楼执业，至去年六十四岁而殁，先后垂五十年。以前游杭而至楼外楼者，无不以一尝陈君手制之鱼羹为快，而今则几成绝响。陈君门下甚众，沪杭各地名厨，大都曾从其学，而渠则一生不易其业，业不易其主。其艺事之精妙，治业之专一，大为杭州周企虞市长所激赏，谓足以讽末俗而勖来兹。因于其殁后请陈小蝶君为作墓铭以张之。铭曰：

"君陈讳国政，庖以终其身。行年六十四，终日调鱼羹。味如易牙好，心若西湖平。楼外楼上客，无不识其名。及门有千辈，各以师业兴。梯航及欧亚，或致富专城。而君但固穷，曾无动其心。
殁于乙亥春，知者皆失声。杭州贤市长，属我为之铭。是亦有道耶，
吾无得而称。允乎执中庸，千秋勒珉贞。"

以此铭铭此人，铭传人永，不特为湖山留一胜事，亦为醋鱼添
一佳话也。

（《京沪沪杭甬铁路日刊》1936 年第 1580 期）

杭州王馆儿家之两样菜

恨　水

杭州人说话，语尾喜带"儿"字。国语中虽亦多"儿"字，然在若有若无之间，此则发音特重，若英语中之 L，殊不若平音之轻脆受听。其"儿"字有代表一店家者，则为酒馆王馆儿，游杭客除栖霞素斋、杏花村鱼柄，盖必至此一领异味者矣。王馆儿另有字号，不传，向旅馆问王馆儿，未有不知者。该店有两支店，湖滨亦有一家，而真正老店，则在城内清和坊。店中有两样菜最驰名，一为家乡肉，一为鱼头豆腐。家乡肉切之如冬瓜条，五花七层，重二两许，以碟盛之，蒸熟以享客，非如普通肉食店所卖者。鱼头豆腐，则以青鱼头熬嫩豆腐，略加作料，乍食之，颇可口，惟油腻特重，胃弱者殊不宜耳。在王馆儿家尝此二菜，例必进绍兴黄酒数碗，菜腻，亦非此不可。不佞偕一人往同食，所耗仅元馀，不及湖滨一碗醋溜鱼柄之价也。

（《北晨画刊》1935 年第 4 卷第 3 期）

偶然想到的几样杭州菜

柘　橼

三虾豆腐　到杭州馆子吃饭，三虾豆腐是他们的拿手菜，但是非老门槛是吃不到的。所谓"三虾"，就是"虾仁"、"虾子酱油"、"虾油卤"三种，来煮豆腐，异常的鲜美。

荤素菜　我们通常一个人到馆子里去吃饭，起码要点一样荤菜，一样素菜，再加一只汤。但是在杭州馆子里，可以烧一只荤素菜吃，里面有青菜，有豆腐衣，有肉，有虾仁……如果是熟识的馆子，那末烧得格外道地。

木浪头豆腐　木浪鱼，就是花鲢，上海人叫"胖头鱼"。别处地方煮鲢鱼头，总用粉皮，而杭州人，用豆腐同煮，的确别有风味。所以杭州馆子里的花鲢鱼，总是整缸地养着，可是只卖一个鱼头，下半段就不值钱，只有卖给黄包车夫下饭。

盐件儿　杭州馆子叫"块头肉"为"件儿肉"，分两种，一种是"红烧件儿"，另外一种是"盐件儿"。盐件儿就是本地的盐肉，王润兴最出名。把它蒸熟了吃，或者煮豆腐汤都可以，妙在他们装来整盆的肉，可以拣择肥瘦，吃一块算一块，不吃不算钱的。杭州堂倌喊盐件儿，总是高唱："盐件儿×块！五花肉儿，要发魇啊！"所谓"五花肉儿"，就是肥瘦均匀的肉；"发魇"，就是"精美"。

（《家庭星期》1936 年第 1 卷第 16 期）

西湖的莼菜

吴秋山

昨天雪园兄从杭州回来，送给我两瓶装瓶的西湖莼菜，刚冲过的龙井茶叶似的，卷曲而嫩绿的莼丝，浸在盛满的清水的透明的玻璃瓶里，是多么富有诗意的啊！

这使我想起去年春天和珍同游西湖的事了。是一个暮春的晴朗的中午，我们将游艇停泊在西泠桥畔的柳荫下，上楼外楼去用午膳，恰当莼菜上市的时候，于是我们便尝到这西湖特产的菜色了。莼菜自身本来没有什么味儿，不过煮之以上汤，佐之以鸡丝兰腿，那种清甜滑腻的滋味，翡翠一般的颜色，就真够令人陶醉了。虽然只是一种蔬菜，但却有特殊的佳味，实在难怪其为西湖名菜哩。

记得高濂《四时幽赏录》中的《湖心亭采莼》云："旧闻莼生越之湘湖，初夏思莼，每每往彼采食。今西湖三塔基旁，莼生既多且美。菱之小者，俗谓野菱，亦生基畔，夏日剖食，鲜甘异常，人少知其味者。余每采莼剥菱，作野人芹荐，此诚金波玉液、清津碧荻之味，岂与世之羔烹兔炙较椒馨哉！供以水薪，啜以松醪，咏《思莼》之诗，歌《采菱》之曲，更得乌乌牧笛数声，渔舟欸乃相答，使我狂态陡作，两腋风生，若彼饱膏腴者，应笑我辈寒淡。"

李长蘅《三潭采莼图》云："辛亥四月在西湖，值莼菜方盛，时以采撷作羹饱啖，有《莼羹歌》，长不能载，大意谓西湖莼菜，自吾友数人而外，无能知其味者。袁石公盛称湘湖莼羹，不知湘湖无莼，皆从西湖采去，又谓非湘湖水浸不佳，不知莼初摘时，必浸之经宿乃愈肥，凡泉水湖水皆可，不必湘湖也，然西湖人竟无知之者。图中人舟纵横，皆萧山卖菜翁也，可与吾歌并存，以发好事者一笑。"

《西湖快览》也有云："莼产西湖，自春徂夏，取之不竭。今湖上各酒家，皆有制汤供饮，值亦不昂。"

可见从前的骚士文人对于莼菜，已有深切的认识与爱好了。饮食之事，不一定要什么山珍海味、肉林酒池，才算讲究，有时正因为过于膏腴而反觉脾塞，只要适口，那么虽是不值多钱的野菜，也正足以超胜绮筵，而觉得有无穷的风味哩。

听说莼菜匪仅专产于西湖，江浙湖泽中多有产生。不过据老于"味莼"的友人说，西湖的莼菜，确比他处的味道较为鲜嫩，我是未曾尝过别处出产的莼菜，不晓得究竟如何？也许他们所说，确有相当的论证，也未可知。总之，我觉得西湖的莼菜，是很耐人回味的东西了。

因为嗜好莼菜的缘故，我们在湖滨逗留的一周间，几乎天天吃了它，简直是结不解缘似的，觉得百食不厌，而且每天吃时，总觉得有一种清新的味儿。在离杭州的那天晚上，赴清河坊友人李君的家宴，席上也有这菜，我们又再尽量地恣唉了。李君说：

"西湖的莼菜，和藕粉一样，都是本地的风光，想吴先生都已尝过了。"

"是的，而且很是嗜好，"我微笑地答着。

酒阑人散之后，我和珍坐在火车厢里，渐渐地和莼菜的家乡的西子湖隔别了，西湖的风景固然使我们萦系，但对于莼菜，更是十分眷恋的哟！

自那回以后，一直到现在还没有再到西子湖去，在这一年里头，虽然在这食物荟萃之区的海上，但于莼菜，却偏偏不易吃到。固然一方面是因为莼菜在这里好像不大被人所注重，而为常备的菜色，另方面则是我们没有馀闲特意地去上馆子找吃，而有时上馆子去，又值莼菜还未上市，虽有意专点而不可得，所以迁延至今，还是未再吃过。昨晚拿出一瓶，叫厨子去煮汤，但不知道怎样，味儿总觉得不比在西湖所吃时的那般新鲜，大概是因为瓶里的莼菜，浸积过久，已失原味，抑或是厨子烹调不得法。然而在这里能再尝到素来嗜好的莼菜，也算是可喜的事了。但珍这时远隔他乡，不能和我共尝此味，也甚可惜耳。

若明春有缘，再偕珍往西子湖边，味那新捞的佳莼，不知其乐，又将奚似？然而这也许是一种空想，届时没有实现的可能，也未可知。看看瓶里的卷曲而嫩绿的莼菜，我不禁凝然神往了。

（《食品界》1934 年第 12 期）

西湖的藕粉

一　蝶

　　还没有起床，社里的公役敲了门进来，原来是不解送了两罐的西湖白莲藕粉，我知道，这是他的夫人修梅君从杭州买回来的。我从前只见过装盒的西湖藕粉，盒形长方而略扁，上面画着些粗拙的像是花草的东西，用两条细细的骨签，在旁边 Sly（读作孝意云插入）住，仿佛一册古装书。现在才知道盒装之外，还有用罐装的，圆形，周围贴上标纸，虽没有什么装潢，却颇觉得优雅。我是一个成见很深的人，同时又自知感情的气分，很为丰富，二者不知可有些连带的关系，但有时确也感到他们的狼狈为奸之苦。

　　杭州本非我的故乡，虽然曾有过一段周旋的历史，但也并不很长，只不过一年多。不知如何，这一年多的短期的浪漫的生活，竟几乎占了我的过去的生活的全领域。假使我的脑里，还留着一些生活的馀痕，可以供我的心灵抚摩盘桓，那便是这短期内的印象了。自从民国二年，离开了西湖，至今足足十四个年头，其间只去过两次，一次是在十年前，一次大抵是在五年前。最后的一次，看见那正在建筑的环城马路，许多新造的洋式的别墅，颇使我发生些不快的感觉，如同一粒沙子飞入了眼里。然而回来以后，这不快也就消灭得毫无痕迹，接着起来的，仍是十六年中的憧憬的心情。不特那晶莹柔和的湖水，苏堤和白堤的丝丝下垂的杨柳，冷泉亭的水声，飞来峰的浮雕的佛像，都使我念念不忘，便是一株寻常的花草，一块石头，也似乎很有牵系我的灵魂的能力，而且我觉得这些都是好的。曾记一个古人说过，秦淮的卖菜佣，都有六朝烟水气，自然是文人的夸张。但若拿这句话，来形容我对于杭州的想像，真是再确切没有的了。这第一原因，自然是在于我没有游过什么名山大川，眼界小，见了马肿背，便以为见骆驼了。此外，还有一个原因，大约是发生于乡土观念的，犹之我现在倾向日本作品一般。西洋的文学家，单论名字，也就比日本响亮得多，然而我总觉得是一种文学的文学，不是人情的文学，我见到西洋作家的关于心理的深刻的描写，总觉得他是在演剧。江南人的气质大都是偏于纤细优柔，而江浙尤为其代表，所以，我在十七岁时渡过黄河，俯视着那一泻无涯的黄流，也并不曾起什么悲壮的心情，远不如那清流见底的西湖之有着吸引的魔力。十六年——不，算是五年吧——的阔别，真觉得有说不尽的相思，今年还同不解偶然谈起想去旅行一次的话，大家因为没有那笔馀裕的钱，终于只成了一个梦，而修梅君却远迢迢地，带了那有名的湖上的土产回来了。

记得幼时还在家中读书的时候，父亲从杭州乡试回来竹制的考篮里，藏着许多的杭州的土产，如剪刀发箆还有什么玩具之类，盒装的白莲藕粉，便是其中之一，自然也吃过，但怎样的气味，现在都完全记不清了。现在一想及就觉得是具备着怎样的色、香、味的一种东西的时候，还是在西湖。据说，湖上卖藕粉的以"三潭印月"为最佳，但我却没有吃过，我们常常吃的地方，还是在高庄，而且常常是在一间古式的客厅里，前面遮着竹棚，上下蔓藤延绕。原料大抵还是和我在家里吃的一样，但或许是因为冲调的得法，和水质的纯洁，不特香味不同，便是色，晶莹透澈毫无渣滓，仿佛春阴里的西湖，遇着微风的狎弄，水波溶溶，令人唤起梦境似的幻觉；真使人不忍下箸。在现在幻灭和破坏的时代，常觉有连梦都做不成之预怖，前在报上看见拍卖西湖鱼的消息，为之不怡者累日。

现在，看见了那优雅的白莲藕粉的标纸，真如得到了久别的故友的照相，欣喜他还活在人世。那小小的高庄，或许也还健在罢。

（《水泡》，一蝶著，上海光华书局1929年4月初版）

西湖藕粉

冯麟鲜

一提起杭州，脑中不由不印上的是西湖两个字。假如这个人到过杭州的，或者对杭州人多接触的话，于西湖之外，他还会晓得西湖的藕粉。

杭州很多卖藕粉的店，它的招牌上有一句叫做"真正西湖藕粉"的话是一定有的。到杭州的人，差不多有同样的感觉。

"买点西湖藕粉回去吧"！可见西湖藕粉之闻名了。然而他们所买的，要晓得究竟是不是真的西湖藕粉呢，杭州的藕粉店，也和上海的陆稿荐一样，走来走去，所见者都是真的，其实却都是赝品。

在杭州不要说买真的西湖藕粉，就是真的藕粉都难找。真的藕粉都来自诸暨，颜色暗而黑，不比市上卖者白净。市上所卖者，多半是番薯或芋制成的，外表美丽，价格又低。不过真的藕粉，滋味上新鲜一点，而且易于消化，很适宜于病者食之。

那末真正的藕粉是无虚可买的么，那倒不，不过不熟悉的人是买不到的。过去西湖边的茶店里是有买的，现在不知什么缘故没有了。现在要吃西湖藕粉，要趁船游西湖去的时候留意，常常有一只船在湖中兜买的，如果遇不着，问一下船家，就可晓得。大约二毛小洋，有一小碗真的西湖藕粉可以吃到。记者在去年曾吃过一次，才晓得它的好处，的确要比真藕粉鲜得多呢！

（上海《电影新闻》1935 年第 1 卷第 5 期）

嘉兴饮食
——《嘉兴特写》节录

陈宝鉴

　　嘉兴人家吃的米饭会和各地不同的，大多是吃一种所谓冬春饭，别地称为红米的。吃这种米的地方，不要说在全国很少，就在本省论，也不过旧嘉属等几县地方。冬春米的做法，由来很古，吃下去容易消化，不吃惯的嫌有气味，惯了倒反觉其香了。

　　一个地方总有一个地方的出产，这里的水果有"醉李"，很名贵，产在西沈地方，那李子比寻常的来得大，绝薄的果皮朱红颜色，核绝细无仁，肉作淡黄色，成熟的醉李，只消皮上舔一下，皮破流浆，一吸而尽。醉李在甜蜜滋味中，像带着一些酒味，有令人醉的神气，也许因此叫作醉李。还有一种"南湖菱"，鲜嫩无比，并且没有菱角，新鲜的嫩可生吃，老可熟吃，都有滋味，老菱做成风菱，味也不甚减逊。这两种水果确是本地名产，为他处所不及。

　　"醉李"即是"檇李"，檇李的地名，就因果得名的。醉李和南湖菱都有一段神话般的故事。据说，真的醉李皮上面有一个指爪痕，这爪痕还是西施留下的。朱竹垞咏醉李诗有"听说西施曾一掐，至今颗颗爪痕添"的句子。当然哪有这一回事，现在的醉李且找不见爪痕了。南湖菱，据说本有角的，当年乾隆皇帝初下江南，驻跸在烟雨楼头，尝到这些菱，鲜甜粉嫩，他随口说了句"这样好吃的菱，要是没有角岂不是更好"，封建时代有所谓"金口"的，果然明年结出来的菱，角就圆了，不用说这又是造谎的传说。

这里因为水流的交错，鱼虾之类非常肥美，在上海，洋澄湖蟹是有名的，一到杭州，嘉兴蟹就首屈一指了。县境的王江泾镇长虹桥下，有鲜活的银鱼，那镇上麻雀烧得也著名。嘉兴有两种食品很有名，一种是"酱鸭"，先前上海方面单就北丽桥上一家野味店，天天供给八十只；一种是"硬壳糟蛋"，各地来买的也不少。盐制的农产物，有塘汇镇的"坛冬菜"，南门外的"大豆菜"，不要以为这些食品不珍贵，富有田家风味的东西也可口的。

嘉禾细点又是有相当名誉的，汤团、烧卖、炉饼做得都有独到的地方。汤团的好是粉糯肉松，轻轻一咬，卤汁很多；烧卖的肉多皮薄，蒸熟不破；炉饼重酥香软。可是店号尚须认清，如意春的汤团，泗鸿春的烧卖，炉饼要到寄园去吃的。西王埭生记松子状元糕的甜香松脆，吃过的有口皆碑，因为流传未广，尚是一个无名的英雄。

正因为有这许多好点心，好果菜，茶和酒在嘉兴很发达的。嘉兴本地有张园出产的名茶，名贵得每年产量很少，嘉兴这么多的茶馆及几家茶叶店没有张园茶卖，要买张园茶叶，须隔年向茶主人定好。虽然这里不酿酒，酒店则是星罗棋布。此亦足证嘉兴人对于"吃"和"喝"未敢后人的。

（《浙江青年》1935年第1卷第5期。篇名为编者另拟）

忆故乡的南湖菱

孙吴松如

　　嘉兴是一泽国，全县无山，水陆参差，港汊纵横。附郭东南之鸳鸯湖，俗名南湖，湖中菱荡纵横，中秋左右，产菱最多，或划小舟在河中叫卖，或装竹篮向街上兜售。余未嫁前住于东门内荐桥河下，桥西沿河设有菱行，代人买卖，以取佣金，我家往购特别便宜。近数年返禾，见铁路小贩，将青翠可爱之鲜菱，装以蒲包，俟车抵站，即在月台上兜售，每包一角起码，与城内比较欲贵一倍，因渠等须另捐照会，始能踏进月台故也。

　　南湖之菱，甜嫩可口，确与他处所产不同，但一般菱贩，为图利起见，在嘉兴附近乡镇贩来之菱，亦以南湖菱三字相号召，宛似上海售蟹摊上，不问长江蟹与内河蟹，统挂洋澄湖蟹的牌子一般。南湖之菱，圆而无角，可以生食熟食，最老之菱，或晒以太阳，或装于瓮内，经久不变其味，所以现在之南湖菱，嘉兴一年四季均有，惟秋间较新鲜耳。其间且含有一段神话，相传南湖之菱，向系有角，前清乾隆皇帝南巡至嘉兴，有司以南湖之菱，系有名之土产，乃选择最大最嫩者以进，乾隆食后，谓味果适口，惜因有角而咬食不便，次日侍臣即去角以进，食馀者，照例皇帝不指明赐与何人，则任何人不能擅食，遂倾于湖内，自是以后，南湖所生之菱均无角矣。专制时代，对于皇帝，视若神圣，推崇备至，所谓君权高于一切，"君要臣死，不得不死"，万物亦能为其感应，故俗有金口玉言，要如何便如何。此种齐东野人之语，有识者固知其妄。然迄今百馀年，无知无识者，夏间于瓜棚豆架下纳凉时，尚以此为谈话资料，一般船娘唱小曲后，剥鲜菱以敬客时，往往用此典故，以抬高南湖菱之身价。前年偕外子筹成往游南湖时，尚听到此种神话。

菱于旧历正二月间即下种，清明后已有疏落之菱叶浮于水面，四月底开淡黄色之菱花，六月底即可采食，惟为数不多，视为奇货，故荷诞与乞巧两天，船娘剥十馀只以享客者，最少须给以法币一元。自是以后，出产日多，价遂逐渐低落。前数年南市蓬莱市场之杭州商店内，逐日派人往购来沪，零售欲卖二三角大洋一斤，予尚忍贵以食新。

今岁嘉兴早已沦陷，火车虽已通行，因检查甚严，携带不便，故迄今虽早上市而未亲尝。昨据同乡某君来沪谓，今年南湖内所产之菱不若往年之多，因附近农民流离失所，正二月间尚东奔西走，未遑下种，游湖之客早已绝迹，船娘因是星散，东门头上之菱市，从来未有如是清淡者。故今年中秋忆及"床前明月光，低头思故乡"之句，不禁黯然。

（《百合花》1939 年第 2 卷第 4 期）

半月痕檇李

程瞻庐

嘉兴净相寺之檇李，上着半月痕，相传为西施爪痕，此与唐开通钱之有窦后爪痕，牡丹中之一捻红有杨妃爪痕，同为宫闱佳话。

朱竹垞先生《鸳湖棹歌》云："听说西施曾一掐，至今颗颗爪痕添。"即指净相寺之檇李而言也。

清咸丰间，嘉兴王苣亭先生曾作《檇李谱》，条分缕析，都为三十条，有图有赞。赞曰："猗欤仙李，名著吾乡。托根竹里，垂实僧房。素花春耀，朱果夏芳。痕留纤爪，肌酿琼浆。摘不盈掬，馈不盈筐。兼金论值，迁地弗良。荔枝南海，葡萄西凉。惟兹绝品，庶几颉颃。"读之，可想见此李之名贵。谱中题咏者，颇多隽句。余蓉初云："仙种偏宜佛地栽，慈云法雨沐恩来。吴宫花草都埋没，剩有灵根护碧苔。分野星看映玉衡（玉衡星主李），孕成佳果誉非轻。纤痕留得夷光掐，更使千秋享盛名。"明克庵云："一筐珍贵重如缣，入口轻红比蜜甜。错认开通钱上掐，依稀窦后爪痕纤。"王文瑞女士云："吴越纷争只指弹，城荒草木尽摧残。美人纤指空留掐，一捻还堪比牡丹。"

《檇李谱》载食李之法，宜择树上红黄相半者，摘贮瓷瓦器，或竹木器，约一二日开视，如其红晕明透，颜色鲜润，即取布巾，雪去白粉，以指爪破其皮，浆液可一吸而尽，此时色香味三者皆备，甘露醴泉，无以逾之。过此适宜之时，即红变为紫，非但浆腻，抑且味淡，若青李生食，不过甘芳鲜脆而已，檇李之真味不出也。谱中又云："每岁果熟时，寺僧虑人采撷，辄云结实甚少，人不之信，辄到寺探李消息。"余（芑亭先生自谓）云："探李消息，可对竹报平安，都是禅门珍贵物也。"

（《半月》1923 年第 2 卷第 18 号）

吃蟹哲学

易君左

游南湖后回到胡县长家里，预定的吃南湖蟹。可怜我们在重庆时，莫说螃蟹，连鱼虾的影子也难梦及。在四川八九年中，只在成都吃了一次鳜鱼，一次活虾。蟹吗？在我们理想中，也许圆壳变成方壳，八只脚缩成四只脚了。我住在巴县西永乡，附近有一两条小石溪，据说溪中石子里有蟹。鹿地亘是岛国之民，对于寻蟹感觉特别兴趣。他也在这小溪里摸蟹，小得像酒杯。我的同事同宗易声伯，一天专人送信接我吃"世上无比的美味，人间难得的珍肴"，我自然高兴地去，一看，原来就是摸到的这小沟里的蟹，小得像铜钱，把它油炸下酒，吃起来不知是什么味，好像嚼麻花，有点香。回到江南，宁能忘情于蟹？但这东西性子确实太凉，在上海吃了几次，就生病痛，因此不敢多吃。

这次云翼预备的蟹，又大又肥又多，俨然美式装备，可惜我只吃了一只。我让汪啸崖多吃，我晓得啸崖最喜吃也最善吃蟹。静山吃蟹专吃肉，不咬脚，嫌麻烦，所有的蟹脚都交给汪啸崖承包。幹臣酒量甚宏，吃蟹技术不高明，持螯把酒时，酒未吞而唇先破。有人说，看一个人吃蟹，就可以晓得其人的性格。假如我和同游者不认识，以一个陌生者资格来看他们吃蟹：我看左幹臣先吃黄，再吃肉，再咬脚，再嚼螯，知道他先为其易，后为其难，而且只要把最精华的吸取了，其馀便可马马虎虎。汪啸崖则不然，他吃得慢，很精致地吃，无论油黄或肉，一点不放松，吃得一干二净，表示他的精强干练。胡云翼吃蟹，先看看蟹，再看看脚与螯，然后扳开，一部分一节节的去吃，很从容，很审慎，像他当县长那样。郎静山则纯系艺术家态度，吃得又快又不干净，但饱吸最精华之一点，一了百了，好像摄影专拍特别镜头。我呢？我自知吃蟹不成，性急得很，没有耐性，故不能成大事，也不能吃小蟹。太太小姐们的吃蟹相，则另请高明批评，恕不多嘴。

吃蟹既毕，已是薄暮。云翼仍陪着我们乘六时特快车赴杭州，八时半到达，当即雇车迳至湖滨西湖饭店，分住三楼四间小房。休息一会，相偕到湖边散步。这晚月色甚佳，正旧历十月十五夜，湖上轻雾，天上微云，皎洁的月光照着西湖的晚妆丽影。买了一包点心，坐在石凳上谈天，秋的西湖，幽然入抱。风凉露清，才回旅舍，养精蓄锐，预作名湖二三日之畅游。

（《战后江山》，易君左著，江南印书馆1948年8月初版）

湖州粽子

杨育民

  湖州——山明水秀的所在地，在那里不但是物产富饶，丝茶闻名全国，而且当地民性之对吃的考究，也实在不亚于广东和宁波。现在，我来介绍颇负盛名的湖州粽子。

  先说粽子的外表形式，看起来是既大方又小巧，粽身扁平，有尖尖的双角，长四寸，宽六分，净重三两，比起苏州的"小娘粽"还要玲珑得多，如果拿南京产的那些大脚粽子比一比，那就是俏媳妇见丑阿婆了。

  至于馅心所取的材料和品质，也是别开生面的。先是把平湖最上等的红芒白糯米用冷水浸上一夜，到了次日上蒸笼的时候则更加小心，笼底用荷叶做垫子，炉下则文火缓烧，直至米熟的一刹那，在旁监督的老师傅，就没命地把预先早备好了的大桶冷水浇将下去，浇个湿透淋漓，于是米珠粒粒可数，其次之光滑圆润也达最高点。

  第一步手续过后，于是老师傅和小伙计们忙着把它抬到内栈，放在一张长形的制饼板上，哗啦一声，把米倒将出来，接着廿来双手就不停地包扎着粽子的坯形了。再说上成的馅心，可分紫酥、火肉、八宝、椒盐等四类，其次就是酱汁猪肉馅和白糖玫瑰心，而最为精彩的是火肉粽子。老板为了要保留这块金字招牌扬名全国，也就不惜成本特地向金华提取最上成的火腿来做内馅，非但不假掺南肉来充数，而且对火腿上还要拣上好的，在包馅的时候，在技术实在可称得上精制。糯米是蒸过又蒸，浸过又浸，再把肉汁拌和米粒，和入鲜货而搅得匀匀落落，然后张开青壳薰叶，填入所谓切得像头发丝般的腿肉，一层又一层，层层相隔，而且每层中间必涂上秘传的鲜品，然后用白麻绳扎起，其手续始告一个段落。试想，一只小得可怜的东西，它的制作手续倒有这么许多步骤，怪不得其身价之奇昂，在战前就要卖一角钱一只，恐怕在今日至少也要卖上三万至四万了吧。

讲到这里，索性把一只有关湖州最著名的粽子店"朱老大"的传奇故事介绍给读者。该店每年自清明节起到端午节止，在这三个月中，凡是店内上自老板、师傅下至伙计、帮佣，皆一概奉令吃素戒色，犯戒者立刻被斥退，不管公亲属长，一概铁面无私。

最煞风景的是在忌日里，早上膜拜祖宗大仙，夜里朝南焚香叩拜，而且天未黑透就关门打烊，对于生意的多寡，倒似乎不大打紧，惟一的目标就是想借着财神爷的保佑而发一笔财。因此在这个犯煞的忌日里，如果县府向他要什么捐什么税，也一一付清，决不会像平日斤斤计较，一毛不拔的了。像这样，他们满以为菩萨爷定会帮忙，所以在春节期内迎神赛会之前，就向泥塑木偶许下了十担粽子十担糕的愿，因此做粽子总数，也随着路头菩萨的批准而指定的了。最多听说不得超过一万担，恐怕这也是湖州粽子不能够畅销中外的缘故吧。

三十七年四月十一日于南京

（《中央日报》1948 年 4 月 14 日）

绍兴东西

孙伏园

从前听一位云南朋友潘孟琳兄谈及，云南有一种挑贩，挑着两个竹篓子，口头叫着："卖东西呵！"这种挑贩全是绍兴人，挑里面的东西全是绍兴东西；顾主一部分自然是绍兴旅滇同乡，一部分却是本地人及别处人。所谓绍兴东西，就是干菜、笋干、茶叶、腐乳等等。

绍兴有这许多特别食品，绍兴人在家的时候并不觉得，一到旅居外方的时候，便一样一样的想起来了。绍兴东西的挑子，就是应了这种需要而发生的。我在北京，在武汉，在上海，也常常看见这一类挑子。

解剖起来，所谓绍兴东西有三种特性，第一是干食，第二是腐食，第三是蒸食。

干食不论动植物质，好处在：（一）整年的可以享用这类食品，例如没有笋的时候可以吃笋干，没有黄鱼的时候可以吃白鲞（这字读作"响"，是一个浙东特有的字，别处连认也不认得）；（二）增加一种不同的口味，例如芥菜干和白菜干，完全不是芥菜和白菜的口味，白鲞完全不是黄鱼的口味，虾米完全不是虾仁的口味；（三）增加携带的便利，既少重量，又少面积，既没有水分，又不会腐烂。这便是干食的好处。

至于腐食，内容和外表的改变，比干食还厉害。爱吃腐食不单是绍兴人为然，别处往往也有一样两样东西是腐了以后吃的，例如法国人爱吃腐了的奶油，北京人爱吃臭豆腐和变蛋（俗曰皮蛋）。但是，绍兴人确比别处人更爱吃腐食。腐乳在绍兴名曰"霉豆腐"，有"红霉豆腐"和"白霉豆腐"之别。白霉豆腐又有臭和不臭两种，臭的曰"臭霉豆腐"，不臭的则有"醉方"和"糟方"，因为都是方形的。此外，千张（一名百叶）也有腐了吃的，曰"霉千张"。笋也腐了吃，曰"霉笋"。菜根也腐了吃，曰"霉菜头"。苋菜的梗也腐了吃，曰"霉苋菜梗"。霉苋菜梗蒸豆腐是妙味的佐饭菜。这便渐渐讲到蒸食的范围里去了。

蒸食也有许多特别的东西，但绝没有别处的讲究，例如荷叶米粉肉的蒸食，和鲫鱼、青蛤的蒸食，是各处都有的，但绍兴人往往蒸青菜、豆腐这类粗东西。这里我要请周启明先生原谅，没有得到他的同意，发表了他托我买盐奶的一张便条（参看上面附图）。盐奶是一种烧盐的馀沥。烧盐的时候，盐汁有点点滴下的，积在柴灰堆里，成为灰白色的煤块样的东西，这便是盐奶。盐奶的味道仍是咸——（盐奶的得名和钟乳石的得名同一道理）——而别具鲜味，最宜于做"擂豆腐"吃。"擂"者是捣之搅之之谓。豆腐擂了之后，加以盐奶，面上或者加些笋末和麻油，在饭锅子里一蒸，是多蒸几次更好，取出食之，便是价廉味美的"擂豆腐"了。又如干菜蒸肉，是生肉一层，干菜一层，放在碗中蒸的，大约要蒸二十次或十五次，使肉中有干菜味，于菜中也有肉味。此外，用白鲞和鸡共蒸，味道也是无穷，西湖碧梧轩绍酒馆便以这"鲞拼鸡"名于世。

（《文艺茶话》1933 年第 2 卷第 2 期）

菜畦散金鱼始肥
——《山阴道上访禹陵》节录

赵能毅

　　香客上炉峰者，持斋备素蔬；村农祀南镇神，祭后则回船散胙。若趁香市，先事展谒祖茔者，必乌篷船，携盒载酒。多数游人，则就酒家食肆，以谋果腹，日影亭午，乃浅斟低酌，以遣游赏之兴。侍者杂陈早韭、新笋、烧鹅、嘻蛋之属，继复烹鲜为馔，叠叠满簋，即为春笋鲥鱼，肥嫩鲜美，远胜鸡豚！

　　此鱼自春徂夏，以至深秋，几无日无之，惟以杨柳初腰，菜畦散金，鱼始肥满，味特鲜美，故有菜花鲥鱼之称，为香市佳馔，远方游侣，必以一尝风味为快！鱼长不过四五寸，巨口细鳞，头扁体黝，绝似松江四腮鲈，味之肥嫩鲜美，亦无亚于西湖之宋嫂鲤鱼。余尝谓松江之鲈，亦鲥鱼之类，名之为鲈，亦不可解，细咀之微有泥气，鲥鱼则无此味，惜无古今骚人酒客，为之品题，写入诗歌，致让秋风莼鲈，千古传为美谈。惟越人作客远方，思故乡春游之乐，歌管酒旗，喧阗庙下，念此鱼脍，易起归思耳！

　　烧鹅一味，亦称应时，绿草油油，鹅乃肥硕，尽去细毛肚什，炭火上熏之，时以麻油匀涂，以皮作紫褐色为止，油脂不漏而腴，略蘸酱醋，风味别具，最宜下酒，清明前后，酒肆多以供客。越人喜食鹅，鹅之品格平时不及鸡凫，然用以为牲牷则尊，水乡村农，岁集会祀南镇神，必以鹅为祭品，白汤烧煮，长项大腹，屹然木盘中，置头顶上以往，晴日微骄，往返之顷，鹅皮干皱呈浅黄色，回至船中，自颈至肘，节节开解，坐船头大嚼，越人作戏言，曰"晒开鹅肉"。孙祖德《寄龛丙志》述："孙月湖宴谭子敬，言为设烧鹅，越常馔也。子敬食而甘之，谓是便宜坊上品，南中何由得此？盖状适相似，味实悬绝，鸱鸱者，乃得此过情之誉，殊非意计所及！已而为质言之，子敬亦哑然失笑。"故都便宜坊以烧鸭脍炙人口，为北肴上品，其实烧鸭熏鹅，有谓烧鸭肥腻，鹅较清腴，亦随人之所嗜也，月湖所云，亦主人作东道语也。

往岁偕昌弟游，弟举杯曰："胜地所在，多有佳品，亦必因地而啖，饶有风味。吃烧鹅亦有等第，趁南镇市，擘丝鹞，猜诗谜，或上坟船，得鼓手吹唱，均为最佳，竹屋纸窗，村店次之，若高堂华烛之下，则鲜佳趣。"语亦隽永有味！

（《旅行杂志》1948年第22卷第4期）

故乡的野菜

周作人

我的故乡不止一个，凡我住过的地方都是故乡。故乡对于我并没有什么特别的情分，只因钓于斯游于斯的关系，朝夕会面，遂成相识，正如乡村里的邻舍一样，虽然不是亲属，别后有时也要想念到他。我在浙东住过十几年，南京、东京都住过六年，这都是我的故乡；现在住在北京，于是北京就成了我的家乡了。

日前我的妻往西单市场买菜回来，说起有荠菜在那里卖着，我便想起浙东的事来。荠菜是浙东人春天常吃的野菜，乡间不必说，就是城里只要有后园的人家都可以随时采食，妇女小儿各拿一把剪刀一只"苗篮"，蹲在地上搜寻，是一种有趣味的游戏的工作。那时小孩们唱道："荠菜马兰头，姊姊嫁在后门头。"后来马兰头有乡人拿来进城售卖了，但荠菜还是一种野菜，须得自家去采。关于荠菜向来颇有风雅的传说，不过这似乎以吴地为主。《西湖游览志》云："三月三日男女皆戴荠菜花。谚云：'三春戴荠花，桃李羞繁华。'"顾禄的《清嘉录》上亦说："荠菜花俗呼野菜花，因谚有'三月三，蚂蚁上灶山'之语，三日人家皆以野菜花置灶陉上，以厌虫蚁。侵晨村童叫卖不绝。或妇女簪髻上以祈清目，俗号眼亮花。"但浙东却不很理会这些事情，只是挑来做菜或炒年糕吃罢了。

黄花麦果通称鼠麴草，系菊科植物，叶小微圆互生，表面有白毛，花黄色，簇生梢头。春天采嫩叶，捣烂去汁，和粉作糕，称黄花麦果糕。小孩们有歌赞美之云："黄花麦果韧结结，关得大门自要吃；半块拿弗出，一块自要吃。"清明前后扫墓时，有些人家——大约是保存古风的人家——用黄花麦果作供，但不作饼状，做成小颗如指顶大，或细条如小指，以五六个作一攒，名曰茧果，不知是什么意思，或因蚕上山时设祭，也用这种食品，故有是称，亦未可知。自从十二三岁时外出不参与外祖家扫墓以后，不复见过茧果，近来住在北京，也不再见黄花麦果的影子了。日本称作"御形"，与荠菜同为春的七草之一，也采来做点心用，状如艾饺，名曰"草饼"，春分前后多食之，在北京也有，但是吃去总是日本风味，不复是儿时的黄花麦果糕了。

扫墓时候所常吃的还有一种野菜，俗称草紫，通称紫云英。农人在收获后，播种田内，用作肥料，是一种很被贱视的植物，但采取嫩茎瀹食，味颇鲜美，似豌豆苗。花紫红色，数十亩接连不断，一片锦绣，如铺着华美的地毯，非常好看，而且花朵状若胡蝶，又如鸡雏，尤为小孩所喜。间有白色的花，相传可以治痢，很是珍重，但不易得。日本《俳句大辞典》云："此草与蒲公英同是习见的东西，从幼年时代便已熟识，在女人里边，不曾采过紫云英的人，恐未必有罢。"中国古来没有花环，但紫云英的花球却是小孩常玩的东西，这一层我还替那些小人们欣幸的。浙东扫墓用鼓吹，所以少年常随了乐音去看"上坟船里的姣姣"；没有钱的人家虽没有鼓吹，但是船头上篷窗下总露出些紫云英和杜鹃的花束，这也就是上坟船的确实的证据了。

（《晨报副刊》1924 年 4 月 5 日，署名陶然）

臭豆腐

周作人

近日百物昂贵，手捏三四百元出门，买不到什么小菜。四百元只够买一块酱豆腐，而豆腐一块也要百元以上，加上盐和香油生吃，既不经吃也不便宜，这时候只有买臭豆腐最是上算了。这只要百元一块，味道颇好，可以杀饭，却又不能多吃，大概半块便可下一顿饭，这不是很经济的么。

这一类的食品在我们的乡下出产很多，豆腐做的是霉豆腐，分红霉豆腐、臭霉豆腐两种（棋子霉豆腐附），有霉千张、霉苋菜梗、霉菜头，这些乃是家里自制的。外边改称酱豆腐、臭豆腐，这也没有什么关系，但本地别有一种臭豆腐，用油炸了吃的，所以在乡下人看来，这名称是有点缠夹的了。更有意思的是，乡下所制干菜，有白菜干、油菜干、倒督菜之分，外边则统称之为霉干菜，干菜本不霉而称之曰霉，豆腐事实上是霉过的而不称为霉，在乡下人听了是很有点儿别扭的。

豆腐据说是淮南遗制，历史甚长，够得上说是中国文明的特产，现代科学盛称大豆的营养价值，所以这是名实相符的国粹。它的制品又是种类很多，豆腐，油豆腐，豆腐干，豆腐皮，千张，豆腐渣，此外还有豆腐浆和豆面包，做起菜来各具风味，并不单调，如用豆腐店的出品做成十碗菜，一定是比沙锅居的全猪席要好得多的。中国人民所吃的小菜，一半是白菜萝卜，一半是豆腐制品，淮南的流泽实是孔长了。

　　还有一件事想起来也很好玩的，便是西洋人永不会得吃豆腐，我们想象用了豆腐干、油豆腐去做大菜，能够做出什么东西来，巴黎的豆腐公司之失败，也就是一个证明了。

（《亦报》1949 年 12 月 26 日，署名申寿）

吃 鱼

周作人

　　生长在江浙的人说起鱼来，大概总觉得一种爱好，孟子说鱼亦"我所欲也"，可见这并不论地域，现在只就自己所知道的来说罢了。水乡不必说了，便是城里也都是河道，差不多与大街小巷平行着，一叶渔舟，沿河高呼"鱼荷虾荷"，在门口河步头就可以买到，若是大一点的有如胖头鲢鱼、鲫鱼之类，自然在早市更为齐全便利，总之在那里鱼虾的供给是与白菜、萝卜一样的普遍的。

　　人家祭祖照例用十碗头，大抵六荤四素吧，从前叫厨司代办，一桌六百文，三鲜里有鱼圆，此外总有一碗煎鱼，近似所谓瓦块鱼，在杭州隔江的西兴镇，饭店老板劝客点菜，也总提议来一碟烤虾、一块煎鱼，算作代表的家常菜。农工老百姓平常少吃肉，鱼介却是常用，鱼固然只是小鲜，介则范围颇广，虾蛏螺蚌，得着便吃，价亦不贵，此外宁波来的海味，除白鲞外，王瓜头鲞、带鱼勒鲞以至淮蟹，因腌货可储藏而又杀饭，大家爱用，南货店之店铺多，生意好，别处殆鲜有其比。古人称越人断发文身，与蛟龙斗，与蛙龟处，现在不是那样了，但与水族的情分总之还是很不错的。

　　北方虽然也有好些大河，鱼却不可多得，不能那么大众化了，一般人吃不着，咸鱼也少见，南货店多只卖干果类，稻香村之类的地方带买一点鱼鲞，这又成了贵货，不是平民的食品了。大概鱼类宜于吃饭，自然吃酒更好，若是面食那便用处很少，除非是吃黄鱼面或划水面，但这又不是北方普通的吃法，供给不多，需求又少，其所以不能大众化，盖非无故也。

（《亦报》1950 年 1 月 4 日，署名十山）

腌鱼腊肉

周作人

腌鱼腊肉是很好吃的东西，特别我们乡下人是十分珍重的。这里边自然也有珍品，有如火腿家乡肉之类，但大抵还以自制的为多，如酱鸭风鸡，糟鹅糟肉，在物力不很艰难的时光，大抵也比制备腌菜、干菜差不了多少，因为家禽与白菜都可能自备，只有猪肉须得从店铺里去买来。

上边所说的腊味大都是冬季的制品，其用处在新年新岁，市场休息，买办不便的时候，可以供应给客人，也可自吃，与鲞冻肉有同样的功用。至于腌鱼，除青鱼干（但亦干而非腌）外多是店里的东西，我们在乡下所见的大概都来自宁波，其种类似乎要比在上海为多，南货店的物品差不多以此为一大宗，成斤成捆的卖出去，不比山珍海错，一年难得销出多少，所以称它为咸鲞店也实在名副其实。富人每日烹鲜击肥，一般人没有这份儿，咬腌鱼过日子，也是一种食贫，只是因为占了海滨的光，比吃素好一点儿，但是缺少维他命，所以实际上还是吃盐味而已，这里须要菜蔬来补它一下，可是恰巧这一方面又是腌菜为主，未免是一个·缺点。惟一的救星只有豆腐，这总是到处都有，谁都吃得起的，一块咸鱼，一碗大蒜（叶）煎豆腐，不算什么好东西，却也已够好，在现今可以说是穷措大的盛馔了。

（《亦报》1950 年 2 月 23 日，署名十山）

小酒店里

周作人

　　无论咸亨也罢，德兴也罢，反正酒店的设备都是差不多的。一间门面，门口曲尺形的柜台，靠墙一带放些中型酒瓶，上贴玫瑰烧、五加皮等字，蓝布包砂土为盖。直柜台下置酒坛，给客人吊酒时顺便掺水，手法便捷，是酒店官本领之所在，横柜台临街，上设半截栅栏，陈列各种下酒物。店的后半就是雅座，摆上几个狭板桌条凳，可以坐上八九十来个人，就算是很宽大的了。下酒的东西，顶普通的是鸡肫豆与茴香豆。鸡肫豆乃是用白豆盐煮滤干，软硬得中，自有风味，以细草纸包作粽子样，一文一包，内有豆可二三十粒。为什么叫作鸡肫豆的呢？其理由不明白，大约为的嚼着有点软带硬，仿佛像鸡肫似的吧。茴香豆是用蚕豆，即乡下所谓罗汉豆所制，只是干煮加香料，大茴香或是桂皮，也是一文起码，亦可以说是为限，因为这种豆不曾听说买上若干文，总是一文一把抓，伙计也很有经验，一手抓去数量都差不多，也就摆作一碟。此外现成的炒洋花生、豆腐干、盐豆豉等大略具备，但是说也奇怪，这里没有荤腥味，连皮蛋也没有，不要说鱼干鸟肉了。本来这里是卖酒附带吃酒，与饭馆不同，是很平民的所在，并不预备阔客的降临，所以只有简单的食品，和朴陋的设备正相称。但是五十年前，读书人都不上茶馆，认为有失身份，吃酒却是可以，无论是怎样的小酒店，这个风气也是很有点特别的。

（《亦报》1950 年 5 月 11 日，署名鹤生）

香酥饼

周作人

绍兴塔山下有两样名物，其一是香酥饼，其二是炒芽豆。小时候大人叫往塔山买芽豆，很高兴的跑去，但是买香酥饼时便有点儿踌躇了。

香酥饼只有塔山下才有，两三家相近的开着，记得名称都是沛国斋加什么记吧，一间干干净净的店面，柜台里边疏朗朗的没有什么东西，只是几个大的瓷瓶，装着货色，那就是有名的香酥饼。这是寸许直径的小饼，样子很像上坟烧饼，大概用麦粉所做，稍有糖馅，质甚轻松，加上一种什么香料，与那名称也还相称。价值从前大抵是两文一个，也不算贵，不过因为个儿小，买了一百个也只是小巧的一包，送人不大好看，但是加上一句说明是塔山下的名物，自然就敷衍得过去了。

这店里又有一个特色，是女人管店，虽然并不怎么描头画角，也没有什么风说，但总之不是老太婆，乃是服装不坏年纪不大的女人，客气的接待主顾，结果自然是浮滑少年喜欢多去，我们真心买香酥饼的而在年岁上易有嫌疑的人，便难免反而有点不好意思。这很有点像书籍碑帖铺的样子，里边不知怎的有一种闲静的空气。我想或者最初有什么姓刘的流亡到那里，本来是文化人没有职业可做，只记得些点心的做法，姑且开个小铺对付度日，后来却有了名，一直就开了下去。

　　这是我空想的推测，是从那店的上下四旁看出来的，所缺便只是那实在的证据，这除了沛国斋没有人知道，所以于我也是无怪的了。

（《亦报》1950 年 7 月 28 日，署名十山）

湿蜜饯

周作人

故乡因为最是熟悉，所以总觉得它有些事情比别处好。其一是糕点，小时候与它最有交往，当初并不觉得，可到北方后再也看它不见了，未免有点寂寞，后来在苏州木渎的小街上忽然看见一爿小糕店，不禁欣喜，虽然也并不买吃什么。其二是糖色店，是专卖糖果蜜饯的。北京琉璃厂有一家信远斋，它的酸梅汤四远驰名，蜜枣杏脯也很名贵，货色当然要比乡下的好得多，不知为什么觉得很疏远，不及故乡的几处小铺更可怀念。那些铺子大抵都聚族而居的挤在大路（地名）口内，一间门面，花样却很繁多，一半是糖色即糖果，新年加上糖菩萨，这与糖人不同，那是用软饴，挑担吹卖的，一半则是蜜饯，可以说是古时候的罐头水果吧。水果本来宜于生吃，但是非时异地很难得到，煮熟晒干也是没法，装进白铁罐，更可致远，实在与黄沙罐也差不多，只是不会得撒出来而已。黄沙罐里装的是湿蜜饯，底下大部分是紫苏生姜片，犹如菜的垫底，至多果品有一半，枇杷桃子很占地方，此外是樱桃半梅金橘，顶上大都是一爿佛手柑，小时候看见了这一瓶，比什么都还欢喜，其实讲到味道，不及一苗篮的甘蔗。

甘蔗真是果中英雄，除生吃外只可榨汁煎汤，制成宝贵的糖，却不能做蜜饯制罐头，荸荠还可切片糖渍，比起来也还不如了。

（《亦报》1950 年 8 月 9 日，署名十山）

食味杂记

鲁　彦

如其他的宁波人一般，我们家里每当十一二月间也要做一石左右米的点心，磨几斗糯米的汤果。所谓点心，就是有些地方的年糕，不过在我们那里还包括着形式略异的薄饼、厚饼、元宝等等。汤果则和汤团（有些地方叫做元宵团）完全是一类的东西，所差的是汤果只如钮子那样大小而且没有馅子。点心和汤果做成后，我们几乎天天要煮着当饭吃。我们一家人都非常地喜欢这两种东西，正如其他的宁波人一般。

母亲、姊姊、妹妹和我都喜欢吃咸的东西，我们总是用菜煮点心和汤果。但父亲的口味恰和我们的相反，他喜欢吃甜的东西。我们每年盼望父亲回家过年去，只是要煮点心和汤果吃时，父亲若在家里，便有点为难了。父亲吃咸的东西，正如我们吃甜的东西一般，一样地咽不下去，我们两方面都难以迁就。母亲是最要省钱的，到了这时也只有甜的和咸的各煮一锅。照普遍的宁波人的俗例，正月初一必须吃一天甜汤果，因此欢天喜地的元旦，在我们是一个磨难的日子。我们常常私自谈起，都有点怪祖宗不该创下这种规例。腻滑滑的甜汤果，我们勉强而又勉强地还吃不下一碗，父亲却能吃三四碗。我们对于父亲的嗜好都觉得奇怪、神秘。"甜的东西是没有一点味的"，我每每对父亲说。

二十几年来，我不仅不喜欢吃甜的东西，而且看见甜的（糖却是例外）还害怕，而至于厌憎。去年珊妹给我的信中有一句"蜜饯一般甜的……"竟忽然引起了我的趣味，觉得甜的滋味中还有令人魂飞的诗意，不能不去探索一下。因此遇到甜的东西，每每蠲除了成见，带着几分希望心去尝试。直到现在，我的舌头仿佛和以前的不同了。它并不觉得甜的没有味，有甜的和咸的东西在面前时，它都要吃一点。"甜的东西是没有一点味的"这句话，我现在不说了。

从前在家里，梅还没有成熟的时候，母亲是不许我去买来吃的，因为太酸了。但明买不能，偷买却还做得到。我非常爱吃酸的东西，我觉得梅熟了反而没有味，梅的美味即在未成熟的时候。故乡的杨梅，甜中带酸，在果类中算最美味，我每每吃得牙齿不能吃饭，大概就是因为吃酸的果品吃惯了。近几年来在吃饭的时候，总是想把任何菜浸在醋中吃。有一年在南京，几乎每餐要一二碗醋，不仅浸菜吃，竟喝着下饭了。朋友们都有点惊骇，他们觉得这是一种古怪的嗜好，仿佛背后有神的力一般，但这在我是再也平常没有的事情了。醋是一种美味的东西，绝不是使人害怕的东西，在我觉得。

许多人以为浙江人都不会吃辣椒，这却不对。据我所知，之江一带的地方，出辣椒的很多，会吃辣椒的人也很多。至于宁波，确是不大容易得到辣椒，宁波人除了少数在外地久住的人外，差不多都不会吃辣椒。辣椒在我们那边的乡间只是一种玩赏品，人家多把它种在小小的花盆里，和鸡冠花、满堂红之类排列在一处，欣赏辣椒由青色变成红色。那里的种类很少，大一点的非常不易得到，普通多是一种圆形的像钮子般大小的所谓钮子辣茄（宁波人喊辣椒为辣茄），但这一种也还并不见多。我年幼时不晓得辣椒是可以吃的东西，只晓得它很辣，除了玩赏之外，还可以欺侮新娘子或新女婿。谁家的花轿进了门，常常便有许多孩子拿了羊尾巴或辣椒伸手到轿内去，往新娘子的嘴上抹。新女婿第一次到岳家时，年青的男女常常串通了厨子，暗地里在他的饭内拌一点辣椒，看他辣得绉上眉毛，张着口，胥胥地响着，大家就哄然笑了起来。我自在北方吃惯了辣椒，去年回到家里要买一点吃吃，便感到非常的苦恼。好容易从城里买了一篮（据说城里有辣椒出卖，还是最近几年的事），味道却如青菜一般，一点也不辣。邻居听说我能吃辣椒，都当做一种新闻传说。平常一提到我，总要连带地提到辣椒，他们似乎把我当做一个外地人看待。他们看见我吃辣椒，便要发笑。我从他们眼光中发觉到他们的脑中存着"他是夷狄之邦的人"的意思。

南方人到北方来，最怕的是北方人口中的大蒜臭，然而这臭在北方人却是一种极可爱的香气。在南方人闻了要呕，在北方人闻了大概比仁丹还能提神。我从前在北京，好几次看见有人在吃茶时，从衣袋里摸出一包生大蒜头，也同别人一样的奇怪，一样的害怕。但后来吃了几次，觉得这味道实在比辣椒好得多，吃了大蒜以后，还有一种后味和香气久久的留在口中。今年端节吃粽子，甚至用它拌着吃了。"大蒜是臭的"这句话，从此离开了我的嘴巴。

宁波人腌菜和湖南人不同。湖南人多是把菜晒干了切碎，装入坛里，用草和篾片塞住了坛口，把坛倒竖在一只盛少许清水的小缸里。这样，空气不易进去，坛中的菜放一年两年也不易腐败，只要你常常调换小缸里的清水。宁波人腌菜多是把菜洗了，塞入坛内，撒上盐，倒入水，让它浸着。这样做法，在一礼拜至两月中，咸菜的味道确是极其鲜嫩，但日子久了，它就要慢慢地腐败，腐败得臭不堪闻，而至于坛中拥浮着无数的虫。然而宁波人到了这时，不但不肯弃掉，反而比才腌两月中还喜欢吃了。有许多乡下人家的陈咸菜，一直吃到新咸菜可吃时还有。这原因除了节钱之外，还有一个原因是为的越臭越好吃。还有一种为宁波人所最喜欢吃的是所谓"臭苋菜股"，这就是用苋菜的干，腌似的做成。它的腐败比咸菜容易，其臭气也比咸菜来得厉害。他们常常把这种已臭的汤，倒一点到未臭的咸菜里去，使这未臭的咸菜也赶快的臭起来。有时煮什么菜，他们也加上一两碗臭汤。若是或人闻到了邻居的臭汤气，心里就非常的神往。若是在谁家讨得了一碗，便千谢万谢，如得到了宝贝一般。我在北方住久了，不常吃鱼，去年回到家里，一闻到鱼的腥气就要呕吐，惟几年没有吃臭咸菜和臭苋菜股，见了却还一如从前那么的喜欢。在我觉得，这种臭气中分明有比芝兰还香的气息，有比肥肉鲜鱼还美的味道。然而和外省人谈话中偶而提及，他们就要掩鼻而走了，仿佛这臭食物不是人类所该吃的一般。

（《东方杂志》1925 年第 22 卷第 15 期）

夏天的吃

苏　青

　　人生自然有崇高的目的，也有所谓艺术之类——凡我所不懂的东西统称之曰艺术，使我莫名其妙的人则称之为艺术家。夫艺术者，欺骗也，在我看来总有些飘飘然，实际上乃是毫不着边际的东西——这可是很好的。不过在人们仅能解决最低限度的物质生活之际，甚至连最低限度的物质生活还没法解决的时候，艺术似乎总应该屈居于次要地位，因为人们先要求的是"饮食男女"。男女的事也不便多谈，而且在夏天，汗涔涔的其实没有什么意思，这可还是先从饮食开始吧。

　　炎热的太阳直逼下来，人们最好能藏居在深院，光阴寂寂自然有些难堪，不过可以想吃。记得我幼年时代住在山乡，整天到晚，厌倦了吵起来时外婆总是喂我吃蒸熟南瓜的。那时南瓜原是在自己田园中种着的，多得很，又老又甜，皮色都姜黄了。摘下来洗净后，剖做十数块，去其子，就这样放进饭镬里蒸，什么料理都不用加，饭熟以后，所蒸南瓜也就随之而熟透了。于是外婆揭开镬盖，把它们一块块取出来，搁在盘中使凉，我等不及嚷着要吃，外婆就拣连蒂的一方块给我，因为拿着不至于烫手，而瓤似乎也更显得厚实，可惜每只南瓜就只有这么一个蒂，因此小舅父常轮不着，他气得哭了，外公敲他脑袋。熟南瓜块凉着罩起来可以吃上整天，我们就是这样吃得长大起来的。

我的爸爸在夏天有几只常爱吃的小菜，一只是麻油盐拌豆腐，拌法很简单，只要把嫩豆腐买来，开水冲过，然后浇上香麻油，洒些淡竹盐细屑，用筷拌起来就得了。另一只是火腿丝拌绿豆芽，那时金华火腿在宁波卖得很便宜，我们家里总是永远这么挂着三四只的，把它切下一块来蒸熟，撕成丝，然后再把绿豆芽去根，在沸汤中一放下去便捞出来，不可过熟，这样同上述火腿丝搅在一起，外加虾子酱油及陈醋，吃着新鲜而且清脆。夏天的小菜顶好不要用油煎烧，我爸爸就说杀只鸡吧，也爱把白切鸡肉抹上盐，过了三四小时后再加大量竹叶青（酒名）使浸着，到了次日便可以用匙捞出来吃了。还有紫褐色的光滑而润的茄子也惹人怜爱，宁波茄子没有上海的那么粗大，它是细细软条子，当中很少粒子，从田里摘下来便洗干净，也是蒸熟透，与番茄拌合着吃是怪鲜口的，酱油可用定海的洛泗油。

至于饮料方面呢？乡下没有美女牌冰砖，我在外婆家的时候，长工们常在山上采来许多木莲子，一只只像秤锤般，草绿色，比梨略小。他们不知用何法把它结成乳白色凉冻块，我可不详细了，只知道结好后用木桶盛着，吊在井里使冰凉，然后用蓝花粗碗舀来吃。我也跟着他们吃，外婆特地为我熬好糖露，加上薄荷汁，薄荷叶子也是自己在野外新鲜采得来的，炼成汁，喝起来齿颊生香。后来我回到自己家里，这可比较细气了，是用洋菜结成冻，冰之使凉透，加上某一种果子露，那自然更好吃了。

我们乡下还多的是水果，白糖梅子虽不喊卖，但青梅采下也可自己蘸蜜汁嚼。慈溪的杨梅又浓紫又坚实又大，颗颗像带刺般，孩子们口角流出紫罗兰般颜色的汁。杨梅红自有其独立的性质，它是鲜美的，比起杜鹃花的娇红来显得略为郑重。水蜜桃更是不必说了，皮色黄中夹青，其肉却是红润的，汁味甜带鲜。那原是奉化著名的特产，在交通方便时每年大量运沪。我爸爸可不留心这些，他也爱吃水蜜桃，因此在盛暑归家时，总爱大篓的购回来分送亲友，外婆家当然送去许多，精致的细竹篾制的篓子里，底层衬着叶，上面一只只都是小心地用淡红薄洋纸包着的名贵鲜果，外婆挖开包纸一瞧，天晓得！还不是本乡遍山都种的水蜜桃吗？只不过在上海包了一层纸回来，而颜色已褪显得憔悴了，不像以前般娇滴滴的。

"这是上海出产的桃子呀"，外婆只好骄傲地向邻人说，而且每家分送她们几个，"毕竟味道好，而且孩子吃起来也便当，用不着带围涎，果汁都已化做肉哩。"邻人们听了居然也不胜佩服，煞费踌躇的，大家不肯先动手挖开包纸，结果还是外婆先挖给她们瞧了，她们才大胆照着样子做，有几只桃子已经烂了，但是没关系，上海货毕竟是上海货呀，花过大钱买来的，吃时得仔细咀嚼，就是包纸也舍不得丢掉，等会儿毛毛放牛回来了送给他折苍蝇笼可是好！

（《饮食男女》，苏青著，天地出版社 1945 年 7 月初版）

谈宁波人的吃

苏 青

　　自己因为是宁波人，所以常被挖苦为惯吃咸蟹鱼腥的。其实只有不新鲜的鱼才带腥，在我们宁波，八月里桂花黄鱼上市了，一堆堆都是金鳞灿烂，眼睛闪闪如玻璃，唇吻微翕，口含鲜红的大条儿。这种鱼买回家去洗干净后，最好清蒸，除盐酒外，什么料理都用不着。但也有掺盐菜汁蒸之者，也有用卤虾瓜汁蒸之者，味亦鲜美。我觉得宁波小菜的特色，便是"不失本味"，鱼是鱼，肉是肉，不像广东人、苏州人般，随便炒只什么小菜都要配上七八种帮头，糖啦醋啦料理又放得多，结果吃起来鱼不像鱼，肉不像肉。又，不论肉片、牛肉片、鸡片统统要拌菱粉，吃起来滑腻腻的，哪里还分辨得出什么味道？

　　说起咸蟹，其实并不咸，在宁波最讲究的咸货店里，它是用一种鲜汁浸过的。从前我曾与苏州人同住一宅弄堂房子里，她瞧见我们从故乡带来的炝蟹，便不胜吃惊似的连喊："喂唷！这种咸蟹怎好吃哩？"我也懒得同她解释。但是过了几天，她自己却也买来了二只又瘪又小，又没盖的"蟹扁"，蟹黄淡得如猫屎，肉却是干硬的，其味一定咸而且涩，这种东西，在我们宁波，照例只好给田里做粗活的长工们下饭。于是我问她："这个你倒吃得来吗？"她理直气壮地答道，"是素子蟹呀，哪能勿好吃哩？"我笑笑对她说，"照我们宁波人看来，什么素子蟹便只好算是炝蟹的第十八代不肖子孙哩。"

闲话休提。以目下季节而论,宁波人该在大吃其笋及豆类了。宁波的毛笋,大的如婴孩般大,烧起来一只笋便够装满一大锅。烧的方法,如油焖笋之类还是比较细气些人家煮的,普通家里常喜欢把笋切好,弃去老根头,然后烧起大铁镬来,先炒盐,盐炒焦了再把笋放下去,一面用镬铲搅,搅了些时锅中便有汤了(因为笋是新鲜的,含有水分多),于是盖好锅盖,文火烧,直等到笋干缩了,水分将吸收尽,始行盛起,叫做"盐烤笋",看起来上面有一层白盐花,但也决不太咸,吃时可以用上好麻油蘸着吃,真是怪可口的。

还有豆,我们都是在自己园子里种的,待它们叠叠结实时,自己动手去摘。渐渐豆儿老了,我们就剥"肉里肉",把绿玉片似的豆瓣拌米煮饭吃,略为放些盐,又香又软又耐饥。清明上坟的时候,野外多的是"草紫"。草紫花红中夹白,小孩儿们采来扎花球,挂在颈上扮新娘子。我们煮草紫不用油,只须在滚水中一沸便捞起,拌上料理,又嫩又鲜口。上海某菜馆的油煎草头虽很有名,但照我吃起来,总嫌其太腻,不如故乡草紫之名副其实的有菜根香。

假如你是个会喝酒的人,则不妨到镇海去买些青蟹来下酒,倒是顶理想的。青蟹与上海所售的澄湖大蟹比起来,觉得其肉更软更松脆。但蘸着的酱油也很要紧,定海的洛泗油,颜色不太浓而味带鲜,与上海酱油带浑黑色者不可作同日语。我初到上海的时候,见了这种浑浊的酱油就怕,现在虽已用惯了些,但总念念不能全忘故乡常吃的洛泗油之类。海味当中蚶子圆蛤等都是上海有买的,蛏子则不多见。现在春天里蛏子最肥嫩,可以剥出来拌笋片吃,也可以不拌而光拿蛏子一只只剥壳蘸着酱油来吃。记得我在南京读书的时候,有一次忽然想着要吃此物了,到处去找,好容易给我找到手,烧熟以后,一位湖南同学怪叫起来,说是这么硬硼硼的东西怎好吃呀?及见我剥去了壳,她这才恍然大悟,如法炮制,一尝其味,又连呼好吃,吃了十几只,根本不知道要抽出肚肠,夜里便泄泻了。

宁波菜中又有许多是"烤"的,烤肉烤鸭烤大头菜,无一不费时费柴火。但功夫烧足的东西毕竟是入口即融的，不必费咀嚼，故老年人尤爱吃。又宁波人喜欢晒干，如菜干、鱼鲞、芋艿干等，整年吃不完，若有不速之客至，做主妇的要添两道菜倒是很容易的。

红烧鳗与冰糖甲鱼，是我祖父所顶爱吃的食物，我祖母常把它们配好了上等料理，放在火缸里炖上大半天，待拿出来吃时，揭开罐盖便嗅到一阵肉香，仔细瞧时，里面的鳗或甲鱼块正好在沸着起泡呢。有时候我的爸爸回家了，家中如接待贵宾一般，母亲忙着杀鸡啦，做菜啦，餐餐兴奋得紧。但是爸爸吃得很细，四菜一汤只动得一星星，吃时又不肯开口，要盛饭了只轻轻用指在玻璃窗上一弹，母亲原是叫佣妇在窗外等着听好的，可是乡下佣妇蠢，愈小心愈听不见弹指声音，爸爸常赌气不再添饭了，母亲心里很不安。后来她们商量定叫我陪着爸爸吃，我不敢违拗，只好眼观鼻、鼻观心地一口一口扒白饭吃，小菜老实不敢去夹，爸爸有时候狠狠瞪我一眼，我会失手滑落正捧着的饭碗……爸爸想，这个孩子有病吧，怎么饭只吃得这一点，小菜什么都不想吃。想着想着，这可想到营养卫生以至于医药治疗方面去了，他缓步蹑进厨房，母亲及弟妹佣妇等都是在厨房内吃的——天哪，只见我正猴蹲在饭桌上，用筷夹不起茶叶蛋，改着方式想伸手抓呢。他很不快乐。

我知道爸爸是留学生，有许多外国习惯，但是我很替他可惜，在吃的方面不该太讲究卫生而不注重趣味。我对于吃是保守的，只喜欢宁波式，什么是什么，不失其本味，犹如做文章一般，以为有内容有情感的作品原是不必专靠辞藻，因为新鲜的蔬菜鱼虾，原不必多放什么料理的呀！惟有在冰箱里拖出来的鱼尸，以及水浸透的鞭笋，快要腐臭了的种种肉呀之类，才必须靠葱啦姜啦来掩饰，放在油里猛炸，加上浓黑的酱油，终至于做到使人们不能辨出味来为止。这是烹调技术的进步吗？还是食物本质的低劣？

（《饮食男女》，苏青著，天地出版社1945年7月初版）

吃在宁波

邬艮生

宁波人有这样一句话："走遍天下，勿值如宁波江厦。"宁波江厦究竟好在什么地方，出门多年，恐怕有许多人，连宁波江厦在哪一处地方也不知道。提起江厦，既非风景幽美观光区，又非玩乐的地方。宁波自灵桥（奉化江）至新江桥（馀姚江）沿江边的地方叫江厦（对面江东），也就是钱行街、糖行街、双街、单街（半边街）一带。那里的钱庄赚钱容易，尤其是民国初年做规元的时候（像现在交易所），所以对于吃的很讲究，每家钱庄雇有老司务烧菜，有几样讲究火候的菜，较馆子店做的还好。宁波江厦的出名，就是有吃的享受。一地有一地的风俗习惯，一处有一处地理环境不同，各有独特的出产。兹对于宁波著名食品，约略介绍如下。

状元楼的名菜 状元楼是宁波最有名的菜馆，开设在日升街，装潢虽没有现代化漂亮，但是还过得去。最发达时代在民国十四年以前，这时代宁波大商店经副理及有钱的人集个会，置些产业，或存些钱敬神，如文昌会、关帝会、财神会、药王会等等，祭神后会餐，好像现在聚餐会，这种生意多由状元楼承办。后来因破除迷信，会产要充公，所以均予瓜分，生意就差了。状元楼有名菜肴，像网油包鹅肝、鸳鸯骨酱、绉油白片、锅烧鳗、冰糖甲鱼等，单讲鳝鱼羹，价廉物美，实是大众化的菜肴。

功德林素菜 开设在宁波江北岸外马路，其素菜不像台北几家素菜馆，依赖味精调味，烧出来的菜几乎类同，多吃生厌。功德林素菜作料不同，上好的口菇，新鲜的竹笋，就是木耳、金针、香干（豆腐干）、油豆腐都较台湾好，一只大烤麸顶出名。另外还有一家同仁馆素菜馆，开设在日升街，好像不如功德林。

听月轩馄饨　馄饨各地都有，但风味不同，宁波郡庙（俗称老城隍庙）侧小梁街上有二家徽州人开的面食铺，一家叫听日轩，一家叫听月轩。听月轩的馄饨在宁波很有名，尤其是蒸馄饨做得更好。来台二十馀年，除自做外，没有吃过蒸馄饨。

提起馄饨，使人想起了家乡的馄饨担。馄饨担用竹做成一个架子，前面放上一口缸灶，灶上有铁镬及镬盖，灶下放置柴爿。灶旁悬挂一竹铎，同铁制的火钳及吹管（吹火用），行走时用铁制的吹管敲竹铎，发出"独独"的响声。肩头上有一条木制的架子，安放调味酱油、猪油、葱、虾子等，及碗汤匙。另一头有木制一串抽斗，放馄饨皮子等，下面有个放水桶的地方。所以馄饨担像一个行动的厨房。

廿条桥素面结　晚上设摊在廿条桥（后改碶闸街），专卖面结，尤其是夏天的素面结，清爽可口。面结用百叶（或叫千张）为皮，用碱退沙，软硬适宜，用鞭笋嫩尖及香蕈切丝作馅。鞭笋是毛竹新生的竹根，竹根像鞭，所以叫鞭笋。其他三季，用肉馅或绿豆芽、香干丝、肉作馅。面结担一头是只大紫铜锅，好像一只大火锅，里面分数格，后面是一只大提篮（像菜馆送菜那种篮子，要大些）。除面结外，还有油豆腐干面（粉丝）。宁波没有卖面结的店铺，多是在晚上"结吓"、"结吓"挑着担子大街小弄叫卖。

港桥头包子　包子是一种很普遍的面点，以南翔馒头皮薄馅多驰名春申江。宁波港桥头的包子摊，包子也是皮薄馅多，并且满包的汤汁，吃的时候一不小心，容易使衣服溅上油污。其做法，将五花肉把肉皮切下来剁成肉馅，将切下的肉皮放在汤锅（宁波人灶燉热心的锅子）里燉烂，肉皮几成为胶质，切碎拌在肉馅里，胶质的肉皮遇热化成汤汁。

赵大有金团　赵大有是一家开设在灵桥门内药行街上的糕团店，金团虽不如董生阳、大有等四大家的制品，但是名气颇大，因为每天早上在船埠、车站，都有卖赵大有金团的小贩，并且大声极呼叫卖，故使人留下深刻的印象，但是较在台湾卖的要好得多。

江阿狗浆板圆子　江阿狗原在老城隍庙排摊，卖浆板（就是酒酿）圆子碎花蛋的小贩。后来在开明街民光戏院对面开店，就将人名叫为店名，招牌上绘了一只缸、一只鸭子、一只狗作记，是别出心裁通俗的一个招牌。无聊的人编了四句挖花调："五点六点是牛头，浆板圆子江阿狗。吃了铜钱还不够，脱下衣衫做押头。"

雍平咖哩牛肉　宁波是农业社会，耕田戽水多赖牛力，人牛日常相处，多忌食牛肉。雍平开设在江北岸新江桥堍，专卖牛肉点心，原汁鲜美，爱吃牛肉之士，常去照顾。

姜志记野味　开设在鼓楼下的姜志记，专卖野味，像雉鸡、野鸭、天鹅、野兔等，喜欢吃一杯的，来上一壶，佐以野味，其乐无穷。

四大家茶食糕饼　所谓四大家，是董生阳、方怡和、大同、大有（大有开设较迟，原来四大家之一为公和，被大有制作精美，后来居上而代替）。营业范围：山珍海味，如熊掌、鹿筋、哈士蟆、鱼翅、鲍鱼、海参、贡干、香螺、泥螺、海盐等；南北货，如冬菇、香蕈、黑枣、红枣、胡桃、莲心、桂圆、荔枝干、皮蛋、火腿、木耳、金针、瓜子、花生、白糖、黄糖、冰糖等；糕饼茶食，如和合连环、松子、太史、枣仁、桃仁、百果、橘红、胡桃、茯苓、绿豆糕、桃酥、麻酥、麻印、琴酥、雪片、桃片、黑洋酥、吉饼、麻饼、薄脆饼、钱饼、香糕、小黄糕、千层酥、蛋糕、蛋卷、黑白交切、牛皮糖、寸金糖、豆酥糖、麻枣、油枣、油果、脚骨糖、米胖糖、金团、馒头、水作等。董生阳以馒头、油包、水作出名，大有瓜子、千层酥、桃酥等糕饼较好，方怡和香干（豆腐干）、火腿（方怡和与杭州一家专卖火腿行有联系）有名，大同蛋糕较好。

三北陆家埠豆酥糖　豆酥糖是用黄豆粉和麦芽糖制成的，秋季上市，香酥可口，不粘牙齿。

沈师桥藕丝糖　藕丝糖与豆酥糖一样，用麦芽糖做成，处理成一丝丝多孔如藕的糖食，外面粘上黑芝麻，松脆香甜，不粘牙齿，以三北沈师桥出品最为著名。

深夜叫卖的几样点心　（一）淡块豇豆沙，"块"是糯米蒸成饭春烂，做一个个扁圆型食物，热的块加上豇豆沙，喜爱糯米食的人士买来作点。（二）火热蚕豆汤（其实是豌豆汤，宁波人将豌豆叫成蚕豆，蚕豆叫倭豆），把豌豆煮烂去壳，要甜要咸，随买主喜欢，要咸加酱油，要甜加糖。

徽馆堇江春　在宁波做生意，有二帮外来客人数较多，一帮是徽州帮，做的是"徽漆名茶"；一帮是闽南帮，贩卖桂圆、黄白糖。徽州菜馆在宁波有好几家，"堇江春"是其中一家，开设在江北岸火车站前，惜只记得酱牛肉味道很好。

雪团，黄南糕　雪团用糯米、晚米混合磨成粉，调水蒸熟，夹入作好的馅，搓成圆圆的团子，粘上生糯米再蒸熟，外面粘上很均匀的糯米饭，看来像个雪团，馅子有芝麻、黄豆、豆沙数种。黄南糕也是用糯米、晚米混合磨成粉，加糖加水，拌匀过筛，用糕蒸蒸熟，切成方方一块块，就可吃。有喜庆的人家，用作点心，方便好吃。

玫瑰碗儿糕，白糖方糕　用糯米和少许粳米加酵母水磨，经发酵后，拌上糖，用碗蒸熟，一个个上面放上点桂花，就是玫瑰碗儿糕。如果整个蒸熟，切成菱型，就是白糖方糕。白糖方糕发酵时间多，较松。碗儿糕、方糕虽没有冷交糕好吃，在抗战前一元钱可兑换三百多铜元，一个铜元一个，价廉物美，小贩沿街叫卖，是小孩喜欢的食物。

光饼，油炸桧　光饼是明朝平倭将军戚继光所发明。明朝末叶，倭寇（日本浪人）勾结海盗，扰乱沿海一带，抢劫掠夺，奸淫妇女，戚将军带领浙江子弟兵打倭寇，以光饼作干粮，将光饼一个个用麻线穿起来斜挂在颈项间，饥饿时扯下几个来充饥，是很方便行军作战的干粮。后人为纪念戚继光将军，把这种食物叫做光饼。光饼这里福建饼店也有买，没有宁波饼店做得薄薄酥脆可口。后人也有用糖做的，叫甜光饼，作者还是喜欢咸光饼。在咸光饼中加上油酥做成的酥饼，比咸的酥打饼干更好吃。提到咸光饼，奉化城里一带大桥有一种菜，叫酱烤利市（猪头），中有咸光饼，好吃得难以形容。

宁波人有句最恶毒骂人话，就是"锯锯磨磨落油锅"（意思是指阴司里的处罚）。恶人自然有恶势力，为害社会，一般人无可奈何他，只好咒骂他死了后由阴司主管秉公处理，罚他用锯锯，用磨磨，落油锅煎他。南宋秦桧害死了岳飞，当时老百姓恨之入骨，但没有办法替岳飞报仇，只好祈祷于阎王，咒秦桧受冥刑。同时用面粉做成长长一条，略似人形，用油锅来炸，一口一口咬它，并将这种食物叫做油炸桧（影射油炸秦桧意思）。宁波秦姓人士，耻于与秦桧同姓，将秦改读仁音。

光饼、油炸桧（油条）都是宁波饼店的制品，此外还有蟹壳黄、焦盐饼、带鱼饼（将面粉做成长长一条像带鱼，二层中间放些葱，上面放些芝麻，切菱型一方方的，贴熟，叫带鱼饼）、千层饼（面粉加油酥糖做成长方型，上面放些芝麻，贴熟，酥香美味，加些苔菜更好吃，以溪口王永顺饼店出品最有名），还有香饼、和尚饼、甜芝麻饼、糖糕、油撆子等。四五月里有笋卖，薄薄皮子，一轮轮纽司边用笋丝、绿豆芽作馅，其味无穷，二十馀年还是念念不忘。

油煎香干，臭豆腐 一块块方方的香干，放在紫铜锅中油煎，挑着担沿街叫卖，热腾腾的，用甜蜜酱调味来吃，甜中带咸。宁波的臭豆腐，也较这里好吃得多，挑着担叫卖，连同臭味随风传过，知道卖臭豆腐来了。宁波臭豆腐油炸得黄黄的，里面松松多孔像蜂巢样，不似这里用牙一咬，里面完全是块豆腐，臭味也较重，吃下去肠胃舒服。夏天下午买了数块，坐了风路中，一杯烧酒在手，人生一乐也。

汤团，汤果，圆子，扁子 汤团是春节时令点心，有关汤团的一首儿歌："拜岁拜嘴巴，坐落瓜子茶，猪油汤团烫嘴巴。"汤团用纯糯米水磨成粉，宁波煮饭烧开水都用柴或稻草，将烧下的灰用布铺在上面，将水磨的粉放在布上，这样将水分由灰吸收，糯米粉就成为似燥未燥的汤团粉。汤团馅用上好的猪板油，剥去油二面的薄膜，拣去了筋，用手捏成团，再加上白糖摇匀就成，考究一点再加上芝麻粉拌匀，汤团包好后，随沸水落锅，待汤团浮上水面，就可盛碗，加上浆板（酒酿）、桂花更好。另外用豆沙、黄豆粉作馅也有。

将糯米粉搓成较汤团小没有馅，圆圆的一个个叫圆子。将糯米粉搓成圆圆长长的一条，挖下来约四五分长圆柱形叫汤果。汤果甜咸都可吃，甜的加糖或加浆板及长面，咸的加青菜同煮。将糯米粉做成像洋钱扁圆形的叫扁子，用油煎来加上芝麻、白糖就可吃。宁波有句俗话，"搓搓汤果，搭搭麦果"（像扁子或较大的食物），是形容缺少主见的人，随别人左右意见，你要搓成汤果也可，你要搭成麦果也可。

糍糕，黑饭，青饺 是清明祭祖的点心。糯米在水中浸约二十四小时，捞起去了水在蒸笼中蒸熟，放在石臼中舂烂，放到铺好的松花（松树花粉）木板上，用木制圆长杆压平，约半寸厚或再厚些，上面洒上松花，切方方一块块，就成糍糕。有种树种子像一粒粒黑色饭，树叶有黑色染料，地方上人叫黑饭树。将黑饭树叶采摘下来，用臼舂烂，浸入水中数天，滤去树叶，糯米浸入，留下水中约半天，沥去水分蒸熟，舂成一块看上去色黑而尚有米粒，放到木板上用杆棍压平，上面放上些红绿丝、瓜子仁、白芝麻，切成一块块黑饭，吃起来有一股清香味。青饺用艾和糯米、晚米混合磨粉，蒸熟用豆沙作馅，包成饺状。因艾是野生植物，没有大量生产，一般糕团店常用剃菜叶子捣烂代替，可惜没有艾的清香。因为做糍糍麻烦，所以有些人家上坟祭祖，就买几只青饺来代替。

金团，米鸭蛋，糯米麻团　这些都是立夏节吃的点心。将糯米、晚米混和磨成粉，蒸熟包好馅子（有芝麻馅、豆沙馅、黄豆粉馅），擂上松花，做成蛋形的，就叫米鸭蛋。在印板中压印成扁圆的，叫金团。糯米煮成饭，捣烂搓成圆圆的团子，外面擂上芝麻、白糖或黄豆粉糖，就成了糯米麻团，为宁波的应时食品。

粽子　宁波有句谚语，"吃过端午粽，还要冻三冻"，及"吃过端午粽，棉袄棉裤不可送"。宁波人在端午节吃的粽子，大多数是灰汁粽或碱水粽，其他花色粽子甚少。将早稻草烧成灰浸在水中，用淘箩过滤，因为稻草灰中含有大量碳酸钾，稻米浸在灰汁中包成粽子，即为灰汁粽。灰汁粽和碱水粽，都取容易消化之意。

地栗糕，灰汁团　是六月夏天吃的点心。宁波人荸荠叫地栗，用绿豆粉、白糖、桂花、地栗碎片加水煮成糊状，倒入方盘中，待冷切成长方形一条条，就是地栗糕，如有水井人家，挂在水井里过数小时来吃，更觉冰凉美味。灰汁团用糯米粉和灰汁同煮，拌调成糊状，一个个搓成团状，就是灰汁团，吃了容易消化。宁波人把皮肤黑的人叫灰汁团。

水塌糕，米馒头　用糯米、晚米加浆板（酒酿）水磨成粉，过数小时，看发酵完成，在蒸笼蒸熟，小小一个个叫米馒头，圆圆大大的一个个叫水塌糕。有关水塌糕的儿歌："鸭肉骨头水塌糕，八月十六等勿到。"宁波到农历七月里，新养鸭子上市，水塌糕也就是在那时开始有售。

月饼　是中秋节的时令点心，各地都有，但制作不同，味道各异。宁波人家庭都没有制月饼的焙厨设备，只好向南货店购买。宁波月饼略似苏式月饼，外面一层层薄薄多酥的皮子，里面各种不同的馅子，有清月（猪油白糖馅）、夹沙月、苔菜月、火腿月、肉馅月、素月等数种。宁波的中秋节是在农历八月十六那天，各地中秋节都是八月十五日，为什么宁波人中秋要移后一天，这有几种传说。（一）一种说是慈溪籍赵文华在北京做官，有一年想回家乡来度中秋节，可惜赵文华回到家乡慈溪已经是八月十六日，所以他在八月十六来过中秋节，民间循此而惯例。作者认为此说不可靠，因赵文华不过是明代兵部侍郎，对慈溪县的建设上有点贡献，对宁波其他各县风俗习惯尚未达到影响的势力。何况赵文华对办理倭寇一事未见功效，沿海一带老百姓怨声载道，宁波人不会拍他马屁，把中秋节日子来更改。（二）据《宁波府志》及《奉化县志》载，宁波人以八月十六日过中秋节，是因史浩或史弥远的关系。照作者读中学时一位慈溪籍历史老师分析，史浩虽封郡王，但不如他儿子史弥远权位之高，势力之大。史弥远是南宋权臣，鄞县人，官拜首相，某一年他想在家乡欢度中秋佳节，一切都筹备妥当，民间也有热烈的响应，中秋节前几天宁宗皇帝有旨传下，召诸大臣入宫赏月，史弥远只好承旨伴皇上共赏明月，待宫中赏月回来，即忙趁船启程回乡，由杭州渡钱塘江，经萧山过绍兴，循曹娥江，由馀姚江到宁波，虽加多拉纤夫役，急急忙忙赶到宁波，已是八月十六日，就在那天（十六）晚上补度中秋节。从此以后，宁波人就定八月十六日为中秋了。

重阳糕　笔者在小时候吃过重阳糕，是约四寸见方，中间有玫瑰白糖馅，上面盖上一颗红红方印，像从前学生上学时祭孔的状元糕。宁波对重阳节不十分重视，所以长大以后，就没再吃过重阳糕了。

冬至馒头　冬至祭祖用馒头，馒头最小的叫福句或高句，大一些叫料半，再大的叫双料，都是用白糖做馅。不像北方那样，无馅的才叫馒头，有馅的要叫包子。

年糕，块　年糕大腊月里做，送年（谢年）祭神用，以奉化梁湖糯米或镇海海水底清米做的年糕最好吃。年糕做好后浸在水里，不去动它，水面生了一层薄膜与空气隔绝，不易坏，可以藏到夏天来吃，虽然有股气味，可以放在稻草灰中，自会把气味吸干净。在四五月时，用雪里蕻咸菜、野山小笋、鲜蚕豆瓣同煮，清口美味，的确好吃。块是用糯米蒸熟舂烂，做成扁圆形一个个，用豇豆或猪油、芝麻馅同蒸，是过年时的一道美味点心。

（《宁波风物述旧》，张行周编集，国立北京大学中国民俗学会

民俗丛书，1974 年初版）

宁波小菜——咸下饭

叶湘舟

吾宁属各县多海，海产鱼类丰富，除掉鲜食之外，多半用日晒、风吹、盐腌的几处方法来调制，以作民间长年间的食用。鱼类经过盐腌，势必有了咸味，有些鱼类，要腌得很咸，腌得很久，才会入味可口。例如鳓鱼一项，就非三暴不可，三暴者，要翻覆腌压三次才行。以故宁波地方的小菜（上海人称一般菜肴叫做小菜），比别的地方要咸得多。久而久之，宁波人吃惯了"咸"的口味。如果宁波人到"非宁波人"家里去作客人，或是被邀请赴宴，觉得各种小菜，大部分都淡而无味，不配胃口。反之，"非宁波人"到宁波人家里来作客、吃饭，也会嫌宁波人小菜弄得太咸，不敢多吃，尤其是下酒，更差。

阿拉宁波人，过去在大陆时，住在城市里的，家常便饭所吃的小菜，大概不外下列几种：（一）咸鳓鱼蒸肉饼子，（二）红乳腐卤烤肉，（三）黄鱼鲞烧肉，（四）葱烤河鲫鱼，（五）咸带鱼或雪里蕻咸齑烧带鱼，（六）糟鲳鱼或糟鳗，（七）烤麸，（八）油焖笋，（九）咸齑烤笋，（十）焐蟹，（十一）咸大虾，（十二）桂花海蜇拌冬笋咸齑等等，似乎都很咸。住在乡间的，平时吃的小菜，更是咸得惊人，例如：（一）龙头鱼鲞，（二）咸泥螺，（三）蟹浆或蟹糊，（四）咸鳓鱼，（五）海蜇头或白皮子，（六）咸小虾，（七）臭冬瓜或臭豆腐，（八）红乳腐或臭乳腐，（九）腌猪肉，（十）乌贼混子，（十一）盐炒带壳蚕豆，（十二）煨盐豆腐等等。上述粗细两宗宁波小菜，其实只能下饭。其他下酒的小菜，系海鲜居多，如虾蟹、蚶蛤、蜻子、淡鳗鲞、清蒸鲜白鳓鱼（酱油临吃时加入）、金炙黄鱼或面拖黄鱼、白斩鸡或飞叫跳、片鹅、肉面结、冰糖甲鱼等等。除金炙黄鱼、面拖黄鱼外，做菜时都不放咸味，大半以蘸酱油为主，故其咸淡可以听个人自便。虽然同是宁波小菜，各县亦大不相同，大凡近海边的，吃的较为新鲜，山乡僻远之处，吃常备的腌味、干货为多。笔者住镇海有年，视为第二故乡，以经验所得，因知镇海南乡颇有几道名菜，如“麦鱼”、“鱼子”之类，原料既好，烹调尤佳，确为下酒佳肴，恐怕在其他各处是不易尝到的。又如镇海的“梅蛤”和“胶蟹”两种在泥涂出产的海味，亦为其他各县所无，梅蛤产生在黄梅时节，粒粒像大拇指头似的，胶蟹产生在农历年底，只只活着能爬。此外还有“炝虾”一物，各县都有，只只均匀，哔哔会跳，亦为爱好杯中物者大快朵颐。另外还有“虾螺”一物，可氽豆腐，可作煎烧，前者易为，后者要有技巧，以镇、定两县名厨烹调最为得法，鲜嫩无比，甚觉可口。老伴柴桥人，颇擅这一手，惜现无用武之地，偶与谈及，真个垂涎欲滴！

吃“咸口味”，阿拉宁波人习以为常，可以说，已有了传统关系。地不分鄞、奉、镇、定（连慈、象、宁海三县），人不分文武粗细，对吃“咸口味”有其同样的爱好，此为不变之定论也。目前有些时髦人物，认为进膳时，要多吃小菜，少吃饭食，这样才会有营养。笔者以为这是有钱佬官的口气，其实普通一般人家，并不是如此，尤其是阿拉宁波人，咸小菜不可能多吃，对“多吃小菜”这句话，更没法接受。

最后，宁波人对一般菜肴的通称，趁便了来交代一下：菜肴叫作小菜，这原是上海闲话，阿拉宁波人统称菜肴曰“下饭”，又曰“汤水”。大概就因为满桌子都是咸小菜，大家认为只能下饭，久而久之，“下饭”两字，就成为小菜的代名词了。阿拉宁波，另外还有一个俗谚，用"咸下饭"（如咸鳓鱼等）来下饭，叫作"押饭榔头"，因为"咸下饭"容易把"饭"送下去，故云。至于"汤水"一词，其涵义更为明显，大凡每一种小菜内，都离不了汤和水，所以谦称之为"汤水"了。然乎？否乎？

（《宁波风物述旧》，张行周编集，国立北京大学中国民俗学会

民俗丛书，1974年初版）

定海人食物之僻性

胡朴安

定海人民之习性，专喜食腌腊腐臭之物，试述之，以见其地风俗之一端。

苋菜之老干，定人呼为苋菜干，用滚水煮熟，置于坛中，以盐腌之，经半月馀，觉有臭味，然后取而食之。他如腌茄子，腌冬瓜，腌白荼，亦复如是，不俟其臭腐不食也。俗云："三日不吃臭咸菜，脚步跑不开。"可谓荒谬极矣。又阴历十一月间，定海人家须自做年糕，其少者做一石米，多者做两三石四五石不等，做成后，置缸中，以天落水浸藏。岁内除送年谢神外，馀者俟开年正二三月间，出以请客，时年糕已有酸味矣。或有藏至对年十一月，年糕已腐烂成浆，而定人食之尚津津有味也。按此风不独定海为然，浙之绍兴、萧山、诸暨、上虞等处，无不如是。其何以喜食腌腊腐臭之物，殊难索解也。

又定海民智固蔽，至今迷信未除，试举其立夏食品，即可知矣。

（一）蛋　鸡蛋或鸭蛋，置锅中煮熟，分送亲友。俗云蛋之形状白而且肥，立夏日食之，可以使身体肥壮，一如蛋白而且肥也。

（二）笋　每年立夏时期，虽略有早迟，总在春末夏初，是时笋正旺盛。立夏前一日，定海人家咸须买笋，及至是日，将笋煮熟，合家分食。其用与食蛋相同，俗云笋为竹之嫩芽，竹与足字音相似，立夏食笋，即能健强足力矣。

（三）**糯米饭** 此饭用糯米杂豇豆煮成，俗云立夏日食之，夏季可免误食苍蝇之害。盖豇豆在糯米饭中，恰似苍蝇死于饭中之状也。

以上种种，纯系出于迷信，毫无道理，吾愿定海人亟革除之。

（《中华全国风俗志》下篇卷四，胡朴安编，

上海广益书局 1923 年 6 月初版）

丽水食物之习性

胡朴安

　　食物习惯，各地皆异，即一地于四季之中，亦不相同。试述丽邑秋冬季之食物，即可明矣。

　　（一）**腌萝卜根**　切萝卜根成薄片，和以盐，约一二时去盐渍，再入红乳腐汁腌之，用以佐餐，味颇佳。

　　（二）**干萝卜菜**　夏秋时萝卜极盛，将菜干与叶洗净晒干，用腌菜汁煮后，取出复晒之，晒干复煮，至三四次，食之味香爽口，丽人称为菜头阴干。

　　（三）**芋干**　将芋外皮刨去，于日中晒干，用腌菜卤煮之，煮后复晒，晒后复煮，经若干次，然后切芋成片，以酱油炒之，味甚香美。

　　（四）**番薯羹**　番薯俗名地瓜，味甜，初冬经霜，味益甜，农家以之果腹。有以之为糊羹者，法去番薯首尾两端，置笼内蒸熟，再去其皮，磨擦细汁，和以蕨粉暨糖霜，加水搅匀，再用猪肉炒之，即成番薯羹矣。

（《中华全国风俗志》下篇卷四，胡朴安编，

上海广益书局 1923 年 6 月初版）

金华火腿考

白

　　金华火腿，驰名久矣。然金华为旧时府名，属有八县，即兰溪、金华、东阳、义乌、永康、浦江、汤溪、武义，每县俱产火腿，不过产额有多少，腌法有精陋而已。八县中以兰溪所产为最多，故有"金华火腿兰溪出"之俗言，馀如金华、义乌亦不少，东阳次之，浦江、汤溪、武义更次之。东阳所出之腿，风味别具，形式考究，果驾诸县之上，惜交通不便，产额有限，不若兰溪及金华所出之物美价廉，产额富足，无供求不及之弊，且近来腌腿各家，俱能以营业关系，力求上进，故销额之畅旺，可谓与时俱进，远非他县所及。至于火腿之冠以金华名，实为旧府制所关，然欲其统一名目计，便于买者呼唤计，不若仍用金华南腿为妥当，以其金华属县所产之南方腿（别北腿而言）也。况金华南腿中，尚有种种名目可别，如金华南腿、兰溪茶腿、东阳蒋腿、竹叶熏腿等，惟买者拣一所欲牌号之为便多矣。

　　货品之高下，虽限牌号等级，然购者能精于拣选，往往于下乘货物中，能得极廉极美之火腿；否则，虽购上乘，所得而时或相反，盖好恶参差不齐也。愚意采其较便之法，莫若向店伙取竹扦（腿店悉备），扦入腿之中部，及油头等处，出而嗅之，如果佳者，扦上留有香味，否则当有特殊之恶味焉。

　　腿之种类甚多，产地亦殊，有高出金腿者，姑依次略书于后：

（一）云南腿，产于云南宣威等处。

（二）竹叶腿，即竹叶熏腿，松阳等处有之。

（三）金华南腿，东阳蒋腿，兰溪茶腿，味兰腿，魁宁腿。

（四）北腿，实腿，气腿，产于泰兴、如皋江北一带。

（《国货评论刊》1926 年第 1 卷第 2 期）

蒋雪舫火腿

周定宇

金华为吾国腿业三大中心地之一。金华腿之产地，初不仅一县，凡旧金华府属之兰溪、东阳、永康、义乌、浦江等县，亦均有出产，而皆称为"金华腿"。且金华腿中，实以东阳产者为最佳，而东阳上蒋村所出之"蒋腿"，则尤为著名，俗语所谓"金华火腿出东阳，东阳火腿出上蒋"者，盖纪实也。又该村所产之火腿，概括而言，皆可名之曰蒋腿，其实真正之蒋腿，仅蒋雪舫一家而已，兹略述于下：

一、蒋雪舫火腿之由来

蒋雪舫火腿，已有百馀年之历史。蒋雪舫乃系人名，以其所制之腿声誉昭著，故子孙遂沿用"雪舫"二字为商标，以资号召。子孙各房所出之腿坊，于"雪舫"二字之下另别加记，如厚记、升记、正记、慎记等字号。

二、蒋雪舫火腿之特色

火腿品质，因猪种及制法之不同，而有差异。蒋腿之特质在于脚骨较长，腿皮与脂肪皆薄，而肉特厚。如剖而视之，则见精肉细致红润，肥肉透明如晶体，香味刺鼻。

三、蒋雪舫腌腿之技术

（一）选择鲜腿：火腿之优劣，其重大关系，在于鲜腿之选择。其选择标准甚严，即皮不可太厚太粗，脚不宜太长，腿太大或太小均不宜，油不应太厚，腿骨太厚粗也所不宜。

（二）割膜洗油：先将腿上之薄油膜，用刀剔去，然后置于空气流通处，经过数小时之久，猪肉之表里皆已冷透，即用盐腌，而平放于腿架，并于二三日或一二日间，逐只翻身一次。如是经过三腌之后，一星期内，可取出试味之咸淡，于清水中洗之，乃用刀修理腿形，使臻一律，然后曝于日光之下五六日，即可悬挂屋檐下通风处，经六阅月空气与风之侵袭，及第二次曝晒，精修，制腿工作始完成。

（三）腌腿时令：腌腿以十月下半月至十二月底为最佳，味淡而香浓，不蛀不坏。至用盐，则应视气候温度之高低而定次数与多少，大约气候愈热，则加盐之分量应愈多，时间之间歇愈短，否则反是。惟此点并无具体规定，仅凭制腿者之经验决定之，而腿之色香味如何，关键也即在此。

（《紫罗兰》1944 年第 17 期）

谭火腿

蔡晓和

火腿为我国之特产，外国虽有所谓外国火腿，其味如腊肉，远逊我国所制者。

我国之火腿，分为南腿与北腿两种。南腿产于浙江之金华、兰溪、东阳、义乌、永康、浦江六县，总称之为金华茶腿。茶腿命名之由来，因从前京中之达官贵人，早晨多以火腿为佐茶之品，如目前镇江、扬州人，吃早茶要用肴肉一样。火腿本为咸品，用以佐茶，足见其另有风味，过去之商人，对于上等之火腿，故多呼之为京庄茶腿。

民国初年，有东阳蒋姓者，精于制腿，只头平匀，腌制得法，为顾客所欢迎。年来上海火腿店，多有以蒋腿市招为号召者，亦足见潮流所趋之一斑。

南腿中有所谓竹叶熏腿者，皮张黧黑，外观不美，而吃味甚佳，故火腿店多以此种火腿为烧胚（烧胚即烧熟火腿之胚料）。本市南京路抛球场二三家所售熟火腿，间有用此腿为烧胚，老饕者不妨一试。竹叶熏腿，产于浦江、处州等处山中，山中多以竹叶为薪，火腿悬于屋角，经竹烟熏灼，皮色转黑，肉味则含有竹叶之香味矣。

南腿出产数量，以兰溪为最多，故从前唱"三十六码头"者，有"金华火腿兰溪出"之语。兰溪之腿，专销申庄（即上海）；义乌之腿，专销苏州；浦江之腿，专销绍兴；东阳、永康、金华之腿，则杭州与上海两地均销。

北腿产于江北如皋、泰兴、靖江一带，其味不及南腿，盖喂猪之食料不同，江北多以草料、豆饼等物为猪之食料，金华则用马料豆、大麦、米糠等物为饲猪之食料也。尚有产于常州之火腿，比较江北为佳，市上所售，称之为冲南腿，此种货品，来沪甚少，大抵销于苏州一带。

制造火腿，并无秘诀，亦无特别药料加入，只用盐与硝两种，其实所用之硝，数量甚微。腌制之法，先用盐腌渍若干日，次用水洗涤，再次用太阳晒干，经过相当之时期，即成为佳美之火腿矣。虽无何种秘诀，然腌制时，亦要经验丰富，故江北一带，以及常州等处，其腌腿之把缸司务，必用兰溪人，盖亦由自幼学习，得心应手使之耳。

有人谓腌火腿之缸中，必放入狗腿一二只，否则不鲜。此中传说，由来已久，其实并无此事，且有人询诸火腿店，店家多含糊答之，盖不欲多与问者解释，引起辩论，于是此传彼语，益觉信而有征矣。

（上海《晨风》1940年第2卷第2期）

饮食男女在福州（节录）

郁达夫

　　福州的食品，向来就很为外省人所赏识。前十馀年在北平，说起私家的厨子，我们总同声一致地赞成刘崧生先生和林宗孟先生家里的蔬菜的可口。当时宣武门外的忠信堂正在流行，而这忠信堂的主人，就系旧日刘家的厨子，曾经做过清室的御厨房的。上海的小有天以及现在早已歇业了的消闲别墅，在粤菜还没有征服上海之先，也曾盛行过一时。面食里的伊府面，听说还是汀州伊墨卿太守的创作，太守住扬州日久，与袁子才也时相往来，可惜他没有像随园老人那么的好事，留下一本食谱来，教给我们以烹调之法，否则，这一个福建萨伐郎（Savarin）的荣誉，也早就可以驰名海外了。

　　福建菜的所以会这样著名，而实际上却也实在是丰盛不过的原因。第一，当然是由于天然物产的富足。福建全省，东南并海，西北多山，所以山珍海味，一例的都贱如泥沙。听说沿海的居民，不必忧虑饥饿，大海潮回，只消上海滨去走走，就可以拾一篮海货来充作食品。又加以地气温暖，土质腴厚，森林蔬菜，随处都可以培植，随时都可以采撷。一年四季，笋类菜类，常是不断；野菜的味道，吃起来又比别处的来得鲜甜。福建既有了这样丰富的天产，再加上以在外省各地游宦营商者的数目的众多，作料采从本地，烹制学自外方，五味调和，百珍并列，于是乎闽菜之名，就喧传在饕餮家的口上了。清初周亮工著的《闽小纪》两卷，记述食品处独多，按理原也是应该的。

福州海味，在春三二月间，最流行而最肥美的，要算来自长乐的蚌肉，与海滨一带多有的蛎房。《闽小纪》里所说的西施舌，不知是否指蚌肉而言，色白而腴，味脆且鲜，以鸡汤煮得适宜，长圆的蚌肉，实在是色香味俱佳的神品。听说从前有一位海军当局者，老母病剧，颇思乡味，远在千里外，欲得一蚌肉，以解死前一刻的渴慕，部长纯孝，就以飞机运蚌肉至都。从这一件轶事看来，也可想见这蚌肉的风味了。我这一回赶上福州，正及蚌肉上市的时候，所以红烧白煮，吃尽了几百个蚌，总算也是此生的豪举，特笔记此，聊志口福。

蛎房并不是福州独有的特产，但福建的蛎房，却比江浙沿海一带所产的，特别的肥嫩清洁。正二三月间，沿路的摊头店里，到处都堆满着这淡蓝色的水包肉，价钱的廉，味道的鲜，比到东坡在岭南所贪食的蚝，当然只会得超过。可惜苏公不曾到闽海去谪居，否则，阳羡之田，可以不买，苏氏子孙，或将永寓在三山二塔之下，也说不定。福州人叫蛎房作"地衣"，略带"挨"字的尾声，写起字来，我想只有"蚳"字，可以当得。

在清初的时候，江瑶柱似乎还没有现在那么的通行，所以周亮工再三的称道，誉为逸品。在目下的福州，江瑶柱却并没有人提起了，鱼翅席上，缺少不得的，倒是一种类似宁波横脚蟹的蟳蟹，福州人叫作"新恩"，《闽小纪》里所说的虎蟳，大约就是此物。据福州人说，蟳肉最滋补，也最容易消化，所以产妇病人以及体弱的人，往往爱吃。但由对蟹类素无好感的我看来，却仍赞成周亮工之言，终觉得质粗味劣，远不及蚌与蛎房或香螺的来得干脆。

福州海味的种类，除上述的三种以外，原也很多很多，但是别地方也有，我们平常在上海也常常吃得到的东西，记下来也没有什么价值，所以不说。至于与海错相对的山珍哩，却更是可以干制、可以输出的东西，益发的没有记述的必要了，所以在这里只想说一说叫作肉燕的那一种奇异的包皮。

初到福州，打从大街小巷里走过，看见好些店家，都有一个大砧头摆在店中，一两位壮强的男子，拿了木锥，只在对着砧上的一大块猪肉，一下一下的死劲地敲。把猪肉这样的乱敲乱打，究竟算什么回事？我每次看见，总觉得奇怪，后来向福州的朋友一打听，才知道这就是制肉燕的原料了。所谓肉燕者，就是将猪肉打得粉烂，和入面粉，然后再制成皮子，如包馄饨的外皮一样，用以来包制菜蔬的东西。听说这物事在福建，也只是福州独有的特产。

福州食品的味道，大抵重糖，有几家真正福州馆子里烧出来的鸡鸭四件，简直是同蜜饯的罐头一样，不杂入一粒盐花。因此福州人的牙齿，十人九坏。有一次去看三赛乐的闽剧，看见台上演戏的人，个个都是满口金黄；回头更向左右的观众一看，妇女子的嘴里也大半镶着全副的金色牙齿。于是天黄黄，地黄黄，弄得我这一向就痛恨金牙齿的偏执狂者，几乎想放声大哭，以为福州人故意在和我捣乱。

将这些脱嫌糖重的食味除起，若论到酒，则福州的那一种土黄酒，也还勉强可以喝得。周亮工所记的玉带春、梨花白、蓝家酒、碧霞酒、莲须白、河清、双夹、西施红、状元红等，我都不曾喝过，所以不敢品评。只有会城各处在卖的鸡老（酪）酒，颜色却和绍酒一样的红似琥珀，味道略苦，喝多了觉得头痛。听说这是以一生鸡，悬之酒中，等鸡肉鸡骨都化了后，然后开坛饮用的酒，自然也是越陈越好。福州酒店外面，都写酒库两字，发卖叫发扛，也是新奇得很的名称。以红糟酿的甜酒，味道有点像上海的甜白酒，不过颜色桃红，当是西施红等名目出处的由来。莆田的荔枝酒，颜色深红带黑，味甘甜如西班牙的宝德红葡萄，虽则名贵，但我却终不喜欢。福州一般宴客，喝的总还是绍兴花雕，价钱极贵，斤量又不足，而酒味也淡似沪杭各地，我觉得建庄终究不及京庄。

福州的水果花木，终年不断，橙柑、福橘、佛手、荔枝、龙眼、甘蔗、香蕉，以及茉莉、兰花、橄榄等等，都是全国闻名的品物，好事者且各有谱谍之著，我在这里，自然可以不说。

闽茶半出武夷，就是不是武夷之产，也往往借这名山为号召。铁罗汉、铁观音的两种，为茶中柳下惠，非红非绿，略带赭色，酒醉之后，喝它三杯两盏，头脑倒真能清醒一下。其他若龙团、玉乳，大约名目总也不少，我不恋茶娇，终是俗客，深恐品评失当，贻笑大方，在这里只好轻轻放过。

从《闽小纪》中的记载看来，番薯似乎还是福建人开始从南洋运来的代食品，其后因种植的便利，食味的甘美，就流传到内地去了。这植物传播到中国来的时代，只在三百年前，是明末清初的时候，因亮工所记如此，不晓得究竟是否确实。不过福建的米麦，向来就说不足，现在也须仰给于外省或台湾，但田稻倒又可以一年两植。而福州正式的酒席，大抵总不吃饭散场，因为菜太丰盛了，吃到后来，总已个个饱满，用不着再以饭颗来充腹之故。

饮食处的有名处所，城内为树春园、南轩、河上酒家、可然亭等。味和小吃，亦佳且廉；仓前的鸭面，南门兜的素菜与牛肉馆，鼓楼西的水饺子铺，都是各有长处的小吃处。久吃了自然不对，偶尔去一试，倒也别有风味。城外在南台的西菜馆，有嘉宾、西宴台、法大、西来，以及前临闽江、内设戏台的广聚楼等。洪山桥畔的义心楼，以吃形同比目鱼的贴沙鱼著名；仓前山的快乐林，以吃小盘西洋菜见称，这些当然又是菜馆中的别调。至如我所寄寓的青年会食堂，地方清洁宽广，中西菜也可以吃吃，只是不同耶稣的飨宴十二门徒一样，不许顾客醉饮葡萄酒浆，所以正式请客，大感不便。

此外则福建特有的温泉浴场，如汤门外的百合、福龙泉，飞机场的乐天泉等，也备有饮馔供客，浴客往往在这浴场里可以鬼混一天，不必出外去买酒买食，却也便利。从前听说更可以在个人池内男女同浴，则饮食男女，就不必分求，一举竟可以两得了。

（《逸经》1936 年第 9 期）

瓮菜和蕺菜

许钦文

闻着一阵阵的柚子花的香味，便回忆起去年由山城搬到这山乡的情形来。也在这样的时候，到了以后，处处闻得柚子花香。以前在厦门，曾经吃过许多柚子，却不曾闻到过柚子花的气味。这样的香气，只有在游苏州的虎丘时闻到过，那是代代花的，厦门和苏州的旧游，柚子和这种气味固然都使我怅惘。刚来到这里时的为难情形，回想起来，也还觉得很紧张。虽然早就有了在这里设分校的消息，但我并不一定要在分校里担任课而到这里来住。带着家眷，抛弃新兴省会的生活而深入山间，非经多方考虑是不会下决心的。因为校舍突然被炸，寓所也震漏了，临时议定，全校迁乡。没有犹豫的馀地，这才跟着一道搬来。住所勉强解决以后，蔬菜发生问题：街上猪肉和豆腐以外，只有油烛酒酱等杂货。本地人十之八九以农为业，蔬菜全由自家种植；少有人购买，也少有人出售。餐餐猪肉豆腐当然吃不惯，更其是两个小孩子，总得弄些蔬菜来换换口味。所靠要好的左邻右舍，当我们吃得厌腻的时候，常是忽然送来一绞瓮菜，黄姣姣，香喷喷，看着会得流口液，令人如获至宝。同猪肉和豆腐一道煮得配饭，更加觉得入味。后来常有蕺菜一束束的送来，现摘落，很新鲜，碧油油的只是看看也很爽神悦目。

蕺菜我在福州时就吃过，到了永城以后也曾自己煮得吃，用清水烧熟，加上油酱，就鲜美可口，富含叶绿素，吃了能清肠胃助消化。

在本地，瓮和蕹的声音差不多，瓮菜，蕹菜，含混地听着，含混地说着，莫名其妙。偶然在邻家见到一个坛，在口沿上有着兜兜起的一圈，是一道烧成功的，据说是腌菜用的。腌上了菜以后，覆上了一个钵头，再在兜兜起的圈子里加满水，虫便不会进去，也不至于走漏气。因此我想着，所谓瓮菜，是从瓮里腌出来的。同时想着蕹菜，就是专吃其鲜嫩的蕹的，犹如家乡清明前后的吃油菜蕹。

瓮菜由芥菜做成，家乡也有把芥菜腌在坛子里的，腌好以后是把坛子倒蘘着的，所以叫做倒蘘菜。倒蘘菜是干巴巴的，瓮菜带卤，自然更加好吃。以前只知道闽西闽北的芥菜有名好，长得像人一样高，不知道闽西闽北人吃腌芥菜的方法更加巧妙，于是我益发喜欢了瓮菜。

供以应求，学校搬来以后不久，街上就渐渐地多起卖蔬菜的人来。我们却仍然常吃由邻居送来的瓮菜和蕹菜，送来的蔬菜来得鲜嫩，物薄而情厚，咀嚼着，我感到人间的和爱。每次进城去，不管肩头压得重，我总要多买些咸鲞来分送，聊作小小的回敬。

虽然可以说原也是一种悲哀，客居异地，寂寞得很，只好常常同本地人谈谈。可是学会了方言，就很多便利。不过半年工夫，妻已能把本地话说得很流利，叽叽咕咕地同本地人谈论得很自然。我也从旁听会了好些，知道"锅子"叫做"鼎"，"要"叫做"端"，"不知道"叫"安得谛"，"知道"是"得谛"，把"没有"叫做"无"，读作"南无阿弥陀佛"的无。犹如浙江的天台和四川的荣县，深山的乡间，还保持着许多古音古语。柴博士知道人间的争执，多由于语言的隔膜，要消除人间的争执，就得打破语言的隔膜，所以创造了世界语。妻学会了本地话，对于本地人，委实觉得好感多而恶意少。

春末夏初时节，新鲜的芥菜叶已经吃了许多日子；邻家的门口，大概摆着几个口沿兜兜的坛子在洗涤，空地上晒着人一样长芥菜，都在准备新制瓮菜了。后门对过的一位妇人特别要好，愿将剩馀的一个瓮借给我们，使得我们自己也可以做瓮菜。得到了瓮，妻就去买芥菜，洗涤，晒燥，两天工夫就可以，又由隔壁的老妈来帮助，半下昼工夫已把一瓮芥菜做好了。炖豆腐，烧猪肉，随时可以取得吃。我们也做成笋煮菜，是很好的汤料。

吃了端午粽，已是梅雨时节，邻居又劝我们自己种蕺菜，并且帮助我们开垦后面的园地，我很感动，朴素的农民的心理，总以为人都得好好生活。初次来到，拿现成的蔬菜给我们吃，到了相当时期，就叫我们自己经营园地，把从旁扶助，认为己任。

蕺菜容易生长，只从邻家讨得几条老菜茎来，折断插在土中，四五天就生根，一星期后就可以采摘。不过小小的两畦，如今每天可以采摘一大把来吃。

城居时有客来到，总得上街去买菜蔬，或者从店铺里叫得熟菜来吃。现在，瓮菜储在坛子中，蕺菜长在后门口，笋煮菜干藏在匣子里，至少有三碗准备着。还有鸡蛋，也是从小鸡自家养大的母鸡生的。前面的院子中又种着南瓜、丝瓜和葫芦，日后收获可很多，将要恢复莲花亭畔的生活。虽然妻是天天盼望着杭州，希望回到西子湖边去。

灌水，施肥，喂鸡，掘土，妻已弄得很顺熟了。"吾妻本是农家女"，可是从小娇养惯，我常嫌她小姐气重。潜移默化，她的白白的臂膊，由于常晒太阳，正在渐渐地转黑，重行锻炼，这才真像农村女。固然总也可以算是在后方生产，百物涨价，国难薪微，文章不贵，对于两个小孩子的营养，她的种作，实也不无小补。

在左邻右舍，帮助我们的地方委实不少。可是他们，也并不是没有好处从我们拿去的，这不是指着回送些咸鲞而言，是常在妻那里学习烹饪和缝纫，更其是几位将要出嫁的姑娘，怎样剪裁小孩子的衣服，怎样编织绒线的衣帽，探讨得很是认真。为着避难，在无形中，闽浙的文化是在不断地交流了。

（《宇宙风》乙刊 1941 年第 48 期）

台湾的吃

味 橄

台湾人受了日本人的熏陶，对于吃的一项，似乎根本就不大讲究。一般在外面工作的人，大都是早出晚归，带上一个"便当"，一盒冷饭，加上几片酱菜，至多再加点鱼，到午就拿来当中饭吃。晚上回家，所谓正餐，也没有什么了不得。

这儿似乎没有什么名菜。所谓台湾菜，其实就是福建菜。材料方面，多以海味为主，如龙虾、鲍鱼之类。听说有吃蛇的，如锦蛇、草花蛇都可以吃，不过多作药用，大街上就有人拿着活蛇出卖。

在菜馆中请客，吃到甜菜就完了，至多再加上一点水果，既没有饭，也没有粥。有的非饭不饱的人，也只好以面充数。

台湾的名酒是芬芳酒，名字很香，酒却毫无味道，好酒的人，非从内地带酒过来不可。现在也有一家菜馆有绍兴酒，但吃下来，常要那一桌席面多得三四倍的钱。

这儿最好吃的东西，当然要算水果了。除长官陈仪所赐名的，皮红肉绿核白的风果而外，有凤梨即菠萝，又有更大的菠萝蜜。台南的香蕉，每年可产四万吨。西瓜很甜，最好的季节是在十二月。现在入夏，桃李当令。芒果初上市，小得可怜。台湾橘子，原来是很有名的，现在夏天，市面上却已绝迹，也要等到冬天才有。木瓜即巴巴呀，便像香蕉、凤梨一般，一年到头都有得吃的。

在台湾名产之中，也算占有一个地位的，是干牛肉。在基隆登舟回内地去的人，常要买几盒干牛肉和乌龙茶。这种牛肉，切得很薄，大片大片的，味道很是可口，下酒尤佳。在重庆都邮街也有一家卖干牛肉的，但并未像台湾成为一种名产。

好酒的人，最好不要到台湾来。这里的红茶，却不坏，不过吃惯了清茶的人，也并不赏识什么乌龙之类。在台北也有两家很优美的咖啡馆，地方布置得很雅洁，你一进去，便要被漂亮的女侍和迷人的音乐所包围，使你感觉到置身于现实的梦境之中。

台北有一种菜馆，与其说是卖酒菜，不如说卖的是女招待，那有点像日本的艺者，目的在为客人佐酒，又仿佛像内地酒馆中出条子叫来的姑娘，她们陪着你喝酒，可以随任调戏，所以结账的时候，你得另外付一笔相当的代价给她们。

台湾以出产甘蔗驰名世界，所以成为世界第二产糖之区，但现在本地的糖价，却不比上海便宜多少，因为大都运出去了。糖运了出去，却并没有得到代价。同样的情形，台湾系产米的地方，现在却在闹着米慌，一般人要赖甘薯充饥。民以食为天，说到台湾的吃，现在还很成问题，当局的人如果不能解决人民吃的问题，社会是不能安宁的。原来台湾并无小偷乞丐，现在却到处皆是。街灯不明，是因为电灯泡都被偷去了的原故。住家的人，不能一刻走开，否则不仅家中的什物，连窗上的玻璃都要被盗。小民没有吃的，你叫他如何能安分守己呢！

（《论语》1947 年第 132 期）

台湾之起居服食（节录）

秋　星

　　民以食为天，食乃养命之源，于食中，今人往往分为主食与辅食。主食者，以稻麦为主；辅食者，即佐食之品，与零食之物也。

　　先言主食，北方食麦，南方食稻，台湾是在南方，所以它的主食品是食稻。台湾的稻，一岁两熟，间亦有三熟的，因此台湾的米，除供给本岛外，尚有馀粮，可以输出。在日治时代，不用说，就是接济日本的三岛了，自从光复以来，不免也有输出。论理，台湾的米是有馀的，然而近来却非常之贵，这是外在的原因了。

　　台湾的米质甚佳，主食的有两种，一种曰蓬莱，一种曰在来，雪白精莹，颇为可口。台湾非极贫苦之家，能吃大米饭者，对于佐食之菜，倒满不在乎，米却是要吃好米的。白米之外，就是糯米了，糯米有两种，一曰丸糯，一曰长糯，都是做糕饼点心之用，供辅食所需的。

　　台湾工作的人，出门都带饭匣，我以为这个风气很好，大概也是日本人那里得来的。这种饭匣，日本人谓之"办当"，中国人乃呼之为"便当"，确实是很为便当。一只饭匣中，装满着白饭，鱼一片，肉一片，明虾一片，鸡蛋半个，或杂以萝卜、青豆等等，随心所喜，或丰或俭，则视家之有无耳。

　　回忆三十年前，余游日本时，经由各铁道，在各火车站驿，都有小贩叫卖办当，每盒二十钱，等于中国之二角。除白饭之外，亦有鱼肉一二片，鸡蛋半枚。以木片为匣，细竹为筷，吃完后，即抛诸车窗以外，不知近来日本火车上亦如此否？台湾颇少见此种木匣之办当，惟民国三十五年时，曾作阿里山之游，则亦曾吃过此种旅行间的办当咧。

中国人吃饭，往往须备有一汤，西餐亦如此，似乎每餐必有一汤的。但吃办当则无汤，有之则热茶与开水而已。中国人不吃冷饭，虽工农界亦如此，以为冷饭不合于卫生。但吃办当则须习惯于吃冷饭，因为他们从幼年时就习惯，无所谓卫生与不卫生。惟迩来流行之钢精饭匣，那就置在炉灶上热一热，也很便当呢。

为了这个关系，我要谈谈台湾的小菜场了。譬如我们习见的上海小菜场，以及内地的小菜场，老是做一个早市，夜市是没有的。早的时候，在上午十点钟便要收市了；晚的时候，也至多到上午十一点钟以后，十二点钟以后也收市了。但是台湾的菜市，却是全日的，他们在落日的时候，还有一个晚市。这个晚市，热闹却不输于早市。

这是为了什么呢？因为有许多工作的人，中午不回来吃饭的，便是那种办当的制度了。假如夫妇两人，都出外工作，在台湾的中等家庭是很多的，他们都不回来吃中饭，他们每人一个饭匣带了出去，很为简便。及至放工散值回来，可以舒舒服服吃一餐夜饭了，于是他们经过小菜场，或夫或妇，可以带一点小菜回来，以备夜餐之需了。并且这时候，可以把明天饭匣中的饭，以及下饭的佐餐品，也可以备好。

至于上等人家，便不然了，他们用好了男女厨子，早晨入市，可以办好一日所需。即使客来添菜，因为菜场终日开张，咄嗟立办，也不愁"盘飧市远无兼味"呢。不过菜场也有大小，有许多珍馐，小的菜场是不易搜求咧。

光复以后，内地的各种菜馆，都到台湾来了，福建菜，四川菜，北平菜，广东菜，以及各处地方的菜。自然以福建菜最占胜利，福建与台湾，相海相望，盈盈一水，在台湾也以闽南人为最多，而且闽菜也是在中国最著名的。我从前在林琴南先生家里吃过饭，也曾在李择一先生家里吃过饭，那都是善于治馔的主人。

有人说，台湾是个海岛，因此所吃的东西，自以水产为多。这话是不差，然而大陆所畜之物类，台湾也应有尽有。我们先谈家禽类，如鸡、鸭、鹅三种，乡村人家，及中等家庭间，差不多家家豢养。养鸭人家，比了养鸡人家更多，据说，养鸭食料省，利用溪流及水沟，而一群往往有数十只。因此菜市上的价值，鸭比鸡为便宜，鸭蛋也比鸡蛋便宜。

家禽中更有一物，即火鸡也。在内地，要圣诞节方吃火鸡，视为珍品。此地并不如此，家庭中颇多畜养者，杂在群鸡中，并不见它的高贵，随时可以杀了佐餐咧。其他，若鸽子、禾花雀等等，偶亦食之，那就不属于家禽类了。

牛、羊、猪三类，属于家畜。此间也像内地一样，猪肉最普通，牛肉比猪肉为廉，乡村养牛者极多，养羊者极少，羊肉也不大吃。肉类随粮价而贵，势所当然，不必说了。台湾农工界，在平日自奉甚俭，然每遇节日或祭典，必有大宴飨，杀猪杀牛，祀神以后，分享宴饮。元宵前二日，行经一广场，则见正在洗剥一猪猡，其大如牛。主人告余，此猪计三百八十馀斤，在台北市为第三号，尚有大于此者二头，今特择三大中之最小者，用以酬神耳。回时，再经此广场，则见此雪白之巨猪，已披红网，插金花，装上抬架了。

水产物当然很多，不胜枚举。先说鱼类，鱼类当分海产与河产。海产之鱼，当为滨海所得；河产之鱼，则为淡水河及溪流所产。水产是一种专门学问，不能详述。就家庭食品中言，上海所常食，为平民普通所需的黄鱼、带鱼，此间亦有之，惟恐非台湾海滨所产。鲫鱼亦颇有尺馀者，云为此间淡水河所产，惟味不甚鲜。

蟹类捕自海滨，种类不一，此种海蟹，有形状极可怖者，颜色有青中带红的，筵席中每具此，视为佳品。河流中所产之蟹，不大，然亦颇饱满，但注意卫生的人不食，说是有毒。内地来的人，中于有毒之说，亦不食，因此价甚廉。但有毒之说，不知何所据，我曾吃过二三回，未见何异。去岁来此，辜负了江南秋老蟹肥的时代，其实，上海飞机到台湾，仅两个多钟头，早晨带一篓洋澄湖大蟹来，晚上不就可以持螯对菊吗？据说，曾经有过这样一桩故事，有一位飞行客，曾带了一蒲包蟹，不知如何，蒲包未曾扎好，其中的蟹，便爬行到飞机师的脚边，飞机师大骇。爬到飞机师脚边还可，爬到机上别的机械里去，那就要出大乱子了。从此以后，便不许无肠公子在飞机中横行了。

虾有龙虾、明虾之类，种类不一，俱属海虾。出海时，均为活跳，故在菜场出售亦多活者。淡水河中，亦产小虾，惟不及太湖流域所产之鲜腴耳。其他有鳗鱼，有鲥鱼。鳗为海鳗，颇肥大，可以烟熏盐渍，以为储藏，此亦为无鳞之鱼也。

鲍鱼，我们在内地，所尝者为罐头食品，此地可以吃鲜鲍鱼，台湾人呼之为"九孔"，九孔者，以其壳上有九个孔也。在台湾筵席上，此视为必要品，但今亦其价颇昂了。台湾之蛤蚝类颇多，以其滨海故，不胜枚举。倘有人在此组织一水产品之罐头食物公司，必可大大地发展无疑。

台湾可以称之一大花果园，果品终年不绝。此热带与亚热带植物之供献于人类，这样的多。第一是蔗糖，我们且不必去说它了。第二是香蕉与菠萝蜜，也不必去说它了。就在光复之初，大年夜吃西瓜，使内地人觉得惊奇。但现在也无足惊奇了，到了冬天，上海水果店里，也摆出了斗大的西瓜了。

台湾的西瓜，可以分两种，一种是夏天吃的，一种是冬天吃的。夏天吃的，便是他们随地种的，譬如台北地方是亚热带，不宜于在冬天还种暑西瓜。冬天吃的，都是从台中、台南来的。而且种类也不同。夏天吃的，都是花皮，个子小；冬天吃的，都是淡绿色的皮，个子大，有重二十斤的。古人云："瓜时而往，曰及瓜而代。"又曰："七月食瓜。"这些书本上的句子，到台湾来，都改变了。

橘为台湾大量出产品，乡村人家每有橘林，诗云："山中奴婢橘千头。"偶作山游，见树林中，有不少深红色的橘子，累累缀在枝头，可入诗情画景咧。文旦，前曾到一个植物研究所去看过，有一贮藏所，共有大的小的数十种，他们说，称为柚子。但有一物，台湾应有而未有的，这是何物？即橄榄是也，我走尽水果摊，却不见此物，且福建与台湾，相隔一衣带水，为什么也不运来呢？

台湾所少见的水果，如苹果、葡萄、梨子、梅子之类，此关于气候使然，大概北方所出产的果品，此间便少有。我在台湾，吃过生平从未吃过的果品。譬如木瓜，在内地仅作供物，有香味，可作药物，然在此间，则切片食之，其味颇甜。山石榴，山中人颇种之，味带涩。民国三十五年来台，曾在陈公洽先生处，吃过一种瓜，硬壳，壳上有花纹，剖而为两，其肉绝甜，以匙食之，既嫩且酥。为一果学家新配合发明者，已拟有西名，尚未定有中文名，陈长官征求余为题名，余曾拟名为"纹瓜"也。

点心，台湾不多。我先说我们在家乡（苏州）及上海的最平民化的，譬如馄饨，此间无是物；馒头，近始有之，但台湾人素不吃它；大饼、油条，为全中国所有者，但此间仅有油条而无大饼，油条则细如蚯蚓。略思其故，即可明瞭，因为此间产稻不产麦，主食是米而不是面，而此类点心，都为面食之故。

粉食类的点心，属于糕饼之类，为数亦多，均属甜品。有些都是日本社会遗传下来的点心，上海虹口日本茶食店的出品，与之相同。然亦不能谓面食绝对无有者，有如面条，市场亦可购得。台湾的鸡蛋糕，制得很好，装匣出售，此为传之内地旧法，非近日西式的蛋糕也。人家寿诞所送之蛋糕，现亦仿制，但未及上海的好。面包、饼干等，亦仿制，均比上海差。但看了每一次海轮到基隆，均有大批面粉运来，则台湾之面食点心，正方兴未艾也。

烟、酒为刺激性之食物，而今亦几成为必需品。台湾对于烟、酒，本为专卖品，设有专卖局，别处的烟、酒不许进口。其所设立之烟草公司，规模颇大，前曾往参观过，以女工占十之七八。台湾人本来吸本省烟的，自光复以来，挡不住舶来品香烟的源源而来，加着从外省来的官商们吃惯了外国香烟，也嫌台湾所出的香烟不够口味，因此香烟摊林立。"二二八"的风潮，便是这样的闹出来的。

台湾亦有酿酒公司，以啤酒为大宗，因台湾炎夏时间颇长，啤酒则适宜于夏日也。其他酒之种类亦不一，最普通者，若芬芳酒、红露酒，名称甚佳，迩来亦在日求进步。我谓其偏重于色香，而酒之真味殊少，颇鲜浓厚之韵味。但我亦不善饮者，我以为酿酒之人，最好是善饮之人，深得酒中三昧为佳。江南人所饮之绍兴酒，以及中国各省所产之名酒，来此者甚少。然台湾人好饮酒，他日亦必能称雄于酒国也。

台湾亦产茶，每年出口不少，所产均为红茶，在输出中可占一席。家庭间亦每日必吃茶，客来亦以茶饷客，此东方的风俗，当然亦就有日本风味。此间亦有所谓茶室者，似乎以品茗为目的，所吃为厦门茶、潮州茶等等，实则佳茗佳人，意不在茶而在乎"茶花"。更有以茶室为名，而以女子清唱等招待茶客者，则去茶远矣。

饮食之端，各方皆有其特性，以上所举，不过什一，倘能与以驯熟，必能多所认识咧。

（《茶话》1949 年第 34 期）

四川"泡菜"

太瘦生

"冷淡生涯本业儒，家贫休厌食无鱼。菜根切莫多油煮，留得青灯教子书。"

——倭乱避地后方，涂艺轻兄赠菜鱼图题句

泡菜的"泡"字，是"水浸"的意思，与泡茶用开水的解释不同。明白说来，泡菜是一种"渍物"。听说俄国也有这样物品，而中国则有"四川泡菜"，色香味并臻上乘。

四川有驰名的榨菜，但泡菜实际更为佳美。榨菜可以运销远地，而泡菜只能现制现吃。在正式川席上，泡菜是"龙套"，犹宁波食谱中的蟹酱。

据卫生专家分析，生渍的蔬类，保持丰富的维他命，又因它是一种乳酸酵类，既可帮助消化，又可杀灭霍乱病菌。而且不用柴火烧煮，合于家庭经济的理想条件。

未到四川的人，固然不能尝到道地川菜的真味，但在各地开设的正牌川菜馆中，也可以吃到泡菜。旅外的川人，也常常制造这种泡菜，纯粹是家乡风味。

四川泡菜最佳

泡菜不是四川独有，邻近川省的云贵等省边境，差不多都制泡菜。不过以四川所制的最为佳美，而制法又是从川省流传出外，因此"四川泡菜"便出了名。

四川之所以有泡菜，完全凭藉着天赋的条件。因为川省到处是丰富的蔬菜，再加有一种特产的井盐（俗称盐巴），这便是泡菜的生产原料。而盐巴中所含钾的成分，比海盐更富，用它制造的泡菜，可使味道特别鲜美。

川谚说："泡菜处处有，四川顶要得。"（川语"要得"即"好"。）何以会"顶要得"？那就是井盐的妙处。

特造的泡菜坛

"工欲善其事，必先利其器"，要做道地的四川泡菜，一定要用"泡菜坛"。这件专用的菜坛，也是我国原始生活的伟大发明，说来是很有趣的。原来泡菜的作用，是利用浸入盐水的蔬菜，发生天然酵母，在密不通气的坛中发酵而成熟菜。这种容器，需要有密不通气的构造，而同时又要容许过剩的气体自由泄放。

因为这样，我们的聪明老辈，就发明了这个简单而又极合科学原理的泡菜坛。在普通坛口上，加一道水槽，把盖覆在水里，那么外面的气可以隔绝，而坛内的气却可排挤出来。

制泡菜的卤汁

制泡菜第一步，便得预备卤汁。大概用粗盐（精盐及再制盐均无用）一份，溶化在十份的开水中，候冷，加上好的高粱酒（洋酒、黄酒及含有酒精的复制酒均无用）一小杯，花椒和白椒若干粒，鸡爪辣茄若干枚（看辣味胃口而定分量），也有入贝叶二三片的。

以上卤汁，灌入坛中，约占坛内容量的三分之二，不够再可加汁（但须仍用开水合成，以重卫生）。其馀三分之一空坛地位，留为放入蔬菜之用。泡菜坛可在市上买到，有"特"、"大"、"中"、"小"四种。中号最合普通家用，小号的添换手续太烦，但人少的家庭，以用小坛最宜。

做泡菜的蔬类

次言泡菜的材料，凡非过分生硬而不含浆汁者均可泡，统须用冷开水洗净后入坛。蔬菜可以整棵放入，至多只能对劈。瓜豆则须切开，但也不能分切过小，例如豇豆限切五寸长，黄瓜仅去头尾。因为泡菜讲究保持天然色泽，颗块过小，则过熟而色失鲜艳，味亦烂软而不松脆。临吃之时，不妨再大块细切装盘。

蔬类中最好的材料是卷心菜，其次是萝卜、黄瓜、豇豆，此外如大小辣茄、菜花头、莴苣、蔓菁都可，比较耐久的，是荸荠、蒜头、老姜、鲜茴香，随意可泡。

从入罐到出罐

蔬类入坛后，坛须放在温和的地方。但不可晒着阳光，否则坛内温度骤升骤降，泡菜多半变坏。放在太阴凉之处也不宜，因为菜熟得慢，倘过时太久，色钝而味闷了。

一般说来，泡了一两天后，就听到坛子的盖，在水槽里，有时泛出一个气泡的声音，那便是告诉人们，已经进行发酵了。不妨开启看一下，用竹筷翻一下，倘使见到有些瓜菜的皮色，从青翠微转黄绿，这些是早熟的，可以拣出来吃。

江津等县的人家，常用青红辣茄、黄姜、白萝卜、黑荸荠泡制，一齐出坛，五色登盘，有"色"、"香"、"味"并臻之妙。

老卤比新卤好

泡菜一面熟，一面加入新的，始可一年四季不断地吃。但恐新陈无法细辨，可把切的方式逐次改变，作为暗记，以免误拣。

有时忽然见到卤里泛起白花，这并不是坏了，而是卤汁发生酵母过剩的现象。这时，只要把大量新鲜的瓜菜加入，白花就会消灭。这种老卤，却比新汁更好。

卤汁泡用过久，盐分被菜吸出，便会发酸，可以再加适量的盐。卤汁浅了，又须随时加入冷开水（切忌不洁的生水）。

坛中的原汁，永远保证卫生，可以久用。只要坛口封气的水槽的水不涸，所以槽水应当常常注意清换。

（《茶话》1946 年第 5 期）

成都忆吃

海　戈

　　成都小吃很好，这话可不是由我杜撰，不久前吴稚晖先生到四川考查什么，就说过。在前，我有一法文教师，他的名字叫Mondle，中国姓名是邓孟德，此人曾在瑞士住过五年，北平十年，来到成都，他可不想走了，他说："世界都市地方，以伯尔尼为第一，巴黎第二，成都第三，北平第四。成都一是气候好，二是饮食好。"饮食二字是句官话，和小吃有别。如分别来说，成都的饮料却是大不高明，因为成都的水源来自二百里远的灌县，一路引来，全是古法，未曾用自来水管子，亦未经卫生局检查，让它由土沟中穿来穿去。又成都居民家里大致有一口井，不知如何那些井里的水都带盐味，以此人们还是宁可吃那从沟中流来的。那宽一点的沟，便叫溪，不是大家都知道有一条著名的浣花溪么！说起浣花溪，我几乎忘了薛涛井，她最特别，不惟不咸，而且万古澄清，沁人心脾。那更宽一点的，便叫河，成都城内便有很曲折的一条，名叫御河，宽度约与上海大马路相等，还赶不上北平的前门大街呢！城里的人很多是吃这一条河的水，而河身临着闹市，水面自然有不少文章，于品茗，于热天的饮料，于小贩的食品，当然是不大高明了。

　　不过人家也会应用老法子，成都的"小馆子"，总有几只沙缸，他们不从井里汲水来煮米烹菜，而是从御河或浣花溪挑来，一缸一缸的滤过，这种水缸，往往你一进馆门便看得见，许还有几只七八寸长的鲜活鲫鱼放在里边呢。

将水源弄清楚了，我们再说到小吃。

小吃仿佛是对油大（酒筵）而言。油大，在我就讨厌，一顿油大之后，口里在当时不舒服，在以后几天，肚里往往不得劲，如果连吃几天，就像害了相思病似的。以此，我不大愿意赴人家的盛筵宴会，而常常在向朋友介绍成都的小吃。

成都的小吃真是小，不但价钱小，东西拿出来也小，但小得受看，小得精致。这里，你得先知道四川的银价。以上海来比较，上海一块钱换三千几百文，成都要换二十几千文，相差约一与九之比。譬如成都八百文可以吃一盘肥瘦匀净的白肉（成都简称曰"匀白"，单这两个字，你就想吃），作料很齐全，尽够你拌着三小碗饭咀嚼下肚；如以上海计，才值一百二十文（三分银钿）的光景。诚然生活程度不同也有关系，但达官贵人所用的酒筵的价目，也同上海差不多，不会有如此的差别。记得成都少城公园内"聚丰堂"的烧鸭，一只五元，食量大的人，一顿可以吃得完的。

我就爱那小吃馆子，你一进去，桌上先来四个七寸碟子的咸菜，有泡的，有腌的，有熟有生，有白有红，都新鲜活泼可爱，而且几乎每件都可口。你会满意就是这几样足也，回头只见热腾腾一碗豆花端来，摆上各种调和的小碟，任你拣选配搭，搅而和之，随你轻尝细嚼，虎咽鲸吞，或佐酒或拌饭，待到风卷残云，杯盘狼藉，然后高喊堂倌算账，付当地铜元十个，扬长而出。不过如此素食，你也许不惯，久了或将"淡出鸟"来，那么，我可以告诉你一二样价廉质美的"油物"。

就先来白肉，这自然是小吃中的要品。因此时不想编食谱，所以只能从普通一点说。上面曾写到"肥瘦匀净"四字，那其实是形容白肉的本质，与作法无关，我就奇怪成都的厨子，大致对于煮肉和切肉两种功夫，很用了一番心思去研究过，似乎一斤肉应煮二十分钟，或二十一分钟都有定数。刀法是更有本领的，每一片切出来都如银角那样薄、三外指头宽，如此，凑成功了一盘一半肥、一半瘦，白如雪、嫩如玉的食品，但这是不能列入酒席内，亦不可入大雅之堂。

其次说到麻婆豆腐，这是神品。顾名思义，麻婆应当是一位脸上有麻子的婆娘，此婆姓陈，不知已经死去若干年了。至今南北两地的四川馆子，菜牌上都有这样一看菜名，人皆喜而吃之。尝读袁子才与其老友杨澄湖的信，谓女人比男人最易出名，"恐百年后，人皆知有李香君，不复知有杨澄湖"。此话吾证之于麻婆豆腐而益信。但外省的因各地口味而变，大非原物风味了。如北平的做法喜放糖，南方的喜加味精及酱油，均离本来面目甚远。记得在成都念书时，仅去其旧址吃过一次。地点是北门外一条石板街上，入街左右两三家俱是饭铺，据说均为陈麻婆的后辈所开，仍照老式，无招牌，无新式设备，最妙是铺中不置肉架，不陈列小菜，只是专卖饭与豆腐而已。幸而同行者颇为熟悉，临时到附近买肉打油，交与柜上，嘱其弄六百文豆腐焖肉，于是我们拣一大方桌，挽袖踞坐，手剥炒胡豆，对曲酒半杯，白眼看道上行人，俨然有酒醉饭饱之后，就此反上梁山泊落草为寇之"意识形态"。一会，一整碗豆腐冉冉而来，颜色极鲜红，夺目耀眼，至于到口以后，……恕我卖个关子，不必细说，以在不吃辣椒者听来，依然是莫名其妙也。

我仔细研究此物，亦可依法做成二种：（甲）味辣而麻，重红辣椒与胡椒末。先以肉末下锅，待炸香之后，拌以酱或豆豉，再下豆腐，切勿去其豆汁，覆碗而烹之，约一刻钟便得矣。只是在白豆腐上宜先洒以盐，使其咸质预先侵入为妙。形式以围棋格（亦称棋盘格）大小最佳。（乙）如上法，去辛辣，嫌其白而无色，则少增酱油，待要起锅时，略切碎葱铺于其面。其实此看并不难做，只是一般名厨总以为豆腐质嫩，多煮疑其必老，不敢久烹，遂百吃不得其味，虽重加虾仁、火腿无与焉。

其馀如宫保鸡丁、东坡肉等等，都是小吃中的妙品，也是家常便饭中时时会要遇到，这里不再详细叙述，因偶而那些菜也会挤进油大之林，并且名目也"平民"化，多说大有亲近达官名士之嫌的。

（《论语》1935 年第 77 期）

成都的小食

陈　雄

　　记得有人曾经谈过（载《西风》半月刊），人生快事，莫如吃中国菜，住西洋房子，娶日本太太。中国菜的确是比西菜好吃得多，并且据丰子恺先生说，菜的摆在碗里，还有图案艺术形式，不但饱了口福，而眼福也享受不浅。又记得有人说过，中国是爱吃的民族，不是吗？西洋人请客最多不过六七样菜，而中国人吃起席来，动辄十几样以上，包括了酸辣盐甜等的味道。由此，更证明中国人对吃法甚为考究。现在不论别的，只拿成都的小食来说，它不但经济而且好吃。据爱吃的人说，成都的小食比任何地方都好，假若你是初来成都，我可以介绍几样小食店的东西，你不妨去尝尝。但我得声明，我未与人作义务宣传，也不认识小食店的其中任何一个老板。成都的小食店还不止这几处，这几处是成都人士所公认而认为是可以吃的地方。

　　你若欢喜甜食，你可以在总府街口头赖汤元处吃一碗汤元，或者西顺成汤元，只花去一百元钱，即可吃上一碗。焦家巷的烧红苕还更便宜，你不但可以在那里尝试，你还可以给你的亲友带点回去，真是又甜又香，又经济。若在古历的十冬月间，你可以买一根烧红苕沿途吃起，又暖手，又暖胃。假若你甜食的食量健旺，可以去曾府西街吃两个珍珠元子，也许比汤元、红苕更甜，最多你也不会吃上三个。

若是你不喜欢吃甜的，那么荔枝巷的水饺，张麻子的素面，提督东街耗子洞的烧鸭，东城根街的吴抄手，三倒拐的蒸牛肉，西御街的王胖鸭，和暑袜南街的叶矮子抄手、排骨，再加上全兴烧房的大面二两，包你吃得薰然喜色。

你若同你二三位旧友重逢，要畅叙别情，把多年的话语倾吐，又要殷勤地招待一下友人，何妨去走马街的乡村小吃饭馆内去谈心，或者出城清静，在外北的陈麻婆处去吃麻辣烫的豆腐。

你对小食颇感兴趣的话，当你同你恋人由少城公园散步出来时，可到长顺街治德号去吃几笼粉蒸牛肉，然后在顺城街司胖子处买两包咸甜花生米，这是最经济不过的事情。

中国人是吃的民族，恐怕成都人是最讲究吃的了。

（《成都社会特写》，陈雄著，益报社 1946 年 10 月初版）

成都的小吃

文　辛

　　成都的小吃，花样多，滋味精，到过成都的人，都寄予无限的留恋。什么赖汤元、吴抄手、王胖鸭以至八号花生米等等，吸引着锦城的游客和居民。

　　我爱成都的小吃，并不单单地想到它的味道。在任何大都市里总有着可意的小吃，而欣赏小吃的风趣和滋味，总够不上成都的浓郁和隽永。

　　在成都吃小吃，正如看电影或是跳舞一样，是一种必不可少的消遣。食客们的欲望，不在过门大嚼，以图一饱，其目的都是鉴赏多于味觉。好爱锤饺子的人，他会告诉你锤饺子的肉是如何的洁和精，皮子是如何的细和软。爱好麻子面的，辨别得出酱油是如何的美，辣椒是如何的香。成都的小吃店，没有堂皇富丽的设备，铜井巷的担担面旁，常有绅士淑女，站在马路边，细细地咀嚼着味道，而不感到有失身份。有这样的一个故事，一个食客，为了欣赏槐树街的馄饨面，特地从金堂县赶百多里到成都，吃了一小碗面后再回去。

（《飘》1946 年第 7 期）

成都的小吃

郭祝崧

前些年辰，在成都通行一句俗谚："生在成都，死在建昌。"建昌的棺木料甚好，有一种名叫花檀的，极不易腐朽，一般人相信以此作棺木，可以把自己的尸体保存得很久，大有千万年后好作后人考古资料之概。这种木料的确很美观，细致的纹理，鉴人的光泽，还有一股扑鼻的异香。据云是用檀木埋在地下，经过一相当长的时间后才成功的，因牺牲率甚大，故极贵重，通常须三五千元始得一付，于是假充的很多。这件物事到今天，每套之价格已增三十万元以上——据说有值一百廿万元的，问津者虽大有人在，但终究买不起的人多，所以"死在建昌"的念头已逐渐打消。"生在成都"的目的是成都的一切都好，整年不乏游乐之趣，生活费用甚低，尤其是吃。吃在成都，有大吃、小吃与零吃之别。大吃就是指整席而言，零吃是说站在街口汤元担前吃两个，或是在街对面王大娘的摊上赊一文钱花生米来混混嘴，这些都不值得注意，令人醉心的乃是小吃。

成都小吃之有名，早已有口皆碑，而且十多年前早有百零八家之名震两川，"麻婆豆腐"更至扬威海外。考成都小吃之盛行，原因不外乎物阜民丰，价廉货美。物产众多则人民财力宽裕，可以尽量挥霍，同时此等物产之制成品的价格亦必低减。人民购买力既强，需求就多，决非数十家商店所可胜任。商店一多，互存竞争心理，各自出奇斗美，非有一物之长者，决不易立足其间。食为人性之最，所以食店在商店中居在领袖地位。抗战之后，虽然食品之价格亦随百物猛涨，但小吃究竟不妨。

大凡旅行所至，或客寓某地，最主要的"纪念"，我觉得应当是吃。因为山水佳丽，各地皆有，虽其形貌各有不同，但其一物则天天皆同，极不易变易丝毫。惟吃则不然，各地方有各地方的风味，各店铺有各店铺的特长，而且一店铺一食物，只要不是同时所做，其味道究竟各有不同。不变之物可容吾人详细体会，而此种易变之物，非瞬间捉住其优点不可。所以我主张吃。

普通一般人所说之川味，大抵是指成都味而言，实质川味应包括川西、川东、川南、川北四处而言。川南北不必提起，川东亦不足与川西比，川西自然是以成都为其代表，也是集大成的所在。成都的吃，既有大、小、零三者之别，何以我拟定题目专谈小吃呢？因为大吃花钱太多，每席至少二三千元，零吃又未免规模狭小，且无特长，故只介绍小吃。前面不是说过早已有人提过成都小吃的品名吗，但是不够的，他们只记出了什么店号什么品名，忽略了这物事的实际情形，现在又有些东西根本已吃不到了，或者已不堪回首话当年——如守经包子之类。

小吃的种类很多，分类叙述极感不便，不得已我只把它们分成几个部门，先说面食点心，再说有饭可吃的馆子。前者之中又先说甜食，继说咸食，后说两者兼具者。为充分显示地方风味起见，本文不述西式及非成都味之一切小吃，并且去取亦甚严格，毫未受贿！

成都人对吃的东西，每每给以吉祥的字句，如像吃白菜是"百事顺遂"，吃韭菜是"久久长寿"，而最像煞有介事的无过于元旦早起吃"元宝"，不管那一天有没有断炊之虞，总得剩几个自己弄"元宝"吃。此种"元宝"必须自行在家中做，没有在街头出售者，因为决无傻瓜愿意大年初一就把"元宝"给人。过了初一，这东西就有出售了,不过改了一个名字——叫做汤元了。在成都说到"汤元"二字,不得不令人想起赖汤元,在春熙路与商业场及总府街的十字口附近的一家小小的店铺,除了挂出斗大一个"毕"字而外,整天都挤满了人,甚至街上也有人端着碗吃。赖汤元的汤元,主要的长处是特别的"柔软",他的糖与酱也比较好,再加上地利——适中与狭小,就成了今日的大名,不过他的确是成都汤元业的魁首。还有一种叫太太汤元的,馅子有三四种,本来只用油炸而上荣乐园的特等席桌,最近几年更名为俗不可耐的"飞机汤元"后,才大量地供应外销,但须自行"煮"或"炸",地点在惜字宫南街。

成都的甜食除了汤元而外,要算之合坭,这是用各种豆粉、花生粉、薏仁粉等三二种混合用油炒成者,多为"夜摊子"出售。"夜摊子"即夜市之食物摊,白昼没有。此外,祠堂街一带店铺有之。不过当此油贵时节,大都偷工减料,吃十次,难得有一次遇着好的。

卖面食点心的铺子,平均每街有三家,则成都至少有三千家。自然有一味之长者颇不乏其所,不过终究是一样的东西而已。最富成都风味的要推素面,最佳者现在要推新南门铜井巷的,这是一个摊子,面"擀"得很好,酱料尤其好,红白豆油都是用的浓度达百分之九十以上的窝油,可惜每天只有正午前后六七小时的营业时间。此外纯阳观笔兴街口一家无名小店的素面,东门外砖牌坊(今名金泉街)麦香村的素面,其味都佳。次等的,实屈指难数。素面之好吃与否,有三等先决条件,一是面软碱少,二是红豆油好,三是辣椒及芝麻酱多,缺一不可。但辣椒一项,很多人视若毒物,不敢亲近,此辈在成都当减口福不少。与素面共称的是甜水面,比素面要粗一些,先煮熟后,置凉水中,过些时取出,吃时须先放在开水中片时,然后再蘸以作料——以红豆油为主。红豆油有二种,吃素面用咸的,吃甜水面用甜的。凡以素面著称的地方,甜水面亦佳;以甜水面扬名的店铺,则素面也好。二者之外有所谓素椒(当作蘸)

面，即素中蘸以各种"少子"，如红烧牛肉、杂酱、三鲜之类，此中又以牛肉素椒面为翘楚。华西坝的"寡母铺子"及梓潼桥的稷雪又为第一。

水饺子也为成都人心目中的一件好吃的东西，红油水饺——就是有辣子的为代表作，专售此物者之店铺，仅次于卖素面的。不过只有南暑袜街的荔枝苞锺姓的最好，另外一家——商业场口的望江老号在没落中。前者另有拌甜大头菜可口，后者则有发糕对称。

两种特殊食品提过，再述说有名的铺子。

前面提到的稷雪是成都小吃店的元老，也是最富保守性的，每年按季节改换食品，食品也只有二三十种，从无新花样出现，是成都有名的荣乐园包席馆的姊妹馆。佳品差不多每种都是，作者最欣赏的是素椒牛肉面、桃油羹、八宝饭、凉糕、慈菇饼等。与之对抗的有五芳斋，本是上海馆，其后成为四川味，现在又改成非驴非马的杂味了，食品也好，只是作的速度慢，叫过品名，半点钟才得入口，以烧麦著称。

说到烧麦，则悦来场中长安市的也不错。长安市是一家酒馆，兼售面食，凉拌兔肉也颇可口。但凉拌兔肉，则以清石桥北头一家面馆内为佳。这物事宜花椒与海椒，也非若干人所能胜任，通常成都人都以"锅魁"夹食之。"锅魁"有如烧饼，但并非烧饼，比烧饼薄，且有若干种类，甜的，白的，咸的，酥的，四大类中又分成十来项小种类，如像混糖、包糖等等。

夹"锅魁"的东西很多，洞子口的凉粉同至德号的"蒸笼"，都是了不起的对象。洞子口离成都很远，不去管它；其他的凉粉店也多得很，难以分出高下。我们就单提"蒸笼"吧，"蒸笼"是简称，乃是很小蒸笼，内蒸牛肉、羊肉、肥肠、鸡肉等物，两笼为一份，一份之重量不过半两，肉或肠用米粉子混拌，再放以油盐或豆瓣酱等物，于是蒸之。每一蒸此种蒸笼之锅，上覆一木盆，盆底有若干小孔，孔上即置蒸笼，蒸笼互相重叠，每叠可至五六十个。食时随食客的喜悦，自行以葱、香菜、胡椒、花椒、海椒、醋等作拌。至德号在长顺中街，此外上升街有一家亦足与之比肩。

上升街那家店铺——并无正式之店名，还有燃面足资一谈。燃面本是用南叙府的名品，成都的却有些差异——放有火腿、鸡丝等物。此面之作法，系先以煮熟之面，用力甩去其水分，再以熟猪油拌匀之。这两道手续为最重要的部分，水分不干，油不能均匀附于面上；油太热，则面易焦；油太冷，吃下去要泻肚。有等能手，可使其所拌之面，用火燃烧，如点蜡烛。燃面并非炒面，但与炒面甚相近，二者皆以油多为贵。与燃面相反的是凉面，凉面以长顺下街之锦江春独霸。

另外有一种与水饺差近的抄手，乃是零食"担担面"的主角，但也有开铺子专售这食品的。南暑袜街的叶矮子、三桥的吴抄手、华西后坝的林抄手鼎足而之，各有长处。他们的抄手种类很多，前二家兼售菜品。

成都的夜市很有名，夜市中主要的项目中，也有"食品"——依然是小吃。前面所说过的已有三合坭，这里要提的是北新街口的几家夜面馆，黄昏开卖，十一时收场，上至鳝鱼蚝柱面，下至"白提"都有，还有酒与菜，"鹅裆裆"是最高贵的菜。说到此不禁想起皇城坝的王胖鸭店，它那里的鹅与鸭，又肥又嫩，只是价钱贵，并且又仅有酒而无面食，所以只可买回家中或饭馆里去吃。

以前成都祠堂街上只有两种店铺，一是书铺，一是小吃店，前者方兴未艾，后者已趋没落，只有廿四春足堪一顾，它售汤圆、白合稀饭、扬州水饺等物。

面食点心铺已把最优等者指点一番，下面把饭店数一数，述说的次序，系按其食物之售价而分为三等，先说高价的，次说中平的，再下是价格低廉的。但要申明的是，它们食品的可口程度并无差别。

荣乐园（布后街）、不醉无归（陕西街）、姑姑筵（陕西街）、颐之时（华兴街）、虎幄（北新街）、竹林小餐（福兴街），都是成都人认为的"棒棒"（敲竹杠之意），但偏有人自讨苦吃，原因是它们的东西好。

荣乐园本是成都第一家大的包席馆，也卖零食。老板名蓝光鉴，战前拥有厨师五六十位，每人专研究炒一二种菜，现在则只有二三十人矣。不醉无归为黄霆仲开设，其父则办姑姑筵，即昔清宫厨师黄静宁，不但有烹调奇技，学问场中亦是"软通"，与名士往还，增加声价不少。这三家的菜几乎每样可吃，但每菜之价目自七八十元至数百元不等。颐之时与虎幄皆新开者，前者以价高享盛名，后者则为军政界人士聚会之所，都不足问津。竹林小餐，开设已五六十年，镬汤白肉，颠倒众生。一般人皆认为陈麻婆的豆腐及此处的比二物，为成都吃的代表。记得前几年，某巨公旅居成都年馀，将走的时节，新闻记者问他对成都的观感如何？他说他最欣赏"镬汤白肉×××（一个女伶的名字）"。当时有个新闻记者奇趣地加上一句按语："食，色，性也。"

中等价格折是华兴街的荣盛，梓潼桥的长群轩，走马乡的乡村与南台，少城公园中的静宁。荣盛的炖牛肉，南台的宫保鸡丁，乡村的犀浦鲫鱼，同之处的萝卜连锅子，都是美味。长群轩则有肉饼汤、泡菜溜肉、家常蒸笼，皆胜。

价格较低的则有陈麻婆与邱佛子两家。陈麻婆豆腐的"麻"、"辣"、"烫"，早已有口皆碑，传遍天下（远至法、德中国菜馆皆有此物），并有人专机飞来蓉嗜味。在"麻"、"辣"、"烫"三大特点下，每天都有几百人在那里涕泪纵横，汗淋淋下，可是对着那一碗豆腐，又停嘴不得。陈麻婆豆腐有牛肉、猪肉两种，牛肉的比猪肉的好。店铺也有两家，一家是女婿开的，一家是儿子开的，一旧一新，旧的是女婿所承继，味道"据云"较好，地点在北门外万福桥。邱佛子的经济学豆花饭馆在祠堂街美术协会对门——实在应说美术协会在邱佛子对门，因前者远不如后者名大，在这里"花最低的价格可获得最高的享受"。

上面虽然仅仅举出十多家店名，离百零八家还远，更不及数千家之百分之一，可是自信已把最有名的举完，其他那许多馆子，实不必提。原因有二，一是抗战期中需节省物力财力，不可过于浪费；二则由这些店铺中，旅客已领略尽"川味"。也许不少的读者在此时已垂涎三尺，我特借本志一行篇幅，大声疾呼：

"饕餮诸君，盍兴乎来！"

卅二年五月于蓉

（《旅行便览》1943年第4期）

成都小吃品

记　者

　　中国人好吃，善烹调，为外人望尘莫及。国中尤以川省为著，川中小吃甲于天下。某君新由川来，谈及前川军将官陈益廷氏，自解职后，一意经营商业。对于食品，颇有研究，凡成都新兴或老牌之大小食店，自花生米、凉粉、锅魁、豆腐干、宫保鸡、烧甜鸭，经陈氏亲尝，认为合"可吃"之格者，凡三十一种，今一一披露于此，作义务宣传，读者诸君，慎勿垂涎三尺也。

　　外北陈麻婆豆腐，及盐道街花生糖，虽向以好吃脍炙人口，但前者肮脏不洁，后者含碱过重，故未入选。至经彼手订之三十八种小吃谱，彼可负介绍之完全责任。兹志陈氏手订之三十八种小吃谱如次：

　　一，惜字宫杨少奶奶汤元；二，铁枯井香油米花糖；三，守经街包子；四，青石桥鱼市口红肚子大肠——电灯燃时始设摊；五，玉石街两相好卤牛肉；六，荔枝巷水饺子；七，春熙路五芳斋薄皮包子；八，梓潼桥稷雪各种点心；九，福兴街竹林小餐白肉饭；十，华兴街水池侧抄手、担担面、心肺大肠；十一，铁路公司蒸牛肉；十二，福熙路春同捞嚼糕；十三，东大街李钰兴素饭；十四，会府东街口协盛隆点心；十五，商业场味虞鲜点心；十六，华兴街盘飧市卤鸡、鸭脚；十七，暑袜北街青芳斋素点心——以桃酥为最佳；十八，西御街口王胖子烧鸡、烧鹅裆；十九，昌福馆农村莜面及卤转子肉；二十，陕西街不醉无归小酒家鸡脚豌豆汤、宫保鸡；二一，公园内晋龄饭店烧甜鸭；二二，南门大桥枕江楼鲜鱼虾；二三，青石桥农味村豆花锅；二四，晻袜矮子斋抄手；二五，北门外城隍庙凉粉、锅魁；二六，华兴街荣盛饭店炖牛肉；二七，提督街鼓楼南街口羊杂；二八，东马棚街太太胡豆瓣；二九，新玉沙街花生酥；三十，祠堂街廿四春薄皮饺子；三一，商业场美琪韭菜合子；三二，中兴街白糕；三三，上升街粉蒸鸡燃面；三四，红庙子杨姓烧鸭子；三五，上东大街夜间阶檐边牛杂锅；三六，悦来场鱼皮花生米、五香豆腐干；三七，会府东街古董铺售各种蜜饯、鸡肉松；三八，温江吴家场酥糖——未查住所，童子满街叫卖。

（上海《民族魂》1934 年第 1 卷第 8 期）

四川名菜姑姑筵史略

老　饕

　　四川以善烹调闻名举国，川菜之肆，遍南北各大城，即"食在广州"之五羊城，亦有锦江春、半斋等四川馆，与金轮、西园等酒家争一日之短长。至成都之"姑姑筵"，乃脍炙人口，读者当早知之也。成都少城公园附近，有小酒肆，当炉者为姑嫂二人，开饭肆女职工之前声，与北京穆柯寨遥相交映。（按穆柯寨在北平城南李铁拐斜街，当炉者为一奇肥怪胖之中年妇人，以善治炒面疙瘩著称，此妇当绮年时即当炉治味，浑名为穆桂英，今已年老色衰，而其名已播之故京社会，名记者吴君赠诗有云："廿年为客老燕京，每饭难忘穆桂英。试问他家女招待，可能亲手为调羹。"诗凡四首，仅记其一。）姑嫂之姓为黄氏，其尊人名黄敬修，逊清时曾为堂皇七品之官，中年罢官家居，日惟研究调味，其女及媳，得其亲传，设肆以供老饕，美其名曰"姑姑筵"。中委丁超五，二年前曾因视察党务，为蜀中之行，试"姑姑筵"而甘之。返京时，敦请黄敬修与之偕行，既抵京，乃盛称其味于诸显要前，并申荐贤之义，将黄氏引见蒋委座，请其将烹调本领传授委座厨师。据黄氏云："一盘回锅肉，若求其味佳，则一二百斤之肥猪，不过猪膀上一二斤肉可用。"即此可见治味之一斑矣。黄氏留京凡三阅月，尽以所长，授之委座厨师，委座于万机之馀，尝试"姑姑筵"滋味，亦甚快朵颐也。

（《天文台》1937 年第 44 期）

四川名产榨菜麻婆豆腐
——谈谈名菜史话

芝　生

　　抗战几年中，到过四川的人都把四川榨菜吃够了，看够了，没有想到复员归来，人们却拿榨菜当做珍品。不但国人，连美国人也尝出甜头，随着胜利，榨菜居然装箱出洋，和"李鸿章杂碎"赞美一番了！

　　榨菜的名气虽大，但它发达的历史并不算太久。据说在清末民初之际，有一位四川涪陵洗墨溪人叫邱寿安的，偶然心血来潮，把菱角菜加以压榨，拿来飨客，颇得好评。于是他就集资开起榨菜作坊，又得一位大商贾叫骆培元的合资，大作起来，终至今日的四远驰名的地位。

　　榨菜，其实是芥菜的一种，在四川叫青菜，俗名很多，如菱角菜、羊角菜、鸡啄菜、凤尾菜、香炉菜、猪脑菜、笔架菜等。未成熟时像芥菜，长大时就慢慢地不像了。榨菜怕严寒，也怕酷暑，只有在一年四季经常保持温暖的地方才能栽种，所以只有四川较宜。

　　将晾干的菜头放在篓中，撒卜盐搅拌，装入木桶或瓦瓮，戓砖筑成的坑中，装入时要紧密压入，用足践踏，如用木桶，则桶旁开小孔，使压榨出的盐汁流出，过三四天后，再取用盐搅拌一次，再像上次一样的压榨。榨菜的味美与否，全在压榨的功夫，压得太厉害会食而无味，压力太小，把菜中水分留得太多，容易发酸。最后再加上各种佐料，如生姜、辣椒、花椒、茴香、山奈、八角、广香、甘草、上桂、白芷等。这样做好以后，把它盛入坛中，装坛之前，先把坛用温水洗过，再以少量的烧酒把坛内壁擦一遍。菜装进去时，徐徐而入，以木棒频频捶压使紧，填满之后，上敷以若干食盐和一层以烧酒喷过的菜叶而封塞了坛口，再加上黏土、油纸和一些涂料，这样成坛的榨菜就可以出口了。

麻婆豆腐也是有名的川菜，要做到"麻、辣、烫"的程度，不是一般菜馆所能做得到的。说到麻婆豆腐，总要先讲一讲陈麻婆。陈麻婆的一生是不可考的，只知道她在成都北门外一个大庙宇旁开了一家小茶馆，最初来涉足这小茶馆的人，无非是轿夫小贩，等到麻婆豆腐出了名，小茶馆门前摆满了士大夫的车子，轿夫小贩也就裹足不前了。

麻婆豆腐的作法很简单，主妇们可以一试：

先用少许的猪肉末或牛肉末，放在猪油内煎熬到带略焦的程度，然后加酱油、豆瓣酱、大蒜或蒜苗及少许的米汤，略煮片刻下豆腐，烧到最热的程度起锅，再将红辣椒油和花椒粉加在上面，这样便成了"麻、辣、烫"的名肴——麻婆豆腐了。

陈麻婆早已经死，现在连她开的饭馆都无迹可寻了，但是在那个地方，或开了四五个差不多的茶馆，大家都标着真正麻婆豆腐，好像北平剪刀铺的"王麻子"那样的多。

（《农业生产》1948 年第 3 卷第 9 期）

嘉定的小吃

平

　　这次从浙江出来到四川，一路经过的各省，觉得吃的问题最苦的是江西，广西和四川的小吃最讲究，尤其是四川。贵州虽穷得很，在这方面却也颇想贫人学事富人——四川。

　　嘉定是四川盆地中的一片小平原，地方是相当的富庶，因此在这里，为四川特色之一的小吃，也讲究得很。尽管没钱的人们是怎样的贫苦，附郭的草棚是怎样的破烂，小吃总是盛大地流行着。即使是褴褛的赤脚朋友，也得上汤圆店吃碗把鸡油汤圆，算做辛苦操劳之后的一点安慰。

　　按照这里的习惯，小吃店，和别的吃食店一样，营业是分早、午、夜三市的，一过了市，就不做生意。每个的铺面都在柱角上挂一块牌，一面写着"开堂"，反面是个"毕"字。这些买卖布满了整个嘉定城，尤其热闹而且搜罗完备的是县街南半段和玉堂街的北端，绕着嘉州公园西边的一带。

　　四川的人们原就做了小吃店的好主顾，自从武大的哥儿、姐儿们到来之后，骤然加了千数的热心同志，情况就显得更加热闹了。清早的"开堂"有两种，一种是豆浆和油条、烧饼，另一种是鸡油汤圆。宁波老板的"上海四时春"，就煌煌地标榜着"下江"油条。真是财运亨通，不但座无虚席，而且常常拥塞着站班的候补者。豆浆是甜的，用黑芝麻烧饼或葱油烧饼和着吃起来是同样的够味。油条确实"下江"来的，和上海的没有两样，在这里常常是蘸着白糖吃，享用过的人才知道确实别有风味。鸡油汤圆是更为普遍的，汤圆的馅是黑芝麻泥的，和着多量的油，一片片地切成了小方块，夹着油纸，层叠在柜上，每一个小方块裹上一层糯米粉，成功一颗汤圆。一碗是四颗，卖你"六百"，这等于大洋三分。

十二点前后的时候，午市开始了。有各种各样的面、水饺子、抄手、肉饺、肉包子、糖包子、燕窝卷，还有珍珠圆。这里的面都是小小的一撮算一碗，分量少得很，其中最特色的是油条面，面条用麻油干拌了，加上几片碧碧绿的菠菜叶子和一大把葱，跟江浙冷面的风味既相像又不相像。水饺子只有一节拇指那么大小，好像是孩子做着玩的。抄手就是馄饨，名目虽然奇特，实际却很平凡。糖包子的馅，花色不一，有净白糖的，有黑芝麻泥的，有白芝麻泥的，还有玫瑰板油的。燕窝卷是嵌有燕窝的花卷。在一个面馆兼包子铺里，跑堂的会照例地送上你面前：四只肉饺子的一碟；一个肉包子，一个糖包子，再一个燕窝卷一碟；外加满是油腻的一盅"清汤"。四川是吃辣的地方，渗着红色的"辣子油"，加上了醋，确是蘸面食吃的恩物。珍珠圆是大型的汤圆，外面黏上几粒糯米，蒸熟了吃的。

最富于幽趣的是夜市，县街上暗暗的一长条，点缀着几处特别显得明亮的电灯光。鸡油汤圆重又上市了，代替了包子、饺子的是锅贴、八宝饭，老糟蛋开始出场，面和抄手不曾变动。八宝饭"每份"只有一酒盅那些容量，放在坦坦的碟子里，上面铺满了白糖，虽然只是那么一些些，吃了却尽够你饱腻的。老糟蛋就是酒酿冲鸡蛋。玉堂街端的三馀味，晚上也卖豆浆、烧饼，豆浆是瓶装的，虽然吃的是国粹的烧饼，却摆起了洋刀叉，真正可笑！

四川的糖食本来就不差。郭沫若先生那天被同学们"骗"来校里"谈话"的时候，曾经介绍过嘉定的绿豆糕。现在除了荣洪斋之类的土产之外，又有了摩登化的。三馀味的面包，十分新鲜，又烧的一种，甜里带咸，极有广东风味。丽利等的白塔花生糖、多福（上海大新公司珍品）和精美的蛋糕、饼干等，几乎有了上海的程度（当然这是夸张了一点的）。

这里好像原不乏有闲者，大学的骄子们自然更是高贵而惯于享受的，仅仅是那些太普罗化了的铺子，他们不屑进去罢了！金陵、果腹、三馀味，不都是"座上客常满"的吗？

（《大路周刊》1939年第30、31期合刊）

重庆饮食店

陆思红

　　重庆素称繁华，故菜馆酒家，各式俱备。战后人口增多，初莅客地者，每喜一尝异味，重庆之饮食店，因此营业鼎盛，新开设者，日有所闻，互以乡味相号召，对装潢布置及侍役招待，亦各争奇斗胜，吸引顾客。当局因提倡节约，一再申令，实行新生活，限制中菜每席不得过八元，西菜每客不得过一元，而实际不然，好在十六元一席，可作二桌计算，二十四元一席，可作三桌计算，公司菜每客一元之外，添菜可以另加，主客通同舞弊，第三者何从稽考其究竟！在黄敬临未死前，达官富商之宴客，非"姑姑宴"不足示敬，最简单酒席，每桌非五六十元不可。谁信前方将士正在浴血抗战之际，重庆之豪奢，有此反映之果者。

　　按，黄敬临于逊清曾任知县，并为西太后御厨，以烹调著名。鼎革后，黄以遗老自命，设"姑姑宴"于成都，示隐于屠沽之意。所治菜肴，注意调味与火候，虽白菜一盂，亦必选料求精，不同凡品。嗣因自撰一联，悬诸肆中，词意得罪当道，不安于业。适杨永泰入川，就食盛赞其美，邀请赴汉，遂结束店务，整装东下，讵中途闻杨氏被刺噩耗，于是留渝不复他往，寓至诚巷一号。慕其名者请为治菜，即就其寓设宴，须先期预定，桌数不能过多，且须以宾礼相待，不得目为厨役，菜皆亲手烹制，色香味三者，咸臻上乘，故价虽奇昂，仍多乐就之者。黄又自命风雅，晚岁以临池为乐，小楷颇娟秀，手录《资治通鉴》，未竟全功。二十八年一月十五日，敌机袭渝，因受惊致疾，卧病数日而逝，年六十四岁。长子延德，在蓉设"不醉无归小酒家"，能世其业，但菜味逊乃翁多矣。

重庆菜馆之多，几于五步一阁，但午晚餐时，试入其间，无一家不座无隙地。大别之可分本地馆与下江馆，营业方面，全席则本地馆因房屋较宽大，故尚能维持，零拆碗菜，则下江馆总占上风，如会仙桥之白玫瑰等，则本地馆中之下江化者，故其营业独盛，是又例外。考本地馆之逊色原因，最大问题，在于招待之欠周到，且菜盘过大，不甚经济，又下江人不知者，或疑川菜每味皆辣，轻易不敢请教，有此数因，致下江馆如雨后春笋，应运而生。所谓下江馆，当包括各地而言，如冠生园、大三元等，皆以粤菜著名，松鹤楼以苏州菜著名，燕市酒家座位虽欠整洁，而富有北方风味，喜面食者，趋之若鹜。此外，宁波菜有四明宵夜馆，扬州菜有瘦西湖，河南菜有梁园，又有川菜而南京化者，如浣花、国泰等数家。至菜馆招牌，冠以"上海"二字者最多，此则往往名不副实，因真正上海本地馆名菜，如秃肺之类，在重庆对原料之采办，尚根本发生问题也。总之，餐馆为本轻利重之营业，一般避难入川之稍有资力者，咸视此为发财捷径，贸然开张，本系外行，若更欲辨别其属于何地风味，甚难究诘也。忆都邮街冠生园未开幕前，其处原设之菜社，招牌名为"有一天"，该社亦为战后自上海避难来渝之人合资所组织，其取名"有一天"之用意，即为希望中有一天快得回上海去，故其布置方面，房间名称，一律袭用京沪、沪杭两路之大站，如南京、杭州之类，散座每一桌上，亦标以无锡、常州等类之名称，以示不忘上海附近之环境。某次编者应友人招宴于他处，其时"有一天"开张未久，席次某君谈及重庆各家餐馆之风味，各地咸备，并谓"如都邮街新开之有一天，即为福建菜馆子"，其意以为上海、福建菜馆，常以"小有天"、"别有天"之类命名，遂误会有一天亦为"小有天"之类，不问事实，自作聪明者，往往如此。但亦可知重庆之菜馆，不能全凭招牌名称，以断定其为何种口味也。

重庆西餐社虽亦有数家，但仅应名而已，价昂而味不见佳，尤以鲜鱼缺少，牛油制炼不得法，老饕光顾，殊难认为满意。又重庆新开俄国菜馆多家，上海吃俄国菜，以经济著名，平时一小锅罗宋汤，佐以面包，价仅二三角，可供一饱，而重庆吃俄国菜，价较一般西菜更昂，非布尔乔亚，必被摈诸门外。橘逾淮而为枳，天下事本不能胶柱鼓瑟也。

重庆之绍酒，徒有名色而已，不如元丰正之土黄酒，虽不见佳，犹有本色。大曲绵竹货较泸州货稍味醇，万县橘酒，装潢甚合时宜，茅台酒以道门口美味村所售最有名，价甚昂，究属如何，则惟善饮者知之矣。

重庆之咖啡馆、小食店甚多，而所谓小食店，专售甜食者，稍加银耳竹参，动辄每碗数角，名为小食，实不经济，殆上海人所谓"小吃大惠钞"。望阮囊羞涩者，以少往问津为是，免致后悔。

重庆茶馆甚多，中央公园内之长亭，营业最佳，座客常满，惟商人甚多在茶馆内作交易者，各业各帮，咸有指定处所，故研究社会问题者，往往首先注意访问当地茶馆状况。初时茶馆内有雇男女清唱，佐以丝竹，以助茶客馀兴者，自秦淮歌女，联袂西来，清唱之外，更多彩排，虽有数处仍借茶馆旧址，但门票另有定价，座客非真为品茗而来矣。

（《新重庆》，陆思红著，中华书局1939年8月初版。

篇名为编者另拟）

重庆生活片断（节录）

思　红

　　玩过了，谈到吃。从前人说，阿房宫里五步一楼，十步一阁，那时作赋的本人，也没亲眼看见，究竟是真是假，谁也难下断语，但是现在重庆吃食店之多，如果借此譬喻，却是虽不中不远矣，大大小小，各式咸备。有人说"前方吃紧，后方紧吃"，确乎形容绝倒，不能嫌他太刻毒。从前黄敬临没有死的时候，重庆还有所谓姑姑筵，那黄敬临在前清西太后执政时代，当过御厨，又做过知县，到底此公还是先做知县，为了长于烹饪，选他去做御厨呢，还是先做御厨，为了烹饪有功，赏他做个知县呢，我可没有探听仔细。我又知道黄敬临的小楷写得很不错，他手抄《资治通鉴》，虽然到死没有完成，总算用过一番苦功了。有人请他做小菜，时间，菜肴，一切都要由他支配，主顾不能随便出主意。我初到重庆，听说起码每桌三十元，去年起码每桌要六十元了。每桌的菜并不多，但尚适口，因其十分名贵，所以非预早约定，不易有尝试机会。设席地点只限在他家里，例不出堂。要是主顾有雅兴，和他谈谈掌故，那是他最欢迎不过，话匣一开，保险你吃饱之外加听饱。后来他的妻子继其遗业，滋味如何且不问，只差了这一点谈论风生，就不免门前冷落车马稀了。现在听说已迁往成都，不知究竟如何？姑姑筵的号召，固属另有一种吸力，而其他开饮食店，不从菜味上考究，专想旁门左道发展者。女招待的活动，重庆也很通行，警察局曾经取缔过女招待和顾客离座，可见总是玩得太不雅相了，才会引起当局注意。

重庆警察局于今年春间，出过一张禁止男女同浴之布告，这是他处难得见的风气。重庆浴室大都辟有所谓家庭房间，计价论时候而不论人数，浴盆之外，并铺设卧具。

重庆江流太急，池塘太少，所以鱼鲜很难得。在江浙一带生长习惯，"食无鱼"不免令人兴长铗之叹。近来重庆很多饮食店，忽然专以鲜鱼号召起来，我起初觉得很奇怪，不知有何妙法，竟能鲈鲙平添。后来知道有人做投机生意，特地掘了池塘养鱼。我又疑惑，像青鱼之类，一时不易长大。后来我的朋友举个例给我听，他说："你看某人某人来重庆的时候，多没有带家眷，现在他们的临时组织，一个个抱出小孩子来了，你看还是养人容易，还是养鱼容易？"我虽愚蠢，经此解释，也不禁恍然里钻了一个大悟出来。

重庆百物昂贵，日有进步。外来货品，因运输困难，种种原因，似乎还情有可原。本地土产增涨的程度特别加快，真是无可理喻。单拿重庆最有名的一种水果——广柑来说，前年冬季，一毛钱可买十几个；去年冬季，一毛钱已只能买六七个了；今年冬季，一毛钱能买到又小又酸的两个广柑，可算相因极了。（注："相因"，重庆俗语，即上海人所谓便宜。）

今年丰收，米价仍比去年贵一倍不止，这是怕谷贱伤农之故，所以比上海、昆明，到底便宜些。煤炭价目，统是一涨几倍。现在当局实行平抑物价，大概重庆生活，"食"字最易解决，因原料取给甚便，过去增涨，完全由于奸商操纵之故，如果严格取缔，至少可以希望不再涨上去。

夜半呼声炒米糖

张恨水

客有稍住春明门内者，对硬面饽饽呼声，必有其深刻印象。若求其仿似声于重庆，则"炒米糖开水"是已。此类小贩，其负担至者，左提一壶，右携一筐，筐上置小灯，其事遂毕。或荷小扁杖，前壶而后筐，手提八方寸立体之玻璃罩油灯，亦尽乃事。壶多有胆，内燃火炭，其火待死，作紫色，仅有微温，水沸与否，天知之矣。筐中有粗碗，有竹箸，有纸包之炒米糖块。食时，以米糖碎置碗内，提壶水冲之，即可以箸挑食。糖殊不佳，亦复不甜，温水中不溶化，其味可知也。

虽然，吆唤其声之情调，乃诗意充沛，至为凄凉。每于夜深，大街人静，万籁无声，陌巷中电灯惨白，人家尽闭门户，而"炒米糖开水"之声，漫声遥播，由夜空中传来，尤其将明未明，宿雾弥漫，晚风拂户，境至凄然。于是而闻此不绝如缕之呼声，较之寒山夜钟声更为不耐也。

（北平《新民报》1947年5月3日）

担担面

张恨水

　　西北角人，对名词喜叠用，碗曰碗碗，桷曰桷桷，盆曰盆盆。四川虽较南，而此习相通。故担担面者，此叠字无关，以国语评之，即担儿面也。担担面约有两种，无论川人与否，皆嗜之。其一，沿街叫卖者，担前为炉与铁罐（吊子），担后则一柜，屉中分储面与抄手（馄饨），上置瓶碟若干，满盛佐料酱醋，佐料多切成细末之物，外省人乃不能举其名。另以一小篓挂担头，置生菜于其中。每煮面熟，辄以沸水泡生菜一份加面上。所有佐料，胥加一小摄，而椒姜尤为不可少，其味鲜脆适口。吾入渝初至时，每碗仅费四五分耳。又其一，则为摊贩，或有案，或无案，就食者或立或坐，围担而食。面类较多，有炸酱（非如北方之炸酱，乃系以猪肉煮细末为浇头）、素条、红油、甜水之分。其味埋伏汤中，乃以猪骨煮成，啜之至美。此项坦担面，例无市招，以地为名。衣冠楚楚之辈，联袂而往焉。成都人所嗜较渝尤甚，左捧碗，右执箸，人弯腰立坦地上，挑面食之，吱吱然不以为怪。北平固好小吃，如此作风，殆鲜有也。

（北平《新民报》1947 年 5 月 23 日）

重庆的水果

徐蔚南

重庆是一个水果的城市，大部分的水果都有了，而以橘子为最多，一年到头都有橘子吃。从小学里的时候起，我就知道四川是橘子的仓库。因为家中大厅上有一副银杏木的对子，那对联的句子是"河阳无地不栽花，西蜀有山都种橘"。我的识字，就从厅堂上的许多匾额对联上识起的，而对联实在是标语，最容易注入人的头脑里。家中大部分的对联虽则相隔数十年，还是记得清清楚楚。四川产橘子，所以从童年时代就有了印象，而儿童又是谁都爱食橘子的，常常想如果到四川去那多好啊！可以吃许许多多的橘子。果然我到了四川重庆了，当我到达重庆时是在年初，正是橘子收获刚好之后，所以在飞机场走到市街上，满眼是卖橘子的小贩，那深黄色的滚圆的累累的橘子，叫人的眼睛感觉到一种愉快，那色彩实在太美丽了。十多年前，我曾得到过一套印刷最华美的园艺书籍，那是美国加利福尼亚水果大王裴尔明克七十岁做寿时的纪念刊物，其中五彩插图的美好，简直和真的一模一样，那打着生其四德黑印的花旗蜜橘，就是裴氏园中的产物。据书中所述，花旗蜜橘最初滚圆的，子很多，皮很薄，后来经过好几次的改良，橘子的形式从滚圆而变为长圆形，子也减少了，而皮已稍厚，原来薄薄的橘皮很难剥落，每易剥伤橘肉，及至其皮种改良而变厚时，便易剥落了。听说花旗蜜橘的种子，就是从四川传过去的。这是极可能的，不过什么时候传到美国，如何传到美国，那是要待考据家来做功夫了。说到味道，觉得四川的柑子，实比花旗蜜橘要鲜美，水分也像较多。日本在战时统制了一切水果，香蕉切成片晒干做军粮的一种，而橘子则成为病人的专利品。我们在战时橘子、柑子却任何人都可丰富享受，只要有的是钱，病了而吃不到橘子的自然大有人在，那只好怨他的命苦。

柠檬本来是舶来品，将柠檬切一片放在茶里，虽则是西洋风，但确然有股清香，味道特别。太平洋战争之后，上海一带柠檬的输入成为绝迹，咖啡店里吃茶便没有柠檬。到了重庆倒发现了，说是外国种在成都方面试种成功，此后可以大量生产。

柚子在重庆也是很多，可是滋味不佳，远不如柑子之美。旅途中，在浙江淳安，买到柚子，水汁很多，但是酸极了，仿佛是日本的夏柑，难以下喉。后来，我们把柚子与青鱼同煮，鱼腥为之解除，鱼味便觉得特别鲜美。这个烹调方法在我国还没有应用过，家庭的主妇们不妨来试一下子。

重庆的李子也可过得去，自然不能与浙江桐乡李子相比，那是李子皇后。重庆的紫红色的李子，反不及绿色的好，后者比较的小，味重却鲜美，称为香甘李子，很有道理。

重庆桃子不下于江浙所产，水蜜桃亦佳。将桃子切片加糖煮（但不可煮烂），其味道甚美，上海一带家庭主妇优为之。到重庆后，虽则有上好的桃子，却没有吃到此种煮桃子。没有家庭，自然也没有口福！

甘蔗与藕在重庆有大量生产，味均佳妙。重庆荔子也好吃，虽不能与广东荔子相比较。枣子与橄榄都是很大，味则较逊。柿子有偏圆的，颜色澄黄，不像浙江所产那么妍美，但滋味不差。葡萄味带酸，不及江南。

西瓜据说有德国种，瓜大而味美，但我在巴中没有尝到过，吃到的都是长圆的小瓜，没有味道，而且瓜价很贵。桂圆着实不差，初出的核大而肉薄，稍迟出者肉厚而核小，从桂圆外壳上可以分别其品质，凡是壳粗的便是肉薄而核大，反之则核小而肉厚。梨子虽无佳种，但糖梨可吃，皮作蜜黄色，肉稍粗，但甜味不差。淡青色的称为白梨的，粗糙，较糖梨差得多了。

地瓜是番薯的一种，湖南人称为洋薯，广东亦有之，独江南不产。其形状像番薯，惟皮白为佳，嫩者如梨，食则无味。苹果也不差，但不及江南所产。江南苹果，色香味三者兼而有之，而巴中所产，颜色尚佳，肉坚实而香气全无。佛手巴中所产者甚为巨大，可代柠檬入茶。番薯极多，且极巨大，不论熟吃生吃均好。巴中芭蕉树遍地皆是，而独香蕉无生产，这是巴中水果生产中的缺憾。

（《论语》1947 年第 132 期）

昆明的吃
——《新中国的西便门》节录

吴黎羽

　　除非是自己有厨房，不然吃饭是既不经济，又不方便，饭铺在上午十二点与下午六点左右常常客满，不容易马上等到一个座位。西菜馆有下江人办的金碧与华山，和附属在旅馆下的商务酒店、乐群招待所、云南服务社与欧美同学会，还有安南人办的南丰与日新。除了商务的公司菜是三元一客，其馀都是一元半到二元半的样子。中菜方面，本地馆有海棠春、共和春和东月楼，这都是宴客的地方，小吃是不适宜的。其馀有粤馆南唐，湘馆曲园，平馆厚德福、东方，浙馆万胜楼，以及用着本地大司务的再春园、簇云楼、乐乡和新雅。可以经济地解决民生问题的地方，是昆明大旅社与青年会的食堂的客饭。

　　昆明特有的名菜是象鼻与鹿筋，也只是吃一个稀奇罢了。最普遍的是乳饼与火腿，不论大小饭店都有这两样东西。前者想是外来的文化，是用牛奶凝结的固体，用油煎黄，敷以椒盐，香中带臭，特有说不出的滋味。后者必是固有的国粹，然而在云南吃火腿并不便宜。此外是米线和耳块，街头巷尾都有专售这种食物的铺子。米线是用米粉做成像挂面一样的东西，耳块就是年糕的一种。每碗价格，要看铺子的大小与好坏而定，大概不出一二角钱，只是过桥米线（热汤与生鸡片或生腰片）的价格要贵上一倍。

零食是松子最多，比瓜子还要便宜，可惜此间还没有人发展它更多的用处。

相传本地的食盐缺乏碘质，久居此间，容易变成粗颈子，这里生粗颈症的人真不少，据说那是由于食物太简单的原故。我们常吃鱼类的人，足可抵抗食盐的欠缺，市面上倒是也有充分含碘精盐出售。

除了各种纸烟都有外，通行着一种土产的黄烟，用着装有水的竹筒抽吸。那竹筒有二寸来的直径，在这粗筒下半截插着一枝上竖的小管，管端是个铲形的铜嘴，就是装烟丝的地方，粗筒内灌着一截水，吸者就对着粗筒的上端吸，和铜质的水烟袋有相同的功效。关于这种水烟筒有过不少笑话，新来的人见了，都因了好奇驱使，不由得拿起来看，把筒里的水倒一裤子，是常有的事。最近还有一个朋友，想看看这筒是不是实心的，把烟筒的水整个倒在脸上。烟筒有的装有光亮的铜边，售价较贵，起码的要卖六角钱一支。因为稍嫌笨重的缘故，出门时是不用随身携带的，任何茶馆都是免费供用这种器具。

（《旅行杂志》1939年第13卷第7期。篇名为编者另拟）

腾冲小食谱

李俊辅

秋意无痕，凉生天末，不禁引起了"莼鲈风起"的感想。

滇西边城——腾冲的龙江，产有一种鲤鱼，大的重可三五斤，这几天正是上市的时候。此种鱼肉多而极鲜嫩，鱼唇尤佳，无论清炖红烧，或用其他的方法去烹调它，都是肥美可口的。可惜此鱼自供人们饕餮以来，从未替它取上一个好听些的名称。因为它产自急流，需要抵抗，鼻端上起了一些类似岩浆的灰白色结核，当地人就以"癞鼻子鱼"名之。我以为这是鱼中的上品，实有肇锡它以佳名的必要。

边城海错，除了上述的鲤鱼而外，当然要推虾子了。雨季一至，大盈江里有种名贵的龙虾出现，大如蚕豆，柔嫩无骨，烹之则呈橘红色。食法用鸡蛋和面粉油煎干食，或用鸡丝火腿汤烹食，均极鲜美。据说，此种虾子，虽产盈江，但叠水河瀑布的上流，是绝对没有的。

白果——一名银杏，是含有滋养性的果实。但一般的白果在吃的时候，须得剔去果心，否则是含有苦味的。腾冲产的白果，其特点是去壳与皮，便可以吃，而且是比较清香柔嫩。食法炖肉炒肉，或用冰糖水煮均可。最简便的，是连壳带皮烘焙熟吃，如同吃炒栗子一般。

棕榈的花苞，在别的地方，颇不闻可供食用，独腾冲的棕苞，是最有名的。当棕榈初放花时，剥去嫩皮，折取花蕊，用冷水漂洗后，杂入酸菜炒肉丝，或和以干腌菜煮白鱼，虽觉略带苦味，但清芳能绕人齿颊，而又具备清热解毒的功能。

边城腾冲，你的一切情调，委实给我的印象太深了。一别十月，不料遽然变成了两个世界，在胜利的曙光已经照临的今日，对这充满着肃杀之气的秋景，怀念那游屐所经的佳山丽水，和衔杯揽胜的友朋们，敬谨祝福你们完整而安全地回归到祖国的怀抱里来！

卅二、十、八，于昆明

（《旅行杂志》1944 年第 18 卷第 3 期）

贵阳杂写（节录）

顾君毅

贵阳饮水和用水，都从泉井里挑来的，每担代价洋五分，水还清冽，只是矿质太重。吃的东西，牛、猪、羊肉、鸡、鸭、野味、鲜鱼、蔬菜都有，只是水果极少。牛肉代价和沪地一样，猪肉较贵，鲜鱼、蔬菜更贵。没有到贵阳，以为在贵阳吃不到鲜鱼，其实不然，光是以江南风味号召的一家扬子餐厅来计算，每天总要卖出五六十盆"红烧头尾"，不过代价较沪上要高一倍还不止呢。水果在冬季比较多，有川省来的红橘，外县来的黄果（即橙子），桂省来的柚子，价钱也不比沪地贵。贵阳所见的橄榄——青果——是圆的，极像青的葡萄，入口比福建的橄榄还要涩，但是回味也要比福建的甜。贵阳餐馆很多，各种苏锡船菜、湖南菜、川菜、粤菜，都可吃得到，再有好多小食店专卖甜品，就系白木耳、莲心汤之类，白木耳每碗代价二角，仅可点心。贵阳本地菜餐馆，可以说没有，只有一处专吃鸡的地方，在人家屋子里头小客堂及天井里放四五只方桌，出卖清蒸鸡、鸡杂和细粉，门口没有招牌，只贴着"培养正气"的纸条，每天只卖鸡子二十只，星期日卖三十只，必须预先定妥，不然勿想吃到。

（《旅行杂志》1939 年第 13 卷第 3 期）

广州食话

禹　公

谚有"生在苏州，食在广州"之语，可见广州人食之研究，是甲于全国者。记者亦曾一次旅居广州，知之颇详。兹录一二于后，以供阅者。

广州人酷嗜甜味，无论烹制何种菜式，咸以洋糖为主，完全甜食亦甚欢迎。广州城内有街名曰惠爱，其中卖甜品之店者，如炖牛奶、莲子茶、奶露、蛋露、杏仁茶等，不下六七十间，于是亦足以推测广东人之嗜甜味矣。

其制菜之方法，千变万化，不若吾苏之呆板。牛肉一物，在苏人制之，不出十种，而在广东人，则指不胜屈。兹举例以明之：滑牛、菜软牛、蚝油牛、羌芽牛、辣椒牛、牛抓、滑蛋牛、清炖牛脯、卤牛、汾酒牛、牛蛋等。以上就其最普通者言之，至若不闻其名者，尚不知几许。广东人制菜之妙，可见一斑矣。

广州生活程度高，是以食物昂贵，况且经过多次军队之蹂躏，更不堪问矣，无产平民饿死于途者常见不一。现鸡子每斤至少需洋八角或十角，鸭了亦不下六角，其馀如海味、海鲜等价格之昂，令人吐舌，中等人家亦难一尝佳味，何况无产之平民乎。

广州食品，单论菜式之最贵者名生翅，生物来自日本者居多，价值每碗现成者六七十块，二三十块者已属下乘矣。所以许多人咸知其名而不知其味也。

广东人食品虽肯研究，而卫生一道间亦有不顾及者。例如狗猫鼠等等污秽之物，亦作美品待之。更有所谓龙虎会者，法以最毒之蛇杀之，而与黑猫公同煮之而成。记者亦曾试尝之，其味确鲜美无比。照土人说，此为补气血之妙品，但是否属实姑听之。

广州之云吞，亦著名之食品也，其制法大异吾苏，有鱼皮云吞、蛋皮云吞、鸡肉云吞等名词。所谓鱼皮云吞者，是以鱼肉打成云吞之皮也；蛋皮者，是以鸡蛋和面打成之云吞皮也。云吞之馅，大概以叉烧、猪肉、鸡蛋种种为之，其汤则以大地鱼、猪尾骨、瑶柱等煮成，可称绝味。但其价格不甚昂贵，大抵每碗只需铜元六枚或八枚左右，此又可见广东人做生意之肯用本也。

（《申报》1924 年 12 月 21 日）

赋得广州的吃

柳雨生

离开自己羁留着的孤岛香港已经逾三个月了，三个月来，行旅中的悲欢哀乐的印象很多。等到住定和生活安闲之后，老是想找一个机会把它多少写一点儿出来，但是每到动笔的时候，便又觉得有一种无兴味的感想发生。现在勉勉强强地写下去，大约也还是人类的感情作祟，多少我所遇到的事情、印象、感念，有一部分仍旧很深刻地记忆着，不容易完全忘怀也。但是也只能这样，随便抓到什么材料就零零碎碎地写一点，写完即止，并不想创造什么题材了。

此行最先到广州，那么，就先留下一点广州的影子罢。

"吃在广州"这句话，不知道是从什么时候有的，但是在我很小的时候，就常常听到许多乡人谈起。我自己虽然也是粤人，可是出世的地方是在故都北平，长大后又有多少年在江南，对于广州的感念，可说奇少。民国十七年曾经回去过一次，那时候正值北伐告成后，住了不过一年，又回到上海来。所以最近这一次我由香港到广州去，中间已隔离了十三年，许多平淡的事情在我看来，都觉得新奇可喜了。

这里开头提到"吃在广州"的话，所以不妨先从吃的方面说起。"吃"当然包括饮、食两方面，本来是人之常情。不过在日前这个艰辛的生活环境里而高谈饮食，不免有一点儿奢侈罢，却又不然。因为照我的思想，总是觉得饮食也够得上是艺术的一种，不过这种艺术在中国的情形通常是平淡的，无名的，不自利而利人的，并且也常常是非职业性的。职业的饮食家就是庖丁，通常称为大师傅或二师傅的，那是酒楼或公馆里面的事务，这里姑不深论罢。但是平常的家庭里面的女太太，也往往有精于烹调的，随便弄几味清洁而又美味的菜，异香扑鼻，又经济又好吃，不由得你不食指大动。这里当然也并不是专指广东菜而言。事实上，我对于吾乡广东菜向来并没有顶大的好感，广东点心尤其不爱，直到最近才稍微改变一点我的成见。我所习惯和爱嗜的饮食，恐怕还是以江南方面的居多。我在香港居留的时候，和一位苏州友人沈君同住。我并不很讲究饮食，沈君则不然。他在一个银行里任职十馀年，素来生活淡泊，也不讲究房屋，也不讲究衣着，除了买些喜欢的书籍杂志之外，大部分的收入，完全用在维持全家的生活上面。但是他对于饮食的烹调和味道，却很注意。他的老太太，平日是吃斋念佛，戒忌荤腥的，却为我们不吃素的人烧得一手极好的小菜。每逢三五个朋友聚会，吃吃饭，闲谈天，大约不过十块钱的样子，她便很热心地替我们做去，很可以有七八样适口的鲜美的菜吃。这里并不见得十分奢侈，只是适合人生的口腹的需要而已。

然而这只是我个人的癖好，广东的饮食又当别论。在广州，别的特点也许还不算怎样显著，而吃的方面则极为有名。在民国纪元以前，康南海环游世界的时候，他在义大利看到古代罗马伟大的建筑的遗迹，危垣断墙，巍然矗立，不禁发生一番议论。他说的大意是，一个民族的文化发达到相当程度之后，他们努力的对象不免向奢侈的一方面去发展。这种发展有的可以说是好的，有的却是不好的。他以为，在衣食住三项，最上等的是奢侈的建筑物，因为它除了富丽堂皇的外观之外，还有实用的目的。像欧洲的古代建筑，都可归入这类。其次是奢侈的衣服，因为它也有较长时间的用处。只有食的方面的奢侈，才是真正的奢侈。他叹惜中国人的饮食，特别是广东的饮食，为世界冠，而其他方面，则不逮外国远甚。南海的观察和认识，可以说是很深刻的。他是我们广东人，广东的饮食，说它是为世界冠，或者不免过分一点，然而从这里也大概可以看到它的美味适口了。

依照我个人的嗜好，广东的饮食本来不值得怎样去多谈它。但这也许是因为我久住北方和江南的关系罢，既没有很多的机会去尝试，未能细细地咀嚼，慢慢地欣赏，也就无从道出它的佳处了。但是许多外省的朋友们，都颇爱吃所谓广东菜。即如上文所提到的沈君，他对于广东馆子的脆皮炸鸡和红烧鲍脯，就常常称道不置。我最近这一次在广州虽然住的时候不多——只有四十天，但是因为和许多亲戚朋友们久别重逢的关系，不免多少有些饮食宴乐的应酬。据说，现在广州的饮食业，比起从前已不算十分发达了，有些"老广州"的人们甚至觉得它有点儿近乎萧条。但是从我的观察看来，还可以认为是很高明的。特别是从香港返到广州的人，许久没有尝着较好的饮食了，一旦回到自己的故乡来，即使是乡土观念向来很薄的我，也不能不有一点莼鲈之思罢。

今日粗说广州的食品，想把它分为三种，曰粥、菜、点心。在广州吃面食是不免逊色的，虽然广东朋友们还有很多不肯同意这点的，那是因为他们足迹不离广东的缘故。凡是在北方居住的广东同乡，吃惯了大碗的炸酱面、打卤面或是苏州馆子的鳝背面一类的面食的，对于广州、香港那些又黄又细团糅在一起的面饼煮出来的汤面，早已不会发生什么兴趣了。就算是护短一点，也至多觉得在广东所吃的面，汤汁比较的够味，配料比较的丰富而已。但是配料和汤汁并非就是面的本身，广东人煮面用的配料或汤好，那是因为他们所做的其他的菜肴好缘故，和面的本身并没有什么关系。只有在北方吃的面条儿，配料是异常简单的，汤汁就是煮面时用的平常的开水，决无衬托形容的作用，但面的质地却和南方的相反，又爽又滑，颜色又是雪白的，切上一碟红萝卜丝和绿黄瓜丝拌着，加上一勺热香上冒的卤，不由得不叫你垂涎三尺。这样说好吃的面，当然你要吃两大碗的。但是在广州，即使是最大最新式的酒楼的窝面，客人也都是用很小很小的碗盛着它，慢慢地随着谈话夹上一二箸而已，决不会狼吞虎咽。可是在北方和长江流域其他的城市呢，面就无疑地变成主要的食粮了。

广东的面比较的可口的，恐怕只有蚝油捞面一种，那是有点儿像江南吃的拌面的，其实也未必怎样可口，不过还不妨一吃而已。记得香港有一家有仔记面家，在中环砵典乍街（这个街名很难念，自然是译音。原来本是人名，鸦片战争时英国的一员统帅罢，通常汉译为濮鼎查）。这条街还有一个名字叫做石板街，因为是上山的路径，完全用长条的石块砌堆起来的，一块整齐的一块碎的，走起来很不便利。但是颇有些人不怕麻烦，每天上那儿去吃一碗最著名的蚝油捞面。这面的好处恐怕仍是在汤，它的汤大约是用很多脂肪质的肉骨和大虾米熬的，味道非常的鲜甜。这里的面虽然也是黄黄的，但是煮起来也相当的滑爽，一小碗捞面，连汤带面，至多四分钟可以吃完。这家面铺的主人，又提倡薄利多卖主义，售价很便宜，每碗不过两角，所以生意鼎盛，也不是没有原因的。香港战事平定之后，这家"有仔记"仍旧恢复营业，铺里只点着几盏像豆瓣大小的油灯，映照着吃客们的面庞，面的价钱也涨了三倍。——话愈说愈远了，不如还是谈谈广州最好的吃食罢。

还是就讲广州的粥罢。粥本来是大众食品，原无足奇。但是广东人吃粥，除了一锅白稀饭之外，还有许多佳美的配料在一起烧煮。最著名的似乎是鱼生粥，里面的配料有生鱼片，有江瑶柱，有细萝卜丝，有"薄脆"（一种炸过的面制的食品，非常的酥脆），有时候还有海蜇皮。这种鱼生粥的制法，不过是在煮滚了白粥之后，把这些配料很快地完全倒进锅里面，略微烫熟，立刻就盛出取食。这种滋味当然是很鲜的，但有时也不免有过生未熟之弊，未必适口。我自己就是不甚喜欢吃此种鱼生粥的人。这里忽然想到一件相似的事情。我有几位潮州朋友，他们平常嗜食的东西就颇可怪。据说有一种海边捉来的极细的虾，嫩极，他们都是生吃的，味才叫鲜美呢，煮过就不甚好吃了。此亦可为吾乡吃鱼生之一种副署。然而我总是觉得煮熟的较为可爱，这里面未必有什么熟食卫生的主张，不过第一是向来对那种腥鲜的口味有一点儿怕，第二则不忍看见那些腥东西的样子耳。有时候看见一盘白切鸡，同座的人吃了都说很鲜嫩，非不知其适口，忽然看见鸡脖子上面还有几缕鲜血，就有些儿不好意思下手了。这大约也只是顺自然之情，没有什么奇怪，只是一点不愿意看《缢女图》的猫哭耗子的感情而已。

所以我比较喜欢吃的粥，并不是鱼生，而是"鱼片及第粥"。这个及第粥的名字，至少要包括三种不同的猪肉类做配料，通常为猪肉（切碎，弄得和肉圆相似）、猪肝和猪腰。但是常常于上列三种之外，还要加上猪肠、猪肚。另外，最好还有一个新鲜的鸡蛋打在每碗里面。这些猪肉、猪肝等配料，都是放在白粥里一齐煮熟的，鸡蛋则在半热时放入。鱼片呢，平常是切成一小碟子，拌些姜丝、胡椒粉和酱油，等到粥从锅里盛出来之后，把它一齐倒在碗里，用匙羹搅上几搅，看到那些鱼片由生嫩的颜色变到发白的程度，就是熟得可吃了。这样的一碗粥，在自己家里也可以做，在广州的大小粥店里，用很便宜的代价，也都可以吃到。虽然各家的配料都是差不多的，但是仍要看煮烧时的火候和调味的高下。在阴雨濛濛的季节里，闷坐在市楼的一角，看完了自己爱读的几部书籍，正待苏散一下精神的时候，忽然你的太太端上一碗热气腾腾的鱼片粥来，这个大概是没有方法拒绝的罢！许多人侈谈精神，不重物质，有的人却又相反，菲薄精神。这原是一柄两面锋的利刃，自古迄今，原有许多场官司。不过我的意思，则以为此种争端，大可免掉。精神的饥饿和物质的需求，本来并不会冲突的，它们只是相利的，一贯的。不过每一方面，都不必太苛责就是。一位普罗列塔利亚希望吃得一碗好粥，吃到之后就欢喜赞叹，这就叫人生。

粥之馀，顺便谈谈点心。广州点心的特点，不外乎它的巧小玲珑，和种类奇多。什么是巧小玲珑？每入一间广州茶楼（在广州，像陶陶居、莲香、占元阁、惠如楼都很好），必可看到伙计们捧着大盒的各式新制好的点心，走来走去，任人选择。每一小碟，至少一件，至多呢，却也不过三件。如果要像在南京夫子庙的雪园吃灌汤包子，一笼十二个，那是从来不会有的。并且，点心的样式，又是新奇而巧小的居多，在那里所谓大的鸡肉包子，一碟一个的，还不及夫子庙的包子的一半大。

至于种类呢，虽然不外包、饺、饼、糕、酥等几种形式，然而它们的花样几乎是三五天就要换一换的，比起京沪的广东馆子，式样还要多个几倍。外省朋友们通常以叉烧包子代表广州点心的全体，这个，有时候至多只能认为"以类举、以类求"而已。

最后的一样应该谈吃菜，这虽不完全是奢侈，但是作专指营养滋料丰富的多寡而论的文字，我自知也决不擅长。好在奢侈的食品，我也是同样的不甚清楚，虽然普通所论的"广州的吃"，向来是以鲍翅、熊掌、三蛇龙虎等佳肴做代表的。那么，我就只能谈谈普通的了。芥蓝炒肉片很不错，土鲮鱼的味道极佳美，此外的菜，老实说我都不甚喜欢。难道除此之外就没有好吃的菜了？这未免有点儿矫情罢。不过写文章的人，平常都不大谈到他们的饮食，好像都是得道的神仙似的。我愧未能做伯夷、叔齐，却来侈谈饮食，大概在有道之士的眼中看来，罪行已经不只矫情一点而已矣。

（《古今》1942 年第 7 期）

食在广州乎？食在广州也！

张亦庵

　　某杂志里有某先生的一篇短文，谈及"食在广州"的问题，说广东菜不但烹调得法，而且色香味三者俱全。他指出了广东菜的优点和缺点，论优点，可以占全世界第一位，缺点是少变化。此外又列举了许多地方的菜色而为上海所能吃到的。结论是："与其说食在广州，毋宁说食在上海。"因此知道这位先生也是老饕中人，否则安得如此精详细到。

　　在食论食，鄙人以为该文所论，尚颇有一点值得商量之处。"食在广州"这句话里所指的食，窃以为不一定专指菜肴而言，应该连一切可食之品都包括在内，菜肴仅居食道之一而已。

　　食之品，可大别为二：一为天然的，一为人工的。而菜肴只是人工食品中之一品，未足以概括所有食品。人工的食品，除了菜肴之外，尚有点心、糕饼、蜜饯、糖果，以及其他杂食之类。

　　啊！说到了这些，不由我不想起广州燕塘外沙河那里的沙河粉、荔枝湾的艇仔粥（上海滩虽亦有以艇仔粥之名出卖，但迥非此物）、九龙城的馄饨面（港九阔人往往乘好几块钱的汽车去吃一碗馄饨的）、广州各大茶居特约"三姑"手制的薄皮粉果、河南成珠的小凤饼、佛山的盲公饼（断非所谓高桥松饼之流所能望其项背）、沙湾的炖奶露，又如广州所制萝卜糕、芋头糕（上海制者尚可差强人意）、济隆、万隆所制干湿蜜饯糖果（这两家所制的糖姜，远销欧美，现在上海有粤人所设之新万隆者，不制糖姜，而专销广东方法制造的广东乳腐），广茂香之咸脆花生，十七铺一带的蜜饯番薯干、草果（即是陈皮梅的远祖前身）、麦芽糖，这些东西，绝非他处所有，有亦远不能及。这些食品，大都不必以色取悦于人，而香味之美，则无以复加。

至于天然出产之食品，在果品中则荔枝固已名闻世界，上海虽亦有广东运来的荔枝买得到，然而品斯下矣。不知荔枝之中，种类亦甚繁，最佳者为糯米滋，肉厚，汁富，而核小得像绿豆红豆；桂味亦佳品，次为黑叶，为槐枝，为大肉荷包。上海所能购得者，多是低级趣味的大叶荷包之类，盖佳品产量不多，未能供应运出外埠。至于增城挂绿，则为无上上品，不惟笔者未经寓目，即老于广州者亦未必人人能吃过。据闻增城仅有二树为此种，皮壳鲜红，而络以绿丝一线，其色其香其味，迥异凡品。帝制时代，每年结实，由地方官择其尤者若干枚，专驿入贡。可怜当时尚没有飞机，所以皇帝得尝此果，已在"一日色变、二日香变、三日味变"之后了。此外如石硖之龙眼（即桂圆）、白糖甜黄皮，花埭之杨桃、番石榴等，皆极可口，至于上海人所熟知的香蕉、甘蔗，在广州只当作最寻常的贱品；莲藕、荸荠之类，则只合拿来放在小菜中充当起码的配角，绝对不能当作水果而登大雅之堂。

广州菜的肴之腴美，蒸制得法，固其一因，而得天之厚，也是一个重要的条件。同是一只鸡，除了烹调方法不算，其天然的肉味，广东所产的鸡总比别处的好。上海的浦东鸡已算有点资格，然而比之信丰鸡依然望尘莫及。鸡如是，猪亦如是，甚至田鸡亦莫不如是。由此看来，可见得不只关乎烹制，而饲养方法亦大有关系了。菜蔬中的白花芥，爽脆清嫩，也是绝品。这又关乎土壤气候与关乎培植之得宜了。

在上海吃广州的食品，尚有点似乎隔靴搔痒，未曾到过广州者，真不容易体会得到食在广州的一个"在"字的奥蕴。

以天产而论，固然各地都各有其名产，如洞庭山之白沙枇杷，奉化的玉露水蜜桃，天津的良乡栗，天津烟台的苹果、葡萄、对虾，浙东一带的蚶子，洋澄湖的毛蟹，这些东西，断非广州所能有，即如雪里松一味，到了广州，也成为席上珍品，醉蟹一只，其价值在广州约略等于一鸡。以烹调的方法而言，各地也各有其特殊出色的技巧，如炒鳝糊一味，如糟鸡，如酱肉，则断非广州厨役所能办得好。不过以天时地利人和（鼎鼐调和之和）三者合并而论之，则确实不能不让广州为独步。

话得说回来，目下我们正在忙着轧油轧糖之不暇，户口米尚不足以充饥，正应该共苦而尚未到同甘的时候，说了这一番谈饮谈食的废话，未免有点身在十字街头，遥想象牙之塔之感。画饼望梅，徒然令人气沮。因为读了某先生的几句话，使我觉得如鲠在喉，吐之为快耳，不敢作美食主义之提倡也。

（《新都周刊》1943 年第 2 期）

吃在广州

张人权

中国人是世界上得天独厚、顶会享福的民族。自古以来，不论贫贱富贵或是贤够不肖，他们一贯的标准"双料观"——人生观、人死观——都是在"养生送死"四个字里打圈子。俗语说得好，做人要"生在苏州，着在杭州，吃在广州，死在柳州"，能够这样，才算得不负虚生一世。但是"生死有数"，"一饮一啄，莫非前定"，哪里可以任你随意的拣呢？

提起生、死、吃、着的"四大名州"，我倒是很荣幸地一齐到过了。不过我根本上没有"生在苏州"的命，在杭州只晓得玩，也从未想到穿的身上去，至于柳州的死，像我这样一个年轻小伙子，在不曾想到"活不耐烦"的时候，那更是无缘无福消受过。以上四者之中，独有"吃在广州"这一门，因为我有寓居两年历史的关系，的的确确是有份儿讲的了。

我一向说，广东人是最伟大而富于冒险性的民族。这不是夸大，你看好几次革命的发动，最先不是大多数靠广东人吗？（太平天国的领袖洪秀全是广东花县人，中华民国的创造者孙中山先生，更不用说。）再看离开祖国分布在全球奋斗的侨胞，也不是大多数属广东人吗？这些大道理，离题太远，我们暂且存而不论，还是掉转笔头来谈谈"吃在广州"吧。

谈"吃在广州"，先要谈广东人的吃。

广东人的吃，我敢武断地说一句，他们大概除掉"人"是不吃以外，什么都是吃的，像蛇啰、狗啰、猫啰、盐蛇（壁虎）啰、乌龟啰、马骝（猴子）啰、田鼠啰、禾虫啰、果子狸啰……简直没有一样不可以"适口而充肠"。

譬如单讲吃蛇罢，他们也要吃出花样景来，有的叫做三蛇会——是金脚带、过树榕、犯铲头三种蛇的合制品；还有的叫做龙虎凤——是蛇、猫、鸡三种合制品——听说制蛇馔的厨师，手续第一要干净，因为蛇身上的骨头是含有毒质的，倘然一不小心将蛇骨混入菜里被人吃下，那就性命交关，非同小可了！——几年前广东有位名外交家，就是不幸吃蛇中毒而死的。

在珠江的对面叫做河南，在河南的一个角落里叫做凤凰岗。那个地方有十来户人家专靠卖狗肉度活，他们美其名叫狗肉为香肉。我每次到太古码头去，总要经过那地方，看着一串串的狗尾巴挂在架上，嗅着一阵阵薰风送来的香味，我已经要"掩鼻而过之"了，不料他们犹是感意拳拳地要招待我进去试试口福，但我始终没有这种勇气尝一尝"过狗门而大嚼"的风味。

此外，我们不论走到哪条大街小巷去，随时可以看到摊头上放着"龙虱"、"桂花蝉"这两样东西（好像上海人叫五脚虫的一样），我虽尝试过，但终久不能下咽。可是他们广东佬，常常若无其事地一个一个的攘进嘴里吃下去，还要声声不住地说是补肾妙品，好靓的嘢呀。

今年省会公安局德政，说田鸡——青蛙——能捕害虫，有益于农作物，出了皇皇告示，禁止售食。所以，我们不论走到哪家馆子，要想点一味广东特制的田鸡饭，那些伙计们总是拖长了喉管回你一声"冇"（粤字作没有解）。

一年四季在广州要吃的水果很多，什么橙、橘、柑、柚、杨桃、红柿、沙梨、香蕉、甘蔗……每年出口的数量，亦很惊人。现在夏天到了，最出名的特产鲜荔枝已经上市，今年又是熟年丰收，所以售价特别便宜,每斤仅值小洋一毫。据说广东东莞县出产最多,另以增城出的"挂绿"一种最为名贵。在广州只有糯米滋、黑叶、淮枝、桂味几种。此物曾经"有聊诗人"苏东坡捧过"日啖荔枝三百颗,不辞长作岭南人"两句诗,从此"一登诗门,声价十倍"。

广东有种普遍的风气,就是无论何等人,每天总要饮几次茶,早上最要紧的是"一盅两件",晚上是"宵夜",因此广州市内的大小茶楼茶室之类,就多得无可统计了。其中规模最大的,要算西关的陶陶居、莲香楼,城内的惠如楼、吉祥楼、涎香楼、半瓯、五月花等。

至于广州市内最有名的菜馆,当然首推"四大酒家"——南园、文园、西园、大三元——中以南园为最大,虽上海的陶陶、杏花楼亦难比其什一。西南要人豪绅们请一台酒,往往要耗资数百元,甚而至于用一碗鱼翅就要几十元,好像非如此不足以显示阔气似的。不过我们同时看到,蜷伏在菜馆门外大多数终日不得一饱的朋友,他们好容易挨到深更半夜里,讨点阔人们撒下来的残羹断肴吃下去,犹觉得三生有幸,到底是天无绝人之路呀。但有时连这一些都讨不着,还要遭受菜馆里白胖呵呵的侍者们一顿抢白,说倒给狗吃也不给你吃,那些饥馑而带"菜色"的朋友,也只好失望地走开,拾些柚子皮或烂香蕉之类充充饥肠。我们想,如果我们闭着眼睛,拿这一群在饥饿线上的同胞的"吃",来代表"吃在广州"的话,那真不知"人间何世"!诗人形容得最好,"朱门酒肉臭,路有冻死骨",我想是"走遍天涯一例看"啊!

(《五洲》1936 年第 1 卷第 1 期)

吃在广州

克　昌

　　以前我在上海的时候，对于粤菜一向很感兴趣，好在上海不缺少粤菜馆，无论大的小的，有名无名，一箍脑儿都是我的好去处。那时我常常向人夸口，竟以粤菜的欣赏者自居。然而我那时是否真能欣赏到粤菜，是否真正能够欣赏粤菜，到现在终究成了问题了。现在我总算见到了粤菜的庐山真面目，可是它所给我许多新奇的感觉，跟我旧有的都很不融洽，这也许是"橘逾淮而北为枳"在闹的鬼吧！

　　广州的酒菜馆，用酒楼的名称的极少，大多称为酒家。有些称为酒店的，那便是旅邸，而不是买醉之所了。统计这里的酒家，倒也不下百馀家，营业都相当繁盛。其中有少数固然规模宏大，装饰富丽，不过所谓宏大、富丽，在上海只是二三等之列罢了。其馀都像上海普通饭店式的酒家，装饰虽不富丽，倒也简单朴实，而且所备酒菜，都经济实惠，这是中下等人最喜欢光顾的。还有一种最不惹人注意的酒家，往往躲在污秽的街市里，铺屋大多陈旧得乌烟瘴气，说是建筑物太古老，倒又并不，只是有些不坚固。他们大多还有楼厅，踏上去摇摇欲坠，顾客们不能挺起胸来走路，否则准会震得每一个人心跳。像这一类酒家，生意却出乎意料的好，一则因为价廉物美，二则，据说他们有几味著名的拿手菜，在大酒家中是绝对尝不到的，所以他们也拥有着大量的顾客，这些顾客，不想而知，是经验丰富的老吃客了。

不论大小酒家，第一个招揽生意的要素是女招待，她们的手段和面貌，完全可以影响店中的营业，所以有些大酒家，不惜重金聘用了许多美貌机警的女招待，再在报上登一段动人的广告，生意自会源源而来。这些女侍没有规定的服饰，尽可自由打扮。她们穿的衣服，质料不必讲究，式样必须入时，颜色也都非常鲜艳；有的更配上些高贵的首饰，外表完全和大家闺秀无异。我记得有一次去某酒家参加一个朋友的宴会，进门才坐定，就是一位艳服的女人送来一碟糖果，那时我还以为她是朋友的亲属，在帮着招待，不觉下意识地直立起来，恭恭敬敬地接受了过来。后来再坐定一观察，才知她是女招待，也许她那时正在暗笑我不见世面哩！

她们遇到有大宴会的时候，预先排定岗位，分头招待，来宾一进门，当然捧茶递巾，殷勤一番。当坐席的时候，每桌必定有一人负责伺候。每逢大汤鱼翅这类东西递上来，不劳客人动手，必须由她配给。据说有些更讲究的，简直每一样菜都由她统筹统配，谁一吃完，就再给她添上，总之不会使客人停嘴，直到那个菜配完为止。不过从自己碗里，送自己口里，这段过程，还得自己动手。这种配给制度，使离菜远的客人不会觉得"鞭长莫及"，使贪吃的人不致抢菜，使胆小或客气的人不致吃亏，尤其是那些口大肚大而又不好意思举着筷子连吃的人，觉得这样最是实惠，但是这势必消灭聚食的兴趣了。

如果不是宴会，而遇单身或是少数顾客去小酌，那么她们招待的妙术，就在这时应用了。要是顾客不十分高兴的话，她们至少不使他感到寂寞；要是顾客高兴，那么她们服侍周到的程度，也就随了客人的兴致而增加。很多女侍是歌女，甚至是妓女改充的，当豪客们酒酣耳热的时候，要求她们一献旧艺，也绝无吝色。她们的动机，谁说不是为了忠于职业——为她们酒家招揽顾客。那么，这种精神，谁又说不是可嘉的呢？去年，有一班好事者，闲得发慌，想找些事干，结果选举了一位侍林皇后，买了些花篮花盾，堆满了她所服务的那家酒家的门前，放了一串长长的爆竹，完成了她的加冕典礼。这种淫靡的风气，不在奢华的上海滋长，而在广州盛行，却是一件奇事，也许这是受的香港的熏陶吧！

次要的招揽要素，才是酒菜问题。惟其因为属于次要，所以不大为人注意，当然在同业间，也没有竞争的需要。一般来说，大酒家的酒菜，未必比小酒家的好。粤菜在量的方面讲，比了沪菜轻得多了。我每次参加宴会，家里必定给我预备一些补充食物，这倒并不是我的胃口太大，可能是广东人的胃口太小吧？在质的方面讲，除了几味别的地方所没有的特别菜外，其他就没有什么可取了。像狗、猫、乳猪、猴子之类，惟有在粤菜中找得出，同时在粤菜中，也惟有这些东西算是上品。但是江浙人听了或许会咋舌，其实煮熟后，一样是菜，所谓可怕，无非是心理作用。譬如像蛇，普通都像鳝糊一样烧法，不过切成的丝，比鳝糊里的更细，所以煮熟后吃起来，除了滋味不同之外，根本和鳝糊没有什么分别。滋味鲜美与否，那看厨子的手法而定。我只觉得吃过蛇以后，嘴里留有一股清凉的味道，好像吃过些微薄荷一样。至于猫、狗、猴子之类，目前酒馆里不常有，除非特别定办。猫和狗，通常都是自己煮食，不必仰仗酒馆，尤其是狗，因为明令禁令，要吃也只能偷吃。据说狗肉很香，所以又叫香肉，能治疟疾。在抗战的时候，广东省政府内撤，正当那里疟疾流行，一时又无法措置大量药品，于是只得解禁食狗肉，结果确有相当成效。猴子很少人吃，从前听说广东人吃猴子，先是生吃它的脑子，然后烹煮。询之粤人，都说不听见这种吃法，毕竟这样太野蛮了。乳猪就是小猪，最大不过二尺长，再大就不够嫩了。它惟一的烧法就是烤，把整只乳猪剖腹去脏，放在火上烤得表皮发脆，颜色像叉烧那么鲜红就成。最好吃的，就是那层皮，既香且脆，但是不坚锐的牙齿，恐怕难以胜任。里面的肉，淡而无味，广东人自己也说不好吃，大概这是算作附属品的。广东的风俗，结婚的次日，男宅用乳猪送到女宅，表明新娘婚前的贞操。沿流至今，变成不可不送，而且在喜酒筵席上，还必定有乳猪作为一道菜。讲究的酒家，先把那层脆皮除下，切成薄块，照旧覆在肉上，看去仍是完整的一只，递上席面；等客人吃完那层皮，拿下去剖割第二层，另装碟子递上；第三次再把其馀最次的肉装上，一连串好像在解剖室里实验。除了上述的那些嘉品之外，像鳖、鹑、鹧鸪等也都算是很名贵的。

上海的酒菜，上菜是很有顺序的，最先总是四冷盘，大多是预先就摆在桌上，顺着是热炒，最后全鸡全鸭一类质量较好的，都算大菜。客人看见大菜上得差不多，就通知上饭，好像是剧终的尾声。但是粤菜里，却没有冷盘、热炒、大菜的分别，冷盘根本没有，一开始就是炒类，那些属于大菜之类的，也不一定放在最后，所以什么时候应该上饭，很不容易捉摸，而且等到上饭，往往已没有适于过饭的菜了。在散席前的一盆水果，却非常精美，冬天有橘、橙、香蕉，现在就有荔枝，过些时就有龙眼，都是应时的鲜果。如果说这是粤菜的尾声，那末比沪菜的强得多了！

粤菜到了上海，面目已经更改了，但是却有青出于蓝之势。在质量两方面，上海的粤菜都胜过这里的。我不敢说我的感觉是绝对准确，但至少因为上海是文化萃集之地，什么都得讲究些哩！当然，想探求粤菜的真味的，又不是这样讲法了。

广东人有一种习惯，叫做"饮茶"。所谓饮茶，意思是上茶楼吃点心。他们以为每天上茶楼，是一件极普通的事，也有上了瘾的，每天早午晚上茶楼三次，好像成了功课，所以茶楼的营业，可以和酒家并驾齐驱。因为这样，酒家大多兼设茶楼，而茶楼也大多就是酒家。许多穿着香云纱短衫裤的短打朋友，一早就到茶楼，向门前的报贩，租了一份报纸，到里面一坐，对着清茶读报，想用茶的清香，涤尽那弥漫着的火药味。未成年的小侍女们，托着饼点兜卖，茶客可以随意选食，也不用当时付钱，等到离座的时候，一起结账。凡是带着女友同去的，那时就得小心，因为茶楼一看出他们的关系，很可能多算一些，那时男方绝不会细算，即使知道，也不肯因此争论，所以这种心理战术，十之八九，可获胜利。

广州的西餐馆并不多，但是都还像样，当然不能跟上海、香港的相比。

南国的暑天，来临得特别早，但热度距离最高峰，还有一段路程。应运而生的冰室，现在正像雨后春笋，但因为它们随着暑热而消长，生命势必是短促的，所以规模都小得可怜，装饰也千遍一律，最注目的，是当门口的一座制冰大机器，那便是他们的大广告。

粤人日常的饮食，起初很多使我觉得新奇的，现在日子一久，也就"如入鲍鱼之肆"，非但不再以为可怪，偶然也还模仿一下。

他们每天的餐数和时间，倒是很值得研究。最可怪的，是上午十点钟便吃午饭。我起初想，十二时吃的才是"午饭"，十时吃的一定称为"巳饭"了。后来知道他们不懂什么"午饭"、"巳饭"，实实在在叫做"晏朝"。顾名思义，我觉得这两个字虽然有些意思，但是还不能十分满意。因为"晏朝"不过是晏的朝饭的意思——广东人虽没有这样解释过，而事实上很多人家，的确没有早餐这一顿，必须空着肚子等晏朝的——而晏朝却是早、午两餐的混血儿，那末既可称为晏朝，为什么又不可称为"早午"呢？除非这也是沿用父系姓氏，而假使早餐是它父亲的话。这些还得留待专家查考。他们的晚餐，受了晏朝的影响，不得不略为提早，普通都在四点钟左右。到了晚上，临睡之前，又有一餐奇怪的东西，叫做"消夜"。这一餐，类似点心，可是也不能缺少，到底因为每天两餐是太少了，夜间饿得睡不着觉，又是何苦来呢？至于消夜吃的东西，不外是馄饨面啦，芝麻糊啦，绿豆沙啦……尤其是甜的，他们最喜欢。此外有一种叫"糖水"的，是用豆腐衣和白果煮成的甜汤，也是消夜的佳品。

看他们那种习惯，对于早起早睡的人，是不很相宜的，但是不妨把"消夜"改为"消晨"，那不就是吴中的农村生活吗？现在广东人也大多已经改良，每日三餐的时间和北方无异，只是"消夜"仍旧省不了。

这里的菜场，从早到晚，都有市面，上午九十点钟和下午三四点钟较盛，因为主妇们预备午餐和晚餐，大多随时买菜，尤其她们视晚餐较午餐的重要，所以下午的菜市更盛。我曾经到菜市参观过，觉得水产物特多，尤其是鱼，种类繁多，非生物学家，恐怕很难知道每一种的名称，什么大鱼、生鱼、鲩鱼、鲮鱼……上海人都听得到吗？虾、蟹都新鲜而价廉，鳝、鳖、龟、蛇也都很普遍。此外，有一种和蚯蚓相仿的东西，叫做"禾虫"，颜色像毛虫一样鲜艳斑斓，我从不曾尝过，因为不值得为了这使人作呕的小东西鼓起勇气来！蔬菜的种类比较少，很多吴中有的而这里没有。如果是吴中有而这里也有的，成熟的季节都比较吴中为早，而且体态特大，初来的人，都不能认识。菠菜、苋菜、蓊菜都长二尺左右，茎的直径长约半寸，说它们是吴中产的祖宗也无不可。至于这里有而吴中没有的菜，也不胜枚举。我最喜欢"芥蓝"和"白菜心"两种，鲜嫩而且清脆，可惜都要在秋冬才有。夏季瓜类最多，胜瓜、节瓜、苦瓜，都是北方所没有的，但味都不佳。我倒很想念着上海的豆，毛豆，菜瓜，和夜开花呢！奇怪得很，面筋、百页和豆腐干一类可以自制的东西，这里都没有，不知他们不会做，还是不肯做，线粉只有上海运来的线粉干，总算豆腐衣倒会做，只是比百页还厚韧。

我记得上海的主妇都异口同声地说："不会相骂，不会抢抢夺夺的，是不能上菜场的。"这种情形，在这里可说绝对没有。这并不是说这里的菜贩公道，他们也照样看人讨价，凡是穿得漂亮的人和外省人，都是他们"敲竹杠"的对象，讨价总在原价的二三倍以上，不过价钱一经讲定，称过重量，就再没有什么异议了，否则大家作罢，不可能有重讲重称、抢一把、饶一些的事情。同时买多买少，绝对自由，就像买一两半两猪肉，也不会给人笑话，如果买马铃薯或鱼，菜贩还可以代去皮，黄豆芽和绿豆芽，总是预先代你理得像火柴一般的整齐，这些在上海办得到吗？

这里家常菜的烹调法，也和江浙不同。大盏的鱼肉，通常很少见到，他们看见外省人用一斤肉做一个菜，都会耸肩。他们最喜欢把各种不同而量少的东西，东拼西凑，做成几个奇怪的菜，味道倒还可口。榄仁、杏仁、菱、藕，甚至药铺里的陈皮，都是他们做菜的好材料，这不由得不使我奇怪的。他们每餐不能没有汤，因为在动箸吃饭之前，必须先习惯地喝几匙汤，如果同桌有客，那末主人必先招呼一声"饮汤"，客人即使不喜欢，也得勉强喝。这个汤是不放盐的，所以淡而无味，但是他们却口口声声的"好甜，好甜"，意思很鲜。如果发现是用猪肉煮的汤，那更视如琼浆，因为平常都是用蔬菜煮的。那些煮去了味的猪肉或蔬菜，从汤中捞起，也算得一个菜，吃的时候，非蘸酱油不可。主人或客人拿起饭碗，都要互相招呼一声"食饭"，主人招呼客人吃菜，就不说"请"而说"起筷"。在几大碟正菜之外，往往有一小碟腐乳、萝卜干或咸菜作为点缀，这个不伦不类的东西，我至今不明白有什么作用。

别看广州人常常从细处着眼，他们倒是极注重营养的。无论对于什么食物，都知道对身体的益处，什么补脑啦，补肾啦，补血啦……即使说不出一定补什么，也得说一声："好有益嘅！"一到夏天，就只听见说什么解毒、去湿、清凉……吃到油煎或油炸的东西，只是摇头说："好热气！"要是不幸生了热疖，准会说这是油煎物的毒素哩！

"吃在广州"这句话，不知羡煞了多少饕餮，可是我已吃在广州一年有半，经验并不使我对广州有半点留恋。惟有那终年对着我的水果，一刻不停地甜润着我的喉舌，使我不忍向它们说一声"离别"，好吧，不妨长作岭南人吧！

（《新语》1947 年第 12 卷第 15 期）

吃在广州
——南国散记之二

程志政

　　"吃在广州"，已是家喻户晓的一句成语了！的确，到广州后的第一个印象，便是广州人对于"吃"似乎特别感觉到兴趣！普通广州人的例食，是十时早餐，一时午茶，五时晚餐，十时宵夜。早餐实际上等于我们的午餐，饭菜齐备，午茶呢，好似我们的早餐，一壶清茶之外，有甜咸不同形式的点心，晚餐和早餐一样，宵夜所吃的却是馄饨、面饺、河粉之类。

　　在习惯上，广州人已比较江浙人多吃一顿了。可是在"质"的方面，广州人更是研究得精益求精，菜肴和点心的名目，五花八门，洋洋大观，外乡人到了餐馆，往往有无从问津之苦。举例来说吧，"珊瑚种玉树"、"金腿麒麟斑"、"双喜吉祥露"、"紫翠珍罗"、"翠华石斑块"，你知道是些什么呢？

　　从上午十时起，到午夜一时止，餐馆里总是满坑满谷，生涯鼎盛，许多人找不到座位的，很耐心地坐着等。这种现象，在上海是很少见的。华贵的餐馆里，固然时常客满，中下的小餐馆，也是终日宾客如云。广州长堤一带，大酒家弥望皆是，"金城"、"大同"、"六国"、"总统"、"大三元"、"一景"的霓虹灯，把长堤的夜色点缀得如火如荼，格外动人。衰落的广州市面，靠着"吃"还能维持着表面的繁荣。

在上海餐馆里，顾客们多半是衣冠楚楚的，可是广州却不同了，很摩登的酒家，在"卡厢"里，你可以看到许多赤足朋友，照例是跷起一足，放在椅上，一面饮酒，一面抚足，他们一般的是穿着短衫裤，看上去是属于劳动阶级的。我为了好奇心去问一位广东朋友，为什么这些人不回到家里去吃饭，偏花了钞到饭馆来买醉呢？他笑着说，广州人是最爱"吃"的，他们几日辛勤所得，很甘愿地用来大嚼一顿，这班衣冠不整、露腿赤足的朋友，倒是酒家的经常主顾呢。可见"吃"在广州是普遍的，是超乎衣、住、行之上的！

为了"吃"在广州，大小酒家，都布置得富丽堂皇，和上海不可同日而语，房间里除餐桌、沙发、座椅而外，照例有麻将桌一二座，广东人请客的规矩，进餐以前，总得雀战几圈，所以餐馆里，牌声不绝，震耳欲聋。自从广州禁赌以后，已不能公开雀战，但香港各大酒家，依然到处风行，而且有特制的桌灯，上下左右，可以任意移动，雀牌也特别讲究，拍在红木桌上，分外响亮有劲！各酒家为了招徕营业，特地发明了一种"雀局菜"，有港币五十元的，也有六十五元的，普通宴客，十人件翅席约二百元左右。

最使外来宾客惊奇的，莫过于女招待了！大小餐馆都用女招待，这些女招待，又是经过严格挑选而来的，所以无不纤秾合度，婀娜动人。她们一律不穿制服，装饰得正和高贵的摩登小姐相似，如果你不知道她是女招待，一定会误会到是来宾们的眷属。我有一次，便闹过这样的笑话，原来那天是一位朋友的夫人寿辰，朋友约我七时到统一酒家晚餐，我和这位朋友的夫人是没有见过的，当我到酒家的时候，男女来宾正在入席，一位花枝招展的女子招呼我就座，接着又殷勤地代我斟上一杯酒，我以为这一定是女主人了，连忙立起身来，道谢不迭，并且说了一些祝寿的客套话，岂知一会儿大家都坐定了，她依然拿着酒站在一旁，我才知道我是误会了。但从她的容貌举止看来，谁能否认她没有做女主人的资格呢？

愈是大酒家，愈是延揽着如花似玉的女招待来吸引顾客，抱着醉翁之意不在酒的，自然大有其人。在用餐的时候，女招待照例要代客人取菜，代主人斟酒，伶俐些的，还会唱歌唱戏。末了，主人在付例行小账之外，对于其中最杰出的一位另行犒赏，来宾们也有把钞票轻轻塞在她们手里，表示特别好感的。相熟的顾客，更可在餐后带着她们出去看戏跳舞，这自然超出"吃"的范围了。

虽然广州人很讲求"吃"的艺术，可是他们的口味，却不能满足我们外省人的食欲。上海来的朋友们，对于粤菜有对英国大菜同样的苦闷。战后香港、广州，外省人士前来观光的，踵趾相望，"吃"的需求，日甚一日，于是川菜馆便应运而生。现在广州已有四川饭店、陪都饭店两家，香港有大华饭店、福禄寿两家。粤菜馆看到形势不佳，也别出心裁，实行"川"、"粤"并重，最近英京酒家，便分粤菜、川菜两部，据它的广告说，请来的张、汤两大厨师，还是川菜能手，得御厨秘传的呢！这样一来，异乡游侣，大快朵颐，"吃"在广州，更可名副其实了。

（《旅行杂志》1947年第21卷第7期）

吃在广州

鹿　原

　　"吃在广州"的原因，大抵由于广州的地理环境优越，它位处
于南海口岸，与海洋通商最早，地近热带，气候良宜，因此舶来物
品汇萃，海产种类繁多，瓜果蔬菜丰富，珍禽奇兽罗列。其他的一
因素则为人民财力富厚，广州是华侨的故乡，且人民经商能力高强，
民性明朗豪爽，一掷千金多无吝色，"吃"的艺术遂乃独步天下。

　　近日来穗之外省同仁甚多，将来也许有人陆续要来。兹谨就所
知加以介绍，是否属实之处，当仍待欣赏者本人领略。

　　"吃"可分为交际性、半交际性及纯享受性三种，因目的之不
同，所趋之地点亦各异。

　　交际性的"吃"，第一是宴会，最排场的要推南堤南园酒家，
闻军政要人宴客系多假该地举行的，地擅园林之胜，陈设多古色古
香。若言新型者，则以太平南路之钻石酒家及西濠口之大同酒家为
最。邮局同仁最常光顾的，是中级的陆羽居及中下级的福馨酒家
（在抗日西路）。广州菜之特色，闻在于清淡新鲜，不类外省之多油
而浓郁云云。

　　吃西餐，以财厅前及第十甫之太平馆为最有名，驰名的是葡国
鸡及烧乳鸽。长堤一带如新亚、蓝鹰、大公等餐室也很好，在沙面
的胜利大厦，则有环境优雅之胜。

　　如要别开生面，可以到荔枝湾及东堤海面中的紫洞艇设筵，小

酌亦可。郊外则小北各酒家，颇饶白酒黄鸡之兴。蛇宴则以桨栏路联春堂为老牌，蛇王满及联春馆也使得。

结婚及社团叙餐，人们多趋文德路的留美同学会、德奥瑞同学会，或留东同学会等，取其幽静廉宜，且席终尚可蓬拆蓬拆也。

交际除宴会外，莫佳于"饮茶"。每大酒家均设有茶市，以太平南路新亚酒店八楼之"八重天"为最高贵，每日衣香鬓影，后至者辄向隅。其次爱群酒店十一楼之茶市也坐得很舒服。中午的饮茶，广州人每每当作一餐饭，上焉者除吃点心之外，再点四热荤及一些卤味油鸡，然后佐以饭面；中焉者每人两件点心，一盅鸡饭（或一盘波蛋猪扒饭）；下焉者索性叫一碟牛腩饭及一个叉烧包子即了事。

最基本及最原始的点心是"干蒸猪肉烧卖"及"虾饺"，芋角及鸡蛋挞也很可口，其他不必多所领教。在早上饮茶，人们多喜吃"网油牛肉烧卖"，且有不少以此为号召者。

我们上班之前，除了在家弄点东西吃之外，吃的方式就是饮茶，否则就是到肉粥店吃一碗三及第粥（肉含猪肉丸、猪肝及粉肠）或牛肉粥，较为普罗的，则到白粥店吃白粥，佐以牛肉肠粉或油条等等。

晚饭小酌，各酒家均有"四和菜"为号召，价钱并不比小馆子贵，而有地方富丽、陈设雅洁之妙。小馆子以十三行之利口福及兴记颇为驰名，他们以"凤城食谱"标榜，所谓凤城即顺德大良，以巧手见著，有炒牛奶、野鸡卷等特色。

外省同仁惯"消夜"吗？这即在晚上十点至十二点再吃一点东西的意思。此举全是奢侈的和不合卫生的，但许多人却成为习惯。消夜的方式，各随其所好，有到餐室吃咖啡西饼，有到饭馆吃饭，有到甜品馆吃牛奶（最好吃的是凤凰奶糊及窝蛋奶），较普罗性的甜品，则为绿豆沙、芝麻糊及麻蓉汤圆，有些则吃碗鱼生粥，吃炒面，吃"干炒牛肉沙河粉"，吃云吞面及水饺。在戏院舞厅散场的时候，有时候也确需要医医肚子的。

上面所说是在外边吃的东西，在家里怎样吃法呢？广州俗话有"礼拜六，煲猪肉"之谚，即每一家庭每星期至少要煲猪肉汤一次，其目的在于清润，减少人体内的燥热。有些膳团且规定每二天煲汤一次者，为了适应南国的气候，广州人视"汤水"为最要紧。

有人来家吃饭，以何者为敬客呢？通常的方式是"斩料"，即赴烧腊店临时买些烧乳猪、叉烧、烧鸭、烧鹅、油鸡、卤味等加菜之谓，冬天则以蒸腊肠、金鸭润及腊鸭为宜。

此外，饼食方面，著名的有河南成珠的小凤饼，陈意斋的柳蓉酥及雀肉酥，中山杏仁饼等等，这只有各适其适，各投所好了。"导食"就此完毕，如欲详尽，尽可再请教我这"老饕"吧。

（《邮汇生活》1949年第28期）

吃在广州

今文作家

　　全国屈指可数的几个大都市，各有各的特点。但从食色两种本能着眼，讲到吃，确是广州冠于全国。

　　天热了，南国的暑天特别令人焦燥，并没有看见多大的太阳，只是一阵阵出汗。于是免不了图眼前解渴，不管虎列拉肠热症是怎么猖獗，先吃了再说。有时候，自己有点疑心起来，喝完了冰橘汁，跟着又喝半瓶济众水，不理旁人在笑话，做出这种绝事来。

　　南国是水果的家乡，甘蔗过时了，马蹄过时了，荔枝上了市。"日啖荔枝三百颗，不妨长作岭南人"，这是一句可说不可做的夸张话。一个个啖下去，啖到十个便有些闷，啖多了包害病。因为这是热性的东西，于肠胃不甚相宜。啖荔枝的时候，自然要想到杨玉环，从杨玉环又想到她那一对小乳头。从这上面，我们可以悬想她是个发育未全的女子，身体虽然肥胖，乳头只和刚发身的女孩差不多。这荔枝，一层鲜红的外皮，还有一层白膜的肉皮，剥开后，里面的肉，就好似解放束胸时的乳儿一般，向外膨胀着，顶新鲜的，立时还有一滴汁儿流出来。那白里透红的颜色，一丝一丝的纹缕，和那稍为凹进去的尖儿，便是不知道"新剥鸡头肉"是那回事，你也会感到正像十三岁小姑娘的乳儿。看一看，闭眼想一想，一口囫囵吞下去，一股迷人的香气，使你不忍多咀嚼它。

　　荔枝之外，顶出名的是芒果。这是不大合胃口的东西，有一点牛油味儿，很厚的皮，很大的核，黄瓤汁儿。吃的时候，先将它揉软，剥去一点儿皮，吮里面的汁。这是既不济事又不得趣的东西，所以不大惹人爱。

枕头西瓜自然还让南方的好。极小极小，小到只有一对拳头大，剖开来，没有多少子，全是红瓤，蜜一般的甜，落口便融。这儿还有一种手艺，能将整个的西瓜，在未剖以前都变成浆水，放在冰里镇凉了，拿出来喝水，这叫做西瓜霜，味儿又自特别一点。至于西瓜冰其林，其变相也。

洋桃虽不是与羊枣为一物，然我不知怎么的将它们联想起来。洋桃是酸得恼人的多角形果物，没有多少人去吃它。还有黄皮是一种酸枣一般的东西，味儿也差不多，下级社会欢喜吃它。

雪糕就是冰其林，价钱非常的便宜，五分钱可以吃一钟。每条繁华的街道，四五处悬着雪糕的招牌，还有专制纸盒雪糕的，立着大木架的广告。冰橘汁、柠檬汁都是新鲜的果实临时来榨取，比较北方以果子露冒充的，自然味道真实些。

水浴场中，小船儿载着各色汽水果实，用冰镇着兜售，那味儿自然更幽永一点。然而在女娘们的笑声鬓影里吃着，又感到一种飘飘然的风味。这样的天气到了，侍女们都换上了专惹起肉感的服装。喝冰解渴吗？实在的动机，恐怕还包括着解馋的成分在内。经过一间讲究的门面，嘴儿立时渴了，心儿立时馋了，不由自主地走进去，口袋里有多少钱，不全数缴械不成。

吃在广州，"野又靓，价又平"[1]，广州人拍着肚皮，自负地夸赞着。

（《海王》1936 年第 8 卷第 33 期）

---

[1] 野字读原音，货物也；靓音亮，精美也；平，公道也。

偶谈吃

晓 諟

"我有几位潮州朋友，他们平常嗜食的东西就颇可怪。据说有一种海边捉来的极细的虾，嫩极，他们都是生吃的，味才叫鲜美呢，煮过就不甚好吃了。"——见第七期《古今》柳雨生先生著《赋得广州的吃》。

潮州人吃虾的方法并不如此，即使极细，也是炒熟吃的。江南地方有吃"炝虾"的，岂但要生，活的更好，正兴馆列为佳肴之一，活跃的一盘，随手拈来，生吞活剥，津津有味。柳先生"长大后又有多少年住在江南"，这该知道，正不必忽然想到，把这笔"颇可怪"的怪账写到潮州朋友头上。潮州人有吃生蚝的——即牡蛎——海边敲来的小蚝，置水中漂净，过豆酱油吃，和江南人吃生虾差不多。

蚝生吃颇具国际性，法国人尤嗜。沪上西菜馆如外滩之华懋、惠中，一到十一二月便有得卖。蚝较大，去一面壳，仰列磁盘中，周围布冰屑，状颇美观，以打论值，时鲜之一也。美国有专吃生蚝生菜的店，据说"有意想不到之效力"。因此有一笑话，美国太太严令她们的先生每周须吃生蚝生菜至少两次，不愿吃也得强吃，为丈夫的责无旁贷。

广州人吃鱼生，外江佬也是望而咋舌的。生鱼片拌在"酥脆"里，外加副料，如萝卜丝，或什么片，酱醋等，搅匀便吃。但潮州人看起来，未免徒有其名。那么一大盆，五色纷陈，只有疏疏落落几片生鱼，用抬轿式亦难得捞到一片，简直在吃"酥脆"。潮州鱼生，以生鱼为主。生鱼片片摊在篾盘上，另备生菜、洋桃片、咸萝卜丝为配料，搭配与否，各人自便。一小碗酱醋，或豆酱油，每人一份，鱼片一夹一夹，蘸蘸往嘴里送，你猜味道如何？这般吃法，我们总该叹服了吧！但还是幼稚得很，原来有些地方吃鱼生更够味，生鱼切成块，蘸酱油吃，绝不含糊，片与块较，小巫见大巫矣。

由吃物与吃法不同，各有各的成见，甲笑乙，乙笑丙，丙又笑甲，各以为自己的吃物味道最好，吃法也最高明。吃物不同，吃法有异，便要摇头，甚至诽笑。例如北方人吃大蒜，何等爽口，且可却病，南方人则认为气味不佳，不敢领教。河南馆子以烧猴头——并不是猴子的头，是一种长在树上的菌——为上看，广东人说，如啃烂树皮，有甚好吃。江浙人吃炝虾，吃臭豆腐，异方虽不至掩鼻而过，却也未必敢于尝试。天下闻名的广东菜，尽有人说它好吃，表示好感，但一说到吃蛇吃老鼠，也会脸上立刻挂上又惊叹又轻蔑的微笑。更有笑广东人吃物半生不熟，近于野蛮的。这般人吃起西菜来，对于血水淋漓的牛排，虽两眼笔直，苦难下咽，却衷心敬服，叹为欧西文明。

各处吃物与吃法，各有各的适合性，一经习惯，便觉合理。正不必敝乡如何好，贵处怎样坏。不是本地人吃本地菜，尽可拣合口味的吃，不必拣不合口味的笑。

北方人吃大蒜，你受不了，可改吃炸八块、糟溜鱼；河南馆子烧猴头不行，挂炉鸭、桂花枣泥却可大嚼；炝虾、臭豆腐没有胃口，烧甩水、白切肉却都不坏。广东菜式样多，正不必为了蛇鼠而惴惴然。

以上是吃生虾引出来的偶谈，不算是什么议论，也不为谁张目。我非袁氏子孙，对于吃学，愧无渊源，以上所说也许都错，倘仁人君子以为错得可笑，不妨接着谈下去。

（《古今》1942年第9期）

夏天广州吃

老　伯

　　广州是在很热的南国，所以广东的吃食，在天热吃起来是很有趣味的。我最喜欢吃的是伦教糕，冷冻冻吃下去真舒服。以前在苏州，只有广南居一家有得出售，迟一步去便买不着，和叶受和的小方糕一样出风头。

　　到了上海之后，伦教糕到处都有卖，而且其他有味的食物很多，广东馆子小食店开了不少，哪一家不是在把"吃在广州"的秘密，公开给上海的吃客。

　　凉茶、冬瓜水、茅根水是广东人最喜欢吃的，虽然吃上口有些淡而无味，但是很合卫生，不论天怎样热，走得汗流如雨，喝一杯下去，有益无害，比冷茶冰水要有益多呢。

　　杏仁茶是用杏仁去衣磨烂冲茶的，味甜，可以止咳化痰。杏仁糊是用杏仁和米放在陶器盆里用木杵磨细，便成糊状。芝麻糊是用黑芝麻做的，制法和杏仁糊相同，可以利大便。

　　红豆沙、绿豆沙是用赤豆、绿豆放在沙罐里燸熟，加广东冰糖，这冰糖的味儿鲜甜如蜜，非普通者可比。

　　凉茶里面加有药材，可以避疫辟暑，强身健体。广东人居家，常冲午时茶或甘露茶的。

　　在粥里加着鲜荷叶、赤小豆、白扁豆、川萆薢，食之可以去湿去暑，同上海人吃绿豆粥一样，是热天的食物。

广东冬瓜连皮，切成小块，加广东大头菜少许做咸料，油、酱油均不用，煮汤烧四五小时，色带红黄色，其味鲜美，亦有解暑去湿之功。但上海冬瓜，其味不及广东之佳。

在热天，广东人大多吃食咸鸡、冲拌鸭、姜芽鸭片、苦瓜牛肉，以上都可以加加厘或是番茄。吃鱼，名叫不见酸，或是五柳居的可口。读者倘若上广东馆子，不妨点一只试试。

（《现世报》1939 年第 65 期）

广州菜点之研究

洗冠生

广州深得人文和地理上的优胜，因之饮食一道，亦无处不表现其烹调的技巧，"吃在广州"的一句俗谈，我认为是最恰当的批评。

光阴正像白驹过隙，本人经营食品事业，转瞬已届三十个年头，驽牛之材，当然没有重大的发见。而本刊主编，希望"食品"、"文艺"、"修养"和"兴趣"的四个取材对象，都达到某种程度，每种稿件，特请专家撰述，不才如鳅生，亦承再三嘱托，盛情难却，乃一谈广州的菜点。

广州土菜，形式口味，和京苏不同，例如咸蛋蒸肉、咸菜炒牛肉，江浙两省或许以之当作家常的菜肴，其他像花生煲猪尾、萝卜酸溜猪爪、白豆烧土鲮鱼、莲藕煲猪肉汤，那可说广州的特菜。烹调得法（常用姜葱陈皮），自是风味绝佳，即于卫生一道，也大有裨益。就说白豆吧，蛋白质很多，外皮虽多木纤维，但烧透之后，也容易消化了。土鲮鱼是广菜的主要原料，鲜味很可口，价亦便宜，鱼肚、肠、肺，脂肪甚多。

广菜的所以得名，很有几个特点，自非上述的几味家常菜所能控制一切，而现代的花样翻新，便是一个发达原因。广州是省政治、省经济的纽枢，向来宦游于该地的人，大都携带本乡庖师，以快口腹。然而，做官非终身职，一旦罢官他去，他们的厨司，便流落在广州，开设菜馆，或当酒肆的庖手，维持生计。所以，今日的广州菜，有挂炉鸭、油鸡（南京式），炸八块、鸡汤泡肚（北平式），炒鸡片、炒虾仁（江苏式），辣子鸡、川烩鱼（湖北式），干烧鲍鱼、叉烧云南腿（四川式），香糟鱼球、干菜蒸肉（绍兴式）。关于点心方面，又有扬州式的汤包、烧卖。

总之，集合各地的名菜，形成一种新的广菜，可见"吃"在广州，并非毫无根据。广州与佛山镇之饮食店，现尚有挂姑苏馆之名称，与四马路之广东消夜馆相同。官场酬应，吃是一种工具，各家厨手，无不勾心斗角，创造新异的菜点，以博主人欢心。汀州伊秉绶宴客的伊府大面，便是一例；李鸿章也很讲求食品的，国外都很有名，他在广州，第一人发明烧乳猪、李公集会汤，都在李府首次款客之后，才流传到整个社会；岑西林宴客，常备广西梧州产之蛉蚧蛇、海狗鱼、大山瑞等，近则此种风味，已吹至申江之广式酒家。

关于原料一点，广州确有它优胜所在，食料既非常讲求，手续亦十分仔细，所以鸡猪价格，固然高贵，而肉味肥嫩，别有风味，也为他处所不及。气候与食品，两者更有关系，广州气候温和，系大家习知的事实，气候一占优势，物质自然丰富。就是说冬令腊味吧，广州有和煦的西风，吹着大地的一切，腊味制造，便不会发生冰冻的弊端。

我再说广东的烹调方法，藉此结束本文。原来广菜注重本位——厚浓的上汤，与众不同，例如说贵族家庭的日常饭菜——烧豆腐，先用火腿鸡肉，或以瘦肉，制成一种上汤，再和豆腐同煮，自然豆腐风味，鲜美异常。这也是广州和其他地方，烧菜全仗重油者，可说是绝对两样。在理论方面，我尚认为广菜的物质配制，也比较略为高明。

（《食品界》1933 年第 2 期）

广州"星期美点"

涂景元

一、本文之"广告"

"食在广州"一语，诚与"广东是革命策源地"同属轰然在人耳目间，而"广州食谱"四字亦随革命军北进——至少在上海，成为动人的招徕口号，招展南京路各大酒家楼头，使见者往往与革命党——国民革命军联想而为一。是则广州之"星期美点"，在日夕享用已惯，舌根已为此种食味所麻醉者，当然视为无足重轻，而广州以外之人士，必以为新鲜可口也无疑。即以上海之已尝过"广州食品"者而言，恐仍不免有"不是地道"之叹。《红楼梦》之"见土物颦卿思故里"，一般作客之"广东先生"岂无同感？此吾之所以愿将本地风光举以告读者，是为"星期美点"。

尝见上海某某刊物为聊备一格之故，往往谈及广州，固以广州之"口味"——抗日——十九路军——最近之美人鱼，易使人有新鲜别致，特别醒胃之处。于是"广东菜"之几乎成为摩登食品，为一般刊物利用奉客，有意无意间将"广东菜"弄成一塌糊涂。食客之明眼者，当然有"不尽不实"之感想，甚或对于该刊之其他部分亦起怀疑，此岂特广东片面之损失而已耶？兹为纠正"广州食谱"起见，借《人间世》一爿地位开张，并加"货真价实、童叟无欺"字样于其上，以为开张"广告"。

二、大华烈士"园游会"

本刊之《东南风》作者大华烈士，广东土产也。是读者所稔知，而有欲知其最近行踪者，本人虽未得其同意，亦在所不计，将其在广州"园游会"一幕报告如下：烈士此次偕其新夫人杨玉仙女士遄返故乡，第一次宴客（？），即假座广州最著名而资格最老之酒家——南园——园为清代岳云楼主人孔氏物，名字依旧，园林之胜为此邦各酒家冠。园之中心曰赤雅堂，茶资最昂，是日烈士择其邻座开会（是否恶其"赤"，抑或利其价廉，待考），来宾尽忘形交，客到较主人为早，不知为急欲一见新夫人否？人数仅一桌而未"十三"。开会时，主人夫妇相对就主席位，肃客入座，点心八度，热荤四盘，味殊不恶，故费亦"略资"。来宾中叶君后至，主人怪其迟，谓"点心不再矣"。叶谓："园游时间太晏，饥不及待，已用午膳来。"主人笑顾我曰："可！彼已用膳，热荤四度盍撤销？"吾未及答，举座哄然，认为与《九国公约》及"军缩会议"有同等重要，应予维持。叶君尤"慷他人之慨，激自己之昂"，谓不能"以饱例人"，誓反对到底。语未既，菜亦继至，一场波折，已采用圆桌会议式"全部"、"直接"解决于谈笑间矣。斯时酒已三巡，或大言炎炎（苦热也），小言沾沾（自己催眠也）。虽未及"上下古今"，然亦极"东南西北"风味。笑声恐不免"绝倒"邻座，幸未知为《东南风》作者，否则不免受记者包围（烈士固立法委员，且健谈，记者往往喜就之），至少亦给茶客饱看"风头"，或给女性们偷看新郎也。是日女主人衣饰雅淡，入时而不摩登，襟头缀黄白玉兰一朵，丰容盛鬋，幽香袭人，似不受烈士影响者，故座间暑气不因风扇而消。吾因事先退，其如何结束，将由烈士在《东南风》实报实销。

三、荔支时节

"日食荔支三百颗，不妨长作岭南人"，此坡公原为"荔支终老"句也。荔支动人耶，抑因其受过文学化而趋承者多耶？顾荔支之佳，自有其不可抹煞处，似不受坡公影响也。"一骑红尘妃子笑，无人知是荔支来"，荔支地位，已从一个穿雾縠之浴衣，持蒲草之凉扇，拖通纱之绣履，急不及待倚栏渴望一滴甘腻的荔支果汁，润其不能再忍之馋吻者烘托出来。"妃子笑"遂演成一种荔支名字，亦岭南佳品也。吾每于其始上市时嗜之，终而后已。幸而市侩们不解其中香艳的典故，及欣赏其芳名者少，否则将与"增城挂绿"同为穷措大之我，可望而不可即矣。

"增城挂绿"为广东增城县某寺门惟一产物，清代列为贡品，除非三品以上之守土大员，始有一尝之机会，否则未许正视也。迩者皇室虽倒，而荔枝亦未能平民化，仅仅小官僚化而已。一等三级以上之荐任官，有时亦可以一尝，仍属非卖品而为馈赠品（荔枝每四枚为一匣，匣为玻璃镜及织锦所制），然产量有限。此外"增城"而不"挂绿"，或"挂绿"而不"增城"，则随便可得而食。"挂绿"云者，指其果之外皮夹缝中一线绿故也。

"妃子笑"以香艳称，"增城挂绿"以贵族称，然食味均远不如"桂味"。"桂味"产番禺萝岗洞者负盛名。洞有寺，祀明代某儒，寺之建筑设计尚佳，冬天赏梅，夏天啖荔，而无果不有，无花不香，萝岗洞广州人士及时行乐之所也。前清张香涛督粤时，尝会文酒于其间，至今题壁，尚刻划流泉，映带左右，当年盛况，可以想见。年前霍乱病盛行时，市人相戒食生果，然游人啖荔支之豪兴，仍不减往年，"桂味"之味，其动人也如此。

次为"糯米糍"，糍本广东糕饼名，以锡荔支，盖以其满身是肉，肌肤甘腻，与糍相类。视"桂味"之爽脆而微带辛香，尽

"三百颗"而不饱者，殆玉环、飞燕之不同，无熊掌与鱼之取舍，有时仅以产量之丰歉而低昂其售价而已。

又有以"黑叶"名者，质亦香甘爽口，仅亚于"桂味"，产量较多，故售价亦较廉，荔支时节之娄尾星也。"玉荷包"上市最早，人以其状类荷包，故名。食味殊无佳处，以早熟故能博急色者欢，亦荔支之幸运儿也。次为"新兴荔支"，仅得一"香"字，馀无可取，产新兴县，市上不多见，故非尽人而知。尚有"火山"一种，了无是处，偶假"黑叶"牌子欺人，多干制之为旧式婚礼用品。

荔之味有不尽同，荔之色则无不同也。荔无媸妍，莫不渥如流丹，映霞斗彩，过荔园，目为之炫。或夹岸垂堤，临流照水，如美人出浴图，故"荔娘"不特其肉诱人，色亦迷人也。

啖荔者趋萝岗洞，"逐丽"者趋荔支湾，湾已不产荔者久矣，而"荔"名犹挂人齿颊间。"荔支湾"，殆指其全盛时代耶？清代海山仙馆、昌华苑是其前身，最近客死上海之剪淞阁主人潘兰史氏，其近族也。或谓湾似上海半淞园，饶"曲线"美，此间"大众"推为消夏胜地。潮水涨时，绿阴深处，一舸舢板，不知撮合几许摩登男女。昌华旧苑已在"大众"意识模糊中，现易以荔香园名，主人陈氏，今行政院长汪精卫夫人母氏居也。

园大可百亩，其中杂生果树，荔支已早为所掩，硕果可见者三数株而已。园内曲港，可直通省河，固西郊水上运输孔道也。水长时货船丛集，每与洋舢板争道，一时十数艇追逐而至，挤拥不开，艇中男女，乘机乎视不瞬。故有利其艇之挤拥者，或谓艇家故作此恶剧以博客欢，其然岂其然乎。湾内既为运输孔道，亦为排泄孔道，西郊之粪艇，固所从出，潮水未涨，粪艇流滞，游者无如之何。昔年汪先生游园，其题壁云："……十里荷香撑屎艇，道是晚凉天气，鱼生粥，真堪嗜。"盖纪实也。词句一时传诵，惜不复全忆。或嫌其率，不为舅家少留地道，然足见先生之真。无亦以荔湾之浪得其名，摩登男女之逐臭可耻，然摩登男女岂尚以先生之臭为臭哉。

"鱼生粥"为荔湾著名食品，亦主要食品也。卖粥者放瓜皮小艇，粥之材料为鱼肉、鱿鱼、海蜇、炸花生米、虾子、五香等，切丝成片，各载以盘，和之为粥，而五色之材料，杂陈艇后，缤纷相映，谐合入画。艇首置瓦巨埕一具，大可容二石粥，备一日之需也。自午至暮，炉火常温。游人有尽三四碗犹以为未足者，喜其"野味"也。寝而香港之安乐园，亦以"艇仔粥"款客矣，其影响于食客也如此。

湾内亦有卖"咸酸味"者，以为食粥者消化之助，物品整洁，售价亦昂，嗜粥者无不嗜之。亦有叫卖荔支者，类皆放艇中流，珠娘软语，不让吴侬，身穿黑胶绸衣，大都健美，与游艇中之粉白黛绿，相映成趣。湾之对岸人家，各因其近水馀地，作亭台小筑，凭览游人，亦具肉竹管弦之盛，与园中各酒家众响遥相唱和，湾之条件，于矣完成。

广州市政府近有荔湾公园之设计，以其有公园之实，而无公园之名，故设计公其园。谁知园尚未公，而昔之弯弯曲曲者，早已牵之使直，填水成陆。园之西为游泳场，夺取荔湾之"曲线"，而代之以"直线"，则早在公园设计之先矣。

二三,六，芒种，于广州东山

（《人间世》1934 年第 9 期）

粤人谈吃——在广东

佚　名

吃在广东

去过广东的人，得到最深的印象的就是"吃"，所以"吃在广东"便成了这些人的口头上的成语。不过，我们知道，"吃在广东"这句话，并不是单纯、庸俗的一般所说的"吃"，而这个"吃"字的里面，是含蕴着十足的而耐人寻味的艺术的成分在。这一点，就是我们远在北方的人们，一样会领略得到的。比如，我们在街头看见的粤菜馆的名称京华酒楼、红棉酒家等等字样，使你顿然便可以感到一般诗意的诱惑。假如，我们再作深一步的探察，看看那些"紫翠珍罗"、"翠华石斑块"等等的菜名，与那些摆在朴素而精致的桌台上，色调调配得那么调合的成品，再加上那股甜香的味道，使你便会为之神往，口中的馋涎也会不自禁地淌涌出来。

说到"吃"而想到广东，我们知道这里面还有一段原故，那便是因为有许多奇特的东西，却在粤菜里占了很重要的位置，如同蛇在我们的心头上是一种骇人的蠢物，并且它的毒气，更是使人望之生畏的，俗语说："一朝被蛇咬，见绳也生惊。"便可以表示出这种畏惧它的心理来。然而，它在粤菜里，却成了珍品。

倒续前言

然而，我们对广东的"吃"，时常要发出许多的问题，如同，吃在广东为什么会如此的兴盛？如此的考究？粤菜馆在广东的情况？广东人是怎样吃蛇？龙虎斗是什么？广东人吃狗是怎么回事？以及什么是广东的果子菜？……这些问题，若不问到老广东是得不到确确的答案的，同时这些问题，在记者的脑海中，也续积了许多的时日。

在一次谈话里，记者与本社的陈君谈起了这些问题，陈君说："我给你介绍一位广东的朋友吧！"于是，就这样在中秋节前的一个傍晚，我们便走到车水马龙的王府井的大街上了。

一位富有创造性的人物

在事前，陈君曾对记者介绍过那个未谋面的广东朋友的经历。他叫彭今达，广东南海人，他是北平王府井京华酒楼的经理，天津津中贸易行的监理。他正如一般广东省籍的同胞一样，是个富有创造性的人物，从商已历数十年，而他对时事颇有精确的见解，并且他还是交游甚广的交际家。

时针指着七点半钟的时候，我们走进了装置得十分耀丽的京华酒楼的门口。

在里面招待客人的散座里，茶役给我们每个人送过来一碗茶。

"彭先生这就到，请几位少坐。"茶役很有礼貌地说，我们说了声"不忙，不忙"，随着点了点头。

我们在默坐着，热情的夏威夷的乐声，从电喇叭里播送出来，埋在皮椅里用着晚餐的绅士型的客人，却在一边静静地吃着舒适的菜蔬，一边聆听着那诱人的乐响的流波。

十分钟，彭先生满面春风地走来了。

他有着一副瘦长的身材，在那张瘦长的脸上，显示出精明干练与坚忍的神色。

我们互换了名片，寒暄了几句，落了座，访问便开始了。

广东人为什么讲究"吃"

记者第一个便提出了"广东人为什么讲究吃"的问题，"广东人为什么讲究吃"，他重数这几字，"这个问题许多朋友都问过我，我也时常想过这个问题。广东人确是讲究吃，有钱的人不必说，就是劳动界的人也是一样地讲究吃，在广东大多数饭馆里，这些朋友便是经常的主顾，做饭馆生意的人，也是无时无刻不在精益求精地研究着各种生的菜，或者是改良各省各地的菜，这样，都是表明吃在广东讲究的情形。不过，广东人为什么这样讲究吃，却不是一个好回答的问题。据我想，第一个是因为风气使然，第二个是因为广东与繁荣而对什么都考究的香港距离近，再有什么原因，我现在还想不出来。"他滔滔地讲着，记者实在惊佩他的像着悬河样的口才，这是不是广东人先天的素质呢？

"这一点是不是与广东人的富于创造性有关系？"记者这样地说着。

"唉！唉！"他点了点头，显然他是在思索着这个问题，半晌，他便接着说道："这一点也许多少有着关系。"

广东菜的特殊点

"广东菜的特殊点是什么？"记者问。

"说起来广东菜，并没有什么特殊的地方。不过，就是广东菜里能够把别处不用的菜，或不敢用的菜，或'零碎'，都能用来炮制，做成能够吃的菜，其他，大都是拿他处原有的菜，加以改良的了。"他沉思了下，接着又说道："要再说粤菜的特殊点，我们还可以说，粤菜处处考究，比方说，在这里（京华酒楼）客人要预备一桌菜，当这桌菜摆上来的时候，菜的颜色与味道，均能够配制不同，九种菜便能做出九种颜色、九种味道来，不过这一点，顾客是时常不注意的，不过我们总是这样做。再比如普通馆子里所上的"水果"，便是很杂乱的，而在这里，真正的广东馆，便要分别出四水果、四生果、四京果、四干果等等来，这虽是小的地方，而也可以说是粤菜馆的一个特殊点。"

粤菜里的蛇、猫、狗

"广东人吃的蛇、狗、猫，是不是就是和我们在此地所有的蛇、狗、猫一样呢？"记者问。

"不不！"彭先生摇着头："广东人吃的狗，是另一种类，这种狗在广东的每个人家里，差不多都喂养着，它不会看门咬人，一天只会吃、睡，养得肥肥的。"他喘了一口气说："猫——广东菜里没有猫。"

"广东菜里没有猫！"记者怀疑地追问着："龙虎斗不就是蛇与猫吗？"

"不是！不是！龙虎斗是蛇和狸，这种是吃果子的。"

"蛇呢？"记者问。

"这里蛇就是生在广东的蛇，在广东吃蛇是家常便饭，蛇对于人是一种补品。"

"这种是不是有毒？"记者又追问着。

"蛇肉没有毒，蛇骨是有毒的，并且，越毒的蛇越好。可是拿蛇来做菜，是需要好的技术，因为在菜里，有一块蛇骨，吃到肚里去，如果挂在肠子上，便会发炎致死。记得从前，在香港有一位外交家，他叫……"，他寻思了半天这位外交家的名字，然而终未想得出，于是他便又继续地讲下去了："这位外交家，是很喜欢吃蛇的，不过后来他突然死掉了，许多人都未能诊断出他的死因，后来方才在他的肠子上面发现了一块附着的蛇骨。"

"蛇在广东是不是同别的菜类一样的售卖？"记者问。

"是，蛇在广东的大街小巷上都有卖的，卖的情形，是以一副两副论价的，一副就是三条。不过，蛇胆是另算价钱的，因为蛇胆的价值很高，普通是一条蛇的价钱，同一个蛇胆是一样的价钱。"

"蛇胆为什么这样值钱？"记者问。

"蛇胆对人的眼睛是十分有益的，普通人吃蛇胆，是将蛇胆分裂成数瓣，用酒一冲，即是最佳的食品。"

彭先生谈用人

这时彭先生吩咐茶役，送来了两块切好的广东月饼，我们的话题便转变了方向，从真正的广东月饼并没有什么可贵，又谈到了改良月饼的成功。由此，我们又扯到了关于雇用厨师及茶役等等问题上来。

他说："厨师傅与茶役是每一个饭馆里的生命，一个饭馆能不能拉得住顾客，全要看所用的厨师傅的手艺，和他肯不肯卖力气，肯不肯拿出拿手活儿来；茶役对主顾是不是招待得周到了。比如，这里——京华酒楼——在以前军调部里的人员们到这里来，便把这里看成自己的家一样，在他们正在工作的时候，他们的许多东西都随随便便地放到这里，到他们临走的时候，还把许多的东西存放在这里，你们看这条小狗。"他说着指了指在他身旁卧着的一只狐狸型的小狗，又接着说道："它就是军调部里的一对夫妇，临上飞机的时候，不能把它带走，他们便写了个纸条嘱咐机场的人，把它送到这里来寄养的。这些事实的造成，就是因为这里的茶役能对主顾和蔼，能够诚意地招待主顾，能够替主顾想得周到，厨师傅也不敷衍将事地欺骗主顾，所以一般主顾便能把这里看成自己的家一样。"

他说着脸上显出了得意而谦虚的笑容。半晌，他没等记者再提出问题来，便又接着说道："不过，这些人是对付起来，也不是容易的事。"

"彭先生所说的这些人，是不是指着厨师和茶役？"记者问。

"是的！"他点了点头。

记者又追问道：

"那你怎样对付这些人呢？"

"说来很简单，我对他们并不打，也不骂，真的，我一次也没有骂过他们。只是用一个'公'字，与一个'诚'字。你们要知道，他们却是很狡猾的，处处都能弄私弊，然而，我一次也不许他们做出来，即或他们要是做出来的话，我便当时给他们指出来，叫他们知道这样是瞒不过我的眼睛的，这是犯罪行为。所以，便不会发生第二次了。比如，厨师傅，他们是鬼计多端的，不拘你看得怎样严，你就是一天到晚在厨房里看着，可是你须要睡觉，他就能在你一阖眼的时间里，把你的东西运出去。这样，外行是对付不了的。我对付他们的方法，以不到厨房去看他们，可是，我知道一斤米能出几碗饭，一斤翅子能出多少菜，一斤冬菇可以做多少汤，所以，在买完一回货以后，卖了多少菜以后便没了，一翻账篇，就知道合理不合理。"

"这里的厨师傅呢？"记者问。

"这里的厨师傅很好，他是上海最有名的头号大师傅，在上海大广东馆子里提起陈胜来，谁都知道。他同我在一起许多年了，谁都知谁。所以，我们合作得很好。"

"这些人的待遇如何？"

"薪金在每个饭馆里都是很少的，都是以分小账（大费）为主要的收入。就拿这里的大师傅说吧，他同我拿得一般多，每个月大约可得二三百万元。"

他们不知这里是舞场还是洋餐馆

"京华酒楼"在我们的印象里，是个十分绅士的名字。然而，在这生活不得也的今日，到这里来吃的都是哪一阶层的人呢？于是记者把这个问题问了他。

"到这里来吃饭的大多是军政的人，商人是很少的，因为不知道这里的人，看着门面，不知是舞场，还是洋餐馆，所以他们就不进来了。"

今不如昔

"现在的营业情形很兴盛吧？"记者问。

"今年不如去年了，市面上哪家买卖都显著萧条。"

"可是这半日来，这些座位不总是满着吗？"

"这都是老主顾，不过整桌的应酬是少得多了。"

"这现象是不是受着节约后的影响？"记者问。

"不！节约的限制是不受什么影响的，因为……要的原因，还是市面萧条，人们的生活都不充裕的原故。你看！这个节送礼的，便没有大包大笼的了。"

一个微妙的譬喻

我们由市面萧条又谈到了用人的问题。

他说："我方才说用人的方法，就是说你要使你用的人不营私舞弊，肯为你卖力气，全要看你事前或第一次管他不管他。假如他第一次犯了过，他自己也是知道的，要是没有人管他，他第二次便会跟着来了，一直到第三次、第四次，习以为常，他便把犯的过失看成了应该做的事了。那时候你再管，已然失了效用，并且他早把其他的人也感染上了，到那时候，你纵想根除，恐怕是费许多手脚也是无济于事的。"他说到这里停顿了下，便又接着说道："国家也是如此，天天嚷嚷着打老虎，可是真正老虎早已经跑掉了，为什么不早打呢？"

是的，为什么早不打呢？让他们由贪吃的苍蝇，渐渐地长成为吃人的老虎？

说着，我们握手告别了，结束了我们这次的访问。

（《一四七画报》1947年第15卷第12期、第16卷第1期）

广州的茶点

王文元

时间真是个奇怪的东西。无论是悲哀或是快乐，当其时，总觉得没有什么意思吧；但是，一经了它的冲刷，一切都可以变成为甜蜜的梦。

当初独自两手空空地跑到广州，见过温州洋中的险浪，厦门口外的渔船，香港山上繁密的灯火，黄花岗下夕阳里的坟墓，那时，但觉得无味，引动愁绪。险浪使我心底震撼，渔船象征了我的命运，繁密的灯火为我更衬出了海天的黑暗，夕阳荒冢惹起了我身世的悲凉。然而时过境迁，我做梦也似地又回到北京的小胡同里。有时东奔西走得疲倦了，倒在藤椅中闭紧了眼睛回想起来，一切都入了画境、梦境、诗境，就是那一脸横肉的旅店主人，扣住了我的行李，打起广东官话对我说"不行，一共五块钱，三天一算是我们的规矩……"的一幕，当初我在肚里暗哭，但现在想来，他也已变成了戏剧中的犹太人，只觉得他凶狠得可笑！

讲到在回忆中觉得最津津有味的，当然要推广州的茶点了。加之在北京连极坏的饽饽都吃不起，所以更使我时时想念到它。现在姑且把它写出一点来罢，也算是"画饼充饥"的意思。

谁想得到呀，在"赤化"了的地方竟会有如许的清闲？如果一个人从没到过那边的，凭了他的"直觉"想来，也许要以为广州的一切都是热的忙的罢。不错，广州的确是比各处来得热些忙些，但同时它那里的清闲处，也远非"白化"了的"首善之区"所能及的。

广东人爱艺术的天性，也许是谁都知道的。他们的日常生活，差不多也有点艺术化的了。广州人就是连吃饭都似乎有"趣味"的成分，他们每天只吃两顿饭，一餐在上午九时左右，一次在下午三四点光景。至于早上、午后、晚上这三个正是我们江浙地方吃饭的时候，他们却吃茶点。

初到广州的人，最惹得注目的，除了长堤一带大洋楼之外，大概就是这些茶室（注意，并不是北京胡同里的那种）了。它那建筑极讲究，类系高大漂亮的房子，式样是中西合璧的，西式的外形而饰以狭长雕花的玻璃窗，内中的器具差不多全是洋式的，桌子上都是大理石面，陈设颇整齐清洁，有西湖上之别墅风。茶市每日三次，非市时吃客很少的；但一到市时，则携烟筒，拖木屐，各式各样的人都来了，而尤其是工人模样的为多。

茶资便宜之极，起初我不知道，只是徘徊门侧不敢进去，进而复出者有好几次，每回总是怕钱不够。后来还是跟了一个熟人才进去的。我一共吃过三处，构造布置，大同小异，楼是一统的，惟暗中分数厅，每厅墙上均有木牌，标出"三分厅"、"四分厅"等字样。若在三分厅坐下，则每碗（用有盖的茶碗，不用茶壶）三分（小洋）。桌面上放有各色的点心及瓜子，均盛于小碟中，我有一次一连吃了五碟，茶则一喝即尽。伙计对我似乎有点奇怪的样子，心想哪向来的外江老？我时而环顾左右的几位善喝茶者，见他们茶则一口一口地呷，瓜子则一颗一颗地咬，前后的时距是很长的。至于他们吃那圆的月形饼，则月半到三十，大概起码也要一刻钟。我想这种地方，如果请岂明先生去，定能胜任而愉快的，我则太无"生活的艺术"了。然而，尽量地大嚼，亦殊别有风味。

点心的种类多极，大概已经是东西"文明"的混合物了。早晨普通吃的是早茶饼，薄而圆的，中有"早茶饼"三字，味不坏，价亦便宜。惟我最喜欢的是油酥饺，及一种不知名的油煎的咸味的圈子饼。油酥饺与江浙的略有不同，形小而皮张较薄，分赤豆沙与绿豆沙的两种，味以绿豆沙的较美。其他的圆的方的饼儿多极，我都叫不出名词，味道大多是甜的。

除茶室之外，广州还有种甜品店，亦颇有趣。甜品中主要者有莲子汤，蛋汤，豆沙汤，蛋卤等，价极便宜而味颇适口，且陈设精雅，大率桌上搁以鲜花，无聊时随便去吃些，真是说不出的悠闲与舒服——这也许是我个人的感觉。

在烦忙的现代人中，这类调剂的地方是缺不了的。人们于剧忙之后，去找一处比较清闲些的地方来喝喝茶咬咬瓜子，这是何等须要的事呀！因之这类清闲的场所，就在比较热些忙些的广州出来了。这也许就是酒精在现代文明中起来的原因吧？

在广州二十多天，借来的三分之二的钱，多是吃了的，结果则落得一场胃病，及这么一点淡淡的甜蜜的回忆。

二月十七夜写。

（《语丝》1927 年第 126 期）

广州茶点谈到看老婆

黄诏年

在武汉的饿乡饿了大半年茶点的我，不消说一跑到上海在虹口的广州茶店真个"饿虎落阳"了。但是即因为这样，不到半月又在非饿乡而饿了。现在既经有好几天没福分到虹口，每当正午只有"幻想大嚼"一个法子。今天太阳是那般好，时刻又既是一时，料想茶店里的红男绿女正是吃个不亦乐乎，自家坐在这公寓的一角闷得难过，又想起了《语丝》上的《广州的茶点》，在残破的书摊翻第七册一一五页看了一会，更其难过，好吧！现在姑且把它写出一点来罢，也算是"画饼充饥"的意思。

肚子是空的，那末，要在脑里想出事情来是多么艰难。好在抄袭胜于创作，聪明的著作既在明训，我现在要介绍广州茶点给没有吃过的男女士，既是无能又加不必，自然乐得将《语丝》一二六期王文元的话抄在下面：

"广东人爱艺术的天性，也许是谁都知道的。他们的日常生活，差不多也有点艺术化的了。广州人连吃饭似乎都有'趣味'的成分，他们每天只吃两顿饭，一餐在上午九时左右，一次在下午三四点光景。至于早上、午后、晚上这三个正是我们江浙地方吃饭的时候，他们却吃茶点。"

"茶资便宜之极。起初我不知道，只是徘徊门侧不敢进去，进而复出者有好几次，每回总是怕钱不够。后来跟了一个熟人才进去的。我一共吃过三处，构造布置，大同小异，楼是一统的，惟暗中分数厅，每厅墙上均有木牌（？），标出'三分厅'、'四分厅'等字样。若在三分厅坐下，则每碗（用有盖的茶碗，不用茶壶）三分小洋。桌面上放有各色的点心及瓜子，均盛于小碟中，我有一次一连吃了五碟，茶则一喝即尽。伙计对我似乎有点奇怪的样子，心想哪向来的外江老？我时而环顾左右的几位善喝茶者，见他们茶则一口一口地啜，瓜子则一颗一颗地咬，前后的时距是很长的。至于他们吃那圆的月形饼，则月半到三十，大概起码也要一刻钟。我想这种地方，如果请岂明先生去，定能胜任而愉快的，我则太无'生活的艺术'了。然而，尽量地大嚼，亦殊别有风味。"

真的，大嚼亦殊别有风味，这次我经验的了。而广东善吃茶者，不但是缓，还有一种特异的表现。凡是专（每天四次）兼善的他们，每次吃点心最多不过三种，而这二三种皆为廉好精美的，鸡球大包、烧卖及各店的特色食物一种，价钱是一角半或二角小洋。所以，不但急食为外行，即多食也是不懂。

广东人吃茶，上至大官下及拉车的朋友，每天多则四次少则二回。无论何人早茶（五六七点）、午茶（一二点）都是不能少，四次最惯的是工友。他们每次虽然也要一角几分，然而吃茶的耗费比食饭还要来得紧张。单讲拉黄包车的朋友，他们每天四点多钟起来做搭轮船的生意，拉了点把钟头后完了，这时肚子正饿，也正要找地方休息，所以便点茶点，这是第一次。九点吃过早饭，到了中午吃茶是第二次。四点吃过了晚饭，到晚上八九点吃茶是第三次。第四次则在回家的夜半二三时。吃茶的习惯，在广东人差不多是通病，这个通病的起源，我怕不是如王文元所说的"生活艺术化"，由交易所、谈话所、集合场、看老婆的大观园而形成比较是些。

可是这也有点不通。"食在广州，住在杭州，着在苏州，死在柳州"，既四鼎天下，广州的食自然不单"酒菜"，当然会扩而充之及"茶"、"点心"呢！讲到食在广州，真的，我相信到过广州的人，给予他的印象最大的恐怕是茶店与酒馆。这种随处皆是的茶店、茶室、茶楼、酒馆、酒楼、酒店、饭店、餐室、小食店、下阶苦力饭店……当然使外省惊奇（上面所说的各种名称是各各不同的，并不是别名。如茶楼与茶室，它的内容食物等有天渊之别）。或者尽量开怀大食（郁达夫先生将广州市内一千数百家酒馆通通吃了一次，便是尽量了。一笑）……

我们且不必去管广州的茶点是否起源于"生活艺术化"，而茶食店成为"看老婆的大观园"等却是事实。

自然的王孙公子的"讨老婆"，决不须在茶食店里看，而所在茶食店看的，都是工友、店员、乡下佬、外江老以及穷措大的流氓等等。但也真的，我们要谈的只有后者，至于那些呢，另有封建先生、资产大人，如"家事研究"一样的出专号呵！

他们的对象是婢女、穷家女、翻头婆（再婚者）。由媒人拿相片看过之后，便看人，看人的地方是茶食店。这样的事，大概每间茶食店平均每天也有一二起。所以，我说茶食店也是"看老婆的大观园"，谁曰不宜。

看的方法，先择定了某间第几号房，先由男的约同几个朋友或亲戚等先去，到了所约的时间，媒人便带女的来了。来到之后，照例除各人一盅茶及瓜子外，便一盘肉丝炒面。在食面的前后，男的女的双方拚命相看（有些女的有自由权的，可以选择男子），从头看到尾，从尾看上头（当然男的随意些）。在这时当儿的旁观者真是有趣，比看猪八戒招亲还更有趣。一个坐得像观音菩萨一样死板，一个如同乞丐捉身里的臭虫般的仔细有味。媒人呢，笑迷迷乱插些巧言。呵，真是一幕好戏呢！旁观之人其艳岂浅鲜哉！我愿天下好戏之人，皆做看老婆的旁观者。

除用眼看之外还有对话（试口才及智愚）。照例的姓名、年岁、籍贯、职业……如是而已。但征求的同意亦有，这专是男子发问：

"你喜欢我吗？"

"…………"

"怕什么哪，这位先生又有钱，家里非常安乐，脾气又好，你要说什么尽说，将来都是自家人。哈哈！"

花言巧语的媒人，就一大串令人莫名其土地堂的话插来了。女子肯的就微笑点头，或者"唔"一下。然而不肯的也并不即怎样表示，不过露点影子罢了。

这样的前后时间至多半点或五十分钟。面一经媒人洗干净几分钟，女的就要走了。她走时男的要送一个红包，里面以前是三分六（即香港五仙一只），现在普通二角小洋。

这么这么以后，天大的问题便解决了！不合的固不必说，合的就论价买卖。做女的主人或父母的，谨遵从先贤大圣孔丘字仲尼曰：沽之哉！沽之哉！算尽了她们的责任。

有些对媒人事前说过，要看手脚的在看时便兼看，男的将女子之手脚抚摩细擦一任尊便。因为这样，故亦有不少店员、工友（以前为多），苦不过的时候，便用一月二月的工夫积三几块钱，假装要讨老婆去通知媒人，于是乎他可以一连玩五六个异性，以消磨许多苦闷的饥荒了。

废话说了一大堆，巴望可以充饿，而写了五张稿纸还得不到。呵，我觉悟了，"画饼充饥"是骗人的话，比他们假装讨老婆的"过瘾"还更虚无。"画饼充饥"，说这句话的古人呀！你是流毒无穷！

在非饿乡的上海而饿的九月末日

（《新女性》1927 年第 2 卷第 11 期）

广东之宴会

胡朴安

　　广东之酒楼，可谓冠绝中外，其建筑之华美，陈设之幽雅，器具之精良，装潢之精致，一入其中，辉煌夺目，洵奇观也。著名大酒楼，均在长堤一带，而城内亦间有之。其制大抵均为四楼，每家房间，约二十馀至四五十不等，不曰房而曰厅，厅不分号，而别以杨柳、芙蓉、青梅、红杏、太白、少陵、鸿儒、白玉等种种名色，颇不惹厌。此等厅房之组织，均用极珍贵之品，估其价值，每厅有达数千元者。开销既巨，自不得不取偿于顾客。大约每厅大者可容二席，小者一席。厅有租，大者每天八元或六元，小者四元至二元、一元。若逢年节佳日，有增至数十元者。酒楼规则，例无小账。每客一茶，价目二毫至四毫，面水亦然。席间所用酱醋辣质，每人一份，均另外加钱，不在菜价之内。菜以鱼翅为主要之品，其价每碗自十元至五十元，十元以下，不能请贵客也。翅长数寸，盛以海碗，入口即化，鲜美酥润，兼而有之。然以群乐、南园两家为最，外此亦未必尽能合法，常有以数十元之重价，而得恶劣之制品者。此外若烧猪、蒸窝等，亦为珍品。至平常之菜，大约自八元至十元，亦颇冠冕矣。酒类甚繁，山西之汾酒，与浙江之绍酒，均为社会所欢迎。绍酒价格，每斤常在三四毫间。又有土产之酒颇多，其普通者为白糯米、黑糯米两种，味甘而性亦甚烈。若军政两界及巨商富绅之宴会，则多用洋酒，其值更昂。试以普通宴会之价值计之，租四元，茶资四元（以十人计），面水四元，瓜子二元，水果一元，干果一元，牌租一元（粤中打牌不抽头，每牌一副，租金五毫），翅二十元，菜十元，杂项十元，洋酒十元，则已为六十馀元矣。若更加烧猪、蒸窝、点心、汽水，或叫局唱戏，并小账及客人之轿班差役等堂金，则已在百金左右，犹为寻常之宴会也。

（《中华全国风俗志》下篇卷七，胡朴安编，

上海广益书局 1923 年 6 月初版）

广州月饼的名称

刘万章

此刻，仲秋好像由上海搭皇后邮船来广州，多两天就要抵埠，这位在民俗里有地位的要人，抵埠的时候，少不免有许多人去欢迎他。欢迎团中最主动而不可缺少的，要算"月饼"罢！

月饼名称，可算是千花百门，我现在把收集的几间月饼铺，他们定的不同的月饼名称，写下来：

一、涎香茶楼（广州永汉路）：这间饼肆的老板，出了一张广告，除了月饼名之外，有一篇序云："在昔霏屑银泥，说清秋于程李；成团璧月，咏佳节于吴宽。月饼之制，由来尚矣。本楼业托汤官，味兼脯掾。琼肴玉饵，美备四时。珠馅珉麇，技夸七妙。固已驾三辅之旧制，蜚五羊之芳声。属以玉宇延凉，金波涤暑。薄夜换□公之馔，适时顷束皙之言。爱集良工，特标新样。公羊家里，槐芋浮玉碗之香；太白楼头，桂魄丽金樽之色。既已饫清馋，洵足绥解文侯，珠挥贺监也。已谨以出品胪刊食单，值虽多寡之或殊，味总香芳之独擅。问天有盍停白玉之深杯，画地无劳请预红绫之嘉宴。"名称是这样：合桃丹凤月、杭仁莲蓉月、宝鸭穿莲月、五仁罗汉月、金华火腿月、凤凰西山月、银河映秋月、榄仁椰蓉月、火鸭鸳鸯月、南乳香肉月、金凤腊肠月、东坡腾皓月、金银叉烧月、杭仁豆蓉月、玫瑰上甜月、上豆沙肉月、什锦上咸月、上品果子月、莲子蓉月、芬芳椒盐月、五仁香月、豆沙罗汉月、五仁咸月、豆莲罗汉月、豆蓉肉月、冰片莲蓉月、豆沙肉月、冰片豆蓉月、豆蓉素月、莲蓉素月、双凤莲蓉月。

二、宜珠茶楼：珠江同赏月、珠海团圆月、珠光秋夜月、珠圆玉润月、七星伴月、烧鸡吐凤凰月、鸡油双凤月、挂炉烧鸭月、红烧乳鸽月、金银鸭腿月、冬菇腊肠月、西湖燕窝月、五彩凤凰月、银河秋夜月、杏蓉蜜月。其馀的什么甜肉、咸肉……和涎香的一样从略。

三、拱北楼：拱北光明月、五族共和月、蚝豉肉月、上品栗蓉月、枣泥贡月、物色皮蛋月、冰皮五仁月。其馀和涎香、宜珠相同的，也从略。

四、南如楼：南如贡月、鸡蓉蘑菇月、银河夜月、西施酥月、蚝黄夜月、西湖莲子月、宝鸭穿莲月、椰丝肉月、人物五彩月。其馀和上边相同的，从略。

五、品南楼：银河秋夜月、西湖醉月、冶容蛋黄月、鲜味风肠月。其馀和上边重的，不述。

六、奇香斋：云开明月、唐皇燕月、冷容酥月、鲜奶杏蓉月、枣泥香月。其馀同名称的，又略。

七、梁广济：冬瓜糕月、蚝黄贡品月、鲜莲桂子月、黑麻蓉月、白麻蓉月，金银腿月，莲子腊肠月。其馀和以上重的，再略。

以上六间饼肆的月饼名，虽然不能说是广州月饼名称的总代表，但是第二、三间以后，便没有那满纸淋漓，可见再收多数十种以至数百种，也不过如是。

一七,九,廿,于中大。

（《民俗》1928 年第 32 期）

粤东小食谱

式如女郎

　　惠州山水清腴，夙有灵秀之称，故其土产特丰美，而最挂人齿颊者，厥有三焉。一为菜脯，产南坑，以最小之萝卜，整个腌之，味绝甘脆，可下茶，可下酒，价值至廉；一为麦芽糖，以麦制之，色洁味甘，且有香蕉之味，佳品也；三为糖柚皮，其味之佳，几不可以言语形容，齿决之馀，不辨为何物，惟叹奇绝而已。至若霉菜，虽属本地土产，固不及斯三者也。

　　前窥珠江水，后枕乌龙岗，接鹅潭右，左连狮洋，是曰河南。河南与广州仅隔一衣带水，苇航可接也。其地风俗敦厚，迥不若广州之轻佻。其间品物，亦有佳者，然以小凤饼为最。小凤饼一名鸡仔饼，以南乳和肉制之，故又称之曰南乳小凤。此饼广州各家均有，惟不若河南之佳，其佳处在柔润与苏软。

　　西南大沥，有所谓杏仁饼者，气味香甘，亦上品也。广州市肆虽有所出，然较之大沥，不免有小巫见大巫之诮耳。

　　吾粤果品，除荔枝外，首推潮州柑、新会橙。潮州柑之佳处，佳在甜滑；新会橙之佳处，佳在香甜。莫为之先，虽美弗彰；莫为之后，虽善不传。惟二者之价，颇为昂贵，非银币数圆，不足大快朵颐也。潮州柑皮，可供药用，尽人皆知。而橙皮啖后，辄弃之如遗，弗加爱惜，不知此橙皮亦可以供下饭也。法先将食后之橙皮，略去上面一层红色处，乃以清水浸之，浸至二三日，尽去其苦涩之味，然后与酱油和而煮之，即可食，味殊清爽，而烹调亦至简易也。

吾家广州而本籍南海，南海食品亦有可述者。惟侬一年才及笄之女子，见识未博，考察未广，若一一表而出之，则识力有所不逮，即使指东摘西，胡乱道来，又不免令人姗笑。无已，请言其近者。近者何？西樵是也。西樵之小食，首推西樵饼。西樵饼之味，略如市上所售之鸡蛋糕，而香甜过之。阅者见此，得勿疑吾言为诈乎？盖市上所售之西樵饼，粗难下咽，而我独谓其香甜过于鸡蛋饼，未免乖刺矣。其实市上所售之西樵饼，直粉团耳，其目之为西樵饼，饼其所饼，非吾之所谓饼也。吾之所谓西樵饼，其佳美处既如上述，而市上所售者，不过剿袭其名，非由西樵所出也。鉴别之法：真西樵饼色泽黄而润，阔度约华尺四五寸；伪者色淡白，且多生粉布满饼面，阔仅二三寸而已。

广州食品，佳处不多，非失之价贵，即失之粗俗。求其价贱而可口者，以余所见，莫脯鱼面若。是面以杂货店及酒家所售者为佳，至面店所制者又其次矣。面之佳处，尤在乎汤，其汤之佳，吾无以名之，名之曰鲜美而已。

（《社会之花》1925 年第 2 卷第 13 期）

及第粥馄饨面

乐　志

　　记者曩日里门有宝记店沽粥、面、馄饨，营业虽小，著名于左右邻里，事属人为，于此益信。该店早晨沽鱼生及第粥，以猪肉粥每大碗起码铜钱十二枚，鱼生及第粥铜钱三十六枚（当日戥子种百分两之二点四）。午沽炒切面、放汤切面、猪肉馅馄饨，馀无他等食品。其配面材料（俗谓面码），系用顶上头抽豉油卤猪肉丝一种，他如鸡鸭鱼片等，均不备售。面汤亦系用顶上头抽豉油，加以新鲜炼猪膏作配，并不搀杂猪骨，更无今日所谓之味精，此汤颇觉可口。炒切面以卤猪丝为码，每卖铜钱一百二十枚。放汤切面名为楼面，起码一十五枚，加馄饨名为芙蓉面，铜钱二十四枚，最多之值每碗三十六枚，系芙蓉加码（即多加卤猪肉丝）。粥、面、馄饨既佳于味，取价亦廉，故每早午外卖门市，纷至沓来，且亦无小账名目，直可称为正式平民化也。

　　从前归德门内（俗名为老城）马鞍街富香早粥面食店，其猪肉粥素为人称可口，甚至城外人士不惮遥远而求其朵颐，因此之故，座客常满。其最能吸引客者，系有一伙伴每晨未明而起，专司煲粥，正式明火，熬煮得宜，俟粥上市，为事毕销差，宁可有馀剩，断无加开水以欺惠顾座客，极为人士信重，非浪得虚名者可比。惟有一习惯趣事，知者亦乐，可称为特别广告。以入座后，堂倌有问，即答云食铜钱二十枚之碎猪肉粥（此等粥名为街坊粥，谓加重材料优待邻里所设），迨堂倌送粥至座，再着伊取大鱼生片一碟（鱼生片有大小碟之分，大碟铜钱一十六枚，小铜钱八枚），粥与鱼生合计铜钱三十六枚，实胜食铜钱三十六枚之及第粥。缘及第粥只多猪肝或猪腰数片，而鱼生已减用小碟，且猪肉搓为一团，不及碎猪之丰富。此等无形招徕，似更胜近日沽香茶之加送赠品。惟近时长堤早粥等店，与富香相较，想自唅以下亦不敢称谓也。

馄饨粤垣有两派。城隍庙外江扁食，及三楚馆等，皆系不用蛋打薄皮，以入口软滑易化为胜。其非此派之茶面点心店，暨曩日之馄饨面担最有名者，若胡翠记、光记，皆以用蛋打厚皮而略带韧性驰名，各从所好。惟记者则嗜厚皮者，往时光孝寺两廊有只卖馄饨无切面者（记者久已未游该寺，未审尚如故否），皮薄如外江派，有油炸、放汤两款，均加有鱼生片，或猪肝、猪腰、芙蓉蛋等，其名可称为及第馄饨。有刘伶之癖者，多数赏识油炸馄饨，炸馄饨则以薄皮为佳，故游光孝寺，实无有消遣之处，其注重者，食馄饨而已。

滑猪肉汤面，本属极普通之品。记者自得赏马鞍街秀馨居所制者后，他处与及长堤各茶点面食店，求稍能与其并肩者，竟如凤毛麟角。查他家之滑肉汤面，只切熟猪肉数片，加于汤面上，虚应故事而已，实无特别制法。惟秀馨则不然，以加蛋银丝细面为底，用精猪肉切为极薄片，以竹笋片、草菰先煮汤，后加薄片肉同煮，以仅熟为度成灯盏形，即将此等原料为面汤，其味焉得不可口？且取价亦廉，每碗小洋半毫。今日在面食店求之，大约小洋二毫亦难得此佳味，虽属生活程度高所致，想亦嗜此者鲜焉。

切面馄饨汤水在考究者，今日尚注重以顶上头抽豉油，加新鲜炼猪膏，不搀杂猪骨等为佳味，老法不变，味精更不肯用。据云汤以清而有味为上，若搀杂他物，虽浓厚而失真，非用作切面及馄饨汤云云。

广东人的腊味

非 我

广东人的杂货店，到了冬天，便有一种腊味出售，这种腊味，广东人多用作冬至送礼的佳品。记得有一次，我有一位广东朋友，送了我一篓腊味，我起初因为不知道怎样烹调，胡乱烧吃，吃了几次，也不见得有什么美味。后来那位广东朋友，教我烧法，把腊味用湿布抹净（不可放入水洗），待饭滚的时候，放入饭里，这样烧法，一到了饭熟时，便觉着香味腾腾，不但腊味好吃，就是这顿饭，没有小菜，也吃上两三碗。听说武昌路的曾满记，也有腊味饭出售，不过价钱很高，我还没有试过。

广东人的腊味，起初只有北四川路广良田一家，现在虽然各处都有出售，可是广良田的牌子要算最老，货物要算最好，每年的生意，也要算最忙，这真是名不虚传。不料最近祝融降临，停止营业，听说它被火的原因，因为生意过忙，腊味是要晒干的，晒也来不及，便用火烘，偶然不当心，所以酿成了火烛。

腊味的种类很多，腊味两个字，不过是一个总的名词，现在让我逐一说来，和新上海上一般吃博士介绍。

腊肠 腊肠是拿切碎的肉，和各种材料，放入晒干的猪肠里做成的，有肉肠和膶肠两种，膶肠最佳，价钱也比肉肠高一点。

腊肉 腊肉和我们的咸肉差不多，不过味道好些罢了。

鸭脚包 把鸭的脚屈成一团，当中放些肥肉和膶，四面用鸭肠包扎，所以名为鸭脚包，非常甘美，价钱也很便宜，每角钱可买四只，我很喜欢用来下酒。

金钱膶　金钱膶是把肥肉夹入膶里制成的，因为膶是金色，肉是银色，所以有这个名。

鸭尾　鸭尾是鸭的屁股，广东人说鸭的美味，完全在鸭屁股，每两个也要一角钱左右，放入饭里烧，熟了像鸭油饭一般，肥美可口，不过有一种骚的气味，有些人不大喜欢吃。

腊鸭　有南安、酱油、水鸭三种，价钱很高。

鸭饼　鸭饼是完全用鸭肉制成饼形，像饼的形式一样。

其馀还有腊鸭肾、鸭脚、鸭翼等等。隆冬时候，食口稀少的人家，购备了几块钱，放在家里，留作不时之需，可以省却到市场里买小菜的烦恼。至于腊味的烧法，我在上面已经说过了。

（《新上海》1927 年第 2 卷第 6 期）

广东的特别食品

刘白受

　　"穿在苏杭，吃在广东"这句话，差不多人人都晓得的。苏杭的穿着，不过绫、罗、绸、缎，没有什么奇异，这且按下不表，专来谈谈广东的食品。然而广东的食品，种类实在太多了，类如荔枝、香蕉、黄皮、龙眼（桂圆的别名）、糟白鱼、土鳞鱼、老婆饼、盲公饼、师姑榄、叉烧、腊肠等等，实在写不完。现在单提出几种特别的东西来：

　　禾虫　是蚂蚁一类的东西，色红赤，多足，好像小的蜈蚣，生长在禾田里面。拿来煮汤吃，鲜美可口，比江瑶柱好得多。

　　龙虱　是水上的甲虫，看起来也和蟑螂差不多。它有两重翅膀，外层是黑色的硬翅，内层是黄色膜状的软翅，又有六只扁扁的毛腿，可以爬行，可以游水。蒸煮贮藏起来，可以历久不坏。吃时摘去头、翅，味美无匹，功能滋阴补肾，上海的广东店，都有得卖的。

　　桂花蝉　比普通的蝉，形体较大一些，产于丛桂山中，受桂花香气的熏蒸，所以肉含桂味。食法与龙虱略为相同。

　　兰花蛊　好像橘子树上的青虫，大小也差不多，产于琼崖深山中，专食兰花的膏露。取一条来，放在碗中，蘸食盐少许，片刻就化成碧绿色的清水了，冲以七八倍的沸水，饮之香甜，好像吃果子露一样，两三天内，作呃的时候，都还有馀香哩。不过这种东西很难得，这是本省人，吃过的也很少。

蜗牛 就是普通阴湿地方所生的蜗牛，这是人人都看见过的，不过可以吃的，是要大一些的才好。烹调的法子，如同田螺一样，有人说它的味道，比田螺要胜十倍，听说法国人也吃蜗牛，并且组织了种植蜗牛的公司。

食鼠 种类原是普通的老鼠，不过长在米仓的，稍为肥壮一些。普通的吃法，都是做腊味，如同腊肉、腊鸭一样。在广东，简直是平常的菜，并没有什么奇怪。

猫 猫的吃法更平常，尤其煲汤是很鲜美的，至于拿来和蛇一起吃，名曰"龙虎斗"，上海虹口一带的广东酒家，每到冬天，都常有这种新食谱，上海的人差不多都已领略过了。

蛇 有两种，一种是普通的菜蛇，"蛇王昌"是很有名的，广东人吃这种蛇，好像外江佬吃黄鳝一样的平凡；另外一种是三蛇，三种不同性质的毒蛇，要在一起烹调，才能入口，如果单食哪一种，都会立刻毒死人。据说它们的性质，一种是专走人身的上焦，一种是专走人身的中焦，一种是专走人身的下焦，合起来可以祛三焦的风湿，治筋骨拘挛，所以价值很贵，在广东也不是普通人所能吃的。

随便写来，已经有七八种之多，还有许多特别的东西，恕我一时记不清楚了。

（《紫罗兰》1944 年第 17 期）

广东的香肉与龙虎会

陆丹林

　　我是广东人，谈述广东的名肴，绝非地域观念的"自我宣传"，只是"敝帚自珍"的身边写述而已。广东名肴的烹饪，它不特注意色、香、味的综合，更注意它的实际性。主菜的质量是比较丰富，配料是极力地减少。每一味菜有每一味菜的味道，甚至它的配菜也与主菜的味道相配合。比如炒鲥鱼片吧，它的配菜，无论是冬笋，或是芥蓝，或是白菜薹，但是这些配菜也有鲥鱼的香味。原来他们是用浸过鲥鱼的水，来炒熟那些配菜，故配菜中便满含着鲥鱼味了。主菜与配料味道融合，这是粤菜烹饪的技巧。

　　粤菜的炖汤，也有它的特点，它是清澈而没有一些油腻，入口清香润滑，味极鲜美。这种制汤方法，是粤菜馆所擅长。

　　但是，我现在要说的，并不是琐谈酒家（菜馆）里什么的普通筵席，因为酒家里日常供应食客（或定菜）所享用的肴馔，在我看来，多是普通的菜。最低限度，我个人的直觉与经验的所得结果，以为粤菜的名肴，有它的特殊点，而这些名肴，似乎尚没有普遍推广到各地的享用。反过来说，甚至有些人还误会这些食品，是野蛮人的食品，这未免只知二五而不知一十了。

　　在动物中兽类作食品的烹饪，猪、牛、羊，在全国中的比较，可说是最普遍的了。但是猪、牛、羊的味道，绝不能够与狗肉相媲美。若果他是尝过狗肉味道的，那就感到什么猪、牛、羊等肉，都是很平常的了。只就红烧狗肉来说，当着炉火熊熊烹调的时候，香气远闻数里，使人们嗅着，真有"垂涎三尺"之感。这是凡是吃过狗肉的人，都感到狗肉是无上的滋味。郑板桥因为嗅着煮狗肉的香味，被骗给那盐商即席写字，便是一个明证。因此粤人们叫狗肉做香肉，顾名思义，便可以推想它的美味了。不过吃狗肉有一个禁忌，即是凡是吃过狗肉之后三小时以内，请勿吃绿豆汤，不然，狗肉与绿豆汤和合，胃部要发胀的，那是轻则痛苦，重则有生命的危险，这是吃狗肉的人，应记牢记着。

说到粤人的吃狗肉，他们并不是什么的狗类都可以拿来屠宰的。第一，疯狗或有病的狗不吃的；第二，老的狗是在绝对的屏弃之列，因为粤谚有"老狗嫩猫儿，吃死没人知"的民间经验之谈，故老的狗，幼的猫，都没有人吃的；第三，一般精于吃狗肉的，必选用那乌毛的狗，至于那些白毛、棕毛的狗，比较的少人去吃，洋狗是不吃的；第四，狗的重量，是选择每头七八斤至十二三斤的居多，其他过大过小的是例外；第五，吃狗肉的期间，是在秋冬间，夏季气候酷热，是很少人屠狗的。

烹饪狗肉的配料，是些附子、陈皮、大蒜、豆豉、生姜、油豆腐、腐竹等，共同红烧或清炖，约文火煮一小时的时候，便可以上盐吃。而最普通的，是放在砂锅里用炉火热着的来吃。香肉，是广东（连广西也在内）的名肴之一。

第二的名肴，便是龙虎会。所谓龙虎会的美味，非亲自吃过的人，不能够知道个中的滋味。吃龙虎会的季节是在冬季，春夏间是没有人吃的。它是冬令的补品，在粤、港、澳间，每年冬季，许多酒家都有常备龙虎会来应客。所谓龙者，指三蛇（过树龙、饭匙头、金脚带三种蛇），而说虎呢，是指果子狸（野猫），有时并把黑肉竹丝鸡汇合烹饪，而改称三蛇龙虎凤了。

蛇、狸、鸡，都是去皮骨拆丝来清炖的，配料是冬笋丝、木耳丝、陈皮丝、火腿丝等，等到上盘吃的时候，有时还加些柠檬叶丝，加增美味。

龙虎会的烹调，多是清炖作羹，像吃鱼翅分小碗来吃。有些从没有吃过蛇肉的人，听见别人吃蛇，多有怀疑的感觉。若果主人向没有吃过蛇的客人说："这是蛇羹！"客人多不敢尝试。因为有些人联想到蛇是毒物，或者是不洁的动物，甚至与狗肉般，同被某阶层的人所视做不该吃的动物，怎好去吃它呢。但是，要是当主人的宴客，一声不响，由侍役在宴会中途把蛇羹送上来，大家吃得津津有味，感到异常的鲜美了。等待全席告终，主人才宣布今日的菜有一味是龙虎会的时候，内幕揭穿，有些从未吃过蛇的人必定说："真是鲜美滋味！"有些呢，是马上感到不安的样子，认为是别人给他开顽笑，而把这些不堪入口的食物故意愚弄他的。

其实呢，这三种过树龙、饭匙头、金脚带的蛇，的确是毒蛇，不过其毒是在牙床分泌的毒液，它身上的肉，绝对没有毒素存在的。捕蛇的把蛇捕获之后，马上即把蛇的牙脱掉，那就原来有毒的蛇也变了无毒的了。还有蛇胆也在宰蛇时先行取出，把它放在酒里和饮，味极甘凉，没有一些苦味。故老相传，是有祛风去湿的功效。广东有许多药店特制三蛇酒、蛇胆陈皮、蛇胆姜等发售。

冬季吃蛇，它所配制的果子狸（也有单独清炖果子狸的）、黑肉鸡等，都是滋补品，在一般食者的经验，蛇肉含有丰富的磷质，它不只是蛇肉的鲜美可口，冬季吃蛇，比之羊肉，补益较大。

在我的实际经验，否，不只是我个人的经验，许多广东人或其他省的人，而有机会吃过狗肉、蛇肉的，都必公认狗肉、蛇肉的美味。这种美味，自然不是没有尝试过的能够领略得到。故此可以说狗肉和蛇羹，都是广东的名肴，不过不是酒家菜馆经常供应的普通名肴罢了。

或有人说，狗与蛇，都是不洁的动物，是初民时代的食品，现在二十世纪的时期，还把它来吃，诩为珍馐，是蛮性遗留的象征而已。说得振振有词。但是，我们细想，如果吃狗蛇，说是蛮性的遗留，那么，那些吃生跳跳的炝虾，用湿泥包着烧熟的叫化鸡等，便是文明社会里高尚的食品么？

广东还有几样道地名贵的菜，如响螺、山瑞（甲鱼的一种）、海狗鱼等，在粤菜中也是有名的，它的味道，也极鲜美可口。如果在广东港澳一带上馆子的话，有机会的时候，不妨尝试。至若粤桂所独有的日常便肴，如烧猪尤其是乳猪、叉烧，卤味尤其是柱侯食品，那是一年四季天天经常供应的熟食，佐饭妙品。惟有腊味的香肠、腊鸭、金银肝之类，却以冬天有北风时的腊味，才是可口，而受人欢迎。到了仲春以后，极少人再吃腊味，夏秋间更无人尝试的了。因为在暑期的吃香肠，是吃用火烧熟的而不是腊干蒸熟的，两者分别得很清楚。在广东要是有人在暑期吃腊肠，人们必讥讽他是个不识时务的"大乡里"（犹言不懂事的乡下人）的了。

狗肉、蛇肉、腊味等，都有"不时不食"的时间性所限制的呢。

（《旅行杂志》1948年第22卷第1期）

蛇肴与鼠肴
——杂写华南

陈心纯

华南的中枢地点，不消说是广东。在珠江流域展扩着的丰饶的三角洲里面，无限的物资是产生着。因此，即使是乞丐，和他省的同业者相逢时，都是：

"我是生在广州的！"

这样地自我介绍着。原来，这句话的意义，便是说既然生在广东省，那么所得于天产者独厚，虽然身为乞丐，也是素来就吃着甘美的食品的。虽然同为乞丐，而素性有高下之别的。他们是这样自负着的。听到了这句话的他省出身的乞丐，据说是无话可答的。

其实，虽然不是乞丐，中国自古的谚语中，便有"着在杭州，死在柳州，食在广州"的话。这话的意义，便是说衣服的原料是以浙江省的杭州为上选，死后选择墓地，以广西省的柳州为最适宜，如果爱好吃的，那么以广东省的广州为最佳。实际上是的确，食物是丰富的，尤其果实方面，枇杷、荔枝乃是天下之珍，至于肴食，最特异的有蛇肴、鼠肴。

说起蛇肴，我们惟有哑然。在中国有毒无毒的蛇，有数百种之多，而不论哪一种，都可以巧妙地加以烹饪而登诸筵席。从秋到冬，乃是蛇味最最鲜美的季节，酒餐馆的门口，便有几百尾的活蛇被陈列在铁丝的笼中而蠕动着。客人窥见这个铁丝笼，向着厨子说："那条乌蛇！"这样点定了时，"好！"厨子便这样回答，伸进手去，将指定的蛇无误地抓了出来，决不会掉枪花欺骗客人，有时并可以当着客人的面将它宰割。大抵是煮成汤，美味之外，另一目的是强壮精力。如果食之过多，那么不免会头痛，因为蛇肉是这样程度地亢上。

"喂！看看这菜单，请随意点一样吧。"当我初次莅临广东时，东道主江君把那张红纸金字的菜单递了过来。我虽然不懂，但是看了一回之后，"这个叫龙虎菜、龙凤菜的，的是伟大的东西呢！龙和虎、龙和凤的菜肴，究竟是怎样的呢？"这样问时，江君拍手笑道："龙虎菜是蛇和猫，龙凤菜是蛇和鸡啦！""原来如此！"我是失笑了。因之而追想起来的，乃是不论在香港，不论在广东，码头上有着蠕动的麻袋被抛卸着，原来这里面正是装着捉捕来的猫。不论什么地方的猫，偷了来卖给广东的酒店，便成了这个生气勃勃的名字"龙虎菜"了。

在距离广东不远的潮州地方，鼠肴是有名的，并且还是吃活的幼鼠，这名称叫做"蜜唧"。将刚生下来的幼鼠，三四天之内，使它舐着蜂蜜以及糖蜜，这样饲育着。这个，不仅是将鼠的肠洁净地洗涤一番，并且使它的骨变成柔软。于是将这种幼鼠活活地装在巨大海碗里面。吃的时候，将尾巴捉住，将头蘸着酱油，放进嘴里，加以啮噬。那鼠是吱吱吱吱地叫着，在那吃者的唇边，尾是在抖动着。

至于为什么要吃这种样子的鼠呢？据说是可以旺血液，愈衰弱。但是，我是无论如何总不敢领教的。广州人将鼠宰割了，做成像鱼干一样，略加焙一焙之后，放在饭上面而嚼得津津有味的。

（上海《风云》1940 年第 1 卷第 2 期）

山 瑞
——冬令大补名肴

焉 之

粤人冬令嘉肴，大都非常名贵，而且滋补，像那果子狸、三蛇、龙凤会、龙虎会、山瑞等等，在上海的广东菜馆门前，这些应时名肴，这时候都用大字标出在大广告牌上或玻璃橱窗上了。

似乎这些食品，都带着温热性，所以宜于冬令进食。但最近广东方面中委邓泽如先生之死，据说便是因为平日太喜欢吃蛇和猴子肉的缘故，太燥热过分，就有了害处，本来一个人有了特殊嗜好，嗜好超越常态，都是有害的，不能便说是蛇和猴子肉害了邓先生。

可是，在各种冬令大补名肴当中，最妥善而少流弊，有益无害的，还是吃山瑞，最为实惠——并不是我特殊爱吃它，我对于果子狸、三蛇等也都爱吃，本文特推举山瑞，实实在在是公道的论述。

山瑞，肉肥腴，性滋阴，裙边尤美腻鲜腴绝伦。江浙地方喜欢吃鳖的人也很多，我却不喜吃，非但不喜，而且闻见鳖的味儿便会作恶，但吃山瑞却一器不足，更能尽一器。实在山瑞和鳖相比较，虽然形态上大小具体相似，实似是而实非，味儿竟大不相同，山瑞一点儿膻肿之气都没有，肉质也厚，就把形态来说，看了山瑞，再瞧瞧鳖，也不啻小巫见大巫了。

山瑞以清炖为佳，得清腴之妙，红烧微嫌浓腻，可是胃口好的人，无论清烧红烧，都没有觉得不佳的。

这样看馔，菜馆定价可不便宜，不是平民化的菜肴，所以，有大多数的人，会望门兴叹了。这在对大众立场而言，未免是一桩美中不足的事，不过这东西活的来价也很贵，大的须七八元一只，这就不能责难菜馆了。

有要好的广东朋友，你到他们家里去吃饭，碰巧，他们或许会弄一碗很好的山瑞请你吃。有一次，我因事未赴一个潮州友人的宴叙，过后据说那天每人有一碗鱼翅，自己用的潮州名厨烹制的，真不容易吃到。

到广东人家去吃饭，如果有特备的菜，总是教你满意地会大快朵颐，实在，广东菜是值得称道的，山瑞不过是其一例罢了。

（《食品界》1934 年第 12 期）

潮安之食品

胡朴安

潮安人有一种特异习性，与他处食品不同，试摭录之。

（一）**鱼生** 此物在七八月出售，其制法系用鲜鱼（一名鲩鱼，土名草鱼），去鳞及脏腑，切为二片，洗净，用干布擦之极干，悬钩上。食时刮成厚二分许之薄片，再用萝卜切成细丝，羊桃（即五敛子，《诗》所谓苌楚）切成薄片，沃以酱醋，入口冰融，甘美胜于常味。此外亦有用黄鱼者，因其刺骨甚多，皮亦甚厚，故剡作条形，食法亦拌以甜酱。复有用生蚝，沃以豉油而食者，此殊不合于卫生也。

（二）**蔗虫** 此虫寄生于蔗之根须中，冬月收获蔗时，农人取出之，形似蝉之幼虫，大如蚕茧，小儿盛以竹篮，沿门叫卖，百钱可售六七十个。用水洗净，入油煎熟，撒以盐，味香脆可口。

（三）**蛇** 夏季捕蛇者捕得后，去其毒齿，售之。俗传患湿毒者食之，可以愈病，谓以毒攻毒，然而此中理论，然乎否乎？

（四）**苦瓜** 苦瓜一名菩荙，又名癞葡萄，又名锦荔，其最奇之名，曰君子菜。盖因其味苦，但与猪肉共煮，则变其苦味，一似君子刻己而不苦人，故有君子之名，潮人甚嗜食之。

（五）**苦菜** 苦菜一名苦刺，系野草之一种，丛生茂盛。清明时妇女儿童，持小竿竹篮，随打随拾，归来洗洁，与豆芽同煮。俗传食之，可以清血解毒。

（六）**蜂蛹** 蜂蛹之状，与蚕蛹相似，惟皮较柔嫩。食时自蜂房取出，以油炸之，味甚芳香。

（七）**蝉** 五六月时，有人于树上黏捕蝉，在市呼售，人家购之炙熟，以啖小孩，谓食之能消疳积。

（八）**香菜** 香菜一名香花菜，其嫩叶可包饭（内和杂香）生食。

上述种种食品，或味香，或味苦，或有毒，或生食之，皆潮人特异之性质，恐他地未之有也。

（《中华全国风俗志》下篇卷七，胡朴安编，

上海广益书局1923年6月初版）

砂锅菜

瘤　仙

这几年来，每当秋尽冬初的季节，通都大邑的餐馆里，相率以砂锅菜来招徕顾客，而且名目繁多，所谓砂锅鸡、砂锅鸭、砂锅鱼翅、砂锅火腿等等，几乎每一样菜都可以借重砂锅而身价十倍。

原来砂锅，不过炊具的一种，北方有一种大砂锅，是专为煮饭而用的，南方只有一种小砂锅，用以烧菜，如砂锅里煨鸡，砂锅里炖鸭，砂锅里焖肉等是。但无论砂锅里烧的什么菜，在吃的时候，都得转盛于细白瓷质的碗或盘内，这所用的瓷碗瓷盘，尽管不一定是什么康熙御窑，可是总有些彩色的花卉或人物画像，摆在席上，更容易引人美感，甚至增加人们食欲。

如今则不然，席上所用的砂锅，大都是省略这种转盛瓷盘瓷碗的手续。如果说是平民化的话，那末砂锅中干脆放些豆腐、萝卜、青菜，又何必去用什么鸡鸭、火腿、鱼翅呢？

砂锅菜的来源，据说发明在两广，当时官府斩决囚犯，做砂锅的工人，可以贿赂刽子手，随同到刑场，将罪犯鲜血混合在泥土内，用这血泥做成砂锅，不论烧什么菜，都能不失厚味，而且更加醇美。所以在宴会中，不论满桌用多细的古瓷，及银匙象箸，如果端上一个砂锅鱼翅，桌上客人立刻精神一振，奋臂举箸，品味这砂锅内炖热的佳肴。

又传说岑春煊主粤时，因决囚甚多，故斯时砂锅产量亦多。后来停止斩刑，这种人血做成的砂锅已成稀世之珍。

根据上面的说法，则这种砂锅菜，风味尽管好，可是多少总带有一些血腥气味。若照孟子所谓"闻其声不忍食其肉"的教训，吃砂锅菜的人们，未免有失"仁人君子"之风了！

上面这种传说确不确，谁也不敢说一定。不过，想到旧剧中《乌盆计》的乌盆，使赵大夫妻子偿了命，张别大挨了一顿板子，现在竟用有人血泥土造成砂锅，令人听了总不免要起恶心的。所以我又疑心这种传说，或许是讽刺一般吃砂锅菜的贵族化的人们。

现在各大餐馆所用的砂锅，当然不会用人血砂锅，可是人们常常可以听到或看到的一件事，就是穷人卖血，富人治病，又如官场有句话"尔俸尔禄，民脂民膏"，这不也是全靠人血过日子吗？至于在投机市场，更有吃血、舐血等隐语。人民生计不定，物价随时飞涨，这不也是压得一般穷而无告的人们已经无血可流吗？再看全国各地成千成万的难民，瑟缩在西风里挣扎战慄，他们的血，又是被谁吮吸了呢？

然而吃砂锅的人们，依然满坑满谷，这与上面吃人血砂锅的传说，又有什么不同呢，难道他们或她们，真是所谓福大造化大吗？

（《文藻月刊》1948年新1卷第2期）

茶饭双叙

徐 珂

沪俗宴会，有和酒双叙，和酒，饮博也。珂今乃得茶饭之双叙矣。

丁卯仲冬二十日，访潮阳陈质庵（彬）、蒙庵（彰）于其寓庐。凤闻潮人重工夫茶，以纳交有年，遂以请。主人曰："吾潮品工夫茶者，例以书僮司茶事，今无之，我当自任，惟非熟手，勿哂我。"乃自汲水烹于小炉，列茶具于几。茶具者，一罐子（潮人以呼壶，壶甚小，类浙江人之麻油壶），置于径五寸之盘，而衬以圆毡，防壶之滑也。四杯至小，以六七寸之盘盛之。别有大碗一，为倾水之用。小炉之水沸，以之浇空壶、空杯之中及四周，少顷倾水于大碗。入武彝铁观音于壶，令满，旋注茶汁于四杯，注汁时必分数次，使四杯所受之汁，浓淡平均，不能俟满第一杯而注第二杯也。饮时，一杯分两口适罄，第一口宜缓，咀其味，第二口稍快，惧其温曛，饮讫且可就杯嗅其香。入茶叶于壶为一泡，一泡可注沸水七八次（七八次后之叶倾入大壶，注沸水饮之，犹有味）。主人饷两泡，餍我欲矣。既而授餐，则沪馔、潮馔兼有之。龙虾片以橘油（味酸甜）蘸食也，白汁煎带鱼也，芹菜炒乌鲗鱼也，炒迦蓝菜（一名橄榄菜）也，皆潮馔也。又有购自潮州酒楼之火锅（潮人亦呼为边炉，而与广州大异），其中食品有十，鱼饺（鱼肉为皮，实以豕肉）也，鱼条（切成片，中有红色之馅）也，鱼圆（潮俗鱼圆以坚实为贵）

也，鲦鱼也，青鱼也，猪肚也，猪肺也，假鱼肚（即肉皮，沪亦有之）也，潮阳芋也，胶州白菜也，汤至清而无油，无咸味，嗜食淡者喜之。茗饮醉心，午餐饱德，珂两客羊城，屡餍广州之茶馔，而潮味今始尝之，至感质庵、蒙庵之好客也。

是日，平湖陈巨来（斝）亦在座，为言江都夏宜滋（同宪）好品茶，与香山欧阳石芝（柱）有同好，蓄茗荈至十馀种之多，有作荷花香者，且有茶圃于沪，亦与石芝共之。

质庵言潮人立冬，例享芋饭，以豕肉、鲦鱼、虾仁羼入，农家尤重之，盖力田一年，自为农隙之慰劳也。

蒙庵云："潮人日三餐，异于广州之二餐。晨以粥，午晚皆饭，入夜亦或有食粥者，曰夜粥，非若广州之呼宵夜也。"又云："潮之饭异于江浙，先煮米为粥，于粥中捞取干者为饭。"珂曰："此亦予之所谓一举两得也。"蒙庵又云："潮以富称，而窭人子亦有常日三餐为粥者。"

茶具兴奋，恒损眠，铁观音尤甚。珂饮二泡，巨来曰："今夕必无眠。"然自陈家归时已四时，即假寐，至晡始醒，睡至酣也。

（《闻见日抄》，徐珂撰，1933 年排印本《康居笔记汇函》）

饮茶在香港
——吃在香港之一

卫 理

提起"饮茶",在我们外江佬的心目中,总容易联想到江南一带小城市里那些具有古色古香楼台亭阁的茶坊和浅斟品味的地主缙绅一类的人物,明窗净几,一把紫砂茶壶,泡上一撮龙井雨前的香茗,聊着天气乡闻,从旱烟管喷出的烟氲中展露出一幅中世纪的风物画。现代化一些的,像苏州与上海的茶室,清茶而外,复添几碟花生、香葵、瓜子、糖果,讲究的,还兼售各色点心面食,午后另有双档说书,娱乐宾客,已算是铺张的了。

但香港的所谓"饮茶",和我们江浙一带的可完全不同,虽说饮的是茶,主体倒着重在"吃"上边。"饮茶"这一名词,不单指上茶楼、茶馆、茶室,举凡酒家、餐所、饭店、冰室等一切饮食的场所都包括在内。自简单的一杯清茶、西点、甜品、面食、点心、粥品,以至于大规模的酌酒用菜,也莫不俱全。因此,"饮茶"在它的实际涵义上,正名应该称为"饮食",才比较来得妥帖。真正讲究茶道的陆羽圣徒们,倘然羡慕于省港饮茶风气的驰名,抱着过茶瘾的宗旨而上茶楼,不用说,连茶的香味都嗅不到的。

在我未来香港之前,有位北方的友人曾告诉我一段亲身的经验。他在香港的时候在广东朋友家中作客,一早起身,主人就吩咐佣人给他预备了茶和广式点心。他犹恐离开中饭时间隔得长远,担心肚子挨饿，就吃得饱饱的到屋边散步。待他散步回来，主人又迎着他到客室里聊天，也没留意放在餐桌上的菜肴和杯筷，直待主人邀他入席，他又不好意思推说已经装饱了肚子，只得硬着头皮堆起笑容用餐。他说时的那副尴尬的模样，使我们不禁轰笑。其实，这并非一则单是发松的笑话，香港本地人的饮食时间刚和我们外省人相反。正式的用餐，在上午十时和下午四时，一天仅只二顿。而当我们早、午、晚三餐时间，却正是他们"饮茶"时光。中上阶级，算起来一天五顿，贫穷的都只吃二餐。

饮茶是香港人每天不可缺少的要事。典型的香港人，清早起来便往茶楼"饮茶"，然后回家用餐，再上写字间。中午又去饮茶，傍晚回家再吃夜饭。这里天气热，全是夜市面，等到晚上灯火辉煌，茶楼酒家又挤满了饮茶的人。这种饮食时间的不同，使我们感觉非常的不便。时常下午肚饿，想略吃些点心，跑进茶楼或别的吃食馆，伙计正在懒散地洒扫或在用餐，满地全是烟蒂、灰尘，桌上狼藉不堪，杂乱地堆着碟盏残肴。往往过了时间散市，是非常使人扫兴的。

有次，亚兄作东，邀我们放弃中饭，跟他去威灵顿街上茶楼饮茶。威灵顿街是一条斜坡的街道，离开最热闹的皇后大道后二条马路，是中型茶楼的集中地，颇有些像上海的杏花楼、大三元、新雅等粤菜馆。门口有报纸出租，尤多专涉男女私事的小型周刊（香港无小型报），如《骨子》、《新野》……印着女人的红绿彩色图照。我们去的时候，离十二点钟还差一个字（即五分钟），饮茶的人不多，等到一点半钟后我们饮茶完毕，如涌的客人不断而来，连座位都没有空了，有些人便像领户口米或上医院挂号似的站着伫候。这也是香港的一种怪现象。

茶楼的规模都很大，侍应的全为女性，装置也跟饭店酒楼一样。我们进得一家茶楼，在楼所择一靠街的座位坐上，侍应生便递上三只茶杯，一只洗杯的盂盆。粗瓷的茶杯，积着一层发黄的厚垢，在洗盂盆中浸了一下，给冲上浮着叶梗的茶水。我的太太可已经皱起眉头，望着黄垢的茶杯发议论，不该放弃中饭来饮茶。亚兄啜着茶，却劝我们不用心急。果然，隔不一会，"小郎"便托起各式各样的食看盘来巡走，让食客各就所好，随意自己挑选。最先一道的菜盘里，多是油鸡、烧鸭、叉烧、烧肉、肫肝一类的卤味，下边填着酸菜酸果，上边放着松黄的姜丝和碧绿的葱花，色彩非常谐和。于是又来了虾仁饺、叉烧包、烧卖、荷叶饭……荷叶饭的滋味挺好，荷叶里面包有肝肫、虾仁、香肠、叉烧，打开荷叶有一阵扑鼻的香味。甜品在临末，都是甜得"化不开"的糕、饼酥，及油煎的，有一种椰子饼，馅中裹着咸蛋黄的（味道和粤式椰蓉月饼同），味尤美。可惜那许多食品，我们都不知道它的名称，亚兄虽留港较久，但也究属外行。

除了这些托盘另估的点心以外，如果你喜欢面食、粥品或酒肴的，也尽可按着菜单满足你的食欲。在我们外江人看来，"饮茶"的显著特色，应该是那些美味的点心，因为错过了饮茶的时间，便吃不到这些食品。然而，饮茶在香港人方面，却不那么简单，口味的享受固是一桩事，而另外，年青的恋人可以掩藏在火车座里互诉倾慕，作着密谈；家人们在这里可以一叙天伦之乐；商人们却用它来进行应酬交际，在持杯浅酌间打开僵局，成为排难解纷、商品交易的一个好场所。香港是商业的都市，商场的变化和市价的涨落，不在办公室而在那许许多多散布在皇后大道、德辅道上的茶楼。在这一点的功效看来，倒跟上海的青莲阁、一乐天等茶楼成为各行业帮会的评议机构——茶会——相似。

记得早几年前，有些教育家们曾主张将茶馆改做进行民众的社会教育的场所。在抗战期间的重庆大后方，像沙坪坝的学校区里，茶馆就是变相的民众教育馆，灌输着正当的娱乐，有演唱经文人改编的抗救说书鼓词，有发表国事的主张，使民众在消遣之外，得到许多知识。有一只传遍大后方的"茶馆小调"，就是那一时期的产物。去年春天，我在嘉定廖兄家中作客，见到嘉定县的民众教育馆就设在一家茶馆楼里。香港的饮茶，比起江浙地方的"孵茶馆"来，固然它也是消磨时光、耗费钱的举动，但"孵茶馆"近乎遁世——逃避现实，而"饮茶"则接触现实，使人尚不致遗忘人活在世上，有一份海阔天空无所不谈的自由。随地吐痰的罚禁悬在香港茶楼的壁间，毕竟也要较"诸君原谅，莫谈国事"的禁谕令人愉快舒畅的了。

　　我虽然不喜欢香港茶楼中闹嚣的人声，而对"饮茶"节目中的精巧美点，和任心漫谈的光景，倒未能忘怀。可惜是如今亚兄赴美留学，少了一个熟人，也就缺了一个饮茶的搭子了！

一九四八年一月十八日寄

（《茶话》1948 年第 22 期）

吃在两广
——粤桂观感谈之三

仰荐

粤人善饮食，烹调之美，中外闻名，早起茶点，备极精美。凤足山瑞、龙虎、龙凤、三蛇，尤为著名。每席必有鱼翅，翅味肥而酥美，为他处所不如。粤之妇女，亦喜上馆子饭店，往往家中不自备午膳，而就食于外，斥数金数十金不吝惜，所以有"吃在广州"之谚。惟值此市面萧条、国难严重之时，彼中士女一念及此，当亦稍稍改观。说者谓粤之药铺特多，意者病从口入，多食所致，不得不乞灵于药物欤。

香港为自由通商口岸，豪奢之风气，尤甚于广州，一饭百金，一宴千金，信有其事。有小香港者，为一鱼市集，鱼类特多，是处居民，日以烹鱼为食，闻一鱼作十数种吃法，惜未入食谱耳。

桂人饮食，有粤人风，而俭朴过之。省府诸公，尤淡泊节俭，一席之宴，极为简单，所费时间甚少，颇可景仰。惟南宁商会之宴会，有烧烤全猪，首尾四肢，耳目口鼻，罗列席上，不禁使我毛发悚然，而未忍举箸。桂林商会一宴，吴君清泰见烧烤出席，而余色为变，信然。惟蛤蚧风味不错，蛤蚧酒尤觉别有滋味，据云甚裨益于卫生，其效力在五茄皮、郁金之上。

距柳州三百里，有荔浦县，余等经过二次，承荔浦县长两度款饭。荔浦大芋头，与沙田柚同为桂省名产，芋大如圆枕，每个重五六斤，与肉同煮，松甘可口，别有风味，同人认为风味之美，在烧烤之上。

路上遇熟猺数人，肩负物品，怡然自得，与之谈话，亦通情愫，惜以时迫，未入猺山一游。桂省府曾注意猺族同化问题，曾由教育厅派人入猺山宣导，成绩甚佳。同行李参谋之学生李君，前年入山调查，为猺王招为驸马，颇得画眉之乐，与政府交际，亦得李君助力不少。猺山土地丰沃，周围八百里，物产极富，只乏食盐，故猺民饮食，多尚淡食，亦事实使然也。

宾阳为广西手工艺著名之区，又为瓷器出产之地，饮食亦甚讲究。宾阳人多聪明伶俐，人人从事手工艺，以自食其力，且富有模仿性，故有小东洋之称。如毡帽、帐钩、儿童玩具，均能模仿，即盒子炮亦可仿造。每一村人民，从事一种手工业，即此小工艺，便成为该村特产品。如方村之灯芯带，石坎村之纸扇，粟村之日用小铁器，王谢村之泥箕灯绳，大庄村之雨帽，孟村之席子，石村之碓子，上寨村之梳箆，罗村之笔，东路蒙村之手袖，杨村之唅帽，东海村之牙刷，均为各地所闻名，小东洋之称，当之无愧。

在桂林普陀山栖霞寺午膳，山僧手制豆腐飨客，别有风味，来寺进食者，必以一尝此豆腐为满意。闻此项豆腐，以清水制之，煮时则用豆酱，不过火，不半生，恰到好处，故能博得客人之赞美不绝口也。

（《机联会刊》1936 年第 146 期）

桂林的三宝及其它

熊佛西

任何名胜地方，总有几样特具风味的土产或小吃，游人在游览风景之馀，更可以饱餐当地滋味。据闻桂林有三宝，曰马蹄（荸荠）、豆腐乳、三花酒。

马蹄，的确是全国第一，又嫩，又脆，又甜，水分多，细嚼而无滓渣。倘若你要买，最好到花桥，因为那里是"集"，比较新鲜、便宜。

豆腐乳，更是名不虚传，非常细嫩、纯香，有一点儿辣味而不吃辣椒的人也能吃，是佐稀饭最好的妙品。近来有人以之代牛油佐面包吃，其实以热呵呵的烧饼抹上一层豆腐乳，亦必别有风味。以豆腐乳的卤水燉肉，其味更是鲜美无比。记得北平的山东馆，不管你饮酒或吃饭，堂倌必端上四碟小菜，其中必有一样是腐乳卤水浇嫩豆腐。可惜桂林的饭馆没有这样菜；若有，其味必较北平的鲜美。据说桂林豆腐乳只有几家老铺子做得特别好，而尤以正阳路大华饭店斜对门的天一栈最著名。二十四年我游桂林，什么东西都没有带走，只带了一大坛豆腐乳回北平分赠各亲友，他们食后无不啧啧称为美味。

三花酒，我因不善饮，故不辨其好处，但偶一试饮，亦颇觉清香适口，然较之贵州的茅台，四川之大曲，山西之汾酒，似有逊色。然"三花"之名却极美，不知此名由何而来，我曾问及熟悉此道的朋友，他们说酒从壶内泻入杯中时，杯面必浮起数点酒花（其实是酒的泡沫），大约三花即指此而言。此外，我想一定还有别的来历，但我敢保证此名与一般时髦妇女用的"三花粉"或"三花口红"决无关也。据朋友说，三花酒有一特点，即其原料是米，而不像其它白酒大都以麦制成。

除此三宝，桂林还有几样小吃是我个人特别喜欢的。夏天的"绿豆沙"，真是价廉物美，两毫钱一碗，吃了又解渴又清暑，是一般劳苦大众夏季主要的食品。其次是米粉，堪与贵阳的肠肝粉媲美，我最喜悦新华戏院隔壁又益谦的牛肉汤粉，真是鲜美绝伦！而此间闻名的马肉粉，我倒觉得其味平平，不过其吃法颇特别：小碗里放着稀稀的几根米粉，清汤中放着两片薄薄的马肉，一点葱花，少许胡椒，一角五分钱一碗，一人有时可以吃三四十碗。

桂林的米粉担子特别多，几乎到处都是，假使你在晴天的夜晚到中正桥巡礼一趟，你必发见桥头马路旁边尽陈列着米粉担子或果摊，每个担子上挂着一盏油灯，远远地望去非常美观。

月牙山的豆腐也很值得介绍，据该山住持巨赞法师云，月牙豆腐所以精美，完全由于做法不同。我们很希望法师大发慈悲，将制作月牙豆腐的秘诀公诸于世，使芸芸众生都能享受豆腐的美味，法师功德无量矣！

桂林的柚子也很不错，比较其它各省所产的味道要好，最低限度是不苦不酸。不过桂林的柚虽是沙田之种，但不是真正的沙田柚；真正的沙田柚要比桂林的鲜美多矣。四川凉山的柚，其味也极鲜美，但较之沙田似有逊色。不过真正的沙田柚，颇不易吃到，甚至到了沙田也买不到真正的沙田柚。有一年我路过沙田，在那里买了三十几个袖子，满以为是真正的沙田柚，结果大失所望，几乎无一能入口者。原因是沙田柚虽好，但产量不多，据闻每年仅产数千个而已，且在开花之时早已为商人或官家包去。所以虽到沙田，也许还吃不到真正的沙田柚，正如在绍兴饮不到顶好的绍兴酒一样！

这几天桂林的金橘正上市，买了一点吃，味道非常鲜美。金橘任何省份都有，但像桂林的这样大，这样甜，的确少见。我觉得在桂林三宝之外，应该多加一宝——金橘。不知老居桂林的朋友以为如何？

（《山水人物印象记》，熊佛西著，大道文化事业公司

1944 年 5 月初版）

后　记

　　我对饮食文献向有兴趣，二十世纪八十年代，中国商业出版社刊行了一套"中国烹饪古籍丛刊"，林林总总二十多册，至今仍放在架子上，前人的有关著述远不止此，也无可穷尽，除关于食材、食谱、烹饪、养生的单本外，还散见于清宫档案、地方志、别集、小说、笔记之中，至有可观。就我自己的阅读经历来说，有两件遗憾的事。其一，洪亮吉的《卷施阁夏令食单》，仅有手稿存世，为顺德蔡守所藏，曾拟刊印，但仅在一九三二年出版的《艺觳初集》上，见到顾薰的序和高燮等人的题词，未见正文，据顾薰序说："江左洪稚存太史，以名翰林简放学道，得罪谪西域军台，赐环后，闭户著书，名满四宇。尝撰《夏令食单》一卷，行楷精湛，其制法腥荤而外，即瓜蔬汤饼亦不遗，颇有可观，较袁随园食谱尤佳，末云，非夏月所有，及肥酞腻滑滞塞难记者，均不列入，甚得逭暑卫生之旨。"作者与袁枚稔熟，却未能一睹能与《随园食单》媲美之作，不能不说是憾事。其二，乾嘉间常熟名厨毛荣，曾被王亶望物色至浙江抚署，所著食谱一卷，后为郑光祖所得，他在《醒世一斑录·杂述二》"名厨佳制"条中说："后荣不久下世，其侄孙毛观大随先君到滇，艺远不逮，惟遗荣食谱一册，流落余箱。今检出视之，法制纷繁，皆人所共知，余欲著名厨之佳制，翻阅全册，无可著意，姑将末后杂馔中数事录之。"经删落后，仅存菜谱十二款，附方两则，不能窥豹全斑，自然也是憾事。

民国时期，饮食业繁荣发展，在保持各地传统基本特色的同时，交流更加频繁，食材更加丰富，品种更加多样，融合的现象也更加普遍。由于出版业的进步，记录各地饮食的零篇散章，多至无可记数，盛况是空前的，其内容包括食材、菜肴、面食、点心、茶食、糖果、杂食，兼及风味、技艺、店家、价格、习俗等方面。专著也多有问世，主要有中西食谱和烹饪技艺介绍，以及饮食与家庭，饮食与健康，饮食与卫生等。对国民的饮食活动，作了比较全面的记录。

就饮食来说，民国时期的情形，与当下最为接近。在这个进程中，虽然有的消失了，有的变化了，也有新的创造和发展，但历史的衔接是紧密的，回望过去，亦可知饮食活动的前世今生。

有鉴于此，我编了这本《南北风味》，收文二百二十四篇，大致以由北至南为顺序，分省分地区，兼顾饮食风味的不同，各地的篇什，多寡不一，甚至阙如，这是由当地的饮食情况决定的。需要说明的是，本书是个选本，根据题旨，自定了几条原则，即专著不收，外国人写的不收，关于少数民族的不收，专谈茶酒的不收，介绍烹饪技艺的不收，泛泛而谈的不收，一篇中内容反映多地情形的不收。末一条主要是为了强调地方性，如包天笑的《六十年来饮食志》、齐如山的《中国馔馐谭》、张亦庵的《吃的文化》，等等，实在都是好文章，以后如有机会，再将它们编印出来。

王稼句

二〇二一年十一月二日于苏州